（典藏版）

百部国学传世经典

中华国学经典盛宴／获取先贤核心智慧

薛仁贵征东 薛丁山征西

【清】佚　名／著
林宇宸／主编

漓江出版社

图书在版编目（CIP）数据

薛仁贵征东·薛丁山征西 /（清）佚名著；林宇宸主编. -- 桂林：漓江出版社，2020.10
（百部国学传世经典）
ISBN 978-7-5407-8613-7

Ⅰ. ①薛… Ⅱ. ①佚… ②林… Ⅲ. ①章回小说-中国-清代 Ⅳ. ①I242.4

中国版本图书馆 CIP 数据核字(2019)第 009232 号

薛仁贵征东·薛丁山征西

XUE RENGUI ZHENG DONG · XUE DINGSHAN ZHENG XI

作　　者　【清】佚名　著
主　　编　林宇宸

出 版 人　刘迪才
出 品 人　张　谦
策划编辑　陈植武　林晓鸿
责任编辑　李浩清
装帧设计　林晓鸿　宋双成
责任监印　杨　东

出版发行　漓江出版社有限公司
社　　址　广西桂林市南环路 22 号
邮　　编　541002
发行电话　010-65699511　0773-2583322
传　　真　010-85891290　0773-2582200
邮购热线　0773-2582200
电子信箱　ljcbs@163.com
微信公众号　lijiangpress

印　　制　北京飞达印刷有限责任公司
开　　本　710mm×1000mm　1/16
印　　张　30
字　　数　591 千字
版　　次　2021 年 3 月第 1 版
印　　次　2021 年 3 月第 1 次印刷
书　　号　ISBN 978-7-5407-8613-7
定　　价　45.00 元

前言

中华民族是一个充满智慧的民族，中华文化处处闪烁着智慧的光芒。中华五千年文明史为人类的智慧宝库留下了极其珍贵的财富。在世界文学发展的长河中，中国古典小说在经历了漫长的发展过程后，直到元明清时期才形成了高潮，一大批白话和文言、长篇和短篇名著相继问世，从而在世界文坛上奠定了非凡的地位。

这些作品有的以形象苍凉的笔墨，描写了农民起义的悲壮和惨烈；有的粗线勾勒，展示出朝代更迭的历史沧桑；有的诙谐机智，从神话故事中折射出世俗的好恶；有的尽力渲染，将时代的感慨融入民族的兴衰；有的严肃谨慎，从各个案件中体现出正义的力量……题材涉及讲史、侠义、友情、断案及灵怪、神仙等等，广泛描写了宋、元、明、清时代的社会生活，真实地反映了当时人民群众的思想感情、生活愿望和审美情趣。无论从思想内容还是从艺术技巧来看，都达到了相当高的水平，积淀了中华民族独具魅力且博大精深的文化。

中国古典小说是举世公认的在文学史上极有影响、杰出、艺术成就极高、极具欣赏价值、流传极广的传世之作，是文学艺术长河中的瑰宝。它们拥有广泛的阅读群和绵长的阅读量，其作品中的深刻内涵，无一不给人以美的享受和思想启迪。

阅读好书由此开卷，完善人生由此开始。

目录

薛仁贵征东

薛丁山征西

薛仁贵征东

第一回　龙门县将星降世　唐天子梦扰青龙

诗曰：

御驾亲征扫北番，旌旗猎猎凯歌还；
元帅做下荒唐事，只影孤身返长安。

且说唐天子李世民平定北番，一路旌旗招展，凯歌阵阵，班师驾返长安。次日天子升殿，诸卿朝拜已毕，徐茂功俯伏启奏道："臣启陛下，臣昨夜三更时候望观星象，只见正东上一派红光冲起，少停又是一道黑光，足有四五千里路远。臣想起来才得北番平静，只怕正东外国又有事发了。"朝廷说："先生见此异事，寡人也得一梦兆，想来越发不祥了。"茂公说："嗄！陛下得一梦兆，不知怎样的缘由，讲与臣听，待臣详解。"天子叫声："先生，寡人所梦甚奇。朕骑在马上独自出营游玩，并无一人保驾，只见外边世界甚好，单不见自己营帐。不想后边来了一人，红盔铁甲，青面獠牙，雉尾双挑，手中执赤铜刀，催开一骑绿马，飞身赶来，要杀寡人。朕心甚慌，叫救不应，只得加鞭逃命。那晓山路崎岖，不好行走，追到一派大海，只见波浪滔天，没有旱路走处。朕心慌张，纵下海滩，四蹄陷住泥沙，口叫：'救驾。'那晓后面又来了一人，头上粉白将巾，身上白绫战袄，坐下白马，手提方天戟，叫道：'陛下，不必惊慌，我来救驾了！'追得过来，与这青面汉斗不上四五合，却被穿白的一戟刺死，扯了寡人起来。朕心欢悦，就问：'小王兄英雄，未知姓甚名谁？救得寡人，随朕回营，加封厚爵。'他就说：'臣家内有事，不敢就来随驾，改日还要保驾南征北讨。臣去也！'朕连忙扯住说：'快留个姓名，家住何处，好改日差使臣来召到京师封官受爵。'他说：'名姓不便留，有四句诗在此，就知小臣名姓。'朕便问他什么诗句。他说道：'家住遥遥一点红，飘飘四下影无踪。三岁孩童千两价，保主跨海去征东。'说完，只见海内透起一个青龙头来，张开龙口，这个穿白的连人带马望龙嘴内跳了下去，就不见了。寡人大称奇异，哈哈笑醒，却是一梦。未知凶吉如何，先生详一详看。"茂公说："阿！原来如此。据臣看来，这一道红光乃是杀气，必有一番血战之灾，只怕不出一年半载，这青面獠牙就要在正东上作乱，这个人一作乱了，当不得了！想我们这班老幼大将，擒他不住，不比去扫北，就是三年平静了。东边乃是大海，海外国度多有吹毛画虎之人，撒豆成兵之将，故而有这杀气冲空，此乃报信于我。却幸有这应梦贤人。若得梦内穿白小将，寻来就擒得他青面獠牙，平得他作乱了。”朝廷说：“先生！梦内人那里知道有这个人没有。这个人有影无形，何处寻他？”茂公说：“陛下有梦，必有应验。臣详这四句诗，名姓乡坊都是有的。”朝廷说：“如此先生详一详，看他姓甚名谁，住居那里？”茂公说：“陛下，他说：‘家住遥遥一点红’，那太阳沉西只算一点红了，必家住在山西。他纵下龙口去的，乃是龙门县了。山西绛州府有一个龙门县，若去寻他，必定在山西绛州府龙门县住。‘飘飘四下影无踪’，乃寒天降雪，四下里飘飘落下没有踪迹的，其人姓薛。‘三岁孩童千两价’，那三岁一个孩子值了千两价钱，岂不是个人贵了？仁贵二字是他名字了。其人必叫薛仁贵，保陛下跨海征东。东首多是个海，若去征东，必要过海的。所以这应梦贤臣说，保了陛下跨海去平复东辽。必要得这薛仁贵征得东来。”朝廷叫声：“先生，不知这绛州龙门县在那一方地面？”茂公说：“万岁又来了。这有何难？薛仁贵毕竟是英雄将才之人，万岁只要命一能人到山西绛州龙门县招兵买马，要收够将士十万；他们必来投军。若有薛仁贵三字，送到来京，加封他官爵。”朝廷说：“先生之言有理！众位王兄御侄们，那个领朕旨意到绛州龙门县招兵？”

只见班内闪出一人，头戴圆翅乌纱，身穿血染大红吉服，腰围金带，黑煨煨一张糙脸，短颈缩腮，狗眼深鼻，两耳招风，几根狗嘴须，执笏当胸，俯伏尘埃说：“陛下在上，臣三十六路都总管、七十二路大先锋张士贵，愿领我王旨意，到龙门县去招兵。”朝廷说：“爱卿此去，倘有薛仁贵，速写本章送到京来，其功非小。”张士贵叫声：“陛下在上，这薛仁贵三字看来有影无踪，不可深信。应梦贤臣倒像是臣的狗婿何宗宪。”朝廷说：“何以见得？”士贵道：“万岁在上，这应梦贤臣与狗婿一般，他也最喜穿白，惯用方天戟，力大无穷，十八般武艺件件皆能。是他若去征东，也平伏得来。”

朝廷说：“如此，爱卿的门婿何在？”士贵道：“陛下，臣之狗婿现在前营。”

朝廷说：“传朕旨意，宣进来。”士贵一声答应：“领旨。”同内侍即刻传旨。何宗宪进入御营，俯伏尘埃说：“陛下龙驾在上，小臣何宗宪朝见，愿我王万岁万万岁。”原来何宗宪面庞却与薛仁贵一样相似，所以朝廷把宗宪一看，宛若应梦贤臣一般，对着茂公看看。茂公叫声：“陛下，非也。他是何宗宪，万岁梦见这穿白的是薛仁贵，到绛州龙门县，自然还陛下一个穿白薛仁贵。”朝廷说：“张爱卿，那应梦贤臣非像你的门婿，你且往龙门县去招兵。”张士贵不敢再说，口称：“领旨。”同着何宗宪退出来，到自已帐内，分付公子带领家将们扯起营盘，一路正走山西。

列位呵,这张士贵你道何等人?当年鸡冠刘武周守介休的便是他了。与尉迟恭困在城内,日费千金,一同投唐。其人刁恶多端,奸猾不过。

他有四个儿子,两个女儿。大儿名唤张志龙,次儿志虎,三儿志彪,四儿志豹,多是能征惯战,单是心内不忠,奸计多端。长女配与何宗宪,也有一身武艺;次女送与李道宗为妃。却说张家父子同何宗宪六人上马,离了天子营盘,大公子张志龙在马上叫声:"父亲,朝廷得此梦内贤臣,与我妹丈一般,不去山西招兵,无有薛仁贵,此段救驾功劳是我妹丈的;若招兵果有此人,我等功劳休矣。"士贵道:"我儿,为父的领旨前去招兵,你道我为什么意思?皆因梦中之人与你妹丈相同,欲要图此功劳,所以领旨前去。没有姓薛的更好,若有这仁贵,只消将他埋灭死了,报不来京,只说没有此人。一定爱穿白袍者,必是你妹夫,皇上见没有薛仁贵,自然加张门厚爵,岂不为美?"

那番四子一婿连称:"父亲言之有理。"六人一路言谈,正走山西绛州龙门县,前去招兵,我且慢表。

单讲朝廷降下旨意,卷帐行兵,到得陕西,有大殿下李治,闻报父王班师,带了丞相魏征众文武出光泰门,前来迎接。说:"父王,儿臣在此迎接。"

"老臣魏征迎接我王。"朝廷叫:"王儿平身,降朕旨意,把人马停扎教场内。"殿下领旨,一声传令,只听三声号炮,兵马齐齐扎定。天子同了诸将进城,众文武送万岁登了龙位,一个个朝参过了,当殿卸甲,换了蟒服。差元帅往教场祭过旗纛,犒赏了大小三军,分开队伍,各自回家。夫妻完聚,骨肉团圆。朝廷降旨,金銮殿上大摆功臣筵宴,饮完御宴,驾退回宫,群臣散班,各回衙署,自有许多家常闲话。如今刀枪归库,马放南山,安然无事。

过了七八天,这一日鲁国公程咬金朝罢回来,正坐私衙,忽报史府差人要见。咬金说:"唤他进来。"史府家将唤进里边说:"千岁爷在上,小人史仁叩头。"咬金说:"起来,你到这里有何事干?"那史仁说:"千岁爷,我家老爷备酒在书房,特请千岁去赴席。"咬金道:"如此你先去,说我就来。"史府家将起身便走。程咬金随后出了自己府门上马,带了家将慢慢的行来。到了史府,衙门报进三堂。史大奈闻知,忙来迎接。说:"千岁哥哥,请到里边去。"咬金说:"为兄并无好处于你,怎么又要兄弟费心?"史大奈说:"哥哥又来了,小弟与兄劳苦多时,不曾饮酒谈心。蒙天有幸,恭喜班师,所以小弟特备水酒一杯与兄谈心。"咬金说:"只是又要难为你。"

二人挽手进入三堂,见过礼,同到书房。饮过香茗,靠和合窗前摆酒一桌,二人坐下,传杯弄盏,饮过数杯,说:"千岁哥哥,前日驾困木阳城,秦元帅大败,自思没有回朝之日,亏得哥哥你年纪虽老,英雄胆气未衰,故领救兵,奉旨杀出番营,幸有谢兄弟相度,恭喜班师。"咬金说:"不入虎穴,焉得虎子。为兄最胆大的。”这里闲谈饮酒，忽听和合窗外一声喊叫：“呔！程老头儿，你敢在寡人驾前吃御宴吗？”吓得程咬金魂不附体，抬头一看，只见对过有座楼，楼窗靠着一人，甚是可怕，乃是一张锅底黑色脸，这个面孔左半身推了出来，右半身凹了进去，连嘴都是歪的。凹面阔额，两道扫帚浓眉，一双铜铃豹眼，头发披散满面，穿了一件大红衫，一只左臂膊露出在外，靠了窗盘，提了一扇楼窗，要打下来。那程咬金慌忙立起身来，说：“兄弟，这是什么人，如此无礼，楼窗岂是打得下来的？”史大奈说：“哥哥不必惊慌，这是疯颠的。”对窗上说：“你不要胡乱！程老伯父在此饮酒，你敢打下来，还不退进去！”那番这个八不就的人就往里面去了。程咬金说：“兄弟，到底这是什么人。”大奈说：“唉！哥哥不要说起，只因家内不祥，是这样的了。”咬金说：“兄弟，你方才叫他称我老伯父，可是令郎？”大奈说：“不是，小弟没福，是小女。”程咬金说：“又来取笑了。世间不齐整丑陋堂客也多，不曾见这样个人，地狱底头的恶鬼一般，怎说是你令爱起来。”大奈说：“不哄你，当真是我的小女，所以说人家不祥，生出这样一个妖怪来了。更兼犯了疯颠之症，住在这座楼上，吵也被他吵死了。”咬金说：“应该把他嫁了出门。”大奈说：“哥哥又来取笑了，人家才貌的裙钗、绝色的佳人，尚有不中男家之意，我家这样一个妖魔鬼怪，那有人家要他。小弟只求他早死就是，白送出门也不想的。”咬金叫声：“兄弟不必担忧，为兄与你令爱作伐，攀一门亲罢。”大奈说：“又来了，小户人家怕没有门当户对，要这样一个怪物？”咬金说：“为兄说的不是小户人家，乃是大富大贵人家的荫袭公子。”大奈笑道：“若说大富大贵荫袭爵主，一发不少个千金小姐、美貌裙钗了。”咬金说：“兄弟，你不要管，在为兄身上还你一个有职分的女婿。”大奈说：“当真的么？”咬金道：“自然，为兄的告别了，明日到来回音。”大奈说：“既如此，哥哥慢去。”史老爷送出。鲁国公那马来到午门，下马走到偏殿，俯伏说：“陛下在上，臣有事冒奏天颜，罪该万死。”朝廷说：“王兄所奏何事。”咬金说：“万岁在上，臣前在罗府中，我弟妇夫人十分悲泪，对臣讲说：‘先夫在日，也曾立过功劳与国家出力，只因：一旦为国捐躯死，惟有罗通一脉传。’”

不知程咬金怎生作伐，且看下回分解。

第二回 胜班师罗通配丑妇 不齐国差使贡金珠

诗曰：

平番安享转长安，路望东辽杀气悬。

贤臣详梦知名姓，到后方知在海边。

再讲咬金奏称罗夫人哭诉之言："'罗成一旦为国捐躯，只传一脉，才年十七。只因朝廷被困北番，我儿要救父王，夺元帅印掌兵权，征北番救龙驾。逼死屠炉公主，触怒圣心，把孩儿削除官爵，退居为民，不容娶妻，岂不绝了罗门之后？先夫在九泉之下也不安心的。望伯父念昔日之情，在圣驾前保奏一本，容我孩儿娶妻，以接后嗣，感恩不尽！'为此老臣前来冒奏。可恨罗通把一个绝色公主尚然逼死，臣想不如配一个丑陋女子却好。凑巧访得史大奈有位令爱，生来妖怪一般，更犯疯病，该是姻缘。未知陛下如何？"

朝廷说："既然程王兄保奏，寡人无有不准。"咬金大悦，说："愿我王万岁、万万岁！"谢恩退出午门，又到罗府内细说一遍。窦氏夫人心中大悦，说："烦伯伯与我孩儿作伐起来。"咬金道："这个自然。"说罢，前往史府内说亲，不必再表。要晓得这一家作伐有甚难处？他家巴不能够推出了这厌物。东西各府公爷爵主们都来恭喜。选一吉日，罗老夫人料理请客，忙忙碌碌，一面迎亲，一面设酒款待，鼓乐喧天。史家这位姑娘倒也稀奇，这一日就不痴了。喜嫔与他梳头，改换衣服。临上轿爹娘嘱咐几句，娶到家中结过亲，送入洞房，不必细讲。这位姑娘形状都变了，脸上泛了白，面貌却也正当齐整了些。与罗通最和睦，孝顺婆婆十二朝，过门后权掌家事，万事贤能。史大奈满心欢喜，史夫人甚是宽怀，各府公爷无不称奇。也算罗门有幸，五百年结下姻缘，不必去说。

再讲贞观天子驾坐金銮，自从班师回家两月有余。山西绛州龙门县张士贵招兵没有姓薛的，故打本章道来。黄门官呈上，朝廷一看，上写："三十六路都总管，七十二路总先锋臣张环，奉我王旨意，在山西龙门县总兵衙门扯起招军旗号。天下九省四郡各路人民投军者不计其数，单单没有姓薛的，应梦贤臣一定是狗婿何宗宪。愿陛下详察。"朝廷叫声："先生，张环本上说并没有姓薛的，便怎么样?”茂公说:“陛下不必担忧,龙门县一定有个薛仁贵,待张环招足了十万人马,自然有薛仁贵在里边的。”君臣正在讲论,忽有黄门官俯伏说:“陛下龙驾在上,今有不齐国使臣现在午门,有三桩宝物特来进贡。”皇爷龙颜大悦,说:“既然有宝物进贡,降朕旨意,快宣上来。”黄门官领旨传出:“宣进来。”有不齐国使臣上金銮殿俯伏朝见,说:“天朝圣主龙驾在上,小邦使臣官王彪见驾,愿圣主万寿无疆!”朝廷把龙目望下一瞧,只见使臣官头上戴一顶圆翅纱貂,狐狸倒照,身穿猩猩血染大红补子袍,腰围金带,脚踏乌靴。但是这个脸看不出的。不知为什么用这一块纱帕遮了面,就像钟馗送妹模样。天子看不出,就道:“问你可是不齐国使臣王彪么?”应道:“臣正是。”天子说:“你邦狼主送三桩什么宝物与寡人?”王彪说:“万岁请看献表就知明白。”把表章展开,朝廷一看,上写:“臣不齐国云王朝首天朝圣主,愿天子万岁!因小国无甚异宝,惟有三桩鄙物:赤金嵌宝冠、白玉带一围、绛黄蟒服一领。略表臣心。”天子大悦,说:“爱卿,如今这三件宝物拿上来与寡人看。”王彪说:“阿呀,圣上阿!臣该万死!”天子大惊,说:“为什么?三桩宝物进贡入朝,乃是你的功劳,还有何罪?”王彪道:“万岁阿!不要说起。臣奉狼主旨意,把三桩宝物放在车子上,叫四名小番推了,打从东辽国经过。遇着高建王驾下大元帅盖苏文拦住去路,劫去三桩宝物,把小番尽皆杀死。臣再三跪求,饶我一命。还讲万岁爷许多不逊,臣不敢奏。”天子大怒,说:“有这等事?你细细奏来。”

王彪领旨,说:“万岁!这盖苏文说:‘中原花花世界,要兴兵过海,去夺大唐天下,如在反掌!少不得一统山河全归于我,何况这三桩宝物?留在这里,你寄个信去。’小臣被他拿住,刺几行字在面上,故把纱遮面上。求万岁恕臣之罪。”天子说:“卿家无罪。你把纱帕拿去,走上来待朕看看。”

那王彪鞠躬到龙案前,把纱帕去掉了。天子站起身一看,只见他面上刺着数行字道:

面刺海东不齐国,东辽大将盖苏文。把总催兵都元帅,先锋挂印独称横。几次兴兵离大海,三番举义到长安。今年若不来进贡,明年八月就兴兵。生擒敬德秦叔宝,活捉长安大队军。战书寄到南朝去,传与我儿李世民!

天子看了这十二句言语犹可,独怪那“传与我儿李世民”这一句,不觉那龙颜大怒,大叫:“阿唷,阿唷!罢了,罢了!”这一声喊惊得使臣魂不附体,连忙趴定金阶说:“万岁饶命阿!”朝廷说:“与你无罪!”吓得那文武战战兢兢。徐茂公上前问道:“陛下,他面上刺的什么,陛下龙颜大怒起来?”

朝廷说:“徐先生,你下去观看一遍,就知明白。”茂公走过去看了一遍,说道:“陛下如何?梦内之事不可不信。东辽此人作乱,非同小可,不比扫北之易。请陛下龙心宽安。待张士贵收了应梦贤臣,起兵过海征服他就是了。”

天子就令内侍把金银赏赐王彪,叫声:“爱卿,你路上辛苦劳烦。降旨一路汛地官送归过海,若到东辽国去见这盖苏文,叫他脖子颈候长些,百日内就来取他的颅头便了!你是去罢。”使臣王彪叩谢:“愿我皇圣寿无疆!”不齐国使臣退出午门,回归过海。不必去表。

如今再讲贞观天子叫声:“徐先生,此去征东,必要应梦贤臣姓薛的方可平复的。”茂公道:“这个自然。东辽不比北番,厉害不过,多有吹毛画虎之人,撒豆成兵之将,要薛仁贵方破得这班妖兵怪将。若是我邦这班老幼兄弟们,动也动不得。”朝廷道:“如此说起来,就有薛仁贵,必要个元帅领兵的。寡人看这秦王兄年高老迈,那里掌得这个兵权?东辽好不枭勇,他去得的么?必要个能干些的才为元帅去得。”这是天子好心肠,好意思,是这等说道:“秦王兄为了多年元帅,跋涉了一生一世。今日东征况有妖兵厉害。把这颗帅印交了别人,脱了这劳碌,安享在家,何等不美?”那晓得都是不争气的秦叔宝,假装不听见,低了头在下边。尉迟恭与程咬金从不曾为元帅过的,不知道这元帅有许多好处。在里面听得万岁说了这一句,大家装出英雄来了。尉迟恭挺胸叠肚。程咬金在那里使脚弄手起来。朝廷说:“朕看来倒是尉迟王兄能干些,可以掌得兵权。”天子还不曾说完,敬德跪称:“臣去得。谢我主万岁、万万岁!”程咬金见尉迟恭谢恩,也要跪下来夺这个元帅。那晓得秦琼连忙说:“住了!”上前叫声:“陛下,万岁道臣年迈无能,掌不得兵权,为什么尉迟老将军就掌得兵权?他与臣年纪仿佛,昔日在下梁城,臣与尉迟将军战到百十余合以后,三鞭换两锏,陛下亲见他大败而走。看起来臣与他只不过芦地相连,本事他也不叫什么十分高,何见今日臣就不及他?当初南征北讨,都是臣领兵的。今日臣就去不得了,岂不要被众文武耻笑,道老臣无能,怕去了。求陛下还要宽容。”程咬金说:“当真我们秦哥还狠!元帅积祖是秦家的。我老程强似你万倍,尚不敢夺他。你这黑炭团到得那里是那里,思想要夺起帅印来?”朝廷说:“不必多言。阿,秦王兄,虽只如此,你到底年高了,尉迟王兄狠些。”叔宝叫声:“陛下,你单道老臣无能,自古道:年老专擒年小将,英雄不怕少年郎!臣年纪虽有七旬,壮年本事不但还在,更觉狠得多了;智量还高,征东纤细事情如在臣反掌之易。不是笑着尉迟老将军,你晓得横冲直撞,比你怯些胜了他,比你勇些就不能取胜了。那里晓得为元帅的法度?长蛇阵怎么摆?二龙阵怎么破?”敬德哈哈笑道:“秦老千岁,某家虽非人才出众,就是为帅之道也略晓一二。让了某家吧!”叔宝说:“老将军,要俺帅印,圣驾面前各把本事比一比看。”天子高兴的说:“倒好,胜者为帅。”传旨午门外抬进金狮子上来,放在阶前,铁打成的,高有三尺,外面金子裹的,足有千斤重。叔宝说:“尉迟将军,你本事若高,要举起金狮子在殿前绕三回,走九转。”敬德想道:“这个东西有千斤重。当初拿得起,走得动,如今来不得了。”叫声:“秦老千岁,还是你先拿我先拿?”叔宝说:“就是你先来!”

敬德说:“也罢,待某来!”把皂罗袍袖一转,走将过来,右手柱腰,左手拿住狮子,脚挣一挣,动也动不得一动,怎样九转三回起来?想来要走动,料想来不得的,只好把脚力挣起来的。缓缓把脚松一松,跨得一步,满面挣得通红,勉强在殿上绕得一圈。脚要软倒来了,只得放下金狮子,说:“某家来不得。金狮子重的很,只怕老千岁拿不起!”叔宝嘿嘿冷笑,叫声:“陛下如何?眼见尉迟老将军无能,这不多重东西就不能够绕三回。秦琼年纪虽高,今日驾前绕三回九转与你们看看。”程咬金说:“这个东西不多重,这几斤我也拿得起的。秦哥自然走三回绕九转,不足为奇的。”那秦琼听言,一发高兴。就把袍袖一捋,也是这样拿法,动也不动,连自己也不信起来,说:“什么东西?我少年本事那里去了?”犹恐出丑,只得用尽平生之力举了起来,要走三回,那里走得动!眼前火星直冒,头晕凌凌,脚步松了一松,眼前乌黑的了。到第二步,血朝上来,忍不住张开口鲜血一喷,迎面一跤,跌倒在地,呜呼哀哉!

要晓得叔宝平日内名闻天下,都是空虚,装此英雄,血也忍得多,伤也伤得多。昔日正在壮年,忍得住。如今有年纪了,旧病复发,血都喷完了,晕倒金銮。吓得天子魂飞海外,亲自忙出龙位,说:“秦王兄,你拿不起就罢了,何苦如此!快与朕唤醒来。”众公爷上前扶定。程咬金大哭起来,叫声:“我那秦哥阿!”尉迟恭看叔宝眼珠都泛白了,说:“某家与你作耍,何苦把性命拼起来?”咬金说:“呸!出来!我把你这黑炭团狗攮的!”尉迟恭也说:“呔!不要骂!”咬金道:“都是你不好!晓得秦哥年迈,你偏要送他性命。好好与我叫醒了,只得担些干系;若有三长两短,你这黑炭团要碎剐下来的!”秦怀玉看见老子斗力喷血死的,跨将过来,望着尉迟恭夹胸前只一掌。他不防的,一个鹞子翻身,跌在那边去了。敬德爬起身来说:“与我什么相干?”程咬金说:“不是你倒是我不成?侄儿再打!”秦怀玉又一拳打过去。敬德把左手接住他的拳头,复手一扯,怀玉反跌倒在地。爬起身来思量还要打,朝廷喝住了,说:“王兄、御侄,不必动手,金銮殿谁敢吵闹?叫醒秦王兄要紧。”两人住手。尉迟恭叫声:“老千岁苏醒!”朝廷说:“秦王兄醒来!”大家连叫数声。秦琼悠悠醒转,说:“阿唷!罢了,罢了!真乃废人也。”朝廷说:“好了!”尉迟恭上前说:“千岁,某家多多有罪了!”程咬金说:“快些叩头赔罪!”叔宝叫声:“老将军说那里话来。果然本事高强,正该与国出力。俺秦琼无用的了!”眼中掉泪,叫声:“陛下,臣来举狮子,还思量掌兵权,征东辽。如今再不道四肢无力,昏沉不醒,在阳间不多几天了。万岁若念老臣昔日微功、等待臣略好些,方同去征东。就去不能够了,还有言语叮嘱尉迟将军,托他帅印,随驾前去征东。陛下若然一旦抛撇了臣,径去征东,臣情愿死在金阶,再不回衙了。”朝廷说:“这个自然,帅印还在王兄处,还是要王兄去平得来。没有王兄，寡人也不托胆。王兄请放心回去，保重为主。”叔宝说：“既如此，恕臣不辞驾了。我儿扶父出殿。”怀玉应道：“爹爹，孩儿知道。”那番秦怀玉与程咬金扶了秦琼。尉迟恭也来搀扶，出了午门，叫声：“老千岁！恕不远送了。”

叔宝说：“老将军请转，改日会罢！”一路回家，卧于床上，借端起病，看来不久。

单说天子心内忧虑秦琼。茂公说：“陛下，国库空虚，命大臣外省催粮。又要能干公爷到山东登州府督造战船一千五百号，一年内成功，好跨海征东。这两桩要紧事情迟延不得。”天子说：“既如此，命鲁国公程咬金往各省催粮，传长国公王君可督造战船。”二位公爷领旨，退出午门。王君可往登州府，程咬金各路催粮，不表。

再讲山西绛州府龙门县该管地方，有座太平庄，庄上有个村名曰薛家村。村中有一富翁名叫薛恒，家私巨万。所生二子，大儿薛雄，次儿薛英。才交三十，薛恒身故。弟兄分了家私，各自营业。这二人各开典当，良田千顷，富称故国，人人相称。员外次子薛英，娶妻潘氏，三十五岁生下一子，名唤薛礼，双名仁贵。从小到大不开口的，爹娘不欢喜，道他是哑巴子。直到五十岁庆寿，仁贵十五岁了。一日睡在书房中，见一白虎揭开帐子扑身进来，吓得他魂飞天外，喊声：“不好了！”才得开口。当日拜寿，就说爹娘福如东海，寿比南山。薛英夫妇十分欢喜，爱惜如珠。不晓得罗成死了，薛仁贵所以就开口的。不上几天，老夫妇双双病死了。只叫做：白虎当头坐，无灾必有祸。真曰：“白虎开了口，无有不死。”仁贵把家私执掌，也不晓得开店，日夜习学武艺，开弓跑马，名闻天下，师家请了几位，在家习学六韬三略。又遭两场回禄，把巨万家私、田园屋宇弄得干干净净。马上十八般，地下十八件般般皆晓，件件皆能。箭射百步穿杨，日日会集朋友放马射箭。家私费尽，只剩得一间房子。吃又吃得，一天要吃一斗五升米，又不做生意，那里来得吃？卖些家货什物，不够数月吃得干干净净。楼房变卖，无处栖身，只得住进一山脚下破窑里边，犹如叫花子一般。到十一月寒天，又无棉衣，夜无床帐，好不苦楚！饿了两三天，那里饿得过，睡在地上，思量其时八、九月还好，秋天还不冷。如今寒天冻饿难过。绝早起身出了窑门，心中想道：“往那里去好呢？有了！我伯父家中十分豪富，两三年从不去搅扰他，今日不免走一遭。”心中暗想，一路早到。抬头看见墙门门首有许多庄客，尽是刁恶的，一见薛礼，假意喝道：“饭是吃过了，点心还早。不便当别处去求讨罢！”正是：

龙逢浅水遭虾戏，虎落荒崖被犬欺。

毕竟不知薛礼如何回话，且听下回分解。

第三回 举金狮叔宝伤力 见白虎仁贵倾家

诗曰：

仁贵穷来算得穷，时来方得遇英雄。

投军得把功劳显，跨海征东官爵荣。

再说薛仁贵一听刁奴之言，心中不觉大怒，便大喝道："你们这班狗头，眼珠都是瞎的？公子爷怎么将来比做叫花的？我是你主人的侄儿，报进去！"

那些庄汉道："我家主人大富大贵，那里有你这样穷侄儿？我家员外的亲眷甚多，却也尽是穿绫着绢，从来没与贫人来往。你这个人不但穷，而且叫花一般，怎么好进去报？"仁贵听说，怒气冲天，说："我也不来与你算账，待我进去禀知伯父，少不得处治！"

薛礼甩开大步，走到里边。正遇着薛雄坐在厅上，仁贵上前叫声："伯父，侄儿拜见！"员外一见，火星直冒，说："住了！你是什么人，叫我伯父？"薛礼道："侄儿就是薛仁贵。"员外道："哇！畜生！还亏你老脸前来见我伯父。我想，你当初父母养你如同珍宝，有巨万家私托与你，指望与祖上争气。不幸生你这不肖子，与父母不争气，把家私费尽，还有面目见我！我只道你死在街坊，谁知反上我门到来做什么？"仁贵说："侄儿一则望望伯父；二则家内缺少饭米，要与伯父借米一二斗，改日奉还。"薛雄说："你要米何用？"仁贵道："我要学成武艺，吃了跑马。快拿来与我。"薛雄怒道："你这畜生！把家私看得不值钱，巨万拿来都出脱了。今日肚中饥了，原想要米的，为何不要到弓、马上去寻来吃？"仁贵说："伯父，你不要把武艺看轻了。不要说前朝列国。即据本朝有个尉迟恭，打铁为生，只为本事高强，做了虢国公。闻得这些大臣都是布衣起首。侄儿本事也不弱，朝里边的大臣如今命运不通，落难在此，少不得有一朝际遇，一家国公是稳稳到手的。"薛雄听了又气又恼，说道："青天白日，你不要在此做梦！你这个人做了国公，京都内外抬不得许多人。自己肚里不曾饱，却在此讲混话。这样不成器的畜生，还要在此恼我性子。薛门中没有你这个人，你不要认我伯父，我也决不来认你什么侄儿。庄汉们,与我赶出去!”薛礼心中大怒,说:“罢了!罢了!我自己也昏了!穷来有二三年了,从来不搅扰这里,何苦今日走来讨他羞辱?”不别而行。出了墙门大叹一声道:“咳!怪不得那些闲人都不肯看顾,自家骨肉尚然如此。如今回转破窑也是无益,肚中又饥得很,吃又没得吃,难在阳间为人。”一头走,一头想,来到山脚下见一株大槐树,仁贵大哭说:“这是我葬身之地了!也罢!”把一条索子系在树上吊起来了。

仁贵命不该绝,来了一个救星名叫王茂生。他是小户贫民,挑担为生,偶然经过,抬头一看吊起一人,倒吓得面如土色。仔细一认,却也认得是薛大官人:“不知为什么寻此短见?待我救他下来。”茂生把担歇下,摆过一块石头摆定了,将身立在上面,伸手往他心内摸摸,看还有一点热气,双手抱起,要等个人来解这个索结,谁想再没有人来。不多一会,那边来了一个卖婆仔,细一看,原来就是自家的妻子毛氏大娘。都算有福,同来相救。那茂生正在烦恼,见妻子走来,心中大喜,叫声:“娘子,快走一步,救了一条性命也是阴德。”那大娘连忙走上前来,把箱子放下,跨上石头,双手把圈解脱。茂生抱下来,放在草地上。薛礼悠悠苏醒,把眼张开说:“那个恩人在此救我?”“王茂生同妻毛氏做生意回来,因见大官人吊在树上,夫妇二人放下来的。”仁贵道:“阿呀!如此说二人是我大恩人了。请受小子薛礼拜见!”茂生道:“这个我夫妻当不起。请问大官人为什么寻此短见起来?”

仁贵说:“恩人不要说起,只恨自己命运不好,今日到伯父家中借贷,却遭如此凌贱。小子仔细思量,实无好处。原要死的,不如早绝。”茂生道:“原来如此。这也不得怨命,自古说:碌砖也有翻身日,困龙也有上天时。你伯父如此势利,决不富了一世。阿娘,你笼子内可有斗把米么?将来赠了他。”毛氏道:“官人,米是有的,既要送他,何不请到家中坐坐。走路上成何体统?”茂生道:“娘子之言极是,阿,薛官人,且同我到舍下去坐坐,赠你斗米便了。”仁贵道:“难得恩人,犹如重生父母,再长爹娘!”茂生挑了担子,与薛礼先走。毛氏大娘背了笼子,在后慢慢的来。一到门首,把门开了,二人进到里边,见小小坐起,倒也精雅。毛氏大娘进入里面烹茶出来。茂生说:“请问大官人,我闻令尊亡后有巨万家私,怎么弄得一贫如洗?”

仁贵道:“恩人不要讲起。只因自己志短,昔年合同了朋友学什么武艺、弓马刀枪,故而把万贯家财都出脱了。”茂生听言大喜,说:“这也是正经,不为志短。未知武艺可精么?”仁贵道:“恩人阿!若说弓马武艺,件件皆精。但如今英雄无用武之地,救济不来。”茂生道:“大官人说那里话来。自古道:学成文武艺,货与帝皇家。既有一身本事,后来必有好处!娘子快准备酒饭。”毛氏大娘在里面句句听得，叫声："官人走进来，我有话讲。"茂生说："大官人请坐，我进去就来。"茂生走到里面，便叫："娘子有什么话说？"毛氏道："官人阿，妾身看那薛大官人不像落魄的，面上官星显现，后来不作公侯，便为梁栋。我们要周济，必然要与他说过，后来要靠他过日子，如若不与他说过，倘他后来有了一官半职，忘记了我们，岂不枉费心机？"茂生说："娘子之言甚为有理。"便走出来说道："薛大官人，我欲与你结拜生死之交，未知意下如何？"仁贵听言大喜，假意说道："这个再不敢的。小子感承恩人照管，无恩可报，焉敢大胆与恩人拜起弟兄来！"茂生说："大官人，不是这论。我与你拜了弟兄，好好来来往往。倘我不在家中，我妻子就可叔嫂相称，何等不美？"仁贵道："蒙恩人既这等见爱，小子从命便了。"茂生说："待我去请了关夫子来。"走出门外，不多一会买了鱼肉进到里面。好一个毛氏大娘，忙忙碌碌端整了一会。茂生供起关张，摆了礼物，点起香烛，斟了一杯酒，拜跪在地，说："神明在上。弟子王茂生才年三十九岁，九月十六丑时生的。路遇薛仁贵，结为兄弟，到老同器，连枝一般。若有半路异心，不得好死！"仁贵也跪下说："神明在上。弟子薛礼行年二十一岁，八月十五寅时建生。今与王茂生结为手足。若有异心，欺兄忘嫂，天雷打死，万弩穿身！"二人立了千斤重誓，立起身来送过了神，如今就是弟兄相称。大娘端正四品肴馔，拿出来摆在桌上。茂生说："兄弟，坐下来吃酒。"仁贵饮了数杯，如今大家用饭。茂生说："娘子，你肚中饥了，自家人不妨，就同坐在此吃罢！"这位娘子倒也老实，才坐得下来，仁贵吃了七八碗了。要晓得他几天没有饭下口吃，况又吃得，如今一见饭没有数碗吃的，一篮饭有四五升米在里头。茂生吃得一碗，见他添得凶了，倒看他吃。毛氏坐下来，这个饭一碗也不曾吃，差不多完在里头了。茂生大悦道："好兄弟，吃得，必是国家良将！娘子，快些再去烧起来。"仁贵说："不必了，尽够了。"他是心中暗想："我若再吃，吓也吓死了。我回家少不得赠我一斗米，回到窑中吃个饱。"算计已定，说："哥哥嫂嫂请上，兄弟拜谢！"茂生道："阿呀！兄弟又来了！自家人不必客气。还有一斗二升米在此，你拿去，过几天缺少什么东西只消走来便了。"仁贵道："哥嫂大恩，何日得报？"茂生道："说那里话来，兄弟慢去。"

仁贵出门，一路回转破窑。当日就吃了一斗米，只剩得二升米，明日吃不来了。只得又到茂生家来，却遇见他夫妻两个正要出门，一见薛仁贵，满心欢喜说："兄弟，为什么绝早到来？"薛礼说："特来谢谢哥嫂。"茂生说："兄弟又来了，自家兄弟谢什么，还有多少米在家？"仁贵说："昨日吃了一斗，只有二升在家了。"王茂生心中一想，说："完了！昨日在此吃了五升米去的，回家又吃了一斗。是这样一个吃法，叫我那里来得？今日早来，决定又要米了。"好位毛氏，见丈夫沉吟不语，便叫道："官人，妾身还积下一斗粟米在此，拿来赠了叔叔拿去罢！"茂生说："正是。"毛氏将米取出，茂生付与仁贵，接了谢去。茂生想："如今引鬼入门了，便怎么处？"

少表茂生夫妻之事。且说仁贵，他今靠着王茂生恩养，不管好歹，准准一日要吃一斗米，朝朝到王家来拿来要。要晓得这夫妻二人做小本生涯的，彼时原积得起银钱。如今这仁贵吃得太多了，两个人趁赚进来，总然养他不够，把一向积下银钱都用去了，又不好回绝他，只得差差补补寻来养他，连本钱都吃得干干净净，生意也做不起了。仁贵还不识时务，天天要米。王茂生心中纳闷，说："娘子，不道薛仁贵这等吃得，连本钱都被他吃完了。今日那里有一斗米？我就饿了一日不妨。他若来怎样也好饿他？"毛氏大娘听说，便叫声："官人，没有商量，此刻少不得叔叔又要来了。只得把衣服拿去当几钱银子来买米与他。"茂生说："倒也有理。"那番，今日当，明日当，当不上七八天，当头都吃尽了。弄得王茂生走头没路，日日在外打听。

不道这一日访得一头门路在此，他若肯去，饭也有得吃。大娘说："官人，什么门路？"茂生说："娘子，我闻得离此地三十里之遥，有座柳家庄。庄主柳员外家私巨万，另造一所厅房楼屋，费用一万银子。包工的缺少几名小工，不如待他去相帮，也有得吃了。"毛氏说："倒也使得。但不知叔叔肯去做小工否？"

夫妻正在言谈，却好仁贵走进来了。茂生说："兄弟，为兄有一句话对你讲。"仁贵道："哥哥什么话说？"茂生说："你日吃斗米，为兄的甚是养不起。你若肯去做生活就有饭吃了。"仁贵说："哥哥，做什么生活？"

茂生道："兄弟，离此三十里柳家庄柳员外造一所大房子，缺少几名小作。你可肯去做？"仁贵说："但我不曾学匠人，造屋做不来的。"茂生道："嗳！兄弟，造屋自有匠头。只不过抬抬木头，搬些砖瓦石头等类。"仁贵道："阿！这个容易的。可有饭吃的么？"茂生道："兄弟又来了，饭怎么没有，非但吃饭，还有工钱。"仁贵道："要什么工钱？只要饭吃饱就好了。"茂生说："既如此，同去！"两下出门，一路前往大王庄，走到柳家村，果见柳员外府上有数百人，在那里忙忙碌碌。茂生走上前，对木匠作头说道："周师父！"

作头听叫连忙走过来说："阿呀！原来是茂生。请了！有什么话？"茂生说："我有个兄弟薛仁贵，欲要相帮老师做做小工，可用得着么？"周匠头道："好来得凑巧，我这里正缺小作，住在此便了。"茂生说："兄弟，你住在此相帮，为兄去了，不常来望你的。"仁贵说："哥哥请回！"王茂生回去不表。

再讲仁贵从早晨来到柳家庄，说得几句话，一并作活，还不端正，要吃早饭了。把这些长板铺了，二三百人坐下，四个人一篮饭，四碗豆腐，一碗汤。你看这仁贵,坐在下面也罢,刚刚坐在作头旁首第二位上。原是饿虎一般的吃法,一碗只划得两口,这些人才吃得半碗,他倒吃了十来碗。作头看见,心内着了忙,说:“怎么样,这个人难道没有喉咙的么?”下面这些人大家停了饭碗,都仰着头看他吃。这薛礼吃饭没有碗数的,吃出了神,只顾添饭,完了一篮,又拿下面这一篮来吃。不多一会,足足吃了四篮饭,方停了碗,说够了。作头心下暗想:“这个人用不着的,待等王茂生来,回他去罢。”心里边是这样想。如今吃了饭,大家各自散开去做生活。仁贵新来,不晓得的,便说:“老师,我做什么生活?”作头说:“那一首河口去相帮他们扛起木料来。”仁贵答应,忙到河边。见有二三十人在水中系了索子,背的背,扯的扯,乃是大显柱正梁的木料,许多人扯一根扯他不起。仁贵见了大笑,说:“你们这班没用之辈!根把木头值得许多人去扯他?大家拿了一根走就是了。”众人说:“你这个人有些疯颠的么?相帮我们扯得起来,算你力气狠得极的了。若说思量一个人拿一根,真正痴话了。”仁贵说:“待我来拿与你们看看。”他说罢,便走下水来,双手把这头段拿起来,放在肩头上,又拿一根挟在左肋下,那右肋下也挟了一根,走上岸来,拖了就跑。

众人把舌头乱伸,说:“好气力!我们许多人拿一根尚然弄不起。这个人一人拿三根,倒拿了就走。这些木料都让他一个拿罢!我们自去做别件罢。”

那晓仁贵三根一拿,不上二三个时辰,二百根木头都拿完了。作头暗想:“这也还好,抵得二三十人吃饭,也抵四五十人生活。如今相帮挑挑砖瓦,要挡抵四五篮饭也情愿的。”

到明日,王茂生果然来望,便说:“兄弟,可过得服么?”仁贵说:“倒也过得服的。”那个周大木走将过来,叫声:“王茂生!你这个兄弟做生活倒也做得。但是吃饭大觉吃得多,一日差不多要吃一斗米。我是包在此的,倘然吃折了怎么处?不要工钱只吃饭还合得着。”茂生说:“薛兄弟,周老师道你吃得多,没有工钱。你可肯么?”仁贵说:“那个要什么工钱!只要有得吃就够了。”茂生说:“如此极好。兄弟我去了。”不表茂生回去。

且说薛仁贵如今倒也快活。这些人也觉偷力得多了,拿不起的东西都叫他抬拿。自此之后,光阴迅速。到了十二月冷天,仁贵受苦了,身上只穿着单衣,鞋袜都没有的。不想这一月天气太冷,河内成冰,等了六七天还不开冻。将近岁底,大家要回去思量过年。周大木叫声:“员外!如此寒天大冻,况又岁毕,我们回去过了新年,要开春来造的了。”柳员外说:“既然如此,寒天不做就是,开春罢!但这些木料在此,要留一个在此看守才好。不然被人偷去,要你赔的。”木匠说:“这个自然。靠东首堂楼墙边搭一草厂,放些木料,留人看守。”员外说:“倒也使得。”木作头走出来道:“你们随便那一个肯在此看木料?”只有薛仁贵大喜道："老师！我情愿在此看木料。"作头心中想："这个人在此，叫我留几石米在这里方够他吃得来？"

大木正在踌躇，只见柳员外刚踱将出来。作头便叫声："员外，我留薛礼在此看木料，不便留米。员外可肯与他吃么？"员外说："个把人何妨？你自回去，待他这里吃罢了。"众匠人各自回家，不必去表。

单讲薛礼走进柳家厨房，只见十来个粗使丫环忙忙碌碌，家人妇女端正早饭。仁贵进来一个个拜揖过了。家人道："你可是周师父留你在这里看木料的薛礼么？"仁贵道："老伯，正是。"

英雄未遂凌云志，权做低三下四人。

毕竟薛仁贵如何出息，且听下回分解。

第四回 大王庄薛仁贵落魄 怜勇士柳金花赠衣

诗曰：

贫士无衣难挡寒，朔风冻雪有谁怜？
谁知巾帼闺中女，恻隐仁慈出自然。

再说薛仁贵道：“我正是周师父留在此的。”家人道：“既如此，就在这里吃饭罢！”仁贵答应，同了这班家人们就坐灶前用饭。他依旧乱吃，差不多原有几篮饭吃了。他们富足之家，不知不觉的，只不过说他饭量好，吃得。众家人道：“你这样吃得，必然力大，要相帮我们做做生活的。”仁贵说：“这个容易。”自此，仁贵吃了柳员外家的饭，与他挑水、淘米、洗菜、烧火，都是他去做，夜间在草厂内看木料。

员外所生一子一女。大儿取名柳大洪，年方二十六岁，娶媳田氏。次女取名柳金花，芳年二十正，有沉鱼落雁之容，闭月羞花之貌，齐整不过。描龙绣凤，般般俱晓；书画琴棋，件件皆能。那柳大洪在龙门县回来，一见薛礼在厂中发抖，心中暗想：“我穿了许多棉衣，尚然还冷。这个人亏他穿一件单衣，还是破的，于心何忍？”便把自己身上羊皮袄子脱下来，往厂内一丢，叫声：“薛礼！拿去穿了罢！”仁贵欢喜说：“多谢大爷赏赐！”拿了皮袄披在身上，径是睡了。自此过来，到了正月初三，田氏大娘带了四名丫环上楼来。金花小姐接住说：“嫂嫂请坐！”大娘道：“不消了。姑娘阿，我想今日墙外没有人来往，公公又不在家中。不知新造墙门对着何处？我同姑娘出去看看。”小姐道：“倒也使得。”姑嫂二人走到墙门，田氏大娘说：“这造墙门原造得好，算这班师父有手段。”小姐道：“便是那，嫂嫂，如今要造大堂楼了。”二人看了一会，小姐又叫声：“嫂嫂，我们进去罢！”

姑娘转身才走，忽见那一首厂内一道白光冲出，呼呼一声风响，跳出一只白虎，走来望着柳金花小姐面门扑来。田氏大娘吓得魂飞魄散，拖了姑娘望墙门前首一跑。回头一看，却不见什么白虎，原来好端端在此。田氏大娘心中稀罕，叫声：“姑娘阿，这也奇了，方才明明见一只白虎扑在姑娘面前，如何就不见了？”

小姐吓得满面通红说："嫂嫂！方才明明是只白虎，如何就不见了？如今想将起来，甚为怪异，不知是祸是福？"田氏大娘道："姑娘，在厂内跳出来的，难道看木头的薛礼不在里面么？我们再走去看看。"姑嫂二人挽手来到厂内一看，只见薛礼睡在里边，并无动静。小姐心下暗想："这个人虽然像叫花一般，却面上官星显现，后来决不落魄，不是公侯，定是王爵。可怜他衣服不周，冻得来在里边发抖。"小姐在这里想，只听田氏嫂嫂叫声："姑娘，进去罢！"小姐答应，相同嫂嫂各自归房。

单讲小姐，心里边倒疑惑："我想这只白虎跳出来，若是真的，把我来抓去了。倒为什么一霎时跳出，一霎时就不见了？谅来不像真的。况在厂内跳出，又见看木料的人面上白光显现，莫非这个人有封相拜将之分？"倒觉心中闷闷不乐。不一日，风雪又大。想起："厂内之人难道不冷么？今夜风又大，想他决冻不起。待我去看看，取得一件衣服，也是一点恩德。"等到三更时，丫环尽皆睡去，小姐把灯拿在手中，往外边轻轻一步步捱去。开了大堂楼，走到书房阁；出小楼，跨到跨街楼，悠悠开出楼窗，望下一看。原来这草厂连着楼，窗披在里面的，所以见得。正好仁贵睡在下边，若是丢衣服，正贴在他身上。小姐看罢，回身便走，要去拿衣服。刚走到中堂楼，忽一阵大风将灯吹灭，黑暗伸手不见五指。慢慢的摸到自己房中，摸着一只箱子，开了盖，拿了一件衣服就走。原摸到此间楼上，望着窗下一丢，将窗关好了，摸进房径是睡了一宵。晚话不表。

到了明日，薛仁贵走起来，只见地上一件大红紧身，拾在手中说："那里来的？这又奇了，莫非皇天所赐？待我拜谢天地，穿了他罢。"这薛仁贵将大红紧身穿在里面，羊皮袄子穿在外面，连柳金花小姐也不知道，竟过了日子。谁想这一夜天公降雪来，到明日足有三尺厚。有柳刚员外要出去拜年，骑了骡子出来，见场上雪堆满在此，开言叫声："薛礼，你把这雪拿来扫除了。"仁贵应道："是！"那番提了扫帚在此扫雪。员外径过护庄桥去了。

这薛礼团团扫转，一场的雪却扫除了一半。身上热得紧，脱去了羊皮袄子，露出了半边的大红紧身在这里扫。那晓得员外拜年回来，忽见了薛礼这件红衣，不觉暴跳如雷，怒气直冲。口虽不言，心内想一想："阿呀！那年我在辽东贩货为商，见有二匹大红绫子，乃是鱼游外国来的宝物，穿在身上不用棉絮，暖热不过的。所以，我出脱三百两银子买来，做两件紧身。我媳妇一件，我女儿一件，除了这两件再也没有的了。这薛礼如此贫穷，从来没有大红衣服，今日这一件分明是我家之物。若是偷的，决不如此大胆穿在身上，见我也不回避。难道家中不正，败坏门坊？到底未知是媳妇不正呢？女儿不正？待我回到家中查取红衣，就知明白了。"这柳刚大怒，进入中堂坐下，唤过十数名家人，说："与我端正绳索一条，钢刀一把，毒药一服，立刻拿来！"吓得众家人心中胆脱，说："员外，要来何用?”员外大喝道:“哇！我有用！要你们备,谁敢多说?快些去取来!”众家人应道:“是!”大家心中不明白,不知员外为什么事情,一面端正,一面报知院君。那院君一闻此言,心内大惊,同了孩儿柳大洪走出厅堂。只见员外大怒,院君连忙问道:“员外,今日为何发怒?”员外道:“嗳！你不要问我,少停就知明白了。丫环们,你往大娘、小姐房内取大红紧身出来我看!”四名丫环一齐答应一声,进房去说。大娘取了红衣,走出厅堂,叫声:“公公、婆婆！媳妇红衣在此,未知公公要来何用?故此媳妇拿在此,请公公收下。”员外说:“既然如此,你拿了进去,不必出来出丑!”大娘奉命回进房中,不表。

再讲小姐正坐高楼,只见丫环上楼叫声:“小姐,员外不知为什么要讨两件红衣。大娘的拿出去与员外看过了,如今要小姐这件红衣,叫丫环来取。小姐快些拿出来,员外在厅上立等。”金花小姐听见此言,不觉心中一跳。

连忙翻开板箱一看,不见了红衣,说:“不好了！祸降临身！那一夜吹灭了灯火,不知那一只箱子,随手取了一件撂下去,想来一定是这件大红紧身。必然薛礼穿在身上,被我爹爹看见,所以查取红衣。为今之计,活不成了!”

箱子内尽翻倒了,并没有红衣。只见楼梯又有两名丫环来催取,说:“员外大怒,在厅上说,若再迟延,要处死小姐!”那位姑娘吓得魂不附体,不敢走下楼去,只得把箱子又翻,那里见有?

再表外边,员外坐在厅上等了一会,不见红衣,暴跳如雷,说:“咳！罢了,罢了！家门不幸!”院君道:“为什么这样性急?女儿自然拿下来的。你难道疯癫了么?”员外大怒,骂道:“老不贤！你那里知道！有其母必生其女,败坏门坊。还有什么红衣?那红衣为了表记,赠与情人了!”院君大惊,说:“你说什么话?”连忙回身就走,来到高楼,叫声:“女儿！红衣可在?快拿与做娘的。你爹爹在外立等要看!”金花说:“阿呀,母亲阿！要救女儿性命!”眼中掉泪,跪倒在地。院君连忙扶起,说:“女儿！到底怎么样?”小姐道:“阿唷,母亲阿！前日初三,与嫂嫂一同出外观看新造墙门。看见厂内一人,身上单衣,冻倒在地,女儿起了恻隐之心。那晚夜来,意欲把扯一件衣服与穿,谁想吹灭了灯,暗中箱内摸这一件衣服,撂下楼去。女儿该死！错拿了这件大红紧身与他,想是爹爹看见,故来查取。母亲阿！女儿并无邪路,望母亲救了女儿性命!”葛氏院君听言大惊,说:“女儿！你既发善心,把他衣服,也该通知我才是。如今爹爹大发雷霆,叫做娘的也难以做主。且在楼上躲一躲!”母女正在慌张,又有丫环上楼,叫声:“小姐！员外大怒。若不下楼,性命难保了!”院君说:“女儿！不必去睬他!”

不表楼上之事。再讲员外连差数次不见回音,怒气直冲,忍不住起来了,说:“阿,好贱人！总不来理我,难道罢了不成?”立起身往内就走。柳大洪一把扯住,说:“爹爹不须性急,妹子同母亲自然下楼出来的。”员外说:“哇！畜生！

你敢拦阻我么?”豁脱了衣袖,望着扶梯上赶来,说:“阿唷唷!气死我也!小贱人在那里?快些与我下楼去问你!”小姐吓得面如土色,躲在院君背后,索落落抖个不住,说:“母亲!爹爹来了。救救女儿性命!”院君道:“不妨。”叫声:“员外息怒。待妾身说明,不要惊坏了女儿。”员外道:“老不贤!有辩你倒替小贱人说!”院君道:“女儿那日同了媳妇出外看看新墙门,见了厂内薛礼身上单薄,抖个不住。女儿心慈,其夜把他一件衣服。不道被风吹灭灯火,暗中拿错了这件红衣,被他穿了。并无什么邪心,败坏门坊的,员外休得多疑。”员外说:“替他分说得好!一件大红紧身,有什么拿差?分明有了私心,赠他表记。罢了!罢了!小小年纪,干这无天大事,留在此也替祖上不争气!你这老不贤,还要拦住,闪开些!”走上一步,把这葛氏院君右膊子只一扯一扳,轰隆一跤。小姐要走来不及了,却被员外望着头上只击打将过来,莲花朵首饰尽行打掉了。一把头发扯住,拦腰一把,拿了就走。院君随后跟下楼来。员外把小姐拖到厅上,一脚踹定,照面巴掌就打。说:“小贱人!做得好事!你看中了薛礼,把红紧身做表记,私偷情人,败坏门坊。我不打死你这小贱人誓不姓柳!”拳头脚尖乱打。打得姑娘满身疼痛,面上乌青,叫声:“爹爹!可怜女儿冤屈的。饶了孩儿罢!”院君再三哀告说:“员外,女儿实无此事。若打坏了他,倘有差池,后来懊悔!”

员外说:“嗳!这样小贱人,容他不得,处死了倒也干净!小贱人!我也不来打你,那一把刀、一条绳、一服药,你倒好好自己认了那一件。若不肯认,我就打死你这贱人!”吓得众人面如土色。柳大洪叫声:“爹爹!不要执见。谅妹子不是这般人,可看孩儿之面,饶了妹子罢!”员外说:“畜生!你不必多讲。小贱人快些认来!”金花跪在地下说:“爹爹饶了女儿死,情愿受打!”田氏大娘跪下来叫声:“公公!可看媳妇之面,饶了姑娘性命罢!谅姑娘年轻胆小,决不干无天事的。况薛礼无家无室,在此看料,三不像鬼,七不像人。只不过道他寒冷,姑娘心慈,拿差了衣服是有的。难道看中了叫花子不成?公公还要三思。”院君道:“我和你半世夫妻,只生男女二人。况金花实无此事,要他屈死起来?可念妾身之面,饶他一死。”员外那里肯听,打个不住,小姐痛倒在地。大家劝了不听,又见小姐哀哭倒地,忍不住眼泪落将下来。正在吵闹,忽有个小厮立在旁首,观看了一会,往外边一跑,走出墙门,来对了薛礼说道:“你这好活贼!这件大红衣是我家小姐之物,要你偷来穿在身上。如今员外查究红衣,害我家小姐打死在厅上了,你这条性命少不得也要处死的!”薛礼听见这句说话,看看自己的衣服,还是半把大红露出在外。仔细听一听,看柳家里面沸反淫天,哭声大震,便说:“不好了!此时不走,等待何时!”顷刻间面如土色,丢了这把扫帚,望这条雪地上大路边放开两腿好跑哩!不知这一跑跑在那里去了。

再讲员外正逼小姐寻死,忽门公进来说:“西村李员外有急事相商要见。”

员外立起身来说："老不贤，你把这贱人带在厨房，待我出去商量过了正事，再来处死他。若放走了，少不得拿一个来代死！"众人答应："晓得。"此时心内略松一松。院君扶了金花哭进厨房。柳大洪同了大娘一同进厨房来。

再表柳刚员外接进李员外到厅商议事情，不表。再说金花苦诉哀求说："母亲！爹爹如今不在眼前，要救女儿性命！"院君好不苦楚，众人无法可施。大洪开言叫声："母亲，爹爹如今不在，眼前要救妹子。依儿愚见，不如把妹子放出后门逃生去罢！"金花道："阿呀，哥哥呀！叫妹子脚小伶仃，逃到那里去？况且从幼不出闺门，街坊路道都不认得的，怎生好去逃命？"

大洪说："顾妈妈在此，你从小服侍我妹子长大，胜如母亲一般。你同我妹逃往别方，暂避眼前之难，等爹爹回心转意，自当报你大恩！"顾妈妈满口应承："姑娘有难，自然我领去逃其性命。院君，快些收拾盘缠与我。"葛氏院君进内取出花银三百两，包包裹裹，行囊是没有的，拿来付与乳母顾妈妈。与小姐高楼去收拾些金银首饰，拿来打了一个小包袱，下楼说："小姐逃命去罢！"金花拜别娘亲哥嫂。小姐前头先走，乳母叫声："院君，姑娘托在我身上，决不有误大事，不必挂怀。但是我姑娘弓鞋脚小，行走不快，员外差人追来如何是好？"院君踌躇道："这便怎么样处呢？"大洪道："顾妈妈，你是放心前去。我这里自有主意，决不会有人追你。"乳母说："既如此，我去了。"

不表顾妈妈领了小姐逃走。再讲柳大洪大户人家，心里极有打算。他便心生一计，叫声："母亲！孩儿有一计在此，使爹爹不查究便了。"院君道："我儿，什么计？"大洪说："丫环们端正一块大石头在此，待爹爹进来，将要到厨房门首，你们要把这石块丢下井去。母亲就哭起来，使爹爹相信无疑，不差人追赶。"院君说："我儿，此计甚妙！"分付丫环连忙端正。外边员外却好进来了，大叫："小贱人可曾认下那一件？快与我丧命！"里边柳大洪听见，说："爹爹来了！快丢下去！"这一首丫环连忙把石块望井内"轰隆"一声响丢下去，院君就扳住了井圈，把头钻在内面遮瞒了，说："阿呀！我那女儿阿！"田氏大娘假意眼泪纷纷，口口声声只叫："姑娘死得好惨！"这些丫环们倒也乖巧，沸反淫天，哀声哭叫小姐不住口。柳大洪喊声："母亲不要靠满井口，走开来。待孩儿把竹竿捞救他！"说罢就把竹竿拿在手，正要望井内捞。那员外在外听得井内这一响，大家哭声不绝，明知女儿投井身亡，到停住了脚步，如今听得儿子要把竹竿捞救，连忙抢步进来，大喝一声："畜生，这样贱人还要捞救他做什么，死了倒也干净！"院君道："老贼，你要还我亲生女儿的！"望着员外一头撞去。正是：

只因要救红妆女，假意生嗔白发亲。

毕竟员外如何调处，且听下回分解。

第五回 富家女逃难托乳母 贫穷汉有幸配淑女

诗曰：

本来前世定良缘，今日相逢非偶然；
虽是破窑多苦楚，管须富贵在他年。

那员外一时躲闪不及，倒跌了一跤，趴起身来叫声："丫环们，与我把这座灶头拆下来填实了！"众丫环一声答应。这班丫环拆卸的拆卸，填井的填井，把这一个井顷刻间填满了。田氏大娘假意叫声："姑娘死得好苦。"揩泪回进自己房中去了。大洪叫声："爹爹何苦如此把妹子逼死，于心何忍？"说罢也往外边走了去。那院君说："老贼阿！你太刻毒了些，女儿既被逼死，也该撩起尸骸埋葬棺木也罢了，怎么尸首多不容见，将他填在泥土内了？这等毒恶，我与你今世夫妻做不成了！"这院君假意哭进内房。员外也觉无趣，回到书房闷闷不乐。

我且丢下柳家之事，再表那薛仁贵心惊胆战，恐怕有人追赶，在雪内奔走个不住。一口气跑得来气喘吁吁，离柳家庄有二十里，见前有个古庙，心下想道："不免走进去省省气力再走。"仁贵走进庙中，坐于拜单上面省力，我且慢表。

再讲这柳金花小姐被乳母拖住跑下来不打紧，可怜一位小姐跑得来面通红涨，三寸金莲在雪地上别得来好不疼痛，叫声："乳母，女儿实是走不动了，那里去坐一坐才好。"顾妈妈说："姑娘，前面有座古庙，不免到里边去坐一坐再走。"二人趱上前来。那知仁贵也在里边坐了一回，正要出庙走，只见那边两个妇人远远而来，便心中暗想道："不好阿！莫非是柳家庄来拿我的么？不免原躲在里面，等他过了再走。"列位，那仁贵未曾交运，最胆小的，他闪进古庙想："这两个妇人，倘或也进庙中来便怎么处？阿！有了，不免躲在佛柜里边，就进来也不见的。"仁贵连忙钻入柜中，到也来得宽松，睡在里边了。

且表那小姐同了乳母进入庙中，说："姑娘，就在拜单上坐一坐吧。"小姐将身坐下。顾妈妈抬眼团团一看，并无闲人，开言说道："姑娘，你是一片慈心，道这薛礼寒冷，赐他红衣，再不道你爹爹性子不好。见了红衣，怪不得他发怒，无私有弊了。我虽领你出门，逃过眼前之害，但如今那里去好？又无亲戚，又无眷属，看来到要死一块了。"小姐叫声："乳母，纵然女儿不好，害你路途辛苦。我死不足惜，只可惜一个薛礼，他也算命薄，无家无室，冷寒不知受了多少，思量活命，到此看木料，我与他一件红衣，分明害了他了。我们逃了性命，这薛礼必然被爹爹打死了。"乳母道："这也不知其细。"

二人正在此讲，惊动佛柜里面一个薛仁贵，听见这番说话，才明白了："阿！原来如此！这件红衣却是小姐道我身上寒冷送我的，我那里知道其情，只道是天赐红衣，被员外看见，倒害这位小姐离别家乡，受此辛苦，街坊上出乖露丑，哎！薛礼阿，你受这小姐这样大恩不思去报，反害他逃生受苦，幸喜他来到庙中息足，不免待我出去谢谢他，就死也甘心的了。"想罢一番，便将身钻出佛柜，来到小姐面前，双膝跪下叫声："恩小姐所赐红衣，小子实是不知，只道天赐与我，故尔将来穿在身上，谁想被员外见了，反害小姐受此屈打，又逃命出门，小子躲避在此，一听其言，心中万分不忍，因此出来谢一谢小姐大恩，凭小姐处治小子便了。"忽地里跪在地下说此这番言语，倒吓得小姐魂不附体，满面通红，躲又躲不及。乳母倒也乖巧，连忙一把扶起说："罪过罪过，一般年纪，何必如此。请问小官人向住何方，年庚多少？"仁贵说："妈妈，小子向在薛家庄，有名的薛英员外就是家父，不幸身故，家业凋零，田园屋宇尽皆耗散，目下住在破窑里面，穷苦不堪。故此在员外府上做些小工谋食，不想有此异变，我之罪也！"顾妈妈叫声："薛礼，我看你虽在窑中，胸中志略才高决不落薄。我家小姐才年二十，闺阁千金，见你身上寒冷，赐你红衣，反害了自家吃苦，如今虽然逃脱性命，只因少有亲眷，无处栖身。你若感小姐恩德，领我们到窑内权且住下，等你发达之时再报今日之恩，也就是你良心了。"薛礼叫声："妈妈，我受小姐大恩无以图报。如若薛礼家中有高堂大屋，丰衣足食，何消妈妈说得，正当供养小姐。况且住在破窑并无内外，又无什物等件，叫花一般，只有沙罐一个，床帐俱无，稻草而睡。小姐乃千金贵体，那里住得服？不但受些苦楚，更兼晚来无处栖身，小姐青年贵体怎生安睡？外人见了，又是一番猜疑。不但报小姐恩德，反是得罪小姐了，使小子于心何忍？岂非罪更深矣！"乳母说："薛礼，你言语虽然不差，但如今无处栖身怎么处？"心中一想，轻轻对姑娘说道："若不住破窑，那里去好？"金花道："乳母阿，叫我也无主意，只得要薛礼同到窑，速寻安身之处再作道理。"乳母说："去便去了，但薛礼这番言语实是真的，不分内外眼对眼，就是姑娘你也难以安睡。我看薛礼这人，虽然穷苦，后来定有好处。姑娘，既事到其间，为乳母做个主张，把你终身许了他罢。"那柳小姐听见此言，心中一想："我前日赠他衣服，就有这个心肠。"今闻乳母之言，正合其意，便满心欢喜低倒头不开口。乳母觉着了他心意,说道:“薛大官,你道破窑中不分内外,夜来不好睡,我如今把小姐终身许你如何?”薛礼听言大惊,说:“妈妈休讲此话!多蒙小姐赐我红衣,从没有半点邪心。老员外尚然如此,妈妈若说小姐今日终身许我,叫薛礼良心何在?日后有口难分真假,此事断然使不得的!”

乳母道:“薛礼官人,你言之差矣!姻缘乃五百年前之事,岂可今日强配的?小姐虽无邪心,却也并无异见。但天神作伐,有红衣为记,说什么有口难分真假?”仁贵说:“妈妈阿!虽然如此,但小子时衰落难,这等穷苦,常常怨命。况小姐生于富家闺阁,好过来的,那里住得服破窑起来?岂非害了小姐受苦一生一世?我薛礼一发罪之甚也!况小姐天生花容月貌,怕没有大富大贵才子对亲?怎生配我落难之人起来,此事断然使不得!”乳母见他再三推辞,便大怒道:“你这没良心的,我家小姐如此大恩,赠你红衣反害自身,幸亏母兄心好,故放逃生。今无栖身之地,要住在你破窑你却有许多推三阻四,分明不许我们到窑中去了!”薛礼说:“妈妈,这个小子怎敢?我若有此心,永无好日!既然妈妈大怒见责,我就依允此事便了。”乳母说:“薛大官,这句才说得是,你既应承,那包裹在此,你拿去领小姐到破窑中去。”

仁贵答应,把包袱背在膊子上便说:“这个雪地下不好走的,此去还有十里之遥,谅小姐决走不动,不如待我驮了去吧。”乳母说:“到也好。”柳金花方才走了二十余里,两足十分疼痛的了不得,如今薛礼驮他走,心内好不欢喜,既许终身,也顾不得羞丑了。薛仁贵乃是一员大将,驮这小姐犹如灯草一般轻的,驮了竟望雪地跑了去。乳母落在后面,走不上前起来,仁贵重又走转,一把挽了乳母的手而走。不上一回工夫,到了丁山脚下,走进破窑放下小姐,乳母便说道:“你看这样一个形相,小姐在此如何住得?”金花叫声:“乳母,看他这样穷苦,谅来如今饭米俱没有的。可将此包裹打开,拿一块零碎银子与他,到街坊去买些鱼肉柴米等类,且烧起来吃了再处。”乳母就把一块银子付与仁贵说:“行灶要买一只回来的。”仁贵说:“晓得。”

接了银子满心欢喜,暗想:“如今饿不死的了。”

按下薛仁贵忙忙碌碌外边买东西。今再讲王茂生他少了薛仁贵吃饭,略觉宽松几日。这一日,那王茂生卖小菜回来,偶从丁山脚下破窑前经过,偶抬头往内边一看,只见两个妇人在里边,心下一想:“这窑内乃是薛兄所居之地,为何有这两个堂客在内?”正立定在窑前踌躇不决,忽见薛仁贵买了许多小菜鱼肉归来。王茂生说:“兄弟,你在柳家庄几时回来的?为甚不到我家里来,先在这里忙碌碌?请问里面二位是何人?”薛礼说:“哥哥,你且歇了担子,请到里面我有细话对你讲。”茂生连忙歇了担子,走进破窑。

仁贵放了米肉什物，叫声："小姐，这位是我结义哥哥，叫王茂生，乃是我的大恩人，过来见了礼。"茂生目不识丁，只得作了两个揖。仁贵把赐红衣对茂生如此长短细细说了一遍，茂生不觉大喜说："既如此，讲起来是我弟妇了。兄弟，你的运已交，福星转助。今日是上好吉日，不免今晚成亲好。"

仁贵说："哥哥，这个使不得！况破窑内一无所有，怎好成亲？"茂生说："一些也不难，抬条椅凳，被褥家伙等物待我拿来。喜嫔是你嫂嫂，掌礼就是我，可使得吗？"乳母道："到也使得。有银二两，烦拿去置办东西。"

王茂生接了银子出窑说："兄弟，我先去打发嫂嫂先来。"仁贵说："既如此，甚妙。"他在窑内忙忙碌碌准备。

单讲王茂生挑担一路快活，来到家内对毛氏妻子细细说了一回。大娘心中得意，说："既有此事，我先往窑中去，你快往街坊买了些要紧东西、急用什物，作速回来。"茂生道："这个我晓得的。"夫妻二人离了自家门首，毛氏竟到破窑中。仁贵拜见了嫂嫂，小姐乳母二人也相见了礼。毛氏大娘他是做卖婆的，喜嫔到也在行的，就与姑娘开面。料理诸事已毕，却好王茂生来了，买了一幅被褥铺盖、一套男衣、一个马桶，与他打好床铺，又回到家中搬了些条桌、椅凳、饭盏、箸子等类，说："兄弟，为兄无物贺敬，白银一两，你拿去设几味中意夜饭吃了花烛。"薛礼说："又要哥哥费心。"接了银子正去买办。茂生好不忙碌，挑水淘米，乳母烧起鱼肉来。差不多天色昏暗，仁贵换了衣服，毛氏扶过小姐，茂生服侍仁贵，参天拜地、夫妻交拜已毕，犹人家讨养新妇一般做了亲。茂生安排一张桌子，摆四味夜饭，说："兄弟坐下来，为兄奉敬一大杯。"薛礼说："不消哥哥费心，愚弟自会饮的。"茂生敬了一杯，叫声："娘子，我与你回去罢。兄弟，你自慢饮几杯，为兄的明日来望你。"仁贵说："哥哥，又来客气了，且在此，等愚弟吃完花烛，还要陪哥哥嫂嫂饮杯喜酒去。"茂生道："兄弟，这倒不消费心了。"

茂生夫妻出了窑门，竟是回家，我且不表。

再说仁贵饮完花烛，乳母也吃了夜饭，如今大家睡觉。顾妈妈着地下打一稻草柴铺，分条褥子来当被盖了，仁贵落好处又不冻饿。这一夜夫妻说不尽许多恩爱，一宵晚景不必细表。

次日清晨，茂生夫妻早来问候，茶罢回去。如今薛仁贵交了运了，有了娘子，这三百两头放大胆子吃个饱足的，三个人每日差不多要吃二斗米。谁想光阴迅速，过了一月，银子渐渐少起来了。柳金花叫声："官人，你这等吃得，就是金山也要坐地吃山空了。如今随便做些事业，攒凑几分也好。"

仁贵说："娘子，这倒烦难，手艺生意不曾学得，叫我做什么事业攒凑起来？想去真正没法。"自此仁贵天天思想，忽一日，想着了一个念头，寻些毛竹，在窑内将刀做起一件物事来了。小姐叫声："官人，你做这些毛竹何用？"

仁贵说："娘子，你不曾知道，如今丁山脚下雁鹅日日飞来，我学得这样武艺好弓箭，不如射些下来，也有得吃了，故而在此做弓箭，要去射雁。"小姐说："官人，又来了，既要射雁，拿银子去买些真弓箭射得下，这些竹的又无箭头，那里射得下？"仁贵说："娘子，要用真弓箭非为本事，我如今只只要射的是开口雁，若伤出血来非为手段，故用这毛竹的弓箭。雁鹅叫一声就要射一箭上去，贴中下瓣咽喉，岂不是这雁叫口开还不曾闭，这一箭又伤不伤痛，口就合不拢，跌下来便是开口雁了。"小姐说："官人，果有这等事？候射下雁来便知明白了。"那仁贵做完，到丁山脚下候等。只见两只雁鹅飞过来，仁贵扳弓搭箭，听得雁鹅一声叫，嗖的一箭射将上去，正中在咽喉，雁鹅坠地果然口张开的。这如今只只多射开口雁，一日到有四五十只拿回家来，小姐见了满心欢喜，仁贵拿到街坊卖了二三百文，一日动用尽足够了。

自此天天射雁，又过了四五个月。忽一日在山脚下才见两只雁鹅飞过，正欲攀弓，只听见那一边大叫："呔！薛仁贵你射的开口雁不足为奇，我还要射活雁。"仁贵听见此言，连忙住了弓，回转头一看，只见那边来了一人，头上紫包巾，穿一件乌缎马衣，腰拴一条皮带，大红裤裤，脚踏乌靴，面如重枣，豹眼浓眉，狮子犬鼻，招风大耳，身长一丈，威风凛凛，其人姓周名青、也是龙门县人，从幼与薛仁贵同师学武，结义弟兄，本事高强，武艺精通，才年十八，正是小英雄，善用两条镔铁锏，有万夫不当之勇。只因离别数哉，故而仁贵不认得了，因见周青说了大话，忙问道："这位哥，活雁怎生射法，你倒来射一只我看看。"周青说："薛大哥，小弟与你作耍，你难道不认得小弟了吗？"仁贵心中想一想说："有些面善，一时想不起了，请问哥尊姓，因何认得小弟。"周青说："薛大哥，小弟就是周青。"仁贵道："阿呀！原来是周兄弟。"连忙撇下弓，二人见礼已毕，说："兄弟，自从那一年别后，到今数载有余，所以为兄的正不认得贤弟。请问贤弟，一向在于何处，几时回来的？"周青说："哥哥有所不知，小弟在江南，傅家特请在家内为教师，三百两一年，倒也过了好几年。自思无有出头日子，今闻这里龙门县奉旨招兵，为此收拾行囊飞星赶来。哥哥有了这一身本领，为何不去投军，反在这里射雁？"仁贵说："兄弟，不要说起，自从你去之后，为兄苦得来不堪之极，那里有盘缠到龙门县投军。兄弟耳朵长，远客江南，闻知回来，谋干功名，如今不知在何处作寓。"周青说："我住在继母汪妈妈家内。不想哥哥如此穷苦，我身虽在江南，却心中日在山西，何日不思？何日不想？今算天运循环，使我们弟兄相会。哥哥，射雁终无出息，不如同去投军干功立业，有了这一身武艺，怕没有前程到手？哥哥你道如何？"仁贵说："兄弟之言，虽是淮阴侯之谕，但为兄有妻子在家，一则没有盘费，二来妻子无靠，难以起身，故而不敢应承。兄弟一个去干功立业罢。"周青说："哥哥有了嫂嫂，这也可喜阿！哥哥，虽然如此，到底功名为大。自古说，'学成文武艺，货与帝王家'。我和你尚幼时同师所学：岂有干功立事业，不共桃园结义人？"

毕竟薛仁贵怎样前去投军，且听下回分解。

第六回 射鸿雁薛礼逢故旧 赠盘缠周青同投军

诗曰：

英雄深喜遇英雄，射雁山前故旧逢；
同往龙门投帅府，无如时运未亨通。

再讲周青又说："哥哥，如今去出仕，自然也要一同去。路上盘缠不劳哥哥费心，待我拿过银子来，哥哥权为安家之本就可以去了。"仁贵道："既承兄弟费心，为兄自当做伴同走一遭。"周青大喜道："哥哥，我带得白银三百两在此，哥哥拿到家中付与嫂嫂，辞别了就到我继母家内来，吃了饭然后起程，我先去了。"仁贵接了银子大喜，回身便走到破窑内来，叫声："娘子，我有个结义兄弟名唤周青，赠我三百两银子作为安家之本，要同我到龙门投军干功立业，今日就要动身，所以辞别娘子要分路了。"柳金花闻说此言，心中一悲一喜，叫声："官人，干功出仕为男儿之大节，未知官人要几年方可回来？"仁贵道："娘子，卑人此去若是投军不用，即日就回，若然用我，保驾征东跨海前去，多则三年，少则两载，也要回来的。"金花说："既有许多年数，妾身也没有什么丢不下。自从成亲半载，已经有孕在身，未知是男是女，望官人留个名字在此。"仁贵道："阿！原来如此阿！娘子阿，我去之后，生下女儿不必去表，若生男子，就把前面这座丁山为名，取他薛丁山便了。"金花便记在心，叫声："官人，妾身苦守破窑等你成名回来，好与我父母争口气。"仁贵说："娘子在家保重阿！乳母，我去之后，姑娘有什么忧愁，要你在旁解劝，使姑娘悄然解闷，我有好日回来，自然报你之恩。"顾妈妈说："不消大官人费心。"金花说："官人路上小心为主。"

仁贵道："这个不消娘子分付，我去了。"这番夫妻分别，正是：

流泪眼观流泪眼，断肠人送断肠人。

仁贵离了破窑，竟到王茂生家。却正遇他夫妻在那里吃饭，茂生说："兄弟，来得正好，坐下来吃饭。"仁贵道："不消，我兄弟到来非为别事，一则相别哥嫂，二则有句说话重托哥哥。"茂生听言连忙问道："兄弟，你要到那里去？说什么相别起来。”仁贵就把相遇周青，赠银三百同去投军干功立业之事，细细说了一遍。茂生夫妇大悦：“原来如此！这也难得。兄弟，你去投军，要得几年回来？”仁贵说：“兄弟此去，多则三年，家内妻子望哥哥照管，日后功名成就，自当图报。”茂生夫妇道：“这个不消叮嘱，窑中弟妇自然我夫妻料理，你是放心前去。”仁贵拜别哥嫂竟自去了。问到汪家墙门首，只见周青出来叫声：“哥哥，请到书房内来。”仁贵道：“晓得。”

二人挽手进入书房。小厮掇进早饭，两人用过。周青叫声：“哥哥，小弟为教师虽有数载，只积得五百银子，一箱衣服，也算各色完全的，待我拿出来。”

周青掇过箱子，取匙开锁说：“哥哥，这里边衣服五色俱全多有的，但凭哥哥去拣一副，喜穿什么颜色就拿出更换。”仁贵一看，果然颜色完全，说：“兄弟，我倒喜这白颜色。”他就拿出来改换，头上白绫印花抹额，身穿显龙白绫战袄，脚踏乌靴，白绫裈裤。正所谓：佛要金装，人要衣装。起初仁贵面脸多有怪气，如今是面泛亮光，犹如傅粉，鼻直口方，银牙大耳，双眼澄消，两道秀眉，身高足有一丈，真算年少英雄。周青说：“哥哥，你满身多穿了白，腰中倒拴了这条五色鸾带吧。”仁贵道：“倒也使得，就是这条五色带便了。”拿来拴在腰中。周青打好行囊，收拾盘缠，先进去拜别了继母，又回进书房，大家背了包裹，说：“哥哥，走吧，事不宜迟。”二人出了墙门，弟兄一路闲谈，正望龙门县来。正是：

逢山不看山中景，遇水不看水边村。

一路上风惨惨雨凄凄，朝行夜宿，多少辛苦，渴饮饥餐，登山涉水，在路上行了七八天，早进龙门县城中。你看那城内的人烟，阿唷唷！好不热闹；你看六街三市，车马纷纷。周青说：“哥哥，我与你虽只本事高强，投军之事，到底不明不白，不如且投宿店，慢慢打听个明白如何，才好去投军。”

仁贵说：“兄弟言之有理。”二人来到饭店前说：“店官请了。”那店家说：“不敢，二位爷请了。还是饱餐，还是宿歇的？”二人说：“我们是歇宿的。”

店家道：“既如此，请到里边来。”二人走进店中，店官领进一间洁静房内，铺好铺盖，小二掇进晚膳来，摆在桌子上。仁贵说：“店家慢走，我要问你说话。”店家说：“二位爷，问我什么事？”仁贵说：“店家，我们弟兄二人前来投军，不知投军的道理，请教你可知道投军怎么样的？”店家叫声：“二位爷，这个容易，那招兵这位总管爷名叫张士贵，他奉旨到来招兵，天天有各路人民到来投军，只要写一张投军状投进去的。”仁贵道：“这投军状上怎生写法？”店家说：“这不过是具投军人某人那州那县人氏，面容长短一定要写的。”仁贵道：“如此，我们弟兄两个合一张状可以使得吗？”

店家说：“这个使不得，有几个人一定要几张投军状的。”仁贵道：“既然如此，我们就写起来投进去。”店主道：“二位爷，天色晚了，这位大老爷只得早晨坐堂收这些投军状的，若一到饭后退堂就不收了。”仁贵说：“既如此，我们就写端正在此，明日投进去便了。”店家说：“还有一句要紧说话，明朝二位爷投进去，大老爷若用了，一定要发盔甲银的，每一个银十两，发与二位爷不要自用了，有这个规矩，要送与内外中军官买果子吃的，若是不送他就不用了。”仁贵说：“这也小事。”仁贵连夜灯下写了投军状。

一宵过了，到清晨弟兄起身梳洗打扮，藏了投军状说：“店家，行囊在里边，小心照管，我们去了来算账。”店家道：“是，只怕二位爷去得太早了。”仁贵说：“早些的好。”弟兄二人出了店门。行到半路，只听见轰隆一声炮响，大老爷升堂，阿唷唷，只看见东南西北这些各路投军人多来了，多拥在总府辕门。只听鼓乐喧天，吆吆喝喝好不威风，大纛招军旗号扯起东西辕门，大门有内外中军出来了说道：“呔！大老爷有令，尔等投军者速献投军状进去！”只听一声答应，阿！那些人碌乱纷纷把军状递与中军官，仁贵也把两张军状付与他，外中军说：“尔等候着。”应道：“是！”

不表辕门外投军人等候发放。单表中军官进入大堂，呈上许多军状，旗牌官接上展铺公案上边，这位张大老爷就拿面上这一张观看，原来却好周青的军状，下面第二张就是薛仁贵的了。那张环睁睛看时，上写具投军状人周青，系山西绛州府龙门县人氏，才年一十八岁。张环心下一想：“十八岁就来投军，必是能干的。中军过来！”中军应道：“有！”张环分付道：“快传周青进见！”中军道：“是！”连忙走到辕门问说：“呔！尔等内中有什么周青吗？”仁贵说：“兄弟，叫你。”周青连忙上前说：“中军爷，小人就是。”中军道：“阿，你就叫周青，大老爷有令，快随我进来。”周青应道：“是。”随了中军进入大堂，连忙跪下说：“大老爷在上，小人周青叩见。”张士贵抬眼一看说：“果然像个年少英雄。”就问：“周青，你既来投军，可学兵马，能用几桩兵器？”周青说：“大老爷在上，小人幼习弓马，尽皆熟透，十八般武艺件件皆能。”张士贵说：“你两膊有多少勇力？”周青说：“小人右膊有四百多斤，左膊有五百斤。”张士贵说：“你善用什么器械？”周青说：“小人善用两条镔铁锏。”张环道：“既然如此，铁锏可带在此？”周青道：“这倒不曾带来。”张环道：“既不曾带来，中军，你往架上取这两条铁锏过来，与他当堂耍与本总观看。”中军应道：“是！”便往架上取了铁锏下来，递与周青。周青接来提在手中，立起身来就在大堂上使起来了。果然好锏，但见左蟠头、右蟠头如龙取水，左插花、右插花似虎奔山，这个锏使动了，大堂上多是风声。锏法使完放在旁边，上前跪下说：“大老爷在上，小人锏法使完了。”张士贵大悦道：“你锏法果然耍得好，本总要收能干旗牌十二名，如今有了八名在此，还少四名。今看你年少英雄，不免收你在里边做了旗牌官吧。”周青说：“多谢大老爷抬举。”立起身来，改换旗牌衣服就站在旁边了。

张士贵看到第二张上，只见写着具投军状人薛仁贵，系山西绛州府龙门县人氏。吓得张环魂不在身，心下暗想：“陛下梦内不可不信，军师详梦真乃活神仙了！我在此招了七八个月，从没有姓薛的，正合我意，不想原有薛仁贵。陛下梦中说他穿白用戟，未知真假，不免传他进来看个明白。”中军应道：“有！”张环说：“速传龙门县薛仁贵进来。”那中军答应道：“是！”忙出辕门喝道：“呔！尔等内可有什么薛仁贵吗？”仁贵应道：“中军爷，小人就是。”中军道：“你就是薛仁贵吗？好个汉子！大老爷有令，小心随我进来。”仁贵答应，随了中军官进入大堂，连忙跪下说：“大老爷在上，薛仁贵叩见。”那张环望下一看，只见他白绫包巾白战袍，通身多是白的，心下暗想：“应梦贤臣，一些都不差的了。为今之计便怎么样呢？我若用了他，陛下一知，我张氏门中就没有功劳了，不如不用他罢！只说没有此人，倒也哄骗瞒了天子，这些大功劳自然是我贤婿的了。”

张士贵算计已定，说道：“你就叫薛仁贵吗？”仁贵应道：“小人正是。”张环说：“你既来投军，可能弓马，武艺善会几桩？”仁贵道：“大老爷在上，小人善会走马射箭，百步穿杨。十八般武艺件件皆精。”张环说：“两膊有多少气力？”仁贵说：“小人右膊有五百八十斤，左膊有六百四十斤之力。”士贵听见说：“你善用什么器械？”仁贵道：“小人善用画杆方天戟。”张环听言大喝道：“嘟！”两旁就一声吆喝，张环怒道：“我把你这大胆狗头，左右过来！”两下应道：“有！”张环分付道：“快把这狗头绑出辕门枭首！”两旁应道：“嗄！”刀斧手就把仁贵背膊牢挂绑起来了。吓得仁贵魂不附体，趴在大堂说：“阿呀大老爷，小人不犯什么法，前来投军为何要斩起来？”连着周青惊得面如土色，跪下来叫声：“大老爷，这是我周青的从幼同师学武结义弟兄，前来投军，不知有甚触怒，求大老爷看旗牌之面，保救饶他一命。”张士贵说：“我且问你，本帅之名难道你不知？敢称薛仁贵，有犯本总之讳吗？”周青道：“恕他不知，冒犯讳字，求大老爷宽容饶他之命。”张环说：“也罢！看周青份上，饶他的狗命。与本总赶出辕门，这里不用。”仁贵道：“谢大老爷不斩之恩。”立起身来，往外就走出了辕门，心中大怒。正是：

欲图名上凌烟阁，来做投军反惹灾。

愤愤不平正走，后面周青赶上前来，说：“哥哥慢走！大老爷不用，我与你同回家去吧。”仁贵说：“兄弟，又来了。为兄命里不该投军，故而有犯他讳不用，你已得大老爷爱，收为旗牌，正好干功立业，为什么反要回家起来？”周青说：“哥哥，这教千军易得，一将难求。我与你有了一身本事，况大老爷不用，就是愚弟在他跟前也难干功劳的了。况且与哥哥是有兴而来，怎撇你独自单身闷闷回家？不如一同回去的安心些。”仁贵道：“嗳！兄弟言之差矣。你蒙大老爷收为旗牌，正好出仕好显宗耀祖。为兄的况有妻子在家，就是收用我去，到底也有些放心不下。今大老爷不用，为兄慨然回家射射雁，也过了日子了，你不必同我回去，住在此上策。”周青说：“既然如此，弟在此等候，你回去寻得机会再来投军。方才大老爷止不过道你犯了讳字，所以不用，如今只要军状上改了名不用贵字，怕他还不肯收？”仁贵道：“我晓得了。店内行囊为兄拿去。”周青道：“这自然，盘费尽有在里头，小弟在此等候哥哥。”说罢，两个分路。

仁贵到饭店算明饭钱，拿了行囊竟回去路，我且慢表。再讲周青回转辕门，自己领出十两盔甲银，送与内外中军官收了。总管张士贵那日又收用了几名投军人，方退进内衙，四子一婿上前说道：“爹爹，今日投军人可有姓薛的吗？”张环说：“我儿不要说起，军师是活神仙，陛下的梦确确是真，果有应梦贤臣的人。今日投军状上原有薛仁贵名字，为父的传他进来一看，却与朝廷梦内之人一般面貌，原是白袍小将，善用方天戟的。其人气力又狠，武艺又高，我想有了此人，功劳焉得到我贤婿之手？故尔故意说犯了为父的讳字，将他赶出辕门不用。我儿，你道如何？”四子大喜说：“爹爹主意甚妙，只要收足了十万兵马，就好复旨了。”

我且按下。再说薛仁贵一头走一头心下暗想说：“我命算来这等不济了。我与周青一样同来投军，怎么刚刚用了他，道我犯讳他就不用起来？这也使我可笑。”一路行来，昏闷不过，气恼得紧，一心只顾回家，忘记了歇宿之处，抬头看看日色已西沉了，两边多是树木山林，并没有村庄屋宇，只得望前又走，真正前不巴村后不巴店。仁贵说：“阿呀，不好了！如今怎么处呢？”肚内又饥饿起来，天色又昏黑夜起来了，只得放开脚步望前再走。正行之间，远远望去，见一带灯火，似一座庄子，便思借宿一宵便了。算计已定，行上前来，走过护庄桥，只见一座八字大墙，门上面张灯挂红结彩，许多庄汉多是披红插花，又听里边鼓乐喧天，纷纷热闹，心中想道：“一定那庄主人家是好日子了。不要管他，待我上前去说一声看。”仁贵叫声：“大叔，相烦通报一声，说我薛仁贵自贪趱路程，失了宿店，无处安身，要在宝庄借宿一宵，未知肯否？”庄汉道：“我们做不得主的，待我进去禀知庄主留不留，出来回复你。”仁贵说：“如此甚好。”

那庄客进去禀知庄主，不多一回，出来回复道：“客官，我们庄主请你进去。”

仁贵满心欢喜，答应道：“是。”连忙走将进来。只见员外当厅坐定，仁贵上前拜见，叫声：“员外，卑人贪趱程途，天色已晚，没有投宿之处，暂借宝庄安宿一宵，明日奉谢。”员外道：“客人说那里话来，老夫舍下空闲无事，在此安歇不妨，何必言谢。”仁贵道：“请问员外尊姓大名？”员外道：“老夫姓樊，表字洪海。虽有家私百万，单少宗嗣，故此屡行善事。我想客官错失宿店，谅必腹中饥饿，叫家人速速准备酒饭出来，与客官用。”庄汉一声答应，进入厨房，不多一回掇将出来摆在桌上，有七八样下饭，一壶酒一篮饭摆好了。樊员外叫声：“客官，老夫有事不得奉陪，你用个饱的。”

仁贵称谢坐下。正是：

蛟龙渴极思吞海，虎豹饥来欲食狼。

毕竟薛仁贵在樊家庄上宿歇如何，且听下回分解。

第七回 樊家庄三寇破获 薛仁贵二次投军

诗曰：

张环谋计冒功劳，仁贵愁心迷路遥。

幸遇樊庄留借宿，三更奋勇贼倾巢。

再说薛仁贵坐于桌上，心中想道："我酒到不必用了，且吃饭罢。"盛过饭来，一碗两口，一碗两口，原是没碗数。这样吃法，樊洪海偶意抬眼，看见他吃饭没有碗数的吃，一篮饭顷刻吃完了。仁贵一头吃，一头观看，见员外在旁看他，不好意思："我吃得太多，故而员外看我。"又见员外两泪交流，在那里揩眼泪，惊得仁贵连忙把饭碗放下，说："不吃了，不吃了。"

立起身来，就走出位。樊员外说："嗳，客官须用个饱，篮内没有了饭，叫家人再去拿来。"仁贵说："多谢员外，卑人吃饱了。"员外又说："嗳，管官，你虽借宿敝庄，饭是一定要吃饱的。老汉方才见你吃相，真是英雄大将。篮把饭，岂够你饱？你莫不是见我老汉两眼下泪，故尔住了饭碗么？客官吓，你是用饱。我老汉只因有些心事，所以在此心焦，你不要疑忌道我小见，再吃几篮，家中尽有。"仁贵说："员外面带忧容，却是为什么事情心焦？不妨说得明白，卑人就好再吃。"员外道："客官有所未知。老夫今年五十六岁，并无后代，单生一女，年方二十，名唤绣花，聪明无比。若说他女工针指，无般不晓；书画琴棋，件件皆精。因此我老汉夫妻爱惜犹如珍宝，以为半子有靠。谁想如今出于无奈，白白要把一个女儿送与别人去了。"仁贵说："员外，卑人看见庄前，张灯挂红结彩，乃是吉庆之期，说甚令爱白白送与别人，此何意也？"员外说："嗳，客官，就为此事，小女永无见面的了。"仁贵说："嗳，员外，此言差矣！自古说男大须婚，女大须嫁，人家生了女儿，少不得要出嫁的，到对月回门是有见面的，有什么撇在东洋大海去的道理？"员外说："客官阿，人家养女自然出嫁，但是客官你才到敝庄借宿，那里知道其细？这头亲事又非门当户对，又无媒人说合。"仁贵说："没有媒人怎生攀对？到要请问是怎么样。"员外道："客官阿，说也甚奇离。我樊家庄有三十里之遥，有座风火山，那山林十分广大，山顶上却被三个强盗占住，霸称为王，自立关寨旗号。手下喽啰无数，白昼杀人，黑夜放火，劫掠客商财物。此处一带地方，家家受累，户户遭殃，万恶无穷。我家小女不知几时被他露了眼，打书前来，强要我女儿为压寨夫人，若肯就罢，不肯，要把我们家私抄灭，鸡犬杀尽，房屋为灰。所以老汉勉强应承了他，准在今日半夜来娶，故我心焦在此悲泪。客官，你今夜在此借宿，待老汉打扫书房，好好睡在里边，半夜内若有响动，你不必出来，不然性命就难保了。"

仁贵听见员外这番言语，不觉又气又恼，说："有这等事！难道禀不得地方官，起兵来剿灭他的么？"员外摇手道："客官你那里知道。这三个强盗，多有万夫不当之勇，若让那地方官年年起兵来剿，反被这强徒杀得片甲不留。如今凭你皇亲国戚，打从风火山经过，截住了一定要买路钱，没人杀得他过。"

仁贵说："岂有此理！真正无法无天的了。这强盗凭他铜头铁骨，难道罢不了成！有我在此，员外不必忧愁，那怕他三头六臂，等他来，我有本事活擒三寇，剿尽风火山余党，扫除地方之害。"员外说："这个使不得！客官你还不知风火山贼寇骁勇利害，就是龙门县总兵官与人马来，尚且大败而走。我看你虽是英雄，到得他那里，不要画虎不成，反类其犬，有害老汉性命，多不能保了。我没有这个胆子留你，请往别处去借宿罢，休得带累我们性命。"

仁贵呼呼大笑说："员外放心，卑人若为大将，千军万马，多要杀得他大败亏输，岂可怕这三个贼寇？我有这个本事擒他，所以说得出这句话。方才员外不说，我也不知，今既说明，岂容这三个贼寇横行？我薛仁贵：枉为天下奇男子，不建人间未有功。岂肯负心的么！纵然员外胆小不放心，不肯留我借宿，我也有本事在外守他到来，一个个擒住他便罢。"樊洪海听他说得有如此胆量，必定是个手段高强的了。便笑容可掬的说道："客官，你果有这个本事，救得小女之命，老汉深感大恩。倘有差误，切莫抱怨于我。"仁贵说："员外，这个自然，何消说得。"樊员外大喜，忙进内房，对院君说了一遍，母女听见，回悲作喜说："员外，有这奇事？真正天降救星了。你快去对他说，不要被这些强盗拥到里边来，不惊吓我女儿才好。"员外说："我晓得的。"慌忙走出厅堂，叫声："客官，我家小女胆子极小，不要被强盗进来，吓坏了便好。"仁贵说："员外，不妨。只消庄客守住墙门，我一人霸定护庄桥，不容一卒过桥，活捉贼寇就是了。"员外说："如此极妙的了。"这许多庄客闻了此言，多胆大起来了，十分快活，说道："若是捉强盗，我们也常常捉个把的，自从有了风火山贼寇，不要说捉强盗发抖，就是捉贼也要发抖的了，谁敢去捉？今夜靠了客官的本事捉强盗，我也胆壮的了。弟兄们，我们大家端正家伙器械枪刀要紧！"这班庄客大家分头去整备。薛仁贵说："员外，府上可有什么好兵器么？"员外尚未回言，庄客连忙说："有，我这里有一条枪在这边，待我去拿来。"仁贵接在手中一看，乃是一条常用的枪，心中到也笑起来。说：

"这条枪有什么？干没用的！"庄汉说："客官，你不要看轻了这条枪，那毛贼的性命不知伤了多少，是我防身的，怎么说没干的！"仁贵托在手中，略略卷得一卷，豁喇一声，响折为两段。员外说："果然好气力！"又有一个庄客说："客官，我有一把大刀在家里，但柄上有铁包，捐一捐火星直冒，重得很，所以不动，留在家里，待我们去扛来。"仁贵说："快快去拿来。"

那庄汉去了一回，抬来放在厅上。仁贵一只手拿起来，往头上摸得一摸，齐这龙吞口镶边内裂断了跌下来，刀口卷转。说："拿出来多是没用的！"庄汉把舌头伸伸，叫声："员外，这样兵器还是没干，拿来折断了，如今没有再好似它的了。"员外说："这便怎样处？"仁贵说："兵器一定要的，若然没有，叫我怎样迎敌得他住？"又有一个庄汉说道："员外，不如柴房内拿这条戟罢。"员外说："柴房里有什么戟？"庄客道："就为正梁柱子的。"

员外说："你这个人有点呆的，这条戟当初八个人还抬不动，叫这位客官那里拿得起？"仁贵道："怎么样一条戟？待我去看看。"员外说："你要看它也无益，拿它不动的。这条戟有名望的，曾闻战国时淮阴侯标下樊哙用的，有二百斤重，你怎生动得？"仁贵哈哈大笑说："若果是樊哙留得古戟，方是我薛仁贵用的器械也！快些领我去看来。"员外与庄汉领了仁贵同进柴房，说："喏，客官，这一条就是。"仁贵抬眼一看，只见此条戟戟尖插在地下泥里不见的，惟有戟杆子抬住正梁，有茶杯粗细，长有一丈四尺，通是铁锈的了。说："员外，要擒三个贼寇，如非用这戟。"洪海说："只怕动不得。"

仁贵说："就是再重些，我也拿得起的。庄客，你们掇正柱子过来，待我托起正梁，换它出来。"庄客便拿过一根柱子，仁贵左手把正梁托起，右手把方天戟摇动，摇松了拔将起来，放在地下。庄汉把柱子凑将上去，仁贵放下正梁，果然原端不动换出了。拿起方天戟来，使这么两个盘头，说："员外，这条也不轻不重，却到正好。"这几个庄客说："阿唷，要拿二百斤兵器的，自然这些刀枪多没用的了。"一齐走到厅堂上，仁贵把戟磨得铄亮，员外大排酒筵，在书房用过。

到黄昏时候，员外同了庄汉躲在后花园墙上探听。仁贵拿了戟，坐在厅上等。这头二十名庄客，多满身扎缚停当，也有三尺铁锏，也有拿挂刀的，也有用扁担的，守在门首等候。

到了半夜，只听得一声炮响，远远鼓乐喧天。大家说道："风火山起马了，我们齐心为主。"只看见影影一派人马来了，前面号灯无数，亮子火把高烧，照耀如同白昼，多明盔亮甲，刀枪剑戟，马震如雷，数千喽啰，围护簇护下来了。众庄客见了，大家发抖说："快进去报与客人知道！"连忙走将进来，叫一声："客人，强盗起兵来了，快出去！"仁贵立起身，往外就走。跨出墙门，庄汉说："须要小心，那边人马无数，我们多是没用的，只靠得你一个本事，小心为主。"仁贵说："不妨。"

走出去立在护庄桥上，把戟托定，抬眼一看，说："嗄唷！"只见喽啰簇拥，刀光射眼，挂弯弓如秋月，插铁箭似狼牙，马嘶叫，蛇钻不过；盔甲响，鸦鸟不飞，果然好一副强盗势头。原觉利害。渐渐相近，仁贵大喝道："呔！来的这班喽啰，可是风火山上绿林草寇么？俺薛仁贵在此，还不下马，改邪归正过来，待要怎么样！"

要讲这强盗，大大王名唤李庆红，二大王姜兴霸，三大王姜兴本，却是同胞兄弟。这晚三大王守住山寨不下来，只有二大王姜兴霸保了大大王李庆红下山娶亲。这大大王李庆红怎生打扮？

头上戴一顶二龙朝翅黄金盔，身上穿一件二龙戏水绛黄袍，外罩锁子红铜甲，坐下胭脂黑点马。

这二大王姜兴霸怎生打扮？

头上戴一顶乌金开口吠豸盔，身穿大红绣花锦云袍，外罩絛链青铜铠，坐下豹荔乌骓马。

他二人一路行来，忽听得这一声喊叫，二人不觉到吃一惊，抬头望一望，只见桥上立一个穿白用戟小将，不觉大怒，说："送死的来了，我们冲上前去！"二位大王催一步马，各把枪刀一举，喝声："哟！你这该死狗才，岂不闻我风火山大王利害么？今日乃孤家吉期，擅敢拦阻护庄桥上送死么！"

仁贵闻言亦大怒，喝道："呔！我把你这两个狗头，该死的毛贼！我薛仁贵若不在此，由你白昼杀人，黑夜放火，无法无天。今日俺既在此，那怕你铜头铁颈，擅敢强娶人家闺女，今日触犯我英雄性气，愤愤不平，你敢上桥来？有本事，来一个杀一个，还要到风火山剿戮你的巢穴，踹你们的山寨，削为平地，一则救了樊绣花小姐，二则与地方上万民除害！"二位大王闻了此言，心中火气直冒顶梁，大怒说："唷，反了，反了！孤家霸在风火山十有余年，官兵尚不能征讨，你不知何处来的毛贼，一介无名小卒，擅夸大口，分明活不耐烦了，快来祭我大王爷的刀头罢。"把马一催，手提笏板刀，一起叫声："小贼，领我一大砍刀！"望着仁贵，劈顶梁上剁下来。

仁贵见刀头砍下来，就把手里这一柄方天戟，往这把刀上噶啷的这一按，李庆红喊声："不好！"手中震得一震，在马上七八晃，马冲过来，被仁贵右手拿戟，左手就把李大王夹背上这一把，庆红喊声："不好！"要把身偏一偏，来不及了，被仁贵伸过拿云手，挽住勒甲絛，轻轻不费力提过马鞍桥，说一声："过来罢！"好像小鸡一般，举起手中，回转头来说道："庄汉们，快将索子来将他绑了。"就往桥坡下这一丢，那些庄汉大家赶过来要绑，不想被李大王扒起身来，喝道："那个敢动手！"到往墙门首跑过来。吓得那些庄汉连忙退后，手内兵器多拿不起了，叫道："客官，不好了，这个强盗反赶到墙门首来了。"仁贵回头说："你们有器械在手，打他倒来，拿住了。"庄汉说："强盗利害，我们拿不住。"那仁贵只得走落桥下。

那边姜大王把马一催,说:"你敢拿我王兄,孤来取你之命也!"冲过护庄桥来。这仁贵先赶到李大王跟前说:"你还不好好受缚?"胸膛这一掌,李庆红要招架,那里招架得住?一个仰面朝天,跌倒尘埃。仁贵就一脚踹定说:"如今这强盗立不起的,你们放大着胆子过来绑。"那些庄汉心里才要过来绑,见姜大王挺枪追来,又不敢走上前,只挣定墙门首发抖。谁想姜兴霸赶得到仁贵身旁,他已把李庆红踹住地下了。那番姜大王大怒,说:"你敢把我王兄踏倒,照枪罢。"飕的一枪,直望面门上挑进来,仁贵把方天戟望枪尖上噶啷这一卷,钩牢了枪上这一块无情铁,用力一拔,姜大王说:"阿呀,不好!"在马上那里坐得牢?轰隆一个翻斤斗,跌下马来。仁贵就一把提在手中,说:"庄汉们,快来绑了。"

这些庄汉才敢走过来,把绳索绑了二人。那桥下这些喽啰,吓得魂不附体说:"我们逃命罢!"大家走散去报三大王了。

仁贵与庄汉推了两个强盗到墙门首里边,樊员外夫妻大悦,说:"恩人阿,如今怎么样一个个处死他?"仁贵说:"且慢,你们把这两个一齐捆在厅上,待我到风火山剿灭山寨,一法拿了那一个来,一同处治。"员外说:"须要小心。"仁贵说:"不妨。"单身独一望风火山而来。我且慢表。

单讲那山寨中这位三大王姜兴本,他身高有九尺,平顶一双铜铃眼,两道黑浓眉,大鼻大耳,一蓬青发,坐在聚义厅上暗想:"二位王兄去到庄上娶亲,为什么还不见回来?"一边在此想,忽有喽啰飞报进来说:"报三大王,不好了!"姜兴本便问:"怎么样?"喽啰说:"大大王、二大王到樊家庄去娶亲,被一个穿白袍、用方天戟的小将活擒去了。"三大王大怒道:"嗄,有这等事!带马抬枪过来。"喽啰一声答应:"嗄!"就抬枪牵马过来。那三大王跨上雕鞍,手提丈八蛇矛,带领了喽啰,豁辣辣冲下山来。才走得二三里,只见这些喽啰说:"三大王,喏、喏,那边这个穿白的就是了。"

三大王抬头一看,连忙纵马摇枪上前喝道:"哟!该死的毛贼,你敢擒孤家的二位王兄么?好好前去送了上山,饶你之命,如有半句支吾,孤家枪法利害,要刺你个前心透后背哩。"仁贵一看,但见那姜兴本:

头上戴一顶黄金开口虎头盔,身穿一件大红绣龙蟒,外罩柳叶乌金甲,手举一条射苗枪,坐下白毫黑点五花马。

他冲上前来,仁贵大喝:"呔!我把你这绿林草寇,今日俺与地方上万民除害,故来擒你,还自不思好好伏在马前受绑,反口出大言么!"姜兴本大怒说:"休要夸口,过来照我的枪罢。"飕这一枪,望着仁贵兜咽喉刺将过来。

仁贵就把方天戟嗒啷响枭在一边,也只得一个回合,擒了过来。正是:

饶君兄弟威名重,那及将军独逞雄。

要知风火山草寇怎么处治,且看下回分解。

第八回 樊绣花愿招豪侠婿 薛仁贵怒打出山虎

诗曰：

擒贼擒王古话传，后唐今见小英贤。

救民除暴威风布，平静樊庄老小安。

众喽啰看见三个强盗多捉了去，多吓得魂胆消烊，跪下地来说："好汉饶我们蝼蚁性命，情愿拜好汉为寨王。"仁贵说："我堂堂义士，岂做这等偷鸡盗狗之人，偶尔在此经过，无非一片仗义之心，与这地方除害。今三寇俱擒，我也不来伤你等性命，快些各自前去山头收拾粮草，改邪归正，各安生业，速把山寨放火烧毁，不许再占风火山作横。我若闻知，扫灭不留。"

众喽啰答应道："是。多谢好汉饶命，再不敢为非了。"

不表众喽啰回山毁寨散伙。再讲薛仁贵挟了姜兴本，回到庄上，进入厅堂，将绳索绑住。员外提棒就打，说："狗强盗，你恶霸风火山，劫掠财帛，以为无人抵敌，不想也有今日。庄汉们，与我打死这三个害人之贼。"众庄汉正要动手，仁贵连忙说："不必打死，我有话对他说。"庄汉方才不打。

仁贵走将过来说："你们这三个毛贼，擅敢霸住风火山横行天下，这些歹人！况兼本事一些也没有，如今被擒，有何话说？"三弟兄说："阿呀好汉，乞求饶我等性命，今再不敢为盗，情愿改邪归正了。"仁贵道："我看你们这班毛贼，若放了你们去，终久地方上有一大害也。罢，你若肯到龙门县去投军，与国家出力，我便饶你们性命。"三位大王说："好汉若肯饶我们，即刻就去投军。"仁贵说："如此，我也要去的，何不结拜为生死弟兄，一同前去？倘国家干戈扰攘，岂不一同领兵征服平静，立了功劳，大家受命皇恩，何等不美？"三人说："承蒙好汉恩宠，我等敢不从命？但我们强徒，怎敢相攀义侠英雄结拜。"仁贵说："如今既改邪归正，多是英雄豪杰了，请起。"

仁贵就把绑索解下，三人立起身来，员外说："待老夫备起礼物，供起关圣神来，你们四位好汉，就在厅上见礼过了，就此结拜便了。"这员外就分付家人整备佛马，当厅供起。大家跪下，立了千斤重誓，结拜生死之交。拜毕，送了神，就在厅上摆酒，四人坐下畅饮。

单表这员外走进内房，院君叫声："员外，妾身看这薛仁贵相貌端正，此去投军，必有大将之分。女儿正在青春，不如把终身许了他罢。"员外大喜道："院君之言正合我意，待我就去对他说。"员外走出厅堂说："薛恩人，老汉小女年当二十，未曾对亲，老汉夫妇感蒙相救，欲将小女相配恩人，即日成亲，以订后日之靠，未知好汉意下如何？"仁贵说："这个使不得！敝人已有妻子在家，苦守我成名，难道反在此招亲，岂不是薛礼忘恩了。"

员外说："恩人不妨。人家三妻四妾尚有在家，恩人就娶两位也不为过。我家女儿愿做偏房侧室便了。"仁贵说："员外又来了，况府上小姐正当青春年少，怕没有门当户对怎么？反与作偏房，岂不有屈了？望员外另选才郎，我不敢遵命。"员外说："恩人，老汉一言既出，驷马难追。况且小女之心已愿，誓不别嫁好汉。若不应承，是嫌小女貌丑了。"李、姜二位大王叫声："薛兄弟，既承员外如此说，又承小姐心愿情服，何不应允？"仁贵说："既承不弃，就应允尊教。但是得罪令爱，有罪之极。"员外说："说那里话来？待老夫择一吉日，就此成亲。"仁贵说："做亲且慢，敝人功名要紧。待等前去投军效用，有了寸进，冠带到府接小姐成亲。今日未有功名，决难从命。"

员外说："这也使得。但是要件东西，作为表记才好。"仁贵看看自己身上这一条五色鸾带，说："也罢，敝人也没有什么东西，就将此带权为表记。"

员外说："如此甚好。"仁贵往腰中解下，递与员外。员外接在手中，竟入内房，就将此番言语说与院君潘氏知道。院君满心欢喜，将鸾带付与樊绣花收好。员外重复出厅，仁贵道："岳父，小婿心在功名，时刻不暇，焉肯耽搁？就此拜别。"员外说："贤婿，小女既属姻亲，务必留心在意，虽则腰金衣紫名重当时，断不可蹉跎宜室宜家之事。"仁贵说："既承岳父美意，小婿理当不负颙望，自然早归，以答深情。"说完，弟兄四人出了墙门，辞别员外，离了樊家庄。

在路耽搁了几天，已到了龙门县内，原歇在罗店中。其夜写了三纸投军状，仁贵的军状改为薛礼。一宵过了，明日清晨，多到辕门，着中军官接进军状，来至大堂。旗牌官铺在公案上，有张大老爷先看了三大王军状，说："快传进来。"中军答应，连忙传进三人，跪在堂上。张环说："那一个是李庆红？"应道："小人就是。"张环说："你既来投军，可能弓马精熟？"

庆红说："小人箭能百步穿杨，十八般武艺件件皆精。"张环说："你胳膊有多少气力？"庆红说："小人左膊有四百斤，右膊有三百斤。"张环说："你善用什么器械？"庆红说："小人惯用一把大刀。"张环说："既如此，你刀可带来？"庆红说："带在外边。"张环说："快取来要与本总看。"

庆红答应，到外边拿了大刀，来到大堂上耍起来了。这个刀法精通，风声摇响。使完了，跪伏在地。

张环又传进姜兴本、姜兴霸也是这一般问过了，也是各把枪刀之法使了一番，张环满怀欢喜说："本总十二名旗牌，已得九个。看你三人刀法精通，枪法熟透，不免在标下凑成十二名便了。"三人大悦，说："多谢总爷抬举。"三人改换旗牌版式，站立两旁。

那张大老爷看到第四张上写着：具投军状上薛礼，山西绛州龙门县人氏，便心中一想说："又有什么龙门县姓薛的？不要管他。"分付中军传他进来。

那中军答应一声，连忙出辕门，传进薛礼到大堂跪下，张环抬头一看，嗄！原来就是薛仁贵，他改了名字来的。这番不觉大怒，便兜头大喝道："你这该死的狗头！本总好意放你一条生路，你怎么还不知死活，今日还要前来送命么？左右过来，与我将这狗头绑出辕门开刀！"左右一声答应，吓得薛礼魂不在身，说："阿呀大老爷，小人前来投生，不是投死的，前日犯了大老爷讳字，所以要把小人处斩，今日没有什么过犯了，大老爷为什么又要把小人处斩起来？"张环喝道："你还说没有什么过犯么？本总奉了朝廷旨意龙门县招兵，凡事取吉祥。你看大堂上多是穿红着绿，偏偏你这狗头，满身尽是穿着白服，你戴孝投军，分明咒诅本总了，还不拿下去看刀！"这番李庆红、姜兴本、姜兴霸三人跪下，叫声："大老爷在上，薛仁贵乃是旗牌结义弟兄，他生性好穿白服，同来投军。既然误犯了大老爷的军令，望大老爷可念旗牌生死好友，患难相扶，且饶他这条狗命。"张环说："也罢，看三位旗牌面上，暂且饶你。左右过来，与我赶出去！"两旁一声答应，将仁贵推出辕门。仁贵仰天长叹说："咳，罢了！那知道我这等命苦，伙同兄弟们两转投军，尽皆不用，难道我这般命薄，没有功名之分，故而总兵推出不用。如今想起来，到底是：

命运不该朱紫贵，终归林下作闲人。

不如回家去罢，将将就就苦度了日子，何苦在此受些惊恐。"正在思想，后面李庆红与姜氏兄弟三人，一齐赶上前来说："薛哥，我们四人同来投军，偏偏不用哥哥。日后开兵打仗，没有哥哥在内，叫兄弟们也无兴趣，不如我们退回风火山，同为草寇罢。"仁贵说："兄弟们又来了。为兄穿白触怒了大老爷，所以不用。你等总爷喜得隆宠，后来功名如在反掌之中，为什么反复去做绿林响马起来？这个断断使不得。"三人说："既如此，哥哥此去改换衣服，再来投军，小弟们在此候望。"仁贵说："嗳，兄弟，我二次投军，尚不收用，此乃命贱，再来也无益了。若是兄弟思念今日结拜之情，后来功名成就，近得帝皇，在圣驾前保举一本，提拔为兄就为万幸了。"三弟兄道："这个何消说得。如此，哥哥小心回家，再图后会。"仁贵应声："晓得。"别了三弟兄，到饭店中取了行囊闷闷在路，我且不表。

单讲三弟兄回到总府衙门，送了中军盔甲银。旗牌房内周青见礼，大家细谈出身之事,并薛礼二次投军不用,叹息良久。大家说:“我们都是结义兄弟了,自后同心竭力,不可欺兄灭弟就是了。”按下不表。

再讲仁贵自别李、姜三弟兄,闷闷不乐,到饭店歇了一宵早上就行。不上四五里路,但见树木森森,两边多是高山,崎岖难行,山脚下立一石碑,上写着:“此处金钱山,有白额虎伤人利害,来往人等须要小心。”仁贵见了笑道:“何须这样大惊小怪,恐吓行人?太欺天下无人了,我偏要在此等等,除此恶物,以弭祸患。”就在两山交界路上睡到午后,只听见叫喊道:“不好了,不好了!阿唷唷,这孽畜追来,我命休了,谁来救救!”豁喇喇望山上飞奔过来。仁贵梦内惊醒,站起身来一看,只见一骑飞跑,上坐着一人,头戴乌金盔,身穿大红显龙蟒袍,腰围金带,脚下皂靴踹定踏镫。一嘴白花须髯,手拿一条金披令箭,收紧丝缰绳,拚命的跑来,叫救不绝。仁贵一看,后面白客虎飞也赶来,心中暗想:“这人不是皇亲,定是国戚。我不救他,必遭虎害。”即时上前,将虎一把领毛扯住,用力捺住,虎便挣扎不起,便提起拳头,将虎左右眼珠打出,说:“孽畜,你在此不知伤了多少人性命,今撞我手内,眼珠打出,放你去罢。”那虎负痛而去。转身问道:“将军受惊了。请问将军高姓大名,为何单身独行,受此惊吓?”那将军道:“我乃鲁国公程咬金,奉旨各路催赶钱粮,打从此地经过,不期遇此孽畜。我若少年,就是一只猛虎也不怕他,如今年老力衰,无能为矣。幸遇壮士,感恩非浅。请问壮士既有这等本事,现今龙门县内招兵,何不去投军,以期寸进。在此山路上经营,有何益处?”仁贵道:“原来是程老千岁,小人不知,多多不罪。但不瞒千岁说,小人时乖运蹇两次投军,张总兵老爷总是不用,所以无兴退回,欲转家乡,闷闷不快,在此山林睡觉。忽闻喧喊,故此起来。”

咬金道:“你有这本事,为何他不用?”仁贵道:“连小人也不知道。但我们兄弟四人都用,单单不用我。”咬金大怒道:“岂有此理!张士贵奉旨招兵,挑选勇猛英雄,为何不用?孤欲带你到京,只是不便。也罢,我有金披令箭一枝,你拿去要张士贵收用便了。”仁贵应道:“是。多谢千岁。”接了令箭。咬金策马前去,我且不表。

单说仁贵得了鲁国公令箭,连夜赶到龙门县,天色还早,就到衙门,大模大样。中军喝道:“你这个人,好不知世务。大老爷连次不用,几乎性命不保,今日又来则甚?”仁贵道:“不要管,快报与大老爷得知:有鲁国公金披令箭在此,要见大老爷。”中军闻言,不得不报。说:“候着!”中军进禀说:“有不用薛礼,得了程千岁令箭,要见大老爷。”士贵听言,心内吃惊道:“既如此,着他进来。”中军传进仁贵跪下,呈上令箭。张环一看,果是这鲁国公老千岁的,便问:“你在那里得来的?”仁贵道:“小人打从金钱山过,路逢一只白额猛虎,欲伤程爷,小人将虎打瞎两眼,相救了程公爷。他说要各路催粮回京要紧,不期遇虎,幸亏解救,因问小人：'既有本事，何不到龙门投军？'小人说：'投过两次不用，要回家去。'千岁大怒道：'有此本事，为何不用？我有令箭，他若再不用，孤与他算账！'故小人只得大胆到此。"张环听言，魂不附体，心内暗想：为今之计，到要用了。眉头一皱，计上心来说："薛礼，既然如此，我只得用你。但有一句话问你：昨日程千岁可曾问你姓名？"仁贵道："这到不曾问及。"张环说："如此还好。你两次投军，非我不用，这是一片恻隐之心，救你性命。你有大罪，朝廷正要寻你处决，你可知道么？"薛仁贵道："小人从未为非，有何大罪？"

张环道："只因前日天子扫北归师，得其一兆，见一白袍用戟的小将，拿住朝廷，逼写降表，又有诗四句道：

家住遥遥一点红，飘飘四下影无踪。

三岁孩童千两价，生心必夺做金龙。

君王细详此诗，乃穿白袍小将家住遥遥一点红，是山西地方；第二句其人姓薛，第三句乃仁贵二字，末句言此薛仁贵要夺天下的意思，留此人在世，后必为患。于是降旨，要暗暗查究你，起解到京处决，以绝后患。你不知死活，钻入网来。我有好生之德，故托言犯讳犯忌，拿去开刀，使你不敢再来，绝此投军之念，岂不救了你性命？不道你又偏偏遇着鲁国公，幸喜不知姓名。若说出来，顷刻拿到京师处决。如今有了这枝令箭，我也难救你了。"吓得仁贵面如土色，连忙跪下道："阿呀，小人性命求大老爷放回，感恩不浅。"

张环道："前日没有令箭，你偏不肯回家；如今有此令箭，你要回家，也难放你去了。"仁贵道："大老爷阿，小人那里知道其细？屡屡思量干功立业，那晓有此奇冤，万望大老爷救救小人蚁命。"张环道："也罢。我向有好生之心，况又梦中之事，或者未必可信，何苦害你性命？看你本事高强，精通武艺，若要保全性命，除非瞒隐仁贵二字，竟称薛礼。前锋营内月字号，尚缺一名火头军，不如权作火头，倘后立些功劳，我在驾前保举，将功赎罪，亦未可知。"仁贵大悦说："蒙大老爷恩德，愿为火头军。"四名旗牌跪下说："大老爷，我等愿与薛大哥为火头军，求大老爷容我们同居一处。"张环说："也罢，既同为火头军，断不可称为薛仁贵。"众人说："这个不消大老爷分付，只叫薛礼，内边弟兄称呼。"四人脱下旗牌衣服，换了火头军衣帽，五个人同进月字号。

这一日，五人睡在里头，走进四五十人，多是些有力气新投军的。见这五人睡在此，就喝道："呔！火头军，日已高了，还不起来烧饭？我等肚内饥了。"周青过来道："你们这班狗头，这么放肆！许多人在这里不烧火，要我们烧？"众人说："火头不烧火，要我等烧不成！自然火头军烧来伏侍我们的。"周青道："我们叫火头将军，怎么落了一字，叫起火头军来？"

众人怒道："好杀野火头军！若再多言，我们要打了。"周青说："要打？来、来、来!”走一步上前,把手一推,许多人脚多立不定。大家翻了一跤,立起身来叫声:“火头将军本事高强,请问尊姓大名,我等来烧便了。”周青说:“你要问姓名么,这三位李庆红、姜兴本、姜兴霸,做绿林出身,在风火山杀人放火不转眼的主顾,骁勇不过,被我薛大哥活擒的。只得改邪归正路,投军立做立功人。”

毕竟众英雄如何出息,且看下回分解。

第九回 金钱山老将荐贤 赠令箭三次投军

诗曰：

分明天意赐循环，故使咬金到此山。

认得英雄赠令箭，张环无奈把名删。

那周青说："我们薛大哥英雄无敌，与当初裴元庆差不多的气力。我是走江湖教师周青便是。你们有什么本事，要我们烧饭？"众人说："原来你众位多是有本事的能人，我等有眼不识泰山，多多有罪。如今愿拜为师，望乞教导我等，情愿伏侍将军，心下若何？"周青说："这也罢了。你等伏侍我们中意，情愿教道你等枪棒。"如今这五十人拜了五位为师，火头军倒也安乐，日日讲些武艺，到也好过。

张士贵原在龙门招兵，我且不表。再讲贞观天子驾坐朝门，文武朝参已毕，鲁国公程咬金催粮回京缴旨。又过了五日，王君可打表进京说，在山东登州府造完战船一千五百号，望陛下速速发兵征东。朝廷看本大悦，说："徐先生，催粮已足，战船已完，未知张士贵招兵何日得见应梦贤臣？"茂公说："陛下只在五六天内。"果然过了五六天，黄门官呈上山西表章。龙目一观上写："臣张士贵奉旨招兵十万已足，单单没有应梦贤臣薛仁贵，想来决少此人。万事有狗婿何宗宪，武艺高强，可保皇上跨海征东。望陛下选日兴兵，待臣为先锋，平复东辽便了。"

朝廷看完，心下纳闷，叫声："先生，张环招兵十万已足，并没有薛仁贵，怎么处？"茂公说："陛下放心。张环招兵已足，薛仁贵已在里头了。"

朝廷说："既有薛仁贵，张环本章上为何没有？岂不是谎君之罪了？"茂公道："陛下，连张环也不知，故此本章上没有姓薛的，不知不罪。陛下兴兵前去，自然有应梦贤臣。"朝廷说："果有此事？就择日起兵征东。但秦王兄卧床半载，并无好意，缺了元帅，怎好征东？"茂公说："平辽大事，陛下若等秦元帅征东，来不及了。且待尉迟将军为帅，领兵征东，秦元帅病好随后赶到东辽，原让他为帅，领兵征东。"朝廷说："到也有理。但帅印还在秦王兄处，程王兄去走一遭。"咬金叫声："陛下差臣到那里去？"天子道："你往帅府望望秦王兄病恙可好些么？

看好得来的，不必提起；看形状不能好，取了帅印来缴寡人。”程咬金应道：“领旨。”退出午门，心中暗想：“这颗帅印在秦哥哥手内，若秦哥哥有甚三长两短，一定交与我掌看。若取帅印，被黑炭团做了元帅，到要伏他跨下，白白一个元帅没我分了。我偏不要去取印，只说秦哥哥不肯。”咬金诡计已定，不知到那个所块去走这么一转，原上金銮来了。

朝廷道：“程王兄来了么，秦王兄病恙可像好得来的么？”咬金说：“陛下，秦哥此病十有八九好不来的，只有一分气息，命在旦夕，不能够了。”

朝廷听说，龙目下泪，大叹一声：“咳，寡人天下，秦王兄辅唐，尽忠报国，今朝病在顷刻，可不惨心！程王兄，帅印可曾取来？”咬金道：“陛下不要说起，帅印没有，反被他埋怨了一场。”朝廷说：“他怎样埋怨你？”咬金道，“他说：‘我当年南征北讨，志略千端，掌了三朝元帅，从不有亏。今日臣病危，还有孩儿怀玉也可以掌得帅印的，就是孩儿年轻，还有程兄弟足智多谋，可以掌得帅印。尉迟恭虽是一殿功臣，与秦琼并无衣葛，怎么白白把这颗帅印送他掌管起来？此印不打紧，日日在乱军中辛苦，夜夜在马背上耽惊，才能得此帅印，分明要逼我归阴了。’竟大哭要死到金銮殿上来。臣只得空手，前来见驾。”朝廷便说：“徐先生，为今之计便怎么样？”茂公说：“秦三弟病内，虽言降旨，决不肯听。如非御驾亲去走一遭。”朝廷道：“也使得。寡人早有此心，要去看望秦王兄病体，不如明日待寡人亲往便了。”

皇上一道旨意传出，执掌官尽皆知道，准备銮驾，各自当心。其夜驾退回宫，群臣散班。

程咬金退出午门，说：“不好了，明日朝廷对证起来，我之罪也。不如今夜先去订个鬼门，按会一番，算为上着。”连夜赶至帅府。他是入内的，竟走到房内，却好合家尽在陪伴。咬金拜见了嫂嫂问候过了，叔宝睡在床上说：“兄弟趁夜到此，有何事干？”咬金道：“秦大哥，今日陛下降旨，要取你帅印。我犹恐恼你性子，假作走一遭，哄骗了朝廷。那晓陛下明日御驾亲临，犹恐对证出来，万望秦哥帮衬，肯不肯由你。”叔宝说：“那有这等事情。承兄弟盛意，决不害你。请回府去，明日先通消息。”咬金说：“是，我去了。”出了帅府，回到自己府中过了一夜。

明日清晨，结束停当，各官多到午门候旨。朝廷降旨起驾出了午门，徐勣保驾，文武各官随定龙驾，多到帅府。咬金先到秦府，对秦怀玉通了个信，转身随了天子行下来。再讲秦怀玉进房说：“爹爹，天子顷刻驾到了。”叔宝说：“夫人回避，我儿取帅印来。”怀玉应道：“是。”便往外边取了进来说：“爹爹，帅印在此。”叔宝说：“你好好放在床上。你到外边接驾，进入三堂，要如此作弄朝廷，然后进见。”怀玉应道：“晓得。”便出房走到外边。只见圣驾已到，就俯伏说：“臣秦怀玉接驾。”天子道：“御侄平身，领寡人进去。”怀玉说：“愿我皇万岁，万万岁。”秦怀玉在前引路，进入抱沙厅，居中摆了龙案，供了香烛。朝廷坐下，两旁文武站立，朝廷就问：“御侄，王兄病恙今日可好些么？”怀玉说：“蒙皇龙问，臣父病体尚不能痊愈。”天子道：“病已久了，怎么还不能好？御侄你去说一声，朕要看望他。”怀玉应道：“领旨。”走到里边，转一转身出来，叫声：“陛下，臣父睡着，叫声不应。”朝廷说：“你也不必去叫他，待朕等一等就是了。”

那晓叔宝假睡，与儿子说通的。停一回只说不曾醒，又歇了一回，原说还不曾睡醒，等了许久，总然不醒。徐茂公明知他意，茂公道：“还不如进到三弟房内去等罢。”朝廷说：“到也使得。”怀玉在前引路，程咬金、徐茂公同驾入内，各官多在外面。尉迟恭心内要这帅印，又不敢进去，叫声：“陛下，臣可进来得么？”朝廷说：“不妨，随朕进来。”“是。”尉迟恭跟了龙驾，竟到秦琼房内。

朝廷坐了龙椅，怀玉揭开帐子，叫声：“爹爹，陛下在此看望。”叔宝睡在床上，明知天子在此，假作呼呼睡醒说：“那个在此叫我？”怀玉说：“爹爹，御驾在此。”叔宝睁开眼一看，只见天子坐床前，大骂：“好小畜生！陛下起程，就该报我，怎么全不说起？要你畜生何用！叫不醒，推也推我醒来，要天子贵体亲蹈践地，在此等我。秦门不幸，生这样畜生，罪恶滔天了。陛下在上，恕臣病危，不能下床朝见，臣该万死，就在腕上叩首了。”

朝廷说：“王兄安心保重身躯，不必如此。朕常常差使问候，并不回音，朕亲来看你，未知王兄病恙可轻些否？”秦琼说：“万岁，深感洪恩，亲来宠问，使臣心欢悦无比。但臣此病，伤心而起，血脉全无，当初伤损，如今处处复发，满身疼痛，口口鲜血不止。此一会面，再不要想后会了。”朝廷说：“王兄说那里话来？朕劝王兄万事宽心为主，自然病体不妨。”尉迟恭上前说：“老元帅，某家常怀挂念，屡屡要来看望，不敢大胆到府惊动，天天在程千岁面前问候下落。龙驾亲来，某家也随在此看望。”叔宝说：“多蒙将军费心。陛下征东之事，可曾定备么？”朝廷说：“多完备了。但是王兄有恙未愈，无人掌管帅印，领兵前去，未定吉日。朕看起王兄来，是这样容颜憔悴，就痊愈起来，也只好在家安享，那里领得兵，受得辛苦前去征东？朕心到此担忧。”叔宝说：“陛下若要等病好领兵征东，万万不能了。平辽事大，臣病事小，臣若有三长两短，不去征东了不成，少不得要掌帅印去的。”

朝廷说：“这个自然。但此印还在王兄处，交与朕就好领兵先去征东。待王兄病愈，随后到东辽，帅印原归王兄掌管。王兄意下如何？”叔宝道：“嗳，陛下又来了。臣这样病势，那里想什么元帅？但此印当初受尽千般痛苦，万种机谋挣下这印，今日臣病在床，还将此印架在这里，使我见见，晓得少年本事，消遣欢心。今陛下取去，叫臣睡在床上，看甚功劳？臣死黄泉，也不瞑目。”朝廷说：“这便怎么处？没有元帅，官兵三军焉能肯伏？”叔宝说：“臣的孩儿虽是年轻，本事高强，志略也有，难道领不得兵的？可以掌得兵权去的。”天子道：“王兄此言差矣。今去征东，多是老王兄，那个肯服御侄帐下？”叔宝说：“如此陛下取臣印，那个掌管？”朝廷说：“不过尉迟王兄掌管兵权。”叔宝说：“取臣印到也平常，孩儿年轻做不得，送与别人，臣若有长短，公位都没有孩儿之分了。”天子道：“王兄说那里话来？你如若放心不下，朕宫中银瓶公主，王兄面前许配御侄，招为驸马如何？”叔宝大悦说：“我儿过来谢恩。”怀玉上前谢过了恩。

叔宝又叫：“尉迟将军，你且过来，俺有话对你说。”敬德连忙走到床前说：“老元帅有什么话对某家说？”叔宝假意合眼，尉迟恭候进身躯，连问数声，秦琼咳嗽一声，把舌尖一抵，一口红痰望着敬德面上吐来，要闪也来不及，正吐在鼻梁上，又不敢把袍袖来揩，到不好意思，引得咬金嘴都笑到耳朵边去了。叔宝假意说：“阿呀，俺也昏了。老将军，多多得罪，帐子上揩掉了。”尉迟恭心内好不气恼，要这颗帅印，耐着性子重又问道：“老元帅什么话讲？”秦琼道：“你要为元帅？”敬德说：“正是。”叔宝道：“你要掌兵权，可晓得为帅的道理么？”说：“某家虽不精通，略知一二。”

叔宝说：“既如此，你说与我听。”敬德说：“老元帅，那执掌兵权第一要有功必赏，有罪必罚，安营坚固，更鼓严明；行兵要枪刀锐利，队伍整齐，鸣金则退，擂鼓则进；破阵要看风调将，若不能取胜，某就单骑冲杀，以报国恩；一枪要刺死骁将，一鞭要打倒能人，百万军中，杀得三回九转，此乃掌兵权的道理。”叔宝大喝道：“呔！你满口胡言，讲些什么话！这几句乱语，想为元帅了么？”程咬金大笑说：“老黑，你只晓得打铁，那知道为元帅的意思？倒不如我来罢。”茂公说：“你不必笑别人。你一法也不知道。”

秦琼说：“不是这样的，俺教你为帅的道理。”尉迟恭说：“是，请教。”

咬金笑道：“老黑，秦哥教训你，今日只当师徒相称，跪在床前听受教诲罢。”

敬德无可奈何，只得双膝跪下。叔宝道：“老将军，凡为将者，这叫做莲花帐内将军令，细柳营中天子惊。安营扎寨，高防围困，低防水淹，芦苇防火攻，使智谋调雄兵，传令要齐心；逢高山莫先登，见空城不可乱行；战将回马，不可乱追。此数条，才算为将之道理，你且记着。”尉迟恭道：“是，蒙元帅指教。”秦琼说：“接了印去。”敬德双手来接，叔宝大喝一声：“呔！此颗印乃我皇恩赐与我，我虽有病，你要掌兵权，当与万岁求印。我交与万岁，与汝何干？还敢双手来接！”程咬金说：“走开些，不要恼我秦哥性子。”

尉迟恭大怒，立起身来便走。秦琼道：“陛下，帅印原交还我王，一世功劳，藏于太庙了。”朝廷道：“说那里话来？王兄病愈，帅印原在。”天子接过，交与茂公藏好。还有许多言语，且按下内房之事。

再讲尉迟恭大怒，气得怒发冲冠，跑出三堂，坐下交椅说："反了，反了！可恼秦琼，你自道做了元帅，欺人太过了。你也是一家公位，我也是一家公位，何把你恶言羞辱？罢了，与今日吃了这场亏。你命在旦夕，喉中断了气，还耀武扬威，得君龙宠。少不得恶人自有天报，可恼之极！"他正在三堂上辱骂叔宝，那里得知程咬金看见敬德大怒出来，随后赶到三堂屏风背后，听得了回转身来，思想要搬弄是非。却遇着怀玉出来，说："侄儿，你爹爹此病再也不得好。"怀玉道："老伯父，为什么？"咬金说："你去听听黑炭团咒骂着。"怀玉说："他怎么样咒骂？"程咬金道："他说死不尽的老牛精，病得瘟鬼一般，还是耀武扬威，是这样作恶，一定要生瘟病死的，死去还要落地狱，永不超生，剥皮割舌，还有许多咒骂。为叔父的方才句句听得，你去听听看。"怀玉大怒，赶出三堂，不问根由，悄悄掩到背后。敬德靠在交椅上，对外边自言自语，不防备后边秦怀玉双手一扳，连着太师椅翻了一跤，就把脚踹住胸前，提拳就打。尉迟恭年纪老了，挤在椅子内，那里挣得起？说："住了。你乃一介小辈，谁敢动手打我？"怀玉说："打便打了你，何妨！"一连数拳，打个不住，咬金连忙赶过来说："侄儿，他是你伯父，怎么到打他，不许动手。"假意来劝，打的左手，不去扯住，反扯住了空的右手说："不许打。"下面暗内趯踹一脚。敬德说："怎么你也敢踹着我？"咬金说："黑炭团，你只怕昏了。我在这里劝，反道我踢你，没有好交的了。"又是一脚。那个尉迟恭气恼不过，只得大叫："阿唷，好打，好打！陛下快些来救，来救命阿！"不觉惊动里边房内。

秦琼正与天子论着国家大事，那天子听得外边喊叫，就同茂公出来往外边。那咬金听得敬德大叫，明知朝廷出来，放了手就跑进说："陛下，不好了！侄儿驸马被尉迟恭打坏在地下了。"天子说："嗄，有这等事么？待朕去看。"朝廷走出来，咬金先跑在前面，假意咳嗽一声，对秦怀玉丢一丢眼色。怀玉乖巧，明知朝廷出来，反身扑地，把尉迟恭扯在面上说："好打！"

这个敬德是一介莽夫，受了这一顿打，气恼不过，才得起身，右手一把扯住怀玉，左手提起拳头，正要打下去。朝廷走出三堂，抬头一见，龙颜大怒说："呔！你敢打我王儿，还不住手！"敬德一见说："万岁，冤枉阿，臣被他打得可怜，我一拳也不曾打他。"怀玉立起身来说："父王阿，儿臣被他打坏了。"敬德道："无此事，端端你来扳倒我，乱踢乱打，怎么反说某打你起来？"朝廷道："你还要图赖？方才朕亲眼见你打我王儿，怎么到说王儿打你？应该按其国法才是，念你有功之臣，辱骂驸马，罚俸去罢。"尉迟恭好不气恼，打又打了，俸又罚了，立起身往外就走，竟回家内，不必再表。

单表朝廷同了诸大臣，出了帅府，秦怀玉送出龙驾，回进内房，叫声："爹爹，父王回朝去了。"秦琼道："你过来，我有一句说话叮嘱你。"怀玉说："爹爹，什么说话？”叔宝说：“就是尉迟恭与为父一殿功臣，你到底是小辈，须要敬重他。如今兵权在他之手，你命在他反掌之中，不可今日这般模样。”怀玉说：“是，孩儿谨领父亲教训。”怀玉原在床前服侍不离。

且说天子回朝，已过三天，钦天监择一吉日，将银瓶公主与怀玉成亲，送回帅府，不必细表。

再表朝廷降下旨意，山西张士贵接了行军旨意，就带齐十万新收人马，正如：

南山猛虎威风烈，北海蛟龙布雨狂。

毕竟御驾征东如何，且看下回分解。

第十回 尉迟恭征东为帅 薛仁贵活擒董逵

诗曰：

御驾亲征起大兵，长安一路望东行。

今朝谁来东辽去，功建登州薛姓人。

那张士贵与四子一婿离了山西，正奔山东登州府。此话慢表。

再说天子当殿与众卿议黄道吉日，就与尉迟恭挂了帅印，来至教场，点起五十万大队雄兵，祭过了旗，朝廷亲奠三杯酒，发炮三声，排开队伍，一路行兵御驾亲征。天子坐在日月骕骦马上，有徐茂公、程咬金、马、段、殷、刘六将保住龙驾，前面二十六家总管随护元帅，离了大国长安。一路上盔滚滚，甲层层，旗幡五色，号带飘飘，刀枪剑戟，似海如潮，一派人马下来。我且不题。

单说总兵先锋张士贵，同四子一婿十万雄兵下来，只见前面有一座大山，名为天盖山。这人马相近山前，只听顶上炮声一起，赶出几百喽啰兵，多是青红布蟠头，手内棍棒刀枪闪烁。当中有一位大王，全身披挂，摆动兵器，一马当先冲下山来，大叫："呔，来的何人，擅敢领兵前来搅扰大王爷的山路！早早献出买路钱，方让你们过去。"这一声大叫，惊动张士贵。抬头看见，心下暗想："他说什么天兵经过，多要买路钱，一定活不耐烦了。"分付大小三军，且扎下营盘。底下众儿郎一声答应："是。"就把营盘扎住。张志龙叫声："爹爹，待孩儿去擒来。"张环道："我儿须要小心。"志龙答应，按好头盔，紧紧乌油甲，举起射苗枪，催开坐下黑毫驹冲上前来，大喝一声："呔，我把你这绿林草寇，我们是什么兵马，你敢大胆阻我天兵去路么？"

那大王哈哈大笑说："你还不知大王利害之处。天下闻孤董逵之名，在我山下经过多要买路钱，你今好好献过粮钞，放你过去；如有半字支吾，恼了孤家性子，一顿乱枪，走脱一卒也不算大王爷爷本事。"张志龙大怒说："该死的强徒，天下乃朝廷出入要路，你敢霸定天兵！好好让天兵过山，饶你性命；若再支吾，取你性命。"董逵说："不须夸口，照大王爷枪罢。"催一步马，拿手中枪直望志龙面门上挑进来。志龙叫声:“不好!”把枪往杆子上噶啷一抬,险些跌下马来。交锋过去,冲将转来,志龙叫声:“狗强盗,照我枪罢!”飕这一枪,望董逵前心刺来。董逵叫声:“好!”把枪噶啷一架逼开,趁势一枪刺进来,张志龙躲闪也不及,正刺中左腿,鲜血直流,大叫一声:“好利害的狗强盗!”兜转马大败而走,张士贵说:“好骁勇草寇,战不上二合,大孩儿受了伤败下来了。”何宗宪叫声:“岳父,待小婿出去擒来。”张环说:“贤婿出马,须要小心。”何宗宪说:“不妨。”按按头上凤翅双分亮银盔,紧紧身上柳叶银条甲,手举过杆方天戟,催开底下银鬃马,冲上前来说:“咦! 该死的强盗,休要扬威,我来取你之命哩。”董逵抬头一看,喝道:“那怕你们有百万英雄,千员上将,也有些难过天盖山。”

何宗宪听说:“你敢吃了狮子心大虫胆,说得出这样大话。照戟罢!”一戟直望董逵咽喉挑进来,他喊一声:“来得好!”把滚银枪架在一边,战不上三个回合,董逵横转枪杆子,照着何宗宪背上“当”只一击,打得抱鞍吐血说:“阿唷,唷唷,好利害!”带转马,大败望营前来了。董逵呼呼大笑道:“那怕你们百万雄兵齐赶上来,也过不得此山。”勒马拦住山下。

单说何宗宪败到营前说:“岳父,强盗枪法利害,小婿实难敌他。还有谁有胜得他来?”父子六人无计可施。单表五个火头军在营前看打仗,见强盗连败大老爷一子一婿,十分猖獗,恼了薛仁贵性子,说:“岂有此理! 一个强盗尚被他霸住天盖山,阻住大唐兵马,无人可退,焉能到得东辽?”心内忿忿不平,走进自己营中,拿了方天画戟,来到张环面前,叫声:“大老爷,公子爷不能取胜,待薛礼去擒来。”张士贵说:“又来了,小将军尚不能胜,何在于你? 且上去看。”薛礼走上前,把戟串一串,喝声:“呔,狗强盗! 此处乃朝廷血脉,就是客商也不该阻住,要他买路钱。我们奉旨御驾亲征,开路先锋,天邦兵马打从天盖山经过,不思回避,擅敢拦阻此山去路,既撞在我手,快快下马祭我戟尖!”董逵说:“呔! 步下来此穿白小卒,敢是铜包胆铁包颈? 方才二位小将,尚然被大王爷打得吐血而回,你这小小鼠辈想是也活不耐烦了,照孤家的枪罢!”一枪望着仁贵拦腰刺来。薛礼说:“来得好!”把方天戟往杆子上噶啷一枭,董逵喊声:“不好了!”手一松,枪往半天中去了,在马上乱晃。薛礼在地下走上一步,右手拿戟,左手往董逵腿上一把扯住说:“过来罢。”一拖拖得董逵头重脚轻,倒坠转来。董逵好不着忙,两手乱到挣个不住,薛礼道:“你挣到那里去?”把董逵勒下,一夹一挤,手脚不动了。左手牵了这匹马,回身便走到营前说:“大老爷,小人薛礼活擒董逵在此。”张士贵满心欢喜,暗想:“薛礼好本事,我子万不如他,真算贤婿天大的造化了。薛礼这等骁勇,此去立得大功,多是我贤婿冒来的功劳了。”士贵有心冒功,叫薛礼放下董逵绑起来。

那仁贵将董逵放下，动也不动死的了。薛礼说："大老爷，强盗被小人夹死了。"四子一婿把舌头乱伸，说："好戟法，好力气！"士贵道："薛礼，你本事果然高强，活擒董逵是你之功，待我大老爷记在功劳簿上，此去征东，再立得两个功劳，待我奉本朝廷，赎你之罪。"仁贵道："是，多谢大老爷。那强盗这副披挂，小人到喜欢他，求大老爷赏赐与小人穿戴，好去开兵立功。"张环道："马匹盔甲自然是你的，不消问我。是你擒来，自己取用便了。"仁贵把董逵盔甲除下，将尸首撇在一旁，到得了银盔银铠，一骑白毫马。回到前锋营，周青、李、姜四人大喜说："大哥，你到立了一功，得了一副盔甲，我等兄弟们不知何日见功。"薛礼说："莫要慌。一过海东，功劳多得紧。"

不表月字号火头军五人，单言张士贵分付抬营，十万人马穿过天盖山，正行下来，不过四五十里荒僻险路，只听得前面括拉拉拉拉拉一声响，山崩地裂，人人皆惊。张士贵唬得面如土色，马多立定了。说："我的儿，什么响？"志龙说："爹爹，好奇怪，不知什么响。"差人前去打听，不多一回，报说："启上大老爷，前边不上一箭之路，地下摊开了一个大窟，望下去乌暗，不知有多深，看不明白。"张环说："有这等事？把人马扎住，我儿同为父去看来。"众公子应道："是。"那父子六人催马上前，果见一个大窟如井一般。士贵说："好奇怪！"分付手下人将索子丢下去探有几多深浅，手下答应。数名排军把索子系了一块大石，望底下坠落，直待放不下了，拿起来量一量说："大老爷，有七十二丈深。"张环道："平空绷开地穴，到底未知凶吉，或有什么宝物在地下也未可知，或有什么妖怪作怪也未可知。差人去探探看，看有何物在底下。"志龙说："爹爹说得是。着那一个下去？"

士贵看看军士们，多是摇头说："这个底下去不得的，决有妖怪在内，被他吃了，走又走不起，白白送死。"士贵说："我儿，谅此地穴，没人肯下去的。"志龙道："爹爹，有了。我看薛礼倒也能干，不如差他下去探探看。有宝物，拿起来落得受用，若是妖怪吃了，也是他大数。"张环说："我儿之言有理。"过来前锋营内传薛礼。

那中军奉令来到月字号说："呔！火头军薛礼，大老爷传你。"薛礼正与四个兄弟讲究武略，只听得中军说大老爷传，薛礼同大家一呼风赶出营门，同了中军来到穴前说："大老爷在上，薛礼叩头。不知传小人到来，有何军令？"张环说："薛礼，方才平空摊此地穴，其深无比，想一定朝廷洪福，必有异宝在下。你下去探一探，是什么宝物，拿起来献上朝廷，也是一件大功，免得罪了。"薛礼道："待小人下去。"周青说："动也动不得的，大哥，你要死没下去。"仁贵道："不妨。生死乃命中所判，为兄下去得。"

张环传令手下人,将一只竹篮系了一条索子,摇动响铃,好收起来。

这根索子用了盘车,周青、姜、李四人执定盘车,慢慢坠将下去。彼时张环父子多在穴边,看守仁贵起来回音,我且不表。

单讲薛礼悠悠放至下面,黑洞洞,就有阴风冒起,寒毛直竖。仁贵暗想:"不好阿,我不听兄弟们的话,一时高兴下来,如今性命一定要断送的了。"心内十分胆怯。摸索着走出竹篮,团团一摸,多是满的。挨到东首,旁边有些亮光,也不管他好歹,钻进去挨出外边,好似山洞内钻出来模样,又是一个世界了。上有青天云日,下有地土树木,心中大喜说:"这也奇怪,此世界不知通于何处?"回头一看,出来之所,乃是一座高山洞里钻出来的。忽然间云遮雾拥,好是阴雨天空一般,却也明亮。两旁虽无人家田地,却也花枝灼灼,松柏青青,好似仙家住所。居中一条砖砌街道,仁贵从此路曲曲弯弯行去。

正去之间,听得后面大叫:"呔!薛仁贵!你回转头来看!我与你有海底冤仇,三世未清,今被九天玄女娘娘锁住,难以脱身。幸喜你来,快快放我投凡,冤仇方与你消清了。"仁贵回头一看,只见西南上一根擎天大石柱,柱上蟠一条青龙,有九根链条锁着。仁贵走将过来,把九条链条裂断说:"汝去罢!"这条青龙摆尾一啸,一阵大风望东北角腾空而去,回头对薛礼看看,把眼一闭,头一答,竟不见了。

仁贵回身又走,只见前面有座凉亭,走到亭内,有一座灶头,好不奇异。灶门口又不烧,又没有火,灶上三架蒸笼,笼头罩着,虽不烧却也气出冲天。

薛礼从早上下来地穴,又行了数里,肚中饥了,见了热腾腾三架蒸笼,想是一定吃得的东西,待我拿开来看。仁贵团团一看,并没有什么人影,便将笼头除下,只见一个面做的捏成一条龙,盘在里边,拿起来团一团,做两口吃了下去。又掇开底下一蒸,有两只老虎,也是面做的,也拿在手中捏做一团,吞了下肚。又掇开第三架,一看有九条面做的牛,立在蒸内,也拿起来捏拢了,做四五口吃在腹中,不够一饱。将蒸原架在灶上,走出亭子,身上暴躁起来,肌肤皮肉扎扎收紧,不觉满身难过。行不上半里,见一个大池,池水澄清,仁贵暗想:"且下去洗个浴罢。"将白将巾与战袄脱下来,放在池塘上,然后将身走落池中,洗了一浴起来,满身爽快,身子觉得轻了一轻,连忙穿好衣服,随大路而走。

忽听后面有人叫道:"薛仁贵,娘娘有法旨,命你前去,快随我来。"

仁贵回头一看,见一青衣童子,面如满月,顶挽双髻,一路叫来。仁贵道:"请问这里什么所在,因何晓得我名字?那个娘娘传我?"那童子道:"此地乃仙界之处。我奉九天玄女娘娘法旨,说大唐来一员名将,名唤薛仁贵,保驾征东,快领来见我,有旨降他,所以叫你名字。"仁贵听说,万分奇异,说:"有这等事?"

连忙随了童子一路行去。影影见一座大殿，只听鼓乐之声来至殿前，童子先进内禀过了，然后仁贵走到里边，只见一尊女菩萨坐在一个八角蒲墩上，薛礼倒身下拜说："玄女大圣在上，凡俗薛礼叩头，未知大圣有何法旨？"娘娘说："薛仁贵，你乃大唐一家梁栋，只因此去征东，关关有狠将，寨寨有能人，故而我冲开地穴，等你下来。有面食三架，被你吃下腹内，乃上界仙食。你如今就有一龙二虎九牛之力，本事高强，骁勇不过，不够三年就可以征服。咳，但是你千不是，万不是，不该把这条青龙放去。若这龙降了凡，就要搅乱江山，干戈不能宁静，所以我锁在石柱上。如今被你放去，他就在东辽作乱，只怕你有一龙二虎九牛之力，也难服得青龙，便怎么处？"仁贵说："阿呀，大圣阿！弟子薛礼乃凡间俗子，怎知菩萨处天庭之事？所以放走了青龙。他在东辽作乱，搅扰社稷，今陛下御驾亲征，若难平服，弟子之大罪了。望大圣娘娘赐弟子跨海征东，就能平定，恩德无穷。愿娘娘圣寿无疆。"那玄女娘娘说："若要平定东辽，只是如今三年内不能够的了。除非过了十有余年，才得回中原，干戈宁静。我有五件宝物，你拿去就可以平辽。"叫童儿里边取出来。那青衣童子说："领法旨。"连忙进内，取出递与薛礼。娘娘说："薛仁贵，此鞭名曰白虎鞭，若遇东辽元帅青脸红须，乃是你放的青龙，正用白虎鞭打他，可以平定得来。"仁贵道："是。"娘娘道："那，这一张震天弓，这五枝穿云箭，你开兵挂于身畔。这青龙善用九口柳叶飞刀，着了青光就伤性命，你将此弓宝箭射他，就能得破，射了去把手一招，原归手内。"仁贵应道："是。"娘娘又说："那，此件名曰水火袍，若逢水火灾殃，即穿此袍，能全性命。"仁贵应道："是。"回头看四桩宝物，霞光遍透。又有一本素书，并无半字在上。就问娘娘："此书何用？"娘娘说："此书乃是异宝，名曰'无字天书'。此四件呢，别人见得，这天书只可你一人知道，不可被人看见。凡逢患难疑难之事，即排香案拜告，天书上露字迹，就知明白。此五件异宝你拿去，东辽就能平服。不可泄露天机，去罢。"薛礼大悦，拜别玄女娘娘，将天书藏于怀内，手拿弓箭，一手拿了袍鞭，前面青衣童子领路，仁贵离了殿亭，一程走到两扇石门边，童子把门开了说："你出去罢。"将薛礼推出门外，就把石门闭上，前去复旨。不必去表。

单讲仁贵抬头一看，眼前乌暗团团，一摸摸着了竹篮，满心欢喜，将身坐在篮内，把铜铃摇响。且表上边自从仁贵下去，已有七天不见上来。张环明知薛礼死在底下，思想要行兵，有周青、姜、李四人那里撇得下？在地穴前守了七日七夜，不见动静。忽然闻得铜铃摇响，大家快乐，连忙动盘车收将起来。仁贵走将出来说："兄弟们，倒要你们等了这一回。"众人道："说什么一回，我们等了七日七夜了。"仁贵说："这也奇了。真乃山中方七日，世上几千年。为兄在下面不多一回工夫，就是七天了。"众人道："大哥，下面怎么样的？手里这些东西那里来的？”薛礼就一一细说一遍。四人满怀欢喜，回到营中。

张士贵闻知，说：“薛礼，你为何去了几天？且把探地穴事情细说与大老爷得知。”仁贵答应，就把娘娘赠宝征东之事，细说一回。张环大喜说：“也算一桩功劳。”分付就此拔寨起行。仁贵回到前锋营，藏好了四件宝贝，卷帐行兵，正望山东地界而来。在路耽搁几天，早到山东登州府。正是：

十万貔貅如狼虎，保驾征东到海边。

毕竟不知征东跨海如何，且看下回分解。

第十一回 白袍将巧摆龙门阵 唐天子爱慕英雄士

诗曰：

统领英雄到海边，旗幡蔽日靖风烟。

君王欲见征东将，命摆龙门宝阵盘。

那张环便来参见长国公王君可，专等朝廷到来一同下海。等不上四五天，早见前面旗幡密密，号带飘飘，有长国公王君可，总先锋张士贵一路迎接下来。朝廷大喜说："王兄平身。你奉朕旨在此督造战船，预先完修，是王兄之大功也。随寡人进城来。"君可口讲："领旨。"尉迟恭传令五十万大小三军，屯扎外教场，三声炮起，齐齐扎下营盘。朝廷同了众公爷进城，扎住御营，武将朝参已毕，一一见礼问安。王君可说："尉迟老元帅，长安秦千岁病体怎么样了？"敬德道："他尚卧床不起，愈觉沉重，所以不能执掌兵权，某家代领兵来的。"王君可说："他往日受伤，此病难痊。"尉迟恭道："便是。"茂功说："如今要选黄道吉日，下船过海。"天子道："徐先生且慢。朕听先生说有应梦贤臣在军中，所以放胆起兵。今下了船到东辽，非同小可。他那里多有骁将，我这里有了贤臣，方可以平辽。若无姓薛的小将，这班老将多是衰迈，不能如前日之威风的了，怎能抵敌，如何处置呢？"茂功说："不妨。张士贵十万兵中，现有应梦贤臣，请陛下放心。"天子说："先生又来了，前在陕西行兵到山东，从不听见说有姓薛的，寡人定是放心不下，怎好落船过海？既是先生说有此人，今张环兵丁现在，待朕降旨宣出，封他一官，好随寡人下船过海，何等不美？"茂功说："陛下不知其细，那个应梦贤臣，他还时运未到，福分未通，近不得主上天子之尊贵，受不得朝廷一命之恩荣。且待他征东班师，才交时运，方可受恩。若今陛下就要他近贵，分明反害他性命难保了，岂非到底无人保驾？"朝廷说："有这等事？既然他福分未到，受不起恩宠，就待后日也罢了。但是如今朕要见他一面，才得放心过海。若不见面，寡人不去征东了。"茂功说："要见他一面容易的。万岁降一道旨意，着元帅三天内要在海滩上摆一座龙门阵，见得贤臣一面了。"朝廷说："既如此，宣元帅进营。"

尉迟恭正在分付枪刀要锐利，队伍要整齐，忽听朝廷叫声："尉迟王兄，朕要你在海滩上摆一座龙门阵，使寡人看看，限三天摆了来缴旨。”敬德一听此言，吓得魂不附体，说：“陛下，臣从幼不读书，一字不识，阵图全然不晓，不要说龙门阵，就是长蛇阵也只得耳闻，不曾眼见。臣只晓得一枪一鞭，那里晓得摆阵？望陛下另着别将摆罢。”茂功把眼望朝廷一丢，天子心内明白，便假意把龙颜变转，大喝道：“呔！你做什么元帅？摆阵用兵乃元帅执掌的常事，怎么说不曾摆起来？若到东辽，他们要你讲究阵图，你也是这样讲：‘我从小不读诗书，不晓得摆阵？’倘若东辽兵将摆出异样大阵，你也不点人马去破，就是这样败了不成？决要三天内摆下龙门阵就罢，如若逆旨，以按国法！”敬德勉强领了旨意，踱出御营说：“真正遭他娘的瘟！秦琼做了一世元帅，从不摆什么龙门阵，某才掌得兵权，就要难我一难。但不知这龙门阵怎么摆法？”

心内烦恼，走出营来，却遇程咬金交身走过，只听得他自言自语的说：“当初隋朝大臣曾摆龙门阵，被我学得精熟。可惜不掌兵权不关我事，不然摆一座在海滩上，也晓得老程的手段。”敬德一一听得，满怀欢喜说：“程老千岁，不必远虑。待本帅作主，点些兵马在海滩上摆起龙门阵来，显显将军手段如何？”咬金说：“这个使不得。私摆阵图，皇上要归罪的。”敬德说：“不瞒将军说，朝廷方才要本帅三天内摆阵。你自悉知本帅不曾摆阵，只要你提调我摆就是了。”程咬金道：“陛下要元帅摆阵，我又不是元帅，与我什么相干？龙门阵我是透熟的，摆也不知摆过多少，不要教你。”竟回身去了。

尉迟恭明知他说鬼话，回进营中，眉头一皱，计上心来。说：“左右过来，速传先锋张士贵进见。”左右一声答应：“嗄！”“呔！元帅爷有令，传先锋张士贵进营听令。”张环闻知，连忙到中营说：“元帅爷在上，末将张士贵参见。不知元帅有何将令？”敬德道：“本帅奉旨要摆一座龙门阵。本帅未曾投唐之时，常常摆过，如今投唐之后，从不曾摆，到忘怀了。只记得些影子，故而传你进营，命汝三天内在海滩上，代本帅摆座龙门大阵前来缴令，快去！”张士贵听言大惊说：“是。元帅在上，末将阵书也曾看过，多精通的，也有一字长蛇阵，二龙出水阵，天地人三才阵，四门斗底阵，五虎攒羊阵，六子联芳阵，七星阵，八门金锁阵，九曜星官阵，十面埋伏阵，这十个算正路阵。除了这十个阵，别样异阵也有几个，从来不曾有什么龙门阵，叫小将怎生摆？”敬德道：“呔！我把你这该死的狗头，胡言乱语讲些什么？这十阵本帅岂有不知？我如今要摆龙门阵，你怎说没有？做什么总管，做什么先锋！快摆龙门阵论功升赏，若再在此逆令，左右看刀伺候！”一声分付，两旁答应：“嗄！”“是！”吓得张环魂飞魄散说：“待末将去摆来。”只得没奈何走出中营，来到自己营中说：“不好了，真正该死该死。”那四子一婿见说大惊道：“爹爹，为什么方才元帅传去？有何令旨？”张环说：“嗳，我的儿，不要讲起。我阵书也不知看了多多少少，从来没有什么龙门大阵。这元帅偏偏限为父的三天内,要在海滩上摆一座龙门阵。我儿,你可晓得龙门阵怎样摆法?"志龙道:"孩儿阵书也只当熟透的,不曾见有什么龙门阵,爹爹就该对元帅说了。"张环道:"我岂不知回说?他就大怒起来。如若逆令不摆,他就要把为父处斩。难道我不要性命的?所以不敢不遵,奉令出来的。这龙门阵如何摆法?"四子道:"这便怎么处?"何宗宪叫声:"岳父,我想元帅也不曾摆的,故此要岳父摆。不如就将一字长蛇阵摆了,装了四足,当做龙门阵如何?"士贵大喜说:"贤婿之言有理。左右过来,传令三军披挂整齐,出城听调。"左右一声:"得令。"就把军令传下去。十万兵马明盔明甲,整整齐齐摆开队伍,统出兵来。父子女婿六人,竟到海滩,一队队摆了一字长蛇阵,装出四足五爪,略略像龙模样。张士贵大悦,命志龙与何宗宪在内领队,自己忙进城来到中营,禀上元帅说:"末将奉令前去,龙门阵已摆完备,请元帅去看阵。"尉迟恭说:"果然摆完了么?带马过来。"左右答应,牵过马匹,元帅上马,张环在前。

张环走出城来在海滩上,道:"元帅,喏,这龙门阵,可是这样摆法?"

敬德是黑漆皮灯笼,胸中不识一字的,假做精明在道的一般望去,一看说:"不差,正是这样的影子。算在你的功劳,待本帅去缴旨。"尉迟恭回进城来,忙到御营说:"陛下,臣奉旨前去,不到三天,已摆完了这座龙门阵,前来缴旨。"朝廷说:"既摆了龙门阵,徐先生快同寡人去看。"茂功同了天子上马,出城来到海滩。程咬金也随来一看,暗想:"这座龙门阵原来是这样一个摆法的,待我记在此,也学做做能人。"那朝廷一见说:"尉迟王兄,这阵可行得动的么?"敬德道:"行得动的。"就分付张士贵行起阵来。

张环一声传令,阵中炮响一声,何宗宪领了头阵,照样长蛇阵行动一般。天子叫声:"先生,这梦内贤臣在何处?那个就是?指与朕看。"茂功说:"陛下看看,看像是龙门阵否?若像是龙门阵,才可见有应梦贤臣。"茂功说了这两句话,朝廷当心一看,况且向来督兵过的,这十阵书皆明白,方才一心要看应梦贤臣,所以不当心去看看阵图,如今当心一看,明晓是长蛇阵,同了徐茂功回马就走。

尉迟恭不解其意,也转身进城,来到御营下马,叫声:"陛下,臣摆此阵如何?"朝廷大怒,喝道:"呔!朕要你摆龙门阵的,怎么摆这什么阵来哄骗寡人?又不是一字长蛇阵,又不像龙门阵,倒像四脚蛇阵。"敬德说:"阿呀陛下,这个是龙门阵。"朝廷说:"呔,还要讲是龙门阵么?这分明一字长蛇阵,将来摆了四足,弄得来阵又不像阵,兵又不像兵,这样匹夫做什么元帅?降朕旨意,绑出营门枭首!"敬德着忙:"阿呀万岁,恕臣之罪。这阵不是臣摆的,是先锋张环摆的。"茂功在旁笑道:"元帅,你分明被张环哄了。这是长蛇阵,你快去要他摆过。"尉迟恭道:"是。"连忙回身来至中营说:"左右过来,传总管张环!"左右一声答应,出营说道:"呔!元帅爷有令,传先锋张士贵进来听令。"张环连忙答应道:"是。"

行入中营，叫声："元帅，龙门阵可摆得像么？"敬德大怒道："我把你这贼子砍死的。到底你摆的是什么阵？"张士贵回说："元帅不差的，这是龙门阵。"

敬德道："呔，还要强辩！哄那一个！本帅方才一时眼昏，看不明白，想起来分明是一字长蛇阵。"张环道："元帅，实在没有这个龙门阵，叫末将怎样摆法？所以把长蛇阵添了四足，望元帅详察。"敬德说："乱讲！如今偏要摆龙门阵，快去重摆过来，饶你狗命，违令斩首。"张环无法，只得答应道："是，待末将重去摆来。"

出了中营，上马飞奔海滩。抬头一看，还在那里行长蛇阵。喝道："畜生，收了阵快来见我。"四子一婿连忙收了阵图，来至营中说："爹爹，龙门阵是我们的功劳，为什么爹爹到生起烦恼来？"张环道："呔，畜生！什么功劳不功劳，难道他们不生眼珠的么？你把长蛇阵去哄他，如今元帅看出，十分大怒，险些送了性命。再三哀求，保得性命，如今原要摆过。有什么功劳？这便却怎处？"何宗宪叫声："岳父，我看薛礼到是能人，传他来与他商议，摆得来也未可知。"张环道："贤婿之言有理。中军过来，速传头军薛礼进营听令。"中军答应，传来说："薛礼，大老爷传你。"薛仁贵奉令进见说："大老爷在上，小人薛礼叩头。"张环说："薛礼，你如今已有二功，再立一功就可赎罪了。今陛下要摆龙门阵，故此传你进来。你可知此阵图？速即前去摆来，其功非小。"仁贵说："龙门阵书上也曾看过，但年远有些忘怀，待小人去翻出兵书，看明摆便了。"张士贵听言大喜说："既如此，快去看来。"仁贵应道："晓得。"回到前锋营内，摆了香案，供好天书，跪倒尘埃，拜了二十四拜说："玄女天圣在上，弟子薛礼奉旨摆龙门阵，但未知龙门阵如何摆法，拜求大圣指教。"薛礼祷告已完，立起身来，拿下天书揭开一看，果然上有龙门阵图的样式，有许多细字一一标明。

薛礼看罢，藏好天书，来至大营说："大老爷，那龙门阵其大无比，十分难摆，更且烦难，要七十万人马方能件件完全。小人想最少也要七万人，方可摆得。"张环道："果有此阵么？既如此，待我统兵七万与你，可替本总小小摆一座罢。"薛礼一声答应说："小人还求大老爷，在海滩高搭一座将台，小人要在上边调用队伍，犹恐众兵不服，如之奈何？"士贵说："不妨。本总有斩军剑一口，你拿去，如若不服听调，就按兵法。"仁贵道："多谢大老爷。"接了军剑一口，竟到前锋营庄肃整齐。士贵下令要靠山朝海高搭一台，点齐七万人马，明盔亮甲。薛礼来到海滩说："大老爷，还要搭一座龙门。"士贵传下军令竖好龙门。仁贵道："小人多多有罪，求大老爷在此安候。"张环说："自然本总要在此听调。"仁贵走上将台，把旗摇动摆将起来。薛仁贵第一通掌兵权，谁敢不服？多来听候军令。那薛仁贵当下分付：这一队在东，那一队在西，大老爷怎么长，大老爷怎么短，四子一婿多来听调，上南落北不敢有违一回，张总兵反被火头军调来调去，不上半天功夫摆完了。张环心中大喜说："看这薛礼不出，果然是个能人。你看此阵图，果然原像一座龙门阵，活像龙在那龙门内要探出探进的意思。”只见仁贵下将台，把黄龙行动泛出龙门，多用黄旗，乃是一条黄龙。

张士贵忙进城，来到中营说：“元帅在上，那座龙门阵今已摆好在海滩上了，特请元帅去看阵。”尉迟恭道：“既然摆好在那里，你先去，待本帅同驾便前来便了。”张士贵答应，先往城外等候。敬德来至御营，同了天子、军师一齐上马来到海滩。朝廷坐在龙旗底下，望去一看，但见此阵：旗幡五彩按三才，剑戟刀枪四面排。方天画戟为龙角，拂地黄旗鳞甲开。数对银枪作龙尾，一面金锣龙腹排，千口大刀为龙爪，两个银锤当眼开。

朝廷大喜说：“果然活龙活现，这才是座龙门阵。”便叫：“徐先生，龙门阵虽然摆就，这应梦贤臣是那一个？”茂功道：“陛下降旨把龙门阵行动，就可见应梦贤臣了。”朝廷大悦说：“既如此，降朕旨意，把阵图行动起来。”

“嗄！”下边一声答应。阵心内走出一起，仁贵领了队伍从出，龙门里面人马，圈出外边兜将转来；仁贵撇下黄龙，又把青旗一摇，阵里边多用青旗，又变了一条青龙了。茂功道：“陛下那，那走转来执青旗的那一个穿白小将，就是应梦贤臣了。”朝廷睁眼一看，说：“果然是！分明与梦内一般面貌，活像！”又在阵心内去了。如今又走转来了，手内又执白旗，多换了白旗，又一条白龙了。少停，手执红旗，又变了红龙了。天子好不欢喜说：“这个领阵小将，果然是个能人。降朕旨意，收了阵罢。”张环传令下去，仁贵一一调开，散了龙门阵图。朝廷同军师自回御营，称赞仁贵之能。

张环收兵进城，将人马扎住说：“薛礼，你摆阵图其功非小，待本总记在功劳簿上，少不得奏达朝廷，出你之罪。我大老爷先赏你十斤肉、五罐酒，你拿去罢。”仁贵道：“是，多谢大老爷厚赐。”仁贵领了酒肉回到前营来，就端正起来，摆开桌子，弟兄五人饮酒作乐，我且不表。

单讲张士贵进入中营，叫声：“元帅，此阵可摆得是么？”敬德大悦说：“这个阵摆得好，才是个龙门阵。原算将军之功，待本帅记在此。”就将功簿展在桌上。要晓得尉迟乃是写不了字的，提起笔来竖了一条红杠子，算为一功。张环又说：“元帅在上，狗婿何宗宪前日行兵天盖山，活擒草寇董逵，探地穴，也是狗婿微功。”敬德说：“既有三功，并记在上面。”也竖了两条杠子，将功簿收藏好了。张环大悦，回到营中说：“贤婿，方才元帅都上了你的功劳了。”宗宪道：“多谢岳父费心。”按下不表张环冒功之事，单讲御营天子说：“徐先生，朕看这应梦贤臣在内领阵，一定是：武略高强兵法好，雄威服众有才能。”

但不知他胸中学问如何，且听下回分解。

第十二回 小将军献平辽论 瞒天计贞观过海

诗曰：

九天玄女赠兵书，巧摆龙门独逞奇。

考试文才年少将，平辽论内见威仪。

话说天子要试贤臣才学，军师徐茂功说："容易。陛下要知贤臣腹内才学，须降旨尉迟恭，要他做一纸《平辽论》，就知他才学了。"朝廷连忙降旨一道。敬德来到御营说："万岁宣臣有何旨意？"朝廷说："王兄，朕此去征东未知胜败，要讨个信息，王兄快去做一纸《平辽论》与寡人看。"敬德听言一想说："早知做元帅这等烦难，我也不做了。才摆得龙门阵，又是什么《平辽论》。我想什么论不论，分明在此难着某家。不要管，再叫张环做便了。"说："陛下，待本帅去做来。"尉迟恭来到中营说："左右过来，快传张环进见。"左右奉令出营说："呔，张环，元帅爷有令，传你进营。"

张士贵答应，连忙来到中营说："元帅在上，传末将来有何将令？"尉迟恭说："本帅奉旨，要你做一纸《平辽论》，快去做来。"张环应道："是。待末将去做来。"慌忙退回自己营中，叫中军过来，应道："有。"张环道："快传前营薛礼听令。"中军奉令，传进薛礼。说："大老爷在上，小人薛礼叩头。"张环道："起来。本总传你的时节正多，以后见了我大老爷，不必叩头了。"薛礼说："是。小人遵令。"张环道："薛礼，方才元帅要本总做《平辽论》，你可做得来？一发立了此功。"仁贵道："是。小人可做得的。"张环道："如此快去做来。"仁贵奉令进营，便叫兄弟们回避，周青、姜、李四人退出。仁贵忙摆香桌，上供天书，拜了二十四拜，祷告一番。拿来揭开一看，上面字字碧清，写得明白。就将花笺一幅，看了天书，细细写好誊下，忙到张环营中说："大老爷，小人《平辽论》做在这里了。"

士贵说："待本总记在簿上。"说罢，就拿到中营，叫声："元帅，《平辽论》乃是狗婿何宗宪做在此了。"尉迟恭接了《论》，把功劳簿又竖了一条杠子，竟到御营说："陛下在上，《平辽论》在此，请我主龙目清观。"朝廷说："取上来。"侍臣接上，铺在龙案，军师同朝廷一看，上写着《平辽论》：

混沌初分盘古出，三才治世号三皇。天生五帝相继续，尧舜相传夏禹王。禹王后代昏君出，乾坤一统属商汤。商汤以后纣为虐，伐罪吊民周武王。周室东迁王迹熄，春秋战国七雄强。七雄并吞为一国，秦氏纵横号始皇。西兴汉室刘高祖，光武中兴后汉王。三国英雄尊刘备，仲达兴为司马王。杨坚篡周为隋王，国号兴称仁寿王。天生逆子隋炀帝，弑父专权大郸王。郸王邪政行无道，天下黎民尽遭殃。天公降下真明主，重整乾坤归大唐。施行仁政贞观帝，万民感戴太宗王。平除四海番王顺，无道东迁又放狂。明君御驾亲跨海，一纪班师东海洋。

朝廷看完大悦。道："徐先生，此去征东，为何要这许多年数？"茂功道："看来要得十二年才能平服。"天子道："有了这样能人，自然平服得快。"茂功算定后日黄道吉日，就要下船过海。当夜不表。

再说次日，张士贵传令十万人马，先下战船，开了二百余号，多把链条绞拢一排，扯起御驾亲征旗号，竟望海内而去。这一千三百战船，只只绞定，海内风波最险，犹恐吹翻，故把链条绞定。五十万雄兵多在两边船内。朝廷同公卿于吉日上了龙船，扯起平辽大元帅旗号。尉迟恭好不威风，三声炮响，一齐开出。在海内行了三日，只见天连水，水连天。忽一时，大风刮起，豁辣辣就不好了。海内波浪泼起数丈，惊得天子面如土色，龙案多颠翻倒了。

这些船在海内跳来跳去，人马跌倒船中，爬得起来，又跌倒了，天子也翻了数次。程咬金在船内滚来滚去，徐茂功也难起身，余者无有不跌，无有不吐。

天子骇怕，吓得发抖说："先生，不去征东了。情愿安享长安，由他杀过来，让他也看得见，何苦丧在海内？"程咬金说："陛下，快降旨，转去转去，性命要紧。"茂功说："不妨。只消陛下降旨，要元帅平风浪静。"敬德也跌得昏了，一听此言，心内大惊说："军师大人差矣！风浪乃玉皇御旨，天上之事，叫本帅那里平得来？"茂功道："我算定阴阳，风浪该是你平的，有本事去平就罢了。如没有本事去平其风浪，降旨将你绑缚，撩在海内，祭了海神，也平得风浪了。"尉迟恭道："遭他娘的瘟，怎么海中风浪多，要元帅去平起来？"没奈何，过了前船，传总兵张环。左右一声答应，说："呔，帅爷有令，传先锋张士贵上船听令。"那个张士贵，也在船内跌吐得个昏花，好不难过。只听中军说："禀上大老爷，元帅军令，要传过去。"张环道："这样大风，又来传我去做什么？"无可奈何，挨上船头。水手挽住一只船，扒上龙船："元帅传末将有何将令？"敬德说："如此大风浪，今已危急，快去与本帅平静风浪，是你大功。"张环道："元帅又来了，海内风浪，年年惯常，叫末将怎生平法？"元帅道："你若不平风浪，叫两旁将士把你张环绑了，丢在海中祭了海神，或者平得风浪亦未可知。"张环说："元帅，这个使不得，待末将去平复水浪便了。"士贵走至前船，进入内舱，就传薛礼。那晓得仁贵在船内翻了两跤,也着了忙,就拜着天书,上边字字明白。

藏好了天书,却当大老爷来传。仁贵明知此事,到张环船内说:“大老爷传小人有何将令?”士贵说:“你可有平浪之计么?”薛礼笑道:“大老爷,有五湖四海龙王到此朝参,故此这等大风。只要万岁御笔亲书‘免朝’二字,撇在海内,极大的风浪就平了。”张环大悦道:“果有此事?应验了,你之大功。依你行事,平了风浪,你这大罪一定就赦去。”

不表仁贵退出回前营内。单讲张环来到龙船,照样薛礼这番言语,对元帅说了。尉迟恭大悦说:“妙阿,妙阿,果应其言,就记你功劳。”说罢,来到御营,进入舱内,叫声:“陛下,海内五湖四海龙王前来朝参,故起风浪。只消陛下亲挥‘免朝’二字,撇入海内,风浪就息了。”朝廷说:“果有此事?待朕就写起来。”元帅摆好龙案,亲书“免朝”二字递与敬德接在手中,走出船头,两边有水军扶定。说:“圣上有旨,今去征东,诸位龙王免朝,各回龙驾。”把“免朝”二字丢入海内,犹如有人在底下接了去的一般,顷刻不见了皇旨牌。不一刻,风浪顿息。朝廷说:“徐先生降朕旨意,把战船回转山东,不去征东,情愿待他起兵杀过来再处。”茂功说:“陛下又来了。如今风浪平息,正好行船,怎么反要回山东?倘东辽起兵杀至中原,怎生抵敌?”咬金道:“陛下不要听这牛鼻子道人。此去大海,风浪还大,乃是险路,性命要紧。趁此风息浪静,回到登州,安享长安。若是东辽兴兵过海侵犯疆界不是我夸口说,就是老程年纪虽老,还敌得他过,包在臣身上。杀退番人,决不惊驾,眼前避祸要紧。”敬德说:“老呆子,什么说话,自古道:‘食君之禄,当报君之德’,趁此风平浪息,以仗陛下洪恩,此去征东,有甚险处?你敢驾前乱道!”朝廷说:“不必埋怨。寡人愿死长安,决不征东入海。”徐茂功心下一想说:“既然陛下不去征东,臣也难以逆旨,且回登州。”尉迟恭见军师说了,只得即忙传令,分付三军,回转登州,待风浪平息过海征东。元帅一声令下,只听齐声答应:“嗄!”张士贵也奉令,这一千五百战船尽皆回转。行了三日三夜,到了登州海滩,把船泊住。朝廷与公爷下船进城,城内扎营,不必去表。

单讲天子说:“先生,我们明日回长安去罢。”茂功说:“陛下有了这样应梦贤臣保驾平东,此乃国家的大事,怎么万岁要回长安起来?”天子叫声:“先生,但海内风浪极大,怎生行船?不如回长安去罢。”茂功说:“陛下放心。有几日风大,自然有几日风小的。就在这里等几天,待风息浪静,可以过得海,平得东了。”朝廷说:“既如此说,就等几天便了。”

不表天子在御营内。再言徐茂功来到帅营,尉迟恭连忙接住。说:“军师大人连夜到此,有何事见谕?”茂功道:“元帅,海内风浪浩大,圣上不肯征东,怎么处?”敬德叫声:“大人又来了。朝廷虽不肯征东,难道本帅回转长安不成?真若待圣上驾回长安,本帅同军师领兵过海,前去征东罢。”

茂功道："不是这等讲的，那东辽人马邪法多端，必要御驾亲征的。若元帅统兵前去，料难平复得来。"元帅道："如今陛下不肯去，也没法奈何他。"

茂功道："我想起来也容易的，如非设一个瞒天过海之计，瞒了天子过海，到东辽就可以征东了。"敬德道："大人，何为瞒天过海之计呢？"茂功说："元帅不要慌，只消去传令这张士贵，要他献这瞒天过海之计，如有就罢，若没有，就掘下三个泥潭，对他说辰时没计，就埋一尺；午时没计，就埋二尺；戌时没计，将他埋三尺。这一天总不使计，将他连头多埋在泥里。他是自然着忙，就有瞒天过海之计献出来了。"尉迟恭大喜说："军师大人当真么？待本帅明日就要他献计便了。"徐茂功道："是。"回转御营，其夜不表。

到了明日，敬德传令，一面掘坑，一面传张士贵进中营。士贵说："元帅传末将有何将令？"敬德说："朝廷惧怕海内风浪，不肯下船过海，故此本帅传你进营，要献个瞒天过海之计，使圣上眼不见水，稳稳的竟到海东，是你之功。如若没有此计，本帅掘下泥坑三个，你辰刻没有，埋你一尺；午时没有，埋你二尺；晚来没有，埋你三尺。如若再无妙计，将你活埋在泥里。"

张环听了大惊："元帅，待末将去与狗婿何宗宪商议此计，有了前来缴令。"

敬德说："既如此，快去！"张环答应，回营说："中军传令薛礼进见。"

中军奉令来传，薛礼忙到营中说："大老爷传小人有何将令？"士贵道："只因朝廷惧怕风浪，不去征东。元帅着我要献个瞒天过海之计，使朝廷不见风浪泼天，就不致圣驾惊恐，竟到东辽，是你之功。"薛礼说："待小人去想来。"奉令出来，回到前营，忙摆香案，拜求天女，翻看天书，上边明明白白。薛礼看罢，藏好天书。来到中营说："大老爷，瞒天过海之计有了。"

张环大喜道："快说与我知道。"仁贵道："大老爷，此非一日之功。对元帅说传下令去，买几百排大木头来，唤些匠人造起一座木城，方方要四里，城内城外多把板造些楼房，下面铺些沙泥，种些花草，当为街道。要一万兵扮为士、农、工、商、经纪、百姓；居中造座清风阁，要三层楼一样，请几位佛供在里面。等朝廷歇驾，将木城先推下海，趁着顺风缓缓吹去，哄朝廷下船赶到城边，竟上此城，歇驾清风阁。又不见海，又不侧身倒动，岂不瞒了天子过了海了？"张士贵称谢，自回前营不表。

单讲士贵来到帅营，叫声："元帅，有计了。只须降下令去，伐倒山木，筑一木城，如此甚般做法，可以过得海去。"尉迟恭大悦，就记了何宗宪功劳，来见军师，一一将言对茂功说。茂功称善："此行甚妙。"茂功假传旨意，暗中行事，一些不难。十万人动手伐倒山林大木。正叫人多手多，不上三个月，这座木城就造完了。推入海内，果然是顺风稳稳的去了。单单瞒得朝廷。只有程咬金胆小，见了木城，心中怕去。又隔了三天，朝廷说："先生，回长安去罢，在此无益。"茂功道:“陛下,臣算阴阳,这有半年风浪平静,何不下船前去?过了半载,风浪来时,已到东辽有二三个月了。”朝廷道:“果有此事么?”茂功道:“臣怎敢谎着?”天子道:“若下了船又起风浪,是徐先生之大罪了。”茂功道:“这个自然,是臣阴阳不准之罪,该当领罪。”天子道:“既如此,降朕旨意下船过海。”尉迟恭传下令来,张环先开五百号战船,先锋开路,竟自前去。

单讲这朝廷下了龙船,众国公保住。二十六家总兵官也下战船,只只开去。单有程咬金在沙滩上说道:“徐哥,我看这座木城甚是可怕。倘被风浪打翻,岂不白白送了性命?你是保驾去罢。我转长安,等秦哥病好一同前来,有何不可?”茂功道:“既如此,你天子驾前不可多讲。”咬金答应。上船进船舱说:“陛下在上,臣思秦哥有病在床,乏人看望,臣心难安。恕臣之罪,臣不敢保驾征东了。欲转长安,侍奉秦哥,病愈同到东辽助驾。”朝廷说:“正该如此,程王兄请便。”咬金辞驾上岸,别了诸将,快马转陕西。也不必表。

且说朝廷降旨,开了龙船,离登州府二三日,行到大海之中,十分旷野之所,无风风也大,龙船原在这里泼动。朝廷说:“先生,你说如今没有风浪,故此下船的。如今原是这等风浪,便怎么处?不如回转山东,少惊朕心。”

茂功说:“陛下龙心韬安,降旨前面可有歇船躲浪之处么?”尉迟恭假意望前一看,说道:“陛下,前面影影见有一所城池,不如去泊上岸,避避风浪。”

朝廷说:“先生,这是什么城池?还是东辽该管,还是寡人汛地?”茂功说:“陛下,臣见这地图上载的,不叫什么城,名为避风寨。多用木头筑的,传为城木为寨,乃是陛下该管的汛地。陛下今到此处,且停船上岸进寨去,一则避过海内风浪,二则观玩寨中人民丰乐景致。”朝廷说:“这也使得。”

元帅传令下来,龙船飞赶到木城边,把绳索缆住。众大臣先在岸上接驾,天子同了茂功、敬德走上岸,骑了马,诸将保定。进得寨门,淘淘曳曳,拥上许多百姓,香花灯烛,跪伏尘埃说:“万岁龙驾在上,避风寨百姓接驾。愿圣天子万寿无疆。”朝廷说:“众百姓,此处可有清静所在歇驾么?”那些百姓,就是元帅掌管的黄旗人马假扮为民,军师分付在此。大家应道:“启上万岁爷,这里有座清风阁,十分幽雅,可以安歇龙驾。”朝廷说:“既如此,就往清风阁去。”天子来到阁上,把四面纱窗推开,好比仙景一般,心中欢乐。果然并不听见风浪,瞒过天子缓缓行过海去。那些兵马原在战船内,被木城带了行动。诸大臣在清风阁上,单瞒过朝廷。他又看不出行动,认真只道歇在岸上。虽在此与军师下棋,只想回转长安,便说道:“徐先生待风浪平息,一定不去征东,要回长安了。”军师道:“这个自然。”到晚,军师别了朝廷,出来私自对众公爷说道:

海中风浪随时有,休对君王说短长。

毕竟不知如何过得海去,且看下回分解。

第十三回 金沙滩鞭打独角兽 思乡岭李庆红认弟

诗曰：

仁贵功劳天使灵，张环昧己甚欺君。

虽然目下多奸险，他日忠良善恶分。

话说那军师对诸位公爷说："倘或主上问起海中风浪，你们多说不曾平息便了。"众公爷道："这个我们知道。"自此以后，今日风浪大，明日风浪又大，众臣多是这等讲，急得朝廷龙心散乱，不知几时风浪平静得来。

且不表君臣在清风阁上，木城缓缓行动。再表张士贵领了十万人马为开路先锋在战船内，先行的木城来得慢，战船去得快，不上两个月，早到狮子口黑风关了。你道狮子口怎么样的？却是两边高山为界，收合拢来的一条水路，只得一只船出进取为口子，进了口子，还有五百里水路起岸，就是东辽了。狮子口上有座关，名为黑风关，是东辽边界第一座关头。里面有个大将姓戴，表字笠篷。其人善服水性，力大无穷，有三千番兵多识水性，在海水内游玩的。这一天正坐衙内，有巡哨小番报进来了说："报将军，不好了。"

戴笠篷问道："怎么样？"小番道："将军，前日元帅劫了不齐国三桩宝物，又把不齐国使臣面刺番书，前往中原。今有战船几百，扯起大唐旗号，顺流而来，相近口子了。"戴笠篷闻言，哈哈大笑道："此乃天顺我主，故使唐王自投罗网，待我前去望一望看。"说罢，他就到海边往外一望，果有几百战船远远来了。他心中一想："待我下海去截住船头，一个个水中擒他，如在反掌，何等不美。"他算计已定，就取了两口苗叶刀说："把都儿们！随我下海去哩。"众小番一声答应，随了主将，催一步马，豁喇喇到海滩。下了马，望海内跳了下去。这些小番向常操演惯的，几百小划子，每一人划一只，一手拿桨，一手执一口苗叶刀，多落下海去，散在四边，其快异常。那些大波浪多在上边泼过，只等主子弄翻来船下水里，这些小番一个个都打点拿人。此言不表。

单讲唐朝船上，张士贵父子在后，五个火头军在前，领五十个徒弟，共五号船，薛礼居中。他们征东有三部东辽地图带来，你道是那三部呢？朝廷船上一部，元帅船上一部，先锋船上一部，所以张士贵早把地图看明，先分付薛礼："前面乃是东辽狮子口黑风关，必有守将，须要小心。"仁贵立在船头上，手中仗戟望下一看，忽见水浪一涌，远远冲过一个人来，仔细一看，只有头在上面，探起来又不见了。四边浪里，隐隐有许多小划子划将拢来。

仁贵便叫众兄弟："你们须要当心，水里边有人，防他过来敲翻船只。"那一首周青、姜、李等多备器械，悠悠撑近，见这人在水内双眼不闭，能服水性，明知利害，心生一计，便把方天戟插在板上，左手扯弓，右手拔箭，搭上弓弦，在此候他探起头来就一箭伤之。那晓这员番将该当命绝，不料探起头来，仁贵大喝一声道："看箭！"飕的一箭射过去，不偏不倚，正中咽喉，一个鹞子翻身，沉下海底去了。那时四边的小番见主将被南朝战船上穿白小将射死，早急掉划子进了口子，飞报到东海岸去了。这里张士贵满心欢喜，上了薛礼功劳。一面穿过口子，仁贵同了周青上岸搜寻一遍，并没有一人在内。盘查关中粮草，共有三千万石及许多金银宝物。关头上倒了高建庄王旗号，立起大唐龙旗，留下几员将官在此候接龙驾，大队人马即刻下船。过了口子，把这些金宝钱粮献与张环，好不欢喜。那钱粮端正，下候龙驾来时，要申报何宗宪功劳，金宝私自得了。此言不表。

且说在路过了狮子口，又行三日三夜，早相近东辽，不必细说。单讲到海岸守将官彭铁豹，还有两个兄弟彭铁彪、彭铁虎守在后关金沙滩。这彭铁豹，其人力大无穷，坐在衙内，忽报黑风关小番来报说："平章爷，不好了！"

彭铁豹问道："怎么样？"小番道："那中原起了几百号战船，过海前来征剿！大兵还没有来，只有先锋船到来。上有一将身被白袍，利害无比，力大箭高，把我主将射中咽喉，打死宝骑，穿过狮子口来了。"铁豹闻言大惊说："有这等事？狮子口失去了，如此过来，与你令箭一枝，快些一路报下去，与狼主庄王得知，叫元帅操演三军，各关上守将须要当心，好与中原对敌。"

小番一声："得令。"接了令箭，飞马报至三江越虎城庄王、元帅知道。日日教场操演，关关守将当心，多防穿白小将利害。

单表那彭铁豹通身打扮，率领将士出关。三千番兵，一齐冲出到了海滩岸上。望前一看，果有几百号战船，扯起风帆，驶将过来，铁豹叫一声："把都儿齐心备箭。他战船相近，你们齐发乱箭，不容他到岸。"此言不表。

再讲仁贵船上，他见船近东辽，说："四位贤弟，快些结束端正，领兵杀上东辽。"那四人就端正领兵，手执器械，立在各自船头上。望去一看，只见番岸一派兵丁，纷纷绕乱。邦岸如城头模样，高有三丈。周青说："薛大哥，不好。你看他邦岸甚高，兵马甚众，倘被他发起乱箭射将过来，就不好近他的高岸了。"说言未了，只见岸上纷纷的箭射将过来，一人一支，那箭射个不休。四人大叫："不要上前去，我们退罢。"那些水军见箭发得利害,不退而自退。连仁贵的战船也退下了。连忙说:"怎么你们退下起来?快上前去!"水军道:"箭发利害,上去不得。"仁贵说:"不妨,你们各用遮箭牌,快些冒上岸边,待我上了岸,就不敢发箭了。"众水军遮了遮箭牌,把船梭子一般的冒到邦岸前去。周青说:"大哥须要小心。"

仁贵道:"我晓得。"说罢,右手执牌,左手执戟,在船上舞动。叮叮当当乱箭射来,多在戟上打下了。岸上铁豹一见穿白小将,也用方天画戟冒着乱箭冲将过来。他便把阴阳手托定,戟尖朝下,戟杆冲天,说:"船上穿白小将通名,好挑你下海。"仁贵道:"你要问我小将军之名么?洗耳恭听:'我乃大元帅麾下,三十六路都总管,七十二路总先锋张大老爷前营,月字号一名火头军薛礼便是。'"口未说完,船已撞住邦岸。这叫做说时迟,来时快。船一近,彭铁豹喝声:"照戟罢!"上边顺插的一戟,直望仁贵当心刺将下来,那仁贵喝一声:"来得好!"也把方天戟噶啷一声响,戟对戟绞钩住了,怎禁得仁贵扯一扯,力大无穷。铁豹喊声:"不好!"用尽平生猛力,要拔起这条戟来。谁知薛仁贵志量高,就起势一纵,上边吊一吊,飞身跳上岸去了。众小番见小将利害,忙弃了箭,飞报金沙滩去了。铁豹看见他纵上岸来,心内着了忙,把银杆戟一起,喝声:"照戟罢!"一戟直望仁贵面门上刺来。

仁贵不慌不忙,把手中方天戟噶啷一声响,逼在旁首,喝声:"去罢!"复还一戟进来,铁豹喊声:"不好!"要把戟去架,那里架得开?不偏不歪刺在前心,阴阳手一反,扑通往船头上丢去了。周青连忙割了首级把尸骸撩在海内。叫众兄弟快些抢岸,一边泊船过去,一边在岸上杀得那些番兵有路无门,死的死,逃的逃,尽行弃关而走。张士贵分付将船一只只泊住,布了云梯,上了东海岸。仁贵进总衙府查点粮草金宝等类,周青团团盘查奸细,李庆红往盘头上改立号旗。张环父子传令十万人马关前关后扎住了,回进总府大堂,排了公案。仁贵上前说:"大老爷,小人略立微功。"张环道:"待我大老爷记在此,等朝廷驾到,保奏便了。"仁贵道:"多谢大老爷。"且按下候驾一事。

再讲到木城内,贞观天子在清风阁上好不耐烦,说:"先生,自从上城,一月风浪还不平息,不知何时转得长安?"茂功说:"陛下龙心韬安,只在明后日风浪平息,就可以下船回长安了。"正在闲讲,有军士报说:"启上万岁爷,木城已泊在狮子口,请陛下下龙船进口子。"朝廷听言,到不明不白。有徐勣俯伏尘埃说:"陛下,臣有谎君之罪,罪该万死,望陛下恕臣之罪。"朝廷说:"先生平身,汝无罪于朕,怎么要寡人恕起罪来?朕心下不明,细细奏来。"茂功说:"望陛下恕臣之罪,方可细奏。"天子说:"朕不罪先生,可细细奏与寡人知道。"茂功道:"臣该万死。只因前日怕来征东,歇驾登州,臣与元帅设一瞒天过海之计,使陛下龙心不知,竟到东辽。"就把设计之事,一是长,二是短,细细说了一遍。朝廷心下明白,龙颜大悦说："这段大功，皆先生与尉迟王兄之大功劳也，何罪之有？快降朕旨意，着大队人马上岸攻关。"茂功说："先锋张环已打破黑风关进口子去了。望陛下下龙船好进狮子口。"天子说："既来到东辽，就在木城内驶去，何等不美？又要下什么船！"茂功说："陛下又来了。狮子口最狭，船尚不能并行，木城那里过得？"朝廷说："如此，进口子到东岸有多少路，可有风浪么？"茂功说："此去东岸，不上二三天水路，就有些风浪，也不大的了。"

天子说："如此，待朕下船。"朝廷降旨一道同众公卿下了龙船进口子。

离却黑风关不上二三天，到了东海岸。张士贵父子出关迎接，朝廷上岸歇驾。总衙府两旁文武站立，五十万雄兵齐扎关内大路上。张志龙分付安了先锋营盘，士贵领何宗宪进入大堂，俯伏尘埃说："陛下在上，狗婿何宗宪箭射番将戴笠蓬，取了黑风关狮子口，飞身跳上东海岸，戟刺番将彭铁豹，又破东海岸二桩微功。求陛下降旨，再去打后面关头。"朝廷大悦说："尉迟元帅，记了张爱卿功劳。"敬德领旨，把功劳簿打了两条红杠子，心下暗想："这张环翁婿为人狗头狗脑，如何成得大事？莫非这些功劳，都是假冒的？"此言不表。

且说朝廷叫一声："张爱卿，你女婿何宗宪骁勇，明日兴人马去攻金沙滩便了。"不表。张环退出总府，朝廷降旨排宴，各大臣饮酒，一宵无话。

到了明日清晨，朝廷命长国公王君可看守战船，这里众公臣保驾。发炮三声，五十万大兵一齐进发。

再说张士贵父子领兵先行，在路耽搁数天，远远望见金沙滩。离开数箭之地，放炮安营。单讲到了关内，早有小番飞报总府衙门说："启上二位将军，大唐起了六十万大兵，天子御驾亲征，四员开国功臣保驾，尉迟恭掌帅印，余者将官不计其数，杀过海东来了。还有一名火头军姓薛名礼，穿白袍小将，戟法甚高，他便乱箭之中飞身上岸，把平章爷挑死，已破此关。如今在关外安营，须要防备。"彭铁彪、彭铁虎弟兄二人听说，不觉大惊说："住了！可是箭射戴笠蓬将军的穿白小将么？"番兵说："正是他。"铁虎道："哥哥，闻得前日一箭伤了戴笠蓬后，又伤我哥哥。自古说：父兄之仇，不共戴天。我与你出马前去会他便了。左右带马过来！"手下答应。弟兄二人全身披挂，连忙跨上雕鞍，领了番兵，离却总衙门，来到关前。炮声一响，关门大开，旗幡摹动，冲过吊桥来。营门前军士一看，只见两员大将，一个手中执一条镀金枪，一个手中拿两根狼牙棒，在外面讨战，连忙进营报启说："大老爷，营外有两员番将讨哉。"张环就传薛礼出马迎敌。仁贵此一番上马冲锋，抬头一见两员番将，果然威武。仁贵大喝一声："呔！东辽蛮子休得耀武扬威，我来取你之命了。"那彭铁彪一看见来将穿白，便说："呔，慢来。小蛮子可就是前锋营火头军么？"仁贵说："然也。"铁彪道："呔！我把你这该死的狗蛮子，你把我大兄挑死，冤如海底。我不把你一枪刺个前心透后背，也誓不为人也。照枪罢!”插一枪,直望仁贵咽喉挑将进来。仁贵把方戟往枪上噶唧一卷,铁彪在马上乱晃。冲锋过去,圈得转马来。仁贵把戟串动,飕这一戟,望番将面上挑进来,那铁彪把手中枪望戟杆上噶唧唧唧这一架,挣得面如土色,马多退后十数步。铁虎见二哥不是薛礼的对手,也把马催上前来,叫一声:“照打罢!”当一响,把狼牙棒并打下来。仁贵架在旁首,马打交肩过去。三人战在关前,杀个平交。营前周青见了,也把马催上前来说:“薛大哥,小弟来助战了。”冲到番将马前,提起两根镔铁锏,望着彭氏弟兄,照天灵盖劈面门,掠掠的乱打下去。铁虎把狼牙棒杀个平交,铁彪这条枪,那里掠得住仁贵的戟法?战不上五六合,却被薛礼一戟刺中左腿,翻下尘埃死了。铁虎见哥哥刺死,手中松得一松,被周青打一锏过去,打在顶梁上,脑浆迸裂,一命而亡了。仁贵大叫:“兄弟们,抢关头哩!”后面姜、李三人撇了旗鼓,催开坐骑,轮动兵刃,豁喇喇抢进关门,把那些小番杀得片甲不存,弃了金沙滩,飞报思乡岭去了。此话慢表。

再讲张士贵父子,改立旗号,领十万人马穿进关来,安下营寨。张环赏五个火头军肉五十斤,酒五坛,大家畅饮。过了五天,大队人马早到。士贵迎接龙驾进关,安歇总府衙门。说:“元帅狗婿何宗宪锏打彭铁虎,戟挑彭铁彪,已取金沙滩。”敬德就提起笔来,打了两条红杠子,此言不表。

单说思乡岭上有四员大将,一人名唤李庆先,一人名唤薛贤徒,一人名唤王心鹤,一人名唤王新溪。四人结义,誓同生死,多是武艺高强,封为镇守总兵,霸住思乡岭。忽有小番报进来报:“启上将军,关外大唐人马在那里安营。”四将道:“他人马既到,须要小心。若有讨战,速来禀知。”小番答应,自去把守。不表关内之事,且说关外张士贵,分付发炮安营。一边起炮,齐齐扎住营盘。一到明日,仁贵出马,姜氏弟兄助战,豁喇喇冲进关前。有关头上小番见了说:“哥阿,这穿白的就是火头军,利害不过的,我们大家发箭哩。”说罢,纷纷的箭射将下来。仁贵把马扣定,喝一声:“呔!休得放箭。快进去报与你主将知道,说今有大唐火头军在此讨战,快快开关受死,免得将军攻关。”这一首小番早已报进报:“启上四位将军爷,关外火头军讨战。”四将听见火头军三字,不觉大惊说:“久闻穿白小将武艺高强,我们四人大家上马,出关去看他一看,怎生样的骁勇。”众人道:“到说得有理。”四人披挂完备,上马离了总府,带领小番来到关前。炮声一响,大开关门,四将拥出。抬头看时,你道薛仁贵怎生打扮:

头上映龙,素白飞翠扎额,大红阴阳带两边分;面如满月,两道秀眉,一双凤目;身穿一领素白跨马衣,足踏乌靴,手执一条画干方天戟,全不像火头军,好似一天神将。

毕竟不知四将看罢白袍将如何,且看下回分解。

第十四回 薛礼三箭定天山 番将惊走凤凰城

诗曰：

仁贵威风谁不闻，东辽将士尽寒心。
张环何独特功冒，到底终须玉石分。

单讲王心鹤叫声："哥哥，待我上去会他一会看。"薛贤徒道："须要小心。"心鹤答应，催开战马上前说："嗒，穿白小将休得耀武扬威，我来会你。"仁贵抬头一看，只见一将冲过来，薛礼大喝道："呔，来的番将少催坐下之马，快通名来。"王心鹤道："你要问我姓名么？息耳恭听。魔乃红袍大力子大元帅盖麾下总兵大将军王心鹤便是。你可知将军利害么？照魔家的枪罢！"说罢，把手中枪直望仁贵面上刺来。薛礼把方天戟一声响架了枪，复回一戟，直望番将前心挑将进去。王心鹤说："阿呀，不好！"把枪一抬，险些跌下马来。喊声："阿唷，名不虚传，果然利害。兄弟们快些上来，共擒薛蛮子！"一声大叫，关前薛贤徒、王新溪说："李大哥，你在这里掠阵，我们上去帮助王大哥杀这火头军薛蛮子。"李庆先说："既如此，各要小心。"二人道："不妨。"催开战马上前，直奔仁贵厮杀。这薛礼好不利害，一条戟敌住三人杀得天昏地暗。薛贤徒使动紫金枪望着咽喉刺，王心鹤舞动白缨枪望着胸前进，王新溪使动大砍刀照天灵乱砍，薛礼全不在心，抬开枪，架开刀，四人杀到五十余合，不分胜负。周青、李庆红说："他们三人战我一人薛大哥，我等也上去帮帮。"众人道："说得有理。"周青在前冲上来，截住王新溪这把大刀；李庆红抵定薛贤徒这杆枪。

关前李庆先看见中原上来一将："此人好像我同胞哥哥，当初我弟兄同学蔡阳刀，原有十二分本事，他霸住风火山为盗，我等四人出路为商，漂流至此十有余年。今看此将一些不差，不如待我上去问他，就知明白了。"李庆先带马上前大叫一声道："使大刀蛮子，可是风火山为盗的李庆红么？"

那庆红正杀之间，听得有人叫他，抬头一看，有些认得，好像我兄弟，连忙带过马来说："你可是我兄弟庆先么？"庆先也答应道："正是你弟在此。"

二人滚鞍下马，弟兄相会，叫："王兄弟休要动手，这是我哥哥好友。"庆红叫薛大哥："不要战，多是我弟结义弟兄，大家下马见礼。"四人听言，住了手中兵器，来问端的。李氏弟兄把细细情由说个明白，王心鹤大喜："如此讲起来，我们多是弟兄了。嗄，薛大哥，小弟不知，多多有罪。"仁贵道："说那里话来？愚兄莽撞，得罪兄弟，不必见怪。"周青说："二位王大哥，我等九人既为手足，须要伏顺我邦，并胆同心才好。"心鹤说："这个自然。况今又多是手足，自然同心征剿番王。"李庆红道："如此，我们大家冲关夺到了思乡岭，报你们四位头功。"众人道："说得有理。"庆红庆先上马，提刀在前，引路九骑马，豁喇喇冲上吊桥。那些小番连忙跪下说："将军们既顺大唐，我们一同归服。"仁贵道："愿降者，决不有伤性命。"关上改换旗号，运出粮草，送与张大老爷，上了四位兄弟头功。不言王心鹤运粮投献。

先锋张环带领人马穿进关内，扎定营盘，来到总府衙门，升坐大堂。九人跪下。李庆红说："大老爷，这李庆先是小人同胞弟兄，望老爷收留。"

四人也道："我等王心鹤、王新溪、薛贤徒、李庆先叩见大老爷，今献粮草宝物马匹，愿伏帐下共破东辽，以助微功。"张士贵大喜说："四位英雄归顺本总，赐汝等旗牌，辅其左右。"四人道："我闻薛大哥是火头军，庆红兄是何官职？"庆红说："我们五人多是火头军。"四人道："如此，我等九人共为火头军。"张环心下暗想，不受抬举的，也罢，你等俱往前营为火头军便了。上了四人名字，不必细表。

再讲到贞观天子闻报打破思乡岭，元帅传令起了人马，离了金沙滩，来至思乡岭。张士贵出关迎接，接进龙驾，坐于总府。张环俯伏说："我主在上，狗婿何宗宪取了思乡岭，前来报功。"天子大悦说："爱卿其功非小，奏凯班师，金殿论功升赏。"张环道："谢主万万岁。"尉迟恭上了功劳簿。

张士贵退出总府，来到帐房，不胜欢喜，犒赏火头军酒肉，前营内弟兄畅饮。

仁贵开言叫声："兄弟们，明日起兵下去，不知什么地方？可有能将保守？"

王心鹤说："薛大哥若问思乡岭下去，乃是一座天山。山上有弟兄三人，名唤辽龙、辽虎、辽三高。凶勇不可挡，除了元帅英雄，要算他弟兄三人利害。"

仁贵说："果有这样能人？愚兄此去，必要夺取天山，方显我手段。"心鹤说："大哥此去，无有不胜。"大家饮至三更。

一到明日，张士贵传令三军拔寨起兵，离开了思乡岭，一路下来，相近天山，把都儿报上山去了："启上三位平章爷，不好了！南朝穿白薛蛮子果然利害，取了思乡岭，四员总爷俱皆投顺。如今来攻打天山了。"辽氏弟兄听言大惊，叫声："二位兄弟，我想穿白小将如此利害，难以取胜。且守天山，看他怎样前来讨战。”两弟兄道：“哥哥之言有理。”不表山上之言。

再讲火头军薛仁贵，同了八个弟兄尽皆披甲，出到营门，望天山一看，不觉骇然。但见天山高有数千余丈，枪刀如海浪，三座峰头多是滚木。扯起一面大旗，上书七个字：“天山底下丧英雄”。望去影影有些看不出，小番一个也不见。“不要管，待我喊叫一声。呔！山上的快报主将得知，今有火头将军薛礼在此讨战！”这一声喝叫，山顶上并无动静，仁贵连叫数声，并不见一卒。说道：“众兄弟，想必山太高了，叫上去没有人听见，不如待我走上半山喝叫罢。”王心鹤叫声：“薛大哥，这便使不得，上边有滚木石打下来的。若到半山，被他打落滚木，不要送了性命的么？”仁贵道：“不妨。”把马一拍，走上山来。不到二三丈高，只听得上面一声喊叫：“打滚木！”吓得仁贵魂飞魄散，带转马，望底下一跑一纵，纵得下山。滚木夹马屁股后打下来，要算仁贵命不该绝，所以差得一丝打不着。薛礼叫一声：“天山上的儿郎休得滚木，快报进去，叫守山主将出来会我，若个作耳聋不报，俺火头爷爷有神仙之法，腾云驾雾上你天山，杀一个干干净净，半个不留。”

山顶上把都儿听得说会驾雾腾云，忙报进山来：“启爷，底下穿白的薛蛮子在那里讨战，请三位爷定夺。”辽龙说：“二位兄弟不必下去，由这蛮子在底下扬威罢。”小番道：“将军，这个使不得。他方才说若不下来会战，他有神仙之法，腾云驾雾上山来，要把我杀个干净。”那弟兄三人一听此言，不觉吃一惊说：“他是这等讲么？”辽虎道：“大哥，久闻火头军利害，看起来尽有仙法。”辽三高说：“不如我们走下半山，看看薛礼蛮子是何等样人，这般骁勇。”辽龙、辽虎说：“兄弟言之有理。”三人披挂完备，端兵上马，出寨来至半山说：“把都儿，我们叫你打滚木，便打下来，不叫你打，不要去动手。”小番答应：“知道。”辽三高在第一个低些，辽虎在居中又高些，辽龙在后面顶上。三人立在半山，薛仁贵抬头一看，三人怎生打扮？那辽三高头上：

戴一顶开口獬豸盔，面如锅底两道红眉，高颧骨、铜铃眼，海下几根长须；身穿皂罗袍，外罩乌油甲；坐下一匹乌鬃马，手执一柄开山斧。

又见辽虎他头上：

戴一顶狮子卷缨盔，面似朱砂涂就，两道青眉，口似血盆，海下一部短短竹根胡；身穿一件锁子红铜甲，坐下一匹昏红马，手执两柄铜锤。

后面辽龙他头上：

戴一顶虎头黄金盔，面方脸黄，鼻直口方，凤眼秀眉，五绺长髯；身穿一领锁子黄金甲，手端一管紫金枪，坐下一匹黄鬃马。

这三人立在山上，仁贵叫一声：“咦，上面三个番儿，可就是守天山的主儿么？”三人应道：“然也。你等穿白小将，可就是南朝月字号内火头军薛蛮子么？”仁贵道：“你既知火头爷爷大名，怎不下山归服，反是躲身在上？”辽龙说：“薛蛮子不必逞能。你上山来，魔与你打话。”仁贵心下暗想：“不知有甚打话？唤我上山，打落滚木亦未可知。论起来不妨，他们三人多在半山，决不打下滚木来的。”放着胆子上去。

薛仁贵一手执戟，一手带急缰绳，望着山上来。说：“番儿，你们请着火头爷上山，有何话说？”辽龙说：“薛蛮子，你说有腾云驾雾之能，世上无双，凭你有甚法术本事，献出些手段与我们三位将军看看。”仁贵闻言，心中一想，计上心来。开言说：“你们这班番儿，那里知道腾云驾雾？不要讲别的，只据我随身一件宝物，你国中就少了。”辽龙道：“什么宝物？快献与我们看。”仁贵说：“我身边带一枝活箭，射到半空中叫响起来，你们道稀奇不稀奇？”辽氏三弟兄说：“我们不信。箭那有活的？”要晓得响箭只有中原有，外国没有的，不会见过，所以他们不信。仁贵说：“你们不信，我当面放一箭与你看看。”辽三高说：“你不要假话，暗内伤人。”仁贵说：“岂有此理！我身为大将，要取你等性命，如在反掌之易，何用暗箭伤你？”

辽龙说：“不差。快射与我们看。”那薛礼左手拿弓，右手搭起两枝箭，一枝是响箭，一枝是鸭舌头箭。搭在弦上说：“你们看我射活箭。”辽氏弟兄听说，都把兵器护身。辽三高把开山斧遮住咽喉，在马上看薛礼望上面飕的一箭，只听倏哩倏哩响在半天中去了。那仁贵这一响箭射上去，他力又大，弓又开得重，直响往半天中。一枝真箭搭在弦上，那知辽家弟兄不曾见过响箭，认真道是活的，仰着头只看上面，身体多不顾了，辽三高到把斧子坠下了，露出咽喉，被仁贵插这一箭，贴正射中辽三高咽喉内，跌落尘埃，一命呜呼。吓得辽虎魂飞天外，说：“嗄唷，不好！”带转马头，思量要走。谁想仁贵手快，发得一枝，又是一枝射去，中在马屁股上。那哓马四足一跳，轰隆把一个辽虎翻下马来，惊得辽龙魂不附体，自己还不会跑上山去，口中乱叫：“打滚木！”上面小番听得主将叫打滚木，不管好歹，哄哄的乱打下来。仁贵在底下听打滚木下来，跑得好快，一马直纵下山脚去了。到把辽家弟兄打得来头颅粉碎，尽丧九泉。一边打完滚木，那下边薛仁贵回转头来叫声：“众位兄弟，随我抢天山！”豁喇喇一马先冲，上山来把着那些小番乱挑乱刺，杀进山寨。有底下八员火头军，刀的刀，枪的枪，在山顶杀得那些番兵逃命而走。那九人追下山有十里之遥，大家扣住马。士贵父子穿过天山，兵马屯扎路旁，犒赏九人，上了功劳簿，早报到思乡岭。正是：

三枝神箭天山定，仁贵威名四海传。

天子知道大悦，大元帅起程，三军放炮起行，一路下来，过了天山安营扎寨，士贵又进营来冒功了。说:“陛下在上,狗婿何宗宪三箭定天山,伤了辽家三弟兄,以立微功。”天子大喜说:“爱卿门婿利害异常,你一路进兵奏凯,回朝论功赠职。”士贵大悦:“谢我主万万岁。”不表张环退出御营。敬德上了功劳簿,心内将信将疑,我且不表。单讲士贵来到自己营中,传令人马拔寨起兵。离了天山,一路正望凤凰城来。此言慢慢说。

单讲凤凰城内有一守将,名唤盖贤谟。其人力大无穷,本事高强,算得着东辽一员大将。他闻得南朝火头军利害,暗想:“天山上辽家弟兄本事骁勇,决不伤于火头军之手,只怕他难过此山。”正在思想,忽小番报进来说:“启上将军,不好了!南朝穿白小将箭法甚高,把辽家三弟兄三箭射死。天山已失,将到凤凰城了。”盖贤谟说:“有这等事?尔等须要小心保守,待唐兵一到,速来报我。”小番答应。出得衙门,只听轰天一声炮响,连忙报进:“启上将军,南朝人马已安营在城外了。”“带马!”小番答应,一边带过雪花点子马。他全身披挂,上了雕鞍,手提混铁单鞭说:“把都儿,随我上城去。”小番答应。后面跟随番将数员,直上南城而来。望远一看,果见唐营扎得威武:

五色旗幡安四边,枪刀剑戟显威严。

东西南北征云起,箭似狼牙弓上弦。

好不威风!

再表张士贵营中九个火头军,上马端兵出到营外。仁贵先来到吊桥,大喝一声说:“城上的儿郎听着,今有火头将爷在此讨战,快报城中守将,早早出来受死。”盖贤谟大喝道:“呔!城下的可是火头军薛蛮子么?”薛仁贵应道:“然也。你这城上番儿是什么人?”盖贤谟道:“你且听者。本总乃红袍大元帅盖标下,加为镇守凤凰城无敌大总管盖贤谟是也。我看你虽有一身智勇,不足为奇。久闻你箭法精通,黑风关伤了戴笠蓬,又三箭定了天山,果然世上无双,魔也不信。你今日若有本事,一箭射到城上,中我这一枝鞭梢,魔就带领城中兵马情愿退隐别方,把此座凤凰城献了你们。若射不中,即速退归中原,永不许犯我边界。”仁贵大喜说:“当真要一箭中你的鞭梢,即就献城么?”盖贤谟道:“这个自然。若射中了,无有不献。”仁贵道:“若射中了,你不献城便怎么样?”盖贤谟道:“嗳,说那里话来!大丈夫一言既出,驷马难追。岂肯赖你?倘若射不中,你不肯退回中原,便怎么样?”仁贵道:“我乃中国英雄,堂堂豪杰,决不虚言。若射不中,自然退回。”盖贤谟道:“还要与你讲过停当。”仁贵道:“又要讲什么停当?”

盖贤谟道:“我叫你射鞭梢,不许暗计伤人性命,就算不得大邦名将了。”

仁贵道:“此乃小人之见,非大丈夫所为。”贤谟说:“既如此,快射我的鞭梢。”那仁贵飞鱼袋内抽起一张弓,走兽壶中扯了一枝箭将来,搭定弓弦,走到护城河滩边说："你看箭射来了。"口内说看箭，箭是不发。但只见盖贤谟靠定城垛，左手把鞭呈后，在那里摇动。心中一想："我道他拿定了鞭由我射的，岂知他把鞭梢摇动，叫我那里射得着？"便眉头一皱，计上心来。说道："盖贤谟你听着，我在此只顾射你鞭梢，没有细心防备，你后面番将众多。倘使暗计放下冷箭，伤我性命，将如之何？"贤谟道："岂有此理。君子岂行小人之事？把都儿，你们不许放冷箭。"他口内说，手中原把鞭梢只管摇动。那仁贵把弓开了说："呔，你说不许放冷箭，为何背后番将攀弓搭箭在那里？"盖贤谟听言，把头回转去看后面，把鞭梢反移在前，手不摇动了。那知仁贵箭脱弓弦，飕的一声，贴正：

射中鞭梢迸火星，贤谟吓得胆心惊。

不知盖贤谟献关不献关，且看下回分解。

第十五回 汗马城黑夜鏖兵 凤凰山老将破获

诗曰：

贞观天子看舆图，游幸山林起祸波。

可惜功臣马三保，一朝失与盖贤谟。

话说那番将心惊胆战说："阿呀，我上了薛蛮子的当了。众把都儿们，这火头军如此骁勇，我们守在此总是无益，不如献城，退归山林隐居罢。"这些番兵番将都依言尽开了东城，一拥退归，自有去处。我且慢表。

再说仁贵见着城上顷刻间并无一卒，就呼："兄弟们！随我去看来。"八个兄弟同了仁贵就进东城，四处查看，并无东辽一卒。就把凤凰城大开了四门，士贵父子带领人马进入城中，扎定营盘，城上改了旗号。九人献了功，原往月字号营内。张环差人去报知天子，朝廷大悦，传旨兵马离了天山一路下来。先锋接驾进城，发炮安营。士贵又奏道："狗婿何宗宪，一箭射中凤凰城，又立了微功。"天子就叫元帅上了功劳簿。张环回到自己营内，传令三军拔寨进兵，离却凤凰城，一路先行。我且慢表。

单讲那汗马城中守将名唤盖贤殿，就是盖贤谟的兄弟，有千场恶战之勇，才高智广之能。那一日，正在外操演，才进总府，外边报进来了："报启上将军，不好了！凤凰城已失，大将军带领兵马，自去退隐山林了。如今大唐人马纷纷的下来了。"盖贤殿惊得面如土色说："你可知凤凰城怎样失的？"

小番说："那大将军闻得薛蛮子利害，不与他开兵打仗，设下一计难他，就把鞭梢与他射。那知火头军箭法甚高，贴正中了鞭梢，大将军就献城而退了。"

盖贤殿说："阿呀哥哥，你好人贫志短也。怎的一阵不战，被他中了鞭梢，就退处隐居？难道困守不得的？把都儿过来，你们须要小心，唐兵一到，速来报我。"小番答应："嗄，晓得。"不讲小番守城。

且表张士贵人马到了汗马城边，一声炮响，齐齐扎下营盘。过了一夜，到了次日，仁贵通身披挂，来到城边大喝一声："呔，城上儿郎快去报说，南朝火头军在此讨战。"早有小番报进总府："报启上将军，城外有一位火头军前来讨战。"那盖贤殿全身披挂，上了雕鞍，出了总府，来至西城。一声炮响，城门一开，吊桥坠下。有一十四对大红蜈蚣幡左右平分，豁喇喇冲过吊桥来了。仁贵一见，喝声："来将少催坐骑，快通名来。"贤殿说："洗耳恭听，我乃大元帅盖麾下，加为总兵大将军盖贤殿是也。你这无名小卒，有何本领，敢来与魔家索战？"仁贵大怒道："呔，你这番奴有多大本事，擅敢口出大言，来阻我火头爷爷的兵马？既要送死，放马过来。"盖贤殿大怒，把马一纵，把大砍刀一起说："照爷爷刀罢！"豁绰一刀，望着仁贵顶梁上剁来。那仁贵把方天戟噶啷一声响，钩在旁首，就把戟一串，望盖贤殿分心一刺。那一边大刀噶啷一声响，这一架在马上乱晃，两膊子多震得麻木了。说："嗄唷，果然这蛮子名不虚传。"二人约战有六个回合，盖贤殿杀得气喘嘘嘘。仁贵缓缓在此战他，忽见落空所在，紧一紧方天戟，插的一声直刺进去。贤殿喊声："不好！"把头一仰，正中在左肩尖上，一卷一挑，去了一大片皮肉。"嗄唷唷，伤坏了，休得追赶。"带转马缰绳，飞也一般豁喇喇望吊桥一跑进了城，把城门紧闭，往总府去了。外边薛仁贵大悦，得胜回营。张士贵犒劳酒肉，到前营与众弟兄其夜快饮，不必细表。

单讲汗马城中，盖贤殿身坐大堂说："阿唷，好利害的薛蛮子。"他就把金疮药敷好伤痕，饮杯活血酒，心下一想："好利害！战他不过，便怎么处？嗄，我如今固守此城，永不开兵，看他如之奈何。"算计已定，分付把都儿上城，各宜小心把守。再加儿道踏弓弩箭，他若再来攻城，速来报我。

小番答应，自去分付众军，用心把守。此宵无话。

来日，薛仁贵又来讨战。小番连忙报入帅府："启上将军，昨日的薛蛮子又在城外讨战。"贤殿分付带马，跨上雕鞍，来到城上说："蛮子，你本事高强，智略甚好。故取天山与凤凰城。魔如今也不开兵，固守汗马城，怕你们插翅腾空飞了进来么？"仁贵哈哈大笑："你没有本事守城，何不早投降过来？我主封你官职，重重受用。你若立志固守，难道我们就罢了不成？少不得有本事攻打进来，取你首级便了。"贤殿说："凭你怎么样讲，我等总不开兵。把都儿，你们须要小心，我去了。"贤殿自回衙门。仁贵无可奈何，大骂一场，骂到日已过西，总不见动静，只得回营。过了一宵，明日同八个弟兄又去大骂讨战，总不开兵，一连骂三四日，原不见有人出敌打仗，只得到中营来见张环。张环说："为今之计便怎么处？他不肯出城对敌，他拖迟时日，不能破城，奈何？"仁贵说："大老爷放心，我自有法儿取他城池便了。"张环道："如此须要竭力。"仁贵退出回营。到了次日，千思百想想成一计，到中营来见张环说："大老爷在上，小人有个计策，即取汗马城了。"张环道："什么计？"仁贵道："大老爷只消如此如此，日间清静，夜内攻城。"张环说："此计甚好，就是今夜起。"仁贵同进前营。

其夜，张士贵传令大孩儿张志龙带领三千人马，灯球亮子照耀如同白昼，去往东城攻打,炮声不绝,呐喊连天,一夜乱到天明方才回营。那东城头上三千番兵遭了瘟,一夜不能合眼。第二夜,二子张志虎带领三千人马,灯球亮了在南城攻打,齐声呐喊,战鼓如雷,直到天明方才回营。第三夜,张志彪在西城攻打。第四夜,张志豹人马在北城攻打。一到第五夜,四子各带三千人马散往四城攻打。这城内人民大小男女,无不惊慌。这些番兵真正遭瘟,日间又不敢睡,夜间又受些惊吓,那里敢睡一睡?盖贤殿又是每日每夜在城上查点三通,若有一卒打睡,捆打四十,这些番兵好不烦恼气着。不表城上番兵受累。

再表这一夜,又是张志龙攻城。轮到第五夜,四城一齐攻打。自此夜夜攻城,到了十九日,薛仁贵先已设计:这一夜大家不攻城,安静了一夜再说。

城上番兵说:"哥呵,为今之计怎么处?他日间不来攻城偏偏多是夜里前来出阵。我们日间又睡不得,夜里又睡不得,害得我们二十夜不曾合眼,其实疲倦不过的。"又一个说:"兄弟们,倘今夜又四城来吵闹,那里当得起?"

说话之间,天又夜了。大家各各小心,守到初更,并不见动静;守到半夜,不见唐兵前来;守到天明,也无一卒到来攻城。大家虽只不睡,到也快活。说:"唐军人马乱了这许多夜深,也辛苦了,谅今夜决定也不来的。"且按下城上众兵之言。单讲到仁贵暗想:"那番邦人马二十天不睡,多是人困马乏,疲倦不过的了。"忙与众兄弟商议一番。直守到二更天,城上番兵明知不来,大家睡了。二十天不睡,这一夜就是天崩地裂也不晓得了。

再说城外薛仁贵引头,九个火头军多是皂黑战袄,开裆裈裤。因要下水去的,故此穿开裆的,恐其袋水。各各暗藏短兵器,拿了云梯,九人多下护城河去,上了城脚下。一边张士贵带人马,照起灯球亮子在西城,长子带三千人马在东城,次子带人马打南城,四子守北城,把灯球照耀如同白日,真正人不知鬼不觉。姜家弟兄扒东城,李家弟兄扒南城,王氏弟兄扒北城,薛、周二人在西城,各处架云梯扒城。先说仁贵架着云梯一步步走将上去,周青随后,薛贤徒在底下行将上来。这薛仁贵智略甚高,先把一口挂刀伸进垛内,透透消息,并无动静,方才大胆。两手搭住城墙,一纵跨进城墙,遂曳住周青也吊了进去。薛贤徒也纵进里边,看一看好像酆都地狱内一般,那些番兵犹如恶鬼模样,也有睡的,也有靠的,也有垂落头的,尽皆睡着不知。三人把兵器端在手中,仁贵说:"你两个各自去杀四城番兵,我下去斩了盖贤殿,再来领你们出路。"那个仁贵往城下去了。这周青、薛贤徒大喊一声:"呔,你们不必睡,我们火头军领人马攻破城头,杀进来了!"一声喊叫,下面张环带领兵马,炮声一起,齐声呐喊,战鼓如雷,在下扬威。城中二人提刀提锏乱打乱斩,唬得番兵没头没脑,有路无门。只听南城一声炮响,下边呐喊助战,上边也在那里杀了。东西二城,尽皆喊杀,连天炮声不绝。杀得番兵夺路而走,也有坠城而死,也有坠城而跑。也有斩下脚的,也有劈去膊子的,也有打碎天灵盖的,也有打坏脊梁骨的。周青舞动双锏,一路的打往南城去,李庆红杀往西城来,李庆先使动板斧杀至东城,姜兴本反杀往南城,姜兴霸杀到北城,王新溪杀至东城,王心鹤舞动双锤打到西城,薛贤徒追到北城。

八个英雄在四门杀来打去,这几千番兵遭其一劫了。

又要说到总府内,盖贤殿靠定案桌,正在打睡,忽梦中惊醒了,只听外边沸反滔天,震声不绝,说:"阿呀,不好了!上他们计了。"跨上雕鞍,提刀就走。才离总府,那知仁贵躲在暗内,跳上前去一刀,砍于马下,取了首级就走,杀上城头,大半死在城内,一小半要逃性命,开了四城而走。不道城外伏住人马反杀进城,走的皆丧九泉。

士贵领人马进了城,四面八方把这些番兵杀得干干净净。东方发白,一面安营,一面查盘奸细,城头上改了旗号,把四门紧闭,方才犒赏火头军一番。连忙修成本章,差人送往凤凰城,不必表提。

单讲凤凰城内,贞观天子驾坐御营,同徐茂功、敬德正在说起张士贵攻打关头,去有二十余天,不见报捷,未知胜败如何。说话未完,忽有守营军士呈上张先锋本章,天子展开一看,方知汗马城坚守难破,亏他门婿何宗宪用尽心机,夜驾云梯进城攻破,已取其地方,延拖时日,望王恕罪,许多言语。军师与元帅同观,尉迟恭就把功劳簿记了功。

天子心下暗想:"不知东辽还有多少城池未破?待朕取出东辽地图一看就知明白。"天子降旨,茂功取上地图,天子展开细看,从黑风关、狮子口看起,一直看到凤凰城,上边载得明白。凤凰城南首不上四十里之遥,有座凤凰山,上有四时不谢之花,八节长春之草,还有凤凰石,石下凤凰窠,窠外有凤凰蛋,此乃东辽游玩地方,古今一处圣迹。不觉惹动圣心,开言叫声:"徐先生,朕在中原常常看此地图,只有凤凰山古迹甚好游玩,只因远隔东海,难以得到,故不说起。如今天遂人愿,跨海征东,以取凤凰城,只离得此地四十里之路,朕意欲游玩此山,看看凤凰蛋,不知怎么样的,先生你道如何?"茂功听见此言,不觉吃惊,心中一想:此番帝心不转,老将就有灾难了。但天机不可泄露,连忙回答道:"陛下既有此心去游玩,但恐凤凰山有将把守,必须要差能干大将探听过了,然后可去。"那下边这班老将们,听得天子要到凤凰山去看看凤凰蛋,大家多是高兴的。平国公马三保走上来说:"陛下要游凤凰山,待老臣先去探听个虚实,前来回复我主。"天子说:"既是马王兄前去,须要小心,速去速来。"

马三保答应下来,结束完备,上马提刀,带了部下军士,出营就走。一路上好不快活,心内想:此去若无守将更好,若有守将,即使开兵杀退番将,看个仔细,何等不美也?不枉了随驾过海这一番跋涉,回朝去也好对故乡亲友说说海话。一头思想,一路行去。忽抬头远远见凤凰山,加鞭赶近,果见山脚下有营帐扎在那里。你们道什么将官在内？就是凤凰城守将盖贤谟。他领兵隐在此山，暗中差人各路打听大唐天子消息，预先有报。贤谟晓得大唐老将到来，便暗中使计停当，然后上马端兵，冲出营来，大喝："呔，南朝老蛮子，既到此地，快快下马受死！"马三保听言，抬头一看，阿唷，你看来将生来黄脸紫点斑，眼似铜铃样，两道赤眉毛，獠牙，狮子口，招风大耳朵，一部火练须，顶盔贯甲，坐下金丝马，手提混铁鞭。马三保看罢，大喝道："呔，我砍死你这狗头！本藩奉天子旨意，要来游玩凤凰山，你还不早早退去，擅敢前来拦阻么？快来祭我宝刀！"盖贤谟道："此座凤凰山，乃是我东辽一点圣迹，就是我邦狼主尚不敢常去，你们是中原蛮主，擅敢到凤凰山么？分明自投罗网，只怕来时有路，去时无门。敢来夸口？"马三保大怒说："番狗儿，休得自强，看刀！"催马上前，把大砍刀一起瞎绰一刀，剁将过去。盖贤谟把鞭噶啷一声响架开，马打冲锋过去，带转缰绳，贤谟提鞭就打，三保急架相迎。二人战到个十六回合，马三保年纪虽老，到底有本事，杀得盖贤谟呼呼喘气，有些招架不住，把鞭虚晃一晃说："老蛮子果然好利害，不是你的对手，我今走也，休得来追。"带转马，豁喇喇望营前就走。马三保把大刀一紧说："你要往那里走？我来取你之命了！"就拍马追上前去。才到营前，不防番将私掘陷坑，谁知马脚踏空，轰隆一声响，连人带马翻下坑中。那些番将上前，把挠钩搭起，背缚绑了进营来。三保挺身立着，大叫一声："罢了，上了他诡计。"那晓营外八员军士见主将绑入营中，明知不好，等他营前挑出首级，好回报天子。等了一回，不见动静，只得离了凤凰山，前去报了。我且慢表。

单言营中盖贤谟摆了公案，带过马三保，背身站立。喝道："呔，老蛮子，今被魔家擒住，见魔还不跪么？"三保大怒说："呔，我把你这番狗奴砍死的。我乃上邦名将，一人之下，万人之上。怎么反来跪你们草莽蝼蚁？"

盖贤谟说："此一时，彼一时。你在唐王驾前谁人不敬？那个不尊？今被擒住，早早屈膝善求，尚恐性命不保。你这等烈烈轰轰，偏要你跪！"三保呼呼大笑道："我奉天子之命在身，岂肯轻易跪人？我老将军其头可断，其膝不可屈。要杀就杀，决不跪你这番邦狗奴。"盖贤谟大怒道："你不跪罢了不成？左右过来，与我砍下二足。"手下一声答应，两边把刀斩将过去，把老将二腿砍下。可怜一位大唐开国功臣，跌倒在地，喊叫不绝。盖贤谟又分付："将他两只膊子割下，抬去撇于大路上。等唐朝这班老将看样，若到凤凰山来，又照样死法。"小番得令，把马三保割去二臂，抬出营门，撇在通衢大路，前来回报。此言不表。单讲马老将军一去双手两足，心未肯就死。在道路上负痛有口难喊，有命难救。再表凤凰城上，天子与军师元帅讲话，忽有军士报进说："不好了。"

犹如心向云霄去，恍然身落海涛口。

不知马三保死活如何，且听下回分解。

第十六回 尉迟恭囚解建都 薛仁贵打猎遇帅

诗曰：

凤凰山上凤凰鸣，凤去朝天番将惊。
请救扶余怀妙计，雄师百万困山林。

话说那军士报上："万岁爷，老千岁杀败番将，追赶上去，不道中他诡计，身落陷马坑，被他活捉进营。小的们等候许久，不见消息，又不见首级挑出，一定凶多吉少。"天子听言，吓得浑身冷汗，便说："徐先生，马王兄被他捉去，决然有死无生，快些点将去救才好。"尉迟恭道："陛下放心，待臣去救来。"朝廷说："尉迟王兄前去须要小心。"尉迟恭道："不妨。"按好头上金盔，提了黑缨枪，跨上乌骓马，带了四员家将出营，竟往凤凰山去。

远远望见山脚下帐房密密，想来这是番将守山的营寨了。尉迟恭正想之间，抬眼看见道路上一人，并无手脚，像冬瓜一般。尉迟恭到吃一惊，忙唤家将前面去看来，这个还是人还是怪。众将奉命上前去一看，忙来报说："元帅，这就是马老千岁，被番营断去手足，还是活的。"敬德闻言：犹如天打与雷惊，半个时辰呆住声。

连忙把枪尖放下，枪杆向天纵一步，马上见了马三保这等模样，不觉泪如雨下，叫声："老将军，你怎的不小心，遭这样惨祸？想你决不能活，有什么话说？趁本帅在此，可要阴封，还是怎样？负痛快快说来，待我申奏朝廷。"

马三保去了手足，心疼不了，有口难言，只把口乱张，头乱摇，眼内泪如线穿。要近一步，又无手擎，又无脚挣，只把头一仰一曲拢来了些。尉迟恭说："你心内疼痛，不必挣拢来，待我走近来便了。"敬德领一步，马上枪尖贴对马三保当心。这马三保痛得紧，把不能够死，用力叠起心来，正刺当中。

一位兴唐大将，今日归天去也。敬德连忙拿起枪尖，马三保已合眼身故。尉迟恭分付家将抬到凤凰城去。家将答应，自去料理抬回。那尉迟恭说："我此番不与老将军报仇，枉为一殿之臣！"

那番尉迟恭暴跳如雷，纵马摇枪来到番营，呼声大叫："呔，小番快报你主儿番狗奴知道，说我大唐大元帅尉迟将军在此，叫他早早出营受死！”

小番闻言报进帐内。盖贤谟闻此大唐元帅尉迟恭，不胜欢喜，忙坐马端枪出到营外，架住兵刃，哈哈大笑说：“呔，尉迟蛮子，我只道你有三头六臂，原来你也是个平常莽夫。看你年纪老迈，怎与魔家斗战一二合？你不见那路上此人么？不要照样而死，那时悔之晚矣。”敬德听说，心中一发火冒，大怒说：“你这番狗奴，有多大本事，敢把本帅标下一员大将断去手足？仇如海底，故而本帅亲来擒你，活祭我邦老将，以雪此恨！放马过来，照本帅一枪罢。”忙紧一紧乌缨枪，直望盖贤谟面门上挑将进来。这贤谟喊声：“不好！”把鞭望枪杆子上噶啷这一架，马多退后十数步，冲锋过去，圈得转马来。这尉迟恭一心要报仇恨，捅的一枪，又望番将劈咽喉刺将过去。盖贤谟用尽平生之力，架得开枪，手将震麻了，只得勒马便走。敬德随后追赶，盖贤谟跑进营去了。尉迟恭才到得营前，也是轰隆一响，连人带马翻下陷坑中去了。这里挠钩搭起，绑进帐房。唬得外边军士连忙报往凤凰城。我且慢表。

单讲盖贤谟捉了大唐元帅，心中大喜：“我狼主向有旨意说：‘有人生擒得南朝秦叔宝、尉迟恭活解建都候旨发落，其功非小。’我如今把他前去，岂不是我之大功也！”主意已定，说：“老蛮子！你的造化。若不是我狼主要活的，我早已把你手足也断去了。”尉迟恭到气得不开口。这就分付囚入囚车，五千人马护住，盖贤谟就走建都。扯起营盘，离了凤凰山，竟走三江越虎城。我且慢表。

再说那凤凰城内，天子正在忧愁，思想王兄此去，未知胜败如何。不想营外飞报进来说：“启万岁爷，那马老将军被番兵砍去手足，撇在大路，负痛不过，正凑着元帅枪尖而死。因此把尸骸抬在门外，请旨定夺。”天子闻言，吓得魂飞天外，魄散九霄，龙目中纷纷下泪。段、殷、刘三位老将军身冷汗直淋，赶出御营，一见马三保如此而死，不觉放声大哭，走进御营，哭奏天子，要求阴封。天子降旨：即便阴封埋葬凤凰山脚下。段、殷、刘三老将领旨，带同军士亲往凤凰山埋葬。我且不表。单言探子又报天子说：“启上万岁爷，元帅欲与马老将军报仇，追杀番将，也入陷坑，被他绑入营中，未知生死，故特飞报。”那天子又闻此报，吓得呆了一个时辰，方才叫道：“徐先生，为今之计怎么处？”茂功说：“陛下龙心韬安。马将军惨死，乃是大数，不能挽回。尉迟恭阳寿未绝，自有救星，少不得太平无事回来。”

不表君臣议论之话，再说到汗马城先锋张士贵，他奉旨停兵在城养马，未有旨意，不敢攻打前关，所以空闲无事，日日同了四子一婿，在城外摆下围场打猎。这九个火头军，也是每日在别处打猎。不想那一天张士贵用了早膳，打围去了。前营火头军正在那里吃饭，仁贵道：“众位兄弟，日已正中了，我们快去打猎要紧。”周青道：“薛大哥，我们与他去怎么打得野兽来？又没我们分。昨日辛辛苦苦打两只顶肥壮麋鹿,多被大老爷要了去。”仁贵道:“贤弟你真正小人之见。两只鹿有什么希罕?今日闻得先锋大老爷,同众位小将军向北山脚下去了,我们往南山脚下,他们就撞不见了。”周青道:“哥哥说得有理。”九人吃完了饭,各取了弓箭兵器,多上马出了汗马城,向南山下去四十里,摆下围场,各处追赶獐鹿野兽,打猎游玩。日已正午过了,只看见远远一队人马,多是大红蜈蚣旗。仁贵说:“兄弟们,你看那边用大红蜈蚣旗人马,定是东辽兵将,必有宝物在内,所以有兵丁护送,解上建都去的。待我上前夺了他来,或有金银宝物,大家分分,有何不可?”周青闻言,大喜说:“快上去。”仁贵就纵马将戟冲上前来,大喝一声:“呔,番狗奴!俺火头将军在此,快快留下名来。”一声大叫,这一首盖贤谟听得,说道:“军士你们等须要小心保住。”即便纵马提鞭呼一声进前大喝道:“呔,我把你这薛蛮子一鞭打死才好,前日在凤凰城不曾取你之命,故尔今日前来送死么!”这仁贵想:夺财宝要紧,也不打话,喝声:“照戟罢!”绰这一戟,直望盖贤谟面门上刺来。他就把混铁鞭噶啷一声响,枭往一边,马打交锋过去,圈得转马来。这仁贵手快,喝声:“去罢!”绰这一戟,刺将进来,贤谟喊声:“阿呀。”来不及了,贴正前心透后背,阴阳手一番,轰隆挑往那一首去了。薛礼赶上前来,这班番兵散往四处去了。只留得一座囚车,看他探起头来,是黑脸胡须的人。仁贵认得就是尉迟元帅,到吓得皮失色,拍马便走。尉迟敬德见这穿白袍小将,好似应梦贤人,大叫:“小将快来救我本帅。”敬德叫得高兴,那边越跑得快了。敬德心下一想:“如今不好了,他杀了番将,救了某,到跑去了。如今不上不下,丢我在囚车内,倘被番兵再来到,被他便便当当割了头去,便怎么处?”此话不表。

单讲仁贵急急忙忙跑过去了,八弟兄一见,连叫:“大哥!”总不回头,只得大家随后赶来。却正遇张士贵父子打从东首兜转来,便见了仁贵。忙问道:“薛礼,你今日打了多少飞禽走兽?”仁贵把马扣定,面色战栗。张环到吃一惊,忙问道:“你为什么这样惊惶?”仁贵喘气定了,叫声:“大老爷,小人真正该死。方才正在那一边打猎,不当不抵却遇一队番兵前来,我只道是解什么宝物往建都去的,故此飞马上前,却夺来献与大老爷。谁知并非有什么宝物,乃是尉迟恭元帅,不知几时被擒,囚在囚车里面,解往建都去的。所以小人杀了番将,散了番兵,飞马就跑。望大老爷救救。”张环说:“原来有这等事!他可问你名字?”仁贵说:“小人拍马飞走,没有这个胆量与他打话。他叫我放出囚车,小人有主意,不去听他,竟跑了来。”张环道:“还好,你的命长,以后再不可道出仁贵二字,算为上着。你快些同了弟兄们,进城躲避前营内,待我大老爷去放他,送回凤凰城就是了。”仁贵道:“多谢大老爷。”不表仁贵同众弟兄回营。

再讲张环满心欢喜,同了四子一婿,竟往南山脚下而来。果见一轮囚车,张环连忙下马,起步向前说:“元帅,末将们多多有罪了。”连忙打开囚车,放起尉迟恭。敬德便问:"方才救我这穿白小将是什么人?"张环说:"这就是小婿何宗宪。"宗宪忙上前说:"是小将。"敬德道:"混账!方才明明见的那一个人,不是这一个模样,怎么说就是你?难道本帅不生眼珠的么?我且问你,既你为什么方才飞跑而走?"张环说:"小婿何宗宪到底年轻,不比老元帅久历沙场。他偶遇一队番兵,道有什么金珠财宝,故而一时高兴杀散番兵。看见元帅在囚车内,不敢轻易独放,所以飞跑来同末将父子一齐来放。"敬德道:"无影之言由你讲,少不得后有着落,悔之无及,去罢。"

张环道:"请元帅到汗马城中水酒一杯,待末将送往凤凰城去。"敬德道:"这也不消,有马带去骑来。"张环答应,分付牵过高头白马。尉迟恭跨上雕鞍,不别而行,竟往凤凰城去了。张环父子围场进入汗马城。我且不表。

单讲到凤凰城,唐王正在相望尉迟恭,忽军士报说:"元帅回营了。"

天子闻言大喜。敬德走进御营朝参过了,天子道:"王兄,你被番将擒去,犹如分剖朕心,难得今早回营,未知怎样脱离?"尉迟恭:"陛下在上,臣被他擒去,囚在囚车,活解建都。行至汗马城山岔路口,遇一白袍小将,杀退番兵,见了臣飞跑而去。停一回,张环父子同婿何宗宪,前来放我,臣就问他此事,他说就是宗宪。虽脱离灾难,反惹满肚疑心,想来那白袍小将,一定是应梦贤臣。"天子闻言便说:"徐先生,这桩事情必然你心中明白。救王兄者,还是何宗宪,还是薛仁贵?"茂公笑道:"那里有什么薛仁贵?原是何宗宪,元帅不必心疑。"尉迟恭说:"这桩真假且丢在一边。那凤凰山如今没人保守,望陛下明日就去游玩一番,好进兵攻打前关。"天子曰:"然。"即降旨:众臣兵士各要小心。此夜无言。

一到来日,众三军尽将披挂在城外候驾,下面三十六家都总兵官上马端兵,一班老将保定龙驾,出了凤凰城,竟往凤凰山来。四下一看,果然好一派景致。但见:

红红绿绿四时花,白白青青正垂华。百鸟飞鸣声语巧,满山松柏翠阴遮。有时涧水闻龙哨,不断高冈见虎跑。玲珑怪石天生就,足算山林景致奢。

那天子心下暗想:"地图上只载得凤凰山上有凤凰窠、凤凰蛋,如今到了此山,地界广阔,知道这凤凰窠在那一个所在?"即便降旨一道:"谁人寻出凤凰窠,其功非小。"旨意一下,这班老将保驾在此,只有二十四家总兵官领了旨意,分头各自去寻。再表齐国远同着尤俊达寻到东首,忽见徐茂功立在那一边,便开言说道:"徐二哥,你在这里么?"茂功道:"二位兄弟,你们可有寻处么?"国远说:"那里见有什么凤凰窠,凤凰蛋?"茂功道:"兄弟,你岂不知凤凰栖于梧桐?现在前面,你还要到那里去寻?"国远道:"如此,这边这几株梧桐树下就有凤凰窠、凤凰蛋了么?"茂功道:"你去寻看便知分晓了。"那徐国远依了茂功之言,连忙寻到那一首梧桐树下。只见一座小小石台上,有一块碑牌,好似乌金一般,赤黑泛出亮光，犹如镜子，人多照得见的。约有一人一手高，五尺开阔。地下有一块五色石卵，长不满尺，碗大粗细，两头尖，当中大，好似橄榄一般。推一推，滚来滚去。

石台底下有一个穴洞，一定是凤凰窠了。便说："尤大哥，如今凤凰窠已寻着，快报万岁知道。这个石卵到好，待我拿他顽耍。"他双手来捧，好比生根一般，动也不动。国远什么东西千斤石拿不起来，这些小东西有多少斤数！拿他不起？两个用力来拿，总拿不动，推去原像浮松一般，推来推去，单是拿不动。大家自不信，自好生疑惑。茂功走过来，见了笑道："有这两个匹夫，岂不晓此是凤凰山上的圣迹，若然拿得动，早被别人拿去了，那里还等得到你们两个来？"二人听说，也笑道："是阿，不差。"回身就走来报与天子。天子大喜，同了元帅、段、殷、刘四员老将来到梧桐树下，跨上小小石台。天子观看，见乌金石碑甚是光亮，照得出君臣人影。天子说："徐先生，此是何碑？"茂功说："此非碑也，就叫凤凰石了。"天子说："既是凤凰石在此，凤凰为何不见呢？凤凰蛋也没有见来。"茂功说："当真凤凰生什么蛋的？止不过像这些。圣迹底下这块石卵，就是凤凰蛋了。"唐王说："先生之言说得有理。如今但不知凤凰可在窠中不在窠中？若然见得凤凰。朕在万幸也。"茂功道："凤凰岂是轻易见的？但陛下乃天子至尊，就见何妨？只恐臣等诸人见了，就是天降灾殃，只恐见他不得。"齐国远道："我们不信！那有看不得的道理？偏要看看这凤凰。"他就取了一根竹梢，来到凤凰窠边，透入里面，乱捎起来。只听见里面百鸟噪声，飞出数十麻雀，望东首飞去了。又见飞出四只孔雀，然后来了一对仙鹤，不消半刻，果见一只凤凰满身华丽，五彩俱全，三根尾毛长有二尺，飞起来歇在凤凰石上，对了贞观天子把头点这三点。茂功道："陛下，他在那里朝参了。"天子满心欢喜说："赐卿平身。"但见这凤凰展开两翅，望东首飞去了。朝廷说："先生，方才这凤凰，后分三尾是雄的，一定还有雌的在内，不见飞出来。"国远说："既有雌的，待臣再捎他出来。"又把竹梢望窠内乱搅，只听里边好似开毛竹一般的响，国远连忙拿出竹梢，见飞出一只怪东西来了，人头鸟身，满翅花斑，像如今啄翁公一样，登在凤凰石上，对天子哭了三声。大家见了不识此鸟，独有徐茂公吓得面如土色，大骂国远说："凤凰已去，何必又把竹梢捎出这只怪鸟来？阿呀陛下阿，不好了，祸难临头，灾殃非小，快些走罢。"吓得天子浑身冷汗，说："先生，祸在那里？"茂功道："阿呀陛下，还不知此鸟名为哭鹂鸟，国家无事，再不出世；国家颠倒，就有此鸟飞出。当初汉刘秀在位，有此怪鸟歇在金銮殿屋上，只叫得三声，王莽心怀恶意。就将飞剑斩怪鸟，谁知衔剑远飞腾。"

不知贞观天子，见了怪鸟如何，且看下回分解。

第十七回 唐贞观被困凤凰山 盖苏文飞刀斩众将

诗曰：

炼就飞刀神鬼惊，百发百中暗伤人。
可怜保驾诸唐将，尽丧刀光一缕青。

再说徐茂功对天子说："怪鸟衔了王莽飞剑飞去，王莽就背及朝主，把汉室江山弄得七颠八倒。如今这怪鸟分明对陛下在此哭，还有什么好光？"

朝廷说："此鸟这般作怪，待朕赏他一箭。"天子说罢，用弓搭箭射将上去。

这鸟刮嗒一声，衔了御箭，望东飞去。茂公道："如今就有祸患来了。怪鸟衔了御箭，分明前去报信，此时不去，更待何时？"众大臣一听军师之言，吓得目瞪口呆，走也来不及。这叫说时迟，来时快。

先讲大元帅盖苏文，早知大唐薛蛮子利害，缺少人马，奉旨到扶余国借兵五十万，猛将数百员。却值这一日回来，大路上人马走个不住。相近汗马城，只听百鸟声音，抬头一看，只见一群飞鸟领着凤凰而去。盖苏文大怒，心内暗想："此凤凰安安隐隐在山上窠内，狼主向有旨意，不许扰乱此窠。今凤凰已去，谅有人惊动灵鸟，故此飞去。我本邦将士决然不敢，一定中原有将在山上，故把凤凰都赶了去。"正想之间，忽听哭鹂禽在头顶上叫一声，落下一枝翎箭。盖苏文就拾起来一看，上刻"贞观天子"四字，明知唐王在山上，连忙分付传下军令，五十万人马竟望凤凰山来。一声炮响，把凤凰山团团围住，下山的大路排列十重营帐，番将数员。山前扎住帅营，盖苏文自己亲守。又传令到建都讨兵十万，前来困上加困，兵上增兵，就怕唐王插翅飞了去。

不表盖苏文围困山下，单讲山上唐天子正欲传旨，忽听炮声一起，大家看时，山下番兵来得多了，围得密不通风。天子吓得目瞪口呆，说："先生，诸位王兄，为今之计怎么样？"军师与众将说："陛下龙心韬安。盖苏文虽只围住此山，要捉我邦君臣，却也烦难。"降旨安下营盘，一面伐木作为滚木。这一天正当午刻过了，盖苏文也不开兵。山上君臣议论纷纷，当夜不表。

到了明日，番营内炮声一起，大元帅冲出营来。你道他怎生打扮？

头戴一顶嵌宝狮子青铜盔，雉尾高挑，身穿一领二龙戏水蓝青蟒，外罩雁翎甲。前后护心，锁袋内悬弓，右边插一壶狼牙箭，坐下一匹混海驹，手端赤铜大砍刀。

立住山脚，高声大叫道："呔，山上唐童听者，你在中原稳坐龙庭，太平无事。想你活不耐烦，前来侵犯我邦。今日上门买卖，不得不做。唐童要逃命，也万万不能，若降顺我邦，低首称臣，我狼主决不亏你一家。亲王封你的，待保全性命，亦且原为万人之尊。若不听本帅之言，管叫一山唐兵尽作刀下之鬼。"按下苏文之言。

单讲山上君臣望下看时，只见盖苏文头如巴斗，眼似铜铃，青脸獠牙，身长一丈，果是威风。天子见了盖苏文，记着前年战书上第十二句："传与我儿李世民"，不觉恨如切齿，恨不得飞剑下去，割他首级。段志远上前说："陛下，待老臣下去会他。"天子说："须要小心。"志远道："不妨。"便按好头盔，紧紧攀胸甲，坐上马，提了枪，豁喇豁喇冲下山来，大叫一声："呔，番奴！老将军来取你之命也。"苏文抬眼一看说："来将可通名来。"

段志远冲得下山说："你要问我之名么？我老将乃实授定国公、出师平辽大元帅标下大将，姓段双名志远。你可闻老将军枪法利害么？想你有多大本事，敢乱自兴兵，困住龙驾！分明自投罗网，挑死枪尖，岂不可惜？快快下马受死，免得老将军动恼。"盖苏文闻言大怒说："你这老蛮子，当初在着中原，任你扬武耀威，今到我邦界地，凭你有三头六臂，法术多端，只怕也难免丧在我赤铜刀下。你这老蛮子，到得那里是那里，快放马过来，砍你为肉泥。"

段志远心中大怒，喝声："番狗，照老将军的枪罢！"就分心一枪挑将过来。

这盖苏文不慌不忙，把手中青铜刀噶啷一声架开，回转刀来喝声："去罢！"绰一刀砍过来，段志远看见刀法来得沉重，那里架得住？喊一声："我命休矣！"躲闪也来不及，贴正一个青锋过岭，头往那边去了，身子跌下马来。一员老将，可怜死于非命。盖苏文呼呼大笑说："什么叫做开国功臣，不够本帅一合，就死在刀下了。"那山上唐王一见志远身亡，心中不忍。旁首殷开山、刘洪基见了，放声大哭说："阿呀我那段老将军阿！"开山跨上马，提了大斧，带泪下山来，叫声："盖苏文，你敢把我同朝老将伤了性命，我来报仇也！"一声喊叫，后面刘洪基也下山来道："不把你这番狗一刀砍为两段，也誓不为人了。"盖苏文说："慢来，要丧在本帅刀下，必须要通个名儿。"殷、刘二老将道："你要问老将军名字么？洗耳恭听：我乃开国公殷开山、列国公刘洪基，可闻晓大名么？"盖苏文道："中原有你之名，本邦不以为奇，放马过来。"开山纵马上前，把双斧一起劈将过来，盖苏文把赤铜刀架在一边，刘洪基把蔡阳刀剁将过去，盖苏文也枭在一旁冲锋过去，搭转马来，盖苏文量起赤铜刀，望着刘洪基劈面砍将过来，他便把蔡阳刀望赤铜刀上噶啷噶啷这一抬，马多退后了十数步，两臂多震麻了。苏文又是一刀，望开山顶上剁来，开山手中双斧那里招架得住？闪避也来不及，怎经得盖苏文力大刀重，把殷开山从顶梁上一直劈到屁股头，分为两段，五脏肝花坍了满地，也丧黄泉去了。刘洪基一见砍劈了殷开山，又要哭又要战，忽手一松，刀落在地，却被盖苏文拦腰一刀，身为两段，呜呼哀哉。正是：

松山四将久闻名，高祖开山开国臣。南征北讨时时战，东荡西除日日征。试看唐朝非容易，血汗功劳才得平。可惜四员年老将，凤凰山下作孤魂。

这唐天子见三员老将军尽丧盖苏文刀下，不觉龙目中纷纷掉泪，心中好不万分懊悔。尉迟恭吓得目定口呆，下面二十六家歃血弟兄内总兵官齐国远，也有些呆的说道："陛下，三位老将遭此惨死，难道罢了不成，待小臣下去与他会战，以报冤仇。"诸将道："这个使不得。齐兄弟，你不要混账。盖苏文手段高强，段、殷、刘三员老将尚死在他刀下，何在于你？"国远道："不妨事的。"他不听众将之言，上马轮斧冲下山来，高声大叫："番狗！齐爷爷来会你了。"盖苏文说："又是一个送死的来了，快快留下名来。"

国远道："呔，你要问爷爷名姓么？洗耳恭听，我乃大元帅尉迟恭标下、加为总兵官齐，表字国远，可闻我杀人不转眼的主顾么？"苏文道："本帅不知你这无名小卒。今日本帅开了杀戒，凭你多少名将下来，也尽斩死这口刀下。"国远大怒，纵马上前喝声："照斧罢！"绰一声，双并斧子砍将过去。

盖苏文把刀架在一边，马打交肩过去，圈得转马来，苏文把刀一起，喝声："去罢！"绰的一刀砍过来，国远那里招架得住，说声："阿呀，我命死也！"把头一偏，连肩卸背着一刀，复上一刀，斩为四块，一家总兵归天去了。

山上有二十六家总兵，见齐国远身遭惨死，大家放声大哭说："兄弟，哥哥们方才伤了三员老将，乃是一殿之臣，所以也不十分着恼。今齐兄弟是我们歃血弟兄，生死之交，岂可坐视国远身亡？我等二十六家好友，不与他报仇，更待何时？"这番王当仁兄弟，尉迟南弟兄、李如珪、尤俊达、鲁明弟兄、岳伯勋、鲁世侯、尚山智、夏山智、张公瑾、史大奈、韩世宗、金甲、童环、李公逸、唐万仁、卜光焰、卜光靛、郦远真、郦远直、贾闰甫、柳周臣、樊建威随征这二十六家总兵，齐跨上雕鞍，枪的枪，刀的刀，尽皆含泪豁喇喇冲下山来，大叫："盖苏文，我把你拿来剁为肉酱，以祭我兄弟齐国远，方消我恨。"这盖苏文往上一看，只见许多将官赶下山来，他到问不得许多名姓，说："来，来，来，祭我的刀口。"这数家总兵齐下山，把盖苏文团团围住在中间，望他乱斩乱打。

也有紫金叉分挑肚腹，一字镋照打肩头，银画戟乱刺左膊，乌缨枪直刺前心，月牙铲望领就铲，雁翎刀顶上风声，混铁棍低扫马足，点光锚就刺咽喉，龙泉剑忽上忽下，虎尾鞭左打右打，开山斧斧劈后脑，大银锤打碎天灵，狼牙棒腾腾杀气，枣样槊四面征云，倍轮锏霞光万道，紫金枪烟雾腾霄。这盖苏文好不了当，把赤铜刀量起在手中，抬开紫金叉，架调一字镗，钩下银画戟，逼住乌缨枪，撇去月牙铲，拦开雁翎刀，闪掉混铁棍，躲过点光锚，抬定龙泉剑，架住虎尾鞭，拦去开山斧，遮定大银锤，钩开狼牙棒，闪掉枣样槊，躲过倍轮锏，逼住紫金枪。

这二十六家总兵官不在马前，就在马后，手起刀落，手起枪挑，杀得盖苏文招架也不及，那里还有空工夫还刀过去？手中刀法渐渐松放，人是呼呼喘气，要走奈杀不出。心内想一想，说声："不好，我寡不众，不要一时失措，被他伤了性命，不如先下手为强。"主意已定，便一手提刀在这里招架，一手掐定秘诀，背上有个葫芦，他就把葫芦盖揭开，念动真言，飞出一口柳叶飞刀，长有三寸，蒜叶阔相似，冲开来到有一丈青光，连飞出九口，山脚下布满青光。

这数家总兵见了，还不知是什么东西，山上徐茂功大叫："兄弟们不好了，这是九口柳叶飞刀，要取性命，你们还不逃上山来么！"二十六人一听徐茂公之言，大家魂不在身，如今要走也来不及了。有几家着刀的，已今砍为肉酱，有一大半刀虽不曾着身，青光多透身的了，拼命的跑上山来。随马而死不计其数。贾闰甫、柳周臣才上山，也跌落马就死了。唐万仁、尤俊达到得天子驾前，也是坠马而亡。二十六家歃血好友，为了齐国远尽皆身丧。着刀的碎身粉骨，着光的全尸而亡。那盖苏文微微冷笑，收了飞刀说："山上唐童，你可见么？本帅这九口飞刀，乃上仙所赐，有一百丧一百，有一千丧一千。方才死的这一班老少将官也不为少，谅你驾前如今也差不多，没有能将了，还要挣住凤凰山怎么？快快献表归顺。"不表盖苏文猖獗。

单言唐天子在山上，见这班臣子死得惨然，看看面前，只有得元帅尉迟恭了，心中好不痛苦。自己大叫："唐童阿唐童，你该败江山！好好在凤凰城内不好，偏偏要到这个所在来送死，却害这班老将死于非命，受这般大祸。"

那尉迟恭看见天子伤悲，不觉暴跳如雷，说："罢了，罢了，陛下阿，要等臣罪不赦。当初秦老千岁做了一生一世的元帅，从不伤了麾下一卒。某尉迟恭才做得元帅，就麾下之将尽行丧与敌人之手，还有何面目立于人世？我不与众将报仇，谁人去报？带过马来！"唐王一把扯住，叫声："王兄，这个使不得的。你难道不见盖苏文飞刀利害么？"敬德道："臣岂不知番狗飞刀？若贪生怕死，不与众将报仇，一来被人耻笑，二来阴魂岂不怨恨？臣今赶下山去，或能杀得盖苏文，与众将雪了仇恨。倘若臣死番将刀下，也说不得了。陛下放手！"天子那里肯放？一把扯住道："王兄，如今一树红花，只有你做种子。你若下去，一旦伤与盖苏文之手，叫寡人靠着何人？"茂公也劝道："驾下乏人，报仇事小，保驾事大。元帅不必下去。"尉迟恭听了军帅劝言，只得耐着性子。又听见盖苏文在山下大叫："尉迟蛮子，本帅看你年高老迈，谅你一人怎保得唐王脱离灾难？何不早把唐童献下山来,待本帅申奏狼主,封你厚爵。若依然不献唐童下山,本帅就要赶上山来,把你碎尸万段,休要后悔!”盖苏文讲来虽然是这等讲,心内却是想:谅山上也决没有十分能人在此,且由他罢,就回营去了。再言山上徐茂公分付把这数家总兵尸首,葬于凤凰山后,单将唐万仁葬在山前。天子问道:“为何把唐万仁尸骸葬在山前?”茂公说:“陛下,后来自有用处,所以葬在山前这尸首。”依军帅言语,把总兵尸首尽行埋葬。天子降旨,设酒一席,亲自奠祭一番。徐茂公也奠酒三杯。正是:

府州各省聚英豪,结义胜友胜漆胶。

生死同心助唐业,可怜一起葬番郊。

唐太宗当夜在御营,同元帅、军师商议退番兵之计。茂公开言叫声:“陛下,要退番兵,这如非汗马城中先锋张环。他有婿何宗宪利害,可以退得番兵。”天子道:“他们这隔许多路程,如何晓得寡人被困凤凰山上?必须着人前去讨救才好。但元帅老迈,怎能踹得出番营?”茂公道:“如非驸马薛千岁,他往后山脚下可以踏得出。”天子大喜,连忙降旨一道,命驸马薛万彻到汗马城讨救。万彻就领了旨。竟过了一宵。

明日清晨,连忙结束停当上马,端了大银锤,望后山冲下来了。有营前军士扣弓搭箭说:“山上下来的小蛮子,少催坐骑,看箭来也!”这个箭纷纷不住的射过来。薛万彻大叫:“营下的休得放箭,孤家要往汗马城讨救,快把营盘扯去,让小千岁过了就罢。若有那关不就,孤就一顿银锤,踹为平地哩。”营前小番说:“哥阿,待我去报元帅得知。”一边去报盖苏文。这万彻听见此言,把马一催,银锤晃动,冒着弓矢,冲进营中来了。手起锤落,打得这些番兵番将走也来不及,踹进了一座营盘。怎禁得万彻英雄,拼命的打条血路而走。到得盖苏文提刀纵马而来说:“小蛮子在那里?”小番说:“已去远了。”苏文道:“活活造化了他,追不及了。”少表番营之事。

再表唐王看见驸马杀出番营,心中大悦说:“到也亏他年少英雄。”住表天子山上之言。

再讲薛万彻连踹岳七座番营,身上中了七条箭,腿上两条,肩上两条,他到自己打下,也不觉十分疼痛。只有背心内这一箭,伤得深了,痛得紧,手又拿不着,只得负痛而走。随着大路前去三十里,到了三叉路口,他到不认得了,不知汗马城打从那一条路上去的,故而扣定了马,缓缓立着,思想要等个人来问路。偶抬头,见那一边有一个穿旧白绫衣的小后生,在那里砍草。万彻走上前来说:“呔,砍草的!”那人抬头,看见马上小将银冠束发,手执银锤,明知大唐将官,便说:“马上将军,怎么样?”正是:

英雄未遂冲天志,且作卑微贱役人。

不知驸马如何问路,这砍草何人?且看下回分解。

第十八回 薛万彻杀出番营 张士贵妒贤伤害

诗曰：

驸马威名早远传，番营杀出锦雕鞍。

只因识认白袍将，却被奸臣暗害间。

那万彻道："孤问你要往汗马城从那一条路上去的。"这砍草的回言道："既然将军要往汗马城，小人也要去的，何不一同而行。"万彻又问："你叫什么名字，是张环手下什么人？"那人道："将军，小的是前营月字号内一名火头军，叫薛礼。"那万彻心下暗想："他身上穿旧白绫衣，又叫薛礼，不要是应梦贤臣薛仁贵。"便连忙问道："呔，薛礼，你既在前锋营，可认得那个薛仁贵么？"仁贵听言，吓得魂不附体，面脸挣得通红说："将军，小的从不认得薛仁贵三字。"驸马道："嗳，又来了。你既在前锋营，岂有不认得薛仁贵之理！莫非你就叫薛仁贵么？"薛礼浑身发抖，遍体冷汗直淋说："小的怎敢瞒着将军。"万彻心中乖巧，明知张环弄鬼，所以也不肯直通名姓。想他一定就是薛仁贵，也不必去问他，待我去与张环算账。薛万彻就从居中这一条大路先走，一路来到汗马城，进入城来，到了士贵营前说："快报张环得知，圣旨下了。"军士报入营中，张士贵忙排香案，相同四子一婿出营迎接。薛万彻下马，进到中营，开读道："圣旨到来，跪听宣读：

奉天承运，皇帝诏曰：朕前日驾游凤凰山，不幸遭东辽主帅盖苏文兴兵六十万之众，密困凤凰山，伤朕驾下老少将官不计其数，因驾下乏人，又且难离灾难，故命驸马薛万彻踹出番营前来讨救，卿即速同婿何宗宪，提兵救驾，杀退番兵，其功非小。钦哉。谢恩！"

张环同子婿口称："愿我主万岁、万万岁。"谢恩已毕，前来叩见驸马，万彻变了怒容说："张环，你说从没有应梦贤臣，那火头军薛礼，是那一个？"

张环听言，吃了一惊说："小千岁！应梦贤臣乃叫薛仁贵，是穿白用戟小将，末将营中从来没有。这薛礼是前营一名火头军，开不得兵，打不得仗，算不得应梦贤臣，故不启奏闻我主。"万彻大怒说："你这狗头，孤在驾前不知其细，被你屡屡哄骗。今日奉旨前来讨教，孤满身着箭，负痛而行，等人问路。见一人后生，他直对我讲,这薛仁贵名唤薛礼,怎么没有?亏得孤亲眼见他,亲自盘问。明明你要冒他功劳,故把他埋没前营内,还要哄骗谁人。孤今日不来与你争论,少不得奏知天子,取你首级,快把好活血酒过来,与我打落背上这支箭。”张志龙忙去取人参汤、活血酒。张环心内怀了反意,走到薛万彻背后,把这支箭用力一绰,要晓得背心皮如纸,衣薄怎禁得?二尺长箭,插入背中,差不多穿透前心了,可怜一员年少英雄,大叫一声:“痛死我也!”顷刻死于张环之手。志龙慌忙说:“阿呀!爹爹为何把驸马插箭身亡。”士贵道:“我的儿,若不送驸马性命,被他驾前奏出此事,我与你父子性命就难保全。不如先把他弄死,只说箭打身亡,后来无人对证,岂不全我父子性命。”志龙道:“爹爹妙算甚高。”后张环分付手下,把驸马尸骸抬出营盘烧化,将骨包好,回复天子便了。

不表军士奉令行事,单讲张环一面端正救驾,连忙去传火头军。薛仁贵正躲在前营内,恐怕薛万彻盘问根由,所以不敢出来。今奉大老爷呼唤,连忙到中营来说:“大老爷在上,传小的有何分付?”士贵道:“朝廷被番兵困住凤凰山,今有驸马到来讨救,故尔与你商议兴兵救驾。”仁贵道:“如今驸马在那里?”张环说:“他因踹出番营,被乱箭着身,方才打箭身亡,已令化为灰骨。只要前去救驾,但番兵有六十万之众,困住凤凰山,我兵只有十万,怎生前去迎敌,相救龙驾出山?”仁贵听说,心中一想说:“大老爷,只恐三军不交,薛礼若出令与他,众不遵服。如服我令,我自有个摆空营之法,十万可以装做得四五十万兵马的。”张环听见此言,心中大悦,说:“薛礼,若会摆空虚人马,我大老爷一口宝剑赐与你,若有军兵不服,取首级下来,反如汝功,由你听调。”仁贵得了令,受了斩军剑,分明他做了先锋将军一般,手下军士谁敢不遵?即便发令下来,就此卷帐抬营,出了汗马城,一路上旗幡招转,号带飘摇,在路耽搁一二日,远远望见凤凰山下多是大红蜈蚣旗,番营密密,果然扎得威武。仁贵就分付:“大小三军听者,前去安营,须要十座帐内六座虚四座实,有人马在内,空营内必须悬羊擂鼓,饿马嘶声。”三军听令,远看番营二箭路,分付安下营盘,炮声一起,齐齐扎营。十万人马到扎了四五十万营盘。列位,你道何为悬羊擂鼓,饿马嘶声呢?他把着羊后足系起上边,下面摆鼓,鼓上放草,这羊要吃草,把前蹄在鼓上擂起来了,那饿马吃不着草料,喧叫不绝。此为悬羊擂鼓,饿马嘶声。

这番人营内听见,不知道唐朝军士有多少在里面。盖苏文传令把都儿,小心保守各营。便心中想:“来的救兵决是先锋,定有火头军在内。不知营盘安扎如何,待本帅出营去看看。”那盖苏文坐马出营,望四下内唐营边一看,阿唷唷,好怕人也!但只见:

摇摇晃晃飞皂盖,飘飘荡荡转旌旗。
轰雷大炮如霹雳,锣鸣鼓响如春雷。

又见那：

熟铜盔、烂银盔、柳叶盔、亮银盔、浑铁盔、赤金盔，红闪闪威风，暗腾腾杀气。玲珑护心镜，日照紫罗袍、大红袍、素白袍、绛黄袍、银红袍、皂罗袍、小绿袍，袍袖销金砌，八方生冷雾。按按兽吞头，抖抖荡银铠、柳叶铠、乌油铠、青铜铠、黄金铠、红铜铠，铠砌五色龙。一派鸾铃响，冲出大白龙、小白龙、乌獬豸、粉麒麟、青鬃马、银鬃马、昏黄马、黄彪马、绿毛狮、粉红枣骝驹、混海驹。还见一字亮铁锐、二条狼牙棒、三尖两刃刀、四楞银装锏、五股托天叉、六楞熟铜锤、七星点钢枪、八瓣紫金瓜、九曜宣花斧、十叉斩马刀，枪似南山初山笋、刀似北海浪千层。又见一龙旗、二凤旗、三彩旗、四面旗、五六旗、六缨旗、七星旗、八卦旗、九曜旗、十面埋伏旗、一十二面按天大历旗、二十四面金斩定黄旗、三十六面天罡旗、七十二面地煞旗。剑起凶人怕，锤来恶鬼惊，叮当发袖箭，就地起金榜。眼前不见人赌斗，一派都是乱刀枪。

这盖苏文看了唐营，不觉惊骇，把舌乱伸，暗想唐朝将士好智略也！看完回进中营。

这日天色已晚，过了一宵，次日天明。单讲到前营内火头军薛仁贵，全身披挂，上马端兵，同了八家弟兄，出到营外。李庆先搴旗，王心鹤掠阵，姜兴本啸鼓，薛礼冲到番营前，高声大叫："呔！番营下的，快报番狗盖苏文说，今有火头爷爷在此叫战，叫他早早出营受死！"有番营前把都儿射住阵脚，小番报进帅营去了。报："启上元帅，营外有南朝火头军，身穿白袍，口称薛礼讨战。"那盖苏文闻了大唐老少英雄，到也不放在心上，如今听见火头军三字，到吃了一惊："我在建都，常常闻报火头军取关利害，从不曾会面，再不道到在凤凰山会他起来。"带马抬刀，连忙结束停当，一声炮响，营门大开，鼓啸如雷，二十四面大红蜈蚣幡在左右一分，冲出营来。你道他怎生打扮：

头戴一顶青铜盔，高挑雉尾两旁分。兜风大耳鹰嘴鼻，海下胡须阔嘴唇；绿脸獠牙青赤发，倒生两道大红眉。身穿一件青铜甲，砌就龙鳞五色铠；内衬一领柳绿蟒，绣成龙凤戏珠争。前后鸳鸯护心镜，镜映天下大乾坤。背插箭杆旗四方，大纛宝盖鬼神惊。左首悬弓又插箭，惯射英雄大将才。脚登穷脑虎头靴，踹定一骑混海驹。手托赤铜刀一柄，犹如天上英雄将。

这盖苏文自道自能，赶出营来，抬头一看，但见火头军怎生打扮：

头戴一顶亮银盔，朱缨倒挂大红纬。面如傅粉交满月，平生两道凤鸟眉；海下齐齐嫩长髯，口方鼻直算他魁。身穿一件白银铠，条条银叶照见辉；内衬一领白绫袍，素白无花腰系绦。吞头衔住箭杆袖，护心镜照世间妖。左边悬下震天弓，三尺神鞭立见旁。手端丈八银尖戟，白龙驹上逞英豪。

这盖苏文见穿白小将来得威风，就把马扣住，说道："那边穿白将，可就是火头军薛礼么？”仁贵说：“然也！你既晓得火头爷爷大名，何不早早自刎，献首级过来！”盖苏文呵呵冷笑，叫声：“薛礼，你乃一介无名小卒，焉敢出口大言！不过本帅不在，算你造化，由汝在前关耀武扬威，今逢着本帅，难道你不闻我这口赤铜刀利害，渴饮人血，饿食人肉？有名大将，尚且死在本帅刀下，何在你无名火头军祭我刀口？也不自思想。你不如弃唐归顺，还免一死，若有牙关半句不肯，本帅就要劈你刀下了。”仁贵道：“你口出大言，敢就是什么元帅盖苏文么？”那苏文应道：“然也！你既认得本帅之名，为何不下马受缚。”薛礼微微冷笑说：“你这番狗，前在地穴内仙女娘娘法旨，曾有你之名，这是我千差万差，放汝魂魄。今投凡胎，在这里平地起风波，连伤我邦大将数员，恨如切齿。我也晓得你本事不丑，今不一鞭打你为齑粉，也算不得火头爷本事高强。快放马过来！”盖苏文闻得火头军利害，这叫先下手为强。把赤铜刀双手往头上一举，喝一声：“薛礼照我的刀罢！”插这一刀，望薛礼顶梁上砍将下来。这一首薛仁贵说声：“来得好！”把杆方天戟望刀上噶啷这一枭，刀反望自己头上跌下转来。说：“唷！果然名不虚传，好利害的薛蛮子。”豁剌冲锋过去，圈得转马来。盖苏文刀一起，插望着仁贵又砍将过来。薛礼把戟枭在一边，还转戟，望着盖苏文劈前心刺将过来。这盖苏文说声：“来得好！”把赤铜刀望戟上噶啷这一抬，仁贵的两膊多震一震。说：“阿唷，我在东辽连敌数将，从没有人抬得我戟住。今遇你这番狗抬住，果有些本事了。”打马交肩过去，英雄闪背回来。仁贵又刺一戟过来，盖苏文又架在一边，二人大战凤凰山，不分胜败。正是：

棋逢敌手无高下，将遇良才各显能。一来一往莺转翅，一冲一撞凤翻身。刀来戟架叮当响，戟去刀迎放火星。八个马蹄分上下，四条膊子定输赢。你拿我，麒麟阁上标名姓；我拿你，逍遥楼上显威名。二人杀到四十冲锋，八十照面，并无高下。盖苏文好不利害，把赤铜刀起一起，望仁贵劈面门，兜咽喉，两肋胸膛，分心就砍。薛仁贵那里放在心上，把画杆戟紧一紧，前遮后拦，左钩右掠，逼开刀，架开刀，捧开刀，拦开刀，还转戟来，左插花，右插花，苏秦背剑，月内穿梭，双龙入海，二凤穿花，飕飕飕的发个不住。这盖苏文好不了当，抡动赤铜刀，上护其身，下护其马，迎开戟，挡开戟，遮开戟。这青龙与白虎，杀个不开交。一连战到百十余合，总无胜败。杀得盖苏文呵呵喘气，马仰人翻，刀法甚乱；薛仁贵汗流脊背，两臂酸麻。

“呵唷，好利害的番狗！”苏文道：“阿唷，好骁勇的薛蛮子！”二人又战起来了。这一个恨不得一戟挑倒了冲天塔，那一个恨不得一刀劈破了翠屏山，好不了当的相杀！只见：

阵面上杀气腾腾，不分南北；沙场上征云霭霭，莫辨东西。狂风四起，天地锁愁云；奔马扬尘，日月蔽光华。那二人胜比天神来下降，那二马好似饿虎下天台。两边战鼓似雷声，幕动旗幡起色云。炮响连天，吓得芸馆书房才子顿笔；呐喊齐声，惊得闺房凤阁佳人停针。正是铁将军遇石将军。杀得一百四十回合，原不分输赢。

那盖苏文心中暗想："久闻火头军骁勇，果然名不虚传。本帅不能取胜，待我放起飞刀，伤了火头军，就不怕大唐兵将了。"苏文算计已定，一手把刀招架，一手掐诀，把葫芦盖拿开，口中念动真言，飞出一口柳叶飞刀，青光万道，直望薛仁贵顶上落将下来。这薛礼抬头看见，明知是飞刀，连忙把戟按在判官头上，抽起震天弓，拿出穿云箭，搭住在弓弦，飞飞飕飕的一箭射将过去。只听刮喇喇一声响，三寸飞刀化作青光，散在四面去了。那番吓得苏文魂不附体，说："阿呀，你敢破我飞刀！"飕飕飕，连发出八口柳叶飞刀，阵面上多是青光，薛礼惊得手忙脚乱。当年九天玄女娘娘曾对他讲，有一口飞刀，发一条箭，如今盖苏文发八口起来，仁贵就有箭八条，也难齐射上来。所以仁贵浑身发抖起来，说："阿呀！"无法可躲，只得拿起四条穿云箭，望青光中一撒，只听得括拉拉拉连响数声，青光飞刀尽被玄女娘娘收去，五条箭原在半空中。此是宝物不落下来的。仁贵才得放胆，把手招五支箭落在手中，将来藏好，提起方天戟。那边盖苏文见破飞刀，魂不在身，说："嗄唷！罢了，罢了。本帅受木脚大仙赐刀。你敢弄起鬼魔邪术，破我飞刀，与你势不两立。我不一刀砍汝两段，也誓不为人了。"把马一催，二人又战起来。杀了八个回合，盖苏文见飞刀已破，无心恋战，刀法渐渐松下来。仁贵戟法原高，紧紧刺将过来，苏文有些招架不住，却被薛礼把刚牙一挫，喝声："去罢！"插一戟，直望苏文面门挑将进来。盖苏文喊声："不好！"把赤铜刀望戟上噶啷这一抬，险些跌下雕鞍，马打交肩过来。薛仁贵抽起一条白虎鞭，喝声："照打罢！"三尺长鞭，来得利害，手中量一量，到有三尺长白光，这青龙星见白虎鞭来，说："阿呀，我命死矣！"连忙闪躲，鞭虽不着，只见白光在背上晃了晃，痛彻前心，鲜红血喷，把那铜刀拖落，二膝一催，豁喇喇望营前败将下去。仁贵道："番狗，你往那里走，还不好好下马受缚！"随后追赶。苏文进了营盘，小番射住阵脚，仁贵只得回进自己营盘。张士贵大喜，其夜犒赏薛礼，不必表他。

单讲到盖苏文进入帅营，跨下马鞍，抬过赤铜刀，将身坐下。嗄唷说："好利害的火头军！本帅实不是他敌手。"就把须上血迹抹下，用活血酒在此养息。忽后营走出来一位闭月羞花女，却是夫人梅月英。

毕竟不知这位夫人，如何话说，且看下回分解。

第十九回 梅月英法逞蜈蚣术 李药师仙赐金鸡旗

诗曰：

番邦女将实威风，妖法施来果是凶。

杀得南朝火头军，人人个个面掀红。

那夫人年纪不上三十岁，生得来闭月羞花之貌，沉鱼落雁之容。四名绝色丫环扶定，出到帅营，盖苏文见梅氏妻子出来，连忙起身说："夫人请坐。"

梅月英坐下，叫声："元帅！妾身闻得你与中原火头军打仗，被他伤了鞭，未知他有什么本事，元帅反受伤败？"盖苏文道："阿，夫人！不要说起。这大唐薛蛮子，不要讲东辽少有，就是九流列国，天下也难再有第二个的了。本帅保主数载以来，未尝有此大败，今日反伤在火头军之手，叫我那里困得住凤凰山，擒捉唐王？"月英迷迷含笑道："元帅不必忧愁。你说火头军骁勇，待妾身明日出去，偏要取他性命，以报元帅一鞭之恨。"苏文道："夫人又来了，本帅尚不能取胜，夫人你是一介女流，晓得那里是那里。"夫人说："元帅，妾于幼时，曾受仙人法术，故取得他性命。"苏文说："夫人，本帅受大仙柳叶飞刀，尚被他破掉了，夫人你有甚异法胜得他来？"夫人说："元帅，飞刀被他破得掉，妾的仙法他不能破得掉的。"苏文说："既然如此，夫人明日且去开兵临阵。"说话之间，天色已晚。

过了一宵，明日清晨，梅月英全身披挂，打扮完备，上了一骑银鬃马，手端两口绣鸾刀，炮声一起，冲出营来。在营前大喝一声："咦！唐营下的，快报说'今大元帅正夫人在此讨战'，唤这火头蛮子，早早出营受死。"讲到那唐营军士，连忙报进中营说："大老爷在上，番营中走出一员女将，在那里索战，要火头军会他。"张环说："既有女将在外讨战，快传火头军薛礼出营对敌。"军士得令，传到前营，仁贵就打扮完备，同八家弟兄一齐上马出营，抬头一看，但见那员女将梅月英，怎生模样：

头上闹龙金冠，狐狸倒罩，雉尾双挑；面如满月，傅粉妆成。两道秀眉碧翠，一双凤眼澄清；小口樱桃红唇，唇内细细银牙。身旁一领黄金砌就雁翎铠，腰系八幅护体绣白绫。征裙小小，金莲踹定在葵花踏凳银鬃马上，手端两口绣鸾刀，胜比昭君重出世，犹如西子再还魂。

那仁贵纵马上前喝声："番狗妇！火头爷看你身欠缚鸡之力，擅敢前来讨战，与我祭这戟尖么。"梅月英道："你就叫火头军么？敢把我元帅打了一鞭，因此娘娘来取你性命，以报一鞭之恨。"薛礼呼呼冷笑道："你邦一路守关将，不能胜将军一二合之外，何在为你一介女流贱婢，分明自投罗网，佛也难度的了。"放马过来，两边战鼓啸动，月英纵马上前，把绣鸾刀一起，喝叫："薛蛮子！照刀罢。"绰一声，双并鸾刀砍来，仁贵举戟急架忙还，刀来戟架，戟去刀迎，正战在一堆，杀在一起，一连六个冲锋，杀得梅月英面上通红，两手酸麻，那里是仁贵对手，只得把刀抬定方天戟，叫声："薛蛮子，且慢动，看夫人的法宝。"说罢，往怀里一摸，摸出一面小小绿绫旗，望空中一撩，口念真言，把二指点定，这旗在虚空里立住上面。薛仁贵到不知此旗伤人性命，却扣马在此观看。讲到营前八名火头军，见旗立空虚，大家称奇。犹如看做戏法一般，大家都赶上来看。那晓这面旗在空中一个翻身，飞下一条蜈蚣，长有二尺，阔有二寸，他把双翅一展，底下飞出头二百的小蜈蚣，霎时间变大，化了数千条飞蜈蚣，多望大唐火头军面上直撞过来，扳住面门。吓得仁贵魂不附体，带转丝缰，竟望半边落荒一跑，自然咬坏的了。

那些蜈蚣妖法炼就，其毒利害，八员火头军，尽行咬伤面门，青红疙瘩无数，多负痛跑到营内，顷刻面涨犹如鬼怪一般，头如笆斗，两眼合缝，多跌下尘埃，呜呼哀哉，八位英雄，魂归地府去了。梅月英从幼受仙母法宝，炼就这面蜈蚣八角旗，惯要取人性命，他见大唐将士一个个坠马营门而死，暗想薛蛮子奔往荒落，性命也决不能保全，自然身丧荒郊野地去了。所以满心欢喜，把手一招，蜈蚣原归旗内，旗落月英手中，将来藏好，营前打得胜鼓回营。

盖苏文上前相接，滚鞍下马说："夫人今日开兵，不但辛苦，而且功劳非浅，请问夫人，大唐火头军咬此重伤，还是晕去还魂，还是坠骑身亡？"月英道："元帅，他不受此伤，逃其性命。若遭蜈蚣一口，断难保其性命了。"盖苏文听言，满心大悦，说："夫人，多多亏你，本帅不惧大唐老少将官，单只怕火头军利害。今日他们都被蜈蚣咬死，还有何人得胜本帅？岂不是十大功劳，都是夫人一个的了！"分付摆酒，与夫人贺功。

少表番营之事，再讲张士贵父子，见八名火头军多堕骑身亡，面如土色，浑身冷汗。说："完了，完了。我想薛礼败往荒辟所在，也止不过中毒身死。为今之计，怎生迎敌番人？"大家好不着忙。又讲仁贵他败走到旷野荒山，不上十有余里，熬痛不起，一气到心，跌下雕鞍，一命归阴。这骑马动也不动，立在主子面前。忽空中来了一个救星，乃香山老祖门人，名唤李靖。他在山中静坐，偶掐指一算，明知白虎星官有难，连忙驾云到此，空中落下尘埃，身边取出葫芦，把柳枝端出仙水，将仁贵面上搽到，方才悠悠苏醒。说："那一位恩人在此救我。"李靖道："我乃是香山老祖门人，名唤李靖。当初曾辅大唐，后来入山修道，因薛将军有难，特来相救。"仁贵连忙跪下，口叫："大仙，小子年幼不知，曾闻人说兴唐社稷，皆是大仙之功，今蒙救小人性命，小子感恩非浅。万望仙长到营，一发救了八条性命，恩德无穷。"

李靖说："此乃易事，贫道山上有事，不得到营，赐你葫芦前去，取出仙水，将八人面上搽在伤处，即就醒转。"仁贵领了葫芦，就问："仙长，那番营梅月英的妖法，可有什么正法相破么？"李靖道："贫道有破敌正法。"忙向怀里取出一面尖角绿绫旗说："薛将军，他手中用的是蜈角旗，此面鹘犊旗，你拿去，看他撩在空中，你也撩在空中，就可以破他了。即将葫芦祭起空中，打死梅月英。依我之言，速速前去，相救八条性命要紧。"薛仁贵接了鹘犊旗，拜谢李靖，跨上雕鞍。一边驾云而去，一边催马回营。张士贵正在着忙，忽见薛礼到营，添了笑容。说："薛礼，你回来。这八人怎么样？"仁贵道："有救。"就把仙水搽在八人面上，方才悠悠苏醒，尽皆欢悦，就问道葫芦来处。仁贵将李靖言语，对众人说了一遍。张环明知李仙人有仙法，自然如意。就犒赏火头军薛礼等人，同回营中欢酒。

过了一宵，明日清晨，依先上马，端兵出到番营，呼声大叫："呔！番营的快报与那梅月英贱婢得知，今有火头军薛礼在此讨战，叫他快些出来受死！"不表薛仁贵大叫，单讲那营前小番飞报上帅前说："启上元帅，营外有穿白火头军讨战，要夫人出去会他。"盖苏文听见此言，吓得魂不在身，连忙请出梅月英问道："夫人，你说大唐火头军受了蜈蚣伤，必然要死，为什么穿白将依然不死，原在营外讨战？"那夫人梅月英闻言，吃惊道："元帅，那穿白将莫非是什么异人出世，故而不死。我蜈蚣旗利害，凭你什么妖魔鬼怪，受死伤害，必不保全性命，为甚他能得全性命起来？分付带马抬刀，待妾身再去迎敌。"这一首牵马，月英通身披挂，出了番营，抬头一看，果然不死，心中大怒说："嗬，薛蛮子，果像异人，不过是得仙丹保全性命，今娘娘偏要取你首级。"仁贵呼呼冷笑说："贱婢，你的邪法谁人作准，我不挑你前心透后背，也算不得火头爷骁勇了。"催马上前，喝声："照戟！"插的一戟，望面门挑进来。梅月英急驾忙还，二人杀在一堆。马打冲锋，双交回合，刀来戟架叮当响，戟去刀迎迸火星。

战到六个冲锋，梅月英两膊酸麻，抬住画戟，取出蜈蚣角旗，望空中一撩，念动真言。薛仁贵见了，也把鹘犊旗撩起空中，他也不晓得念什么咒诀，自有李靖在云端保护。两面绿绫旗虚空立着，一边落下飞蜈蚣，一边落下飞金鸡，那飞蜈蚣，变化几百蜈蚣飞过来，那飞金鸡，也化几百，把蜈蚣尽行吃去。吓得梅月英魂飞魄散，说："你敢破我法术么。"连忙掐诀收旗，那里收得下？只见蜈蚣角旗与鹘犊旗悠悠高上九霄云内，一时不见了。仁贵心中大悦，便把葫芦抛起空中，要打梅月英。谁知李靖在云端内把手一招，葫芦收去，薛仁贵胆放心宽，把方天戟一起，纵马上前，照定月英咽喉中插一戟刺进来，这梅月英乃是女流，又是法宝已破，心中焦闷，说声："不好，我命死也！"要招架也来不及了，贴正刺中咽喉，被他阴阳手一泛，轰隆响挑往营门前去了。

这盖苏文在营前看见，放声大哭说："阿呀，我那夫人阿。"把赤铜刀一起，豁喇喇冲上前来说："薛蛮子，你敢把我夫人伤害，我与你势不两立。我死与夫人雪恨，你死乃为国捐躯。不要走，本帅刀来了！"望仁贵劈顶梁上砍下来，这一刀廿四分本事，多显出在上面。仁贵把戟架在一边，马打交肩过去，英雄闪背回来，仁贵把方天戟直刺，盖苏文急架忙还。

二人斗到十六个回合，薛仁贵量起白虎鞭来，盖苏文一见白光，就吓得魂不附体，说："阿呀，我命死也。"略略着得一下，鲜血直喷，带转丝缰，望营前大败而走。薛仁贵大喜，回头对营前八位兄弟说道："你们快同张大老爷、小将军们，扯起营盘，冲杀番兵，一阵成功了。"那边一声答应一声，八弟兄各将兵刃摆动，催马冲杀四面番营，张环父子领了大队人马，卷帐发炮，冲到帅营来。这番凤凰山前大乱，有薛礼随定盖苏文冲到帅营中，把小番们一戟一个，挑得番兵走的走，散的散，死的死，苏文见火头军紧紧追来，吓得魂飞魄散，只得兜急丝缰，望内营一走，砍开皮帐，竟走偏将营盘。那知仁贵赶得甚紧，又且番营层层叠叠，人马众多，又不敢伤着自家人马，一时逃走不出，原冲到凤凰山脚下，忽前边撞着一班火头军，高声大喝："盖苏文，你往那里走！我们围住，取他首级。"九人围住，把盖苏文棍棍只望颅头打，刀刀只向颈边砍，枪枪紧紧分心刺，斧斧只劈背梁心，杀得盖苏文招架也来不及，被他们逼住，走也走不脱。架得开棍，那边李庆红插一刀砍将过来，苏文喊声："不好！"把身躯一闪，肩尖上着了刀头，连皮带肉去了一大片，口中叫得一声："伤坏那边。"王心鹤喝声："照枪罢！"飕这一枪，分心挑将进来。苏文说声："我命死矣！"闪躲也来不及，腿上又着了一枪："唷，罢了，罢了。本帅未尝有此大败！"他如今满身伤，拼着命，见一个落空所在，把二膝一催，豁喇喇冲出圈子，望山脚下拼命这一跑。仁贵就分付众弟兄，四处守定，一则冲踹，二则不许盖苏文出营。八人答应，自去散在四面守住。

这盖苏文心下暗想："你看周围营帐密密，人马大乱，喊杀连天，哭声大震，我若望营中去，恐防有阻隔，反被火头军拿住，不如在凤凰山脚下，团团跑转，等有落空所在，那时就好回建都了。"苏文算计停当，只在山前转到山后，仁贵紧紧追赶，随了盖苏文团团跑转，惊动山上贞观天子，同着元帅、军师出到营外，望山下一看，只见四面番营大乱，炮声不绝，鼓啸如雷。又听得山脚下大叫道："阿唷唷，火头军果然骁勇，不必来追！"豁喇喇盘转前山来了。君臣往下看时，见有盖苏文被一穿白将追得满身淋汗，喊叫连天，只在山脚下打圈子。朝廷就问徐先生："底下追赶盖苏文那员穿白小将，却是谁人？"茂功笑道："陛下，这就是应梦贤臣薛仁贵。"朝廷听见说是应梦贤臣，不觉龙心大悦。就对山下大叫道："小王兄，穷寇莫追，不必赶他，快些上山来见寡人。"连叫数声，仁贵在下那里听得，只在山脚下紧走紧追，慢走慢追。忽上边尉迟恭说道："陛下，如何眼见本帅细心查究，军师大人说没有应梦贤臣，如今这穿白小将是谁？"茂公说："元帅休要夸能，这是我哄你，你认真起来，那里有什么应梦贤臣，你看原是何宗宪在下追他。"敬德道："你哄那个？明明是穿白将薛仁贵，陛下若许待本帅下去，拿他上来，还是仁贵还是宗宪？"朝廷巴不能够要见应梦贤臣，说道："元帅不差，快快下去拿来。"敬德跨上雕鞍，等盖苏文转过了前山，后面就是薛仁贵跑来。他就是一马冲将下去，却也正在仁贵后，双手一把扯住薛礼白袍后幅，说："如今这里了。"总是尉迟恭莽撞，开口就说："在这里了。"薛仁贵尚信张环之言，一听后面喊叫在这里了，扯住衣幅，不知要捉去怎样，不觉吓了一跳，把方天戟往衣幅上插，这一等身躯一挣，二膝一催，豁喇喇一声响，把尉迟恭翻下尘埃，衣幅扯断，薛礼拼命的逃走了。盖苏文回头不见了薛仁贵追赶，心中大悦，跑出营去，传令鸣金，退归建都去罢。那大小番兵齐声答应，见元帅走了，巴不得脱离灾难，败往建都去了，我且慢表。

单讲这尉迟恭，扒起身来，手中拿得一块白绫衣幅，有半朵映花牡丹在上，连忙上马，来到山顶。茂公道："元帅，应梦贤臣在何处？"敬德道："军师休哄陛下好了，应梦贤臣有着落了。"朝廷道："拿他不住，有何着落？"敬德说："今虽拿他不住，有一块袍幅扯在此了，如今着张环身上，要这个穿无半幅白袍之人，前来对证，况有半朵牡丹映花在上，配得着是应梦贤臣，配不着是何宗宪，岂不是张环再瞒不过，献出薛仁贵来了？"朝廷大悦，说："元帅智见甚高，今日必见应梦贤臣了。"

如今按下山上君臣之言。单讲这番兵退去，有一二个时辰，凤凰山前一卒全无。张士贵方才分付按下营盘，大小三军尽皆扎营，八位火头军先来缴令，回归前营。等了半日，薛仁贵慢慢进营，身上发抖，面如土色，立在张环案旁，口中一句也说不出了。张环大吃一惊，说："如今你又是什么意思？"

薛礼道："大老爷救命，元帅屡屡要拿我，方才被他扯去衣幅，如今必有认色，小人性命早晚不能保全的了。"张环听见，计就生成，说："不妨，不妨。要性命，快脱下无襟白袍与何大爷调换，就无认色，可以隐埋了。"正是：

奸臣自有瞒天计，李代桃僵去冒功。

毕竟张环冒功瞒得过瞒不过，且看下回分解。

第二十回 盖苏文大败归建都 何宗宪袍幅冒功劳

诗曰：

荷花开放满池中，映得清溪一派红。

只恨狂风吹得早，凤凰飞处走青龙。

那仁贵心中大悦，说："蒙大老爷屡次施恩相救，小人将何图报？"连忙脱落白袍，与何宗宪换转。两件白袍，花色相同，宗宪穿了仁贵无襟白袍，薛仁贵反穿了宗宪新白袍。薛礼竟回前营内，不必表他。

单讲张士贵思想冒功，领了何宗宪，将薛万彻尸骨离却营盘，来到凤凰山上，进入御营，俯伏尘埃，说："陛下龙驾在上，臣奉我主旨意，救驾来迟，臣该万死。驸马踹营讨救，前心受了箭，到汗马城中开读了诏书，就打箭身亡。臣因救兵急促，无处埋葬，烧化尸骸，今将驸马白骨，带在包中，请陛下龙目亲观。"朝廷听见此言，龙目下泪，说："寡人不是，害我王儿性命了。"尉迟恭就开言叫声："张环，驸马性命乃阴间判定，死活也不必说了。本帅问你，方才山脚下追盖苏文这穿白小将，是应梦贤臣薛仁贵，如今在着何处？快叫他上山来。"士贵道："元帅又来了，若末将招得应梦贤臣，在中原就送来京定笃了，为何将他隐埋没在营内？方才追赶盖苏文，杀退番兵者，是狗婿何宗宪，那里有什么薛仁贵。"敬德大喝道："你还要强辩么！本帅因无认色，故亲自将他白袍襟幅扯一块在此，已作凭据，你唤何宗宪进来，配得着也不必说了，配不着看刀伺候。"张环应道："是。"朝廷降旨，宣进何宗宪，俯伏御营。张环道："元帅喏，可就是这无襟白袍，拿出来对对看。"尉迟恭把这块袍幅与宗宪身上白袍一配，果然毫无阔狭，花朵一般。尉迟恭大惊，他那里知道内中曲折之事，反弄得满肚疑心，自道："嗳，岂有此理。"张环说："元帅，如何，是狗婿何宗宪么？"敬德大怒说："今日纵不来查究，待日后班师，自有对证之法。"忙将功劳簿打了一条粗杠子，乃凤凰山救驾，是一大功劳。朝廷说："卿家就此回汗马城保守要紧，寡人明日就下山了。"张士贵口称领旨，带了宗宪下凤凰山。一声传令，拔寨起程，原回汗马城，我且慢表。

单讲天子回驾，降旨把人马统下山来，凄凄惨惨回凤凰城中，安下御营。朝廷见两旁少了数家开国功臣，常常下泪，日日忧愁，军师与元帅每每劝解。

忽这一天，蓝旗军士报进营来，说："启上万岁爷，营外来了鲁国公程老千岁，已到。"朝廷听见程咬金到了，添上笑容，说："降旨快宣进来见驾。"

外边一声传旨，召进程知节，俯伏尘埃，说："陛下龙驾在上，臣程咬金朝见，愿我王万岁、万万岁！恕不保驾之罪。"朝廷说："王兄平身。这几时没有王兄在营，清静不过，如今王兄一到，寡人之幸。不知你从水路、旱路来的？"咬金说："陛下，不要讲起。若行水路，前日就同来了，何必等到今日？乃行旱路，同了尉迟元帅两位令郎，蹈山过岭，沿海边关受许多猿啼虎啸之惊，冒许多风沙雨露之苦，才得到凤凰城见陛下。"朝廷说："还有御侄在营外，快宣进来。"内侍领旨传宣。尉迟宝林、尉迟宝庆来到御营朝见陛下，见过军师，父子相见，问安家事已毕，宝林就是前妻梅氏所生，宝庆是白赛花滴血，家中还有黑金锭亲生尉迟号怀，年纪尚幼，因此不来出阵。

天子又问程王兄："中原秦王兄病恙怎么样了，还是好歹如何？"咬金说："陛下若讲秦哥病势，愈加沉重，昼夜昏迷不醒，臣起身时就在那里发晕，想必这两天多死少生了。"天子嗟叹连声。程咬金见礼军师大人，回身叫道："尉迟老元帅，掌兵权，征东辽，辛苦不过了。"敬德说："老千岁说那里话，某家在这里安然清静，空闲无事，有何辛苦？"咬金又往两边一看，不见了数位公爷，心中吃惊。开言说："陛下，马、段、殷、刘四老将军，并同众家兄弟那里去了？"朝廷听见，泪如雨下。说："总是寡人万分差处，不必说了。"知节急问："陛下，到底他们是怎么样？"天子忙把马三保探凤凰山死去，一直讲到盖苏文用飞刀连伤总兵二十余员，吓得程咬金魂不附体，放声大哭。骂道："黑炭团，你罪在不赦！我哥秦叔宝为了一生一世元帅，未尝有伤一卒，你才做元帅，就伤了我众家兄弟，你好好把众兄弟赔我，万事全休，不然我剥你皮下来偿还他们性命。"朝廷道："程王兄，你休要错怪了人，这多是寡人不是，与尉迟王兄什么相干。"咬金下泪道："万岁一国之主，到处游玩，自然众臣保驾。你掌了兵权，自然将计就计，开得兵，调兵遣将；开不得兵，就不该点将下去了。怎么一日内把老少将官，多送尽了。"朝廷道："也不必埋怨，生死乃阴间判定，休再多言。过来，降旨摆宴，与程王兄同尉迟王兄相和。"内侍领旨，光禄寺在后营设宴，摆定御营盘内，两人谢恩坐下，饮过三杯，尉迟恭开言叫声："程老千岁，某有一件稀奇之事，再详解不出，你可有这本事详得出么？"程咬金道："凭你什么疑难事说来，无有详解不出。"敬德说："老千岁，可记得前年扫北班师，陛下曾得一梦，梦见穿白将薛仁贵保驾征东，老千岁你也尽知的。到今朝般般应梦，偏偏这应梦贤臣还未曾见，你道是何缘故？”程咬金说：“没有应梦贤臣，如何破关得能快？倘或在张士贵营中也未可知。”敬德道：“他说从来没有应梦贤臣薛仁贵，只得女婿何宗宪，穿白用戟。”咬金说：“老黑，既是他说女婿何宗宪，也不必细问了，谅他决不敢哄骗。”敬德道：“老千岁，你才到，不知其细，内中事有可疑。若说何宗宪，谁人不知，他本事平常，扫北尚不出阵，征东为什么一时骁勇起来？攻关破城，尽不在一二日内，势如破竹。本帅想起来薛仁贵是有的，张环奸计多端，埋没了薛仁贵，把何宗宪顶头，在驾前冒功。”咬金道：“你曾见过薛仁贵么？”敬德道：“见是见过两遭，只是看不清楚。第一遭本帅被番兵擒去，囚在囚车，见一穿白将，杀退番兵，夺落囚车，见了本帅，飞跑而去，停一回，原是何宗宪。后来在凤凰山脚下追赶盖苏文也是穿白用戟小将，本帅要去拿他，又是一跑，只扯得一块衣襟，原是何宗宪身上穿无襟白袍。我想，既是他，为何见了本帅要跑，此事你可详解得出么？”咬金道：“徐二哥阴阳上算得出的，为何不要问他？”敬德说：“我也曾问过军师大人，想受了张环万金之贿，故不肯说明。”程咬金道：“二哥，到底你受了他多少贿？直说那一日受他的贿。”

茂功道：“那里受他什么？”咬金道：“既不受贿，为何不说明白？”茂功道：“果是他女婿何宗宪，叫我也说不出薛仁贵。”咬金道：“嗳，你哄那个老黑，想来必有薛仁贵在张环营内。前年我领旨到各路催趱钱粮，回来路遇一只白额猛虎随后追来，我后生时那惧他，只因年纪有了，恐怕力不能敌，所以叫喊起来，只见山路中跑出一个穿白小将，把虎打出双睛，救我性命。那时我就问他这样本事，何不到龙门县投军？他说二次投军，张环不用。那时我曾赐他金披令箭一枝，前去投军。想他定是薛仁贵。”敬德道：“这里头你就该问他名字了。”咬金道：“只因匆忙之间，不曾问名姓，如今着张环身上，要这根御赐的金披令箭，薛仁贵就着落了。”尉迟恭道：“不是这等得的，待本帅亲自到汗马城，只说凤凰山救驾有功，因此奉旨来犒赏，不论打旗养马之人，多要亲到面前犒赏御宴，除了姓薛，一个个点将过去。若有姓薛，要看清面貌，做十来天功夫，少不得点着薛仁贵。你道此计如何？”

咬金说：“好是好的，只是你最喜黄汤，被张环一顿倒鬼，灌得昏迷不醒，把薛仁贵混过，那时你怎么得知？”敬德道：“一件大事岂可混账得的，今日本帅当圣驾前戒了酒，前去犒赏。”咬金道：“口说无凭，知道你到汗马城吃酒不吃酒？”敬德道：“是阿，口是作不得证的，陛下快写一块御旨戒牌，带在臣颈内，就不敢吃了。若再饮酒，就算大逆违旨，望陛下以正国法。”

天子大悦，连忙御笔亲挥“奉旨戒酒”四字，尉迟恭双手接在手中，说：“且慢，待我饮了三杯，带在颈中。”敬德连斟三杯，饮在肚中。将戒酒牌带在颈中，扯开筵席，立在旁首说："陛下，臣此番去犒赏，不怕应梦贤臣不见。"

徐茂功笑道："老元帅，你休要称能，此去再不得见应梦贤臣的。"敬德说："军师大人，本帅此去，自有个查究，再无不见之理。"茂功说："与你打个手掌，赌了这颗首级。"敬德说："果然，大家不许图赖。此去查不出薛仁贵，本帅将首级自刎下来。"茂功道："当真么？"敬德道："嗳，君前无戏言，那个与你作耍？"程咬金说："我为见证，输赢是我动刀。"茂功说道："好，元帅去查了仁贵来，我将头颅割下与你。"二人搭了手掌，一宵晚话，不必细表。

到了明日清晨，先差家将去报个信息，朝廷降旨，整备酒肉等类，叫数十家将挑了先走。尉迟恭辞驾，带了两个儿子，离了凤凰城，一路下来。先说汗马城张士贵，同了四子一婿，在营欢乐饮酒。忽报进营说："启上大老爷，快快端正迎接元帅要紧。今日奉旨下来犒赏三军，顷刻相近汗马城来了。"

张环听见说："我的儿，想必皇上道救驾有功，故而出旨犒赏我们，去接元帅要紧。"父子翁婿六人，连忙披挂，出了汗马城，果见三骑马下来，远远跪下叫声："元帅，小将们不知元帅到来，有失远迎，望帅爷恕罪。"敬德道："远近迎接，不来计较。快把十万兵丁花名脚册，献与本帅。"张环说："请到城中，犒赏起来，自有花名，为何就要。"尉迟恭喝道："呔！你敢违令，拿下开刀。"士贵吓得魂不附体，连忙说道："元帅不必动恼，快取花名脚册来便了。"志龙回身到汗马城中，取来交与元帅。敬德满心欢悦，接来与大儿宝林藏好，说："此是要紧之物，若不先取，恐被他埋没了仁贵名字。"张士贵满心踌疑，接到汗马城中，另是安下帅营一座，元帅进到里面，张环连忙分付备宴，与元帅接风。敬德说："住了，你看我颈中挂的什么牌？"张环说："原来帅爷奉旨戒酒在此，排接风饭来。"敬德说："张环，且慢，本帅有话对你讲。"张环应道："是。"敬德又说："因朝廷驾困凤凰山，幸喜你等兵将救驾回城，其功非小。故今天子御赐恩宴，着本帅到汗马城犒赏十万兵丁，一个个都要亲赏。皇上犹恐本帅好酒糊涂，埋没一兵一卒，是皆本帅之罪，故我奉旨戒酒。你休将荤酒迷惑我心，教场中还有令发。若有一句不依，看刀伺候。"张环应道："是。"敬德分付道："教场中须高搭将台，东首要扎十万兵马的营盘，好待兵丁住在营中听点；西首也要扎十万人马的营盘，不许一卒在内。依本帅之言，前去备完，前来缴令。"

张环答应，同四子一婿退出帅营。说："孩儿们，如今为父的性命难保了。"

四子道："爹爹，为什么？"张环道："我儿，你看元帅行作，岂是前来犒赏三军的？这分明来查点应梦贤臣薛仁贵。"张志龙道："爹爹，不妨事。只要将薛仁贵藏过，他就查不出了。"张环道："这个断断使不得，九个火头军名姓，现在花名册上，难道只写其名，没有其人的？"志龙说："爹爹，有了。不如将九人藏在离城三里之遥土港山神庙内。若元帅查点九人名姓,随便众人们混过,或者兵马内走转当了火头军,也使得的。”张环道:“我儿言之有理。”先到教场中传令,安扎营盘已毕,天色晚暗。

当日张士贵亲往前营中来,薛仁贵忙接道:“不知大老爷到此有何分付?”张环道:“薛礼,我为你九人,心挂两头,时刻当心。不想元帅奉旨下来犒赏三军,倘有出头露面,那时九条性命就难以保全,故我大老爷前来求你,这里离城三里之遥,有座土港山神庙,到也无人行走,你等九人作速今夜就去,躲在庙中,酒饭我暗中差人送来。待犒赏完时,即当差人唤你。”

薛仁贵应道:“多谢大老爷。”说罢,连忙同了八名火头军,静悄悄出了前营,竟往土港山神庙中躲过,我且慢去表他。

单说到尉迟恭分付二子,明日早早往教场。二子答应:“是。”来日,张环父子全身披挂,先在教场中整备酒肉,少刻元帅父子来到教场,上了将台,排开公案,传令十万人马,安住东首营中,又分付尉迟宝林:“你将兵器在手,站住西首营盘。为父点过来,你放他进营,若有兵卒进了营,从复回出来,即将枪挑死。”宝林应道:“是。”就立在西营。尉迟恭叫声:“先锋张环,你在东营须要小心,本帅点一人,走出一人,点一双走出一双,若然糊涂混杂,不遵本帅之令,点一人走一双,点二人走出一个,皆张环之罪。”

张士贵一声:“得令。”听元帅令严,心中急得心惊胆战,低低说道:“我儿,为今之计怎样?我为父只道也没有严令发下来,所以要随便混转来,当了九个火头军。如今他这样发令严明,那个当火头军好?”四子应道说:“便是。”不表旁首张家父子心中设法,要说到台上尉迟元帅,先把中营花名册展开,叫次子宝庆看明,叫点某人:“有。”走出东营,要到将台前领赏。

元帅从上身认到下身,看了一遍,才叫张环赏酒肉回西营去。宝林又点薛元,应道:“有。”走到台前,元帅听得姓薛,分外仔细观看,见他穿皂黑战袄,明知不是,赏了酒肉,回西营去了。每常犒赏十万人马,不消一日,快得紧的,如今有心查点仁贵,一个个慢慢犒赏,眼活费心,虽托长子端枪在西营看守,还当元帅用心,眼光射在两旁,恐兵卒混杂,点得到不上头二百名,天色昏暗,尉迟恭父子用过夜膳,同张环父子共安下营寨,家将四面看守,不许东西兵卒来往。一到明日清晨,元帅升坐将台,重使宝林到西营,点昨日几名,今日原是几名不差。然后再点兵卒,才想到了这三天把前营军名册展开,一个个点到月字号内来了,这番张环父子在下面如土色,分拆心肝,浑身冷汗。说:“我儿,如今要点火头军了,将何人替点?为父命在顷刻,你们可有计策。”志龙叫声:“爹爹,闻得元帅好酒的,如今奉旨在此,勉强戒酒,那里耐得住的?今日又是个南风,不免将上好酒放在缸中，冲来冲去，台上自然酒香，看元帅怎生模样，然后见机而作。”张环道：“到也使得。”就分付家将，缸中犒赏的酒，倒来倒去。尉迟恭在将台上，劈面的大南风，果然这个美酿香气直透，引得尉迟恭喉中酥痒，眼珠到不看了点将旁首，看他把酒倒东过西，若没有：

戒酒牌悬在颈中，定然取酒入喉咙。

毕竟尉迟恭不知如何饮酒，且看下回分解。

第二十一回 尉迟恭犒赏查贤士 薛仁贵月夜叹功劳

诗曰：

芙蓉影入在江边，黑菊如何访向前。

喜得芙蓉伶俐巧，故使张环性命全。

那元帅心中暗想："若没有皇上的戒酒牌挂在颈中，就叫张环献上来，饮他几杯何妨。"又说到张士贵父子，见尉迟恭飘眼盯住的看这里倒酒，必然想酒吃了。便说："我儿怎样设个计策，献酒上去，灌醉了他才好？"志龙说："爹爹，容易。把一碗酒放些茶叶在里边献上去，只说这个是茶。待元帅饮了下去，不说什么，只管献上去，若然元帅发怒，丢下酒来。只说茶司不小心，撮泡差了。又不归罪我们，爹爹，你道使得么。"张环道："我儿言之有理。"连忙把酒放些茶叶，走上将台说："元帅点兵辛苦，请用杯茶解渴，然后再犒赏。"敬德接过来，一闻香冲鼻，喜之不胜，犹如性命一般，拿来一饮而尽。暗想："这张士贵，人人说他奸佞，本帅看起来，到是个好人，因见我奉旨戒酒，故暗中将酒当茶，与我解渴。本帅想再吃几杯，也无人知觉。"便说："张环，再拿茶来。"士贵见元帅不发怒容，又要吃茶，才得放心。连忙传令张志龙泡茶。敬德慢慢吃，还看不出，那晓他是一口一碗，只管叫拿茶来，一连饮了十来碗，到不去犒赏三军了。尉迟宝庆在案东横头，看见爹爹如此吃茶，疑惑起来，说："什么东西，茶多吃个不停，只怕一定是酒了，待等他拿起来看。"张环接酒放在桌上，尉迟恭正要伸手来拿，被宝庆抢在鼻边一嗅，果是酒。连碗望台下一抛，说："爹爹，你好没志气。也岂不晓酒能误事，你为着何来？况奉旨戒酒，又与军师赌下首级，谁不知张环向有奸计，倘被他灌醉糊涂，那能清清白白犒赏？正经之事不干，反好酒胡乱，若朝廷知道，爹爹你将何言陈奏，岂不性命难保？还不查点。张环有罪，以正国法。"尉迟恭差不多倒醉的了。见儿子发怒抛翻，性气顷刻面泛铁青，乌珠翻转，说："嗄唷，罢了，罢了。为父饮酒，人不知，鬼不觉，你这畜生，焉敢管着为父的响叫饮酒！我如今不戒酒了！"把戒酒牌除在旁首，传令张环备筵一席："本帅偏要吃酒，吃个爽快的，看你管得住么？"张环只怕元帅，那里怕你这公子？连忙分付大排筵宴，就在将台上赐张环陪酒，你一杯，我一盏，传花行令，快活畅饮。气得旁边宝庆泥塑木雕的一般。饮到未刻，尉迟恭吃得大醉，昏迷不醒，说起酒话来了。便叫："张先锋，本帅一向不知你心，今日方知你为人忠厚，本帅奉旨犒赏，吃得醺醺大醉，天色又早，还有前营、左右二营，不曾犒赏。今委你犒赏，明日缴令。本帅要去睡了。"张环大悦，应道："是。元帅请回，末将自然尽心。"宝庆叫声："爹爹，这是断断使不得的，岂可委与先锋犒赏？爹爹你自去想一想看，主意要紧，所以说酒能误事。"敬德心中已经昏乱，那里想到查点贤臣之事。反喝道："好畜生，犒赏三军，难道注定要元帅去赏，先锋赏不得的么？为父如今偏要委他去犒赏，你再敢阻我么，快扶我到营中安睡。"两位公子无奈何，只得扶定尉迟恭，来到帅营，悠忽睡去，我且不表。

单讲张士贵，心满意足，连忙分付四子一婿，人人犒赏，如今不像敬德这样查点的，他却唤几百名来，大家分一阵。不上半日左右，二营尽行赏到，人人无不沾恩。父子回营安睡，一宵不必表他。

再讲那帅营中尉迟敬德这一大睡，到黄昏时候，方才睡醒。二子跪下叫声："爹爹，你如今酒醒了么？"敬德说："我儿，为父奉旨戒酒，不曾饮什么酒。"二子道："阿呀！爹爹，你如今忘记了么？只怕朝廷得知，性命难保。那张环父子，把酒当茶，爹爹饮得大醉，这也罢了。不该把左右营的兵卒，委张环犒赏，如今兵将尽沾恩，应梦贤臣在于何处？岂不有罪了。"

敬德吃惊道："嗄，有这等事，为父或者好酒糊涂，要汝等则甚，岂可由我饮酒，阻不得的么？"二子道："阿呀，爹爹，孩儿们怎么不阻，爹爹执意不听，反排筵席，快乐畅饮，如此大醉，酒醒已迟。为今之计，怎么样处？"

尉迟恭无计可施，只听得营外猜拳行令，弹唱歌吹，欢舞之声不绝。敬德便说："我儿，外边喧哗，却是为何？"宝林道："就是那些兵卒，因受朝廷犒赏，所以皆在营中欢乐畅饮。"敬德道："不差如今是什么时候了？"宝林道："还只得黄昏时候。"敬德暗想，今夜乃中秋八月，故月色辉华，分外皎洁："我儿，你们随父静悄悄出营，前去走走。"宝林答应跟随。那元帅头上皂色巾，身穿黑战袄，腰挂宝剑，离了帅营，往东西营盘走来转去。也有四五人同一桌的，也有三四人合一桌的，也有二人对饮的，也有一人独酌的，也有猜拳的，也有行令的，也有歌舞的，也有弹唱的，也有劝酒的，好不热闹。敬德又行到靠东这座大营帐边，飘眼望去，见里面有四个人同饮，说道："哥哥，来来来，再饮一大杯。"那人说道："兄弟，你自吃罢，为兄的酒深了，吃不得了。""哥哥，如此我与你猜拳。""兄弟，你噜苏得紧，说道不吃是不吃了，猜什么拳。""哥阿，如此你来陪我饮一杯罢。""阿，兄弟，为人在世，不要不知足，我和你朝廷洪恩，大家吃得有兴，为是我们今日酒肉犒赏，大家畅饮快活，还有血汗功臣，反没福受朝廷一滴酒，一块肉哩。""阿哥阿,那个是血汗功臣么?”“他攻打关城,势如破竹,就是朝廷被困凤凰山,若没有薛仁贵,谁人救得,就是元帅性命,也是他救的,这样大功劳,尚不能食帝王酒肉,我等摇旗呐喊之辈,到吃得醺醺大醉,还要不知足,只管吃下去?”“哥哥,你说得是阿,我走到外边去小解,解就进来的。”

要说到外边。尉迟恭一句句听得明白,暗想:“原来有这等事。”说:“我儿,有人出来撒尿,快躲到月暗中去。”三人尽躲在营后墩背,那人见皓月当空,不敢撒尿,也走到营背后月暗中,撩开衣服,正要对敬德面上撒起尿来,这尉迟恭跳起身来,把那人夹背一把,扭倒在地,靴脚踹定,抽起宝剑在手,说:“你认本帅是谁?”那人说:“阿呀!元帅爷,小人实是不知,望帅爷饶命阿。”敬德说:“别事不来罪你,方才你在营内,说九个火头军有血汗功劳,反不受朝廷滴酒之恩。那九个叫做什么名字,得什么功劳,为何犒赏不着,如今却在何方,说得明白,饶你狗命,若一句沉吟,本帅一剑斩为两段。”那人叫声:“元帅,若小人说了,张大老爷就要归罪小人,叫我性命也难保,所以不敢说。”敬德说:“呔,张环加罪你惧怕的,难道本帅你就不惧了。我儿过来,取他首级。”那人说:“阿呀,帅爷饶命,待小人说明便了。”敬德说:“快些讲上来。”那人便说:“元帅,这前营有结义九个火头军,利害不过,武艺精通,本事高强,内中惟有一个名唤薛仁贵,他穿白用戟,算得一员无敌大将。进东辽关寨,多是他的功劳。一路进兵,势如破竹,东辽老小将官,无有不闻火头军利害,只因大老爷与婿冒功,故将仁贵埋藏月字号为火头军。前日元帅来此,大老爷用计将九人藏在土港山神庙中,所以不能受朝廷洪恩。”敬德道:“原来如此。土港山神庙在于何地?”那人说:“离教场三里之遥,松柏旁就是了。”敬德说:“如此饶你狗命,去了罢。”那人说:“多谢元帅爷。”立起身,往营中就走。尉迟恭父子,步月来到山神庙,我且慢表。

单讲庙中火头军,人虽不受朝廷的恩典,张环却使人送来酒肉,他们排开二席,到吃得高兴,猜拳行令,快乐畅然。只有薛仁贵眼中流泪,闷闷不乐,酒到跟前,却无心去饮。周青叫声:“大哥,不必忧愁,快来吃一杯。”

仁贵说:“兄弟,你自己饮,为兄尽有了。外边如此月色,我到港上步步月,散散心,停一回就来的。”周青说:“如此请便,我等还要饮酒爽快哩。”

那时薛仁贵离了山神庙,望松柏亭来。月影内随步行来,不想后面尉迟恭瞧呆,穿白小将走出庙来,连忙隐过一边,又见他望东首去,就叫:“我儿,你们住在此,待为父随他去。”二子应道:“是。”那敬德静悄悄跟在仁贵背后,望东行去数箭之遥,空野涧水边立住,对月长叹道:“弟子薛仁贵,年方二十八岁,欲待一日寸进,因此离家,不惜劳苦,跨海保驾征东,那晓得立了多少功劳,皇上全然不晓,隐埋在月字号为火头军。摇旗呐喊之辈,尚受朝廷恩典,我等有十大功劳,反食不着皇上酒肉,又像偷鸡走狗之类,身无着落,妻子柳氏,苦守巴巴,只等我回报好音,恩哥恩嫂不知何日图报,此等冤恨,惟天所晓。今见皓月当空,无所不照,何处不见,有话只得对月相诉。我远家万里,只有月照,两头剖割,心事无门可告,家中妻子只道我受享荣华,在天子驾前,却忘负了破窑之事,那知我在此有苦万千,藏于怀内,无处申泄。今对月长叹,谁人知道?"仁贵叹息良久,眼中流泪。尉迟恭听得明白,怎奈莽撞不过,赶上前来,双手把薛仁贵拦腰抱住说:"如今在这里了。"仁贵只道是周青作耍,说:"兄弟,不要戏耍。混账!"谁知敬德的胡须扫在仁贵后颈中,那番回头一看,见了黑脸,直跳起来说:"阿呀,不好!"把身子一挣,手一摇,元帅立脚不定,轰隆一响,仰面一跤翻倒在地。仁贵抛开双足,望山神庙乱跑,跌将进来。八人正吃得高兴,吓得魂不在身。大家立起身来说:"大哥,为什么?"薛礼扒起来,忙把山门关上说:"众兄弟,快些逃命。尉迟老元帅前来拿捉了。"八人听见,吓得浑身冷汗,各拥进里面,把一座夹墙三两脚踹坍,跨出墙,一齐拼命的逃走了。

讲这尉迟恭走起身,赶到山神庙,把山门打开,喝叫:"我儿,随为父进去,拿应梦贤臣。"二子应道:"是。"三人同到里边,只见桌子上碗碟灯火尚在,并不见有一人。连忙进内来,只见墙垣坍倒,就出墙望大路上赶来,应梦贤臣依然不见。只听得旁首树林中一声叫:"奉旨拿下尉迟恭,理应处斩。"

敬德听言,大吃一惊。回头看时,只见旁首林中一座营盘,帐内有军师徐茂功已到,说是:"大人,本帅何罪之有?"徐茂功笑道:"怎说无罪,你逆旨饮酒,此乃大罪;查不见应梦贤臣,该取下首级。"敬德说:"逆旨饮酒,望大人隐瞒,若讲应梦贤臣,本帅虽不查取,却方才眼见明白,待天色一亮,本帅自往汗马城,将张环动刑,不怕不招出来。"茂功道:"元帅,薛仁贵本来有的,只是内中有许多曲折缘故,所以查点不着,少不得后有相逢之日,你必须要见他,前去责任张环,后来反自有罪在不赦之日,如今趁不究明,好好随我回凤凰城去罢。"敬德无奈何,从了军师之命,就连夜离了汗马地方,连夜赶到凤凰城。

天色明亮,朝廷正坐御营,见军师同元帅进营说:"陛下在上,老臣前去查点应梦贤臣,果然查不出,望陛下恕罪。"天子道:"王兄查访不出就罢了,何罪之有。"程咬金道:"老黑,陛下恕你之罪,我到饶你不来。你自说过的,还是你自己把头割下来呢,还是要我动手来割?"尉迟恭笑道:"老千岁,你又在此搅浑了。军师大人尚不认真,反要你割起首级来,岂非真正是呆话了?"自从犒赏之后,不觉又是三天,陛下降旨到汗马城,命先锋张环即日开兵,再破关攻城下去。张士贵奉了圣旨,传令大小三军,放炮起兵。"是!"一声得令,离了汗马城,一路下来,约有三百余里,到了独木关安下营盘。天子随后也进兵前来,到汗马城停扎,只等张环破关报捷。

谁想这先锋张士贵进攻关寨只靠得薛仁贵,那薛仁贵自从中秋月夜在土港山神庙，黑夜中被尉迟恭吓了这一惊，路上又冒些风寒，借端起根，病在前营，十分沉重，卧床不起了，八人伏侍不离。张士贵闻报，心中闷闷不乐。停营三天，并无人出马。汗马城中朝廷旨意下来，朝夕不停，催取进兵。说独木关有多少上将，为何还未能破？那番急得张环无头无脑，日日差人往前营探薛礼的病体如何，并没有一人回报好音，只得停营在此，不敢开兵。

先说到独木关中的守将名为金面安殿宝，实授副元帅之职，其人骁勇利害不过的，比着盖苏文本事更高万倍。两旁坐两位副总兵，一个名唤蓝天碧，一个名唤蓝天象，这二人也多有万夫不当之勇，生得来浓眉豹眼，蓝靛红须，正在堂中商议退敌南朝人马，忽有小番报进营来说："启上三位平章爷，大唐人马扎营在关外，有三天了，不知为什么，并无将士索战。"安殿宝说："有这等事？"便叫："二位将军，孤闻南朝火头军骁勇无比，走马攻取关寨，如入无人之境，为何起兵到此三日，并不出营讨战？"天碧、天象叫声："元帅，待小将们出关，先去索战，若火头军出来，会会他本事；若火头军不在里边，一发更好，就踹他营盘，有何不可？"安殿宝说："将军主见甚好，如此小心出马。"二将答应道："不妨。"那蓝天碧先自连忙披挂，上马端枪，离了总府，放炮出关，来到唐营，呼声大叫："营下的，快报说！今有将军爷在此。我闻汝邦火头军骁勇，既来攻关，因何三日不开兵，故此魔家先来索战，有能者快出营来会我。"那营前军士一闻此言，飞报进来说："大老爷，关中杀出一员将士，十分利害，在那里讨战。"张环闻报，便对四子一婿道："我的儿，为今之计，怎么样？那薛礼卧床不起，周青等伏侍不离，关中来将，在外索战，如今谁人去抵挡。"志龙叫声："爹爹，不妨。薛礼有病在床，孩儿愿去抵敌。"士贵满怀欢喜说："既是我儿出马，须要小心。贤婿戎装帮助次儿，掠阵当心。"应道："晓得。"张志龙全身打扮，尽皆上马，端兵出到营外，抬头一看，但见蓝天碧：

头戴紫金凤翼盔，红缨一派如火焰。面如蓝靛，须似乌云；眉若丹朱，眼若铜铃。狮子大鼻，口似血盆，海下几根铁线红须。身穿一领绣龙大红蟒，外罩一件锁子青铜铠。左悬弓，右插箭，坐下昏红马。手端一条紫金独龙枪，果然来得威风猛。

那张志龙看罢，把枪一起，豁喇喇冲到马前，枪对枪架定。说："番儿，番狗，留下名来，你是什么人，擅敢前来讨战？"蓝天碧道："我乃副元帅标下大将军，姓蓝名天碧，你岂可不闻我东辽顶儿尖儿的大将么？你有多大本事，敢来会我！"志龙笑道："怎知你这无名番狗，我小将军本事骁勇，还不好好下马归顺。"正是：

阵前二将虽夸勇，未定谁人弱与强。

毕竟二将斗战如何，且看下回分解。

第二十二回 番将力擒张志龙 周青怒锁先锋将

诗曰：

蓝家兄弟虎狼凶，何惧唐师百万雄。

小将志龙遭捉住，这番急杀老先锋。

那番将蓝天碧一闻志龙之言，呼呼冷笑道："不必夸能，魔这支金枪，从不曾挑无名之将。既要送死，快通名来！"张志龙道："我乃先锋大将军张大老爷长公子爷张志龙便是，谁人不知我本事利害，快快放马过来。"蓝天碧纵马上前，把枪一起，喝叫："蛮子，魔的枪到！"插、插这一枪，望张志龙劈面门挑将进去。志龙把枪架在旁首，马打冲锋过去，英雄闪背回来，二人战有六个回合，番将本事高强，张志龙那里是他对手，杀得来气喘嘘嘘，把枪一紧，望蓝天碧劈胸挑进去。天碧也把枪噶唧一声，挠在旁手，才交肩过来，天碧便轻舒猿臂，不费气力，拦腰一把，将志龙提过马鞍鞒，带转丝缰，望关里边去了。何宗宪见大舅志龙被番将活捉了去，便大怒纵马摇戟，赶到关前大喝："番狗，你敢擒我大舅，快放下马来，万事全休，若不放还，可知我白袍小将军骁勇么！"那番惊动关前蓝天象，催动战马，摇动金背大砍刀，前来敌住宗宪道："来的穿白小蛮子，你可就是火头军薛仁贵么？"

宗宪冒名应道："然也，你既闻火头爷大名，何不早早下马受死，反要死在戟尖之下！"天象说："妙阿，我正要活擒火头蛮子。"放马过来，宗宪串动手中方天戟，照着蓝天象面门上挑将进来，天象把刀枭在旁首，马打冲锋过去，英雄闪背回来。二人战到八个回合，何宗宪用力架在旁首，却被蓝天象拦腰挽住，把宗宪活擒在手，竟是回关。打得胜鼓，来见安殿宝。把郎舅二人囚入囚车，待退了大唐人马，活解建都处决。

单讲唐营内，张士贵闻报子婿被番将擒去，急得面如土色，心惊胆战。说："我的儿，你大哥、妹丈，被番邦擒去，冲兵速救还好，若迟一刻，谅他必作刀头之鬼。为今之计怎么样处置？"志彪、志豹说："爹爹，大哥、妹丈本事好些，尚且被他活捉了去,我弟兄焉能是他敌手?薛礼又有大病在床,如今谁人去救。"士贵叫声:"我儿,不如着周青去,自然救得回来。"

中军那里应道:"有,大老爷有何分付?"张环说:"你到前营月字号,传火头军周青到来见我。"应道:"是。"中军来到前营前,也不下马,他是昨日新参的内中军,不知火头军利害之处,竟是这样大模大样,望里面喝叫一声:"呔!老爷有令,传火头军周青。"那晓内边这几位火头将军,也有在床前伏侍仁贵,也有那里吃饭,周青听见他大呼小叫,便骂:"不知那个瞎眼狗囊的,见我们在此用饭,还要呼叫我们,不要睬他。"原是忙忙碌碌,正管吃饭,不走出来。这外边中军官传唤了一声,不见有人答应,焦躁起来说:"你们这班狗忘八,如此大胆!大老爷传令多不睬的了。"周青听得中军叫骂,大恼起来说:"不知那个该死的狗囊,如此无理,待我出去打他娘。"周青起身,往营外一看,只见这中军在马上耀武扬威,说:"狗囊的,你方才骂那一个?"中军道:"怎么,好杀野的火头军,大老爷有令传你,如何不睬,又要中军爷在此等候,自然骂了!你也敢骂我?是这等大胆的狗头,我去禀知大老爷,少不得处你个半死。"周青说:"你还要骂人么?"走上前来,夹中军大腿上一拢,连皮带肉,抠出了一大块。那个中军官喊声:"不好!"在马上翻将下来,跌为两处。中军帽滚开了,一枝令箭,把为三段。扒起身来就走。周青说:"打死你这狗头,你还要看我怎么?不认得你爷老子叫周青。"那个中军吃了亏,好不气恼,撞见了那些中军,好不羞丑。说:"阿唷,反了,反了,火头军到大如我们的。"那些中军说:"你原不在行,我们去传他,要观风识气,他们在里边吃饭,要等他吃完;在里边闲话,又要等他说完。况且这班火头,大老爷自己怕他的,凭你营中千总、百总、把总之类,多要奉承他的。岂用得你们中军去大呼小叫的,自然被他们打起来了。"那新参的中军道:"嗄!原来如此。我新任的中军,那里知道。"只得来见张环说:"大老爷,这班火头军杀野不过,全不遵大老爷之令,把令箭折断,全然不理,所以中军吃亏,只得忍气回来缴令。"张士贵听言,心中大怒说:"我把你这该死的狗头,重处才是。我大老爷逐日差中军去传火头军,何曾有一言得罪,今日第一遭差你去,就令箭折断,不遵号令。想是你一定得罪了他们,所以吃亏回来。左右过来,把这中军锁了,待我大老爷自去请罪。"两旁答应,就把中军锁住。张环带了中军步行往前营来,三子跟着。单有中军好不气恼,早晓大老爷是这样惧怕火头军的,我也不敢大呼小叫了。

不表中军心内懊悔,张士贵已到营前,火头军闻知,尽行出来迎接。周青道:"本官来了,请到里边去。"张环进往营中,三子在外等候。八名火头军叩见过了,周青便说:"未知本官到来,有什么分付?"张环道:"未知薛礼病恙可好些么?我特来望他。"周青说:"既如此,本官随我到后营来。"张士贵同到后营,来近薛礼床前，周青叫道："薛大哥，大老爷在此望你。"薛礼梦中惊醒说："周兄弟，大老爷差人在此望我么？"张环说："薛礼，不是差人，我大老爷亲自在此看望你。"仁贵说："阿呀，周兄弟，大老爷乃是贵人，怎么轻身踏践地，来望小人？周青，你不辞大老爷转去，反放进此营，亲自在床间看望，是小人们之大罪也！况薛礼性命，全亏大老爷恩救在此，今又亲来望我，叫小人那里当得起，岂不要折杀我也。"张环道："薛礼，你不必如此，我大老爷念你有功之人，尊卑决不计较，你且宽心，未知这两天病势如何？"仁贵下泪说："是。大老爷阿，感蒙你屡救小人性命，今又不论尊卑，亲来看望，此恩难报。小人意欲巴得一官半职，图报大恩。看起来不能够了，只好来生相报。"张环说："又来了，你也不必纳闷，保重身躯，自然渐愈。"仁贵说："多谢大老爷费心，小人有病在床，不知外事，未知这两天可有人来开兵么？"张环道："薛礼，不要说起。昨日番将讨战，两位小将军已被他们擒去，想来一定性命难保，今早差中军来传周青去救，不知怎样得罪了，被周青打了一场，令箭折断，故尔我大老爷亲锁中军，一则来看望，二则来请罪周青。"列位要晓得，九个火头军，只有薛仁贵服着张环，如今见他亲来看望，也觉毛骨悚然。今听见大老爷说周青不服法，气得来面脸失色，登时发晕，两眼泛白，一命呜呼去了。吓得张环魂不附体，连叫薛礼，不肯苏醒。周青着了忙，也叫薛大哥，并不醒来，恼了周青，大喝本官不是："我大哥好好下床安静，要你来一头，薛礼、薛礼，叫死了。兄弟们，把本官锁在薛礼大腿上，待他叫醒了大哥始放。若叫不醒，一同埋葬。"王心鹤与李庆先拿过胡桃铁链，把张环锁在仁贵腿上。

这士贵好不着恼说："怎么样，周青你本无法无天了，擅敢把我大老爷锁住！"

周青说："你不要喧嚷，叫不醒大哥，连你性命也在顷刻。"那番张环魂不附体，连叫薛礼，方才悠悠苏醒："阿唷，罢了，罢了。那有这等事？"正是：

堪笑投军众弟兄，全无枉法枉称雄。

本官看得如儿戏，打得中军面发红。

便叫："大老爷！"士贵应道："我被周青锁在你腿上。"仁贵听了，不觉大怒说："怎么样，周青你还不过来放了么？"周青道："大哥醒了，我就放他。"走将过来把链子开放。那个仁贵气得来大喊："反了，反了！大老爷，小人该当万死。这周青容他不得，我有病在床，尚被周青如此无法，得罪大老爷。我若有不测，这班兄弟胡乱起来，大老爷性命就难保了。趁小人在此，你把周青领去，重打四十铜棍，要责罚他一番。"张环答应。周青说："凭你什么王亲国戚，要锁我火头军却也甚难，本官焉敢锁我起来？"张环心下暗想："他与薛礼不同，强蛮不过的，那里锁得他住？”叫声：“薛礼，我大老爷不去锁他。”仁贵说：“不妨，李兄弟取链子锁了周青，待大老爷拿去重责。”周青说：“大哥要锁锁便了。”李庆先就把大链锁了周青，张环拿了，走不上三两步，周青说：“兄弟们，随我去。他若是罢了就罢；若不然，我们就夺先锋做。”张士贵听说此言，心中好不惊骇。说：“不好。”只得重走近仁贵床前，叫声：“薛礼，那周青倚强蛮，诸事不遵法度，我大老爷不去处他，只要周青出马，救了二位小将军，就将功赎罪了。”仁贵点头道：“这也罢了。周兄弟，如今大老爷不来加罪你，你可好好出马，救了二位小将军，将功免罪。快去快去。”周青不敢违逆兄长，只要连忙结束，上马端兵，同了七个兄弟，跟随张环，来到中营。姜兴本、姜兴霸啸鼓掠阵，王新鹤、李庆红坐马端兵助阵。

周青一马当先，冲到关前，呼声大叫：“呔！关上番儿，快报进去，今有大唐火头军周青在此索战，叫这番狗早早出马受死。”那番兵闻叫，连忙报入帅府。蓝家兄弟早已满身披挂，放炮开关，出来迎住。喝道：“中原来将，留下名来，是什么人？”周青道：“你要问他怎么。我说来也颇颇有名，洗耳恭听：我乃月字号内九员火头军里边，姓周名青，本事高强。你早献出二位小将军，投顺我邦，方恕你蝼蚁之命，若有半句支吾，恼了周将军性子，把你一锏打为肉酱。”蓝天碧呼呼冷笑说：“我们也闻大唐火头军中，只有穿白姓薛的骁勇，从来不听见有你姓周之名，你就仙人异法，六臂三头，也不惧你。放马过来，照我枪罢。”二马交锋，蓝天碧提枪就刺，周青急架相还。二人战到十个回合，怎经得周青铁锏利害，番将有些抵挡不住，面皮失色。那周青越觉利害，冲锋过来，把左手一提：“过来罢！”将蓝天碧擒在手内，捺住判官头，兜转丝缰，望营前来。再讲关前蓝天象，见兄长被擒，心中大怒。忙纵坐骑出阵，大叫：“呔！蛮子不要走，你敢擒我哥哥，快快放下来。”那周青到营前将蓝天碧丢下。张士贵分付绑住，周青又冲出阵，大喝：“番狗！你若要送命，快通名来。”天象说：“我乃副先锋麾下，名唤蓝天象。可知我的刀法精通么？你敢把我兄长擒去，我今一刀不把你劈为两段，也不算魔家骁勇。”周青冷笑道：“不要管他。”放马过来，天象上前提刀就砍，周青急架忙还，二人杀在一堆。只听刀来锏架叮当响，锏去刀迎迸火星。一来一往鹰转翅，一冲一撞凤翻身。这二人战有二十回合，蓝天象招架不住，却被周青劈头梁一锏，打得来脑浆迸裂，翻下马来，呜呼哀哉了。那时节众小番把关门闭了，报副元帅去了。周青得胜回营，张士贵满心欢喜。带过蓝天碧喝问道：“番狗！你今被天邦擒在此，死在顷刻，还敢不跪。”天碧说：“呔！天无二日，民无二王。我见狼主曲膝，岂来跪你？要杀就杀，不必多言。况又父兄之仇不共戴天，你来审我怎么。”张环说：“既如此，分付推出营外斩首。”两旁一声答应：“嗄！”就把蓝天碧割去首级，号令营门，我且不表。

单讲独木关中副元帅安殿宝，正坐三堂，忽有小番飞报进来说："启上元帅爷，不好了。二位将军被大唐火头军伤了。"那金脸安殿宝听见此言，不觉魂飞天外，魄散九霄，分付带马抬锤。手下一声答应，安殿宝通身打扮，跨上鞍辔，手执银锤，离了帅府，带领偏正牙将，放炮开关，吊桥坠下，五色旗幡招转，豁喇喇冲到营前，高声大叫："呔！唐营下的，快报说：今有安元帅在此讨战。有能者火头军，早早叫他出营受死。"不表安殿宝讨战，单言周青连忙出马，随了众弟兄来到营外，望前一看好个金面安殿宝，你道他怎生模样？但见他：

头戴金狮盔，霞光射斗；身穿雁翎铠，威武惊人。内衬绛黄袍，双龙取水；前后护心镜，惯照妖兵。背后四根旗，上分八卦。左边铁胎弓，倒挂金弦；右有狼牙箭，腥腥取血。坐下黄鬃马，好似天神。面如赤金相同，两道绣丁眉心竖，一双丹凤眼惊人。高梁大鼻，阔口银牙。手端两柄大银锤，足足有那二百斤一个。虽为海外副元帅，要算东夷第一能。

那周青见了心内胆脱，叫声："众兄弟，你们看这黄脸番儿，谅来决然利害。我有差迟，你们就要上来帮我。"众人应道："是，晓得。哥哥放心上去，快些擂起战鼓来。"说罢，战鼓一啸，旗幡摇动，周青冲上前来，把亮铁锏一起，那边银锤架定，大喝："来将何名，留下来好打你下马。"周青道："你要问我之名，洗耳恭听：我乃张大老爷前营内火头军薛礼手下，周青便是。可知我双锏利害么？你这黄脸贼，有什么本事，敢来讨战与我！"

安殿宝说："本帅在着关内，只闻火头军骁勇，那曾有你之名？可晓本帅银锤骁勇，穿白将只怕逢我也有些难躲，何在于你！"周青道："不必多言，若要送死，须通名姓下来。"殿宝道："本帅双名殿宝。东辽一国地方，靠着本帅之能，你有多大本事，敢来送死？"周青听言大怒，舞动双铁锏，喝声："照打！"当的一声，并锏直望番将顶上打将下来。安殿宝不慌不忙，拿起银锤望锏上噶唧一枭，周青喊声不好，在马上乱晃，险些跌下马来："阿唷！果然好本事。"一马交锋过去，圈得转马来。安殿宝量起银锤，直望周青劈面门打下来。那周青看锤来得沉重，用尽平生气力抬挡上去，马多挣退十数步，眼前火星直冒。看来不是他敌手。回头叫声："众兄弟，快快来！"

七个火头军大家答应，纵马上前，刀的刀，枪的枪，把个安殿宝围在当中。

三股叉分挑肚腹，一字镜照打颅头，银尖戟乱刺左膊，雁翎刀紧斩前胸，宣花斧斧劈后腮，紫金枪直望咽喉。

那安殿宝好不了当：

舞动大银锤，前遮后拦，左钩右掠，上护其身，下护其马；迎开枪，逼开斧，抬开刀，挡开戟，那里在他心上。

八人战他一个,还是他骁勇些,晃动锤头,左插花,右插花,双龙入海,二凤穿花,狮子拖球,直望八人头顶上、背心、中左太阳、右勒下,当胸前当当的乱打下来,八个火头军那里是他对手,架一架,七八晃,抬一抬,马多退下来了。战到个四十回冲锋,不分胜败。杀得来:

风去惨惨天昏暗,杀气腾腾烟雾黄。

毕竟不知如何胜败,且看下回分解。

第二十三回 薛仁贵病挑安殿宝 尉迟恭怒打张士贵

诗曰：

八将英雄虽说能，未如殿宝独称尊。

若无仁贵天星将，独木关前尽丧魂。

那两边战鼓敲得如雷霆相似，炮响连天。独木关前沸反淫天，忽惊动前营月字号内病人薛仁贵。他有大病在床，最喜清静，可以朦胧打睡。不想外面开兵，喊杀大震。一个薛仁贵那里睡得起，忙问徒弟们："外面那个开兵？如何杀了半日不定输赢，只管鼓炮喧声，害我再睡不着。"徒弟回道："营外众师父在那里开兵，不道关内出来一将，名唤金脸安殿宝，其人骁勇异常，善用两柄大银锤，因此八位师父围住战他，不分胜败，所以有此战鼓不绝。"

仁贵听言大怒，说道："有这等事，我到东辽地方，从不败于番将之手，多是势如破竹，如入无人之境。今一病在床，想安殿宝有多大本事，八人多战他不过，使我火头军之名，一旦被他丧尽了，我那里听得过！带我的盔囊甲包过来，待我去杀这金脸的番狗！"那十个徒弟上前道："这个使不得，你有病在床，保重尚且不妙，怎去与他开兵，不要说这没正经的话。方才周老师临去，嘱咐我们要小心伏侍，怎么反要出去战阵，分明自送残生。不要说别的，就是冒了风，也有几日难过。"仁贵道："你等晓得什么来，我一生豪气，忿忿在心，今虽有病，那里容得外面这番奴如此称威耀武，八个兄弟没干，自当我去开兵。"说完，坐起身来，穿好衫裤说："快拿盔甲与我穿好，带马抬戟，我好出阵。"那些小卒们多说道："薛老师，这是断断使不得，要开兵待病势好了，然后开兵。"仁贵怒道："多讲！快去拿来。"小卒无奈，只得带马的带马，取盔甲的取盔甲。薛仁贵说要妆束起来，拿一顶烂银盔戴在头上，犹如泰山的重。说："这顶盔不像我的。"徒弟道："正是老师的。"仁贵说："为什么沉重的狠？"徒弟说："这个自然。老师虽是那豪杰气性犹在，然而形容意景，恍惚不过，身十分瘦怯，力气萧然，自然带这顶银盔是沉重的了。"仁贵又把银条甲披在身上，慢腾腾跨上了马，接过方天戟来，犹如千斤模样，再也拿不起来。未曾出战，心中混乱，头圆滚滚，曲了腰，双手拿定戟杆，楞在判官头上，戟尖朝上。遂叫徒弟加鞭，手下答应："是。"把马牵出营盘，加上三鞭，这骑马不管好歹，后足一蹬，四蹄发开，豁喇喇竟冲上前来。惊动了虚空九天玄女娘娘，见仁贵带病出马，遂传法旨，叫左首青衣小童仗剑，去帮薛礼取胜安殿宝。小童领旨，暗中保护不必表他。

再讲张士贵，见薛礼在马上腰驼背曲，带病出马，又惊又喜，说："薛礼，你是恍惚之人，须要小心，不可造次。"仁贵也不听见，望看时，但见围在一团，枪刀耀目。大叫："众兄弟快些退下来，待为兄取他性命。"阵上八个火头军，大家杀得眼目昏花，汗流脊背，把不能够有人来替。他忽闻大哥出马，心中欢喜。大家探下兵刃，多转营前来，忘记了仁贵病体，只有他独自向前。那晓安殿宝见八人退去，又说大哥上来，明知有名薛蛮子，抬头看他穿白用戟，一定无疑。就扣住了马，把两柄银锤凤翅分开，一个朝上，一柄向下，看他冲来，必须住马与我打话。

那晓仁贵病颠之中，身不由主，那里还把丝缰去扣，凭他冲到敌将马前。

这叫天然凑巧，玄女保护童子，拿他戟尖刺入番将咽喉。这安殿宝不防备的，要架也来不及，喊得一声："阿呀！"人已穿在戟尖上了。他原不曾扣马，又无力挑掉此人，由他直枪吊桥。后面八个火头军喜之不胜，连马把枪刀一起，催马来夺关头。那些番兵进得关来，薛仁贵也到了关内。那时枪刀剑戟，直杀过来。仁贵着了忙，用尽膂力，把个安殿宝挑在旁首，抡戟就刺，好似无病一般。杀得番将死的死，逃的逃，后边八人冲进关来，四下一追，杀入帅府，救出张志龙、何宗宪，查明粮草，关上改换旗号。张环领进人马放炮安营，犒赏了九个火头军，已取了独木关。此回书叫薛仁贵病挑安殿宝，张士贵又要冒功了。

单讲到汗马城，朝廷闻报了独木关，命大元帅尉迟恭传令大小人马，发炮抬营，离了汗马城，一路往独木关进发。先锋张环远远相迎，进了关门，发炮三声，齐齐打下营盘。张士贵进到御营，俯伏尘埃道："陛下龙驾在上，臣狗婿何宗宪，路上辛苦得其大病，前日又病挑安殿宝，已取独木关，略立微功。"朝廷大喜说："汝婿有病，取胜番将，功劳非小，待元帅上了功劳簿。"张环道："多谢元帅爷。"尉迟恭又道："张先锋，本帅看你到是个能人。"张环道："不敢，何蒙元帅爷谬赏。"尉迟恭又说："本帅营中有件古董，人人不识，想你必然识得。"张环道："小将只怕未必识得。"尉迟恭道："又来谦让了，你且随我到帅营来。"张士贵只得随了元帅，进往帅营去。朝廷问徐先生："尉迟元帅说有古董，未知是什么古董与张环看？"

茂功笑道："有什么古董，张环中了元帅之计，他哄去要打他。"天子道："果然么？"应道："正是。"

不表朝廷之言，单讲到尉迟恭同了张环，进入帅营，便说："张先锋，待本帅去拿出来。"士贵应道："是。"只等古董来看。再表尉迟恭到后营，拿了这条鞭，来到外面叫声："张先锋，你看此件是什么古董？"张士贵看见说："元帅，此条是鞭，元帅用的镔铁钢鞭，不算什么古董。"尉迟恭道："为甚柄上又刻几行字？本帅不识，你来念与我听听看。"张环说："元帅，这乃先王敕赐封的打王鞭，所以刻着几行字在上面。"尉迟恭说："刻的是什么字？朗诵与我听。"张环只得念道："这六句刻的'无端狄虏造反，抢掳国家廊庙，朕知虢国公忠义，三宣召请还朝。上打昏君无道，下打文武不忠，神人万不能回避，神尧高祖亲封'。"敬德大笑说："依鞭上之言，汝等不忠好佞，正可打得的了。"飞一腿把张环踢倒在地，提鞭就要打了。吓得张环魂不在身，大喊道："阿呀，元帅爷，末将有功于社稷，何为好佞？望元帅饶命。"敬德道："你还说不好么？本帅问你，那薛仁贵现在你前营内月字号内为火头军，怎么在本帅跟前将他隐过，只说没有？自从破东辽，大小功劳多是薛仁贵的，你偏偏将他功劳全冒在自己身上，还说不奸么？"

张环道："阿呀，元帅阿，这是冤枉的阿！末将月字号内火头军，只有薛礼，从来不听见仁贵二字。这乃同姓不同名，况薛礼又不晓得开兵打仗，何算应梦贤臣？望元帅休听旁人之言。"尉迟恭大怒道："你还要强辩？本帅前日在汗马犒赏三军，你把我灌醉，糊涂混过。那夜醒来，行到土港山神庙，见薛仁贵对月长叹，本帅隐在旁边，一句句听得明白，我就上前拿他，他便一走，走往山神庙内。本帅赶进庙中，他已跨墙而出，还像有七八个伙伴。当日就要问你，奈军师阻住，故我未曾与你算账。今日取独木关，病挑安殿宝，一定是薛仁贵功劳，你又来冒他的，快说出真情，把薛仁贵献到本帅跟前，这还饶你狗命，你若半句支吾，今一鞭打你为肉酱。"张士贵看来不妙，心下暗想："我若不把情由说出，性命谅来难保。不如把仁贵说明，暂避眼前之害，多贪留生命几天也是好的。"那番便叫声："元帅且息雷霆之怒，待末将细说便了。"尉迟恭道："快些讲上来。"士贵道："总是末将该死，望元帅恕罪。那薛仁贵果住山西绛州龙门县人氏，那年投军在内，因见他本事高强，故把他埋没在前营为火头军，将功尽冒在狗婿身上。此是情真，求帅爷饶命，待末将就去把薛仁贵献过来。"尉迟恭道："前日救本帅小将是那一个？"士贵道："就是应梦贤臣。"又问："前日凤凰山下追盖苏文，扯落袍幅者是那一个？"答道："也是薛仁贵。"尉迟恭便哈哈大笑说："我把你这狗头砍死便好，你原来有败露日子的么。本该一鞭打你为齑粉才是，奈功劳未曾执对明白，饶你狗命，快去把薛仁贵献出，明对功劳，那时少不得死在我手。"张士贵连声答应，叩了四个头，退出帅营，竟往自己营中去了。

且讲尉迟恭满怀欢喜，来到御营说道："陛下，薛仁贵如今有着落了。"

徐茂功道："有什么着落？分明把仁贵性命害了。"敬德道："军师大人，本帅方才怒打张环，要献出应梦贤臣，他满口应承而去，谅他不敢不献，有何害他性命？"茂功道："元帅，你那里知道，张环此去，只怕未必肯献仁贵出来。他若献了薛仁贵，是他性命难保，元帅可肯饶他？”敬德道：“这个本帅恕他不过。”茂功又道：“确又来，他如今此去生心，把仁贵谋害了。”

敬德道：“岂有此理！他若把薛仁贵谋害，明日怎生样来见我？”茂功说：“元帅又欠通了。他谋死贤臣，并无对证，只说没有薛仁贵，元帅因生心伤我性命屈招的，实没有仁贵，叫张环那里赔补得出？这数句言语，就赖得干干净净，有何难处？岂不把一家朝纲梁栋，白白送与你手。”朝廷听见应梦贤臣性命难保着了，忙说：“徐先生，这便怎么处怎样救他才好？”茂功又掐指一算道：“还好，还好，内中有救，请陛下放心。”朝廷道：“既然有救，是朕万幸。”尉迟恭大怒说：“明日张环不献应梦贤臣，叫他吃我一鞭，岂有此理。”

不表元帅之言，另讲先锋张士贵，受着这一惊，回到自己营中，脸上失色，目定口呆。四子一婿上前问道：“爹爹前去报功，为什么这般光景回来？”

张环说：“阿呀，我的儿，不好了。如今事露机关，为父性命不能保全了。”

众人道：“为着何事？”张环道：“就是前营薛仁贵，被元帅细细的访出真情，要为父把他献出去，我若献他出去，也不为难，只是那一番隐瞒冒功之罪一彰，他岂肯饶恕我们性命的？”四子道：“爹爹，这薛仁贵献不出的，献去也是死，不献去也是死。”张环道：“这便怎么样？”众子道：“到不如把九个火头军一齐将他谋害，后无对证，那时元帅究问其情，爹爹就在驾前哭诉说应梦贤臣果然没有，叫臣那里赔补得出？方才元帅要伤臣性命，所以随口乱道，屈认其情，真实没有，望陛下饶恕性命。这几句回奏何等不美。”

张环道：“孩儿之言有理。如今事不宜迟，把此九人怎生谋害？”志龙道：“爹爹，不如将药酒灌倒，一齐杀死，你道如何？”志虎道：“不好，他们九人何等骁勇，倘被他识破机关，造反起来，谁人服得他们？”志彪道：“有了，不如将砒霜毒药赏赐九人，待他饮下，一命呜呼。”志豹说：“尤其不好，九人在此，这怕未必齐饮，倘有迟晚岂非画虎不成反类其犬。大家不保。”

张环道：“这不是，那不是，便怎么处呢？只要想一个绝妙的妙计，把他九人陷害，使那人不知，鬼不觉，方为安稳。”何宗宪眉头一皱，计上心来说：“岳父，有了。前日小婿被番将擒捉到此，听得他们说此处天仙谷口，凭你多少人进去，塞住了口子，后路不通，无处奔逃。不如将九人哄入天仙谷口，外面端整木头石块塞住了，多往山顶，将火弓、火箭、火球、火枪射打下去，多用些引火柴草撩下，岂不上天无路，入地无门，一齐活活烧死？”张环说：“贤婿此计甚妙。”一面差人去周备火球火枪等项，一面端正塞住谷口之事。张环父子进往前营，叫声：“薛礼，不好了。我老爷为你时刻在心，谁想你前日在土港口山神庙中露出真情，尉迟恭十分着恼，今且把鞭打我，要我献你出去，我想把你献去，一定性命难保，枉费许多心机，十大功劳一旦休矣。所以我大老爷不忍，特差人打听离关十里之遥，名为天仙谷口，且避眼前之害，待我兵兴夺了三江越虎城，在驾前保你出来。”仁贵听见，魂飞海外，魄散九霄。说：“有这等事？感蒙大老爷屡屡搭救，无恩可报。兄弟们，我们大家去。”周青说：“不妨，有我在此，待元帅拿我，我自有话讲，不劳本官着忙。”李、王二人道：“你们专要倔强，性命要紧。”薛仁贵胆小不过，带了法宝，上马提戟，同了张环父子，一路来到天仙谷口，九骑马竟入谷口，但见两边高山峻岭，树木森森，居中有一位石成的弥勒佛，转到佛后，弯了一曲折，转过曲折的路，四面高山斗拢，不通的绝路。不表九人在内游玩，外面张环预备柴木在此，看他们多转在山凹内去了，他就在外边传令，将谷口堆满硫黄硝炭，点着了火，烧将进去。父子六人上了高山，先把引火柴枝丢下去，落在山凹，然后把火球、火枪、火箭，如雨点打将下去，满山凹多是火了。那番九个火头军吓得魂飞魄散，说：“如今性命大家不保了。”周青说：“多是大哥不好！张环这狗，万恶奸臣，什么好人，只管信他。方才若听我周青言语，大家活了。如今弄到火里头来死，真正是火头军了。”仁贵说：“周青兄弟，不必埋怨了。那里知道这班狗头，横心烂肚，冒认功劳，设的诡计，害我九人九骑性命，为今之计怎样？不要说是火，就是这个烟，也吞不过了。”叫天不应，入地无门，慌做一团。仁贵忽然记起九天玄女娘娘赠的水火袍。他说遇有火灾，拿来披在身上，今日亏得带在身边，待我取出来。仁贵就往囊中取出袍服，九骑马堆做一堆，将袍罩住，这是玄女法宝，火就不能着身。正在放心，忽听半空中有人叫道：“薛仁贵，你们九人不必着忙，要命者多把眼睛闭了，耳边有风声响动，不必睁开。听江边绝了风声，然后睁开眼来，才保全得性命。”这九人听见空中如此说，谅来非神即佛，不管真假，多把眼睛闭了。果然耳边风声响动，九骑马多叫起来了，人心多是浮虚，好像腾云模样。大家暗想：“不要我们掉在水里边去了。”眼睛不敢睁开来看，这个风声响有一二个时辰，方才绝了风声。大家开了眼看时，却不是天仙谷内，又换了一个所在。但见两旁高山险岭，上边松柏长青，一条石街，几个弯兜转，不见民房屋宇，又没有河水溪池，又无日月之光华，阴不阴，阳不阳，不知是什么所在。仁贵对周青道：“兄弟，此处又不见人家屋宇，荒郊旷野，谅无安歇之地，不如问到独木关去，见天子龙驾。”周青说：“独木关知道那条路上去的？又天晚，有多少的路程，今晚料去不及的。”王心鹤道：“且随马赶上前去，见有人问个明白。”众人道：“说得有理。”九人随着山路，曲曲弯弯行将过去，从没有一人来往。看看天色将晚，行有四五里路，原是：

高山树木重重叠，屋宇人烟点点无。

毕竟这九人怎生模样，且看下回分解。

第二十四回 火头军仙救藏军洞 唐天子驾困越虎城

诗曰：

张贼奸谋恶毒深，时时只想害贤臣。

九天若不行方便，万乘焉能入海滨。

单讲仁贵等九人行到傍晚，但有山林不见人烟，正在踌躇无处安歇，好生愁闷。抬头一望，只见前面忽来了一个老婆子，看来有百十余岁光景，老不过的了，头发眉毛多是白的，手中用拐杖一条，微微咳嗽行上来了。薛仁贵叫声："兄弟们，那边有个老婆子来了，不免去动问一声看。"众弟兄道："不差。"九人齐上前问道："老妈妈，借问一声。"那婆子道："阿呀呀！列位将军那里来的，要到何处去的？"仁贵说："我们是中原人，保大唐天子龙驾跨海来征东的。因错了路头，如今要到独木关，不知从那条路上去，有多少里路？今晚可去得及吗？"婆子道："原来如此，你们是唐天子驾前大将，老身不知，多多冒犯，望乞恕罪。若说此地，离独木关有五百里足路，今晚那里去得及？"薛仁贵说："完了，这便怎么处？兄弟们，我们今宵到那里去安歇？"众弟兄说："大哥，这便怎么好？"周青说："无可奈何，就在树脚下蹲蹲罢，过去一夜，明日前行有何不可？"婆子道："列位将军，若不嫌弃老身家寒，到我的草舍，水酒一杯，权且过了一宵，明日去罢。"

仁贵道："未知老妈妈贵宅在于何处，若肯相留过夜，明日自当重谢。"婆子道："说那里话来，舍下就在前面，将军们随老身来。"众弟兄应道："既如此，妈妈先请。"

这九个人跟随婆子奔走，一路弯弯曲曲，行到一座山前，却见个石洞，有五尺高。婆子道："请各位将军下了马，随我进洞来。"九人只得下马，低了头走进洞中，里面黑暗的行有半里路才见亮光，随着亮光走去，行出了山洞，又换一座世界了。两边只见苍松翠柏，廊下花砌砖街，十分精巧。眼前有四时不谢之花，八节长生之草，一见双双白鹤成对，处处麋鹿成群，耳中只听得狼嚎虎啸猿啼豹叫之声，柳梅竹响惺松，百树风调晰呖。喜的九人连连称赞："妙阿！好一个所在。"一路观玩景致而行,那里认得出去的原路。正走到一潭涧水边,这个水碧波清中有一条仙桥,两边紫石栏杆,婆子领过桥来,见有一所石屋,高有一丈,那婆子道:"列位将军,此处就是舍下了,请到里面来。"九人抬头看见门前有个匾额,上写"藏军洞"三字。

仁贵就问:"老妈妈,何为藏军洞?"婆子说道:"将军不知其细,且到里边来,老身自有话讲。"九个弟兄进入内来,把马牢挂在树。抬头四下观看,奇怪得紧,家伙什物都是石凿成的,石台子、石交椅、石凳、石床,就是那缸、盆、瓶、勺、壶、注、碗、碟等类尽是石的。大家坐下,因见家伙什物稀奇,不像是凡人,连忙动问道:"老妈高姓?向来祖上可是官宦出身,目下有几人在家,因何独住荒野,不知作何贵业,望妈妈细说明白。"婆子道:"不瞒众位将军说,老身姓宣,从小在荒山草屋苦苦度日,父母尽行归天,又无亲戚投靠,只得采薇修炼,目下一百零八岁,从未曾食其烟火。心惟居正,不道昨宵有九天玄女娘娘托梦与我,说大唐天子驾下先锋张士贵前营月字号有火头军九个,万岁出旨要拿,亏得他们命不该绝,明日一定行到此山,你便将他藏过,救了九条性命。所以有老身领救你九位将军到藏军洞内,此地原算仙界,就是东辽国王也不晓此地的,再没有人来往,你等放心托胆隐在此间,待老身去打听唐王赦宥,自然来领你们出去干功立业。"九人听见此言,不觉大惊,说道:"原来有这等事,多谢老妈妈费心,我等感恩非浅。但如今酒无处沽,米无处籴,便怎么样?"妈妈道:"不必沽籴去,那一只缸内是米,这一只缸内是酒,够你们吃的就是了。若要荤腥,仙桥北首名曰养军山,山上獐鹿野兽最多,打不尽的,有本事竟去寻来吃。"薛仁贵道:"这倒不消妈妈叮嘱,但我等多要吃到斗米坛酒,一个半缸干什么事,不到一二天就完了。"婆子道:"这两缸酒米是吃不尽的。今日吃了多少,明日又长了多少出来,凭你吃千万年也不肯完的。"众人说:"有这样好处!如此老妈妈请便吧。"那婆子出了藏军洞,她就是九天玄女变化在此,安顿了九人竟是腾云去了。

单讲九个火头军,其夜饱餐夜膳已毕,过了一宵。明日上山打猎的打猎,煮饭的煮饭,游玩的游玩,好不快乐,倒也清静安稳,犹如仙家一般。若喜欢吃酒,一日吃他五六通,止不过野兽肉过酒过饭。自此安闲自在,在藏军洞住了数日,总是人鬼不知,那里还把出仕干功挂在身上?多忘记了。

我且按下藏军洞九人之言。如今又要说到天仙谷张环父子守了一夜,天明望下一看,满山凹尽是火灰,谅九人九骑也化为灰了。如今同了四子一婿回到自己营中,在此商议要哭诉天子事情。忽军师府差人传令,着张环父子作速起兵离了独木关,前往建都攻打三江越虎城,破得城池,汝命可保,还要官上加官,不得违误。那张环父子得了此令,满心欢悦:"我的儿,这是军师好意,暗中救我父子性命,如今不怕元帅归罪了。"当日就此打扮,传令三军拔寨起兵,离了独木关,正走建都去了。这是非一日之功,要晓得一路进兵,徐茂功从不传令,今日为何传起令来?军师心中明白,犹恐元帅归罪张环,所以把张环提调建都,使他活了性命。元帅尉迟恭闻得张环不在独木关,明知军师救了他性命,所以就往三江越虎城去了,只得无奈何,原由他去。薛仁贵依然不见。

我且按下独木关朝廷之事。单讲到三江越虎城,高建庄王身登龙位,旁有军师雅里贞,底下各位文臣武将站立两旁。单有元帅盖苏文不在,他往朱皮山求木角大仙炼飞刀去了,尚未回程,虽有千军万马在越虎城,无人提调。

君臣正在议论,忽有小番报进来道:"启上狼主千岁,不好了,独木关已破,安殿宝已死,不道兵临建都来了。"高建庄王听见失了独木关,挑死安殿宝,吓得魂不附体,叫声:"军师,为今之计怎生是好?元帅又不在城,倘一日兵来,谁人抵敌?"众文武大家无计可施,军师雅里贞上前奏道:"狼主龙心韬安,臣有一计,能擒中原君臣将士。"庄王大喜,说道:"军师有何妙计?"雅里贞说:"闻得大唐名将甚广,况有火头军骁勇,元帅尚且在凤凰山大败,安殿宝有名能将,也死在他们之手,料我数员将卒那里守得住三江越虎城,不如把那城池调空,我们安顿营盘在驾鸾山上,把四门大开,专等唐兵一进城中,臣便点将暗中埋伏,统大兵把城围困,连扎数皮营帐,待他纵有能人,也难踹出此营。然后慢慢攻打,岂不唐王性命如在反掌之中?"

庄王说:"军师妙计甚高。"文臣武将无不欢心。即便降旨小儿郎官员等类,尽皆搬到驾鸾山居住,点齐数十万人马暗中埋伏,专要围困城池,我且不表。

单讲张环父子,在路耽搁四五天,这一日早到三江越虎城了。张环说:"我的儿,此城乃国王身居之处,谅来能人勇士猛将强兵不知多少在内,如今又少火头军,只怕未必破得此城。"众儿道:"正是,只怕难以立功。"

父子正在马上言谈,那一首早有探子马报来了:"启上大老爷,前面番城不知为何城门大开,吊桥放平,但且旗幡招展,并无将卒把守,因此特来报与老爷得知。"张环说:"有这等事,阿,我儿,这是什么缘故?想是他们闻得我那火头军利害,所以不战而自退了,也算天赐循环,不如占了越虎城,待天子到来就要立功了。"何宗宪上前叫声:"岳父,非也!可记得扫北里边空城,弄出大事来招架不住,今日他又是空城之计了,不可上他的当。"

张士贵道:"这等见机而作就是。他邦排的诡计,我们只要进得城,报天子那边,只说你本事高强,攻破越虎城,待他上了功劳簿,尉迟恭赦了我们之罪就是了,管他围住不围住。"四子道:"爹爹言之有理。"忙传大小三军统进三江越虎城。三声炮响,把四城紧闭,吊桥高扯,城上改换旗号,城中扎定营盘,寻查仔细已毕,即便差人速报独木关去了。

朝廷与茂功正在御营言谈,忽有当驾官启奏说:“陛下在上,今有先锋张环同婿宗宪攻破越虎城,夺了建都一带地方,请陛下作速到越虎城。”贞观天子听奏开言道:“徐先生,这张士贵原算得一家梁栋,不上几天就夺了建都地方,真算异人了。”尉迟恭说:“万岁,既然张环取了建都,待臣兴兵保驾往越虎城。”天子道:“元帅言之有理。”敬德传令大小三军卷帐起程,炮响三声,天子身登龙凤辇,众大臣保住龙驾,一路上旌旗飘荡,剑戟层层,离却独木关。在路耽搁数天,早到三江越虎城。张士贵父子远远出城迎接,朝廷进往城中,身登银銮殿,众臣朝参已毕,大元帅传令五十万大队人马扎住营头,把四城紧闭。张士贵前来见驾说:“陛下在上,小臣攻破越虎城,逃遁了高建庄王,还未献降表,略立微功在驾下,待番王献了降表,然后班师。”朝廷说:“此爱卿之大功。”尉迟恭记了功劳簿。忽有黑风关狮子口来了报马一骑,叫进城来,飞报银銮殿说:“万岁爷在上,长国公王大老爷看守战船,冒了风寒,得其一病,前日已经身故,盛殓在黑风关了。今战船无人看守,恐番兵夺取,故来请旨定夺。”天子闻言说:“阿呀!王君可得病身亡了吗?”不觉十分伤感,便说:“战船是要紧之事,徐先生如今差那一个去看守?”茂功说:“今建都已取,料无能将,况张先锋立功甚广,不免差张环去看守战船便去。”朝廷听了军师之言,降旨张环带领一万雄兵到黑风关看守。张环领旨辞驾回营,同四子满身打扮,带领人马出了越虎城,竟望黑风关看守战船我且不表。

单讲高建庄王暗点人马,探听唐王君臣已进入城中,就把四面旗号一起,早有百万番兵围统四门,齐扎营盘,共有十层皮帐,旗幡五色,霞光万号,吓得城上唐兵连忙报进银銮殿去了:“报!启上万岁爷,不好了,城外足有百万番兵困住四城,密不通风了。”吓得唐天子魂不在身,众文武冷汗直淋,分明上了空城之计了。敬德道:“多是军师大人不好,张士贵只靠得应梦贤臣,所以破关数座如入无人之境,如今既晓薛仁贵不在里头,张环有何能处,差他来攻打越虎城,自然上了他们诡计了。”朝廷道:“如今张士贵在此也好冲杀番营,偏偏又差他往黑风关去了。这个城池有什么坚固,被他们攻破起来,岂不多要丧命在此吗?”茂功道:“请陛下且往城上去瞧看一番,不知那番兵围困得利害不利害。”

朝廷说:“军师说得有理。”便同尉迟恭、程咬金众大臣一齐上西城一看说:“阿唷!扎得好营盘也!”你看杀气腾腾,枪刀密密,如潮水的一般,果然好利害也。

但只见:

东按蓝青旗,西按白绞旗,南有大红旗,北有皂貂旗。黑雾层层涨,红沙漠漠生，千条杀气锁长空，一派腥骚迷宇宙。营前摆古怪枪刀，寨后插稀奇剑戟，尽都是高梁大鼻儿郎，那有个眉清目秀壮士。巡营把都儿吃生肉饮活血，好似魈羊猎犬；管队小番们戏人头玩骷骸，犹如夜叉魍魉。

有一起蓬着头，如毡片，似钢针，赛铁线，黄发三裹打链坠，腥腥血染朱砂饼；有一起古怪腮，铜铃眼，睁一睁如灯盏，神目两道光毫，臭口一张过耳畔；有一起捞海胡，短秃胡，竹根胡，虾须胡，三络须，万把钢针攒嘴上，一团茅草长唇边；有一起紫金箍，双挑雉尾；有一起狐狸尾，帽着红缨；有一起三只眼，对着鹰嘴鼻；有一起弯弓脸，生就镀金牙；有一起抱着孩儿鞍上睡；有一起搂着番婆马上眠；有一起双手去扯，扯的带毛鸡；有一起咬牙乱嚼，嚼的牛羊肉。红日无光霎然长，旌旗戈戟透寒光；好似酆都城内无门锁，果使番邦恶鬼乱投胎。阿唷唷！好一派绝险番营。朝廷看了，把舌乱伸，诸大臣无不惊慌。

忽听见城边豁喇喇三声炮响，营头一乱，多说："大元帅到了。"这盖苏文在朱皮山练好飞刀，又在鱼游国借雄兵十万，今又团团一围，元帅守住西城，御营扎定东城，南城北城都有能将八员。雄兵数百万按住要路，凭你三头六臂，双翅腾云也难杀出番营。

不表城上君臣害怕。单讲盖苏文全身披挂，坐马端兵，号炮一声，来至西门城下，两旁副将千员随后，旗幡招展，思量就要攻城，忽抬头一看，见龙旗底下唐天子怎生打扮，但见他：

头戴赤金嵌宝九龙抢珠冠，面如银盆，两道蛾眉，一双龙眼，两耳垂肩，海下五绺须髯直过肚腹。身穿暗龙戏水绛黄袍，腰围金镶碧玉带，下面有城墙遮蔽就看不明白。坐在九曲黄罗伞下，果然有些洪福。

南有徐茂功，北有尉迟恭，还有一个头上乌金盔，身穿皂绞显龙蟒，一派胡须都是花白的了，盖苏文也不认得是谁。在着底下呼声大叫："呔！城上的可就是唐王李世民吗？天网恢恢，疏而不漏。今日已上我邦暗算之计，汝等君臣一切休想再活，快把唐太宗献出来也！"这一声叫喊，惊得天子浑身冷汗，众大臣多吃了一惊，望底下瞧，却原来就是盖苏文。程咬金不曾认得，但见他怎生打扮，原来：

头戴青铜凤翼盔，红缨斗大向天威，身穿青铜甲，引得绦环片片飞，内衬绿绣袍，绣龙又绣凤，夹臂左有宝雕弓，左插狼牙箭几根，坐下混海驹，四蹄跑发响如雷，手端赤铜刀，左手提刀右手推，果然好一员番将也。

那程咬金看罢便叫："元帅，城下这一员番将倒来得威武，不知是什么人？"尉迟恭说："老千岁，这个青铜脸的番奴就是番邦掌兵权的大元帅盖苏文。前日在凤凰山下丧的数家老将总兵官，尽被他飞刀剁死的。"程咬金听见此言，放声大哭道:“我兄弟们尽死在这青脸鬼手内的?”敬德道:“正是。”程咬金说:“阿呀!如此说是我的大仇人了,正所谓,仇人在眼分外眼红,快些发炮开城,待我下去与兄弟们报仇雪恨。”朝廷听见程咬金要出马与盖苏文斗战,连忙喝住道:“程王兄不要造次,使不得的,这盖苏文英雄无比,况有飞刀厉害,你年高老迈,若是下去,那里是他对手?”分明是:

不知懦怯才微弱,强与将军斗战亡。

毕竟不知程咬金出战如何,且看下回分解。

第二十五回 护国公魂游天府 小爵主挂白救驾

诗曰：

唐王御驾困番城，还仗忠心报国臣。

遗命亲儿跨海去，神明相护破番兵。

咬金说："阿呀！万岁阿，自古说，父兄之仇不共戴天。况又当初在山东贾闰甫家楼上歃血为盟，三十六个好友曾说，一人有难三十六人救之，三十六人有难一人救之。如今二十余人尽丧在这青脸鬼刀下，我老臣不见仇人犹可，可仇人在眼，我不去报仇，不是那些众兄弟在阴司怨我无义了？一定要下去报仇！"徐茂功一把扯住叫声："程兄弟，断断去不得的，这盖苏文有九把柳叶飞刀利害，青光可以伤人，谅你怎生报得仇来，岂不枉送性命？"

咬金悲泪说："杀我兄弟之人誓不两立，那怕他飞刀利害？我若死番将刀下，为国身丧；倘有徼幸，众兄弟阴灵有感，杀得番将首级，岂不是海底冤仇一旦休了？"元帅尉迟恭一把上前扯住说："老千岁，断然使不得！"下面文臣武将再三解劝才得阻住。程咬金大话虽说，到底也是怕死的，见众人再三解劝，方才趁势住了，便说："造化了他，但这狗头只是气他不过。"靠定城垛，望城下喝道："呔！青脸鬼番狗奴，你敢在凤凰山把我兄弟们伤害，此恨未报，今又前来讨战，分明活不耐烦了，你好好把颈头割下万事全休，若有半声不肯，可晓程爷爷的手段吗？我赶下城来，叫你们百万番兵尽皆片甲不留。"那盖苏文在底下说："可恼可恼！本帅看你年高老迈，安享在家只恐不妙，你还要思量与本帅斗战吗？快留一个名儿是什么，这样夸大口。"

程咬金说："我的大名中原不必说了，就是那六国三川七十二岛，口外无有不知，婴儿闺女谁人不晓？你枉为东辽元帅，大天邦老将之名多不闻的吗？我留个名儿与你，乃我主驾下实受鲁国公姓程双名称为咬金，可晓得我三十六斧厉害？你有多大本事，敢在城下耀武扬威？"盖苏文喝道："老蛮子，你既夸能为何不下城来？"程咬金道："你敢走到护城河边，我有仙法厉害，你在城下，我在城上，有本事取你首级。"盖苏文听说，心中暗暗称奇，说道："不知什么东西，城上城下多取得命的，待我走前去，你倒献献你仙法看。”咬金说：“还要过来些。”盖苏文把马带近护城河边说：“快献仙法。”

朝廷见他引过盖苏文，只道程咬金果然在中原学了什么仙法来的，其中希罕看他，那晓程咬金见盖苏文到了河口，喝叫住：“着！看我仙法！”左手攀弓，右手搭箭，望城下射将下去，盖苏文不提防的，那知这箭夹着面孔上来的，说声：“阿呀，不好！”连忙把头一偏贴，正射伤左耳，鲜血直淋，带转马头回营去了。程咬金好不快活，说：“略报小仇，出我之气。”朝廷便说：“老王兄，你做出来的事就是稀奇的。”朝廷同了诸臣退到银銮殿商议退番兵之策。

一宵过了，明日大元帅盖苏文又在西城讨战。这一首报：“启上万岁皇爷，城下盖苏文又在那里攻城讨战，请陛下降旨定夺。”朝廷说：“为今之计怎么样？”程咬金说：“待我再去赏他一箭。”尉迟恭道：“老千岁又在这里发呆了，昨日他不防备，被你射了一箭，今日他来讨战，还上你的当？待本帅出马前去。”天子道：“不可出马，你难道不晓他有飞刀的吗？”敬德说：“陛下，他虽有飞刀利害，如今在着城下讨战，本帅不去抵敌，谁人出马？”朝廷说：“虽只如此，到底把免战牌挂出去好。”敬德领旨传令下去，城上免战牌高挑。盖苏文哈哈大笑，回营来见狼主说：“臣看大唐营中，也没有什么能人在内，故而把免战牌高挑，量他们纵有雄兵也难踹出番营。不要说破城活捉，就是那粮草一绝，岂不多要饿死？”高建庄王闻说此言，满心欢喜：“若能擒得住唐王，皆是军师元帅之功！”

也不表番营之言。再讲三江越虎城中，贞观天子满脸愁容说：“徐先生，今日被番兵围住，看来难转中原了。又不能回京讨救，就有骁勇众将，总是飞刀利害，也难取胜盖苏文。若困住城中一年半载，粮草又要绝了，如何是好？”徐茂功叫声：“陛下龙心韬安，我们闭城不出，免战高挑，不要说一年半载，只消等过头二十天，就有救兵到了。”朝廷说：“果然吗？可是薛仁贵来救驾吗？”茂功说：“不是薛仁贵。”朝廷说：“这么倒是张环不成？”

茂功说：“一发不是。从今日算去，有了二十天，还陛下有人救驾便了。若不准，便算不得臣的阴阳定数了。”天子道：“不差，徐先生阴阳有准，定算无差。且闷坐过去等这二十天看。”自此番将日日攻城讨战，老主意不去理他。正是：

光阴迅速催人老，日月如梭晓夜奔。

少表贞观闭城不战老等救兵。单讲大国长安护国公秦叔宝临终这日，相传各府小爵主到床前，一个个教训说：“我当初幼年间，视死如归，枪刀内过日，不惜辛苦，才做到一家公位。汝等正在青年少壮，当干功立业，不可偷懒安享在家。我死之后，须当领兵前去保驾立功。我儿过来，为父一点忠心报国，就是尉迟恭督兵保驾，闻报一路平安，为父不能托胆放心，思量病好还要去保驾。如今看来，病势沉重，是不能的了。为父倘有三长两短，功名事大，祭葬事小，或三朝五日将来殡殓了，也不必守孝。单人独骑前往东辽，戴孝立功，为国尽忠，方为孝子，为父死在九泉，自当保护你立功扬名后世，孩儿尽孝，天下人知。若忘我今日临终之言，算为逆子了。”怀玉含泪跪领教训。秦琼又叫罗通过来说：“侄儿，你虽在木阳城，朝廷也是一忿之气将你削职，你母亲乃女流之辈，不知大节，万分不快，但是古人有两句诗说得好：

人爵不如天爵贵，功名怎比孝名高。

原是劝勉人子事亲之意，你不要拿来认做了真，到底为人功名为大。况且你少年本事高强，伯父未死之言，前去立功，朝廷决不来见责的。”罗通答应叔宝。这一日各府子侄一个个都是这样分付，公子不敢逆命。叔宝归天，丧葬已完，众爵主不忘遗命，奏闻殿下，起兵十万，依然罗通督兵，有这一班段家兄弟、滕氏弟昆、程铁牛、尉迟号怀。秦怀玉受父训，教他戴孝立功，为前部先锋。他头戴三梁冠，身穿麻布衣，草索拴腰，脚踏蒲鞋，手执哭丧棒，随身带领三千人马，逢山开路，过海起岸，星飞赶至三江越虎城，刚刚徐茂功所算的二十天救兵已到。

怀玉远远望去，营盘密密不计其数，多是蜈蚣旗招展，围住四城，并不见本国人马旌旗，心中吃了一惊。打发探子上前打听朝廷安扎何方。去不多时，前来回报说：“驸马爷，不好了，但见四营尽是番兵围绕城池，并不见我邦一个兵卒，一定万岁人马被困在城。”秦怀玉说：“既如此，安营下寨，待元帅大兵一到，然后开兵。”放炮一声，安下营寨。明日罗通大兵已到，秦怀玉上前接住说：“兄弟，就在此处安营了罢！”罗通说：“且到城边朝见父王，然后安营。”怀玉道：“你看城外营盘，尽是番邦人马，我们的兵将一个也不见，想当然，定然困在城中。幸喜我们兴兵来得凑巧，等候兄弟到来商议救驾。”罗通道：“哥哥说得有理。”便传军令，大小三军安下营寨，一声炮响，十万大兵齐齐扎下营盘。众爵主聚集帅营，议论破番之策，罗通说：“秦哥，番兵围困城池，必然有几百万，所以城中老伯父不能杀出，须要里应外合才能救保。”秦怀玉道：“这也不难，当年扫北，兄弟独马单枪前去报号，今日理当愚兄踹进番营先去报知，就可里应外合了。”罗通道：“若说报号，原是小弟去，何劳哥哥出马。”怀玉道：“兄弟，你这句讲差了。当日破虏平北，原是奉旨的挑选元帅救驾，故此兄弟去报号。今日出兵不是奉旨的，为兄不过受父亲临终之言，叫我戴孝立功，不惜身躯，所以愿为先锋，以抢头功，不忘我父遗训。一路上太太平平并无立功，今日理当是我单枪独马前去报号，算愚兄全了忠孝之心。”罗通道：“这也说得是，让哥哥前去报号，事不宜迟，速速前去，须要小心。”怀玉道：“晓得。”秦怀玉戴孝在身，又不顶盔，又不穿甲，坐下呼雷豹，手执提炉枪，摆一摆，大吼一声，冲向前来。

单讲番营内把都儿抬头看见，叫声：“哥阿，不好了！大唐朝有救兵到了，有个中原蛮子来踹营了。”那个说：“兄弟，他不是踹营的，他单人独骑而来，是到城报号的。哥阿，不差我们发乱箭射他便了。”秦怀玉大喝道：“不要放箭！天邦有公爷救兵到了，汝等作速弃围退去，还可保全性命，若然执意不从，尽要死在我爵主枪刀之下，断不容情的！快快让我一条进城之路，通个信息。”众番兵那里肯听，他就大怒说：“你们这班该死的，不肯让路，我爵主爷要动恼了！”大呼一声，豁喇喇望着乱箭中冒过来了，冲进番营，手起枪落好挑，识时者散往四城，不识时者枪挑而亡，杀条血路进了第一座营盘，拼着性命杀进第二座营头。这番不好了，那些偏正牙将花智鲁达胡腊，提着一字镗，端把两人刀，四楞锏，举起开山斧，抱定大银锤，拦住在怀玉马头前，一字镗裹头就打，两刃刀劈顶梁心，四楞锏护身招架，开山斧当面相迎，大银锤前心就盖，好一场厮杀。那怀玉全不在心，抡动提炉枪，前遮后拦，左钩右掠，一个落空，伤掉了几员番将。把马一催，又踹进四五座营盘，兵马一发多了，但见枪刀耀目，并无进路。怀玉乃是少年英雄，开了杀戒，碰着枪就死，重重营帐挑开，连踹十座营帐，方到护城河畔。怀玉出得营来，抬头一看，但见越虎城城上绣出天邦旗号，把马带住，正欲叫城，忽听得两营中豁喇喇一声炮响，齐声呐喊，鼓声如雷，有一员番将冲出来了。秦怀玉抬头一看，但见这员番将怎生打扮：

头上盔是生铁，四方脸白如雪，两道眉弯如月，一双眼染白黑，高梁鼻三寸直，兜风耳歪裂裂，狮子口半尺阔，腮下胡根根铁，素白袍蚕丝织，银条甲挂柳叶，护心镜光皎洁，腰挂剑常见血，虎头靴新时式，双铁鞭雌雄合，坐下马飞跑出。

冲到怀玉跟前，把双鞭一起；秦怀玉把枪抬定喝道：“来者是谁？快留名儿！”

那员番将便说：“唐将听着，魔乃红袍大力子盖元帅麾下总兵大将军，姓梅名龙，奉帅主将令保守西城，你有多少本事？敢来侵犯西城！”怀玉大怒说：“不必多言，照爵主枪！”便举枪便刺，梅龙把鞭相迎，两马相交，枪鞭并举，不上三四回合，马有七八个照面，梅龙有些来不得了，回头叫：“众将快来！”这一班番将枪刀并举，上前把怀玉围住。数十将杀一个，怀玉自然战不过起来了，还算少年豪杰，一条枪抡在手中，前遮后拦，左钩右掠，上护其身，下护其马，杀得秦怀玉呼呼喘气，心中想道：“报号要紧，挑了他罢！”紧一紧提炉枪，喝声：“去罢！”一枪望番将面门挑来，正中咽喉，梅龙喊声：“不好！”挑在水里去了。这些将官见主将已死，大家走散回营去了。怀玉喘气定了，把马带到西城吊桥首叫一声：“城上那位公爷在此？快报说本邦爵主救兵到了，秦怀玉进城要见父王，快快开城。”

不表秦公子在城叫号。单讲城中唐天子算到二十天不见救兵，忙问道：“徐先生,你说算到二十天有救兵到来。今日原不见有兵马来救。”茂功说:“臣阴阳有准,祸福无差。此刻中原救兵已在城外了。”尉迟恭说:“果有此事吗?待我上城去看来。”朝廷道:“王兄去看,有救兵速来报朕知道。”

敬德答应,上马来至西城,望下一看,只听秦怀玉正在叫城。尉迟恭仔细一看,见吊桥下一员小将身穿重孝,却认得秦琼之子。敬德暗想:难道秦老千岁身故了吗?可惜,可惜!“阿,贤侄,令尊病恙,闻得险危,你今一身重孝,莫非已归天去了吗?”秦怀玉应道:“正是家父身故了。”敬德叹道:“哎,本帅只道征东班师,还有相见之日,那知老千岁一旦归天而去。阿,贤侄,你怎生得知驾困番城前来相救?可带几家爵主,多少人马?”秦怀玉道:“老伯父有所不知,小侄奉家父临终嘱托,命我戴孝立功,各府兄弟多受家父之命,要求干功立业,带得雄兵十万,安营大路一侧。小侄不敢违家父之严命,今单人踹营,望伯父速赐开城,算为报号头功。”尉迟恭在城上听见了暗想:“这秦怀玉小狗头,前年把我打了两次,此恨未消,今日趁此机会欲效当初银国公苏定方一样,要他杀个四门,本帅在城上看他力怯就出去接应,也不为过。”尉迟恭算计已定,便开言叫声:“贤侄,这里西城军师向有军令,凡一应兵将出入,单除西门,余下尽可出入,这西门开不得的,军师把风水按定此门,连我也不解其意,如今贤侄虽来报号,本帅也不好擅开此门,待我去请军师定夺。”秦怀玉听见便说:“有这等事?既然军师按在此风水,也不必去问,西城开不得,自有南门,请伯父往南城去等,小侄杀到南城门便了。”敬德假意说道:“好一个将门之子。”说罢也往南城去了。秦怀玉把马行动,沿着护城河去走将转来,到了南门,相近吊桥,只听忽拉一声炮响,冲出两员大将,你道他怎生模样?但见马头前有二十四对大红旗左右一分,又只见两员番将怎生打扮:

红铜盔插缨尖,头如巴斗相圆,长眉毛如铁线,生一双的大眼,两只耳兜在面,腮与胡鬓兼连。

这一个打扮又奇异,你看他:

赤铜盔霞光现,护心镜照妖见,大红袍九龙头,铁胎弓虎头弦,右插着狼牙箭,反尖靴虎朝天,赤兔马胭脂点。

这两将上前,一个用刀,一个用枪,挡住怀玉马前说:“来的南蛮子,用是铜包头铁包颈,由你在西城伤了我邦大将一员,又不进城,反来侵犯我南城。”秦怀玉说:“我把你该死的狗头,难道不闻爵主爷枪法厉害吗?你多大本事,敢拦阻马前送死?留下名来,公子爷好挑你。”番将说:“你要问魔,听着:魔乃六国三川七十二海岛红袍大力子盖魔下。”正是:

两员番将同骁勇,道姓通名并逞雄。

毕竟不知秦怀玉破南门如何进去,且听下回分解。

第二十六回 秦怀玉冲杀四门 老将军阴灵显圣

诗曰：

苏文骁勇独夸雄，全仗飞刀恶毒凶。

不是忠魂来报国，焉能小将立奇功。

单讲番将通名："魔乃盖元帅麾下加为无敌大将军巴廉、巴刚便是。可知我弟兄本事？你不到南城还可寿长，既到南城，性命顷刻就要送了。"秦怀玉道："你休要夸能，放马过来，照爵主爷枪罢！"插一枪望巴廉面门直刺过来。巴廉说声："好枪！"也把手中紫金枪急忙架住，噶嘟一响，枭在旁首，那马冲锋过去转背回来。巴刚也起手中赤铜刀喝声："小蛮子，看刀！"插一刀望怀玉面门上剁来。怀玉叫声："不好！"把提炉枪望刀上噶啷噶啷只一抬，原有泰山沉重，在马上乱晃，豁刺一声，马才冲过去。巴廉又是一枪分心就刺，他把枪噶啷一响，逼在旁首。怀玉本事虽是利害，被两个番将逼住，只好招架，那里还有还枪开去，只好把钢牙咬紧，发动罗家枪，噶啷一声分开刀枪，照定巴廉、巴刚面门，兜咽喉，左肩膊，右肩膊，两肋胸膛分心就刺。巴廉紫金枪在手中，噶啷叮当，叮当噶啷，前遮后拦，左钩右掠，钩开了枪，逼开了枪；巴刚手中赤铜刀，钩拦遮架，遮架钩拦，上护其身，下护其马，挡开了枪，抬开了枪。好杀！这三人杀在一堆。正是：

棋逢敌手无高下，将遇良才各显能。一来一往鹰转翅，一冲一撞凤翻身。十二马蹄分上下，六条膊子定输赢。麒麟阁上标名姓，逍遥楼上祭孤魂。枪来刀架叮当响，刀去枪迎迸火星。世间豪杰人无数，果然三位猛将军。

这一场大战，杀到有二十余合，两员番将汗流脊背，怀玉马仰人翻，呼呼喘气，正有些来不得了。那巴廉好枪法，左插花，右插花，双龙入海，二凤穿花，朝天一炷香，使了透心凉；那巴刚这口刀，上面摩云盖顶，下面枯树盘要根，量天切草，护马分鬃，插插的乱砍下来。秦怀玉把枪多已架在旁边，不觉发起怒来，把提炉枪紧一紧喝声："去吧！"嗖的一枪挑将进来，巴廉喊声："不好！"闪躲也不及，正中咽喉，挑往番营前去了。巴刚见挑了哥哥，不觉心内一慌，手中刀松得松，秦怀玉横转杆子，照着巴刚拦腰一击，轰隆翻下马来，鲜血直喷，一命身亡了。那怀玉虽伤两员番将，力乏得极了，在马上眼花缭乱，慢慢的走到吊桥，望上一看，尉迟恭早在上面。怀玉便叫声："老伯父，快快开城，放小侄进去。"敬德说："贤侄，本帅方才一时错了主意，叫你走北城到放了你进来，不想走了南城，倒又要贤侄杀一门，好放你进去。"怀玉说："老伯父，为什么缘故呢？这里南门又放不得进城？"

敬德道："贤侄，你有所不知，这里朝廷龙驾正对南门一条直路，况番兵此处众多，紧闭在此，尚且屡次攻城，若把城门一开，倘被番兵一冲，虽不能伤天子，到底不妙。贤侄，杀往东城放你进来，方才不惊龙驾，有何不美？"

秦怀玉听说此言，明知尉迟恭作孽，在此算计他，说："也罢，既是老伯父如此说，待小侄再杀奔东城，你还有别说吗？"敬德道："贤侄，杀到东城，本帅再无别说，在城上先行。"秦怀玉急带马缰，望着东城绕城而来，望见东门，城边未曾走近，只听番营内一声炮响，战鼓如雷，冲出一将来了，你道他怎生打扮：

头戴一顶斗蓬盔，高插大红纬。面孔犹如紫漆堆，两近朱砂眉，双眼如碧水，口开狮子威，腮下胡须满嘴堆。身穿一领青铜甲，亮光辉，官绿袍，九龙队。护心镜，前后开。手端着两柄锤，青鬃马上前催，喝一声好比雷。

秦怀玉见番将骁勇，忙扣住马喝声："番儿焉敢前来挡我去路！快留下名来是什么人？"番将道："你要问魔家名姓吗？我乃盖大元帅麾下随驾大将军铁享便是。"喝声："小蛮子，照枪罢！"把手中双锤一起，望怀玉顶梁上盖下来。怀玉叫声："来得好！"举起提炉劈面相迎。不多几个回合，怀玉力乏之人，本事幸亏来得，这番发了狠，一条提炉枪神出鬼没，阴手接来阳手发，阳手接来阴手去，耍、耍、耍，在这铁享左肋下，右肋下，分做八枪，八八分做六十四枪，好枪法！番将的银锤如何招架得开？战到一十余合，铁享本事欠能，被秦怀玉一枪挑进来，正中前心，噗咚一响，翻下马来，一命呜呼。怀玉满心欢喜，省一省力走到城下，望城上叫道："老伯父，念小侄人困马乏，如今再没有本事去杀这一城了，想老伯父方才说过，自然再无推却，快快开城放我进去。"尉迟恭说："贤侄，你是这等讲，分明倒像本帅在此作弄你杀四门，总总我们不是说差了一句，害你受多少心惊。好好叫你进了北城，何等不美？反叫你走起南城东城来，却倒像有心的做起旗号，学那苏定方来，倒觉有口难言。"秦怀玉道："老伯父，小侄又不来怪你，为什么开城又不开，只管啰啰嗦嗦有许多话讲？"敬德道："非是本帅不肯开城，奈奉殷国公军令，三江越虎城只许开西北二门，不容开东南二门。所以不敢乱开，若到北门竟放你进来。"怀玉道："也罢！我三门尽皆杀过，何在乎这一门了。如此，伯父请先行，待小侄杀个四门你看，也显我小将英雄不弱。"说罢，带转马慢慢沿城河而走。

到得北城，差不多天色已晚了。只听得那边银顶帐芦帐内轰隆轰隆三声炮响。正是：

番营惊动豹狼将，统领貔貅杀出来。

那盖苏文亲自出来也。怀玉抬头一看，一面大旗上写着“流国山川七十二岛红袍大力子大元帅盖”，原来得凛凛威风，后面有数十番将。秦怀玉看了，不觉心内惊慌，大喝一声：“来的番儿可叫盖苏文吗？”对道：“然也！你这蛮子，既知我名，为何不要下马受缚？必要本帅马上生擒活捉！”怀玉道：“你满口夸能，到底有多大的本事拦住我的去路？可晓得爵主爷枪法厉害吗？你敢是活不耐烦，快来祭公子爷枪尖！”盖苏文大喝道：“呔！小蛮子，本帅有好生之德，由你在三门耀武扬威，不来接应，你好好进了城何等不美？该死的畜牲，佛也难度，自投罗网，前来侵犯，要死在我马下。”喝声：“看刀！”这赤铜刀往头上一举，望面门砍将过去。怀玉看见说声：“不好！”把提炉枪望刀上噶啷噶啷这一抬，挡得怀玉两膊酸麻，坐在马上不觉乱晃。若讲秦怀玉生力尚不能及盖苏文，况且如今力乏之人，那里是他敌手？

阿唷，名不虚传，果然好利害！豁刺冲锋过去，圈得转马，苏文便说：“蛮子，你才晓得本帅手段？照刀罢！”又是一刀砍将下来。怀玉把枪枭在一旁，盖苏文连砍三刀，不觉恼了性子，把枪噶啷一声逼在下边，顺手一枪，紧紧挑将进去。盖苏文那里放在心上，把赤铜刀架在一旁。两人杀在北城，只听见枪来刀架叮当响，刀去枪迎迸火星，一来一往鹰转翅，一冲一撞凤翻身，八个马蹄分上下，四条膊子定输赢。这一场好杀！那二人大战十有余合，秦怀玉呼呼喘气，被这盖苏文逼住了，望着头顶面门、两肋胸膛分心就砍。怀玉这条枪那里挡得及，前遮后拦，上下保护，抬开刀，分开刀，挑开刀，还转枪来也是厉害，上一枪禽鸟飞，下一枪山犬走，左一枪英雄死，右一枪大将亡。正是：

二马冲锋名分高下，两人打仗各显输赢；刀遇枪寒光杀气，来往手将士心惊；怀玉这条枪，恨不得一枪挑倒了吴天塔；盖苏文这柄刀，巴不能一刀劈破了翠屏山。提炉枪如蛟龙取水，赤铜刀如虎豹翻身。

这二员将直杀到日落西沉，黄昏月上，不分高下。秦怀玉本事欠能，盖苏文思想要活擒唐朝小将，遂叫：“把都儿们，快快撑起高灯，亮子如同白日，诸将们围住小蛮子，要活擒他，不许放走！”两下一声答应，上前把一个秦怀玉马前马后围得密不通风，吓得秦怀玉魂飞魄散，走又走不出。也有三股叉、一字镜、银尖戟画杆戟、月牙铲、雁翎刀、混铁棍、点钢矛、龙泉剑、虎尾鞭，三股叉来挑肚腹，一字镜乱打吞头，银尖戟直刺左膊，画杆戟刺落连环，月牙铲咽喉直铲，雁翎刀劈开顶梁，混铁棍齐扫马足，点钢枪矛串征云，龙泉剑忽上忽下，虎尾鞭来往交锋，不在马前，忽在马后。秦怀玉这条枪那里招架得及，上护其身，下护其马，挑开一字锐，架掉银尖戟，闪开画杆戟，勾去月牙铲，抬开雁翎刀，遮去混铁棍，按落龙泉剑，逼开虎尾鞭，好杀！杀得怀玉枪法慌乱，在马上坐立不定，大叫一声："阿晴！我命休矣！"

盖苏文说："小蛮子，杀到这个地位还不下马受缚，照刀罢！"一刀砍下来，秦怀玉把枪枭在一边，但觉眼前乌暗，又无逃处，如今要死了。尉迟恭在城上，见秦怀玉被盖苏文诸将围住，喊杀连天，谅秦怀玉性命不保，吓得心惊胆跳，说："不好了！若有差池，某该万死了。左右，快来把吊桥放下，城门大开，后面张高亮子，待本帅出城救护。"手下一声答应，就大开北门。

敬德冲出城来，抬头看时，只见围绕一个圈子，枪刀射目。敬德年纪老迈，心中也觉胆脱，又怕盖苏文飞刀厉害，不敢上前去救，只得扣马立定吊桥，高声大叫："秦家贤侄快些杀出来，某开城在此，快些杀出来。"尉迟恭在吊桥边高叫，这时秦怀玉杀得马仰人翻，那里听得有人叫他。这些人马逼住四面，真正密不通风，围困在那里，要走也无处走，杀得来浑身是汗。底下呼雷豹力怯不过，四蹄不能蹦定，要滚倒了。马也要命的，把鼻子一嗅，悉哩哩哩一声嘶叫，惊得那番将坐骑尽行滚倒，尿屁直流，一个个跌倒在地，盖苏文这匹混海驹是宝马，只惊得乱跳乱纵，不至于跌倒。秦怀玉满心欢喜，加一鞭豁喇喇往吊桥上一冲，敬德才得放心，也随后进了城，把城门紧闭，扯起吊桥。

番邦兵将不解其意，便说："元帅，秦蛮子这匹是什么宝骑？叫起来却惊得我们马匹多是尿屁直流，跌倒在地。"盖苏文说："本帅知道了，造化了这小蛮子。我闻得南朝秦家有这骑呼雷豹厉害，方才本帅意欲活擒他，故不把飞刀取他性命，谁想竟被他逃遁了。"要晓得怀玉的呼雷豹，当初被程咬金去掉了耳边枪毛，所以久不叫，今日被番兵围杀了一日，马心也觉慌张，所以叫了一声，救了怀玉性命，直到征西里边再叫。那盖苏文同诸将退进番营，我且不表。

另言讲到城中，秦怀玉在路上走，后面尉迟恭叫住说："贤侄慢走。才叫你杀四门，不可在驾前启奏，这是本帅要显贤侄的威风，果然英雄无敌。"

怀玉明知他说鬼话，便随口应道："这个自然，万事全仗老伯父赞襄调度，方才之事我小侄决不奏知朝廷，老伯父请自放心。"敬德闻言大悦，双双同上银銮殿，敬德先奏道："陛下，果然救兵到了，却是秦家贤侄单骑杀进番营，到城报号，本帅已放入城。"怀玉连忙俯伏说："父王龙驾在上，臣儿奉家父严命，戴孝立功，所以单人踹进番营前来报号。"朝廷闻说秦王兄亡故，不觉龙目中滔滔泪落，徐勣也是心如刀绞，程咬金放声大哭，一殿的武臣无不长叹。天子又开言叫声："王儿，你带多少人马在外，有几位御侄们同来？"怀玉说："儿臣为开路先锋，罗兄弟领大兵十万，各府内公子多到的，单等我们冲杀出城，大踹番营，外面进来接应。"朝廷道："徐先生，我们今夜就踹番营呢，还是等几日？"茂功道："既然，连夜就踹他的营盘。"

连忙传下军令，分付五营四哨偏正牙将，齐皆结束，通身打扮，整备亮子，尽皆马上，听发号炮，同开四门，各带人马杀出城来。秦怀玉一马当先踹起番营，手起枪落，把那些番兵番将乱挑乱刺。后面程咬金虽只年迈，到底本事还狠，一口斧子轮空手中，不管斧口斧脑乱斩去，也有天灵劈碎，也有面门劈开，也有拦腰两段，也有砍去头颅，好杀！番营缭乱，喊声不绝，飞报御营说："狼主千岁，不好了！南蛮骁勇，领兵冲踹营中来了，我们快些走罢！"高建庄王听言，吓得魂不在身，同军师跨上马，弃了御营，不管好歹，竟要逃命。只见四下里烟尘抖乱，尽是灯球亮子，喊杀连天，鼓声如雷，营头大乱，夺路而走。后面秦怀玉一条枪紧紧追赶，杀得来天地征云起，昏昏星斗暗，狂风吹飒飒，杀气焰腾腾。东城尉迟元帅带兵出番营，这一条枪举在手中，好不了当！朝天一炷香，使下透心凉，见一个挑一个，见一对挑一双，惨惨愁云起，重重杀气生。西门有小爵主尉迟宝林，手中枪好不厉害，朵朵莲花放，纷纷蜂蝶飞，左插花，右插花，双龙入海，月内穿梭，丹凤朝阳，日中扬彩，撞在枪头上就是个死，血水流山路，尸骸堆叠叠，头颅飞滚滚，马叫声嚎嚎。南门有尉迟宝庆带领人马，使动射苗枪，枪尖刺背，枪杆打人，人如弹子一般，挑死者不计其数，半死的也尽有。如今不用对敌，逃得性命是落得的，大家杀条血路而逃，口中只叫："走阿走阿！"四门营帐多杀散了。放炮一声惊动，罗通听得炮响，传令人马，众爵主提枪的举刀的拿锤的端爷的，催动坐骑，领齐队伍，冲杀上来。把这些番邦人马裹在中间，外应里合，杀得他大小儿郎无处投奔，哀哀哭泣，杀得惨惨。分明：血似长江流红水，头如野地乱瓜生。

再讲到秦怀玉串串提炉枪追杀，番兵尽皆弃下营寨曳甲而走。正在乱杀番兵，忽见那边飞奔一员大将来了："阿唷，可恼可恼！南蛮有多少将，敢带兵冲杀我邦的营盘。不要放走了穿白的小蛮子，本帅来取他的命了。"怀玉抬头一看，原来就是盖苏文。那秦怀玉便纵马摇枪直取盖苏文，他举起赤铜刀急架相迎。二人战不到二合，苏文恐怕呼雷豹嘶叫起来不当稳便，就左手提刀，右手挈开葫芦盖，口中念动真言，叫声："小蛮子，看我的法宝吧！"嗖一响，一口柳叶飞刀飞将出来，直望怀玉头顶上落下来。怀玉见了，吓得魂不附体，叫声："不好！我命休矣！"思量要把黄金锏去架，他那晓得心中慌张，往腰间一摸拿错了：

抽了一根哭丧棒，上边撩出黑光来。

不知秦怀玉性命如何，且看下回分解。

第二十七回 孝子大破飞刀阵 唐王路遇旧仇星

诗曰：

福主登基定太平，八荒贡服尽称臣。

何愁东海东辽国，转世青龙用计深。

再讲秦怀玉看见飞刀，欲拿黄金锏抵抗，不道心急慌忙，拿错了哭丧棒，往上一撩，见一阵黑气冲起，只听耳边括腊腊腊数声爆响，飞刀就不见了。

盖苏文心内惊慌，便说："什么东西，敢来破我飞刀！"便复念真言，叫声："法宝，齐起！"果然八口飞刀连着青光，冒到秦怀玉身上。怀玉又量起哭丧棒，往上面乱打，只见阵阵黑气冲天，把青天吹散，八口飞刀化作飞灰，影迹无踪了。怀玉满心欢喜，挂好哭丧棒，提枪在手。盖苏文见破飞刀，急得面如土色，叫声："小蛮子，你敢破我法宝，本帅与你势不两立，不要走，照刀罢！"把赤铜刀往头上劈将下来。怀玉就举枪噶啷叮当架住，还转枪照苏文劈面门兜咽喉就刺，苏文那里在心？把刀叮当一响枭在旁首，二人战到二十余合，秦怀玉呼呼喘气，盖苏文喝道："众将快快与我拿捉秦怀玉！"众将一声答应，共有数十员围将拢来，把怀玉围住，好杀！弄得怀玉好不着急，口口声声只叫："我命休矣！谁来救救！"忽阵外横冲一将飞马而入，杀得众将大败夺路而走，你道那将是谁？原来就是罗通，刚刚杀到，一闻怀玉唤救，他就紧紧攒竹梅花枪喝声："闪开！"催一步马冲进圈子，说："哥哥休得着忙，兄弟来助战了"。秦怀玉见了罗通，才得放心。盖苏文提刀就砍罗通，罗通急架相迎，敌住苏文。怀玉把数十员番将尽皆杀散，也有刺中咽喉，也有挑伤面门，也有捣在心前，杀得番兵弃甲曳盔在马上拼命的逃遁了。

单有盖元帅一口赤铜刀原来得厉害，抵住两家爵主见个雌雄。这一场好杀，你看：阵面上杀气腾腾，不分南北；沙场上征云霭霭，莫辨东西。赤铜刀刀光闪烁，遮蔽星月；两条枪枪是蛟龙，射住风云。他是个保番邦掌兵权第一员元帅，怎惧你中原两个小南蛮；我邦乃扶唐室顶英雄算两员大将，那怕你辽邦一个狗番儿。炮响连天，惊得书房中锦绣才人顿笔；呐喊之声，吓得闺阁内轻盈淑女停针。正是：

番邦人马纷纷乱，顷刻沙场变血湖。

这三将战到四十冲锋，盖苏文刀法渐渐松下来，回头看时，四下里通是大唐旗号，自家兵将全不接应，大家各走逃命，看看唐将众多，盖苏文好不慌张，却被怀玉一枪兜咽喉刺进来，便说："阿呀！不好，我命休矣！"要招架来不及了，只得把头一偏，肩膀上早中一枪，带转马望前奔走，罗通纵一步马上叫一声："你要往那里走？"提起手夹苏文背上一把，苏文喊声："阿唷，不好！"把身子一挣，一道青光，吓得罗通魂不附体，在马上坐立不牢，那盖苏文便纵马拼命的杀条血路逃走，只因这盖苏文命不该绝，透出灵性，不能擒住。这番大小番兵见元帅一走，大家随定，也有的散开去了，也有的归到一条总路上而走。后面大唐人马旗幡招展，刀枪射目，战鼓不绝，纷纷追杀，这一班小爵主好不利害！这叫做：

年少英雄本事高，枪刀堆里立功劳。东边战鼓番兵丧，西首纷争番将逃。爵主提刀狠狠剁，番士拖枪急急跑。零零落落番人散，整整齐齐唐卒豪。蜈蚣旗号纷纷乱，中国旗幡队队摇。千层杀气遮星月，万把硫磺点火烧。条条野路长流血，处处尸骸堆积糟。鼻边生血腥腥气，耳内悲声惨惨号。碎甲破盔堆满野，剑戟枪刀遍地抛。

杀得那班番将，好似三岁孩童离了母，啼哭伤情；唐兵如千年猛虎入群羊，凶勇惊人。老将们挥大戟，使金刀，刺咽喉，砍甲袍，尽忠报国；小爵主提大斧，举银枪，刺前心，劈顶梁，出立功劳。千员番将衬马蹄，受刀枪，开膛破腹见心肠；百万唐兵擂战鼓，摇号旗，四处追征摆队齐。这场杀得天昏地暗，可怜番卒化为泥。这一杀不打紧，但见：

雄军杀气冲牛斗，战士呼声彻碧霄。

城外英雄挥大戟，关中宿将夺金刀。

小爵主带领人马，远来救驾；老公爷先砍守营将士，放下吊桥。惊天动地，黑夜炮声不绝，漫山遮野，天朝旗号飘摇。唐家内外夹攻，无人敢敌；番邦腹背受伤，有足难逃。风凄凄，男啼女哭；月惨惨，鬼哭神号。人头滚滚衬马足，点点鲜红染征袍。沙地孤城，顷刻变成红海；番兵番将，登时化作泥糟。正是：

天生真命诸神护，能使邪魔魂胆消。

这一追杀下去，有八十里足路，尸骸堆如山积，哭声大振，血流成河。

茂功传令鸣金收兵，诸将把马扣住，大小三军多归一处，摆齐队伍，回进三江越虎城去了，我且慢表。

另言讲这高建庄王，有盖苏文保护，只是吓得魂不在身，看见唐朝人马不来追赶，才得放心。元帅传令，把聚将鼓擂动，番兵依然同聚，点一点，不见了一大半，共伤一百十五员将。高建庄王说："魔家开国以来，未尝有此大败。"盖苏文说:“狼主在上,今日那一场大战,损兵折将,多害在中原秦蛮子之手,不道如此凶勇,本帅九口飞刀被他尽行破掉,有这等大败。请狼主放心,且带领人马退往贺鸾山扎住,待臣再往朱皮山见木角大仙,炼了飞刀再来保驾,与唐邦打仗,务要杀他个片甲不回!”庄王道:“既如此,元帅请往。”这盖苏文前往朱皮山去,路程遥远,正有许多耽搁,我且慢表。

高建庄王领兵退归贺鸾山,也不必去说。

单讲那越虎城中,唐王元帅敬德把人马扎住教场点明白,然后上前缴旨。众爵主多上殿朝见天子已毕,朝廷大悦,赐坐平身,钦赐御宴,老少大臣饮过数杯,撤开筵席。秦怀玉说:“父王在上,那盖苏文九口柳叶飞刀要来伤害臣儿,不想把哭丧棒撩起,把飞刀打掉,黑气冲散青光,真算父王洪福,所以哭丧棒破了飞刀,可为天下之奇文也。”程咬金听见,不胜欢喜说:“陛下在上,这哭丧棒看起来倒是一件宝贝了,真乃天下有,世间稀,无处寻的宝物,拿来放在库中,日后遇有敌将用飞刀的,好将此物带在身边,再拿去破他。”徐茂功说:“御侄,使不得的。这根哭丧棒拿来烧化了。”朝廷说:“徐先生,难得这根哭丧棒破了飞刀,果然是天上有,世间稀少的东西,怎么又要烧毁它起来?”茂功道:“陛下有所不知,这哭丧棒焉能破得飞刀?明明乃是秦叔宝兄弟一点忠心报国,阴魂不散,辅佐阵图,故此哭丧棒上有一团黑气破了飞刀,这是他在暗中报我主公。想秦兄弟在生时节,十分辛苦,与王家出力,他如今死后,阴灵还不安享,随孝子秦怀玉到东辽保驾,望陛下速速降旨,烧化了这哭丧棒,等秦兄弟冥府安享,阴间清静些。”朝廷听说道:“既有这等事,将哭丧棒拿来烧化了。”秦怀玉领旨将哭丧棒烧化,秦琼阴魂才得放心而去。自此在城中安养三五日,外边十分清静,并无将士前来讨战,番兵影响俱无,城门大开也不妨,众将尽皆欢心。

朝廷空闲无事,这一天早上,思想出城打猎,便问徐茂功道:“徐先生,寡人今日欲往城外打猎,可肯随朕去吗?”徐茂功笑道:“臣不去。”朝廷说:“既然军师不去,也罢了。阿,诸位王兄御侄们在此,那个肯保寡人出城去打猎?”茂功在旁丢个眼色,把头摇摇。众爵主深服军师,明知其故,大家不应。尉迟恭也晓军师有些古怪,便说:“臣今日身子不快,改日保驾,望我主恕罪。”程咬金说:“你们大家不去,臣愿随驾前去。”茂功喝道:“你这个呆子匹夫,今日不宜行动,我们多不去,谁要你多嘴?”咬金道:“这么,臣也不去了。”朝廷说:“徐先生,你不肯去就罢,怎么连别人都不容他随朕去起来?寡人今日一时高兴要去出猎,为何偏不保朕驾去?到底有什么缘故,请先生讲个明白。”茂功道:“陛下有所不知,今日若到城外打围,要遇见应梦贤臣薛仁贵的。”朝廷听见大悦道:“寡人只道出去要见什么灾殃,所以你们多不肯随朕,若说遇见应梦贤臣,乃是一桩喜事,朕巴不得能够要见他,只是难以得见,若今日打猎可以遇见此人,乃寡人万幸了。降旨备马,待朕独自前去。”茂功说:“这应梦贤臣福分未到,早见不得我主,还有三年福薄,望陛下不必去见他。过了三年,班师到京,见他未为晚也。”朝廷道:“难道他早见朕三年,还要折寿不成?”军师说:“他寿倒不折,只怕有三年牢狱之灾。”朝廷说:“嗳,先生一发混账了。这牢狱之灾,只有寡人作主,那个敢将他监在牢中?如今朕发心要见,总不把他下牢狱的。”茂功道:“既如此,陛下金口玉言说了,后来薛仁贵有什么违条犯法之事,陛下多要赦他的。”朝廷说:“这个自然赦他。”军师说:“既如此说过,陛下出去打猎便了。”

贞观天子打扮完备,上了骕骦马,并不带文臣武将,单领三千铁甲兵八百御林兵人马出了东城,竟往高山险路荒郊野外之所而行。离了越虎城有四五里之遥,到一旷阔地方,朝廷降旨摆下围场。御林兵也有仗剑追虎,也有举刀砍鹿,放鹰捉兔,发箭射熊,正在场中跑马打猎,朝廷龙心欢悦,把坐骑带往左边树林前,忽见一只白兔在马头前跑过,天子连忙扣弓搭箭,嗖的一箭,正射中兔子左腿。那晓此兔作怪,全不滚倒,竟带了金披御箭望大路上跑了。朝廷暗想:“朕的御箭怎被这兔儿带了去,必要追它脱来。”天子不肯弃这枝金披御箭,把马加上三鞭,豁喇喇随定白兔追下来了。这天子单骑追下来有二三里路,总然赶不上,朝廷扣住了马,不思量追赶了,那晓这兔奇怪,见朝廷不赶,也就停住不跑了。那天子见兔儿蹲住,又拍马追赶,此兔又发开四蹄望前跑了,总然朝廷住马,此兔也住,朝廷追赶,此兔也就飞跑了。不想追下来有二三十里路,兔子忽然不见,倒赶得气喘吁吁,回转马来要走,只看见三条大路,心下暗想:“朕方才一心追这只白兔,却不曾认清得来路,如今三条大路在此,叫我从那条路上去的是?”正在马上踟蹰不决,只见左边有个人马下来,头上顶盔,身上贯甲,面貌不见,只因把头伏在判官头上,所以认不出是那个。天子心中暗想:“这个人谅来不像番将的将官,一定是我邦的程王兄,他有些呆头呆脑的,所以伏在判官头上,待朕叫他一声看:“程王兄,休要如此戏耍,抬起头来,寡人在这里。”便连声叫唤,惊动马上这位将军,耳边听得“寡人”二字,抬起头来。不好了!两道雉尾一竖,显出一张铜青脸,原来就是盖苏文。他只因飞刀被哭丧棒打毁,所以闷闷不快,要上朱皮山去炼飞刀,谅来此地决没有唐将来往,故而伏在判官头上,双尾倒拖着地,唐王那里认得出?只道自家人马,叫这几声。

盖苏文见唐天子单人独骑,并无人保驾,心中欢喜,大喝道:“咦!马上的可是唐童吗?上门买卖,不得不然,快割下头来使罢!”把手中的赤铜刀起一起,把马拍一拍,追上来了。朝廷吓得魂飞魄散,说:“阿呀!不好了,朕命休矣!”带转马加上鞭就走。盖苏文大笑道:“你往那里走?这事明明上天该绝唐邦,欲使我主洪福齐天,所以鬼使神差你一个在此,若不然,为什么你是天邦一国之主,出来没有一个兵卒跟随的?分明唐邦该绝,还不速速献头!思量要逃性命,怕你走上焰摹天，足下腾云，须赴上那番？”朝廷拼命的跑，后面盖苏文紧追紧走，慢追慢走。赶得唐天子浑身冷汗，想：“徐茂功该死！你方才说出去打猎要遇见盖苏文受灾殃的，这句话一说，朕也不来了。偏偏说什么要遇应梦贤臣，引寡人出来相送性命。”谁想一路赶来，有三十里之遥，后面盖苏文全不肯放松，不住追赶。朝廷心慌意乱，叫声：“盖王兄，休得来追，朕愿把江山分一半与你邦，你可肯放朕一条生路吗？”盖苏文说：“唐童，你休想性命的了，快献首级！”这二马追出山凹，天子往前一看，只见白茫茫一派的大海，天连着水，水连着天，两旁高山隔断，后面有人追赶，如今无处奔逃，听死的了。盖苏文呼呼冷笑说：“此地乃是东海，又是高山阻隔，无路通的，如今还是刎头献与我呢？还是要本帅自来动手？”天子心如刀割，回头见盖苏文将近身边，着了忙，加一鞭，望海滩上一纵，谁想海滩通是沙泥，软不过的，怎载得一人一马纵得？在沙滩四蹄陷住，走动也动不得了。唐王无奈，只得又叫声：“盖王兄，饶朕性命，情愿领兵退回长安。”盖苏文跑到海滩边，把赤铜刀要去砍他，远了些斩不着，欲待纵下滩去，又恐怕也陷住了马足，倒不上不下，反为不美。“我不如今日逼他写了降表，然后发箭射死他，岂不妙哉！”心中算计已定，叫一声：“唐童，你命在须臾，还不自刎首级下来，本帅刀柄虽短，砍你不着，狼牙箭可能射你，你命在我掌中，还想在世，万万不能了，快快割下头来！”

朝廷叫声：“盖王兄，朕与你并无仇冤，不过要朕江山，如何屡逼寡人性命？盖王兄若肯放朕一条活路，情愿把江山平分与你。”盖苏文说：“那个要你一半天下，此乃天顺我邦。本帅取你之命，以立头功，要你江山，以保我主南面称尊。本帅看你如此哀求，要求性命也不难，快写一道降表与我，恕你性命。”朝廷道：“未知降表怎样个写法？”苏文说：“好个刁滑的唐童，你在中原为一国之主，难道降表多写不来？本帅也不要你写什么长短，不过要你写张劝票与我，拿到越虎城中，降你们这班老少将官爵主三军人等投在我邦，换你这条性命。”天子道：“但是纸多没有在此，叫朕写在何处？”

苏文说：“要纸何用？你的黄绫跨马衣，割下一则衣衿，写在黄绫上，使你们大臣肯服。”天子说：“盖王兄，黄绫虽有，无笔难挥。”苏文叫声：“唐童，若用笔写，难以作证，你把小指嚼碎淋血，挥写一道血表，待我拿去！”

正是：

唐王祸遇青龙将，性命如何逃得来？

毕竟唐王肯写降表不肯写降表，且看下回分解。

第二十八回 雪花鬃飞跳养军山 应梦臣得救真命主

诗曰：

万乘旌旗下海东，沙滩龙马陷金龙。
苏文呈逞违天力，难敌银袍小将雄。

“好使这班老臣信服，方肯投降，快快写上来！”朝廷无奈，把金剑割下黄绫衣衿一块，左手拿住，如今要把小指咬破，又怕疼痛。“朕若写了血表，当真把天下轻轻付与别人不成？这血表岂是轻易写的？”心中好无摆布。

盖苏文说：“不必推三阻四，快快咬碎指头写血表与我！”那番，贞观天子龙目下泪，暗叫一声：“诸位王兄御侄，感你们个个赤胆忠心与朕打成这座锦绣江山，那知今日撞见盖苏文立逼血表，非是寡人不义，也叫出于无奈，今日写了血表，永无君臣会面之日了。”这道血表原觉难写，指头咬破鲜血淋淋，实难落实，高叫一声：“有人救得唐天子，愿把江山平半分；谁人救得李世民，你做君来我做臣。”只把这二句高叫。盖苏文呼呼冷笑说：“唐童快写！这里乃我邦绝地，就有人来，也是本帅麾下之将，焉有你的人马兵将到来？凭你叫破什么，总总无人来救。”一边逼他写血表，天子不肯写，叫救在海滩，逼勒不外，谁人来救，我且慢表。正是：

唐王原是真天子，自有天神相救来。

单讲那藏军洞中火头军，这一日，八位好汉往养军山打猎去了，单留薛仁贵在内煮饭。这骑云花鬃拴在石柱上，饭也不曾滚好，这匹马四蹄乱跳，口中乱叫，要挣断丝缰一般，跳得可怕。仁贵一见，心内惊慌，说道：“阿呀！这骑马为何乱跳起来？”连喝数声，全然不住，原在此叫跳。仁贵说：“我知道了，想此马自从收来的时节，从不曾有一日安享，天天开战，日日出兵，自此隐在藏军洞有一月余外，不同你出阵，安然在此，想你也觉烦闷，故而叫跳，待我骑了你，披好盔甲，挂剑悬鞭，提了方天画戟，到松场上把戟法要练一练，犹如出战一般。”这是宝马，与凡马不同，最有灵性的，把头点点。仁贵就全身披挂，结束停当，手端画戟，跨上马，解脱丝缰，带出藏军洞中，过仙桥，鞭子也不消用，四蹄发开，望山路中拼命的跑了。仁贵说:“怎么样?”把丝缰扣定,那里扣得住?越扣越跳得快,说:“不好了!我命该绝矣!马多作起怪来,前日出阵,要住就住,要走就走,今日原何不容我做主,拼命的奔跑,要送我的命?”仁贵看来要跑得腾云飞舞一般,好似神鬼在此护送,逢山冲山,逢树过树,不管好歹的跑法,冲过十有余个山头,到一座顶高的山峰上住了。仁贵说:“阿唷唷,吓死我也!叫声马儿,你原有些力怯的时候,所以才住了吗?”到底此处不知什么所在,便抬头望下一看,只见波浪滔天,通是大海。只听见底下有人叫:“谁人救得唐天子,锦绣江山平半分;有人救得李世民,你做君来我做臣。”那薛仁贵吓得魂不在身,连忙望山脚下看时,只见一个戴冲天翅龙冠穿黄绞绣袍的,把指头咬破,只听叫这二句,住马写血字,马足陷住沙泥。仁贵虽不曾见了朝廷,谅来那人必是大唐天子,不知因何在此海滩泥上。又见岸上一人,高挑雉尾,面如青靛,手执铜刀,却也认得是盖苏文,暗想:“原来天子有难,我这骑马有些灵慧,跑到此山。马阿!你有救驾之心,难道我倒无辅唐之意?如今要下此山又无路道,高有数十丈,打从那里下去?”坐下马又乱叫乱跳纵起,好像要跨下的意思,惊得仁贵魂不在身,把马扣住说:“这个使不得,纵下去岂不要跌死了?也罢!畜生尚然如此,为人反不如它?或者洪福齐天,靠神明保祐,纵下去安然无事。若然陛下命该已绝,唐室江山被番人该应灭夺,我同你死在山脚底下跌为肉酱,在阴司也得瞑目,快纵下去!”把马一带,四蹄一蹬,望山脚下好似神鬼抬下去一般,公然无事。薛仁贵在马上晃也不晃,心中欢喜,把方天戟一举,催马下来喝声:“盖苏文你休得猖獗!不要走!”又说:“陛下不必惊慌,小臣薛仁贵来救驾也!”那唐天子抬头一看,见一穿白用戟小将,方才醒悟梦内之事,不觉龙颜大悦,叫声:“小王兄,快来救朕!小王兄,快来救朕!”盖苏文回头见了薛仁贵,吓得浑身冷汗,叫一声:“小蛮子,你破人买卖,如杀父母之仇!今唐王已入罗网,正在此逼写血表,中原花花世界十有八九到手,我邦狼主也为得天下明君,你肯降顺我主,难道缺了一家王位不成吗?”仁贵大怒道:“哇!胡说!我乃少年英雄,出身中原,有心保驾,跨海征东,岂有顺你们这班番奴?番狗,快留下首级!”苏文说:“阿唷唷,可恼,可恼!你敢前来救着唐童,本帅与你势不两立!”把马催上一步,起一起赤铜刀,喝声:“本帅的赤铜刀来了!”一刀直望仁贵劈面门砍将下去,仁贵把方天戟噶啷一声架开,冲锋过去,带转马来,盖苏文又是一刀剁将下来,仁贵又架在旁首。二人战到六七个回合,仁贵量起白虎鞭,喝声:“照打罢!”一鞭打下来,打在后背上,盖苏文大喊一声,口吐鲜血,伏鞍大败而走。仁贵把马扣定,不去追赶,犹恐有番将到来,即便跨下马来,说:“陛下受惊了,可能纵得上岸?”朝廷叫声:“小王兄,寡人御马陷住沙泥,难以起来。”仁贵说:“既然如此,难以起岸,待小臣来。”便抽出腰边宝剑,把芦苇茅草割倒,将来捆了一堆,撂下沙滩,纵将下去,把朝廷扶到岸,又将方天戟杆挑以马的前蹄，此马巴不能够要起来，因前蹄着了力，后足一蹬，仁贵把戟杆一挑，纵在岸上。天子原上马，仁贵走将上来说："万岁爷在上，小臣薛仁贵朝见，愿我王万万岁。"朝廷叫声："小王兄平身，你在何处屯扎？因何晓得朕今有难，前来相救寡人？"

仁贵说："陛下不知其细，且到越虎城中，待臣细奏便了。但不知陛下亲自出来有何大事，这些公爷们因何一个也不来随驾？"朝廷说："前日那些番兵围合拢来，共有数十余万，把越虎城团团围住，有二十余天难以破番解围，正在着急，幸亏中原来了一班小爵主杀退番兵，安然无事。寡人欲往郊外打围，奈众王兄不许朕出猎，故而没有一人随朕，此来不想遇着了盖苏文，险却怕命不保，全亏小王兄相救，其功非小，到城自有加封。"仁贵道："谢我王万万岁。"

天子在前面行，薛仁贵跨上雕鞍后面保驾一路行来。到了三岔路口，原扣住了马立住，不认得去路，那边来了四五骑马，前边徐茂功领头，尉迟元帅、程咬金、秦怀玉带下三千唐甲马八百御林军迎接龙驾。见了天子，茂功跳下马来了，俯伏道旁叫声："陛下受惊了，臣该万死万罪。"朝廷说："阿唷，好个刁滑道人，怎么哄朕出来，几乎送朕性命！"茂功说："陛下，臣怎敢送万岁性命？若不见盖苏文，焉能得遇应梦贤臣？"朝廷说："虽只如此，幸有小王兄来得凑巧，救了寡人，若迟一刻，朕献了血表，焉能君臣还得再会？"茂功说："臣阴阳有准，算定在此，若没有薛仁贵相救，我们领兵也早来了。今知我王不认得路道，所以到此相接。"天子道："既如此，快领寡人回城去吧。"茂功领旨，众臣前面引路，朝廷降宠，薛仁贵与他并马相行。

一路行来，到了三江越虎城，进入城中，把城门紧闭。同到银銮殿上，朝廷身登龙位，两班文武站立，薛仁贵俯伏尘埃启奏道："陛下龙驾在上，臣有冤情细奏我王得知。"朝廷说："小王兄，奏上来。"仁贵说："臣幼出身在山西绛州龙门县大王庄，破窑中穷苦，若不相遇王茂生夫妻结为手足，承他照管养膳破窑，焉能使我每日间学成武艺，习练得本事高强？思想干功立业，显宗耀祖，以报恩哥恩嫂，单单苦无盘缠投军，因此同柳氏苦度在窑。其年先锋大老爷张环奉我皇圣旨，到山西龙门县招兵买马。幸有同学朋友名唤周青赠我盘费，相同到龙门县投军，那晓张爷用了周青，道小臣有犯他讳字，将臣赶出辕门不用，也罢了。第二遭到风火山收了强盗三员同来投军，只用三人，又道小臣穿白犯他吉庆，仍旧逐出辕门不用。第三遭得了这位老千岁的金披令箭，张爷无奈，把小臣权用。他说：我张爷有好生之德，所以不用，放你生路，你偏生屡次撞入网来，叫我也实难救你。我岂为在此招军买马，单为朝廷得其一梦，梦见小臣不法，欲夺帝王之位，又赠什么四句诗。"

天子说："有的，小王兄，这四句诗就该明白了。"仁贵说："陛下，他对小臣讲，‘家住遥遥一点红，飘飘四下影无踪，三岁孩童千两价，生心必定做金龙’。故尔军师详出一点红是绛州地方，有薛仁贵谋叛之心，因此在山西查访，拿来解京处决。所以小臣怕得紧，情愿为火头军，隐姓埋名‘仁贵’二字，他说立得三大功劳，保奏我王出罪。我因立了多多少少的功，奈陛下不肯饶恕，没有出头日子。未知张爷流言冒功，又不知陛下果有此事？”朝廷听完大怒：“阿！原来有此曲折，故尔难以明白。寡人此梦就如方才在海滩上逼写血表遇王兄救朕一样的模样，就是王兄赠我四句诗：‘家住遥遥一点红，飘飘四下影无踪，三岁孩童千两价，保王跨海去征东。’原为小王兄一人，故命张环到龙门县招兵，查访王兄出来领帅印督兵的。那晓张环好恶多端，在朕面前只说没有姓薛的，反把第四句改了什么‘生心必定做金龙’，纵何宗宪在此混账冒功！”尉迟恭上前叫声：“小将军，那日本帅被番将起解建都，想来一定是你救我的了？”仁贵说：“不敢，末将救的。”尉迟恭说：“如何？我原道是你。本师还要问你，前日在凤凰山脚下，把本帅扯了一跤，又在土港山神庙翻本帅一跤飞跑而去，却是为何这等害怕？”仁贵说：“末将该当有罪。这多是张爷不好，他说朝廷还有几分肯赦，只有元帅爷迷惑圣心，不肯赦你，故此屡次拿捉，叫末将不可相通名姓。故此末将见了帅爷逃命要紧，所以这等惧怕，只想走脱，那里相见元帅翻跌不翻跌？”尉迟恭听说此言，暴跳如雷说：“可恼，可恼！孩儿们过来，令箭一枝，星飞赶往黑风关狮子口，速调张环父子女婿六人到来见我！”宝林、宝庆一声答应，接了父亲的令箭，带过马来，跨上雕鞍，按好头盔锦甲，提了兵器，出了越虎城，竟往黑风关来调取张环父子，此言慢表。

单讲朝廷开言问道：“小王兄，你既在张环座下为火头军，缘何知道寡人有难海滩，却来得正好，救了寡人性命？”仁贵道：“陛下有所未知，那日在独木关上，病挑安殿宝，小臣得了这个功劳，那晓张环心生毒计，把我结义弟兄九人九骑哄入天仙谷口里边，后路不通前路，把柴木堆起，放火逼烧臣九条性命。幸有九天玄女娘娘摄救出了天仙谷，到一派山路中，躲住藏军洞中有两个月有余。不想今日臣八个兄弟出山打猎，小臣在洞中煮饭，这一骑马乱跳乱纵，我便上马出洞欲练戟法，谁想这马好似神舞一般，丝缰总扣它不住，跑过了几个山头，纵上这座山峰，如登平地一般，复又纵下海滩，才救我主。”朝廷说：“原来还有八位王兄在藏军洞中，降旨意快去宣来见朕。”军士上前道：“万岁爷，不知藏军洞在于何处？”朝廷道：“小王兄，你去宣你八个兄弟从那条路上去的？”仁贵说：“小臣去是玄女娘娘摄去，来是随马跑到一路上飞纵而来的，所以连臣也不认得，不知藏军洞在东在西。”茂功奏道：“陛下，那藏军洞想是乃九天娘娘仙居之所，有影无踪的所在，岂是凡人寻得到的？少不得日后八人自有见面之日。”天子道：“既如此，传旨排宴，命众御侄陪小王兄饮酒。”不表三江越虎城中钦赐御宴，众小爵主陪薛仁贵饮宴。

单讲宝林、宝庆在马上星飞来到黑风关战船内，张环父子闻报，远远接到船中。尉迟弟兄说："张环，元帅爷有令箭一枝，要你父子女婿六人作速同往建都见驾，有要紧军情。"张士贵说："二位小将军，不知元帅相传是什么要紧军情？"宝林道："说是什么机密事，迟延不得的，快快整备同去见驾，我们也不知道的。"那番，士贵父子即忙周备上马，端离了黑风关，连尉迟弟兄八人一路上竟望越虎城来。在路耽搁数天，这一日早到建都，进入城中，同上银銮。宝林、宝庆上前奏道："陛下，张环父子宣到了。"尉迟恭说："传到了吗？与本帅将他父子洗剥干净，绑上殿来！"茂功叫声："元帅不可造次，我自有对证之法。陛下，快传旨意，好好宣他上殿来。"

朝廷降旨："快宣来。"左右一声："领旨。"军士出殿，宣进父子六人上殿，俯伏尘埃说："陛下龙驾在上，臣张士贵朝见我王，未知万岁宣臣到来有何旨意？"天子龙颜翻转说："张环，朕宣召你来到，非为别事，只因前日寡人出去打猎，路上遇着一位小将军，口称与你交好，朕现带在外，因此宣你来，可认得他姓甚名谁？"张环道："如今这位小将在那里？"朝廷把头一点，班中闪出薛仁贵，俯伏银阶叫声："大老爷，可认得小人薛礼吗？"

这士贵一见，吓得魂飞魄散，面上失色，索落落扑倒尘埃说："你不像个人。"

他还只道是薛仁贵阴魂不散，在朝廷驾前出现告御状，所以张环这等害怕。

仁贵说："大老爷，怎么我薛礼不像个人起来？我自从被你那日哄在天仙谷内，亏玄女娘娘使出神通，救我九人九骑，故尔不送性命，还是好端端的一个薛礼，又不是什么鬼，为何这等发抖？"张环的魂被这一吓，差不多半把已经吓出的了。四子一婿跪在驾前，浑身冷汗，暗想："不好了！如今是大家性命多活不成了。"朝廷喝问道："张环，你到底可认得他吗？在那里会过？快些奏上来！"张士贵叫声："陛下，臣领兵中原到东辽，不知夺了多少关头，攻取了许多城池，从来不认得这位小将军，不知他姓甚名谁，如何反认得我？"薛仁贵道："好个刁滑的张环，前日在你月字号内为火头军，怎生把我来骗，说'立得三个功劳，在驾前保你出罪'。我薛礼不知立了多少功劳，反在独木关上生心把我九人烧死，冒取功劳与何宗宪，亏你良心何在？天理难容！今日在驾前反说不认得我？"朝廷道："寡人心中也明白，张环欲冒薛仁贵功劳，将他埋没前营为火头军，反在朕驾前奏说没有应梦贤臣，谎君之罪非小，快些招上来！"

从前做下违天事，于今没兴一齐来。

毕竟不知朝廷如何究罪张环，且看下回分解。

第二十九回 银銮殿张环露奸脸 白玉关薛礼得龙驹

诗曰：

白玉关前独逞功，获将宝马赛蛟龙。

张环纵有瞒天巧，难出军师妙算中。

“好待寡人定罪！”张环叫声：“陛下，这是冤枉的，臣实不知的。若讲应梦贤臣，尤其无影无踪了，薛仁贵三字从来不曾听得，就有这个人，也是东辽国出身，前日在山西招兵，从来没有姓薛的，何见谎君之罪？”朝廷说：“寡人也不来查你别件，就是东辽这几座关头谁人破的？寡人龙驾困在凤凰山那个救的？元帅被番兵囚在囚车内起解建都，何人喝退的？”尉迟恭说：“是，嗄！只问这几桩事就知明白了，快些说上来！”张士贵叫声：“万岁在上，若说破关攻城之力，皆是臣婿何宗宪的功劳，凤凰山救驾也是何宗宪救的，元帅起解建都也是宗宪喝退的，何为冒他功劳？”仁贵笑道：“张环，这些都是你何宗宪功劳吗？亏你羞也不羞？自从在中原活捉董逵起，一直到病挑安殿宝，元帅功劳簿上那一件是你宗宪功？还要在驾前谎奏！”茂功旁边冷笑道：“你二人不必争论，总有千个功劳，无人见证，不知是何宗宪的，是薛仁贵的，我也实难判断。如今有个方法在此，便能分出真假，可以辨明了。”朝廷说：“先生，怎样个方法呢？”茂功说：“这里越虎城下去有四十里之遥，东西有两座关头，东为白玉关，西叫摩天岭。你二人各带人马前去，先打破关头先来缴令，这些功劳多是他的，本来这两个关守将一样骁勇的。张环，倘我或有偏向那一个了，如今大家拈头阄子为定，拈着那一个阄就去打那一座关便了，你们大家意下如何？”仁贵说：“军师大人言之有理，张环可有这个本事吗？”士贵道：“那里惧你？我的宗宪戟法高强，大小功劳不知立了多少，何在为这一座关头？就去何妨！”茂功就在案上提御笔写了两个阄子，放在盒中倒乱一倒乱说：“你们上来取。”仁贵先走上来要取，茂功喝住道：“你乃是无职小臣，张环到底总管先锋，有爵禄的，自然让他先来取。”仁贵连忙住了手应道：“是。”张环上前取阄子在手，拆开一看，上写“摩天岭”三字，茂功道：“既是张先锋得了摩天岭，薛仁贵去破白玉关，也不必拆开阄子来看了。”张士贵听说，心中十分慌乱，不管好歹，连忙辞了驾，元帅发兵一万，父子六人巴不能够早到早破，领了人马星飞赶到摩天岭，我且慢表。

单讲徐茂功说："薛仁贵小将军，这两座关欺心得多在里头，惟有白玉关好破，可以马到成功，手到擒来。这摩天岭好不厉害，总有神仙手段也有些难破，谅张环不知何年何月得破此关。方才这两个阄子都是摩天岭，所以叫你迟取，不必拆开来看了。"仁贵听言大喜说："蒙大人照拂，薛礼无恩可报，求元帅发兵，待小将前去破关。"尉迟恭道："待本帅点十万兵与你带去。"茂功道："元帅不必发这许多人马，只消一千个兵足矣，就他单人独骑也可以去破得此关了。"尉迟恭说："既如此，待本帅点雄兵一千与你。"

仁贵说："多谢元帅爷。"连忙打扮结束，辞了天子，正欲转身，茂功说："你住着，我还有话对你话。"仁贵说："不知大人有什么分付？"茂功道："小将军，我有护身龙披一角，你带在身边。这有锦囊一个，你到白玉关，然后开来细看，照上行事，不得有违。"薛仁贵将锦囊龙披藏好，应声："得令！"出了银銮殿，跨上雕鞍，手提画杆方天戟，带领一千人马离了三江越虎城，竟往东行来取白玉关，我且撇在一旁。

另讲这张士贵父子一路望西而行，下来四十里，早到摩天岭，一看吓死人也！但见：

迷迷云雾遮山腰，山顶山尖接九霄。一堆不见青天日，虎豹猿猴满处嚎。两旁树木高影影，踏级层层生得高。望上雾云乌昏黑，那见旗幡上面飘？见说天山高万丈，怎抵摩天半接腰。纵有神兵骁勇将，这番见了也魂消。

张士贵说："我的儿，你看这座山头如此模样，也不知有多高，上面然云雾漫漫，也看不出此条山路，又有壁栈在此，怎生样破法？"志龙说："爹爹，我们且攻他一阵，呐喊叫骂，待他有将下来，好与番将斗战。"士贵道："我儿言之有理。"连忙传令人马，震声呐喊连天，炮响不绝，鼓啸如雷，番奴番狗骂得沸反淫天，总然上面响也不响，又是一阵喊骂，上面原不见动静，连攻十有余阵，天色晚暗，上面听也不曾听见。张环说："我儿，此山高得紧，我们在此叫破喉咙，上边晓也不晓得。今日天色已晚，且到明日我们走上去看，倒也使得吗？"志龙道："爹爹主见甚好。"此夜，父子商议停当。

明日清晨，坐马端兵出了营盘，张环说："我儿，待为父先上去探听消息，然后你们上来。"志龙道："是！爹爹须要小心。"张环道："不妨。"带马望山路一步步走将上来，直到了半山中，望上去见影影旗幡摇动，只听得上面喝叫："南蛮子上来，打滚木下去。"众番兵应道："晓得！"张环听见，吓得魂不附体，带转丝缰，三两纵跑得下山脚，数根滚木也就打到山脚下了，说："阿唷！我的儿，这个摩天岭看来难破的，我们在山下叫骂，他们不来理你，若然上去，就要打滚木下来，这等厉害，分明军师哄我们来送性命！”志龙说：“爹爹，我们不破摩天岭，少不得也要死，如何是好？”

张士贵眉头一皱，计上心来，说：“我儿，今番摩天岭看来难破，破不成的了。不如带领人马竟望黑风关，下落战船过海到中原，只说万岁班师，哄住大国长安，把殿下除了，谅无能将在朝抵敌，你们保为父身登九五，不怕天下地方官不肯降顺。那时，差勇将守住潼关，不容朝廷进中原。一则全了六条性命，二来一统江山一鼓而擒，岂不两全其美？反得大唐不用丝毫之力。”

“孩儿们自当保父南面称孤。”张环传令兵马拔寨起程，离了摩天岭，竟走黑风关，下落战船，分付发炮三声，把三千几百号战船多开尽了，一只也不容留在此独木城，解开篾缆，由它大风打掉了。先锋之令，谁敢不遵？就等朝廷差将追赶，没有战船。此为断后之计。我且按下，不表张士贵反往中原。

单讲薛仁贵带领一千人马也到白玉关前，分付按下营寨。一声炮响，军士安营。天色已暗，当夜在灯下取出军师所赠的锦囊拆开细看，只见上边有几行字写得明白：“白玉关守将，名为完贤朱追都罗弥，有一骑宝马，名唤赛风驹，日行万里，夜走五千，可以大海浪中水面上奔走不湿人衣，你快取番将性命，夺此宝马。今张士贵难破摩天岭，已经带兵往黑风关齐开战船，反到中原去了。大国长安有千岁在那里，惟恐延捱有伤殿下性命，所以赠你锦囊护身披一角，你快上赛风驹，下东海望中原救殿下性命要紧。且把张家父子拿下监牢，速来缴旨。是有王封。”仁贵见了这一个锦囊，也觉魄散魂摇，心下暗想：“谅军师之言决然有准，救兵如救火，若不破白玉关，少有赛风驹，怎到中原？也罢，不如到关前讨战便了。”仁贵算计已定，把马催到关前，呼声大喝：“呔！关上番儿快报，说今有大唐朝护驾小将军薛仁贵在此讨战，闻得你们守将叫什么完贤朱追都罗弥，厉害不过，有本事叫他早早出关受死！”

不表关外讨战，单说关内把都儿飞报总府来说：“启上将军，关外有大唐人马扎安营盘，早有一将名唤薛仁贵，在那里呼名讨战！”都罗弥大怒说：“既有唐将在外讨战，与魔家带马过来！”旁有一将应声道：“不必哥哥亲自出马，待兄弟前去取胜便了。”都罗弥说：“既如此，兄弟须要小心，待为兄到关上与你掠阵。”

二人全身披挂，带马过来，跨上雕鞍，离了总爷衙门，来到关前，发炮一声，关门大开，吊桥坠下，豁喇喇冲出关来。抬头一看，原来就是火头军穿白将薛蛮子。“魔家久闻你的本事高强，到了此地，你命就该绝了。”仁贵抬头一看，但见这员番将怎生打扮：

头上戴一顶黄金虎头盔，面如锅底相同，两道朱砂红眉，一双碧眼圆睁，高梁大鼻，阔口板牙，招风大耳，腮下一派连鬓竹根胡，身穿一领映花紫罗袍，外罩红铜甲，左悬弓右插箭，手端大砍刀，坐下乌骓马。

仁贵心下暗想：这一骑马不像赛风驹，未知可是完贤朱追都罗弥，待我问声看："呔！来将少催坐骑，通下名来！"番将答应道："你要问我之名吗？我乃大元帅盖魔下加为镇守白玉关副将雷青便是！"薛仁贵要救殿下到中原要紧，那里还有工夫打话，听见说不是都罗弥，便纵一步马上喝道："番狗照戟吧！"把这一戟挑将进来，雷青喊声："不好！"把手中大砍刀望乾上噶啷噶啷这一抬，险些跌下马来。马打交锋过去，圈得转来，仁贵喝一声："去吧！"插一戟刺将进来，雷青喊声："不好！我命休矣！"躲闪也来不及，正中咽喉，一命身亡了。关上有都罗弥一见雷青刺死，不觉两眼下泪，分付开关，一马当先冲出关来，大叫："薛蛮子，你敢伤我兄弟，不要走，魔与你势不两立了！"薛仁贵听抬头一看，你道他怎生打扮？但见：

头戴一顶镔铁凤翼盔，面如紫漆，两道扫帚眉，一双铜铃眼，口似血盆，狮子大鼻，腮下一脸五络长髯，身穿一顿柳叶黄金甲，外罩血染大红袍，手执一条银缨枪，坐下乃是一骑赛风驹。

那薛仁贵连忙喝问道："来者可就是完贤朱追罗都罗弥吗？"那番将应道："然也！既闻大名，何不早早下马归降？"仁贵闻他就是，心中喜之不胜，也不打话，巴不能夺了赛风驹就走，喝声："放马过来，照小将军的戟吧！""嗖"这一戟望都罗弥面门上刺将过来，十二分本事多显出来，那番将怎生招架得住？喊声："不好！"把手中银缨枪望戟上噶啷这一翘，架得双眼昏花，马多退后数步，冲锋过去。圈转马来，仁贵提起白虎鞭，望守将背上当这一击，在马上翻下尘埃，背梁打断，呜呼哀哉。连忙纵下马来，一把把赛风驹牵将过来，跨上马，传令将自己这匹马交军士带着，一千雄兵先报回越虎城去。身边早备干粮人参饼，在路上充饥，遂加上三鞭，这一骑赛风驹发开四蹄，离了白玉关飞跑而去。此马原算宝骑，四足有毫毛发出，犹如腾云驾雾一般，但见树木山溪在眼前移过，不一天到了黑风关塘口，只见波浪滔天，是大海了。仁贵把赛风驹扣定，叫声："马阿马，我闻你乃是龙驹，在海面上可以行得，今我主殿下千岁在中原有难，该我薛仁贵相救，你若果有过海之力，便纵下去，倘淹死海中，也算尽忠而死了。"说罢把马一纵下了海，只得马蹄着水，毫毛在面上，原可奔跑。仁贵好不害怕，耳边只听得呼呼风声不绝，这赛风驹用了跨海之力，真正飞风而去。仁贵用了些干粮，伏在马鞍鞒上，眼睛合着，连日连夜由在海中行走。不到三天，早见了中原登州府海滩了，但见战船密密，有汛地官在那里看守战船。仁贵纵上岸滩，有登州府王彪、总兵官徐熊二人喝住道："呔！那里来的？可是海贼？到何处去？"仁贵说："我乃应梦贤臣薛仁贵，在东辽得功势如破竹，保万岁龙驾，乃扶唐大将，怎说海寇？你等做了汛地官员，如何这等不小心？张环父子瞒了陛下，在中原来谋反，欲夺大唐世界，你们不查明白，竟放了过关去，因此我随后赶来擒他张环父子，相救殿下千岁，快容我到大国长安去。"两个官员听了魂不在身，说："你既奉旨前来,可有凭据?”仁贵说:“有的。”身边取出护身披一角,那二人见了朝廷龙披说:“小将军,卑职们罪该万死,请将军到衙中,待我备酒接风。”仁贵说:“要救殿下千岁要紧,不劳你们费心。那张环到来有几天了?”二人说:“小将军,他是昨日到的。”仁贵大悦道:“阿,如此不妨,还可赶得上。”别过,二人说:“将军慢行。”

那薛仁贵离了山东,竟走长安。不一日一夜,到了潼关,连忙扣住了马,望关口一看,只见上边大红旗上书着“大唐镇守潼关殷”。“阿,原来就是殷驸马,我不免叫关便了。呔!关上的报与驸马爷知道,说今日有圣旨下,要往长安,叫他开关。”那关上的军士问道:“既有圣旨,可拿凭据出来照验,你是什么官长,说得明待我好通报。”仁贵说:“我乃应梦贤臣薛仁贵,有功于社稷,现有护身龙披在此,你拿去看。”丢上关头,军士接住一看:“真的。”连忙报入府中说:“启上驸马爷。”驸马问道:“启什么事情?”

军士禀道:“东辽国奉旨来了一员小将,自称应梦贤臣薛仁贵,现在外边,要过关到长安见殿下千岁的。”殷成听见此言,心中暗想:“昨日张士贵父子说朝廷奏凯班师,停驾登州府了,今日缘何又有东辽国奉旨来的?事有可疑,不必理他。”军士又说:“驸马爷,现在龙披在此。”殷成接来一看,果是朝廷的龙披,见了凭据,心内踟蹰了一回,便说:“军士过来,放他进关前来见我。”军士答应道:“是。”回身就走。到关上把关门开了,放进薛仁贵,领到帅府,薛礼下马,进入殿来说:“驸马爷在上,小臣薛仁贵朝见。”殷成用手搀扶说:“你乃应梦贤臣,请起看坐。”薛仁贵说:“不消坐了。请问驸马,张士贵父子怎样过关的?”殷成道:“正是孤也要问你。张环昨日到我关上,他说陛下奏凯班师,已经停驾登州,四五日内就到长安了。为什么小将军又说在东辽奉朝廷旨意去到长安,有何急事?到底陛下班师否?”

仁贵道:“驸马爷有所不知,张环奉旨领兵攻打摩天岭,不想竟把战船一齐开了,赶到中原往进长安,有心要登龙位。我奉军师密令,赠我锦囊,叫我白玉关上取了赛风驹马,四日四夜在海中,赶来拿捉张家父子,相救殿下。谁想他哄进潼关,前往大国长安,不多路了,小臣事不宜迟,就要往长安去。”

殷成听见,吓得浑身冷汗,说:“果有此事?将军请先行,孤也随后就来。”

薛仁贵答应,忙到外边,跨上马如飞就走。驸马也就通身打扮,带领二十家将,离了潼关,竟望陕西而来,我且不表。

如今单讲大国长安右丞相魏征,那夜得其一梦,甚是惊慌,忙上金銮殿,

正是:

奸臣纵有瞒天计,难及忠良预见明。

毕竟不知魏征金銮殿见驾如何,且看下回分解。

第三十回 长安城活擒反贼 说帅印威重贤臣

诗曰：

伏得龙驹过海来，张环父子定招灾。

也应唐主多洪福，预令高人安算排。

那魏征丞相忙上金銮，殿下临朝，便俯伏金阶说："殿下千岁在上，臣昨夜得其一兆，甚为奇怪。"那殿下李治叫声："老王伯，未知什么梦兆？"

魏征道："臣昨夜梦中见我三弟秦琼，来到床前谏言几句道：'你为了掌朝宰相，如何这等不小心？况万岁到东辽，曾把殿下托你保护，权掌朝纲，料理国家正事，今目下三两日内，有朝中奸臣谋叛，欲害储君，你如何不究心查访？四门紧闭，过了三天，决无大事，若不小心，弄出大事，你命就该万死了。'臣看此兆，原算稀奇，朝中那个是奸，那个是佞，叫老臣也无处去查。"李治道："秦老王伯在日，尽心报国，一片忠心，今死后有这番言语，宁可信其有，不可信其无，他说把城门紧闭三天，决无大事，不免降旨，今日就四门紧闭，差将守城。"魏征传下令来，把城门紧闭了，君臣们在金銮殿上议论纷纷，我且慢表。

一到了次日早上，张士贵父子，领兵到了长安城。望去一看，只见光大门早已紧闭，吊桥挂起。心中惊骇，叫声："我的儿，为什么光大门闭在此，难道有人通了线索，预先防备我们前来？所以吊桥高挂，四城紧闭。"张志龙说："爹爹，我们从东辽国来，人不知，鬼不觉，何人知道我父子存反叛之心，先把城门紧闭起来？必然又有别样事情。今日对他说，朝廷奏凯回朝，自然开城，放我们进去。"张环说："这也有理。"连忙带马到护城河边，叫一声："城上的，快报与殿下得知，今万岁爷奏凯班师，歇马登州，先差张士贵在此，要见殿下，快快开城。"那城上军士一见说："大老爷，请候着，待我们先去报殿下，然后开城。"张环道："快去通报。"军士来到午门禀知，黄门官上殿起奏说："殿下千岁在上，外边有三十六路都总管，六十二路总先锋张环到了。说朝廷圣驾今已班师，先差张士贵来见殿下，望千岁降旨开城。"李治殿下听报父王班师，喜之不胜，立刻降旨，去放张环进城。丞相魏征连忙止住道："殿下千岁，且慢。秦三弟托梦，原说要把城门紧闭三天，才无大事，刚刚昨日闭城，才得二天，就有张环父子到来，就是万岁奏凯还朝，岂可预先无报，事有跷蹊。臣看张环父子短颈缩腮，将来必有反叛之心，不可乱开，且往城上去问个明白。”李治说：“老王伯言之有理。快到城上去。”君臣上马，带了文武大臣，离了午门，竟上城头一看。只见张家父子人等，满身结束，坐马端兵，后有数千雄兵，摆列队伍，满面杀气。想他一定有谋叛之心。魏征问道：“张先锋班师了么，陛下圣驾可曾到否？”张士贵听言抬头，一见殿下同魏征在城上，心内欢悦，连忙应道：“正是，陛下奏凯班师，歇驾登州，先差小将到来，料理国家大事。未知光大门为何紧闭？望老丞相快快开城。”魏征说：“我受秦元帅梦中嘱托，他说今日有奸臣不法，欲夺天下。叫我紧闭城门，待朝廷亲到长安，然后开城。今陛下已在登州，不日就到，张先锋请外面扎营安歇，等待圣驾到了，一同放你们进来。”张士贵听见此言，吓得浑身冷汗，说：“好个秦琼，你死在阴间，还要来管国家大事。也罢！”叫一声：“老丞相，我实对你说，朝廷与众大臣，被番兵围困越虎城中，并无大将杀退，小将焉有神仙手段去救万岁，想来君臣不能回朝的了，因此我把战船齐开来到中原，想殿下年轻不能理国家大事，不如让我做几时，再让你做如何？”魏征大怒喝声：“呔！你这该死的狗头，朝廷有何亏负了你，却如何丧心。既然万岁有难在番邦，理当尽心救驾，才为忠臣，怎么私到长安，背反朝廷。幸亏秦元帅阴灵有感，叫我紧闭城门，不然被你反进城来，我与殿下性命难保。”张环道：“魏征，你不过一个丞相了，难道我张环立了帝，少了你一家宰相职分么？快快开城，放我进去就罢；若有半句不肯，我父子攻破城门进来，拿你君臣二人，要碎尸万段才罢。”魏征气得满脸失色，把张士贵父子不住的声声恨骂。那底下六人带兵呐喊，放炮攻城。耀武扬威，了当不得。忽听见后面豁喇喇一骑马跑来，上边坐着薛仁贵，一见张环人马，大喝一声：“呔！张环，你往那里走，可认得我么？”张志龙回头一看，唬得心跳胆碎，说：“爹爹，不好了！薛礼来拿擒我们了。”士贵听见，魂魄飞散，纵马摇刀，上前叫声：“小将军，你向在我营中，虽无好处到你，却也费许多心机。今日可念昔日情面，放我一条生路。”仁贵喝道：“呔！我把你们这六个狗头，若说昔日之情，恨不得就一戟刺你个前心穿后背。乃奉军师将令，让你多活几天，叫我前来生擒，活拿你父子监在天牢，等陛下班师，降旨发落。你们快快下马受缚，免得本帅动手。”张环悉知仁贵本事高强，决不是他对手，到不如受罪监牢，慢慢差人求救王叔，或者赦了，也未可知。便叫：“我儿，画虎不成反类其犬，既有将军在此，我们一同受罪天牢便了。”四子一婿，皆有此心，共皆下马。仁贵喝声张环手下将士，把他父子去了盔甲，上了刑具。那将士上前，把他父子去了盔甲，上了刑具。那边殷驸马也到了。大叫：“小将军，张环父子可曾拿下？”仁贵说：“已经拿下了，专等驸马爷前来，一同叫城。”

殷成大悦。便纵到吊桥边，叫声：“殿下千岁，臣在此，快快开城。”李治在上面说道：“殷驸马，这员小英雄那里来的，可放得进城么？”驸马说：“殿下放心，这位英雄，就是应梦贤臣薛仁贵。在东辽保驾立功，扶唐好汉，奉军师密令，前来拿捉张环的。”李治听了，才得放心，降旨开了光大门。

吊桥坠下，殷驸马押了张家父子，带了一万人马，进入城中。将人马扎定内教场，竟带张士贵来到午门。殿下李治同魏征先到金銮殿，身登龙位，仁贵上殿俯伏尘埃说：“殿下在上，小臣薛仁贵，愿殿下千岁、千千岁。”李治叫声：“薛王兄平身。孤父王全亏王兄保驾，英雄无比，因此太太平平进东辽关寨，势如破竹，皆王兄之大功。未知父王龙驾，几时回朝，张环因何反到这地？”仁贵道：“殿下有所不知，待臣细细奏闻。小臣向被张士贵埋没前营，为火头军，把大小功劳，尽被何宗宪冒去。后来在海滩救驾，遇见朝廷，吊取张环对证。”如此这般，一直说到破摩天岭，后又受军师锦囊，得赛风驹，赶来拿捉他，救千岁龙驾。李治闻言大喜，说：“王兄如此骁勇，尽心报国，其功非小。张环有十恶不赦之罪，理当枭首级前来缴旨。”仁贵叫声：“殿下且慢，陛下龙驾现在东辽建都之地，太平无事。且将他父子拿在天牢。待小臣到东辽，逼番邦降表，如在反掌。不久就要班师，回朝之日，还要取他对证，然后按其军法，未为晚也。”殿下李治说：“既如此，降旨带去收监。”不表张士贵子婿六人下监。再讲殿下赐宴一席，仁贵饮过三杯，谢恩出朝。次日带了干粮，跨上赛风驹，离了长安，竟往登州，下海到东辽。我且慢讲。

如今先讲到东辽越虎城中，贞观天子这一日问军师道：“朕想薛仁贵与张环各去破关，有八十余天，为甚还不来缴旨？一定这两座关上强兵勇将众多，所以难破。”徐勣笑道：“这个自然。只在这两天内，就有一处缴旨了。”

君臣正在言谈，外边军士报进来了：“启上万岁爷，城外来了八员将官，多有坐骑，手内还有枪刀器械，口称与薛仁贵生死弟兄，要见万岁的。”朝廷听言，叫声：“徐先生，可放得进来，不妨事么？”茂功说：“陛下，不妨。这八人多有万夫不当之勇，利害异常。乃应梦臣的结义好友，东辽大小功劳，他们也有一半在内的。陛下降旨宣他们上殿，就可加封八人爵禄了。”朝廷大喜，一道旨意降出。不多一回，八人下雕鞍，放了兵器，上银銮殿来。俯伏银阶，说：“万岁龙驾在上，小臣们姜兴本、姜兴霸、李庆先、李庆红、王新鹤、王新溪、薛贤徒、周青等，朝见我王。愿陛下万岁，万万岁。”那天子龙颜大悦：“卿等们平身。寡人也闻得八位爱卿有功于社稷，朕今加封为随驾总兵。”八人欢喜，谢了恩，参见了元帅，与众爵主见礼。一番兵丁伏于跨下，向在张环侧首，今立朝纲，自觉威风。外边军士又报进来了：“启上万岁爷，薛仁贵现在外边，要见万岁。”朝廷听言大喜，降旨快宣。军士往外宣，仁贵俯伏银阶说：“陛下龙驾在上，小臣薛仁贵，奉我王旨意，前去攻打白玉关，不上一二天，就取关头。速到中原，救了殿下千岁，才得今日到东辽来缴旨。”天子听言，心中不明，说：“小王兄，几时往中原，救那个殿下？你且细奏明白。”仁贵道：“陛下有所不知，张环父子领兵到摩天岭，无能可破，私开战船，反往中原，欲杀殿下，思想登基。臣受军师锦囊，叫我破了白玉关，得了东辽一骑赛风驹宝马，大海行走，犹如平地，星飞赶到中原，相同驸马殷千岁，追到大国长安，已经把他父子拿下天牢，等我王班师，然后按其国法。又晓夜兼行，复到东辽来，保万岁平定东辽。”

朝廷说：“有这等事？小王兄真乃异人了。在东辽救了寡人，又在长安救了王儿，复又往东辽来救寡人。正所谓百日两头双救驾，其功浩大！朕意欲加封，奈急切少有掌兵空职去补，如何是好？”尉迟恭上前启奏道：“陛下在上，臣年迈无能，不堪执掌兵权，愿把帅印托小将军掌管。”朝廷说：“若得尉迟王兄肯交帅印与小王兄，朕即加封为天下九省四郡都招讨平辽大元帅之职。”尉迟恭道：“某这颗帅印，秦府中所得，不知吃了多少亏，就是自己儿子也不放心付他执掌。今看小将军一则武艺精通，本事高强，二来一定前生有缘，我心情愿交付与你，安然在小将军标下听用。”仁贵推辞道：“这个不敢。老元帅乃开国功勋，到底掌兵权，道理明白，小臣不过一介寒儒，略知些韬略，自应在老元帅麾下执鞭垂镫，学些智谋，深感洪恩，怎执掌兵权起来？”天子道：“朕今为主，小王兄不必再奏。就此当殿披红，掌挂帅印。钦赐御酒三杯，就此谢恩。”仁贵不敢再逊，口称：“愿我王万岁、万万岁。”薛仁贵如今为了元帅，心中欢悦不过。有底下这些武职官，一个个上前参见一番。周青、李庆先、王心鹤八人，走将进来，叫声：“元帅哥哥，小将兄弟们参见。”仁贵道：“阿呀，兄弟们不消了。你们因何得知为兄在此，从那里寻来的？”众弟兄说：“哥哥，我们那日打猎回到藏军洞，不见了哥哥，害得我们满山寻遍，忽遇那婆子到来，说起哥哥保驾干功立业去了，那时兄弟们要见哥哥，相随婆子来的。”仁贵道：“嗄，原来如此，可笑张环父子，把我们埋没，冒夺功劳，不想原有出头日子，今张环父子性命尽不保了。”八人说：“便是。”说罢，众人原退两旁。如今有秦怀玉、罗通、程铁牛、尉迟宝林、宝庆，这一班小爵主，上来参见。仁贵叫：“当不起。”心下不安，连忙跪下说：“陛下在上，臣有言陈奏。”天子说：“王兄有何事奏闻？”仁贵道：“臣乃山西绛州一介贫民，蒙陛下龙宠，又承尉迟老千岁大恩，将帅印交与臣执掌，在尔虽是臣小，出兵号令最大。今尉迟老千岁也在麾下听用，臣那里当得起，意欲拜认老千岁为继父，未知陛下龙心如何？”朝廷说：“小王兄既有此心，朕今作主，将你过继尉迟王兄。”敬德心中也觉欢喜，假意推辞说：“这个某家再当不起的。”仁贵道：“说那里话来。”就当殿了四拜，认为继父。尉迟恭从今待仁贵一条心的了，比自己亲生儿子还好得多。薛仁贵又与众爵主结拜为生死之交，朝廷准了奏，就在驾前，各府内公子爷们上前歃血为盟。大家立了千金重誓，生同一处，死同一块，一十八人患难相扶到底。信盟已毕，朝廷赐宴，金銮殿上，大排筵席，款待这班小英雄。饮过数杯，把筵席扯开，仁贵讲究破东辽关寨用兵之法。甚般直讲到黄昏时候，元帅方才辞驾，回往帅府安歇。一宵晚话，不必细言。

一到了明日清晨，元帅进殿，朝过天子。军师茂功开言叫声："薛元帅，你既掌兵权，东辽兵将未晓汝名，快提兵马，去破了摩天岭，前来缴旨。"

仁贵应道："是。"回营分付，把聚将鼓打动，传令五营四哨，偏正牙将。

左右忙传令道："呔！元帅爷有令，传五营四哨，偏正牙将，各要披挂整齐，结束停当，在教场伺候。"又要说元帅哨动三通聚将鼓，有爵主们，总兵官无不整束，尽皆披甲上营说："元帅在上，末将们打拱。未知帅爷有何将令？"

仁贵道："诸位将军，兄弟们，本帅今日第一次得君王龙宠，叨蒙圣恩，加封平辽元帅，今又奉旨出兵，前去攻打摩天岭，奈摩天岭难破，为此本帅要往教场祭旗一番。烦诸位将军同往教场，乃本帅头阵掌兵，故而传汝等到教场助兴，祭旗一番。往摩天岭攻打，自有八员总兵在此，不劳诸位爵主将军去的。"众爵主齐回言道："元帅说那里话来，今往摩天岭攻打，理应末将们随去，在标下听用。"元帅说："这个不消。"众将出营，上坐骑，端了兵刃，后面元帅坐了赛龙驹，同到教军场。这一班偏正牙将、大小三军，尽行跪接。偷眼看仁贵好不威风。怎见得，但见他：

头戴白绫包巾金扎额，朝天二翅冲霞色。双龙蟠顶抓红球，额前留块无情铁。身穿一领银丝铠，精工造就柳银叶。上下肚带牢拴扣，一十八豸轰轰烈。前后鸳鸯护心镜，亮照赛得星日月。内衬暗龙白蟒袍，千丝万缕蚕吐出。五色绣成龙与凤，沿边波浪人功织。背插四杆白绫旗，金龙四朵朱缨赤。右边悬下宝雕弓，弓弦逼满如秋月。左首插逢狼牙箭，凭他法宝能射脱。腰间挂根白虎鞭，常常渴饮生人血。坐下一骑赛风驹，一身毛片如白雪。这条画杆方天戟，保得江山永无失。后张白旗书大字，招讨元帅本姓薛。

这仁贵为了总兵大元帅，面上觉得威光，杀气腾腾，凭他强兵骁将，见了无不惊慌。这班人马中，向在张环手下的也尽多有在内，知道仁贵细底，向为火头军，与我们同行同坐，威气全无，今日他做了元帅：

何等风光满面生，腾腾杀气赛天神。

不知薛仁贵去打摩天岭，如何得胜，且看下回分解。

第三十一回 卖弓箭仁贵巧计 逞才能二周归唐

诗曰：

摩天高岭如何破，赖得英雄智略能。

赚上番营夸逞技，周家兄弟有归心。

不表众三军暗相称赞，单说元帅祭旗已毕，众将拜过，奠酒三杯。元帅说："诸位将军，请各自回营。本帅只带八员总兵，去破了摩天岭，回来相会罢。"众将道："元帅兴兵出战，末将们理当同去听用。"元帅说："不消，保驾要紧，城内乏人，请回罢。"众将道："元帅既如说，末将们从命便了。"众爵主各自回营，我且慢表。

单讲薛仁贵传令，发炮起兵，点齐十万大队雄兵，八员总兵护住，出了三江越虎城，竟望摩天岭大路进发。一路上旗幡招转，号带飘摇，好不威风。

在路耽搁二三天，这一日早到摩天岭，离山数箭，传令安营。炮响三声，齐齐扎下营盘。元帅带马到山脚下，望摩天岭一看，只见岭上半山中云雾迷迷，高不过的，路又壁栈，要破此山，原觉烦难。周青道："元帅哥哥，看起这座摩天岭来，实难攻破。当初取这座天山，尚然费许多周折，今日此座山头，非一日之功可成，须要慢慢商量，智取此山的了。"仁贵说："众位兄弟，我们且山脚下传令，三军们震声呐喊，发炮哨鼓，叫骂一回，或者有将下山，与他开兵交战一番如何？"周青道："元帅又来了，前日天山下尚然叫骂不下，今摩天岭高有数倍，我们纵然叫破喉咙，他们也不知道的。"元帅道："兄弟们，随我上山去，探他动静。看来此山知有几能多高。"周青说："不好，有滚木打下来，大家活不成。"仁贵道："依你们之言，摩天岭怎生能破？待本帅冲先领头，你们随后上来。倘有滚木，我叫一声，你们大家往山下跑就是了。"八员总兵不敢违逆，只得听了仁贵之言，各把丝缰扣紧，随了仁贵，往山路上去。一直到了半山，才见上面隐隐旗幡飘荡，兵丁虽然不见，却听得有人喊叫打滚木。唬得仁贵浑身冷汗，说："阿呀，不好了，有滚木了！兄弟们快些下去。"那班总兵听说，打滚木下来，尽皆魂不在身，带转马头，往山下拼命的跑了。薛仁贵骑的是赛风驹宝马，走得快，不上几纵,先到山下,数根滚木来着总兵们马足上扫下来,却逃得七条性命。一个姜兴本,马迟得一步,可怜尽打为肉泥。姜兴霸放声大哭,七员总兵尽皆下泪。仁贵说:“众位兄弟,事已如此,不必悲伤,且回营去,慢慢商议。”

八人回往帅营,排酒设席,饮到午夜,各自回营。过了一宵,明日营中商议,全无计较。看看日已沉西,忽然记起无字天书,凡有疑难事,可以拜告。今摩天岭难破,也算一件大事,不如今夜拜看天书,就能得破了。薛仁贵算计已定,到了黄昏,打发七员总兵先回营帐,他就把天书香案供奉,三添净水炉香,拜了二十四拜,取天书一看,上边显出二七一十四个字,乃九天玄女所赠。这两句:“卖弓可取摩天岭,反得擎天柱二根”。仁贵全然不解,暗想:这两句实难详解。“卖弓可取摩天岭”,或者要我到山顶上卖这张震天弓,行刺守山将士也未可知。后句“反得擎天柱二根”,怎样解说?且上山去卖弓,自有就验后文。其夜薛仁贵全不合眼,直思想到天明,有众兄弟进营来了。仁贵说道:“兄弟们,本帅昨夜拜见天书,上显出两句诗来,说‘卖弓可取摩天岭,反得擎天柱二根’。不知什么意思,本帅全然详解不出。”周青开言叫声:“元帅哥哥,此事分明玄女娘娘要你扮做卖弓人,混上山去。别寻机会,或者破了此二四山,也未可知。”

仁贵说:“本帅也是这等详解,宜可信其有,不可信其无。兄弟们,且在此等候,待本帅扮作卖弓模样,混上山去看。”周青说:“哥哥须要小心。”仁贵说:“这个不妨。”

薛仁贵扮做差官一般,带了震天弓,好似张仙打弹模样,静悄悄出了营盘,往摩天岭后面转过去,思想要寻别条路上去。走了十有余里,才见一条山路,有数丈开阔,树木深茂,乃番将出入之处。上落所在,好走不过的。

薛仁贵放着胆子,一步步走将上去。东也瞧,西也观,并没有人行。走到了半山,抬头望见旗幡飘荡,两边滚木成堆,寨口有把都儿行动。心中暗想:“我若正走上去,犹恐打下滚木,反为不美,我不如从半边森林中,掩将上去,使他们不见。”仁贵正在暗想,忽听见山下有车轮推响之声,响上山来。仁贵望下一看,只见有一个人头戴一顶烟毡帽,身穿一领补旧直身,面如纸灰相同,浓眉豹眼,招风大耳,腮边长长几根须髯,年纪约有四五十岁,推了一轮车子,望山上行来。仁贵暗想,必定是番将差下来的小卒,不知推的是货物呢,是财宝?不免躲过一边,看他作为。就往左边掩在一株大槐树背后,偷眼看他。那晓这人一步步推将上来,到得半山槐树边,薛仁贵往上下一看,并没有人走动,飞身跳将出来,把推车的夹领毛一把拖倒在地,一脚踹在腰间,拔刀就要砍了。吓得这人魂不附体,叫声:“阿唷,将军阿,饶命!可怜小的是守本分经纪小民,营生度日,并不做违条犯法之事,为何将军要杀起我来?”仁贵说:“住了,你且不必慌张,我且问你,你那处人氏,姓甚名谁?既说经纪小民,谅不是番邦手下之卒,从何处来,车子内是什么东西，推上去与那个番将的，你且细细讲明，饶你回去。”那人道：“将军听禀，小人姓毛，别号子贞，只得老夫妻，并无男女，住在摩天岭西首下荒郊七里之遥，开弓箭店度日。不瞒将军说，小人做的弓箭有名的，此处一邦要算我顶好手段，因此山上有两位将军，名唤周文、周武，频频要我解四十张宝雕弓上去，奈因今年天邦人马来征剿，各关撩乱，多来定弓箭，忙得紧，没有空，所以直到今朝，解这四十张弓上去。”薛仁贵道：“你不要谎言，待我来看。”就把车子上油单扯开一看，果然多是弓。点一点，也不多，也不少，准准四十张。仁贵方才醒悟，天书上这一句：卖弓可取摩天岭，原来非为我卖这张震天弓，却应在他身上。就叫毛子贞：“你一人推上去，偶被小番们拦住，或者道你奸细，打下滚木来，如之奈何？”那人道：“这个年年解惯的，摩天岭上，时常游玩。乃小人出入之所，从幼上来，如今五十岁了。番兵番将无有不认得我，见了这一轮车子，就认得的，再不打滚木下来。若走到上边，小番还要接住替我推车，要好不过。就是二将周将军，待我如同故旧一般，那个敢拦阻我。”薛仁贵道：“好，你这人老实，我也实对你说个明白。你看我是谁？”那人说：“小人不认得将军。”仁贵道：“我乃大唐朝保驾征东统兵招讨大元帅薛仁贵，白袍小将就是本帅。”那人说：“阿呀！原来是天朝帅爷，小人该死，冒犯虎威，望帅爷饶命。”仁贵道：“你休得害怕，若要性命，快把山上诸事讲与本帅听。守将有几员，姓甚名谁？番兵有多少，可有勇可有谋？说得明白，放你一条生路。”说：“帅爷在上，待小的讲便了。”“快些讲来。”那人道：“帅爷，这里上去便有寨门，紧闭不通内的。里边有个大大的总衙门，守将周文、周武弟兄二人，有万夫不当之勇。后半边是个山顶，走上去又有二十三里足路，最高不过的。上有五位大将，一个名唤呼那大王，左右有两员副将，一名雅里托金，一名雅里托银，也是同胞兄弟，骁勇异常。这两个还算不得狠，还有猩猩胆元帅，膀生两翅，在空中飞动，一手用锤，一手用砧，好像雷公模样打人的。还有一个乃高建庄王女婿，驸马红幔幔，马上一口大刀，有神仙本事，力大无穷。小人句句真言，并不隐瞒，望帅爷放我上去。”仁贵一一记清在心，取出宝剑说：“天下重事，杀戒已开，何在你个把性命？”说罢，擦了一剑，砍作两段。上前把他衣帽剥下，将尸首撇在树林中，自把将巾除下，戴了烟毡帽；又把白绫跨马衣脱落，将旧青布直身穿好，把自己震天弓也放在车子内，推上山来。

有上面小番在寨门看见了说：“哥阿！那上来的好似毛子贞。”那一个说：“阿，兄弟。不差，是他。为什么这两天才解弓上来？”看看相近寨口下了，那人说：“兄弟，这毛子贞是乌黑脸有须的，他是白脸无须，不要是个奸细，我们打滚木下去。”仁贵听见打滚木，便慌张了，叫声：“上边的哥，我不是奸细，是解弓之人。”番军喝道：“呔！解弓乃有须老者，从来没有后生无须的。”仁贵说：“我是有须老者的儿子,我家父亲名唤毛子贞,皆因有病卧床,所以今年解得迟了。奈父病不肯好,故打发我来的,若哥们不信,看这轮车子,是认得出的,可像毛家之物?”小番一看道:“不差,是毛子贞的车子,快快进来。”那仁贵答应,走进寨门。小番接住车子说:“待我们去报,你在那里等一等。”仁贵道:“晓得。”小番往总衙府来,说:“启上二位将军,毛家解弓到了。”周文道:“毛子贞解弓来了么?为何今年来得迟,唤他进来。”小番道:“启将军,那解弓的不是毛子贞。”

周文道:“不是他,是那一个?”小番禀道:“那毛子贞是有病卧床,是他的儿子解来的。”周文说:“他在此解弓,走动也长久了,从不曾说起有儿女的,今日为甚有起儿子来?不要是奸细,与我盘问明白,说得对放他进来。”

小番道:“我们多已盘问过了,说得对的,车子也认清毛子贞的。”周文道:“既如此,放他进来。”小番往外来道:“将军爷传你进去,须要小心。”

仁贵道:“不妨事。”将身走到堂上,见了周文、周武,连忙跪下:“二位将军在上,小人毛二叩头。”周文道:“罢了,起来。你既奉父命前来解弓,可晓得我们有多少大将,叫什么名字,你讲得不差,放你好好回去,若有半句不对,看刀伺候。”两下一声答应,吓得仁贵魂魄飞散,便说:“家父对我说明,原恐盘问。小人一一记在心中,但这里将爷尊讳,小人怎敢直呼乱叫?”周文道:“不妨,恕你无罪讲来。”仁贵道:“此地乃二位将军守管,上边有五位将军为首,是呼那大王、雅里托金、雅里托银、元帅猩猩胆、驸马红幔幔,通是有手段利害的。兵马共有多少,小人一一记得明白。”周文道:“果然不差。你父亲有什么病,为甚今年解得迟?”仁贵道:“小人父亲犯了伤寒,卧床两月,并不肯好,况关关定下弓箭,请师十位,尚且做不及,忙得紧,所以今年解得迟了。”周文说:“你今年多少年纪了?”仁贵说:“小人二十岁了。”周文说:“你今年解多少弓来?”仁贵道:“车子中四十张在内。”周文说叫手下,外边把弓点清收藏了。小番应去了。一回前来禀道:“启上将军,车子中点弓,有四十一张。”

周文、周武因问道:“你说四十张,如何多了一张出来?”仁贵心中一惊,当真我的这张震天宝弓也在里边,若说了四十一张,怎把宝弓撇在他手,如何是好?眉头一皱,计上心来。原算能人,随机应变,说道:“二位将军在上,小人力气最大,学得一手弓箭,善开强弓箭,能百步穿杨,所以小人带来这张弓,也就在车子中,原不在内的,望将军取来与小人。”周文、周武听见此言,心中欢喜。说:“果然你有这等本事,你自快去,拿你这张震天弓来与我看。”仁贵就往外走的,车子内取了震天弓进来,与周文、周武说道:“二位将军来,请开一开看,可重么?”周文立起身来接在手中,只开得一半,那能有力扯得足?说:“果然重,你且开与我看。”仁贵立起身,接过弓来,全不费力,连开三通,尽得扯足。喜得周文、周武把舌伸伸说:“好本事,我们为了摩天岭上骁将,也用不得这样重弓,你到有这样力气,必然箭法亦高。我且问你,那毛子贞向在此间走动的人,他从不曾说起有儿子,那晓你反有这个好本事,隐在家中,到不如在此间学学武艺罢。”仁贵说:“不瞒二位将军,但小人在家不喜习学弓箭手艺,曾好六韬三略,所以一向投师在外,操演武艺,十八般器械,虽不能精,也知一二。今承将军既然肯指点小人武艺,情愿在此执鞭垂镫,服侍将军。”

周文、周武听他说武艺多知,尤其欢喜。说道:“我将军善用两口大砍刀,你既晓十八般器械,先把刀法要与我们看看好不好?待我提调提调。”仁贵道:“既然如此,待毛二使起来。”就往架上拿了周文用的顶重大刀,说:“好轻家伙,只好摆威,上阵用不着的。”就在大堂上使将起来,神通本事显出,只见刀不见人,撒头不能近肌肤,乱箭难中肉皮身。好刀法,风声响动。周文见了,口多张开,说:“好好,兄弟,再不道毛子贞有这样一个儿子在家,可惜隐埋数年,才得今朝天赐循环,解弓到此,知道他本事高强。幸喜今日相逢,真算能人。我们刀法那里及得他来?”周武道:“便是这样刀法,世间少有的,我们要及他,万万不能。看他一刀也无破绽可以批点得的。”那仁贵使完,插好了刀说:“二位将军,请问方才小人刀法之中,可有破绽,出口不清,望将军指教。”周文、周武连声赞道:“好!果然刀法精通。我们到不如你,全无批点。有这样刀法,何不出仕皇家,杀退大唐人马,大大前程,稳稳到手。”仁贵假意道:“将军爷,休要谬赞。若说这样刀法道好,无眼睛的了。小人要二位将军教点,故而使刀,为甚么反讲你不如我,太谦起来。若说这样刀法,与大唐打仗,只好去衬刀头。”周文不觉惊骇,心下暗想:“他年纪虽轻,言语到大。”便说:“果然好,不是谬赞你,若讲这个刀法与唐将可以交战得了?”薛仁贵笑道:“二位将军这大刀,我毛二性不喜它,所以不用心去习练它的。我所最好用者是画杆方天戟,在常常使它,日日当心,时刻求教名师,这个还自觉道好些。”周文、周武道:“我们架上有顶重方天戟在那里,一发要与我们瞧瞧。”那仁贵就在架上取了方天戟,当堂使起来。这事不必说起,日日用戟惯的,虽然轻重不等,但觉用惯器械,分外精通,好不过的了。周文道:“兄弟,你看这样戟法,那里还像毛子贞的儿子,分明是国家梁栋,英雄大将了。”周武说:“正是,哥哥,这怕我们两口刀赶上去,不是他的对手哩。”周文说:“兄弟,这个何消讲得,看起来到要留他在上,教点我们的了。”二人称赞不绝。仁贵使完戟法,跪下来说道:“二位将军,这戟法比刀法可好些么?”周文大喜说:“好得多。我看你本事高强,不如与你结拜生死之交,弟兄相称。一则讲究武艺,二来山下唐兵讨战甚急,帮助我们退了人马,待我陈奏一本,你就:腰金衣紫为官职,荫子封妻作贵人。”

不知薛仁贵怎生攻破摩天岭,且看下回分解。

第三十二回 猩猩胆飞砧伤唐将 红幔幔中戟失摩天

诗曰：

天使山河归大唐，东洋番将枉猖狂。

征东跨海薛仁贵，保驾功勋万古扬。

那周文、周武又说："我们保奏你出仕皇家，为官作将，未知你意下如何？"仁贵听言，满心欢喜，正合我意。便说："二位将军乃王家梁栋，小人乃一介细民，怎敢大胆与将军结拜起来？"周文、周武道："你休要推辞过谦，这是我来仰攀你，况你本事高强，武艺精通，我弟兄素性最好的是英雄豪杰，韬略精熟，岂来嫌你经纪小民出身？快摆香案过来。"两旁小番摆上香案，仁贵说："既如此，从命了。"三人就在大堂拜认弟兄，愿结同胞共母一般，生同一处，死同一埋。若然有欺兄灭弟，半路异心，天雷击打，万弩穿身。发了千斤重誓，如今弟兄称呼。分付摆宴。小番端正酒筵，三人坐下饮酒谈心。言讲兵书、阵法、弓马、开兵，头头有路，句句是真。喜得周文、周武拍掌大笑，说："兄弟之能，愚兄们实不如你，吃一杯起来。如今讲究日子正长，我与你今夜里且吃个快活的。"仁贵大悦道："不差，不差。"三人猜拳行令，吃得高兴，看看三更时候，仁贵有些醺醺大醉，周文、周武送他到西书房安歇去了。于今弟兄二人在灯下言谈仁贵之能，周武不信毛家之子，一定大唐奸细，故而有这本事。周文也有些将信将疑，其夜二人不睡，坐到鼓打四更。

又要讲到书房中薛仁贵吃醉了，一时醒来，昏昏沉沉，还只道是唐营中，口内发燥，枯竭起来，喊叫道："那一个兄弟，取杯茶来与本帅吃。"这一句叫响，不觉惊动周文、周武，亲听明白。周武便说："哥哥，如何！既是毛家儿子，为何称起本帅来，难道他就是唐朝元帅？"周文方才醒悟道："兄弟，一些不差。我看他戟法甚好，我闻说大唐穿白用戟小将利害，近来又闻掌了兵权，敕封天下都招讨平辽大元帅，名唤薛仁贵。想他一定就是，故此口称元帅。"周武说："哥哥，如此我们先下手为强，快去斩了他，有何不可。"周文说："兄弟差矣，不可。我们一家总兵职分，与元帅结为兄弟，也算难得的，立了千斤重誓，怕他不来认弟兄？况且我们又不是东辽外邦之人，也是祖贯中原，在山西大隋朝百姓，有些武艺，漂洋做客，流落东辽，狼主有屈我们在摩天岭为将。况发心已久，不愿在外邦出仕，情愿回到中原，在唐朝为民。奈无机会，难以脱身。今番邦社稷十去其九，难得大唐元帅在山，正合我意，不如与他商议，投顺唐朝，反了东辽，取了摩天岭。一来立了功劳，二来随驾回中原，怕少了一家总兵爵位，岂不两全其美。兄弟意下如何?”周武道：“哥哥言之有理，不免静悄悄进去，与他商议便了。”兄弟二人移了灯火，推进书房说道：“薛元帅，小将取茶来了。”仁贵在床中听见，坐起身一看，见了周文、周武，吓得魂飞魄散。暗想事露机关，我命该死了。心内着了忙，跳下床来，一口宝剑抽在手中，说：“二位哥哥，小弟毛二，好好睡在此，未知哥哥进来有何话讲?”周文、周武连忙跪下说：“元帅不必隐瞒，小将们尽知。帅爷不是毛家之子，乃大唐平辽元帅薛仁贵，欲取摩天岭，冒认上来的。”仁贵说道：“二位哥哥休要乱道，小弟实是毛家之子，蒙二位哥哥抬举，结为手足，岂是什么大唐元帅。”周文道：“我看你武艺精通，戟法甚好，方才又听得自称元帅，怎说不是起来？若元帅果是唐邦之将，我们弟兄二人也不是东辽出身，向在中原山西太原府百姓，后因漂洋为客，流落在此，狼主屈我们为总兵，镇守摩天岭的，心向中国已久，奈无机会脱身。今元帅果然是唐朝之将，弟兄情愿投降唐邦，随在元帅标下听用，共取东辽地方，班师回家乡去，全了我二人心愿，望帅父说明。”仁贵听他有投降之意，料想瞒不过，只得开言叫声：“二位哥哥请起，本帅与你们今已结拜生死弟兄，患难相扶到底，并无异心。难得二位心愿投降唐朝，我也不得不讲明，本帅果是大唐朝薛仁贵，叨蒙圣恩，加封招讨大元帅，食君之禄，理当报君之恩，故而领兵十万，骁将千员，奉旨来取摩天岭。现今扎营在山下，不道此山高大，实难破取，故而本帅闲步散闷，偶遇毛子贞解弓上山，只得将计就计，冒名上山。谁道二位哥哥眼法甚高，识出其情，不如同反摩天岭，帮助本帅立功。到中原出仕，岂不显宗耀祖。”周文、周武道：“元帅肯收留，末将情愿在山接应。元帅快去，领人马杀上山来，共擒五将。略立头功，好在帐下听令。”说话之间，东方发白。仁贵道：“我下去领兵上山，倘小番不知，打下滚木来，如何抵挡。”周文说：“这滚木是小将叫他打，他们才敢打下山来，若不叫他打，他们就不敢打。元帅放心，正冲杀上来，决无大事。”薛仁贵满心欢喜，闲话到了天明，薛仁贵原扮做毛家之子，出了总府衙门，周文、周武送到后寨，竟下山去了，此言慢表。

单讲周总兵回衙，分付偏正牙将小番们等说：“东辽地方，十去其九，不久就要降顺大唐的了。方才下去这解弓之人，乃天邦招讨元帅薛仁贵冒名上来的，我总爷本事平常，唐将十分骁勇，谅不能保守此山，故今投顺大唐。与他商议，今日领兵杀上山来，我们接应，竟上山顶，保全汝等性命，你肯投唐，在中原做官出仕,不肯降顺,尽作刀头之鬼,未知众等心下如何?"

那些偏正将官小番们等,见主子已经投顺,谁敢不遵!多有心投顺。大家结束起来,端正枪刀马匹,候大唐人马上山,共杀上山顶。周文、周武多打扮起来,头上大红飞翠扎巾,金扎额;二翅冲天阴阳带,左右双分。身穿大红绣蟒袍,外罩绦链赤铜甲,上马提刀,在总府衙门等候。

再讲薛仁贵下山,来到自己营中。周青与众兄弟接见,满心欢喜,说:"元帅哥哥回来了么?"仁贵道:"正是。"进入中营,周青问道:"事情怎么样了,可有机会?这两句天书,应得来么?"仁贵说:"众兄弟,玄女娘娘之言,不可不信,如今有了机会,你等快快端正,即速兴兵,杀下摩天岭,自有降将在上面救应。"周青道:"元帅,到底怎样,就应了天书上的两句说话。且讲与小将们得知,好放心杀上去。"仁贵就把顶冒毛子贞卖弓,混上后山,如此甚般,降顺了周文、周武弟兄,岂不是又得擎天柱二根。周青与众弟兄听见,心中不胜大喜。大家各自端正,通身结束,上马提兵。薛仁贵头顶将盔,身上贯甲,跨了赛风驹,端了画杆方天戟,领了十万雄兵,先上摩天岭,后面众兄弟排列队伍,随后上山。一到了寨口,有周文、周武接住道:"元帅,待末将二人诈败在你马前,跑上山峰。你带众将随后赶上山来,使他措手不及,就好成事了。"仁贵道:"不差,不差,二位兄长快走。"周文、周武带转丝缰,倒拖大砍刀,望山顶上乱跑。薛仁贵一条戟逼住,在后追上山峰。后面七员总兵,带领人马,震声呐喊,鼓哨如雷,炮声不绝,一齐拥上山去。

再讲周文、周武跑上山,相近寨口,呼声大叫:"我命休矣!要求救救,休待来追。"这番惊动上面小番们听见,望下一看,连忙报进银安殿去了。

这座殿中有位呼那大王,生来面青红点,眉若丹朱,凤眼分开,鼻如狮子,兜风大耳,腮下一派连鬓胡须,身长一丈,顶平额阔。两位副将生得来面容恶相,扫帚乌眉,高颧骨,古怪腮,铜铃圆眼,腮下一派短短烧红竹根胡,身长多有九尺余外。驸马红幔幔,面如重枣,两道浓眉,一双圆眼,口似血盆,腮下无须,刚牙阔齿,长有一丈一尺,平顶阔额。其人力大无穷,本事高强。元帅猩猩胆生来面如雷公相似,四个獠牙抱出在外,膊生二翅,身长五尺,利害不过。这五人多在银安殿上讲兵法,一时说到大唐人马,势如破竹,大元帅屡次损兵折将,狼主银殿尚被唐王夺去,为今之计怎么样,呼那大王说:"便是,今又闻唐朝穿白将掌了帅印,统兵来取摩天岭,不是笑他,若还要破此山,如非日落东山。千难万难,断断不能的了。"众人说:"这个何消说得,凭他起了妖兵神将,也是难破这里。"口还不曾闭,小番报进来了。报:"启上大王、驸马、元帅爷,不好了。"众人连忙问道:"为何大惊小怪起来,讲什么事?"小番道:"如此甚般,唐将带领人马,杀上山来。二位周总兵,杀得大败,被他追上山来了。"五人听见此言,定心一听,不好了。只闻得山下喊杀连天,鼓炮如雷,说:"为何不打滚木,快传令打滚木下去。"说道:"滚木打不得下去,二位周总兵也在半山中,恐伤了自家人马。"那番急得五将心慌意乱,手足无措,披挂也来不及了,喝叫带马抬刀拿枪来。元帅猩猩胆连忙取了铜锤铁砧,飞在半空中去了。这里上马的上马,举刀的举刀,提枪的提枪,离了殿廷,来到山寨口。呼那大王冲先,后面就是雅里托金、雅里托银,两条枪忙急,劈头撞着周文、周武假败上山来,说:"大唐将骁勇,须要小心,且让他上山斗战罢。"两人说了这一句,就溜在呼那大王背后去了,到抵住雅里弟兄不许放他到寨口接应,不由分说,两口刀照住托银托金,乱斩乱剁,这二人不防备的说:"周总兵,怎么样敢是杀昏了。"连忙把枪招架,四人杀在一堆。后面驸马举起忽扇板门刀,一骑马冲上前来喝道:"周文、周武,你敢是反了,为什么把自家人马乱杀?"二人应道:"正是反了,我弟兄领唐兵来,生擒活拿你们。"驸马听言,心中大怒,说:"把你这好贼碎尸万段!狼主有何亏负于你,怎么一旦背主忘恩,暗保大唐,诱引人马杀上山来!"说罢,一马冲上前来,不战而自心虚。

单说呼那大王见周文、周武反了身要取他性命,正欲回身,却被薛仁贵逼到寨口,说:"你往那里去,照戟罢。"插一戟,直望呼那大王面门上刺将过去。他喊声:"不好!"把手中枪噶啷一架,这一个马多退后十数步,雕鞍上坐立不牢。仁贵又用力挑一戟进来,这位大王招架也来不及,贴身刺中咽喉,阴阳手一泛,把一位呼那大王挑到山下去了,差不多跌得酱糟一般。

又要说仁贵冲上一步,直撞着驸马红幔幔,喝声:"穿白将不要走,照刀罢。"量起手中板门刀,望仁贵顶梁上砍将下来。这薛仁贵说声:"来得好。"把手中方天戟望刀上噶啷一声响,架在旁首。两膊子振只一振,原来得利害,冲过去,圈得马转,薛仁贵手中方天戟紧一紧,喝声:"照锋戟罢。"插这一戟,直望驸马劈前心刺将过去。红幔幔说声:"来得好。"把刀噶啷一声响,枭在旁边,全然不放在心上。二人贴正,杀个平交。半空中元帅见驸马与仁贵杀个对手,不能取胜,飞下来助战了。周文晓得猩猩胆会飞,一头战,一头照顾上面,留心的看见飞到薛仁贵那边去,遂叫:"元帅!防备上面此人,要小心。"仁贵应道:"不妨。"左手就扯起白虎鞭,往上面架开,遂即要打,又飞开去了。又望周文、周武顶梁打下去。周氏弟兄躲过,又往薛仁贵这里飞来。他如今只好抵住红幔幔这口刀,那里还有空工夫去架上面,到弄得胆脱心虚。

又要讲这周青、王新鹤七人,领兵到得山上,把这些番邦人马围在居中好杀。王新溪一条枪使动,杀往南山,李庆先一口刀舞起乱斩乱剁,竟望东首杀去。薛贤徒轮动射苗枪,催马杀往西山。姜兴霸在北营杀得番兵番将死者不计其数,哭声大震。周青两条锏好不利害,看见仁贵杀得气虚喘喘,连忙上前说:"元帅,我来助战了。"把马催到驸马马前,提起双锏就打。红幔幔好不了当,把手中刀急架忙还，一人战一个，红幔幔原不放在心上。仁贵说："周兄弟，你与我照顾上面猩猩胆的砧锤，本帅就好取胜了。"周青答应，正仰面在此，专等猩猩胆飞来，提锏就打。如今这猩猩胆在上，见周青在那里招架，到不下来了。正往周文、周武那边去打浑了。周氏弟兄与托银、托金杀了四十余合，枪法越来越高强，刀法渐渐松下来，战不过起来。那一首李庆红、王新鹤见周文、周武刀法渐渐乱了，本事欠能，带马上前，帮了周文，提刀就砍。托金、托银忙驾相还，四口人刀逼住两条枪，不管好歹，插插插乱斩下去。这番将那里招架得及："阿唷，不好，我死矣！"噶啷叮当，叮当噶啷，前遮后拦，左钩右掠，上护其身，下护其马。又战了二十冲锋，番将汗流脊背，呼呼喘气，要败下来了。上面猩猩胆见托金、托银力怯，他就转身飞下来，正照李庆红顶梁上当这一锤砧。庆红说声："不好。"要架也来不及了。打了一个大窟窿，脑浆冲出，坠骑身亡了。王新鹤见庆红打死，眼中落泪，只好留心在此招架上面猩猩胆。周文、周武两口刀，原不能取胜雅里弟兄，那一首仁贵、周青与红幔幔杀到一百回合，总难取胜。又闻猩猩胆伤了李庆红兄弟，心中苦之百倍，眼中流泪，手中戟法渐渐松下来。

又听见满山火炮惊天，真正天昏地暗，刀斩爷劈，吓得神鬼皆惊，滚滚头颅衬马足，叠叠尸骸堆积糟，四面杀将拢来。番邦人马有时的逃了性命，没时的枪挑锏打而亡，差不多摩天岭上番兵死尽的了，有些投顺大唐，反杀自家人马。姜兴霸、李庆先、薛贤徒、王新溪举起刀提着枪，四人拥上来帮助仁贵，共杀驸马。把一个红幔幔围绕当中，枪望咽喉就刺，刀往顶梁就砍，戟望分心就挑。那驸马好不利害，这一把板门刀轮在手中，前遮后拦，左钩右掠，多已架在旁首。薛仁贵叫声："众兄弟，你们小心，我去帮助周兄弟，挑了两员将，再来取这狗番儿性命。"仁贵把戟探下，往东首退去。停住了马，左手取弓，右手拿取一条穿云箭，搭在弓上，照定上面猩猩胆的咽喉嗖的射将上去。猩猩胆喊声："不好。"把头一偏，左翅一遮，伤了膊子："阿呀，是什么箭伤得本帅？凭你上好神箭，除了咽喉要道，余外箭头射不中的。今日反被大唐蛮子射伤我左膊，摩天岭上料不能成事，本帅去也。"带了这支穿云箭，望正西上拍翅就飞。此人少不得征西里边，还要出战。仁贵一见宝箭穿牢猩猩胆左膊，被他连箭带去，心内着忙，可惜一条神箭送掉了。遂催马上前。把戟一起，接战驸马。正是：

摩天岭上诸英士，一旦雄名丧海邦。

毕竟薛仁贵怎生取胜，且看下回分解。

第三十三回 宝石基采金进贡 扶余国借兵围城

诗曰：

苏文炼宝往山林，借取邻邦百万兵。

复困番城惊帝主，咬金诱贼脱逃行。

薛仁贵叫："众兄弟，去帮周文、周武，取了托金、托银性命，再来助我。"那薛贤徒、姜兴霸、王新溪探出兵刃，连忙答应道："嗄！"便向前帮助周文、周武，围住雅里弟兄，刀斩斧劈，杀得他两条枪招架也来不及，雅里托银心中慌乱，那柄枪略松得一松，却被王新溪刺中咽喉，翻下马来，一命呜呼了。托金见同胞已死，泪如雨点交流，心中慌张，被周文用力一刀，砍将过去，托金口说："嗄唷，不好！"闪躲也来不及，连肩带背，着了一刀，跌下马来，呜呼身亡。众人大悦，拥上来把驸马围住，又杀了一回。薛仁贵手中戟逼住红幔幔，杀得他呼呼喘气，刀法混乱，招架也来不及。他望四下一看，并没有自家人马，四将尽皆惨死，多是大唐人马，心中慌张不过，却被仁贵一戟倒将进去，红幔幔喊声："阿呀，我命休矣！"戟正刺中前心，穿了后背，阴阳手反往半边挑去了，自然死的。那些番兵尽行投降。薛仁贵分付山前山后，改换了大唐旗号。大家进往银安殿，查点粮草已毕，传令摆酒数桌，众将坐席饮宴。仁贵叫声："二位将军，此座摩天岭乃二位之功，待本帅班师到越虎城，在驾前保举一本，自有封赠。"周文、周武道："多谢元帅。"席上言谈，饮至半夜，各回帐房安歇一宵。到了明日清晨，元帅传令要回越虎城去，周文、周武上前道："元帅且慢起程，此处殿后宝石基乌金子最多，请到后面去拣择几百万，装载车子，解去献与万岁，也晓得为臣事君之心。"仁贵道："那里有这许多金子？"周文道："元帅，你道天下间富贵人家的乌金子，是那里出的？多是我们这里带去，使在中原的。这乌金子乃东辽摩天岭上所出。"仁贵道："有这等事？快到后面去。"众弟兄同往宝石基一看，只见满地通是乌金子，有上号、中号、下号三等乌金。

仁贵传令："众兄弟分头去拣选上等的，准备几十车，好奉献陛下，也算我们功劳。"数家总兵奉令，十分欢悦，各去用心寻拣上号乌金，各人腰中藏得够足。

从此日日拣兑乌金，也非一日之功。我且慢表仁贵兵马耽搁摩天岭，如今要讲到番邦元帅盖苏文。他复上朱皮山求木角大仙，又炼了九口柳叶飞刀，拜别师父下山，从扶余国经过，借取雄兵十万，猛将十员，来到贺鸾山，见狼主千岁。说起摩天岭已被大唐仁贵夺取，事在累卵。“幸元帅下山，将何计可退得天兵，复转关寨，孤之万幸。”盖苏文启奏道：“狼主龙心韬安，臣下朱皮山，半路上就闻报摩天岭已被大唐夺去，又闻薛仁贵同偏正将，多在山后宝石基兑择乌金子，还要耽搁两个多月，未必就班师下山。趁他不在越虎城内，因此臣就在扶余国借得雄兵十万，猛将十员，请狼主御驾亲行，带领大队，困绕越虎城，谅城中老小将官，也不能冲踹。臣就传令四门攻打，倘徼幸破了城池，捉住唐王，就不怕仁贵恃强了。岂不关寨原归我主，中原亦归我主？中原天下一统而得！”

高建庄王龙颜大悦，遂即降旨，拔寨起了大队儿郎，离却贺鸾山，早到越虎城。大元帅传令与我把门围困，按下营来。手下一声号令，发炮三声，分兵四面围困住了，齐齐屯下帐房，有十层营盘，扎得密不通风，蛇钻不透马蹄，鸦飞不过枪尖。按了四方五色旗号，排开八卦营盘，每一门二员猛将保守。元帅同偏正将，保住御驾，困守东城。恐唐将杀出东关，往摩天岭讨救。所以绝住此门要道。今番二困越虎城，比前番不同，更觉利害，雄兵也广，猛将也强，坚坚固固，凭他通仙手段，也有些难退番兵。

不表城下围困之事，又要讲到城内。贞观天子在银安殿，与诸大臣闲谈仁贵本事高强，计取摩天岭，只怕即日就要回城了。正在此讲，忽听见城外三声大炮，朝廷只道仁贵回朝，喜之不胜。那一首军士飞报进殿来道：“启上万岁爷，不好了！番邦元帅带领雄兵数万，困住四门，营盘坚固，兵将甚多，请万岁定夺。”朝廷一听此报，吓得冷汗直淋，诸大臣目瞪口呆。茂公启奏道：“既有番兵困绕四城，请陛下上城，窥探光景如何，再图良策。”

朝廷道：“先生言之有理。”天子带了老将，各府公子，多上东城。望下一看，只见：

征云霭霭冲斗牛，杀气重重漫四门。风吹旗转分五彩，日映刀枪亮似银。鸾铃马上叮当响，兵卒营前番语清。东门青似三春树，西按旌旗白似银。南首兵丁如火焰，北边盔甲暗层层。中间戊己黄金色，谁想今番又困城。

果然围得凶勇，如之奈何。急得老将搔头摸耳，小爵主吐舌摇头。天子皱眉道：“徐先生，你看番兵势头凶勇，怎生是好？薛元帅又不在，未知几时回城，倘一时失利，被他攻破城池，怎么处。”茂公道：“陛下龙心韬安。”遂传令罗通、秦怀玉、尉迟宝林、尉迟宝庆，各带三千人马，保守四门，务要小心。城垛内多加强弓硬弩，灰瓶石子，日夜当心守城。若遇盖苏文讨战，不许开兵，他有飞刀利害，宁可挑出免战牌。若有番将四门攻打，只宜四城紧守，决无大事。不要造次，胡乱四面开兵，倘有一关失利，汝四人一齐斩首。四将得令，各带人马，分四门用心紧守。朝廷同老将、军师退回银銮殿，自然计议退兵。我且分开城内之事，又要说到城外庄王御营盘。其夜，同元帅、军师摆酒畅饮，三更天各自回营。一宵过了，明日清晨，饱餐战饭已毕，大元帅全身披挂，带领偏正将，出营来到护城河边，一派绣绿蜈蚣幡，左右分开，盖元帅坐在混海驹上，摆个拖刀势，仰面呼声高叫："呔！城上的，快报与那唐童知道，说前日曾在本帅马前苦苦哀求，追往东海，陷住沙泥，逼写血表，中原世界已入我手，可恨者穿白薛蛮子，把唐童救去，破人买卖；也是本帅自己不是，留得唐童首级，不早割取，为此心中时时懊悔。所以再上仙洞，炼就飞刀，借得雄兵猛将，今非昔比，眼下四门我兵甚多，谅薛仁贵在摩天岭上，决不能就回。唐童即日可擒，越虎城必定就破，汝等蝼蚁之命，也只在目前化为乌有。"底下厉声喝叫，忽惊动上面罗通，一闻此言，心中大怒，望下大喝道："呔！我把你这狗番奴一枪刺死才好，怎么你自恃飞刀邪术，在城下大呼小叫，耀武扬威，满口夸言，我小爵主因奉军师将令，只要紧守，故不开兵，你今日且好好回营，少不得只在几日内，还你个片甲不留就是了。"

苏文说："我认得你是大唐罗蛮子之后，原有几分本事，只是太觉夸能，你还不知我四门兵马骁勇，谅汝城中老少之将，也不能守住越虎城，不如把唐童献出，归顺我邦，重重加封。如有片言不肯，本帅就要四门架起火炮攻打，管教你满城生灵，尽作为灰，那时悔却迟了。"罗通呼呼冷笑道："青天白日，敢是做了春梦？在此说这些鬼话！凭你火炮、水炮打上城来，今日小爵主爷不与你斗战，把免战牌挑出去。"手下兵士一声答应："嗄。"东门把免战牌高挑，四门上尽挂了免战牌。盖苏文一见，哈哈大笑回营，将言细说与狼主得知。庄王大悦，称元帅之雄威。其夜话文不表。

一到了次日，大元帅传下令来，四城门一共架起十二枚火炮，各带发五千雄兵，围绕护城河边，又架起连珠火炮，打得四处城楼摇动，震得天崩地裂。齐声喊杀，惊得荒山虎豹慌奔；锣鸣鼓响，半空中鸦鹊不飞。满城外杀气，冲得神仙鬼怪心惊。这番攻城不打紧，吓得那些城中百姓，男女老少，背妻扶长，抱子呼兄，寻爹觅子，哭声大震。街坊上纷纷大乱，众兵丁慌张不过。朝廷在殿，听得四处轰天大炮，觉得地上多是震动，浑身发战，心中慌乱，并无主意。又听得城中百姓哭声不绝，惊乱异常，连及众大臣心胆俱碎。茂公十分着急，忙叫："陛下龙心韬安，番兵攻城，虽是利害，有四位爵主在城上用心抵挡，一日决不能破，料无大事，请陛下宽心，降旨差臣招安黎民要紧。况外面有兵，里边不宜慌乱，若是先使自兵喧嚷，这外将势广，城即就破矣。"朝廷听了军师之言，遂命尉迟恭、程咬金往四路招安百姓。

亏他二人领旨前去各路招安，方使这些百姓哭声略略缓低了些。二人进殿复旨已毕，尉迟恭又上四门叫诸公子抵挡，令三千攒箭手，望番兵队内，嗖嗖嗖的乱射下去；又把火炮、灰瓶、火箭打个不住，一直闹哄到黄昏时候，番兵才得退回营去，方使耳边清静。这一夜马不卸鞍，人不卸甲，只在保守四城。一到第二天，原架起火炮，四门攻打，城中每一门又加二千攒箭手抵挡，自此连攻三天，四位爵主食不甘，夜不寝，人劳马倦，越虎城危于累卵，即日可破。四位公子急得面容憔悴，又不敢亲去见君，各差人报知万岁，说番兵势大，攻城利害，若再不图良策而退，目前顷刻就有大祸。这番急得朝廷魂飞魄散，茂公奏道："今夜且过，待臣明早图其计策。"朝廷许之。一到明日清晨，天子升殿，武将侍立两班，朝廷开言叫声："先生，番兵连珠炮可怕，银銮殿尚且震动，想四处城楼独造空中，倘然震塌，城门着火，冲进城来，那时谁人御敌？可叹薛王兄破摩天岭已有五六天，这几日应该回来，不知何故耽搁住了。"茂公说："陛下要退番兵，须当外合里应，内外夹攻，可退得来。"天子说："薛王兄这标人马现在外边，若至城来，天缘凑合，两路夹攻了。如今不知他几时回城，事在危急之处，那里等得及？"茂公道："依臣阴阳上算起来，薛元帅未必就来，应在此月外方回。"朝廷听言，面多忧色。说："依先生之言，我等君臣活不成的了。"茂公道："非也，陛下只消降旨，命一大臣踹出番营，往着摩天岭讨救，薛仁贵自然前来，共退番兵，有何难哉。"朝廷说："先生又来了，城中数万人马，老少英雄尚不敢冲杀番兵，寡人殿前那一个有这本事独踹出营？"茂公道："这个本事的人尽有，只恐他不肯去，若肯去，番兵包可退矣。"天子道："先生，那一位王兄去得？"茂公笑道："陛下龙心明白，讨救者，昔日扫北的功臣也。"

天子心中醒悟，说："程王兄，徐先生保你能冲踹番营，前去讨救，未知可肯与朕效力否？"程咬金听说，心中老大吃惊，连忙跪奏道："陛下在上，老臣应当效力，舍死以报国恩。但臣年纪老迈，疾病满身，况到摩天岭，必从东门而出。盖苏文飞刀利害，臣若去，只恐有死无生，必为肉泥矣。"朝廷想想道："先生，当真程王兄年纪老迈，怎生敌得过盖苏文，不如尉迟王兄去走一遭罢。他这一条枪，还可去得。"茂公道："陛下动也动不得，臣算就阴阳，万岁洪福齐天，程家兄弟乃是一员助唐福将。盖苏文虽有飞刀邪术，只好伤害无福之人，有福的不能伤他，故此臣保程兄弟前去，万无一失，大事可成。若说尉迟将军，他本事虽然比程兄弟高几分，怎能避得过番帅的飞刀之患，不但兵不能退，反损一员梁栋。程兄弟当年扫北里头，也保你讨救，公然无事，占取功劳。今日怎么反有许多推三阻四起来？"咬金道："你这牛鼻子道人，前年扫北，番将祖车轮本事低些，用兵之法不精，营帐还扎得松泛，此乃一也；二则还亏谢映登兄弟救护出营，所以全了性命。如今我年纪增添，盖苏文好不利害，营盘又且坚固，更兼邪法伤人，我今就去，止不过死在番营，去尽其臣节，只恐误了国家大事，自然是你我之罪也。"茂公道：

"你的说话作得证，为了一生，军事，我妙算无差，难道到将我说话算为乱道？你既有心保天子，我岂无心帮国家，诱你出去，送汝性命？此刻映登在番营内等了半日，又来渡你，所以我保你去讨救立功，岂来害你性命？你若执意不去，限迟日子，须臾打破城池，少不得多是个死。"咬金听见茂公说谢映登又在营中救渡，喜之不胜，忙问道："二哥，果然谢映登又在营中等我？"茂公说："当真，那一个哄你。"程咬金说："既有谢兄弟在番营渡我，待臣情愿往摩天岭走一遭。"朝廷说："既是王兄愿去，寡人密旨一道。你带往摩天岭开读，讨了救兵，退得番邦人马，皆王兄之大功也。"程咬金领旨一道，就在殿上妆束起来，按按头上盔，紧紧攀胸甲，辞了天子，手端开山斧，出了午门，跨上铁脚枣骝驹，也不带一兵一卒，单人独骑，同徐茂公来到东城。咬金对茂公道："二哥，我出了城，冲杀番营，营头不乱，你们把城门紧闭，吊桥高扯；若营头大乱，你们不可闭城，吊桥不可乱扯，放我逃进城来。"茂公说："这不消兄弟分付，你只放胆前去，我自当心在此。"一面茂公竟上城头，一边放炮开门，吊桥坠落，咬金一马当先，冲出城来。过得吊桥，徐茂公一声分付，城门紧闭，吊桥扯起了。程咬金回头看见城门已闭，心中慌张叫声："二哥，我怎样对你讲的。"茂公叫声："程兄弟，你放大胆子，只顾冲营，自有仙人搭救，我这里东门更不开的，休想进城，快往摩天岭讨救罢，我自下城去了。"

不表徐茂公回转银銮殿之事，单讲程咬金坐在马上，怕进番营，只管探头探脑观看，却被营前番军瞧见，多架起弓矢喝道："呔！城中来将，单人独骑，敢是要来送命么？看箭！"话未说完，就是嗖嗖的乱发狼牙弩箭。程咬金好不着忙，那番向前又怕，退后无门，心中一想，说："也罢，千死万死，不过一死，尽其节以报国恩罢。"把手中斧子一举，二膝盖催动，大喝道："营下的，休得放箭，我乃鲁国公程咬金，今日单人独马，来踹你营盘，快些开路，让路者生，挡路者死！"冒箭冲到营前，手起斧落，乱砍乱杀，有几个小番遭瘟，做了无头拆足之鬼，乖巧些逃往帅营去了。咬金冲进头营，砍倒帐房，欲踹第二座营盘，却听见左边一箭远的所在，起一声大炮，咬金在马上吃了一惊，抬头看时，却见一骑马跑来，中有一人，高挑双尾，青面獠牙，红须赤发，提板门样一口赤铜刀。咬金认得是盖苏文，顷刻浑身发抖，暗想："我命休矣！"急转马头要走，也来不及了。正是：

一时遇了英雄将，意乱心慌难理论。

毕竟不知程咬金逃得出逃不出，且看下回分解。

第三十四回 程咬金诱惑盖苏文 摩天岭讨救薛仁贵

诗曰：

大唐福将鲁国公，满口花言逞英雄。

哄脱番营去讨救，回朝应得赏奇功。

那盖苏文马快，纵到面前，好似天将模样，大叫犹如霹雳交加，喝道："呔！老蛮子，你有多大神仙本事，敢独骑来踹本帅的营盘，思想往那里走？"

这一声大喝，把个程咬金吓呆了，重复带转头，往番营内冲进去了。早有偏正将官，一拥上前，阻住咬金去路。后面盖苏文纵一步，马上叫声："老匹夫，你休想活命了，吃本帅一刀。"量起赤铜刀，瞎绰的望程咬金顶梁上斩将下去。这咬金也来得作怪，呼地里把马一带转，口中只叫："我命死矣！"把手中大斧，用尽周身之力，在这口刀上噶啷噶啷这一抬，把个程咬金险些跌下雕鞍，马多退后十数步，眼前火星直冒。盖苏文又要起刀来砍，程咬金把斧钩住说："呔！盖元帅，休得莽撞，慢来慢来，我有话对你讲。"盖苏文把刀停住，说："你既来冲营，有什么话对本帅讲？"程咬金善为捣鬼，在上欠身，打一拱道："元帅，请住雷霆之怒，暂息虎狼之威，容孤细细告禀。"盖苏文见程知节如此谦逊，只得在马上亦对道："老将军既有话讲，本帅洗耳恭听。说得盈耳贯耳，本帅是当送你回城，若有一句不得盈耳，休怪本帅恃强。"咬金道："这个自然。不瞒元帅说，孤乃唐天子驾前一员开国功臣，名唤程咬金。将军若说到当初少年时，我的本事颇颇有名，也曾干过多少无天大事！曾在中原隋天子，分他一半江山，霸住瓦岗城，杀死隋朝大将数十余员，更兼断王杠，劫龙袍，反山东，老杨林尚不敢除剿，乱隋朝的头儿就是我程老将军为始。你东辽难道不闻得我的大名么？"盖苏文哈哈大笑道："我道你是那一个有名目的好本事，原来就是大唐朝的程老蛮子。本帅也闻说你是乱隋朝的头儿，你倚仗少年这些本事，单人独骑，来踹进营头，藐视本帅么？中原由你横行天下，这里就算你不着，今既冲我营盘，有本事早些放出来，不然本帅就要抓你驴头下来了。"咬金也就冷笑道："盖元帅，孤家若是少年本事还在,那怕一个盖苏文,就是十个盖苏文,也不在我心上,何用善言见你?亏你为了东辽大将,将才也无一些,我邦若有心踹你营盘,比我很些老少英雄也尽有在城中,难道不会兴兵,四门冲杀的,单差我年迈老将,独一个来冲你帅营?你看前无开路一卒,后无跟从半人,须发苍白,年纪老迈,鞍鞒上坐立不牢,又且善言求见。盖元帅呵盖元帅,难道我程老将军是这般行径,可是来踹你营盘的么?"盖苏文道:"你既不来冲营,到此何干?"程咬金说:"孤奉陛下旨意,有一件紧急事情,要往黑风关去,奈因急促了些,不曾面见元帅,以借道路。今元帅既来究我,我剖心直言,以告明元帅,望元帅放我出营盘。"盖苏文暗想一回,呼呼冷笑说:"老蛮子,本帅心中也知道,那里是什么紧急事情,分明要往摩天岭讨救,勾引薛仁贵来退我兵马,你哄那一个?"咬金说:"是否你原算一个英雄,心中明白,却被你猜摸着了。我老将军实不瞒你所讲,我城中兵微将寡,今见元帅兵强马壮,枪刀锐利,攻城紧急,所以朝廷命孤往摩天岭讨救,情愿的抵死来营中走一遭,不道触怒元帅虎威,拦住去路。若肯开一线之恩,放我出营讨救,则孤深感帅爷厚恩矣。"盖苏文哈哈笑道:"老蛮子,只怕你想念差了。这叫做放虎归山终有害,你既要讨救,把不能够截住你去路,岂肯轻易放你?本帅若开恩与你去讨了救兵来,反手缚手,反害我命,此事皆孩童所干,非大将军所为也。老匹夫阿老匹夫,管叫你来时有路,去就无门。本帅今日一刀劈于马下,也除了后患!"程咬金哈哈大笑道:"何如?我原说不出我之所料,盖苏文你纵有精通本事,非为大将,真乃废人也!"盖苏文听见此言,就问:"老蛮子,不出你口中所料什么事来?"咬金道:"你有所不知,孤在城中与军师斗口打手掌来的。"苏文道:"打什么手掌?"

咬金道:"我那军师保我摩天岭讨救,万无一失。孤惧你本事高强,此行自知必死番营,所以不肯前来讨救,屡次驾前辞脱,谁道军师说盖苏文为了一国大元帅,通天本事,名扬流国山川七十二岛,豪杰气性,吃食吃硬,欺人欺强,只要几句善言求恳,他自有宽洪大量,放你出营的。孤家就对军师说,盖苏文枉为大将,在东辽决不比我朝中老将,多有仗义疏财大将军,气性柔弱暴强,素有忠义之心,以尽为人臣大节。他是个狼心狗肺、奸滑刁人,虽为国家梁栋,到底倭君蛮将,怎晓人臣关节,只仗自己牛刀本事,妖术伤人,恃强吞弱,专欺善良,最惧高强。况薛仁贵骁勇,世上无双,盖苏文屡次败在他手,阵阵鞭伤,若闻薛仁贵三字,就把他魂魂提散,肯放松我出营,勾引仁贵来,自害自身?料想乘便先杀我程咬金,除了后患。今元帅果不肯放我,提刀要杀,果不出我口中所料。"那盖苏文听了此番言语,心中大怒,叫一声:"老匹夫,本帅为了国家大将,英雄性气,人臣大节,岂可不知?汝邦军师言语还可中听,本帅就放你去讨救来,退我兵也无翻悔。但你这老蛮子，口中不逊，骂着本帅，休想活命了。"咬金说："我在城中就抵桩死的，我死你刀下，不过为国捐躯，但你为了国家良将，坏了一生英雄之名，却被各国元帅耻笑，多说你惧怕薛仁贵利害，故把一员年老将军杀死，何不揹死了一个蝼蚁？有本事把薛仁贵首级割得下，才为东辽元帅也。"盖苏文却被咬金花言巧语，说得面上无光，厉声叫道："罢了，罢了！我为一生大将，被你这老匹夫十分耻辱我无能，我就斩汝下马与蝼蚁无二。罢！众将闪开一条大路，让他去引了薛蛮子来，少不得一齐割他首级。"程咬金大喜说："妙阿，才算你是个大将，我去了来，把头割与你。"营中让出大路，咬金催马就走，出了营盘，来至一箭之地，心中放落惊慌，回头一看，见盖苏文远远望我，就叫道："你这青面鬼，不必看我，把头候长些，三日内就来取你首级。"说了这一句，把膝盖一催，往摩天岭大路上去了。我且按下不表。

单提盖苏文退进帅营，闷闷不乐，忙传军令传四门守将到帅营，有事相传。这一令传到四门，六员大将飞骑来至东城下马，进往帅营说："元帅在上，传末将等有何军令？"苏文道："诸位将军，你等今番各要用心保守，今早城中有一将冲出我营，讨救兵去了。这摩天岭一支人马，为首是招讨元帅薛仁贵，其人本事高强，十分利害，他麾下偏正将官一个个能征惯战，若唐兵一到，必有翻江倒海一场混战，汝等小心紧守，不可粗心轻敌，损兵失志。"六将齐声应道："元帅将令，怎敢有违。末将等自当小心。"苏文道："各守汛地要紧，请回罢。"六将辞了元帅出营，跨上雕鞍，分头各守城门去了。这数员将乃扶余国张大王驾下，殿前十虎大将军，力大无穷，骁勇不过。盖苏文故而借来守城。你道十位大将姓甚名谁：

飞虎大将军张格
玉虎大将军陈应龙
雄虎大将军鄂天定
威虎大将军石臣
烈虎大将军孙祐
螭虎大将军栾光祖
龙虎大将军俞绍先
越虎大将军梅文
勇虎大将军宁元
猛虎大将军蒯德英

前四员保盖苏文守东城，故不必叮嘱，后六员分守西、南、北三门，所以传谕。

我且休表番营整备之事，单言程咬金不上一天，到了摩天岭，竟大胆望上面走上来。但见寨门口旗幡飘带上书大唐二字,心中欢悦。又见许多小军保守,将近寨口,那些军士嚷道:"阿呀,不好了!有奸细上山了,快打滚木下去。"程咬金听见大喝道:"谁是奸细,我鲁国公有旨意在身,快报元帅得知,叫他快来接旨。"军士们听见,魂不附体。一面到上面去报元帅,一边就开关放进程咬金,便说:"老千岁,帅爷屯兵在山峰上,随小的上去。"

程咬金同了军士上山峰,只见薛仁贵冠带荣身,在殿背后闪出,曲躬接进。

一座小小银殿,仁贵俯伏,程咬金开读圣旨道:"圣旨已到,跪听宣读:奉天承运,皇帝诏曰,今有东辽国番帅盖苏文,统雄兵数十余万,战将数百余员,四门重重围困,营盘坚固,守将高强,飞刀妖术伤人;更遭连珠火炮,四城攻打,昼夜不宁,城楼击动,土震山摇。老少将无能冲杀,闭城紧守。奈番兵攻城紧急,使城中百姓慌乱,君臣朝暮不安致极。日不能食,夜不能寝,人不卸甲,马不离鞍,人劳马乏,越虎城危于累卵,即日可破,军民旦夕不保。故而朕今命着鲁国公程知节,杀出番营,前来讨救。小王兄可速急领兵,踹退番营,以救寡人危难,功劳非小,就此钦哉!谢恩。"

"愿我皇万岁、万岁、万万岁!"请过圣旨,香案供奉。仁贵叫道:"程老千岁,本帅见礼了。"咬金说:"不敢,元帅,孤也有一礼。"二人见礼已毕,坐下道:"本帅奉旨来取摩天岭,不上二月有余,那晓盖苏文又兴兵困住城池,四门攻打,朝廷受惊,不必言之。老千岁这两天在城中也觉辛苦了。"咬金说:"番兵火炮利害,攻城紧急,数日内原觉不安。前日闻元帅取了摩天岭,番兵还未困城,只道你不久就回城缴旨,那晓困住在城五六天,竟无信息。为此朝廷命我前来讨救,请问元帅在山上还有何事未了?所以耽搁住了。"仁贵道:"老千岁有所不知,本帅得了摩天岭,就想回城。奈殿后宝石基专生乌金子最广,所以我领众弟兄,日日在后面,拣择上好的充足十车,进献朝廷,故而耽搁住了。"咬金这人生性好色贪财,听见乌金甚广,不觉大喜,忙问:"元帅,如今宝石基在于何处?领我后边去看看。"仁贵起身,同了知节出殿,转到后山,到宝石基所在,见诸位总兵在那里忙忙碌碌的拾金子,他就欲心顿发,也去乱拾乱捡,往腰中乱藏,往怀内乱兜,现出旧时本相了。仁贵叫声:"老千岁,且慢拾金子,本帅有言告禀。"咬金道:"什么?说话请说便了。"仁贵道:"本帅欲兑完十车乌金,然后到城缴旨,谁想只选得六车,还有四车不曾装载,如今越虎城事在危急,救兵如救火,本帅就要连夜点将,兴兵速去,天明就要冲营的,望老千岁且守在此间,得空把上号乌金兑选,装满了四轮空车,凑成十车在山,待本帅退了番兵,奏知陛下,差将来取乌金,献上朝廷,这本帅感戴老千岁深恩矣。"程咬金道:"元帅说那里话来,臣之事君,人人如此,有什么感戴。"薛仁贵连忙传令殿中排宴,众人多往殿上坐席饮酒。咬金上坐，仁贵侧坐。酒饮至二更，安顿了程咬金，点一万人马，保守摩天岭前后寨门，余者多下岭去，山脚下听调。料理灯球亮子，一起篾腊高烧，照耀如同白昼，偏正将装束停当，齐下摩天岭，在山脚下等候。大元帅全身披挂，来至山脚下，扎住帅营。

仁贵升帐，就点："周文、周武！"二将答应一声说："元帅，有何将令？"

元帅说："你二人带正白旗人马二万，前往越虎城西门，离番营一箭之地，且扎营头，听东门放号炮，然后冲进营盘，遇将截住斗战，不得有违，去罢。"

周文、周武一声："得令！"接了令箭，带领白旗人马二万竟往西城前进。

再讲薛仁贵又传将令，命姜兴霸、李庆先往南城冲杀，也听号炮，领兵踹营。

"得令！"二人接了令箭，带正红旗兵马二万，离了帅营，往南城进兵。我且慢表。再讲仁贵又传王心鹤、王新溪，带领黑旗兵二万，往越虎城北门进扎，听号炮然后冲营。"得令！"二人接了令箭，出帅营带领黑旗兵二万，望北门前进。再讲薛仁贵点将，按了三处城门，如今传令拔寨起兵。三声炮响，元帅上马，前面周青、薛贤徒跨上雕鞍，各执兵刃，随了元帅，带领二万绣旗兵马，前后高张亮子，咬金送一里程途，方回摩天岭安顿不表。

单说大元帅人马，黑夜赶到三江越虎城了，元帅分付安营，埋锅造饭，三军饱餐已毕，扯起帐房，往东城而来。太阳东升，高有二丈，薛仁贵坐在马上，望番营前一看，但见一派绣绿旗幡飘荡，营前小番扣定弓箭，排开阵势，长枪手密层层布住。那番薛仁贵按按头上盔，紧紧攀胸甲，分付开炮。只听"轰隆括喇括喇"，这一声号炮不打紧，四门多知道了，也打点冲营不表。仁贵喝声："兄弟们，随我来！大小三军冲营头哩。"把二膝一催，舞动一条方天戟，后面人马齐声呐喊，锣鸣鼓响，叫杀上来。仁贵在前领头，冒着乱箭，冲到营门首，挺戟乱刺，挑掉了几名小番，左右攒箭手长枪手，也闻白袍将利害，一见魂不在身，大家弃弓撇枪，各自要命，多逃散了。仁贵一马冲进番营，把座牛皮帐房挑倒，冲进第二座营头，有偏正牙将、平章胡腊，持斧端刀，挺枪执戟，拦上前来，围住仁贵，一场厮杀。但见明枪耀眼，劈斧无光，仁贵那里放在心上，手中戟好比蛟龙一般，护住马，遮住身，如执一条活龙在手，数般兵器，那里近得仁贵之身，却落得空被仁贵连捣三戟，挑翻了二员番将，纵出圈子，手起戟落。番将招架不定，损伤落马不计其数，有几员脱逃性命。薛仁贵踹到三座营盘，后面周青、薛贤徒量起兵刃，两旁各冲杀番营，乱伤番兵，死者甚多。二万多人马混杀。番营炮声不绝，喊杀连天。东门番营纷纷绕乱，苏文在御营听得外边喧闹，明知救兵到了，站起身来，叫四位将军："外面唐兵已到，料想仁贵必冲此地营盘，快些上马，随本帅前去迎敌，须当小心。他标下之将，皆本事高强，不可失利与他。"

四虎将答应:“不妨”。按下头盔,系紧攀胸甲,跨上雕鞍,各执器械,先出御营,奔杀过去了。盖苏文连忙提刀,抢出营去。这里高建庄王与军师雅里贞,也上坐骑,立在营前。八员随驾将军,保护两旁,张望元帅退唐兵。或有失利,就好逃命,所以也坐马在外。

单言盖苏文五骑马,冲出营前,劈头就遇薛仁贵,便大叫一声:“薛蛮子,你太觉眼里无人,看得本帅平常了。你救护唐童,破人买卖,使本帅恨如切齿,今领兵困绕四门,又被你领兵前来,与你势不两立。”正是:

排成截海擒龙计,管取唐王入掌中。

毕竟不知薛仁贵如何杀退盖苏文,且看下回分解。

第三十五回 薛招讨大破围城将 盖苏文失计飞刀阵

诗曰：

枉去扶余借救兵，苏文难获大唐君。

飞刀失去雄师丧，天意谁能谋得成。

“你领兵好好退转摩天岭，万事全休。如若执意要冲我营盘，放马过来，与你决一雌雄！管叫你带来蝼蚁片甲不留，自然反悔在后。”薛仁贵呼呼冷笑道：“我把你这番狗奴，本帅屡次把你这颗颅头寄在颈上，不思受恩报恩，献表归顺，反起祸端，兴兵侵犯城池，此一阵不挑你个前心透后背，也算不得本帅利害。照戟罢！”嗖的一戟，分心就刺。盖苏文赤铜刀赴面交还。二人战到十合，不分败胜。左右飞虎将军张格，玉虎将军陈应龙，二骑马冲将过来助战。苏文见有帮助，一发胆壮。那仁贵旁边，周青飞马上来相助，把双锏往二人兵器上一分，二将觉得膊子震动，明知仁贵标下将士十分利害，也不通名答话，截住了，斧刀并举，双战周青。周青好了当，使起铁锏，护身招架，三人大战，并无高下。右手赶上雄虎将军鄂天定，威虎将军石臣。

鄂天定善使飞口青铜刀，石臣使两柄亮银锤，多有万夫不当之勇，来助盖苏文。只见仁贵旁边，又冲出薛贤徒，挺枪迎住。三将战在一旁，没有输赢。

二位元帅战到四十个冲锋，杀个平交。苏文手下偏正将甚多，喝声快上来，就有二十余员番将，把个薛仁贵围在核心，刀斩斧劈，锏打枪挑，仁贵虽然利害，却也寡不敌众，少了接战将官，也有些难胜番兵。

我且按下东城交战之事，另言南门姜兴霸、李庆先，听得东城起了号炮，连忙分付扯起营盘，也放一声号炮，带二万人马，冲杀番营。庆先舞动大砍刀，冲到番营前，乱斩乱斫，杀了几名小番，踹进营盘，砍倒帐房。姜兴霸手中枪胜比蛟龙相似，杀进营盘，手起枪落，小番逃散不计其数。冲到第二座营盘中，忽听一声炮起，杀出两员将官，大叫道：“唐将有多大本事，敢冲我南营汛地，前来送死么！”二人抬头一看，但见这两员番将，怎生打扮：

头上边多是大红飞翠包巾，金扎额二翅冲天，阴阳带打结飘左右。面如重枣，两道青眉，一双豹眼，狮子大鼻，口似血盆，海下一派连鬓长须。身穿一领猩猩血染大红蟒服，外罩一件龙鳞砌就红铜铠。左悬弓，右插箭，脚蹬一双翘脑虎尖靴，踹定踏凳，手端一条紫金枪，坐下胭脂马，直奔过来了。

李庆先喝道："番将少催坐骑，俺将军刀下不斩无名之辈，快留下名来。"

番将说："蛮子听者，我乃大元帅盖麾下，加为烈虎大将军、姓孙名祐。"

又一个说："我乃螭虎大将军栾光祖便是。不必多言，放马过来。"孙祐晃动紫金枪，望庆先劈面门刺将进去，李庆先把大砍刀噶啷一声，枭在旁首。

薛贤徒挺枪上前，那一首栾光祖持生铜棍，坐下昏红马，纵一步上前，迎住贤徒，枪棍并举，二人大战番将，不分胜败。

我且按下南门交战之事，单表西城周文、周武，听南城发了号炮，也起炮一声，带领二万人马，冲杀进营。里面炮响一声，冲出两员将官，你道他怎生打扮，但见那：

头戴的多是亮银盔，身穿的尽是柳叶银条甲，内衬白绫二龙献爪蟒。左边悬下宝雕弓，右边插着狼牙箭，手端浑铁鞭两条，坐银鬃马。面如银盆，两道长眉，一双秀眼，兜风大耳，海下长须，飞身上前来。

周文喝道："来将留名，敢来送死么。"番将喝道："呔！蛮子听者，我乃大元帅标下龙虎大将军俞绍先。"周文道："我也认得，你是张仲坚驾下大将，有本事，放马过来，看将军一刀！"把大砍刀直取番将，绍先舞起双鞭，敌住周文，来往交锋，各献手段。又要讲到周武冲进番营，手起刀落，把那些番邦人马杀散奔跑，劈头来了一员番将，便问道："来的番将，快留名字，好枭你首级。"那员番将大喝道："呔！蛮子听者，我乃越虎将军梅文便是。奉元帅将令，来拿你反贼，明正其罪，不要走，照打罢！"把坐下雪花驹催一步上，举起两根金钉狼牙棒，望周武顶上就打。周武手中刀急架忙迎，相斗一处。马分上下战住。

西城输赢未定，又要讲北门王新鹤、王新溪，闻号炮一响，带二万人马，两条枪直杀进番营，挑倒帐房，番兵四路奔走，见两员番将直冲过来，你道他怎生打扮，但只见他：

头上多戴开口镔铁獬豸盔，面如锅底一般，高颧骨，古怪腮，兜风耳，狮子鼻，豹眼浓眉，连鬓胡须，身穿一领锁子乌油甲，内衬皂罗袍，左右挂弓插箭，手端一口开山大斧，催开坐下乌鬃马，赶上前来。

大叫："唐将有多大本事，敢冲踹我这里营盘！"王新鹤喝道："来将慢催坐骑，我枪上从不挑无名之辈，快留姓名来。"番将道："蛮子，你要问我之名么，洗耳恭听，我乃大元帅盖麾下，加为勇虎大将军，姓宁名元"，"我乃猛虎将军蒯德英便是,快放马过来!”把坐下黑毫驹一纵,手中大砍刀一举,直望王新鹤劈面斩来。新鹤把枪架住在一边,马打冲锋过去,英雄闪背回来。王新鹤提起枪直刺面门,蒯德英大刀护身架住,两人战斗在营,全无高下。王新溪纵马摇枪来战,那边宁元使动斧子迎住。新鹤尽力厮杀,一来一往,四手相争,雌雄难定。

不表东南西北四门混战,喊杀连天,番兵四散奔逃。又要讲到城上,四门公子看见城下番营内乱哄哄鼓炮不绝,声声大振,明晓元帅救兵已到,多下城来,到银銮殿奏其缘故。天子龙心大悦,众将放下惊慌。茂功当殿传令:“汝等快上结束,整备马匹,带齐队伍,好出城救应,两路夹攻,使番兵片甲不留。”众爵主齐声得令,各各回营,忙忙结束,整备马匹,端好兵刃,传齐大队人马,在教场中等候。众公子上银銮殿,听军师调点。当下茂功先点罗通、秦怀玉:“你二将领本部人马一万,开东城冲杀,接应元帅,共擒盖苏文。”罗通、怀玉一声:“得令!”出银銮殿上马,至教场领兵一万,往东门进发不表。茂功又点尉迟宝林、程铁牛:“你二人带兵一万,往南门冲营,须要小心。”二将口称:“不妨!”就奉令出殿,跨上雕鞍,前往教场,领本部人马一万,往南城前进。再表茂功又点尉迟宝庆、段林:“你二人带兵一万,往西门冲营,不得有违。”二将答应,上马端兵,领人马往西城进发不表。再讲茂功又点尉迟恭:“你可独带兵马五千,开兵接应北门。”

敬德一声接应,上马挺枪,领兵五千望北城而来。放炮一声,城门大开,吊桥放平,一马当先,冲到番营前,手起一枪,把番兵尽行杀散。尉迟恭一条枪踹进二座营盘,五千兵混杀开去,番兵势孤,不来对敌,弃营逃走。敬德催马,无人拦阻,直进营头,见王新鹤弟兄大战番将二员,有二十余合不分胜败。恼了尉迟恭,把乌骓马纵一步上,喝声:“去罢!”手起一枪,把个蒯德英挑在他方去了。宁元看唐将多了,心内着忙,斧子一松,却被王新鹤一枪刺中咽喉,坠骑身亡。三人大踹番营,喊杀连天。番兵逃亡不计其数。

北门已退,营盘多倒。又要讲西门开处,挂下吊桥,冲出一标人马,踹踏营来。尉迟宝庆、段林各执一条枪,杀散小番,冲进营盘,只见周氏弟兄大战二将,数十合不定输赢。宝庆把枪一挺,拣个落空所在,插一声响,挑将进去,把个俞绍先穿透后背,死于非命。梅文见伤了一将,叫声:“阿呀,不好!”却被周武拦腰一刀,砍为两段,结束了性命。两条枪在左乱伤性命,两口刀在右乱砍小卒,尸骸堆积,倒幡旗衬满地,坍皮帐践踏如泥,西城又得破了。

单表尉迟宝林、程铁牛带兵冲出南门,杀进番营,见李庆先、姜兴霸与番将战有三十冲锋,未分胜败。恼了程铁牛,纵马上前,手起开山斧,把栾光祖连头劈到屁股下,战马皆伤,身遭惨死。孙祐心中又苦又慌,被庆先一刀将头砍落尘埃,一命归天去了。这番乱杀番兵,大踹辽营,番人料想不能成事,多抛盔卸甲,弃鼓丢锣，四散逃命。三门帐房，踹为平地。骸骨头颅，堆拦马足。血水成河，到处涌流，尸身马踹，踏为泥酱，四下里哭声大震，多归一条总路，逃奔东行。唐朝人马鸣锣擂鼓，紧紧追杀。

又要讲到罗通、秦怀玉，领人马到东门，发炮一声，开城堕桥，卷杀番营，两条枪胜比蛟龙一般，番兵不敢拦阻，让唐将直踏进营。抬头看见盖苏文同偏正将，围住了薛仁贵厮杀，番兵喝彩。明知元帅不能取胜，正欲要接应，但见左右两旁，杀声大震，战鼓不绝。罗通一马冲到，左边见二员番将，战住周青，足有数十回合，番将渐渐刚强，恼了罗通，一马冲到，手中攒竹梅花枪，嗖的一枪刺将进去，把个陈应龙挑下马来，一命休矣。张格见了，魂不在身，手脚一乱，周青量起铁锏，照头一下，可怜一员猛将，脑浆迸裂，死于非命。右首怀玉见番人双战薛贤徒，不问根由，纵马上前，把提炉枪一紧，到将过去，石臣架在一边，怀玉手快，左手把枪捺住，右手提起金装神锏，喝声："去罢！"当夹背上一下，石臣大叫一声："我命休矣！"翻鞍坠马，鲜血直喷。复一枪刺死在地，马踏为泥。鄂天定见了，心中惨伤，兵器略松，贤徒紧一枪，挑中咽喉，阴阳手一反，扑通响跌在苏文圈子内。吓得偏将心慌意乱，却被怀玉、罗通上前，不是枪挑，就是锏打，可怜二十余员将官，遭其一劫，逃不多几名，死者尽为灰泥。竟把盖苏文围住居中，杀得他马仰人翻，呼呼喘气。一口刀在着手中，只有招架之功，并无还兵过去。被五位大将逼住，自思难胜，若不用法，必遭唐将所伤。苏文计定，把刚牙一挫，赤铜刀往周青短锏上一按，周青马退后一步，闪得一闪，却被苏文混海驹一催，纵出圈子，远了数步，把刀放下，念动真言，一手掐诀，揭开背上葫芦盖，一道青光，飞出一口三寸柳叶刀，直望唐将顶上落下来。罗通、周青等一见，心内惊慌，望后边乱退。仁贵纵上前来，放下戟，左手取震天弓，右手拿穿云箭，搭住弦上，望青光内一箭射去，一道金光冲散青光，空中一响，飞刀化为灰尘。把手一招，箭复飞回手中。恼了盖苏文，连起八口飞刀，阵阵青光散处，仁贵也便一把拿了神箭四条，望上一齐撩去，万道金光一冲，括喇括喇一声响，八口飞刀尽化灰尘，影迹无踪，青光并无一线，把手一招，收回穿云箭，藏好震天弓，执戟在手，四将才得放心，一齐赶上。

盖苏文见飞刀已破，料想不能成事，大叫："薛蛮子，你屡屡破我仙法，今番势不两立，与你赌个雌雄。"纵马摇刀，直杀过来。仁贵舞戟战住，四位爵主围上前来，使枪的分心就刺，用戟的劈面乱挑，混铁锏打头击顶，大砍刀砍项劈颈。杀得盖苏文遍身冷汗，眼珠泛出，青脸上重重杀气，刀法渐渐慌乱，怎抵挡得住五般兵器。却被仁贵一条戟逼住，照面门、两肋、胸膛、咽喉要道，分心就刺。苏文手中刀只顾招架方天戟，不防罗通一枪劈面门挑将进来，苏文把头一偏，耳根上着了伤,鲜血直淋,疼痛难熬,心内着忙。

周青一锏打来,闪躲不及,肩膊上着了一下。那番慌张,用尽周身气力,望贤徒顶梁上劈将下来。薛贤徒措手不及,肩上被刀尖略着一着,负了痛往半边一闪,盖苏文跳出圈子,拖了赤铜刀,把混海驹一催,分开四蹄,飞跑去了。后面仁贵串动方天戟,在前引路,后面四骑马仗兵器,追杀番兵。高建庄王同雅里贞拍马就走。众番兵一见元帅大败奔走,多弃营撇帐,四下逃亡。

唐朝人马拢齐,几处番兵各归总路,望东大败。天朝兵将,渐渐势广,卷杀上前,这一阵可怜番兵:遭刀的连肩卸背,着枪的血染征衣。鞍鞒上之人战马拖缰,不管营前营后;草地上尸骸断筋折骨,怎分南北东西。人头骨碌碌乱滚,好似西瓜;胸膛的血淋漓,五脏肝花。恨自己不长腾空翅,怨爹娘少生两双脚。高岗尸叠上,底中血水昂昂。来马连鞍死,儿郎带甲亡。

追到十有余里之外,杀得番邦:番将番兵高喊喧,番君番帅苦黄连。南蛮真利害,咱们真不济。丢去幡旗鼓,撇下打腊酥。貂裘乱零落,黄毛撒面飞。刀砍古怪脸,枪刺不平眉。标伤兜风耳,箭穿鹰嘴鼻。一阵成功了,片甲不能回。人亡马死乱如麻,败走胡儿归东地。从今不敢犯中华。

这一场追杀又有十多里,番兵渐渐凋零,唐兵越加骁勇,杀得来枪刀耀眼,但只见:

日月无光,马卷沙尘,认不清东西南北。连珠炮发,只落得惊天动地;喊杀齐声,急得那鬼怪魂飞。四下里多扯起大唐旗号,内分五色,轰轰烈烈,号带飘扬。何曾见海国蚣幡彩色鲜,闹纷纷乱抛撇路摇。唐家将听擂鼓,诸军喝彩,领队带伍,持刀斧,仗锤锏,齐心杀上;番国兵闻锣声,众将心慌,分队散伍,拖枪棍,弃戟鞭,各自奔逃。天朝将声声喊杀,催战马犹如猛虎离山勇;番邦贼哀哀哭泣,两条腿徒然丧失望家园。刀斩的全尸堆积,马踹的顿作泥糟。削天灵脑浆并裂,断手足打滚油熬;开膛的心肝零落,伤咽喉惨死无劳。人人血如何似水,人马头满地成沟。闷自己不生二翅,恨双亲不长脚跑。抛鸣鼓四散逃走,弃盔甲再不投朝;逢父子一路悲切,遇弟兄气得嗷号。半死的不计其数,带伤的负痛飞逃。这番踹杀唐兵勇,可笑苏文把祸招。数万生灵送空命,如今怎敢犯天朝。

这一追杀有三十里之遥,尸骸堆横如山。大元帅薛仁贵传令鸣金收兵,不必追了。当下众三军一闻锣声,大队人马,各带转丝缰,众将领回城去。我且慢表。

单讲那番邦人马,见唐军已退,方才住马。苏文传令扎住营头,高建庄王吓得魂飞魄散,在御营昏迷不醒。盖元帅分付把聚将鼓哨动,有几名损将投到,点一点，看雄兵损折六万余千，偏正将士，共伤八十七员。就进御营，奏说损兵折将之事。庄王大叹道："元帅，欲擒唐将，反使损折兵将，这场大败非同小可，也算天绝我东辽，孤之命也。"苏文道："狼主韬安，臣此番：管叫大仙仗仙法，减去唐王君与卿。"

毕竟盖苏文怎生求救大仙，且看下回分解。

第三十六回 扶余国二次借兵 朱皮仙播弄神通

诗曰：

苏文几次上仙山，再炼飞刀又设坛。

怎奈唐王洪福大，机谋枉用也徒然。

庄王道："你有何法破他？"盖苏文道："大唐将士虽多，臣皆不惧怕，但所惧大唐者，薛蛮子利害非常。臣如今再上仙山，请我师父前来，擒了薛仁贵，那怕大唐将士利害，城即可破矣。"庄王大喜，说："事不宜迟，快些前去。"盖苏文辞驾出营，上雕鞍，独往仙山，我且慢表。

单讲唐朝人马，退进城中，四门紧闭，把三军屯扎内教场，点清队伍，损伤二万有余，偏将共折四十五员。遂同众爵主、总兵们等，上银銮殿俯伏尘埃，奏说退番兵大踹营头之事。朝廷大喜，说："皆王兄们之大功劳，赐卿等各回营卸甲，冠带上朝。"众将口称领旨，回营换其朝服，重上银銮殿。

朝廷不见了程咬金，心内一惊，忙问："薛王兄，可是程王兄到摩天岭讨救，兴兵来的呢？还是薛王兄已班师回城，退杀番兵的？"仁贵说："陛下，若非程老千岁到来，臣焉能得知？还要耽搁在摩天岭。"朝廷说："既如此，为什么程王兄不见到来？"仁贵就把兑选乌金，看守摩天岭此事，细细奏明。

唐王大悦，降旨一道，命尉迟王兄往摩天岭解乌金来缴旨。敬德口称："领旨。"上马提枪，带领家将八员，出了东城，望摩天岭去了。一到次日清晨，尉迟恭、程咬金同解十车金子，到殿缴旨。天子降旨，把乌金入库，又命光禄寺、银銮殿上大排筵宴，赐王兄、御弟、众卿们饮安乐道遥酒贺功。诸将饮至日落西山，众大臣谢酒毕，扯开筵席，黄昏议论平复东辽之事。仁贵满口应承，说："陛下，此一番若遇番兵交战，必然一阵成功，使他心甘情愿服归降。"朝廷大悦，叫声："薛王兄，你的英雄世上无双，但寡人受盖苏文屡次削辱，恨如切齿，若得王兄割他头颅，献于寡人，以雪深恨，功非小矣。"

仁贵奏道："若讲别将，臣不敢领旨，若说盖苏文，这有何难？取他首级如在反掌。包取他头颅，以泄陛下仇恨便了。”天子说：“前仇得泄，皆赖王兄之为。”君臣讲到三更时候，方各回营安歇，一宵安睡。到明日，薛仁贵升帐，调拨副将四员，带兵五千，看守摩天岭山寨已毕，逍遥无事，安享在城，半月有余。

单讲番邦盖元帅三上仙山，请了木角大仙，又往扶余国借兵二十万，有国主张大王，叫声：“盖元帅，那大唐朝薛仁贵，有多大本事，你屡屡损兵折将，把孤一国雄兵，尽皆调空。今日大仙亲自下山，扶助东辽社稷，谅仁贵必擒。待孤亲领精壮人马，同元帅前去，杀退唐兵。”苏文道：“若得如此，只我邦该复兴矣。”这番张仲坚点起雄兵，三声炮发，一路上旗幡招转，号带飘摇。到了东辽国，相近御营，高建庄王早以闻报，远远相迎。道：“孤家狭守敝地，并无匡扶邻国之心，敢劳王兄御驾，亲临敝邑，赴我邦难。挽覆之恩，使孤心不安，何以报此大德。”张仲坚连忙下马，挽定庄王之手，笑曰：“王兄是首国之君，孤虽有小小敝地，犹是股肱之臣，今天邦有兵侵犯，孤理当左右待劳，未见一线之功，何德之有。”二人谈笑，进御营施礼，分宾坐定。当驾官献茶毕，庄王道：“王兄，大唐薛仁贵骁勇，我邦元帅盖王兄大队雄兵损折，实为惶恐之至。”仲坚答道：“王兄，胜败乃兵家常事，打仗交锋，自然有损兵折将之功。盖元帅虽不能取胜，也未必常败；薛仁贵屡屡称威，也未必连胜。今王兄洪福，现有仙人下山，扶助社稷，薛蛮子即日可擒，王兄所失关寨，自然原端复转，有甚烦难。”说话之间，元帅同木角大仙进入御营，说：“狼主千岁在上，贫道稽首了。”庄王一见，心中欢悦：“大仙平身！孤家苦守越虎城，小小敝邑，谁道天朝起大队人马前来征剿，边关人马十去其九，事在危急，幸得大仙亲自下山救护，孤家深感厚恩不尽。”木角大仙开言道：“贫道已入仙界，不入红尘，奈我徒弟二次上山，炼就飞刀，尽被薛仁贵破掉，未知他什么弓箭射落飞刀，因此见进，愤愤不平。今又算狼主天下旺气未绝，仁贵只命该如此，所以贫道动了杀戒，下入红尘，伤了薛蛮子，大事定矣。”庄王大喜，御营设宴款待大仙。

次日清晨，元帅进营问：“大仙，今日兴兵前去，还是困城，还是怎样？”

大仙道：“此去不用困城，竟与他交战。贫道只擒了薛仁贵，回山去也。”

那番元帅点起大队，同了师父，竟望越虎。不及半天，早到东门下，离城数里，远扎下营头。日已过午，不及开兵，当夜在营备酒待师。席上言谈，饮到半酣，方回营安歇。次日清晨，摆队伍出营。大仙上马端剑，后随二十名钩镰枪，一派绣绿旗幡，一字排开，飘飘荡荡，攒箭手射住阵脚，鼓哨如雷。

盖苏文坐马端兵，在营掠阵。木角大仙催开坐骑，相近河边，高声大叫：“城上的，快报与那薛蛮子得知，叫他速速出城与贫道打话。”城上军士见了，连忙报入帅府来道：“启上元帅，番邦又领了大队人马，扎营在东城。今有一位道人，在那里讨战，口口声声，要请元帅打话。”那薛仁贵立起身来，顶盔贯甲，通身结束，上下拴扣，底下总兵们齐皆妆束停当，候元帅提戟，同上东城，望下一看，但见这道人怎生模样：头上青丝挽就螺蛳髻，面如淡紫色，长脸狭腮，黑浓眉，赤豆眼，鼻直口方，两耳冲尖，海下无须。身穿一件金线弦边水绿道袍，脚蹬一双云游棕鞋。坐马仗剑，扬威耀武。

仁贵左首周青叫道：“元帅，我看这道人身躯软弱，有何能处，待兄弟出城去取了他性命罢。”仁贵道：“兄弟休得胡乱，不可藐视他们，从来僧道不是好惹的。这来者不善，善者不来，本帅看这道人虽然身躯软弱，谅有邪术伤人，故敢前来声声讨战与我，待本帅亲自出马，会他一会。兄弟们随我到城外，掠阵助战。”众弟兄一声答应：“是。”元帅分付发炮开城，吊桥堕下，二十四对白绫旗左右分开，鼓声哨动。姜兴霸搴旗，李庆先擂鼓，周青坐马端双锏，在吊桥观望。仁贵一马冲上前来，大喝：“妖道，请本帅有何话打？”那大仙抬头看时，果然好威武也。但只见薛仁贵怎生模样：

头上白绫包巾金抹额，二龙抢块无情铁。身穿一件白绫蟒袍，条条丝缕蚕吐出；外罩锁子银环甲，攀胸拴口鸳鸯绌。左首悬弓右插箭，三尺银鞭常见血。催开坐下赛风驹，手仗画戟惊人魄。

木角大仙笑道：“来者可就是薛仁贵么？”仁贵道：“然也！既问本帅大名，你是何方妖道，今请本帅出城，待要怎样？”木角大仙怒道：“呔！谁是妖道，我乃朱皮山木角大仙是也。已入仙界，不落红尘。因我徒弟盖苏文屡炼飞刀，被你将何妖术破掉，故而贫道动了杀戒，下落红尘，特来会你。可知贫道本事利害，见我还不下马归降？投顺狼主，共擒唐王，饶汝性命。若有半句支吾，贫道一剑砍为两段。”仁贵哈哈大笑道：“汝不过一妖道，擅敢乱言，藐视本帅。你既说已入仙班，能知天文地理，难道不晓本帅骁勇，何苦落此红尘中，管国家闲事。我劝你好好回山，免其大患。若执意要与本帅比论，可惜你数载修炼，一旦伤我戟下，悔之晚矣。”木角大仙叫声：“放马过来，吃贫道一剑。”望仁贵头上挥将下来。薛仁贵把戟钩在一边，二人相战十余合，怎杀过薛仁贵的手段。道人本事平常，剑法松了两剑，马退后数步。仁贵那里知道，只把手中戟逼下来。那晓这道人把剑按开了戟，口中一喷吐出杯口粗细一粒红珠，望仁贵劈面门打来，光华射目。元帅眼前昏乱，看不明白，把头低得一低，正打中在额角包中的无情铁上。此铁乃是二龙抢这一面小小镜子，不想这珠打得重了，连镜子嵌入皮肉内，有六七分深，鲜血直冒，染红银甲。喊声：“痛杀我也！”马上一摇，扑通一声，翻落尘埃。

大仙把口一张，红珠原收嘴内。仗剑纵马，要伤仁贵。不防吊桥边周青见了，魂不附体。大叫："妖道！休伤我元帅。"飞马舞锏，迎住道人厮杀。薛贤徒赶上前来，救回元帅，一竟入城。来至帅府，安寝在床，连忙把药敷好，松了包巾，那晓仁贵昏迷不醒，只有一线之气在胸中。薛贤徒着忙，急到银銮殿奏说此事。朝廷大惊，就命茂功前来看视。只见仁贵闭眼合口，面无血色，额上伤痕四围发紫。徐勣问道："此伤必受妖道口中精华打中，毒气追心，无药可救。不知阵上还有何人开兵，断断不可，若受此伤，一定多凶少吉，只可高挑免战牌，保护城池再作道理。你须服事，三天内有救星下临。"

众将应道："是。"徐勣后上银銮殿，细奏仁贵受伤，命在须臾。天子闻言，心内牵挂。

单讲薛贤徒听了军师之言，忙到东城，把金锣敲动，外面周青与道人战不上八九合，只听城上鸣锣，就松下双锏，叫声："妖道，欲打你为齑粉，奈城上鸣锣收兵，造化了你，明日出来结果汝的性命。"带转马，望城中去了。吊桥高扯，紧闭城门，薛贤徒分付高挑免战牌。木角仙见了，哈哈大笑，回进帅营。盖苏文接到里面坐定，说："师父，今日开兵辛苦了。"分付摆酒上来。大仙道："你屡次失利，称赞仁贵之能。起大兵数万，未闻一阵得利。今我一人下山，没有半日交战，就送了薛仁贵性命，又败唐将一员，杀得他免战高挑，闭城不出。"苏文道："薛仁贵方才被师父打落马去，明明唐将救回，未伤性命，怎说已送他残生起来？"大仙道："你有所不知，我口中这一颗红珠，打去不中就罢，若已中在他身上，凭他有什么神仙妙药，也到不得第四天。"盖元帅听言大喜说："师父，此珠这等利害，万望师父再在此，与徒弟把唐将伤几员，就好灭大唐，兴东辽，取中原天下矣。"大仙道："我一番下山，眷恋红尘，开了杀戒，也非独伤仁贵而来。原有心辅佐狼主，剿灭唐兵，夺取中原花花世界，锦绣江山，做了中华天子，然后上山的了。"盖秀文不胜欢喜，营中摆酒款待。

一到次日天明，大仙出营，在城下厉声喝叫，大骂讨战，唐将只是不理。

猖獗回营，下马走进帅营，苏文开言道："师父，今唐将闭城不战，何日得破此城？延挨时日，如之奈何。"大仙道："不妨，今看城上免战高挑，一定唐将十分惧怯，待等三天后，绝了仁贵性命，然后四门架火炮攻城，怕他们君臣插翅腾空，飞回中原去了不成。"苏文道："师父主见甚高。"就依其言，日日营中饮酒，不表。

不想光阴迅速，停兵到了第三天，惊动香山老祖门人李靖，正坐蒲团，忽然心血来潮，遂掐指一算，明知白虎星官有难，即驾起风云，来到越虎城，按落仁贵帅府前。周青在外边，见空中落下一道人，到吃了一惊。大喝："妖道何来？快些拿下！"李靖道："周青，休得莽撞！我乃香山老祖门人李靖是也。今是薛仁贵有难，特来救他，快报进去。"周青听了李靖二字，倒身下拜，说："原来是恩仙，小将不知，多多有罪。元帅卧床不起，昏迷不醒人事，请恩仙同进去看视。”李靖随了周青，来至后堂，走近床前，揭开帐子，李靖看了额上伤痕，就知是朱皮山这妖道作怪。忙取葫芦中仙水，搽药伤所；又取一粒丸药，将汤灌于口中，登时落腹。肚中响了三声，仁贵悠悠醒转，说：“嗄唷，好昏闷人也。”两眼睁开，身上觉得爽快，忽然坐起床上。周青、薛贤徒欢喜不过，叫声：“元帅，李恩师在此救你。”仁贵见李靖坐在旁首，即下床整顿衣冠，拜伏在地，说：“蒙恩师大人屡救薛礼性命，无恩可报。”分付摆素斋款待。李靖说：“不必设斋，贫道已不食烟火，今有朱皮山妖道在此横行，阻逆天心，故此下山收服妖畜，除其大患，好待你剿平东辽，奏凯班师。”薛仁贵大喜，连忙传令，摆队出城，与这妖道开兵。

各营总兵全身打扮，薛元帅披挂完备，随李靖来至东城，炮声一起，城门开处，吊桥坠下，冲出一彪人马，攒箭手射住阵脚，薛贤徒搴旗，周青掠阵，战鼓哨动。薛仁贵坐马端戟，在吊桥观望。只见李靖手中不端寸铁，惟有拂尘一个，飘飘然步行至番营，喝道：“营下的，快报与朱皮山泼道得知，叫他早早出营会我。”营前小番看见，连忙报进营来道：“启元帅，唐邦也有一个道人，在外面请大仙打话。”盖苏文听报，便问道：“师父，他们不知往那处也请了道人来，谅必法术高强，所以擅敢前来讨战。”师父木角大仙道：“不妨，谅这班蠢俗莽夫，怎到得名山圣界，访请高人。不过荒山庙宇，请其邪法妖道，投入罗网，自送残生。快摆队伍出营，取他性命。”盖苏文传令，摆一支人马，旗门开处，大仙上马提剑，营前摇旗擂鼓，冲将上来。

李靖喝住道：“来者朱皮山龟灵洞道友，少催坐骑，可认得贫道么？”那木角大仙听叫“龟灵洞”三字，不觉惊得浑身冷汗，心下暗想：“‘龟灵’二字，原是暗名。凭他相交道友，得爱徒弟，从不知我‘龟灵’暗号，那晓这个道人，竟猜破我名，谅他定是道术精高。”遂问曰：“道友何处名山，那方洞府，今至红尘，乱入阵中，有何高见，敢来会我贫道？”李靖笑曰：“我乃香山老祖门人李靖便是。那高建庄王不过外邦小国之主，盖苏文虽有本事，只好镇压番国海岛之君，扶兴社稷，该依理顺行，年年进贡中国，岁岁朝拜君王，保护边关才是。如今他横行无忌，倚仗道友九口飞刀，伤害上邦名将，眼底无人，藐视中国，以逆天理，反打战书，将圣天子十分羞辱。故而大唐起雄兵来征剿，理上应该。盖苏文屡伤大唐开国国老，及将官数十多员，得罪天子，在凤凰山下，上苍已判走，不久死于薛仁贵之手，顺了天心。今朝又得一位道友精华珠打伤仁贵，幸亏贫道早知，救了他性命，不然一旦归阴，谁除苏文大患？此罪却归道友，只怕难上仙山，修其正果了。为此特请你出来，有言相告：你虽是朱皮山学修截教，也有数千年功德，不入红尘，以成正果。然而上天爻象，该当知道，为何一时昏乱道心，助恶违逆天道,其罪难逃。故我贫道劝你好好去红尘,回仙山,可免灾殃。若有半声不肯,献你原形,悔之晚矣。”木角大仙听李靖一番言语,口虽不信,心中着忙。但被他羞辱不好意思,便大喝:“李靖,你仗香山老祖之势,欺负贫道无能,我是截教,法力不弱于你,今既落红尘,开了杀戒,谅也无妨。但你既是正教,怎的也入红尘,管国家闲事?贫道今已下山,不擒唐王,誓不归山。你休持:香山门下神通广,惹我朱皮道力仙。”

毕竟龟灵洞主与李靖开战如何,且看下回分解。

第三十七回 香山弟子除妖法 唐国元戎演阵图

诗曰：

龟灵妖法仗红珠，千载精华功不殊。

指望威名成海国，那知一旦露形躯。

那木角大仙说罢，仗手中剑纵马上前，望李靖一剑挥来。李靖闪过，把手中拂尘望剑上一拂，大仙手便震痛，仗剑不牢，落于地下，李靖便大步上前。木角仙看了，把口一张，就吐出红珠一颗，精华射目，望李靖照面门打来。李靖全无惧色，把手中拂尘轻轻一拂，这颗红珠拂落于地，拾起手中，往怀内藏过。大仙一见红珠收去，料想不能复回朱皮山去，吓得面如土色，慌忙下马拜伏于地，高叫："大仙，可怜念我弟子千年修炼苦功，得受此珠。今一旦被大仙收去，难成正果。望大仙还珠复口，感戴甚深，恩重如山。从今回山去，再不敢胡为了。"李靖笑道："我方才劝言在前，你偏偏不肯听我，今哀求贫道，事已迟了。若要还珠，快快献出原形。"木角仙听言，心下十分懊悔。要此红珠，无奈何只得现了原形，乃是一个簸箩大的乌龟，受日月精华，采天地之气，修成这颗红珠，才炼人形，那晓被李靖猜破，要他献形，把符咒画在龟背，要复人像，且待五千年之后。便说："孽畜，贫道助你风云一阵，去你罢。若执迷不悟，要还此珠，便赏你一刀。"那龟精料哀求无益，便借风云而去，影迹无踪，引得吊桥边兵将，笑声大震。番营前盖苏文，气得面如土色，来取李靖。仁贵一见，催开战马，舞戟上前迎住。

苏文算计已定，把赤铜刀架住画戟，说："住着，本帅有言对你讲。"薛仁贵收住坐骑，问道："有什么话对本帅讲？"苏文应道："我是番邦元帅，你为中国大臣，必然眼法甚高，能识万样阵图。今本帅刀法平常，实不如你。我有一个阵图在此，汝能识得否？"仁贵笑道："由你摆来，自当破你阵图。"

苏文传令，就调数万大队儿郎，分开五色旗幡，登时列成一阵，果然摆得利害。苏文道："薛蛮子，你在天朝为帅，可能识此阵否？"仁贵抬头一看，但见此阵，有诗为证：一派白旗前后飘，分排五爪捉英豪。银枪作尾伸头现，中有枪刀胜海潮。

薛元帅看罢，哈哈大笑说："盖苏文，你排此阵难我，明明藐视本帅，此乃一字长蛇阵，我邦小小孩童也会识破，难着甚人？"苏文道："你休得夸口，只怕能识不能破。"仁贵道："就是要破也不难。你还未摆完全，限你三日后摆完了，待本帅领兵从七寸中杀将进去，管教你有足难逃。"盖苏文听见此言，明知仁贵能破此阵，传令儿郎散了此阵。又说："薛蛮子，你既然识此阵图，本帅还有异阵排与你看。"仁贵道："容你摆来。"盖苏文就分开旗号，顷刻演成一阵，叫声："薛蛮子，你可识此阵否？"元帅看时，但见此阵，有诗为证：

红白大旗按后前，居中幡子接云天。

刀剑枪戟寒森森，英雄入阵丧黄泉。

仁贵道："此乃是三才阵，只消按天地人三才，用三队人马，往红白黄三门旗内杀入，此阵立可破矣。"苏文见仁贵识破，不足为奇，传令儿郎散了三才阵，又复分列旗幡，摆成一阵。说："薛蛮子，你可认得此阵否？"

仁贵看见，微微冷笑，便叫声："盖苏文，你有幻想异奇之阵，摆一座来难我，怎么却摆这些千年古董之阵，谁人不识，那个不知，本帅既在天朝为帅，岂是依靠实力而来，就是这些兵书战册，阵法多也看得精熟的。若说这十座古阵，你也不要摆了，我念与你听，头一座乃一字长蛇阵，第二座乃二龙取水阵，第三座乃天地三才阵，第四座名曰四门斗底阵，就是你摆在此的；还有第五座五虎攒羊阵，第六座六子连芳阵，那第七座七星斩将阵，第八座八门金锁阵，第九座九曜星官阵，第十座便是十面埋伏阵。总也不足为奇，你既作东辽梁栋，要摆世上难寻，人间少有，异法幻阵，才难得人倒。今本帅为中国元戎，到学得一个名阵在此，若汝识得出此阵之名，也算你番邦真个能人了。"苏文道："既如此，容你摆来。"那薛仁贵退往城中，调出七万雄兵，自执五色旗号，分付周青、薛贤徒擂鼓鸣金，按住八卦旗幡，霎时摆下一个阵图。仁贵在黄旗门下大叫："盖苏文，你摆三阵，我俱能识破。本帅只摆一阵，你可识否？是什么阵。"苏文听说，便抬头一看，但见此阵好不异奇，十分利害。焉见得有许多利害呢？有诗为证：

一派黄旗风卷飘，金鳞万光放光毫。刀枪一似千层浪，阵图九曲像龙腰。炮声行走金声歇，不怕神仙阵里逃。五色旗下头伸探，露出长牙数口刀。一对银锤分左右，当为龙眼看英豪。双双画戟为头角，四腿束取攒箭牢。二把大刀分五爪，后面长枪摆尾摇。苏文那有神通广，不识龙门魂胆消。

盖苏文见此阵摆得奇异，半晌不动，口呆目定。暗想我在东辽数十年，战策兵书阵法，看过多多少少，也从来不见此阵。叫道："薛蛮子，凭你稀奇幻术，异名阵图，也见过多少，从来没有此阵。你分明欺我番邦之将，把这座长蛇阵装得七颠八倒，疑惑我心，前来难着，本帅不知你杜造的什么阵。"

仁贵哈哈大笑，说："盖苏文，料你是个匹夫，怎识本帅这座异阵，你既道我自己杜造长蛇阵,改调乱阵,三天之后,你敢兴人马破我阵么?”苏文道:“既为国家梁栋,开兵破阵,是本帅分内之事,容汝三天摆完全了,待我兴兵破你。”薛仁贵传下令来,领散了龙门阵。当日即又点大队雄兵十万,调出城来,扎住营头,一共十七万兵,安营在外,旌旗飘荡。仁贵同八员总兵,屯扎帅营左右,前后帐房安得层层密密,坚坚固固。不觉日已向西,城上唐王同诸将闭了东门,竟往银銮殿升登龙位,饮了御酒,专等第三天看盖苏文破龙门阵。这话慢表。

单讲城外盖苏文退进御营,来见狼主。庄王先传令设酒,御营中掌灯点烛,大排筵席。二位王爷坐在上边,苏文坐在旁首,底下数席文武大臣。共饮三杯之后,庄王问道:“元帅,你三阵唐将尽皆识破,他摆得一阵,你就目定口呆,岂不被大唐兵将耻笑么?”苏文奏道:“有所不知,臣摆三阵,是阵书有的;他或者也看熟在肚中,故而被他识破。这仁贵摆的,书上不载,自己杜造次乱长蛇阵图,分明疑难于我,所以臣回他不识,待三天后臣调遣人马,容我破阵,那时杀他们血溅成河,尸骸堆积,何必识他阵名。”张大王笑道:“到也说得有理。元帅能人,待破阵之日,孤家发八员猛将,雄兵十万你带去,阵即破矣。”苏文称谢,酒散回营安歇,不必去表。

再讲唐营中薛仁贵,同八员总兵,在营饮酒席上,开言叫声:“八位兄弟,本帅在山西县苦楚不堪,三次投军,张环奸诈,把我隐藏前营为火头军,虽承数位兄弟不愿为旗牌,愿做火头军,同居一处,一路上立功,尽被奸臣冒去,害你们不早见君王,享荣华富贵,受苦多年,单只为我。今天幸蒙圣恩封天下招讨,才为本帅。尔等也得受总兵爵禄,我九人干功立业,征剿番邦,尽心报国,从来不烦老少众将之力。今盖苏文要破我龙门阵,是他命该休矣。我前番在中原探地穴,曾受玄女娘娘法旨,说要复青龙一十二年,可平靖矣。今算将起来,足足十二年了,况今朝仙师李大人又说欲复青龙,定摆龙门阵,正应在三日后。龙门阵中多要用心擒捉,好成功班师,我九人功非小矣。明日须听本帅调遣。”八人大喜说:“这个自然。若能平复东辽,我等俱听哥哥号令,用心擒捉,立功标下。”言谈半夜,各归营帐安歇一宵。

次日清晨,元帅传令二将,对番营高搭五坐龙门,不消半日,完成整备。火炮火箭,强弓硬弩,钩镰短棍,长枪大刀,端正锐利,盔甲新鲜,又忙了半日。第二天众军兵饱食一顿,调开队伍,扯起营盘,忙忙打扮,顶明盔,披亮甲,旌旗招转,内按五色冲天大纛旗领队分班,八总兵妆束坐马,两旁站立,仁贵执旗一面,领队分排四面八方,鸣锣击鼓,调东南,按西北,顷刻摆完全了。五坐龙门,按金、木、水、火、土旗幡。一到了第三天,仁贵在阵内用了些暗计,四周长枪剑戟,火炮、火球架起,八员总兵分四门而立,中门薛仁贵,手中拿白旗,对番营叫道:“快唤盖苏文出营看阵。”早有番营前小卒,飞报进御营来说道:“大唐薛仁贵请

元帅看阵。"盖苏文听言,同二位大王一齐上马,排开队伍出营,带同诸将,至阵前一看。呵唷,好座利害阵图也!但只见:

五座龙门高搭,对联金字惊人。左边写:踹杀番兵、血染东辽;右首书:活捉庄王、头悬太白。摆攒箭手、长枪手、火炮手、鼓旗手、搴幡手,密密层层护定;龙门首上,按着绣绿旗、大红旗、白绫旗、皂貂旗、杏黄旗,风飘飘一派五色旗。东发炮,龙头现出,专吞大将;西鸣金,摆尾身旁,进阵难逃。满阵白旗如银雪,霎时变作火龙形。其中幻术无穷尽,内按刀枪连转身。五色绣旗一刻现,神仙设此大龙门。专为东辽难剿灭,故把龙门建策勋。

盖苏文见前日不完全龙门阵,随口应承说破得此阵,如今见了这座完全阵图,到惊得呆了半个时辰。方才开言道:"薛仁贵,你既摆全阵图,本帅明日兴兵来破。"仁贵道:"若能破者,必遣能将进我的阵。"

不表盖苏文回进帅营,打点破阵之日。另言讲薛仁贵按了龙门阵,带领总兵进入城中,来至银銮殿上,见朝廷奏道:"陛下在上,臣欲擒盖苏文,灭东辽,奏凯班师,所以摆座龙门大阵。待明日必捉番邦元帅,大事可成矣。"朝廷大悦,降旨排筵,钦赐仁贵饮酒。言谈至三更方散,回帅府安歇一宵。

次日五更,炮声一响,遂将鼓哨动,各营将官满身披挂,结束停当,饱食战饭。大元帅顶盔贯甲,整顿齐备,上马端戟,离了帅府,同诸将出城,升帐而坐,众将侍立两旁听调。薛仁贵传罗通、秦怀玉二将,领五千人马,速往西行,离阵四五里,埋伏山林深处,等盖苏文败来,发炮拦阻去路,赶他转来。罗、秦二将一声得令,接了令箭,齐出营门,上马端兵,领五千人马,前往西边埋伏,我且慢表。再讲仁贵又点周青、薛贤徒,你二人也带五千兵马,北路而行,埋伏树林深处,等候盖苏文逃到,赶他转来,不得有违。二将一声得令,接了令箭,出营上马,带领五千铁骑,竟往北路埋伏不表。那仁贵又点王新鹤、王新溪,你二将领五千兵马,往南方绿树林中埋伏,拦截盖苏文去路,不得有违。二将一声得令,接了令箭,出营上马,带领飞骑五千,前往埋伏。仁贵发遣三路精兵已毕,只见东方发白,番营无人知觉。那元帅起身,分付扯开帐房,摆开龙门大阵,按定当阵门守将,点姜兴霸、李庆先守住左首二门;周文、周武守住右首二门;仁贵自执红旗,守住中门。走出走进,演此活阵。锣鸣鼓响,只等破阵擒将,此言慢表。

单讲盖苏文也是五更起身,众将齐集两旁,站立听令。多是英雄强壮,气宇轩昂之辈。苏文心下踌躇:"我看这数员战将,几万雄兵,破阵也尽够有余了,然而此阵中,决定利害,故敢口出大言,摆与我破。未知此阵何名,书上并不置载,看看稀稀奇奇,似此阵图十分幻异,叫我怎生点兵调将,将何令发使他们进阵,怎样破法?"正是:

恨无黄石奇谋术,难破亚夫幻异功。

盖苏文坐在帅营，无计可施，不敢发兵调将，前去破他异阵。那晓高建庄王同扶余国张大王，带一支御林军出营，看元帅发兵破阵。但只见自家人马明盔亮甲，排队分班，只不见元帅动静，不觉心中焦闷起来，降旨一道，传元帅出营破阵。左右得令，就传旨意前往帅营。苏文接旨，来到御营见驾，说："狼主，召臣前来，有何旨意？"庄王说："元帅，你看唐朝阵中，杀气冲天，称威耀武，为何元帅全不用心调兵遣将，前去破他，反是冰冰冷冷，坐在营内呆看，岂不长他们志气，灭自己威风么？"苏文奏道："狼主在上，唐朝摆此阵图，臣日夜不安，岂不当心？但阵书上历来所载，有名大将阵图，臣虽不才，俱已操练精明熟透，分调人马，按发施行，或东或西，自南自北，出入之路，相生相克，方能破敌，得逞奇功。如今他们所摆之阵，十分幻异，虽不知那阵中利害如何，今看他摆得活龙活见，稀稀奇奇，连阵名臣多不曾识得，就点将提兵去破，竟不知从何门而入，从何路而出；又不知遇红旗而杀，还不知遇白旗而跑。"庄王叫声："元帅，他摆五个龙头，俱有门入，必然发五标人马，进他阵门的。"苏文道："进兵自然从五门而入，臣也想来如此，但愿得五路一直到尾还好破他，倘然内有变化，分成乱道，迷失中心，那时不得生擒，就是肉酱了。"张大王笑道："若是这等讲，歇了不成？"

盖苏文听见张大王取笑了他，只得无奈，点起五万人马，五员战将，分调五路进兵，按了四足后尾，听号炮一齐冲入。传孙福、焦世威带兵五万冲左首二门；又调徐春、杜印元领兵五万，冲右首二门。四将答应去讫。盖苏文按按头上金盔，紧紧攀胸银甲，带五千兵马，催开坐骑，摇手中赤铜刀，望中门杀过来。后面号炮一起，左首有孙福、焦世威纵马摇枪，杀上阵门。里边姜兴霸、李庆先上前敌住，斗不数合，唐将回马望阵中而去。孙、焦二将随后追进阵中，外面锣声一响，大炮、火箭乱发，如雨点相同，打得五万番兵，不敢近前。欲出阵门无路，里面二将望绿旗兵中追杀，忽一声炮响，兵马一转，二员唐将影迹无踪，四下里尽是刀枪剑戟，裹二将在心，乱砍乱挑，回望看时，前后受敌，心下着忙，叫救不应，二将兵器架不及，刀山剑岭之危，作为肉酱而亡。料想不免那姜兴霸、李庆先有暗号在内，纵绿旗引走，转出龙门外去了。右边有徐春、杜印元纵马端兵，冲到阵前，内有周文、周武舞动大砍刀接住番将，厮杀一阵，唐将拍马诈败入阵，徐春、杜印元不知分晓，赶入阵门：

正是英雄无敌将，管取难进刀下亡。

毕竟不知二将追入阵中死活如何，且看下回分解。

第三十八回 盖苏文误入龙门阵 薛仁贵智灭东辽帅

诗曰：

龙门阵岂凡间有，原出天神幻化工。

灭取苏文东海定，唐王方见是真龙。

那徐春、杜印元随起入阵，忽听阵中锣声一响，阵门就闭，乱打火炮，乱发火箭。五万番兵在后者逃其性命，在前者飞灰而死，不得近前。单说阵中徐、杜二将，追杀白旗人马，忽放炮一声，二员唐将不知去向，前路不通，后路拥塞，眼前多是鞭、剑、锏、棍，前后乱打。二将抵当不住，心内一慌，措手无躲，料想性命自然不保的了，只怕难免马踹为泥。正所谓：瓦罐不离井上破，将军难免阵中亡。周文、周武转出龙门阵，又去救应别将，我且不表。

单讲盖苏文拍马摇刀，至阵前大叫道："本帅来破阵也！"薛仁贵一手拿旗，一手提戟，出阵说道："盖苏文，你敢亲自来入我阵么？放马过来吃我一戟！"望苏文直刺，苏文也把手中刀急架忙还。二人战不上六合，仁贵拖戟进阵，苏文赶进阵中。外边大炮一响，中门紧闭，满阵中鼓啸如雷，龙头前大红旗一摇，练成一十二个火炮，从头上打起，四足齐发，后尾接应，连珠炮起，打得山崩地裂，周围满阵烟火冲天，只打得五路番兵灰焦身丧，又不防备，只剩得数百残兵，还有跷脚折手逃回番营。高建庄王见阵图利害，有损无益，元帅入阵，又不知死活存亡，料难成事，见火炮不绝，恐防打来，反为不妙，随传令扯起营盘，退下去有十里之遥，方扎住营头。只留盖苏文一人一骑，在阵中追薛仁贵。不一时，锣响三声，裂出数条乱路，东穿西走，引盖苏文到了阵心，轰隆一声炮起，不见了薛仁贵，前后无路，乱兵围住，刀枪密密，戟棍层层。乱兵杀得苏文着忙，一口刀在手中，前遮后拦，左钩右掠，上下保护。那晓此阵是九天玄女娘娘所设，其中变化多端，幻术无穷。但见黑旗一摇，拥出一层攒箭手，照住苏文面门四下纷纷乱射。盖元帅虽有本事，刀法精通，怎禁得乱兵器加身，觉得心慌意乱，实难招架，又添攒箭手射来，却也再难躲闪，中箭共有七条，刀伤肩尖，枪中耳根，棍扫左腿，锏打后心。这番盖苏文上天无路，入地无门，有力难胜，有足难逃，叫救不应，满身着伤，气喘嘘嘘，汗流脊背。心下暗想："我此番性命休矣！"把钢牙坐紧，用力一送，赤铜刀量起手中，拼着性命，手起刀落，杀条血路，往西横冲直撞，逃出阵去了。薛仁贵见苏文逃走，忙传令散了龙门阵，带四员总兵，随后追杀。

那苏文逃出阵图，望西而走。有五六里之路，忽听树林中一声号炮，冲出一支人马，内有二员勇将，挺枪纵马，大叫："盖苏文，你往那里走？我将军们奉元帅将令在此，等候多时，还不下马受缚！"苏文一见，吃惊道："我命休矣。唐将少要来赶！"兜回马便走。只见南首又来了一支人马，内中有姜兴霸、李庆先，伏兵齐力大叫："不要走了盖苏文！"追上前。忽西首炮声响处，冲出王新鹤、王新溪，带领一支人马，纷纷卷杀过来，大叫："不要放走了盖苏文！我奉元帅将令，来擒捉也。"盖苏文见三路伏兵杀到，心中慌张不过，催急马望东大败。只见有二将横腰冲出，却是周青、薛贤徒，提枪舞锏，追杀前来。只杀得盖苏文离越虎城，败去五里路之遥，但见自己营前有庄王站立，欲要下马说几句言语，又见唐兵四路追赶，薛仁贵一条戟紧赶后边，全不放松。遂泣泪叫曰："狼主千岁，臣一点忠心报国，奈唐势大，杀得我兵犹如破竹，追赶甚急，臣生不能保狼主复兴社稷，死后或者阴魂暗助，再整江山。今日马上一别，望千岁再不要想臣见面日期了。"哭奏之间，冲过御营，望东落荒，拼命奔路。薛仁贵催开坐骑，紧紧追赶，喝声："盖苏文，你恶贯满盈，难逃天数了。今日命已该绝，还不早早下马受死，却往那里走！如今决不饶你，怕汝飞上焰摹天，终须还赶上。"豁喇喇一路追下来。苏文只顾上前逃遁，不觉追至五十里，却望前一看，但见波浪滔天，长江滚滚，并无一条陆路，心中大悦。暗想："如今性命保得完全的了。"到得海滩，把混海驹望水中一跳，四足踏在水面，摆尾摇头，一竟到水中去了。从又回头，对岸上仁贵哈哈笑道："薛蛮子，你枉用心机，如今只怕再不能奈何我了。岂知本帅命不该绝，得这匹坐骑——龙驹宝马，今逃命去了。谅汝中原只有勇将，决无宝马，你若也下得海来，本帅把首级割与你；你若下不得海，多多得罪，劝你空回越虎城去罢，不必看着本帅。料想要取我的性命，决定不能了。"薛仁贵立马在海滩上，听见此言，微微冷笑道："盖苏文，你有龙驹宝马，下得海去，笑着本帅没有龙驹宝马，下不得海么？我偏要下海来，取你之命，割你颅头，以献我主。"说罢，把赛风驹一纵，跳下海中，四蹄毫毛散开，立在水面上，把戟晃动，随后追赶。苏文坐下马，在水游的不快，仁贵的坐骑浮于水面，四蹄奔跑，好不速快，犹如平地一般而走。这苏文见了，大叫一声："呵呀！此乃天数规定，合该丧于仁贵之手了！"遂把马扣定，开言叫道："薛元帅，我与你往日无仇，今日无怨，只不过两国相争，各为其主，所以有这番杀戮，尽与主上出力夺江山，以兴社稷，立功报效，至此极矣。今我盖苏文自恨无能，屡屡损兵折将，料想难胜唐王，故败入海来，以将东辽世界与汝立功，也不为过。难道我一条性命，不肯放松，又下海来必竟要取本帅首级?”薛仁贵说道:“非本帅执意要你性命,不肯放松,只是你自己不是,不该当初打战书到中原,得罪大唐天子,大话甚多,十分不逊。天子大恨,此句牢记在心,恨之切骨,包在本帅身上,要你这颗首级,非关我事,只得要送你之命了。”盖苏文听了这些言语,心中懊悔无极,大叹一声:“罢了,罢了!我虽当初自夸其能,得罪了大唐天子。薛元帅,你可救得本帅一命么?”仁贵道:“盖苏文,你岂不知道么,古语说得好:

阎王判定三更死,并不相留到四更。

我若容情放你逃身,岂不自己到难逃逆旨之罪也。”盖苏文道:“也罢,你既不相容,且住了马,拿这头去罢。”便把赤铜刀望颈项内一刎,头落在水。仁贵把戟尖挑起,挂于腰中。但见苏文颈上呼一道风声,透起现出一条青龙,望着仁贵,把眼珠一闭,头一答,竟望西方天际腾云而去。鲜血一冒,身子落水,沉到海底。这匹坐骑游水前行,去投别主,不必去表。可怜一员东辽大将,顷刻死于非命,正是:

瓦罐不离井上破,将军难免阵中亡。

苏文一旦归天死,高建庄王霸业荒。

薛仁贵得了盖苏文首级,满心欢喜,纵在岸上,即同诸将领兵回来,把苏文首级高挂大纛旗上,齐声喝来,打从番营前经过。有小番们抬头,早已看见元帅头颅,挂在旗竿之上,连忙如飞一般,报进御营。我且慢表。

先讲薛仁贵回上三江越虎城中,安顿了大小三军,上银銮殿奏道:“陛下在上,臣摆龙门阵,杀伤番将番兵不计其数,把盖苏文追落东海,勒逼其头,他已自刎,现取首级在此缴旨。东辽灭去大将,自此平复矣。”朝廷听奏,龙颜大悦,降旨把首级号令东城,又传旨意,命薛王兄明日兴兵,一发把庄王擒来见朕。仁贵口称领旨。其夜各回,安歇一宵。到次日,仁贵欲点人马去捉庄王,有军师徐茂功急阻道:“元帅,不必兴兵。庄王即刻就来降顺我邦也。”仁贵依了军师之言,果不发兵,我且慢表。

再说番邦高建庄王,在御营内闻报盖元帅已死,放声大哭,仰天长叹道:“孤家自幼登基,称东辽国国之主,受三川海岛朝贡,享乐太平,未常有杀戮伤军之事。那晓近被天朝征剿,兴师到来,一阵不能取胜,被他杀得势如破竹,关寨尽行失去,损折兵将,不计其数,阵阵全输。今盖元帅归天,料不能再整东辽,复还故土,有何面目再立于人世,不如自尽了罢。”扶余国大王张仲坚,在旁即忙劝阻道:“王兄,何必志浅若此。自古道胜败乃兵家之常事,况大唐天子有德有仁。四海闻名,天下共晓,因王兄殿下元帅盖苏文,自矜骁勇,复夸飞刀,惹此祸端。今已自投罗网,有害东辽,这场杀戮也是无数。如此今元帅已死,王兄何不献表称降,免了死罪,再整海东,重兴社稷,有何不可?”高建庄王叹息道:“王兄,又来了。大唐势广，兵马辛苦，跋涉多年，才服我邦，岂肯又容孤家重兴社稷？”张大王道：“王兄，不妨。唐天子乃仁德之君，决不贪图这点世界。王兄肯献降表，待孤与你行唐邦见天子，说盟便了。”庄王大喜。就写降表一道，付与仲坚。张大王连忙端正停当，辞了庄王出番营，跨上雕鞍，带领亲随将官八员，望着三江越虎城而来。到了东门，望上叫道：“城上军士听者，快报与大唐天子得知。说今有扶余国王张仲坚，有事要见万岁。”城上军士听见，连忙禀与守城官，即便进朝，上银銮殿见驾。奏道：“陛下，城外有扶余国王张仲坚，有事要见万岁。”朝廷道：“他有何事来见寡人？”茂功道：“他来见驾，不过为东辽国投降之事，陛下快宣他进来朝见。”朝廷便着宣张仲坚见驾。守城官领旨出朝，来到东城，放琉球千岁入城。进朝上银銮殿，俯伏上奏道：“天朝圣主龙驾在上，臣扶余国张仲坚朝见，愿我王圣寿无疆。”朝廷道：“王兄平身。”张仲坚口称：“领旨。”扶笏当胸，立于底下。王爷问道：“未知王兄见朕，有何奏章？”仲坚低首称臣，说：“陛下在上，臣无事不敢轻蹈银銮，今有事时来，冒奏天颜，罪该万死，望圣天子赦罪。”天子道：“王兄既有事来，何罪之有。奏上来。”仲坚道：“陛下在上，今因高建庄王虽有欺君大罪，皆因误听盖苏文之言，故尔有今日之事。今苏文已被我王名将杀入东海，身已灭亡，庄王追悔无及，所以臣冒犯天威，大胆前来说盟，陛下若肯容纳，现有高建庄王降表在此，请圣上龙目亲瞻。”朝廷说：“既王兄献呈他的降表，取上来待朕观看。”近侍领旨，接来铺展龙案之上。天子龙目细看，只见上写道：南朝圣主驾前：小邦罪臣庄王顿首朝拜，天朝皇爷圣寿无疆。臣不才，误听盖苏文之言，浑乱天心，失其国政，十分欠礼，得罪天颜。故使我王亲临敝邑，跋涉圣心。臣又不率令文武到边接驾，早早招安，献表归顺。以免后患，窃听众臣谗言，一旦藐视圣主，屡屡纵将士作横，欺负我主，全不尽其天理，所以有这场杀戮。天网恢恢，致使臣文武官尸骸暴露，军兵将剑戟刀伤。苏文虽保护国家，由然助纣为虐，使我江山败落，文武惨亡，到如今虽被我皇名将薛元帅取其首级，臣还痛恨在心。自思滔天之罪不小，乱刀剁酱之危难免。臣闻我王向有仁政好生之德，所以邦邦感戴。臣罪虽在不赦，理当献过头颅，以赎前罪。然奈臣实无欺君之心，陛下龙心明白，可肯恕臣之罪，容其复兴社稷，重整乾坤，则臣感戴不尽，情愿年年进贡，岁岁来朝，以后再不兴兵侵犯。望主容纳，深感仁德矣。

贞观天子看表，十分欢悦：“既蒙王兄不避斧钺，前来讲和，寡人无有不准之理。”收下降表。张仲坚谢恩已毕，退出午门，竟回番营相见庄王，回复言语不表。

再说次日，唐王留兵马三十余万，偏正将八十二员，降旨一道，命使臣送到庄王帐下，掌管东辽，重开社稷，复转江山不必细表。如今打点黄道吉日，就要班师。徐茂功算定阴阳，选一吉日，大元帅薛仁贵把尽数人马统出越虎城，调点整齐，各位众大臣，诸老将、爵主们，皆满身妆束，打扮新鲜，在外伺候。底下这一班总兵、先锋、游击、千把总、百户、守备，一应武职，大小官员，多是顶明盔，披亮甲，骑骏马，端兵刃，分班侍立。贞观天子头上闹龙金冠，身披蜂黄蟒服，腰围金镶玉带，坐下日月骕骦马，出了越虎城。降旨宰杀牛羊，祭旗已毕，主上亲奠御酒三杯，众将拜旗过了，正欲起兵班师，早有高建庄王同张大王飞骑而来，拜伏在地。说："南朝圣上，今日班师，臣无物进献，特贡金银二十四车，略表臣心。愿陛下一路平安，竟到长安。"天子大喜道："蒙二位王兄之德，又献金银与朕，使寡人欢悦班师，真乃寡人之幸也。不消远送，各守社稷去罢。"庄王与张大王口称："愿我王万岁、万万岁。"二王谢驾，退回三江越虎城，坐银銮殿，聚集两班文武，传旨各路该管官员，调兵点将，镇守地方。张仲坚自回扶余国，料理国政，永为霸主。庄王子孙兴复，东辽至唐没，不敢侵犯中原。这些后话，不必细表。

单讲大元帅薛仁贵，带领大队人马，分列队伍起程，后有程咬金、尉迟恭、徐茂功三人，保定龙驾。罗通、秦怀玉、尉迟宝林、尉迟宝庆、程铁牛、段林，各管五营四哨。前后左右营军卒，摆齐队伍，放炮三声，离却越虎城，一路上旗幡招转号带飘，齐声喝采，马卷沙尘，纷纷然出东辽边界。沿海关逾山过岭走荒辟，往崎岖险地行虎穴，日起东方行路，日西沉落停兵。朝行夜宿，饿食渴饮，在路耽搁数月有余，早到中原山东登州府。有地方官闻报，忙忙整备，接天子御驾扎住登州城内。连发三骑报马，往大国长安报知。有殿下千岁同首相魏征料理国事，传旨巡城都御史禁约告示，张挂京师，使百姓人等知悉。朝廷大军，这一日离了山东，穿州过府，一路上子民香花灯烛迎送回朝。不够三天，早到大国长安。元帅薛仁贵传令，大小三军屯扎外教场，遂令偏正将，同朝廷进了光大门，但见城中百姓，家家上锅，户户关门，挂灯结彩，锣鼓喧天。文武衙门，搭台唱戏，称颂朝廷。

再表殿下李治，同魏征出午门，迎接上金銮，身登龙位，先有殿下上前朝过，然后魏征朝拜三呼。随有这一班三阁、六部、九卿，各文武一众大臣，朝参过了。然后大元帅薛仁贵俯伏阶下道："陛下龙驾在上，臣薛礼朝见，愿我王万岁、万万岁。"朝廷说："王兄平身。"底下有周青、薛贤徒、王新鹤、李庆先、姜兴霸、周文、周武、王新溪八员总兵，齐跪金阶。朝贺已毕，天子传旨，宰杀牛马，令元帅带众将复往外教场，祭奠太平旗纛：

只见祥云呈瑞色，显教兵甲洗春波。

祭献过了，备酒犒赏大小三军，且听下回分解。

第三十九回 唐天子班师回朝 张士贵欺君正罪

诗曰:

圣驾回銮万事欢,京城祥瑞众朝观。

万年海国军威震,全仗元戎智勇兼。

那征东将士个个受朝廷恩典,多是欢心。犒赏已毕,元帅传令散队回家。于今枪刀归库,马散山林,众军各散回返家乡故土,真个夫妻再聚,子母重圆,安享快乐,太平食粮,不必细表。

再表贞观天子临朝,那日正当天气晴和,只见:

旌旗日暖龙蛇动,宫殿风微燕雀高。

两班文武上朝,山呼已毕,传旨分立两班,有大元帅薛仁贵同诸将上朝,当金銮殿卸甲,换了朝王公服,盔甲自有官员执掌。朝廷命光禄寺大排筵宴,钦赐功臣。朝廷坐一席九龙御宴,左有老公爷们等坐席,右有众爵主饮酒,欢乐畅饮,直至三更,酒散抽身,谢恩已毕,散了筵席,龙袍一转,驾退回宫。珠帘高卷,群臣散班。天子回宫,有长孙娘娘接驾进入宫中,设宴献酒。

朝廷将东辽之事,细说一遍,皇后也知薛仁贵功劳不小,我且慢表。再讲众爵主回家,母子相见,也有一番言语;老公爷回府,夫妻相会,说话情长;八位总兵自有总府衙署安歇。薛仁贵元帅自有客寓公馆,家将跟随伏侍。当夜将将欢心,单有马、段、殷、刘、王五姓公爷,五府夫人,苦恨不已,悲伤哭泣。但见随驾而去,不见随驾而回。这话不过交待个清楚。一到了次日清晨,朝廷登位,文武朝过,降旨下来,所有阵亡公爷、总兵们,在教场设坛追荐,拜七日七夜经忏。天子传旨,满城中军民人等,俱要戒酒除荤,料理许多国事,足足忙了十余日。

不想这日天子驾坐金銮,文东武西,朝廷降下旨意,往天牢取叛贼张环父子对证。早有侍卫武士口称领旨前去,顷刻,下天牢取出张环父子女婿六人,上殿俯伏阶前。天子望下一看,但见他父子披枷带锁,赤足蓬头,龌龊不过。左有军师徐茂功,分付去了枷锁,右有尉迟恭,即将功劳簿揭开。薛仁贵连忙俯伏金阶。朝廷喝问道:“张士贵,朕封你三十六路都总管,七十二路总先锋,父子翁婿多受王封，荫子封妻，享人间富贵，也不为亏负了你。你不思以报国恩，反生恶计，欺朕逆旨，将应梦贤臣埋没营中，竟把何宗宪搪塞，迷惑朕心，冒他功劳。幸亏天意，使寡人君臣得会，今平静东辽，奏凯回朝，薛仁贵现今在此，你还有何辨？”士贵泣泪道：“陛下在上，此事实情冤枉，望我王龙心详察。臣当年征鸡冠刘武周之时，不过是七品知县出身，叨蒙皇爷隆宠，得受先锋之职，臣受国恩，杀身难报，敢起欺心灭王之心？若讲前番月字号内火头军，实叫薛礼，并无手段，又不会使枪弄棍，开兵打仗，何为应梦贤臣？所以不来奏明。况且破关得寨，一应功劳，皆臣婿宗宪所立。今仁贵当面在此，却叫臣一面不会，从未有认得，怎陷臣藏匿贤臣，功劳冒称己有，反加逆旨之罪？臣死不足惜，实情冤屈，怎得在九泉瞑目。”薛仁贵闻言大怒，说：“好个刁巧奸臣，我与你说为火头军之事，料然争论你不过，你既言宗宪功劳甚多，你且讲来，那几功自你们女婿得的？”

张士贵心中一想说：“陛下在上，第一功就是天盖山活擒董逵，第二乃山东探地穴有功，第三是四海龙神免朝，第四是献瞒天过海之计。”却忘了龙门阵，做《平辽论》二功。竟说到第五箭射番营，戴笠蓬鞭打独角金睛兽，第六功飞身直上东海岸，又忘记了得金沙滩，智取思乡岭二功。竟说到三箭定天山箭中凤凰城，凤凰山救驾之事，尽行失落，不说起了。明欺尉迟恭上的功簿不写字迹，只打条杠子为记色的。讲到枪挑安殿宝，夺取独木关，正说得高兴，就记得不清，竟住了口。谁知仁贵心中到记得清楚明白，一事不差。便说：“张环，这几功就算是你女婿何宗宪得的么？”张环道：“自然，多是我们的功劳。”仁贵笑道：“亏你羞也不羞，分明替我说了这几功。你女婿虽在东辽，还是戟尖上挑着一兵一卒，还是亲手擒捉了一将一骑，从无毫末之力，却冒我如许之大功，今日肉面对肉面在此，还不直说，却在驾前强辩。我薛仁贵功劳也多，你那里一时记得清楚？你可记得在登州海滩上，你还传我摆龙门大阵，又叫我做《平辽论》，东海岸既得了金沙滩、思乡岭，难道飞过去，不得功劳的么。还有冒救尉迟千岁，夺囚车，还有凤凰山救驾，割袍幅，可是有的么。为什么落了这几桩功劳，不说出来？”张环还未开口，尉迟恭大怒，叫道：“呵唷，张环的奸贼，你欺我功劳簿上不写字，却瞒过了许多功劳，欺天子罪之一也。”茂功亦奏道：“陛下，这张士贵狼心狗肺，将驸马薛万彻打箭身亡，无辜死在他手，又烧化白骨，巧言诳奏君王，罪之二也。”朝廷听言，龙颜大怒，说：“原来有这等事！我王儿无辜，惨伤奸贼之手。你又私开战船，背反寡人，欲害寡人的殿下，思想篡位长安。幸有薛仁兄能干，将你擒入天牢，如今明正大罪，再无强辩。十恶大罪，不过如是而已。”降旨锦衣武士，将士贵父子绑出午门，踹为肉酱，前来缴旨。锦衣武士口称：“领旨。”就来捆绑张环父子女婿。

单说尉迟恭，原来得细心，仔细睁眼看绑，却见张环对东班文武班内一位顶龙冠,穿黄蟒的眼色斜丢。侍卫扎绑不紧,明知成清王王叔李道宗与张环有瓜葛之亲,在朝堂卖法,暗救张环。连忙俯伏金阶奏道:“陛下,张环父子罪在不赦,若发侍卫绑出,恐有奸臣卖法,放去张环,移调首级,前来缴旨,那里知道?不如待臣亲手将先王封赠的鞭,押出张家父子到午门外打死,谁敢放走张环。”朝廷依了敬德之奏,只吓得张环面如土色,浑身发抖。急得王叔李道宗并无主意,只得大胆出班俯伏金阶,奏道:“陛下龙驾在上,老臣有事冒奏天颜,罪该万死。”天子道:“王叔有何事奏闻?”李道宗奏:“张环父子屡有欺君之罪,理当斩草除根,但他父子也有一番功劳在前,开唐社稷,辅助江山,数年跋涉,今一旦尽除,使为人臣者见此心灰意冷,故而老臣大胆冒奏,求陛下宽洪,放他一子投生,好接张门后代,未知我王龙心如何?”天子见王叔保奏,只得依准。说:“既然王叔行德,保他一脉接宗。”降下旨意,将张环四子放绑,发配边外为民,余者尽依诛戮。侍臣领旨,传出午门外,放了张志豹,哭别父兄,配发边外。后来子孙在武则天朝中为首相,与薛氏子孙作对,此言不及细表。先讲尉迟恭将张环父子女婿五人打死,割落首级,按了君法,成清王李道宗将他父子五人尸骸埋葬。王叔宠妃张氏,容貌超群,已经纳为正室,闻父兄因与薛仁贵作对,打死午门,痛哭不已,怨恨仁贵在心,必要摆布,好与父兄报仇。王叔十分解劝,方得逍遥在宫,不表。

单言尉迟恭缴过旨意,仁贵侍立在旁,有黄门接了湖广汉阳荒本一道,奏达天子。朝廷看本,顿发仁慈。说:“湖广如此大荒,不去救济,民不能生,恐有变乱之患。”便对茂功说:“徐先生,你往湖广走一遭罢。寡人开销钱粮,周济子民,招安百姓,要紧之事,非先生不可。”徐勣领旨。当日辞驾,离了长安,竟往湖广救荒而去,此非一日之功。

当夜驾退回宫,群臣散班。其夜朝廷睡至三更,梦见一尊金身罗汉,到来说:“唐王,你曾许下一愿,今日太平安乐,为何不来了偿此愿?”天子梦中惊醒,心中记得,专等五更三点,驾登龙位,文武朝见,三呼已毕,侍立两旁。天子开言说:“寡人当初即位时,天下通财,铸国宝不出,曾借湖广真定府宝庆寺中一尊铜佛,铸了国宝,通行天下。曾许复得辽邦,班师回朝,重修庙宇,再塑金身,不想今日安享班师,国事忙忙,朕心忘怀此愿。幸菩萨有灵,昨宵托梦于朕。今开销钱粮,铸此铜佛,其功洪大。尉迟王兄,你与朕往湖广真定府,一则了愿,二则督工监铸铜佛,完工回朝缴旨。”敬德领了旨意,辞驾出午门,带家将上马,趁早离了大国长安,竟往湖广铸铜佛去了。此言不表。

如今单言那薛仁贵,俯伏尘埃奏道:“陛下在上,臣有妻柳氏,苦守破窑,候臣衣锦荣归,夫妻相会。不想自别家乡,已有一十二年,到今日臣在朝中受享,未知妻在破窑如何度日。望陛下容臣到山西私行察访,好接来京,同享荣华。”天子听奏,心中欢悦。说道:“薛王兄功劳浩大,朕当加封为平辽王之爵,掌管山西，安享自在，不必在长安随驾，命卿衣锦还乡，先回山西。程王兄，你到蜂州龙门县督工，开销钱粮，起造平辽王府，完工之日，回朝缴旨。”程咬金当殿领了旨意，打点往山西督工造王府。薛仁贵受了王位，心中不胜之喜。三呼万岁，谢恩已毕，退出午门。其夜安歇公馆，一到了次日清晨，端正船只，百官相送出京。下落舟船，放炮三声，掌号开船。

离了大国长安，一路上威风凛凛，号带飘飘，耽搁数天，已到山西，炮响三声，泊住号船。各省府州县大小文武官员，献脚册手本，纷纷乱乱，兵马层层，明盔亮甲，戎装结束，多在马头迎接。仁贵见了，暗想当初三次投军的时节，神不知鬼不觉，何等苦楚，到今日身为王爵，文武俱迎，何等风光。我欲乘轿上岸，未知妻在破窑度日如何？不免此地改妆，扮做差官模样，上岸到绛州龙门县大王庄，私行探听妻房消息，然后说明，未为晚也。薛仁贵算计已定，传令大小文武官员尽回衙署理事。只听一声答应，纷纷然各自散去，我且不表。

单言薛仁贵扮了差官，独自上岸，只带一名帖身家将，拿了弓箭，静悄悄往龙门县来。天色已晚，主仆歇宿招商，过了一宵。明日清晨早起，离了龙门县，下来数里，前面相近大王庄，抬眼看时，但见：

丁山高隐隐，树木旧森森。那破窑，依然凄凄惨惨；这世态，原是碌碌庸庸。满天紫燕，飞飞舞舞；路上行人，联联续续。别离十余载，景况未相更，当年世界虽然在，未晓窑中可是妻。

仁贵看罢，一路行来，心中疑惑。我多年不在家，必定我夫人被岳父家接去，这窑中不是我家，也未可知，且访个明白。只听得前面一群雁鹅飞将起来，忙走上前，抬头一看，只见丁山脚下，满地芦荻，进在那边，有一个金莲池。仁贵见了凄然泪下，我十二年前出去，这里世界依然还在。只见一个小厮，年纪只好十多岁，头满面白，鼻直口方，身上穿一件青布短袄，白布裤子，足下穿双小黑布靴，身长五尺，手中拿条竹箭，在芦苇中赶起一群雁鹅，在空中飞舞。他向左边取弓，右手取了竹箭，犹如蜡烛竿子模样，搭上弓对着飞雁一箭，只听得呀的一声，跌将下来，口是闭不拢的。一连数只，一般如此，名为开口雁。仁贵想：“此子本事高强，与本帅少年一样，但不知谁家之子。待我收了他，教习武艺，后来必有大用。”正要去问，只听得一声响，芦林中一个怪物跳出来，生得可怕：独角牛头，口似血盆，牙如利剑，浑身青色，伸出丁耙大的手来拿小厮。仁贵一见大惊，可惜这小厮，不要被怪物吞了去，待我救了。他忙向袋中取箭搭弓，弓开如满月，箭去似流星，嗖的一声，那怪物却不见了，那箭不左不右，正中小厮咽喉，只听得呵呀一声，仰面一交，跌倒尘埃。唬得仁贵一身冷汗，说道：“不好了，无故伤人性命，倘若有人来问，怎生回答他来。自古说：王子犯法，庶民同罪。管什么平辽王。”欲待要走，又想夫人不知下落，等待有人来寻我，多把几百金子，他自然也就罢了。不言仁贵胸内之事,原来这个怪物,有个来历的,他却是盖苏文的魂灵青龙星,他与仁贵有不世之仇,见他回来,要索他命,因见仁贵官星盛现,动他不得,使他伤其儿子,欲绝他的后代,也报了一半冤仇。故此竟自避去,此话不讲。

再说云梦山水帘洞王敖老祖,驾坐蒲团,忽有心血来潮,便掐指一算,知其金童星有难,被白虎星所伤。但他阳寿正长,还要与唐朝干功立业,还有父子相逢之日。忙唤洞口黑虎速去,将金童星驮来。黑虎领了老祖法旨,驾起仙风,飞到丁山脚下,将小厮驮在背上,一阵大风,就不见了。仁贵看见一只吊睛白面黑虎,驮去小厮,到大惊失色,茫然无措。再讲黑虎不片时工夫,就到洞口缴令。老祖一看,将咽喉箭杆拔出,取出丹药敷好箭伤,用仙药灌入口中,转入丹田,须臾苏醒。拜老祖为师,教习枪法,后来征西,父子相会白虎山,误伤仁贵之命,此是后话慢表。

再讲仁贵叹气一声说:"可怜,尸骸又被虎衔去,命该如此。"慢腾腾原到窑前,没门的,是一个竹帘挂的。叫一声:"有人么?"只见走出一个女子来,年纪不多,只好十二三岁的光景。生得眉清目秀,瓜子脸儿,前发齐眉,后发披肩,青布衫,蓝布裙,三寸金莲,到也清清楚楚,斯斯文文,好一个端严女子,口中说道:"我道是哥哥回,原来是一个军官。"问道:"这里荒野所在,尊官到此怎么?"仁贵说道:"在下自京中下来的,要问姓薛的这里可是么?"金莲说:"这里正是。"仁贵就胆大了,连忙要走上来,金莲说:"尊官且住,待我禀知母亲。"金莲说:"母亲,外面有一人,说是京中下来的,要寻姓薛的,还是见不见,好回复他?"柳金花听得此言,想丈夫出去投军,已久没有信息。想必他京中下来,晓得丈夫消息,也未可知,待我去问他。说:"长官到此,想必我丈夫薛仁贵,有音信回来么?"

为何问这一声?仁贵去后那小姐无日不想,无刻不思,转身时,亏周青赠的盘费,自己也有些银子,又有乳母相帮,王茂生时常照管,生下一双男女,不致十分劳力。今见了仁贵,难道不认得?投军一别,仁贵才年二十五岁,白面无须,堂堂一表。今日回家,隔了十三年,海风吹得面孔甚黑,三绺长髯,所以认不得。仁贵见娘子花容月貌,打扮虽然布衣布裙,十分清洁,今见他问,待我试他一试。说道:"大娘,薛官人几时出去的,几年不曾回来?"

金花道:"长官有所未知,自从贞观五年,同周青出去投军,至今并无下落。"

仁贵说:"你丈夫姓甚名谁?为何出去许多年,没有信么?"金花道:"我丈夫姓薛名礼,字仁贵。极有勇力,战法精通,箭无虚发。"仁贵欲要相认,未必他心洁否,正是:

欲知别后松筠操,可与梅花一样坚。

毕竟不知怎生相认夫人,且看下回分解。

第四十回 平辽王建造王府 射怪兽误伤婴儿

诗曰：

紫蟒金冠爵禄尊，夫人节操等松筠。

甘将冰雪尝清苦，天赐恩荣晚景声。

那仁贵开言道："原来就是薛礼。他与我同辈中好友，一同投军。他在海外征东，在张大老爷帐下，充当一名火头军。今圣上班师回朝少不得就要回家。我闻大娘十多年在窑中凄凉，怎生过得日子？我有黄金十锭，送与大娘请收好了。"金花一听此言，大怒说："狗匹夫，你好大胆，将金调戏。我男人十分利害，打死你这狗匹夫才好，休得胡言，快走出去。"仁贵看见小姐发怒，只是嘻嘻的笑道："大娘不必发怒。"金莲也便喝一声："叫你去不肯去，哥哥回来，怎肯干休！"顾氏乳娘看见仁贵举止端庄，出言吐语，依稀声音，像当年薛礼无二，便上前叫声："小姐，不要动气，待我问他。"

乳母说："尊官，你悉知薛官人怎么样了，不要糊糊涂涂，说个明白。"仁贵听了乳母问他之言，欲待说明，这一双男女从何而来？莫不是窑中与人苟合生出来，也要问个明白；若不说明，夫人十多年苦楚，叫我那里放心得下。我今特地来访，难道不说明不成，待我将平辽王三字隐藏，明白一双男女，果然不妙，我一剑分为两段，算计已定，开言说："娘子，卑人就是薛礼，与你同床共枕，就不认得了？"金花闻言，气得满面通红说："狗匹夫，尤其可恶，一发了不得。女儿，等哥哥回来，打这匹夫。"乳母说："小姐且住发怒，待我再问个明白。尊官，你把往年之事细细讲明，不要小官回来斗气。"

仁贵说："我自从到府做小工，蒙小姐见我寒冷，相赠红衣，不道被岳父知道，累及小姐，亏岳母救了，在古庙殿中相遇，蒙乳母撺掇，驮回在破窑中成亲，亏了恩兄王茂生夫妻照管，天天在丁山脚下射雁度日，蒙周青贤弟相邀，同去投军，在总兵张大老爷帐下月字号内，做了一名火头军。今班师回来，与娘子相会。"说了一遍，金花说："我官人左膊上有硃砂记的，有了方信是薛礼。"薛礼脱下衣服，果然朱砂记。金花方信是实，一些也不差，抱头大哭，叫女过来，也拜了父亲。金花叫声："官人,你今日才晓得你妻子之苦,指望你出去寻得一官半职回来,也与父母争气,也表你妻子安享。如今做了火头军回来,不如前年不去投军,在家射雁,也过得日子。也罢,如今靠了孩儿射雁,你原到外边做些事业做做,帮助孩儿过了日子罢。"仁贵听了叫声:"娘子,我出门之后,并无儿女,今日回来,又有甚么男女,还一个明白。"金花说:"官人,你去投军之后,我身怀六甲,不上半年,生下一双男女,孩儿取名丁山,女儿取名金莲,都有十分本事,与你少年一般。孩儿出去射雁,不久就回。见了他十分欢喜。"仁贵说:"不好了,不要方才射死的小厮,就是孩儿。待我再问一声:'娘子,孩儿身上怎样长短,如何说与我知道。'"金花道:"孩儿身长五尺,面如满月,鼻直口方,身穿青布袄,青布裤儿。"仁贵说:"坏了,坏了!"双足乱喘说:"娘子,不好了,方才来访娘子,丁山脚下果见一个小厮射开口雁,不想芦林之中,跳出一个怪物,正要把孩儿擒吞,我见了要救他,被我一箭射死,倏然不见,却误射死了孩儿,如今悔也迟也。"金花一听此言,大哭说道:"冤家,你不回来也罢,今日回来,到把孩儿射死,我与你拼了命罢。"一头大哭,一面乱撞。金莲叫声:"爹爹,哥哥射死,尸骸也要埋葬。"仁贵说:"那尸首被虎啣去了,叫我那里去寻。"金花母女尤其大哭。仁贵见了,也落了几点眼泪。上前叫一声:"夫人、女儿,不必啼哭,孩儿无福,现现成成一个爵主爷送脱了。"金花听了说:"呸!在此做梦,人贫志短,一名火头军妻子,做了夫人,正军妻子做王后?"仁贵道:"夫人不信,如今绛州起造王府,是那个?"金花道:"这是朝廷有功之臣。"仁贵叫声:"夫人,你道王爷姓甚么?""闻得王家伯伯说姓薛,名字不晓得。"仁贵道:"却又来,我同尉迟老将军,跨海征东,海滩救驾,早定东辽,班师回来,皇上恩封平辽王,在山西驻扎,管五府六州一百零三县地方,都是下官执掌,一应文武官员,先斩后奏。如今访过了夫人,接到王府中,受享荣华富贵,不想孩儿死了,岂不是他无福,消受不起?目下府州官公子也要有福承受,况我一介藩王的世子,不是他无福么?夫人哭也无益。"金花一听此言,心中一悲一喜,悲的是孩子死了,喜的是丈夫做了王位。便回嗔作喜,开口问道:"你做了平辽王,可有什么凭据,莫非射死孩儿,巧将此言哄骗我们?"仁贵道:"夫人,你果然不信,还你一个凭据。"便向身边取出五十两重一颗黄金印,放在桌上,说声:"夫人,还是骗你不骗你?"金花看见黄金宝印,方信是真,叫声:"相公,你果然做了藩王,不差的么?"仁贵说:"金印在此,决不哄夫人。"金花嘻嘻笑道:"谢天地,我这样一个身上,怎好进王府做夫人?"仁贵说:"夫人不必心焦,到明日自到鲁国公程老千岁,同着文武官员来接。但不知我出门之后,岳父家中有信息么?"夫人说:"呀,相公。家中只有我父亲,道我真死,母亲、兄嫂放走我的,不晓得住在窑中,十余年没有音信,如今不知我爹爹、母亲怎样了。"仁贵点点头说:"夫人,你这一十三年怎生过了日子?"金花说:"相公不问犹可,若问你妻子,苦不可言。亏了乳母相依,千亏万亏,亏了王家伯伯夫妻,不时照管,所以抚长了儿女一十三年。”仁贵说:“进衙门少不得要接恩哥、恩嫂过去,报他救命之恩,一同受享荣华,还要封他官职。夫人,如今原到岳父家中去,他有百万家财,高堂大厦,鲁国公到来,也有些体面。若住在破窑里面,怎好来接夫人,岂非有玷王府,笑杀绛州百姓。下官先回绛州,夫人作速到岳丈家中,去等程老千岁来接,就是恩哥恩嫂,不日差官相迎,我要去到任要紧,就此别去。”夫人说:“相公,我与你远隔十多年,相会不多时,怎么就要去了?”仁贵道:“夫人,进了王府,少不得还要细谈衷曲。”依依不舍,出了窑门,到了山冈,上了马,看了山脚下,想起儿子,好不伤心。几次回头,不忍别去。说也罢,长叹一声,竟望绛州而去,此话不表。

单讲金花小姐看见丈夫去后,母女双双晓得仁贵做了王位,不胜之喜。便对乳母说:“方才相公叫我到父母家中去,好待程千岁来接,这窑中果然不便,但回到家中,父母不肯收留,将如之何?”乳母说:“小姐放心,这都在我身上。同了王家伯伯前去,对员外说小姐不死,说了薛官人如今他征东有功,做了平辽王位,那怕员外不认?况且院君、大爷、大娘,都知道叫我同小姐逃走的,只不晓得住在窑中,只要院君、大爷对员外讲明白,定然相留。”金花说:“乳母言之有理。就去请王家伯伯到来,一同去说。”乳母依言,报与王茂生。那王茂生闻言薛仁贵做了王位,满心大悦,对毛氏大娘说知:“不在我结义一番,救了他性命,如今这桩买卖做着了。”毛氏大娘说知:“看薛官人面上官星现发,后来必定大发。”茂生说:“不必多言,快快同去。”夫妻二人茫茫然来到破窑中,说:“弟媳恭喜,兄弟做了大大的官,带累我王茂生也有光彩。”金花将仁贵来访之事,说了一遍:“还要报答大恩,不日差官来请,相烦伯伯同乳母到我家中报知消息,好待来接。”

王茂生满口应承,口称当得,便同了乳母,来到柳员外家中报喜,此言慢表。

再讲那柳员外那年逼死了女儿,院君日日吵闹,柳大洪与田氏相劝不休,那员外到有悔过之心。这一日乳母同王茂生到来报喜,员外难寻头路,茫然不晓。那番柳大洪说起:“妹子不死。当初做成圈套,瞒过爹爹,放走妹子逃生的。今日乳母、王茂生所说,薛仁贵做了大官,要接妹子回家,好待明日鲁国公来接妹子到任。爹爹,如今事不宜迟,做速整备,差人去接妹子到来,等候程千岁相迎。”柳员外说:“到底怎么,讲得不明不白,叫我满腹疑心。”柳大洪说:“爹爹不知,向年薛礼在我家做小工,妹子见他身寒冷,要将衣服赏他,不想暗中错拿了红衣,被爹爹得知,要处死妹子。孩儿同母亲放走,至今十有余年,不知下落。今乳母回来报喜,果有其事。”员外听言说:“此事何不早讲,直到今日,我到受了你母亲几年吵闹。既是你们放走,后来我气平之时,早该差人寻取,到家安享,却使他在窑中受这多年的苦。”叫声:“乳母,你同我进去见了院君,羞他一羞。”

说罢，同乳母进内，叫声：“院君，你做得好事，把老汉瞒得犹如铁桶一般。”哈哈大笑。

院君见了，又好笑又好气，吵声：“老杀才，还我女儿来。”员外说：“乳娘，你去对院君细细讲明，我有心事，要去外边料理。没有工夫与他讲。”就把十个指头轮算，这件缺不得，那件少不得。不表员外之事。

再言院君对乳娘说：“这老杀才在那里说什么鬼话？”乳娘说：“有个缘故，待老身对院君说。”院君道：“我正要问你，你自从那日同小姐出门之后，十有余年，到底怎么样了，快说与我知道。”乳娘说：“自从出门，走到古庙，遇着了薛礼，同到破窑中成亲，不一年薛礼出去投军，救驾有功，封本省平辽王。昨日来访，说明此事，窑中不便迎接，明日要到员外家中。护国一品太夫人，为此员外在此喜欢。”院君听了满心喜欢。对员外说：“如今打点先去接女儿回家，明日好待程千岁到来迎请。”员外说：“我多晓得。”分付庄客挂红结彩，端正轿子二乘，差了丫环、妇女、家人们先去，接了小姐回来。筵席要丰盛，合族都请到，嫁妆要端正。女儿一到，明日等老程千岁，忙得不得了。乳娘同茂生先去报知小姐，然后接迎家人妇女数十名，两乘大轿，来到窑前。小姐晓得乳娘先来报知，与女儿打扮，忽听得一班妇女来到，取出许多新鲜衣服送与金花，说：“奉员外、院君之命来接小姐。”金花大喜，打扮停当，然后上轿，回转家中。见了父母，谈说十余年之苦。院君听了，心中不忍，反是大哭，员外在旁相劝。当夜设酒款待女儿，自有一番细说，不必细表。

再讲仁贵离了窑中，一路下来，来到绛州，进了城门，不知王府造在那里，待我问一声。上前见一钱庄，问一声道：“店官，借问一声，如今平辽王府造在那里？”那店官抬头一看，见马上军官十分轩昂，相貌不凡，忙拱手说：“不敢，那里直过东下北就是。”仁贵说：“多谢。”果然不多路，来到辕门，好不威势：上马牌、下马牌、马台、将台、鼓亭、东辕门、西辕门，巡风把路，朝房、节度司房、府县房、奏事房、简房。仁贵把马扣住，下了马，将马拴在辕门上，那巡风一见，兜头一喝：“把你这瞎眼的，这里什么所在，擅敢将你祖宗拴在这里。好一个大胆的狗才，还不拴在别处去，不要着老爹嗔怪！”仁贵道：“不要噜苏，我是长安下来，要见程老千岁的。快些通报，前来接我。”巡风听了，对旗牌说：“我们不要给他说。听得平辽王不日来到，莫不是私行走马上任，也未可知。”旗牌说：“说得不错。”对巡风说：“不要被他走了，连累我们。程千岁性子不好，不是好惹的。”巡风道：“晓得的，不必费心。”那旗牌来到里面对着中军说知，中军忙到银銮殿报与程千岁。那道那程咬金正坐在殿上，低头在那里算鬼账，造了王府开销之后，只好落银一万，安衙家伙等项，只落得五千两头，仪门内外中军、旗牌官、传宣官、千把总、巡风把路、各房书吏上了名字，送来礼仪不上三千头，共二万之数。我想这个差事可以摸得三万，如今共止有一万八千，还少一万二千，再无别人凑数。正在乱郁郁，听得中军跪下报说："启老千岁，外面有一人，说长安来的，要老千岁出去迎接。"程咬金不提防的倒弄得心里一跳，这一边说："呔！死狗才，长安下来的与我什么相干，要本藩出去迎接，倘长安下来的官，难道我去跪迎，放屁！叫他进来见我，待我问他。倘有假冒，不要难为你们。"那中军不敢回言，诺诺连声而退。对巡风说："叫他进去。"巡风见了仁贵说："程老千岁唤你进去，须要小心。"

仁贵想："这怪他不得，他是前辈老先生，怎么要他出来接我，自然待我进去见他。"便说："你们这班人看好了我的马，断见过了程老千岁就出来的。"

巡风听了他言语好个大模样，看他进去见了程千岁怎生发落，此话不表。

再讲薛仁贵走到银銮殿，见了程咬金，叫声："程老先生辛苦了。"程咬金抬头一看，见了仁贵，立起身来说："平辽公，老夫失迎了。"仁贵道："不敢。"上前见礼，宾主坐下，说："老千岁督工监造，晚侄儿未曾相谢，今日走马到任，望恕不告之罪。"咬金说："老夫奉旨督造，倘有不到之处，还要平辽公照顾。今日到任，应该差人报知，好待周备衙迎接才是。今日不知驾临，有罪，有罪。"仁贵说："老千岁说那里话来，晚侄有件心事要烦老千岁说明。"咬金听了"心事"两字，便立起身来，同仁贵往后殿书房中去讲话了。吓得外面这些各官等都说："我等该死，今日王爷走马到任，方才言语之中得罪了他，便怎么处？"旗牌道："想起来也不妨事的。自古道不知不罪，若王爷不问便罢了，若有风声，求程千岁，只要多用几两银子，这老头儿最要钱的。"众人都道："说得是。"少表众效用官员说话。再言文武各官都知道了，行台、节度司、提督、总兵以下文武官员差人在那里打听。听得此言，飞报去了。次日清晨，都在辕门外侍候。听得三吹三打，三声炮响，大开辕门，薛爷分付文武官回衙理事，各守汛地。下边一声答应退出。少时传出一令来，着军士们候程千岁到柳家庄接护国夫人。传令已出，外面都知道，文武官员不敢散去。只听炮响，里面鲁国公程千岁果然八抬大轿，前呼后护出来。外面备齐了全副执事，半朝銮驾，五百军士，护送薛爷家眷亲至辕门。府县官不得不随在后面，好不威势。百姓观者如堵，三三两两说："王爷就是本地人，做本地官，古今罕见。"少表百姓评论，再讲程千岁来到柳家庄，把兵马扎住，三声大炮，惊动了柳员外，鼓乐喧天，同儿子大洪出来迎接。那些文武各官俱在墙门外跪候。正是：

寒梅历尽雪霜苦，一到春来满树香。

毕竟不知柳家父子出迎如何，且听下回分解。

第四十一回　王敖祖救活世子　平辽王双美团圆

诗曰：

金绣双花福分高，赤绳缘巧配英豪。

一朝得受藩王爵，鸾凤和鸣瑞圣朝。

再说那程咬金下了轿见了柳刚父子，呵呵笑道："亲翁不必拘礼，今日来迎侄媳，快快请令媛上轿。"那员外父子连声答应，迎进大厅，父子下拜，咬金扶起。叙及寒温，三盏香茗，柳刚父子在旁相陪，柳刚说："承老千岁下降，只恐小女消受不起，请回銮驾，老夫亲送小女到王府，还有薄仪相送。"

咬金大悦，说："这也不必费心。本藩先回，致意令媛，舍侄候令媛到王府团圆。"说罢，起身别了员外，大门上轿，分付各官同护国夫人送归王府。

各官跪下说："是。"咬金先自回去。然后各官同柳刚到大厅见过礼，一面小姐转身，本宅家人妇女，半副銮驾，前呼后拥，兵丁护从，放炮起身。然后那各官同员外起身，离了柳家庄，来绛州城。一路风光，不必细说。来到辕门，三通奏乐，一声炮响，两旁各官，跪接夫人。进了王府，直到后殿下轿，仁贵接见，然后出轿拜见父亲，夫妻相见。柳员外过来赔罪，仁贵说："岳父，何出此言，少不得一同受享荣华，小婿命内所招。"员外辞别出府，回家去了。平辽王与夫人后堂设宴共酌，叙其久阔之情，不必细讲。少刻传令出来，令文武官各回衙署，不必伺候。外面一声答应，回衙不表。

再讲员外回去，与院君商议，整备银子三千两与程千岁，各官送银三百两，兵丁各役，俱有赏赐。嫁妆备不及，折银一万两。程咬金见了礼单，对仁贵说："令岳送我三千银子，再不敢受。"仁贵说："有劳贵步，自然请收，不必过谦。"咬金说："又要令岳费心，老夫只得收了。"再讲王茂生见金花出门之后，窑中剩下这些破家伙，收拾好了，顾氏乳娘跟随小姐也进王府去了，弄得冷冷清清，回到自己家中，对毛氏说："薛礼无恩无义，做了王位，忘记了我王茂生。他说着人前来接我，怎么今日还不见人来？"走门出户，东一望，西一望。毛氏大娘见了他到也好笑，说："官人，他不来，我们到要去贺他。"王茂生道："这也说得有理。拿甚东西去贺他？也罢，将两个空酒坛放下两坛水，只说送酒与他，他眼睛最高，决不来看，就好进去见他，自然有好处的。”夫妻二人商议已定，次日果然挑了两坛水，同了毛氏，竟望绛州来。到辕门，只见送贺礼纷纷不绝，都到号房挂号，然后禀知中军，中军送进里面，收不收，里面传出来。王茂生夫妻立在辕门外，众人睬也不去睬他，理也不去理他，却被巡官大喝一声，说：“这什么所在，把这牢担放在这里，快些挑开去。”王茂生道：“将爷，我与千岁爷是结义弟兄，烦通报一声，说我王茂生夫妻要见。”巡风听见说：“瞎眼的奴才，难道我千岁爷与你这花子结义，不要在这里讨打，快快挑开去。”王茂生无可奈何，今日才晓得做官这样尊重。只得将担子挑在旁首，叫妻子看守，自己来到签房，看见投帖子甚多，不来细查，茂生就将帖子混在当中。签房送与中军，中军递与里面去了。仁贵正与咬金言谈，相谢接夫人之事。传宣官禀上说：“外面各府行台、节度，族中具有手本帖子礼单，送上千岁爷观看。”

仁贵看了，对传宣说：“各府等官三日后相见，族中送礼，原帖打还。你去对他说，千岁不是这里人，是东辽国人，没有什么族分，回复他们这班人去。”

咬金说：“住着，平辽公，这些都是盛族，礼也不受，说什么东辽国人，不明不白，说与我知道。”仁贵说：“老千岁不知，晚侄未遇之时，到伯父家中借五斗米，都不肯的，反叫庄客打我转身。亏了王茂生夫妻，救了性命，与他结义在破窑中。”受苦之事，说了一遍。咬金道：“这也怪你不得，老夫少年时，也曾打死了人，监在牢中，没有亲人看顾。后来遇赦出来，结义哥哥尤俊达，做成事业。这势利的人，我就不采他，如今贵族中也有势利人，礼物不要收他，传他进来，每人罚他三碗粪清水，打发他回去。”仁贵道：“礼物不收就够了，粪清水罚他，使不得的。”传令一概不收。咬金说：“你拿帖子再看一看，内中也有好的，也有歹的，难道一概回绝不成。”仁贵见说：“老千岁高见。”就将帖子看过，内中有一帖，上写着：“眷弟王茂生，拜送清香美酒二坛。”仁贵见了帖子大喜，对咬金说：“方才晚侄说恩哥恩嫂，正要去接他，不想今日到来拜我。”咬金说：“如何，我说好歹不同。”

仁贵一面传令，回绝合族众人；一面分付开正门，迎接王老爷。这一声传话，外面都知道了。巡风把总听得千岁出来接王老爷，大家都吓得胆战心惊，走上前见了王茂生，跪下说：“小人们不知，多多得罪。求王老爷，千岁面前不要提起。”竟乱磕头，一连磕了几个头。王茂生说：“请起，我说结义弟兄，你不信呀，磕头无益。”巡风看来不答对，连忙袖子里拿出一封银子，送与茂生。茂生接了，放在身边。说：“发利市了。”只听得里边击鼓三通，报说：“千岁出来，接王老爷。”王茂生摸不着头路，黑漆皮灯笼，冬瓜撞木钟，迎将进去。仁贵一见，叫声：“恩哥，兄弟正要差官来接，不想哥哥先到，恕兄弟失接之罪。”茂生说：“不敢。”

同进银銮殿,到后堂见过了礼。茂生说:“你嫂嫂毛氏,也在外面。”分付打轿,有数名妇女随轿来,在外面上轿,来到后堂。这两坛酒也挑进来。仁贵夫妻拜谢哥嫂,请嫂嫂里面去。金花同毛氏来到里面不表。

再讲仁贵分付,将王老爷酒取上来。王茂生看见,满面通红,想道:“这不是酒,是两坛清水,不打开便好。”好似天打一般。仁贵分付家将,将王老爷酒打开来。家将答应,将泥坛打开一看,没有酒气,是水。禀道:“不是酒,是水。”仁贵呵呵大笑,说:“取大碗来,待本藩立饮三碗。叫做‘人生情义重,吃水也清凉。’”仁贵忙将水喝了,王茂生置身无地,看仁贵吃完水,封王茂生辕门都总管,一应大小事情,以下文武官员,俱要手本禀明王茂生,然后行事。如今王茂生一脚踏在青云里,好不快活。请程千岁相见,王茂生见了咬金,跪将下去。咬金说:“如今平辽王恩哥,就是我子侄一样,以后不必行此礼。”分付设酒,与哥哥贺喜。此话不表。

另回言说那传宣官到外面,对送礼人说千岁不是这里人,是东辽国人,礼物一概不收。请回,不必在此伺候。薛氏族中一闻此言,大家没兴,商议送银三千与程千岁,不知此事允否。又听得传宣官言是东辽国人,礼单一概不收,将信将疑,听得击鼓开门,接王茂生,薛雄员外说:“他是卖小菜背篓子,妻子做卖婆,到开正门出接,无疑是我侄儿。我是他嫡亲叔父,怕他不认?”内中有一人姓薛名定,开言说:“王小二夫妻尚然接见,叔父头顶一字,无有不见之理。”员外想起前事,懊悔不已,只得要央王茂生了。忙打点三千银子,到次日用衙门使费,央传宣官先送银子给王茂生,然后送礼单进去。传宣官说:“这个使不得,王爷出令如山,不敢再禀。”巡风道:“昨日王老爷得罪了他,几乎弄出事来。他是千岁的叔父,就是通报也无妨。现今王老爷得了银子,怕他则甚。”却说王茂生是个穷人,不曾见过银子面的,今见了许多银子,心中想道:“我没有这宗胆量得这注财喜,必要与程千岁商议;况且他是前辈老先生,与仁贵合得来的。”算计已定,来到咬金面前,说:“程老千岁,我有句说话上达。”咬金道:“茂生,你有什么话,说便了。”茂生道:“那薛雄员外要认侄儿,送礼来庆贺不收;如今特地请我,送银子三千两,要我在千岁面前帮衬。我一人得不得许多银子,特来与老千岁计议。”咬金说:“老王不要哄我。这银子要对分,不要私下藏过,有对会的。”茂主道:“若要独吞,我不来对老千岁说了。”那番一同来见仁贵。那仁贵正在大怒,说:“狗官,昨日已经发还,今日又拿礼单来。混账,要斩,要打!”传宣官在地磕头。咬金说:“平辽王为何大气?”仁贵说:“老柱国不知,昨日寒族来送礼,要认本藩。已经将礼单发出,不认他们这班势利小人。今日又来混禀,你道可恼不可恼。”咬金说:“世态炎凉,乃是常事。如今做了王位,族中不相认,觉得量小了些。”仁贵说:“这是无情无义之物,那恩哥送来水,吾也吃三碗,这官儿一定要正法。”茂生跪下说："这个使不得，要说兄弟不近人情，做了藩王，欺灭亲族，这是一定要受的。"仁贵连忙扶起，说："既承老千岁、哥哥二位指教，分付将礼物全收了，与我多拜上各位老爷，千岁爷改日奉谢。""是，得令！"传宣官传出外面去，那薛氏舍族见收了礼，大家欢喜回家。这是仁贵明晓咬金、茂生二人在内做鬼，落得做人情，此话不表。那王茂生做了辕门都总管，冠带荣身，这些大小文武官员，那一个不奉承，个个称他王老爷，千岁言听计从，文武各官要见，必先要打关节与茂生，然后进见，足足摸了几万余金。咬金完工复命，仁贵送程仪三千两，设酒送行。次日清晨，送出十里长亭，文武百官都送出境外，满载而归。一路风光，竟望长安而去，不必细表。

再讲风火山樊家庄樊洪海员外，对院君潘氏说："你我年纪都老了，膝下无儿，只生女儿绣花，十三年前被风火山强盗强娶，被薛仁贵擒了三盗，救了女儿。我就将绣花许配他，说投军要紧，将五色鸾带为定，一去许久，并无音信。我欲将女儿另对，后来有靠。女儿誓不重婚，终身守着薛礼，这也强他不得。若没有薛礼相救，失身于盗，终无结局，所以忍耐到今。但是老来无靠，这两天闻得三三两两说薛仁贵跨海征东，在海滩救驾有功，平了东辽，班师回朝，封为山西全省平辽王之职，上管军，下管民，文武官员，先斩后奏。手下雄兵十万，镇守绛州。前日程千岁到家中，接取护国夫人，难道忘记了我女儿不成？"院君听了大喜说："此言真的么？"员外说："我不信，差人打绛州打听，句句是真。指望他来接到任，半月有余，不来迎接，却是为何？"院君说："员外不要想痴了，前年薛礼原说有妻子的，你对他说愿做偏房，故将鸾带为定。止有女儿嫡亲一脉，你我两副老骨头，要他埋葬，做了王府偏房，决非辱了你。不要执之一见，要他来接到绛州，路又不远，备些妆奁，亲送到王府，难道他见了鸾带，不收留不成？"员外点头说："此言到有理。"分付庄客备齐嫁妆，叫了大船，一面报与小姐。绣花闻知大喜，连忙打扮，果然天姿国色，犹如月里嫦娥。打扮停当，员外取了五色鸾带，同了院君、小姐下船，一路前来竟到绛州，泊船码头。在馆驿安顿，扯起了旗："王府家眷"四字。府县闻知，忙来迎接。员外说起因由，府县官好不奉承。一同员外来到辕门，只见弓上弦，刀出鞘，扯起二面大黄旗，上书"平辽王"三字，有许多官员来往。员外心中到觉害怕，不敢向前。府县官说："你到奏事房中坐坐，待我禀知都总管王老爷，然后来见，你将鸾带待吾拿去。"员外将鸾带付与府县官。府县官见了，连忙来到总管房内禀明，说："樊家庄樊洪海，向年有女绣花，曾与千岁爷有婚姻之约，现有五色鸾带为走，如今亲送到此，未知是否有因。卑职们不敢擅专，求总管老爷转达千岁。"王茂生听了，说："二位请回，待本总见千岁便了。"府县官打一拱辞出，回复员外，此话不表。

单讲王茂生拿了鸾带，竟到里面见了仁贵。叫声："千岁恭喜，今有樊家庄樊洪海员外夫妻,亲送小姐到此,与兄弟成亲。”仁贵竟忘怀了,听了此言,便叫:“恩哥,那一个樊员外送小姐到此,此话从何而来?”王茂生说:“向年在樊家庄降了大盗三人,员外将女绣花许配,现有五色鸾带为定,方才府县官说,果有此事么?”仁贵低头一想:“嗄,果有其事。出去十多年,此事竟忘了。如今员外在那里?”茂生说:“大船泊在码头,员外在奏事厅相候,兄弟差人去接。”仁贵说:“我道他年远另行改嫁,到任之后,自有原配夫人,所以不在心上。今日他亲送小姐到此,难道不去接他么?须要与夫人商议,夫人若肯收留,差官前去相接,若不收留,只好打发他们回去。”叫声:“哥哥,待我见过夫人,然后对你讲。”仁贵来到后堂,叫声:“夫人,下官有一件事,要与夫人商议。”夫人说:“相公有甚言语,要与妾身商议?”仁贵说:“夫人不知,那年出门投军不遇,回来打从樊家庄经过,员外相留待饭,问起因由说是风火山强盗三人,内有一个姜兴霸,要逼他女儿成亲。我因路见不平,降了三寇。那三人见我本事高强,结为兄弟,员外竟将女儿许配与我,我彼时原说家中已有妻房,不好相允。他说救了我女儿,愿为偏房,我将鸾带为定,只道年远,自然改嫁,不料樊员外夫妻,亲送女儿到来。夫人,你道好笑不好笑,我今欲要打发他回去,夫人意下如何?”夫人说:“相公,你说那里话来。既下定下樊小姐,员外夫妻亲送到此,岂有不接之理。就是妻子,一当姊妹相称,相公不差官去接待,妾身自去相接。”分付侍女们打轿,同我去接樊小姐。左右答应一声,仁贵说:“不劳夫人贵步,烦恩哥同府县官前接便了。”王茂生带了千百户把总执事,先到奏事厅叫道:“府县官在么?”那绛州府龙门县立起身来说:“卑职在。”“千岁有令,着你二位同我去接樊小姐。”府县答应道:“是。”员外抬头一看,这人是王小二,肩篓子的阿好阔绰,圆翅乌纱,圆领红袍,随了数十名家丁,昂昂然。员外叫声:“王茂生,你认得我么?”茂生回转头一看,说:“是员外,小官不知,多多得罪。”茂生做生意时,常到樊家庄去买卖,所以认得。

闲话休讲,再言王府差出许多衙役,两乘大轿,丫环妇女,不计其数。

王茂生带了兵丁千百户府县官,多有执事,员外也乘了轿子,好不热闹。一路行来,已到码头,府县官侍立两旁,然后院君上轿,随后小姐上轿,放炮三声,一路迎来。前呼后拥,百姓看者如市,来到辕门,放炮一声,开了正门,三吹三打,抬到银銮殿下轿。姊妹相见,又过来见了院君。樊小姐再三不肯,上前说:“夫人在上,贱妾樊氏拜见。”夫人见小姐一貌如花,满心大悦。说:“贤妹,何出此言。”正是姊妹相称,同拜了。选定吉日,看历本说,今日正当黄道天喜,忙唤宾相,就在后殿成亲。仁贵大悦,好一个贤德夫人,成就好事。分为东西两房,修表进京,旨下封为定国夫人,拜谢圣恩,此言不表。次日清晨,拜见恩哥、恩嫂,请员外、院君相见。仁贵称为岳父、岳母,留在王府养老终身,受享荣华。又接柳员外夫妻到来,仁贵夫妻同了樊氏一同拜见,分讨设宴庆贺。外面文武官都来贺喜,此话不表。再讲柳员外夫妻,在王府三日,告拜回家。仁贵夫妻再三留不住,只得送出辕门。你道柳员外夫妻为何不肯住在王府?他有万贯家财,又有儿媳侍奉,在家安享,可以过得,所以必欲回去。这樊老夫妻单生小姐,无有子媳,故靠女婿、女儿养老。薛雄员外同了合族也来贺喜,薛爷此番留进私衙,款待筵席,尽醉而散别去。来日千岁出了关防告示,不许亲族往来,恐有嫌疑人情。

禁约已出,谁人敢进来混扰,就是钦差察院衙门,有了关防禁约,尚不容情出入,何况这是王府,非当小可。管下有五百多员文武,难道到不要谨密的么。

不表仁贵山西安享之事,再说程咬金进京复旨,君臣相会,朝见已毕,朝廷自有一番言语,也不必细表。单言咬金退朝回府,有裴氏夫人接见,夫妻叙礼已毕,分宾坐定。夫人说:“相公,皇事多忙,辛苦了。”咬金笑道:“夫人有所说的,若无辛苦事,难赚世间财。方才这桩差使做着了,果然好钦差,赚了三万余金的银子,这样差使再有个把便好。”夫人亦笑道:“相公,有所说有利不可再往。你如今年纪高大,将就些罢了。”分付备酒接风。

程铁牛过来拜见父亲,孙儿程立本也来拜见祖父,他年纪止得十三岁,到也勇力非凡。今日老夫妻同了儿孙家宴,也算十分之乐。此话不表。次日有各位公爷来相望,就是秦怀玉、罗通、段林等这一班,那徐茂公往河南赈饥去了,不在京中;尉迟恭真定府铸铜佛,也不在京。惟有魏丞相在朝,他是文官,不相往来。惟有程咬金是长辈,坐满一殿,上前相见。咬金一一答礼,程铁牛出来相陪,把平辽王事细说一遍,众小公爷相辞起身,各归府中,又有周青辈八个总兵官,一同到来问安。问起薛大哥消息,咬金道:“那平辽公好不兴头,他有两个老婆,两个丈人都有万贯家财,发迹异常,不须你们挂念。”周青对姜兴霸、李庆红、薛贤徒、王新溪、王新鹤、周文、周武说:“如今我们在长安伴驾,不大十分有兴,薛大哥在山西镇守,要老柱国到驾前奏知,保举我们往山西,一同把守,岂不是弟兄不时相叙手足之情,好不快活么。”咬金说:“好弟兄聚首,最是有兴的事。我老千岁也是过来的人,当初秦大哥在日,与三十六家弟兄猜拳吃酒,好不闹热,如今他们都成仙去了,单留我一个老不死在此,甚觉孤孤冷冷,不十分畅快,这是成人之美,老夫当得与你们方便方便。”各人大悦起身,叩谢辞去。次日五更三点上朝,天子驾坐金銮,文武朝见已毕,传旨有事启奏,无事退班。咬金上殿俯伏,天子一见,龙颜大悦。说:“程王兄,有何奏闻?”咬金说:“老臣并无别奏,单奏周青等八总兵,愿与薛仁贵同守山西等处;就是薛仁贵欲请封柳、樊二夫人,贞静、幽娴、淑德,王茂生夫妻之义侠。”天子说:“悉依程王兄所奏。”卷帘退班,龙袖一转,驾退还宫,文武散班。咬金出朝,周青等闻知,大家不胜之喜,到衙门,收拾领凭,八个总兵官,辞王发程,文武送行,离了长安,竟到绛州王府,与薛大哥相会。王茂生奉旨实授辕门都总管，妻毛氏夫人封总管夫人；柳、樊二氏，原封护定一品贞静夫人。仁贵领众谢恩，王府备酒，弟兄畅饮，自有一番叙阔之情，不必细表。次日传令人总兵各分衙门地方镇守，自有副总、参将都司、千把等官，迎接上任，好不威武。

平辽王到任之后，果然盗贼宁息，全省太平，年丰岁捻，百姓感德。正是：

圣天子百灵相助，大将军八面威风。

此回书单讲罗通定北奇功，薛仁贵跨海征东，平定大唐天下，四海升平，满门荣贵团圆，还有《薛丁山征西传》唐书再讲。诗曰：

凤舞麟生庆太平，唐王福泽最为深。每邦岁岁奇珍献，宇内时时祥瑞生。治国魏征贤宰相，靖边薛礼小将军。英豪屡见功勋立，天赐忠良辅圣君。

薛丁山征西

第一回 道宗设计害仁贵 假传圣旨诏回京

前言说到薛仁贵大小团圆，今不细述。且说程咬金进京复旨，君臣相会，朝见已毕，退出朝门，回到府中。裴氏夫人接着说："老相公辛苦了。"程咬金道："如今这个生意做着了，果然好钦差，落了有三万余金，再有个把做做便好。"老夫人道："有利不可再往，如今你年纪高大了，将就些罢。"分付备酒接风。程铁牛过来，拜见父亲，孙儿程千忠也来拜见祖父，他年纪只得十三岁。今日夫妻二人吃酒，自不必说。次日自有各公爷来相望，就是秦怀玉、罗通、段林等。徐茂公往河南赈济去了，尉迟恭在真定府铸铜佛，皆不在京。只有魏丞相在朝，他是文官，因程咬金是兄辈，也来相见，坐满一殿。程咬金一一答礼，程铁牛出来相见，把平辽王事告知。众公爷辞别起身，各归府中。

又有周青等八个总兵，一同到来问安，问起薛大哥消息。

程咬金道："他有两个老婆，又有女儿，兴头不过，不必挂念。"周青对姜兴霸、李庆红、薛贤徒、王心鹤、王心溪、周文、周武说："如今在长安伴驾，不大十分高兴，薛大哥在山西镇守，要老柱国到驾前奏知，保我等往山西一同把守，岂不是弟兄时常相会，操演武艺，好不快活，胜似在京拘束。"程咬金道："都在老夫身上。"周青等叩谢而出。

次日五更上朝，天子驾坐金銮，文武朝见已毕，传旨有事启奏，无事退班。程咬金上殿俯伏。天子一见，龙颜大悦："程王兄有何奏闻？"程咬金奏道："老臣并无别奏，单奏周青等总兵，愿与薛仁贵同守山西全省，要封赠樊氏夫人、王茂生等。"传旨依程咬金所奏，卷帘退班，龙袖一转，驾退回宫。

文武散班，程咬金退出朝门。周青等闻知，不胜之喜，到衙门收拾领凭。八个总兵官辞行起程，离了长安，竟到绛州，至王府与薛大哥相会，王茂公实授辕门都总管，柳氏原是护国夫人，樊氏封定国夫人。王府备酒，弟兄畅饮，自有一番言语，不必细表。次日薛仁贵传令八位总兵官各处镇守，自有副总参将都司等官，都是总兵掌管。薛仁贵在山西镇守，盗贼平息，境内太平，年岁丰稔，安乐做官，不必细述。

再说长安城中，有皇叔李道宗成亲王在朝，晓得薛仁贵在山西镇守，朝廷时常赐袍带盔甲名马等项，自不必说。这日回到金銮殿中，想起那薛仁贵朝廷如此隆重，执掌兵权，镇守山西，手下有八个总兵，我只生一女，名唤鸾凤，今年已十七岁了，是元妃所生，才貌双全，意欲招他为婿，使他退了前妻。

难道不从皇叔之岳丈？他做了郡马，但是张美人与他有仇，因他将张士贵子婿五人斩首，每每对我哭哭啼啼，要报冤仇。想起薛仁贵，他也过失算计，不如且回宫中，将此事劝说。算计已定，退回宫中，张美人接驾，来到安乐宫。张妃朝见，宫娥备筵席，李道宗朝南坐着，下首张美人相伴，彩女敬酒。酒至数巡之后，到二更了，退回宫内，与张妃安歇。成亲王与朝廷只差一等，也有内监宫娥彩女，东西两宫，殿前有指挥，真是一人之下，万人之尊。

次日王爷起身梳洗，吃了早膳，张妃流泪，说父兄惨死，要千岁与贱妾复仇，杀了薛仁贵，方泄胸中之恨。成亲王道："孤家岂不知之，那仁贵朝廷十分隆重，朝廷大小俱是他心腹，左丞相魏征，鲁国公程咬金在朝，圣上最是听信。他无短处，难以动他；倘有反叛之心，孤家方好在圣上面前上本，如今如何动手？今孤家倒有心事，我家郡主鸾凤未招佳婿，意欲招仁贵为婿，使他休了前妻，若允便罢！若然不允，说他欺骗亲王，强逼郡主，私进长安，此节事就好摆布他了。"张妃听得，心中一想，只得答应。待我与张仁商议，他足智多谋，又是我赠嫁，他屡屡要报老爷之仇，忿忿不平。于是勉强对王爷道："千岁之言不差，也要从长计议。"王爷说："美人之言不差。"传令带了兵丁，出长安打猎去了。

张妃宣张仁。那张仁黑煨煨一张糙脸，短项束腮，大眼鹰鼻，颔下六撮胡须，其人刁恶多端，奸巧不过。随了张妃，来到王府，成亲王看他能事，凡事与他商议，言听计从。听得娘娘传宣，他头戴圆顶大帽，身穿紫绢摆开直身袍，粉底乌靴，来到宫中，口称："娘娘，奴才叩见。不知呼唤奴才，有何事干？"张妃道："张仁，你知老爷公子姑爷都被薛贼陷害，夺了功劳，昏君听信，不念有功之臣，竟将我家满门屈杀，倒封薛贼做了王位，十分隆重。我想起来，此仇怎报？今日千岁要把郡主招他为婿，如今想起来，此事怎样？故此特唤你到来，与我定下一计，须要摆布他。"张仁低头一想，说："有了。郡主又不是娘娘所生，须要如此如此。"张妃听了大喜。命张仁出去，候大王回来听宣伺候。

再说王爷回归府中，张妃接着王爷，又说此事。张妃说："千岁须要与张仁商议，他极有高见。"王爷听了，忙唤张仁。

张仁听唤，来到宫中，叩头已毕，立起身来说："大王呼唤奴才，有何分付？"王爷道："孤家有一事与你商议，但不知你主见如何？"张仁道："千岁有什么事，说与奴才知道。"王爷道："孤家想那郡主招薛仁贵为婿，事在万难。"张仁道："这不难，千岁要招仁贵，他已有二位夫人，定然不顺，莫若传一道旨意，骗他到长安,待奴才邀到王府,若不顺从,王爷将酒灌醉,五更上本,说他私进长安,闯入王府,有谋反之心,是以擒拿,候万岁发落。凭他认了什么罪,难道万岁叔父倒弄不倒仁贵不成?此计如何?"王爷听了大喜,道:"张仁此计倒也决绝,若不成,王府宫中之事,外边必不晓得,倘不然就报了张美人的杀父之仇。"摆宴饮酒,张妃在旁,极口称扬,当晚就在张妃宫中歇息。来朝与张仁做成主意,差官往山西。

再说薛仁贵在山西,太平无事,与二位夫人朝朝寒食,夜夜元宵,已经一载,四方安静。这一日正坐银銮,忽探子报进,说:"圣旨下。"分付打开中门,忙摆香案,接进天使,当殿开读:"奉天承运,皇帝诏曰,朕念卿救驾之功,思念至深。朕忽有小恙,召卿来京,君臣一面,作速来京!钦哉。"仁贵谢恩道:"我皇万岁、万万岁。"香案供着,一面相待天使,说圣上欠安。天使道:"前日龙驾危险,如今天子幸好了。故此召平辽王进京,朝廷还有圣谕。"仁贵听了,分付总管王茂生,令各守汛池,武官不必相送,本镇连夜进京,二位夫人不必想念。君命召不俟驾而行,即同天使上了赛风驹,离了绛州,竟望长安而来。

不知吉凶祸福,且看下回分解。

第二回 郡主撞死翠云宫 咬金保救薛仁贵

却再讲说天使,原是张仁扮的,假传圣旨,所以旨上说圣上有恙,故不敢耽搁。此乃仁贵一点忠心,不多数日,来到长安,进光大门,相近成亲王府前,有一班指挥相迎,邀进了府中。仁贵不知是计,竟到银銮殿,同这假天使朝见王爷,口称千岁。王爷见了大悦,分付内监办酒,邀入宫中,说:"平辽王在山西辛苦,朝廷想念,孤家无日不思,今日来京,特备水酒,与平辽王接风。"仁贵道:"承老千岁美意,但是臣未见天子,不敢从命,待见过万岁,然后领情。"王爷苦苦相留,仁贵只是不允。天使道:"大王相留,平辽王暂饮几杯,不必推卸,少不得下官与你同去复旨,今日天色已晚,明日五更朝驾,大王也要进朝,暂且相留,却是老大王美意。"仁贵听了他劝,信其意实,上前谢了大王,然后安席。大王主位,天使同仁贵坐了侧席,仁贵告坐坐下,席中笙箫盈耳,灯烛辉煌,珍馐百味。太监上前敬酒,天使又在旁相劝,杯杯满,盏盏干。仁贵吃的是药烧,不好落肚的,大王与假天使吃的是平常酒。酒壶有记认的。直饮到三更时,仁贵吃得大醉,不省人事,睡在地下。王爷传旨:一面撤去筵席,闲人赶出外面,然后将仁贵绑出,明日见驾,说仁贵私进长安,闯入王府,行刺亲王,此节事就可处死他了。张妃道:"这节事不稳,倘然朝廷问起说怎么私进长安,他说奉旨钦召来京,天使是假,圣旨又是假的,说闯入王府,行刺亲王,这节事益发无影无踪,况且朝中鲁国公程咬金,圣上最是亲密的。秦怀玉、罗通、尉迟宝林、尉迟宝庆,又与他是心腹,倘反坐起来,就当不起了。"王爷听了这话,目瞪口呆,说:"坏了坏了!如今怎么办?"张妃道:"如今木已成舟,悔已迟了,想出一个妙计才好。张仁你且去想来。"张仁原要王爷上当,说:"果然娘娘虑得到,朝廷追究根由,奴才这狗命虽万剐千刀情愿的,但是大王金枝玉叶,遇其一难,甚为可惜。"李道宗听了,发抖说:"依你便怎样?"张仁道:"如今势不由己,只得如此如此。"大王无可奈何,将仁贵抬进翠云宫,放在郡主娘娘床上。

郡主一看大怒,说:"父王听信妖精,将丑事做在我身上。"大哭一场,将头撞死房中，血流满地，忙报知千岁，张妃好不欢喜。李道宗凄然泪下说："害了女儿，可恨薛礼这厮，与他不共戴天。"忙乱了半夜，传殿前指挥，将仁贵发到刘廷尉司勘问。

那廷尉司奉承王府，将仁贵百般拷打，昏迷不醒，乃用大刑，将锡罐蟠在身上，用滚水浇进，其身犹如火烧，他只是不醒。正在那里审问，郡王们多晓得了，秦怀玉听报大惊，说道："反了！反了！从来没有这般刑法，若见了朝廷，自有国法，怎么私下用刑。"分付殿前侍卫速到廷尉司，将薛爷放了，不必用刑。侍卫奉了驸马爷之命，来到廷尉司讲了。他惧怕驸马，只得放了，所以没有口供。太宗圣驾坐朝，见文武百官已过，班中闪出一位亲王皇叔，头戴闹龙冠，身穿黄袍，足下乌靴，执笏当胸，上前哭奏道："陛下龙驾在上，老臣有事冒奏天颜，罪该万死。"天子道："皇叔有何事启奏？"李道宗道："老臣只生一女，名唤鸾凤，不想薛仁贵昨日私进长安，闯入王府，老臣将酒待他，他强逼郡主为配，老臣回绝了他，不想竟闯入翠云宫，将小女强逼，小女立志不从，竟拿起台上端砚，将小女当头打死，现今血流满地，尸首尚存。"亲手将本送上。天子听奏，龙颜大怒，将本放在龙案上，暴跳如雷，说道："这逆贼行此不法之事，擅自私离禁地，私进长安，闯入王府，竟将御妹打死，寡人不斩这贼子，埋没了萧何法律。"怒发冲冠，喝叫指挥将逆贼绑出法场枭首，前来缴旨。指挥领旨，竟到廷尉司，将仁贵绑缚牢拴，拥进朝门。仁贵还是昏迷不醒。

那些众臣子一见，那里知道曲折之事，不知仁贵犯了何事，皇上如此大怒，立刻要把他斩首起来。内中尉迟宝林兄弟等，好似雷打一般，乱箭攒心，把皇上一看，又不敢保奏。程咬金见陛下大发雷霆，也不敢救他。只见仁贵推出午门，望法场而去，只得闪出班来，大喊刀下留人。午门前指挥回头一看，见是鲁国公保救，只得站住了脚。程咬金连忙跪下，说道："陛下在上，仁贵犯了何事，龙颜如此大怒，要把他处斩？"皇上说："程王兄不知细故。"就将此事说明，道："王兄，你道该斩不该斩？"咬金道："万岁还要细问，不可斩有功之臣。"众公爷又上前俯伏保救。皇上道："诸位王卿御侄在此，多去问他，为何打死御妹？"秦怀玉等谢恩，离了金阶，来到午门叫声："大哥，因何而起？"仁贵原是不知人事，满身打坏了，低着头，指挥扯定，一句话也没有。众公爷也没法，只得复旨说："人已打坏了。"皇上哈哈冷笑说："这个十恶不赦之徒，斩首有余，王兄还要问他什么？"咬金看见皇上赦是一定不肯的，且保他下落天牢，另用别计相救。又奏道："他跨海征东有十大功劳，万岁可赦其一死。"万岁道："虽有功劳，封平辽王已报之矣。今日因奸打死御妹，朕切齿之恨，王兄且退班。"咬金没法，只得说："陛下念他在三江越虎城滩上救驾，又在长安救了殿下，百日两头双救驾，监在天牢，百日之后处斩。”皇上听了准奏，说：“以后不可再奏，恼着寡人。若有人后来保奏，一同斩首。”传令放绑，下落天牢。文武谢恩退班，驾退回宫。

成亲王回府，与张妃说知，圣上大怒，立刻处斩，有程老头儿苦苦相救，如今下落天牢，百日之后枭首。张妃听了，流泪道：“倘然百日之后圣上回心，又有一番赦免，怎么办？只是不能报父兄之仇。”王爷说：“美人不必悲伤，他害了我女儿，此恨不消，慢慢在圣上面前设法，就要处斩。”分付开丧，收拾女儿尸首。

不知后事如何，且看下回分解。

第三回 薛仁贵下落天牢 小儿痛打李道宗

再说仁贵下落天牢，才得苏醒，满身疼痛，对禁子道："这是那里？"禁子道："千岁，你还不知？"就将如是长短，一一说明。仁贵听了，说："昨晚我在王府饮酒，怎么因奸打死御妹？此事没有因头，分明中了奸王之计，若无程老千岁，险些儿我有杀身之祸。我府中二位夫人，怎得知道？恩哥恩嫂，未得报知。李道宗要害我，不知有何冤仇。罢罢！唯命而已。"不表仁贵在牢中受苦，再说那一班公爷，都到程府商议。

咬金道："侄儿们回去，差人先到牢中探望，倘圣上回心，就好相救了。"众公爷称是，多回府中，只有秦怀玉同了尉迟宝林，进牢相望。禁子见了驸马，即忙叩头，开了牢门放进二位，外面跟随之人不容进去。秦怀玉、尉迟宝林见里面俱是披枷带锁囚犯，又到一处，原是干净一间房子，狱官出来跪接。问薛爷在那里？言在里面。即分付且回避，不要伺候。二人走进一看仁贵身上刑具，实是伤心。叫声："哥哥，为何受了这般苦楚？"仁贵抬头一看，见了二位大哭，叫声："兄弟，愚兄有不白之冤，要与兄弟讲明。"立起身来见礼，拜谢救命之恩。

二人说："哥哥不必如此，你且讲来。"仁贵把天使钦召进京，王府相留饮酒讲了，以后之事并不晓得。秦怀玉道："你中了奸王之计。张士贵之女是李道宗之妃，她恨你杀了他父兄，她在奸王面前做成圈套。圣上有甚小恙？那里有天使相召？他将女儿逼死，陷害你强奸郡主，又将砚将女儿打死。圣上误信，龙颜大怒，竟无宽赦。程叔父保救一百天，倘圣上回心，我等保救出狱。"仁贵道："二位哥哥不消费心，君要臣死，不得不死，奸王将女儿污吾，圣上岂不大怒。吾若一死，走到阴司，决不饶他。烦致谢程老柱国，我薛礼生不能补报，当死衔结于九泉也。"秦怀玉说："哥哥何出此言。"再说那张仁，打听得驸马公爷往监相望，便报知千岁。道宗听了大怒，忙差人到监中禁约，一面抱本上殿奏知。天子传旨，差指挥到天牢，说薛仁贵是钦犯，若有人到监，通与本犯一齐治罪。秦、尉二位正在监内与仁贵言语，忽王府人到来，说不许容留官员往来。狱官无奈，只得对驸马说:“有圣旨下。”狱官接旨开读,秦、尉二位无奈,只得出监,从此监门紧闭,牢不通风,就是罗通等到来相望,也不能够了。只得差人暗暗送饭。王爷又晓得了,对张仁说:“如今怎么摆布他?”张仁说:“千岁,他同党甚多,那里绝得米粮。若要绝他,只有大王亲驾守住牢门,不容人送饭,十天之外绝了他的食,就饿死了。且他斗米一餐,那里挨得三天。愿王爷明日便去。”道宗听了大喜,张妃又在旁撺掇,果然次日道宗带了家将,竟到监门守住,十分严密,禁子那里用得情来。如此守了一天,次日又到监门把守查问,差人守住牢中,禁子不许进内送饭。

秦怀玉闻知,十分着急,无计相救。怀玉正在着急,报说罗千岁等到来相望。怀玉接进殿前,罗通、尉迟宝林、迟尉宝庆、段林、程铁牛等,坐满一殿。罗通开言说:“薛大哥此事,如今怎么相救?”宝林道:“如今绝食,要饿死的,我们无计可施,特来与大哥商议。”程铁牛道:“我家老头儿无主意。”怀玉说:“圣上十分不悦,皇叔做了对头,如今绝了食,要饿死了。待进了食,然后另寻别计就好做了,如今奸王守住监门,那里容得进去,这便如何是好?”大家在殿上议论纷纷不决。只见殿后走出一个小厮,年八九年,满身煊华,面如满月,鼻若悬胆,还是光着头儿。来到殿前,对着众人说:“伯父叔叔,要救薛伯父,待孙儿救他,使他不能绝食。”怀玉听了,大喝道:“小畜生还不进去,满殿伯叔俱不能有计,你这小童出来胡说。”他却不走,对着怀玉说:“爸爸不依,看你众人怎么救法。”笑了一声,走进去了。那罗通道:“此子何人?”怀玉道:“不瞒诸位兄弟说,小弟有两个孩儿,一个名唤秦汉,年才三岁,在后花园玩耍被大风刮去,至今并无下落,公主十分苦楚。方才是二小儿,名唤秦梦,年方八岁,公主爱惜如珍。小弟只有此子,方才出来无礼,兄弟们莫怪。”众人道:“原来是侄儿,年少如此高见,后来必成大器。”怀玉道:“不敢。”再说秦梦出了后门,分付家将,请各府小将军,罗章、尉迟青山、程千忠、段仁等,都是八九岁,逐日嬉游惯的有十多个,闻得秦梦相请,都到秦府后门,见了秦梦说:“小哥,今日呼唤吾等到来,向那里去玩耍?”秦梦道:“兄弟们,吾有一事,要与你们同去。”将薛伯父如此长短,要去打那皇叔。

小英雄听了,高兴说:“快去。”分付家将不必随从,兴兴头头来到监门。道宗见了这班小厮,说:“此是什么所在? 擅敢来探。”分付手下人打开。这般小英雄听见来捉,倒也乖巧,忙动手,见一个,打一个,打得那些王府家将头青脸肿,没命的跑了。可怜李道宗,被秦梦当胸一把扭住,面上巴掌乱打,胡须扯去一半,小拳头将皇叔满身打坏,跌倒在地,只叫饶命。

秦梦道:“今日才认得秦小爷,恐防打死了,弄出事来,饶了你这老狗头罢!”这道宗好像落汤鸡。又见罗章等将车轮轿伞都打得粉碎,说:“兄弟们去罢。”打得这个模样回去,各自回府。

再说那李道宗,爬起身来,满身疼痛,胡须不见大半,黄冠蟒袍粉碎,乌靴劈断,忙唤家将,只见那些家丁一个个犹如斗败了的公鸡,强伸头颈,喝道好疼痛。道宗说:"狗才,为何都躲过了,看孤家被人打得这个模样,回去处死你们。"家将道:"大王不看见么?小人们被他们打坏了,性命都不保,这般人年纪虽小,力大无穷,小人才动得手,被他一拳一脚,那里当得起。"道宗道:"如今不必讲了,为首的是秦怀玉之子,我明日上本奏他。如今轿伞都打碎了,就扶我回府去罢!"家将忙扶了王爷回府,与张仁商议,连夜修成本章,待五更上朝,奏明圣上。

不知后事如何,且看下回分解。

第四回 薛仁贵天牢受苦 王茂生义重如山

再说秦梦向至后门，心生一计，将鼻子一拍，又拾三角尖石头，将头划开，满面流血，大哭进房，见了公主，倒在地下。

公主看见，忙问："孩儿，被何人打得这般？说与母知。"秦梦道："孩儿被李道宗打坏。"公主听了，柳眉倒竖，信以为真，便分付摆驾。内侍宫娥依旨，公主上了三金銮，带着宫娥宫监，出了后门，进了后宰门，来到保身殿，见了长孙娘娘，朝拜已毕。皇后传旨平身，公主谢了恩，立起身来。金墩坐下。

长孙娘娘说："公主女儿，又不宣召来到，必有缘故。"公主禀说："那皇叔十分无礼。外孙年少，偶然走到牢门，只见皇叔在那儿把守，竟唤家将把外孙打坏，特去奏明父王。女儿况且只生一子，念他祖父父亲，要与孩儿出气。倘若死了，要李道宗偿命的。"唤秦梦过来，拜见娘娘。秦梦见了皇后大哭。

娘娘见外孙儿被打得头破血流，十分爱惜说："孙儿不必如此悲伤，外祖母都晓得了。"正在那里讲，忽报天子驾到，长孙娘娘与公主俯伏接驾。

天子问道："御妻，为何皇儿也在这里？"公主奏道："父王，孙儿被人打伤，特来奏知。"万岁道："皇儿，朕的外孙，那个敢打？"公主说："孩儿过来，拜皇外祖。"秦梦年小伶俐，见了万岁，啼啼哭哭上前来奏说："孙儿出外游玩，偶然在监门经过，闻得薛伯父在监，想看一看，只见成亲王守住监门，要绝他的食。这也罢了，他竟将孙儿拿来毒打，要将吾拿去处死。亏孙儿逃得回来，奏明皇外祖。"圣上看了，果然有伤。

公主又奏道："他祖父秦叔宝，东荡西除，打成唐朝世界，就是驸马，也有一番功劳。望父皇作主。"万岁道："孙儿你总会生事，所以有这番缘故。"公主又奏道："父皇看孙儿年才八岁，皇叔身居尊上，难道小童打了老的不成？"长孙皇后又在旁帮说："果然不差，八岁的小孩难道倒打了皇叔。"圣上说："知道了。"一声传旨退宫，与皇儿解愁，命左右治酒，在宫饮宴。

再说贞观天子，五更三点，景阳钟撞，龙凤鼓敲，珠帘高卷，底下文武朝见已毕，谢恩退班。只见班中闪出一位大臣，当殿跪下，奏道："臣成亲王李道宗有本奏明。”万岁道：“奏来。”成亲王奏说：“秦怀玉纵了秦梦，将老臣毒打，胡须扯去大半，蟒袍拉碎，遍身打坏，还有行凶外人，总要万岁究出处治。”圣上一看，果然皇叔胡子稀稀朗朗，面上俱是伤痕，碎袍东挂一片，西挂一片。朝廷是昨日公主先已奏明，是晓得的，闻言叫声：“皇叔，你在那里被秦梦打的？秦梦年方八岁，倒来打你，毕竟在外多事。”李道宗道：“老臣不过在天牢经过，被他就打，万望圣上详察。”朝廷道：“姑念你皇叔，不来罪你，你守住监门，要绝薛仁贵的食，而朝廷自有国法，百日之内，少不得偿御妹之命，本也不必看了，拿去。”竟丢下来，天子龙袖一卷，驾退回宫，文武散班，只有李道宗满面羞惭，被秦梦打了，还被圣上道不是，只得闷闷回去。

再说怀玉这一班同朝，看见李道宗唇上的胡须都不见了，满脸青肿，一双眼睛合了缝奏出许多事来，众人都捏把汗。听得圣上不准，才放下心，一齐来到秦府。差人到监门打听，果然不差，就秘密与禁子商议暗暗送饭，想这仁贵便有命了。差人回复驸马，怀玉等欢喜。秦梦走出外面，来到殿上见了诸位，叫伯父叔父，说：“倘无我，薛伯父真要饿死。”秦怀玉道：“畜生几乎弄出事来，皇叔是打得的么？倘然死了，为父的性命活不成了。”秦梦道：“孩儿打他不是致命处，要打死他有什么难处。”罗通道：“果然侄儿主意不差。”秦梦道：“罗叔父说得极是。我去也。”就往里头去了，秦梦伤的是外伤，头是自己砍伤的，停了一天就好了。

再说银銮殿上这些公卿称扬秦梦，又商议要救仁贵，但无计可施，只得各自回府，慢慢的与程伯父计较。且讲仁贵进京时，有家将跟随，见王府邀进。后在外闻了这个消息，耽搁了数天，有程千岁保救，下落天牢中。便连夜回到山西，报知王茂生，如此长短，一一说了。王茂生大惊，忙进后堂，报与二位夫人听了，昏倒在地。樊员外忙来相助，扶起柳氏夫人，王茂生说：“二位夫人不必悲伤，如今我要赶到京中，与奸王拼一拼。”换了青衣小帽，带了盘缠，分付妻子好生伺候二位夫人，以防奸王又生别计，来拿家小。员外道：“此刻不必费心，朝中大臣自有公论，决无有累家属，王官人放心。”茂生含泪别了二位夫人，竟上长安告御状不表。

再言八位总兵晓得这个消息，也无可奈何，只得暗差人来京打听。王茂生一路风惨雨凄，到了长安，进了这光大门，又走了数里，只听前面有喝道之声，乃是程千岁朝罢回来。千岁乘了八人大轿，一路下来，看见王茂生，乃认得的，命左右唤他到府中来。左右领命，上前唤王茂生先到府中。咬金回府，到后堂唤王茂生进来问道：“你来京做什么？”王茂生见了咬金，叩头说道：“老千岁，我是一个小人，明日朝中告御状，就死也罢！我兄弟是正人君子，不会做这样污行，奸王听信张妃，将女儿陷害，圣上不明，反将有功之臣处斩，此真不明，明日与奸王拼命。”咬金说：“我知道，朝中多少公侯尚不能救他，御状切不可告，倘动了圣怒,你的性命难保,平辽王反要加罪了。且到监中探望兄弟,待吾寻计相救就是了。”茂生听了,谢了千岁。此时正是午饭时候,带了午饭,竟往天牢。

禁子不肯放进茂生,茂生多将银子相送,然后进监,与仁贵相会,抱头大哭,言讲了半日。禁子催促起身,无奈回到程府。

明日又到牢中送饭,天天如此。程咬金心想,过一百日能有几何,倘然到了日期,焉能保救。吾一面修书二封,差人往汉阳府报知徐大哥,真定府报知老黑,待他二人到来,就好相救了。

不表差人望二处投递,却说英国公徐茂功正在那里赈济,见来书要去保救薛仁贵的事。他晓得阴阳算定,薛仁贵有三年牢狱之灾,早了救不得,忙回书付原人带回。差人接了回书,回到长安,来到府中。咬金接着,忙取回书来,拆开一看,书上说明,朝中现有魏大哥同众兄弟相救,要我无用。竟回绝了。

咬金说:“坏了坏了!”怀玉道:“老叔不必着忙,还有尉迟老叔到来,就可有救了。”却又等了数天,尉迟恭不到,好生着急。为何尉迟恭还不到来,如今一百日相迫,故此着急,汉阳府是旱路多,水路少,来得快;真定府是水路多,旱路少,来得慢。

尉迟恭何日到来,救得成救不成,且看下回分解。

第五回 薛仁贵绑赴法场 尉迟恭鞭断归天

再讲尉迟恭奉旨在真定府铸铜佛，还未完工，看了咬金来书，十分大怒。忙将公事交督工官，带了从人，不分星夜就往长安，来到府中。二位公子同了黑、白二位夫人接着，尉迟恭问起情由，宝林、宝庆就将事长事短说明。老千岁一闻此言，大怒说："那有此事！圣上昏庸，忘了有功之臣。罢了！我明日进朝，先要扳倒奸王，必要救出仁贵。如不然，有打王鞭在此。"等不到五更三点，就上朝。二位爵主相随，来到朝房。百官还未到，黄门官听报虢国公尉迟老千岁上朝来，分付开了午门。老千岁来到朝廷坐定，不多一刻，百官多到了，上前参见。

鲁国公程咬金，驸马秦怀玉，并那殿下罗通，一班小公爷都到了，一齐上前参见。程千岁叫道："尉迟千岁，来得正好，仁贵受了奸王屈陷，吾保救监牢中一百天，如今限期将满，要你相救。"尉迟恭说："老千岁，吾特为此事星夜赶回。吾今日上朝，少不得与圣上奏明，无有不赦之理。"那倒运的奸王也在朝房，听得此言，忙出位来到尉迟恭面前叫声："黑匹夫，薛贼犯了大罪，你在此胡言乱语。"尉迟恭一见李道宗，怒从心头起，恶向胆边生，喝道："奸王，唐朝那有你这不争气的，自己亲生女儿，将奸情污她，羞也不羞？还有何颜立在朝房，还不回去。"李道宗听了这番羞厚，心中大怒。说："黑贼，你擅敢得罪亲王，罪该万死，少不得要凌剐你。"尉迟恭听了，说："你剐我，我挖你这双眼睛看看。"李道宗看见，就把袍袖一遮，把头一低，尉迟恭两个指头要挖他眼，他袍袖高大，两个牙竟被打落了，满口鲜血，疼痛不过，说："反了反了，黑厮擅打亲王，打落门牙，与你一齐面君再说。"尉迟恭原是莽夫，见道宗满口流血，倒着了急。程咬金说："果然打亲王，老臣见的，大王快将牙齿与我做赃证，少不得上朝要见驾，老臣是个见证。"李道宗只道他是好意，就忙将两个门牙交与咬金。咬金拿来，竟往朝门外抛了去，无影无踪。皇叔见了说："你们这班都是一党，将吾门牙抛到那里去了？来拿还我，少不得面君。"咬金哈哈大笑道："大王你进朝门，年纪高大，性急跌落了门牙，与老黑什么相干？"尉迟恭看见程咬金丢了门牙，就胆大了。说："你自己性急跌落门牙，不要来欺诈。"李道宗听了益发大怒，说："明打脱我门牙，倒来说反话。”咬金对文武百官道：“那大王方才进朝，自己跌落门牙，你们都看见么？”百官听了，也不说不跌，只把头点点。咬金道：“如何！跌了下来，倒来诈人。”只听净鞭三响，驾坐早朝，文武朝见，山呼已毕，退班就位。只见虢国公当殿见驾。圣上一见，龙颜大悦，说：“朕久不见王兄，想是王兄完工前来缴旨么？”尉迟恭上前奏道：“完工尚未，久不见龙颜，老臣前来，有表上奏朝廷。”下面成亲王李道宗见他保救仁贵，倘圣上准了他怎么处？只得也上金阶奏道：“尉迟恭不奉圣旨，私进长安，在朝房擅打亲王，将老臣打落两个门牙，望万岁处治！”尉迟恭奏道：“皇叔进朝房时，跌下马来，撞落门牙，现有文武百官、鲁国公程咬金等都见的。”圣上听了，半信半疑。宣鲁国公上殿。咬金走上金阶，跪下俯伏。圣上说：“王兄，此事如何？”咬金奏道：“皇叔进朝性急。年纪高大，在马上跌下来，偶然跌落门牙是真的。”万岁爷听了此言，低头一想说：“皇叔退班。”李道宗又吃了一番大亏，只得退在班中。朝廷细看尉迟恭本章，说：“尉迟王兄，薛仁贵因奸不从，打死御妹，朕甚可恨，曾降旨若有保救者，与本犯同罪。王兄与朕患难相从，焉肯舍得？传旨殿前指挥，速往牢中取薛仁贵，午时三刻处斩，前来缴旨。”指挥奉旨，往牢中将仁贵缚绑停当，拉往法场而去。王茂生一见大哭，到法场活祭。

再言尉迟恭见本章不准，反将仁贵绑赴法场，分付抬鞭来。左右忙将鞭取过。尉迟恭接了，忙上金阶，说：“圣上既不准老臣之言，为何又将仁贵立刻斩首。这鞭乃先皇所赐，有几行字在上，求万岁龙眼观看！”天子只做听不见，传旨驾退回宫。

尉迟恭好不着急，难道为臣的拿起鞭来打君王不成，没有此理。

尉迟恭没法可施，在万岁后面一路随了，口中大叫说：“万岁要赦薛仁贵的罪。”朝廷进了止禁门，将门闭上，要进里头去不得了。尉迟恭没法可施，只得对着门上高叫：“薛仁贵有十大功劳，海滩上又有救驾之功，万望万岁准老臣之言，放了薛仁贵。不然，有功之臣心中不服。老臣冒奏天颜，伏乞圣思宽赦。”忽内监传旨：薛仁贵犯了十恶，罪在不赦，老千岁不必苦奏，少不得明日早朝讲明此事。尉迟恭听得此言，心中大怒说：“此鞭乃是先君所赐，上打昏君，下打奸臣，善求不如恶求。”用尽力气叫声：“昏君听了，当真不赦？”内使说：“圣旨已出，不能挽回，老千岁请回府去罢！”尉迟恭见难以保救，且待吾打进宫门，与昏君性命相拼，必要救仁贵性命。不然难在朝中见人，拿起竹节钢鞭，对着止禁门一鞭，只听得一声响，那鞭分为十八段。尉迟恭说：“不好了，当日师父有言说：鞭在人在，鞭亡人亡。”再看门上，写着止禁门，说道：“宫中止禁门，任你甚么大臣，不奉宣召，不准到这里；倘非宣召到此，就要斩首。我倚仗着这条鞭，如今断了鞭，焉能得出去。也罢！性命难保了。”对着止禁门说：“老臣苦心来奏，万岁只是不准，念臣相随多年，尽忠报国，如今就此拜别了。”向止禁门拜了二十四拜，立起身来,将头向着止禁门一撞,血流满地,竟死在门下。

内宫圣上闻知,将禁门开了。圣上一见,说:"王兄何苦如此?"心中十分苦楚,龙眼滔滔下泪,传旨鲁国公程咬金、尉迟宝林兄弟。他三人原在外面打听,闻传旨,即忙进宫,看见尉迟恭撞死,俱大哭。圣上说:"御侄不必悲伤,就在止禁门首开丧,文武挂孝,以报王兄开国之恩。"宝林兄弟谢恩。

程咬金奏道:"尉迟恭为保薛仁贵,将性命来换,念他征东救驾之功,洗马单鞭救主之功,望万岁将仁贵还禁监中,至来年秋后处决。"朝廷听了,龙首点点,传旨将薛仁贵仍下天牢,待明年秋后处决。圣旨一下,刽子手放下了绑。王茂生扶了薛仁贵,复进天牢。仁贵回到监牢,晓得尉迟恭身死,放声大哭,说:"尉老呵!你今为了区区,将身惨死,吾好痛心!"茂生再三劝慰。

不知后来如何,且看下回分解。

第六回 茂公回朝救仁贵 宝同遣使下番书

再说那宫中朝廷亲自祭奠，文武百官、皇亲国戚亦都来祭奠。三日之后出殡，在朝文武俱来相送，一路上素车白马，安葬已毕。兄弟谢了圣旨，复谢各官。朝廷降旨：封宝林荫袭父爵虢国公，宝庆封为陈国公，尉迟号怀封平阳总兵。黑、白二夫人见老相公身死，大哭。但蒙圣恩御祭御葬，又封了三位儿子，遂感念圣恩。朝中无事，太平天下，不知不觉，又是一年了。到了秋后，万岁驾坐早朝，文武朝见已毕，圣上对程咬金说："如今没得说了。"咬金无可奈何，不能保救。下边秦、罗、尉迟等，好似雷打相同，都不敢出来保救，面面相觑。圣上即降旨，将仁贵绑出法场斩首，报来缴旨。旨意已出，竟将仁贵绑缚去了。

合当仁贵有救，却好徐茂公汉阳府赈济完了，前来缴旨。

见法场正要处决，茂公说："刀下留人！"指挥见了英国公徐千岁，怎敢动手。徐茂公来到殿上，俯伏金阶复旨。圣上看见徐茂公，龙心不胜之喜，说先生在湖广赈饥，想是完毕了，百姓如何？徐茂公奏说："湖广汉阳府前年大荒，蒙万岁洪恩，救活了数百万百姓，今年麦熟，百姓均活了，如今来复旨。老臣来朝，见法场处决薛平辽，已刀下留人，欲求保救。"万岁道："他犯了十恶不赦之罪，朕旨意今日一定要斩，先生你不必再管他。"徐茂公奏说："老臣亦奉旨要救薛仁贵。"万岁说："徐先生痴了，只有寡人的旨意，那个做得朕的旨意。"徐茂公说："万岁三年前已降过旨意，老臣奉旨的。"圣上说："先生益发荒唐了，三年之前，那里有什么旨意？"徐茂公说："万岁前年在三江越虎城外打猎，老臣奏明要遇见贤臣，但这人福浅，早见不得君主，还要得三年福满。望陛下不要见他，过了三年，班师到京，见他尚不为晚。就是圣上金口玉言一说：'早见朕三年，难道他还要折寿？'臣说：'寿倒不折，只怕有三年牢狱之灾。'万岁说：'卿益发虚混了，这牢狱之苦，只有寡人做主，那个监得他在牢。如今既发心要见，虽然应梦贤臣，将来犯了十恶大罪，寡人只将功折罪，并不把他下在天牢。'老臣又奏道：'万岁金口御言，说在此的，后来薛仁贵有什么违条犯法之罪，求陛下要赦的。'蒙吾主金口说：'自然赦他。'故此，老臣今日是奉三年前万岁的旨意。"贞观天子听了，龙首点点说：

"先生主意什么样?"徐茂公道:"如今仍将薛仁贵发下天牢,明年秋后处决。"天子说:"依先生所奏。"乃传旨放他仍落牢中。万岁龙袖一卷,驾退入宫。

程咬金这一班公爷,今朝见要斩仁贵,恨不能保救,今见徐茂公上朝,欢喜不过,料是一定放的,不道又下天牢。众人不解,程咬金上前叫声:"二哥久违了,方才圣上倒有心赦宥,二哥为何又发天牢?"徐茂公说:"兄弟你不知,天数已定,他命中注定有三年牢狱之灾,就早出来,也没路的,圣上终究疑心,另寻别事。俟他明年恭恭喜喜出来,岂不妙哉。"程咬金不悦,各自回府。光阴似箭,日月如梭,不觉一年相近来了。

再讲西番哈迷国有一元帅,乃苏定方之孙、苏凤之子苏宝同。国王封他为扫唐灭寇大元帅,坐镇锁阳城,与陕西交界。

他差使臣来到长安,此日万岁驾登早朝,有黄门官启奏说:"有西凉国差官朝见。"天子说道:"宣进来。"使臣来到金阶,俯伏奏道:"番邦使臣杨魁叩见,愿天朝圣主万寿无疆。今有番表一道,献与龙目观看。"朝廷说:"什么表章?取上来。"杨魁把本一呈,接本官呈上龙案开拆,龙目一看,有数行字在上面写着:扫唐灭寇苏元帅,三世仇冤要报仇;手下雄兵千百万,要灭唐朝尽九州。战书到日休害怕,不夺长安誓不休;若要我邦不兴兵,唐主称臣自低头。

唐太宗一见番表,不觉龙颜大怒,说道:"罢了罢了!那些蝼蚁之邦,如此无礼!苏宝同无知小人,也来欺负寡人!过来,把使臣斩首午门,前来缴旨。"两旁一声答应,将使臣绑赴午门,一声炮响,斩了首级,上朝去缴旨。两班文武不解其意,徐茂公出班说:"陛下龙驾在上,西凉国王表章上说些什么?万岁龙颜如此大怒,为何把使臣斩首?"太宗道:"徐先生你拿表去看,便会明白。"徐茂公上前,取过表章一看:"果然无礼,天朝岂惧番邦。今斩了来使,只恐有一番争战,不比扫北征东容易。"太宗说:"苏宝同何等样人?这般厉害,先生讲个明白。"徐茂公说:"苏宝同乃是苏定方之孙。苏凤逃入番邦,生下一男一女,男名宝同,国王招为驸马;女唤金莲,纳为后妃。今宝同之父已死,宝同有飞刀九把,一纵长虹三千里,手下有妖僧妖道,都是吹毛画虎之人,撒豆成兵之将。他镇定锁阳城,和陕西交界。晓得杀了使臣,必然乘势兴兵前来,怎生拒敌?不如先起兵征讨。"太宗说:"朕主意已定,谁人挂印征西?"连问数声,无人答应。太宗问茂公道:"先生,如今那个为帅?"徐茂公说:"征西还是征东将。"圣上说:"先生又来,征东是薛仁贵,难道又是他不成。"徐茂公说:"原是应梦贤臣。"圣上龙首一点,如今用兵之际,待他立功赎罪,传旨意一道:速往赦出薛仁贵。封为天下都诏讨,九州四郡,马大将军,挂印征西大元帅。

天使来到天牢开读,仁贵也不谢恩,也不受旨。天使回殿复旨,天子问道:"薛仁贵不肯受旨,情愿受死,怎么处?"徐茂公说:"他受三年辛苦,心不甘服,要万岁赐他上方宝剑，倘若有文武不从，先斩后奏，必然肯受诏的。”圣上依议，就将上方宝剑付与天使，即到天牢开读。仁贵只说：“要成亲王到天牢，同到万岁驾前，奏明冤情，三年受苦，绑赴法场。如皇叔不到，臣愿受死。”天使只得又将此言奏明，圣上知了，宣皇叔成亲王，道宗慌忙跪伏金阶奏道：“老臣不往牢中去了。他掌了兵权，生杀之柄，倘有羞辱，老臣性命难保矣！望圣上恩宥。”天子想想不差。程咬金见圣上不决，只得上前说：“老臣前去宣仁贵，不怕他不受旨。”天子闻言说：“程王兄此去，必然薛王兄肯来。”程咬金接了旨意，竟往天牢。开读已毕，仁贵谢了恩，对咬金说：“老柱国你晓得的，晚生受奸王哄骗，三年牢狱之苦。必要杀他祭旗，方泄此恨。”程咬金说：“平辽公，都在老夫身上，包你祭旗。”仁贵说：“老柱国担当得定么？”咬金说：“担当定的。”二人出了监门，有左右请换了袍甲，上马竟入朝来，兵将跟随，文武簇拥，昂昂然来到金阶俯伏，口称：“罪臣薛仁贵，蒙吾主不斩之恩，又封元帅，心中感恩不过。”底下武职官，一个个上前参见。薛仁贵说：“明日相见。”圣上赐宴金銮殿，众小公爷相陪，你弟兄饮酒庆贺，朕不奉陪回宫。小弟兄三年不会，今日相逢，欢喜不过，饮至二更，各自回府。

次日五更坐朝，命大元帅薛仁贵在教场之内，把团总兵大小三军武职们等，操演半个月，演好武艺，然后发兵。领陛下旨意，仁贵出了午门，来到元帅府，说要发令与各府总兵官，明日俱嘱大小三军，在教场中操演龙门阵。

不知如何，且看下回分解。

第七回 唐天子御驾征西 薛仁贵重新拜帅

再说徐茂公在朝，奏说："万岁，西番不比东辽，那些鞑囚，一一都是能人，厉害不过，必须要御驾亲征才好。"万岁道："先生，苏宝同这厮，朕甚痛恨，必要活擒拿来碎剐，以泄此忿，方称朕心。"徐茂公说："这个自然。"一面降旨，着户部催促各路粮米。户部领旨。圣上把龙袖一转，驾退回宫。

明日清晨，薛仁贵打发哥哥王茂生，往山西安慰二位夫人并八位总兵周青等，教他操演三军，不日调用。

再说薛仁贵在教场中，操演三军。选定吉日，兴兵前去征西。过了半月，薛仁贵上金銮殿，奏："臣三军已操演得精热了，候万岁几时发兵？"圣上说："徐先生已选定在明日起兵，请王兄回衙准备，明日就要发兵了！"仁贵领了旨意，退回帅府，另有一番忙碌。这如今各府公爷，都是当心办事，到了明日五更三点，驾登龙位，只有文官一班了，武将都在教场内。

大元帅薛仁贵戎装上殿。当驾官堂前捧过印绶，交与元帅，皇上御手亲赐三杯酒，仁贵饮了，谢恩退出午朝门，上了赛风驹，竟往教场来。先有众公爷在那里候接，俱是戎装披挂，挂剑悬鞭，都上前称："元帅在上，末将们在此候接。"薛仁贵说："诸位兄弟将军，何劳远迎，随本帅上教场来就是。"诸家兄弟及驸马秦怀玉等，同元帅来到教场中。只见团总兵营官员，游击千总参将百户都司守备，这一班武职们，都是金盔银铠，跪接元帅。仁贵分付站定教场两旁，当中三军齐齐跪下，迎帅爷登了帐，点齐队伍，共起兵三十万。大队人马，点秦怀玉为先锋："带一万人马，须过关斩将，遇水成桥，此去西番，不比东辽，这些鞑囚甚是骁勇，一到边关停兵，候本地大兵到了，然后开锋打仗，若然私自开兵，本帅一到就要取罪。"秦怀玉得令，好不威风，头戴白银盔，身穿白银甲，内衬白罗袍，腰挂昆仑剑，左悬弓，右插剑，手执提罗枪，即跨上呼雷豹。尉迟兄弟为左右接应，护送粮草，程铁牛、段林、胜贤为保驾。

鲁国公程咬金，英国公徐茂公，同了天子，在金銮殿降旨，命左丞相魏征料理国家之事，托殿下李治权掌朝纲。

天子降旨已毕，然后同鲁国公、英国公出了午门，上日月龙驹马，一齐来教场。元帅薛仁贵接到御营，即刻宰杀牛羊祭了旗。元帅对程咬金说："老柱国，晚生前日有言，要将李道宗祭旗，老柱国一力担当，如今皇叔不来，晚生承老千岁屡屡相救，不曾报得，今日论国法，借重老先生一替了。"咬金听了，大惊说："借不得的，待我去拿来罢！"走出帅台，心中想起，王爷怎么拿得？转念一想：有了，令箭一枝，传先锋秦怀玉。驸马说："老叔父有何使令？"咬金说："贤侄，如今不好了，李道宗不到，要将吾祭旗，你到王府且不可拿他，若说拿他，他定不出来，只说奉旨点了先锋，特来辞行，骗他来至银銮殿，叫人拿住，捉了他来，交与元帅，吾就没事了。"驸马依言，来到王府。叫人通报，说驸马爷做了先锋，要去征西，特来辞别。家将报进，对王爷说了。李道宗想道：秦驸马乃朝廷爱婿，倒来辞行，难道不去见他？令左右请驸马进来，果然秦怀玉即下马，来到银銮殿，李道宗出来相迎。

秦怀玉一见李道宗，大喜，命左右拿下。王爷说："为何前来拿我？"驸马说："圣上在教场，命吾们来请你去商议。"竟带了李道宗，出了王府，直往教场而来。那个倒运的张仁，看见王爷带去，也跟到教场来了。程咬金一见大喜，说："贤侄之功不小，救了老夫性命。天子同元帅在演武厅。"仁贵一见李道宗身边张仁，知就是假传圣旨的，即命左右速将李道宗身边的长大汉子拿来。左右一声答应，忙将张仁拿上将台薛元帅奏道："假传圣旨，哄进长安，骗入王府，都是这人。望圣上究问。"天子道："你叫什么？为何把元帅骗入长安，此节事情，你从头讲来。如说不明白，取刀伺候。"张仁吓得魂不在身，口中说道："没有此事，小人从来不认得元帅，冤枉的。"元帅奏说："不用刑法，焉能得招。"天子传旨取箍头带上来。张仁一上脑箍，口中大叫说："小人愿招。小人是张娘娘妇嫁，来到王府，蒙王爷另眼相待，后来太爷父子都被元帅斩首，娘娘十分大哭，用计假传圣旨，将元帅召进，用酒灌醉，抬入王府宫中。郡主畏羞，撞阶而死。求圣恩饶小人狗命。"天子听见，龙颜大怒，说："有这等事，倒害了元帅三年受苦，朕悔无及。"命指挥斩首报来。一声答应，将张仁绑出法场斩首。又传旨将张妃白绫绞死。

圣上再对薛仁贵说："元帅，如今屈事已清，张仁取斩，张妃绞死，但皇叔年纪老了，作事糊涂，倒害了御妹，如今又无世子，看朕之面，免其一死。"薛仁贵说："只要万岁心下明白，晓得臣冤屈，也就罢了！"程咬金听得说："不好不好！仁贵做了王位，尚且被他算计，死中得活，想起来我乃是国公，也被他算计，就当不起了，必须斩草除根为妙。"忙奏道："皇叔不死，元帅征西，恐不肯尽命去拿苏宝同。"皇上听得此言，但深恨番表，要活拿苏贼，如元帅不肯用心，如之奈何？只得说："王兄所言不差，但天下无有杀皇叔之理。"程咬金说："这不难，如今将皇叔放入瓮中闷死，待今日起了兵，明日差人暗暗放他出来，岂不公私两拿。"圣上说:“如今那里得有一大瓮来。”咬金说:“长安城中有一古寺,叫玄明寺,大殿上有一口大钟,倒也宽大,将皇叔放在当中。”圣上就依议。

程咬金谢了恩,带了李道宗竟到玄明寺而来,看那大殿上有汉铸的一口钟倒在地下,钟架子已烂掉了,便叫许多军士将钟抬起,请皇叔坐在当中。

李道宗懊悔不该听了张妃,如今是奉旨的,倘皇天有眼,等他去了,还有一条生路,只得听天而已。军士看见皇叔坐定,将钟罩皇叔在内。咬金分付取干柴过来,放在钟边,四面烧起。

军士果然拿火来烧,李道宗在内大叫:“程大老头儿,这个使不得的!”凭你喊破喉咙,外面只做听不见,顿时烧死,竟来到教场复旨,说:“皋叔恶贯满盈,天忽降下火来,将殿宇烧坏,皇叔竟烧死在殿内。”天子听了,也无可奈何,命户部将玄明寺大殿修好。

再讲元帅祭了大纛旗,皇上御奠三杯。元帅祭旗已毕,分付升炮拔营,三声炮响,拔寨起兵,前有三十万兵马,摆开队伍,元帅戎装打扮,保住了天子龙驾,底下有二十九家总兵,都是弓上弦,刀出鞘,文官同殿下李治送父皇起程。皇上传旨不必远送,文武各回衙署理事。殿下谢了父皇,回转长安。薛仁贵护驾帅兵径望西凉进发,好不威声震耀,家家下帘,户户闭门。正是:

太宗在位二十年,风调雨顺太平安。迷王麾下苏元帅,差来番使到中原。辱骂贞观天子帝,今日兴兵往西行。剑戟刀枪寒森森,旗幡五色鬼神钦。金盔银铠霞光见,洁白龙驹足端轻。年老功臣多厉害,此番杀尽西番兵。

若要问征西如何,且看下回分解。

第八回 一路上旗开得胜 秦怀玉枪挑连度

再讲大唐人马，旌旗烈烈，号带飘扬，正望陕西大路而行，前去征西平番。这不比扫北，所以御驾亲征。大队人马步行，过了宁夏甘肃一带地方，出了玉门关，过了瀚海，一路多是沙漠之地，来到界牌关。界牌关外五百里，是西凉国地方，人烟稀少，此处划有江界，若是大唐人马到来，必须要穿过宁夏，过了玉门关，然后到西鞑靼地方。前日贞观天子将杨魁斩了，随来的使者，飞奔到锁阳城，报与苏宝同。早已作好防备的各关守将，日夜当心，差小番儿探马，远远打听。

界牌关有一位镇守总兵姓黑名连度，其人身长一丈，头大如斗，膊阔腰画，一张朱砂脸，面短腮阔，眼如铜铃，颔下一部连鬓红须，两臂有千斤之力。他上阵用一柄九连环大刀，重一百二十斤，其人厉害不过。他正在私衙，与偏将们讲谈国舅带战书到中国，被大唐天子将使臣斩了的事。国舅听了大怒，要起人马取唐天下，以报父母之仇，早晚必有一番厮杀。忽有小番儿报进来，说："不好了！启平章爷，小番打听得南朝圣主御驾亲征，带了大兵三十万。有平辽王薛仁贵为大元帅，前部先锋驸马秦怀玉，左右先行，有战将数员，底下合营总兵官，前来攻打界牌关。"黑连度听了，大笑道："方才在这里讲，国舅兴兵取中原，谁知他们来送死！可打听明白了？"小番道："在玉门关打听明白的。"问离关有多少路？说是头站先锋快出玉门关了。再要速去打听。诸将连忙问道："大老爷，南朝兵马到来，何以这等大笑？""唔呀！诸位将军，国舅欲取中原花花世界，所以前日下战书与大唐君主，他反将使臣杀了，国舅大怒，奏知狼主，狼主怒甚，命国舅起兵。不料他倒兴兵前来，亦算狼主洪福齐天，大唐天下该绝的了！薛仁贵为帅，他是火头军，有什么本事？盖苏文堕其术中，他征东容易，看来如今征西烦难，我国元帅厉害，乾坤一定是我狼主的了。"诸将说："何以见得。""今唐朝所靠薛仁贵本事，只道西番没有能人，所以御驾亲征。可他还不晓得，西番狼主驾前都是英雄豪杰，何惧薛仁贵、秦怀玉。待唐兵到来，必然攻打界牌关，待本镇出去活擒唐将，以献国舅，岂不是本镇之功。"诸将大喜，叫声："平章爷，这个关头全靠你，小将们回衙操演人马，早晚必有一番厮杀。”却说这花智鲁达不花等告别回衙，自是小心去料理。那黑连度分付把都总，关上多加火炮灰瓶石子，强弓弩箭，若唐兵一到，即来报我，紧守关头为要。

再说大唐先锋秦怀玉，领了一万人马，从陕西、宁夏、甘肃一带地方，出了玉门关。有军士报说：“启上驸马爷，前面是界牌关了。”问还有多少路。说离关十里。分付放炮安营。

军士们过来，打听大兵一到，速来报我。各领命前去。

如今要说大唐天子，统带大队人马，过了玉门关，一路西来，早有驸马秦怀玉相接道：“小将在此接侯龙驾、帅爷。前面就是界牌关。不敢抗违帅爷将令，扎营在此。”薛仁贵说：“驸马听了本帅之令，马到成功，西辽可定。”分付大小三军，扎下营寨，忙进御营。天子说：“小王兄前选召的八位总兵到否？”薛仁贵奏道：“前蒙圣恩调用，离了山西，早晚必到。”话未了，外面报进说：“周青等八位总兵见驾。”天子大悦，分付宣进来。周青等跪下奏说：“周青同兄弟七人朝见。”天子说道：“八位总兵在此保驾。”即谢了恩，立在旁边，传令拔营进兵攻关，放炮三声，各营齐进。

关里小番报进：“启上平章爷，唐兵已到关下了。”黑连度说：“方才关外放炮之声，想必唐兵到了停营。若然有唐将讨战，前来报我。”番儿得令，在关上观望。再说唐营元帅出令：“那一位将军出去讨战？”闪出先锋秦怀玉，道：“小将出去讨战。”元帅大喜说：“西番韃子甚是厉害，第一关开头，须要取他之胜，才算得唐将英勇，今驸马出去，必定成功。”命尉迟宝林、尉迟宝庆兄弟二人为左右翼，若驸马胜了番将，二人乘势抢关。秦怀玉骑了呼雷豹，手执提罗枪，挂剑悬鞭，顶盔擐甲，一声炮响，大开营门。尉迟弟兄俱结束停当，随了秦怀玉，金鼓声响，豁喇喇豁喇喇，一直冲到关下，小番兵看见，好一个唐将，乱箭纷纷的射下来。天子御驾亲征，叫他早早出关归降。秦怀玉关下大叫，早有小番报进：“启平章爷，南朝蛮子在关外讨战。”黑连度听报，传令诸将和大小三军同本镇出关，杀那唐兵片甲不回。黑连度脱了袍服，顶好盔，穿了甲，拿了刀上马。出了总府衙门，来到关上，往下一瞧，唔呀！好一个蛮子，但见他头顶闹龙银盔，身穿锁子黄金甲，面如银盆，三鬓长须飘扬脑后，左悬弓，右插箭，坐下呼雷豹，好不威风。远远的有二员恶相的唐将在后面。黑连度分付把都儿，发炮开关。一声响，关门大开，放下吊桥，黑连度出得关外，诸将一同出关，后拥有三百攒箭手，射住阵脚。秦怀玉抬头一看，见一个韃子，望吊桥直冲下来，见他头顶双凤翅金盔，斗大红缨，画如红砂，狮子口，大鼻子，朱砂脸，一双怪眼，短短一脸连鬓胡子，身上穿着一领猩猩血染大红袍，外罩龙麟红铜铠，左悬弓，右插箭，手执一柄九连环大刀，坐下一匹乌黑点子马。直奔阵前，把刀一起。秦怀玉执提罗枪架定，说道："那守关将留下名来。""晤，你要问本镇之名么？俺乃西凉国驾下，红袍大刀国舅大元帅苏麾下，加封镇守界牌关，总兵大将军黑连度。你可晓得本镇的刀法厉害么？"秦怀玉说："不晓得你无名之辈。今天兵已到，要将你们一国蝼蚁，杀个尽尽绝绝，何在你这胡儿霸住界牌关，阻大兵去路。顺吾者生，挡路者死，快快献关，方免一死。若有半字不肯，那时死在秦爷枪头之上，悔之晚矣！"黑连度大怒，喝道："你这狗蛮子，有多大本事，如此夸张么？俺不斩无名之将，通下名来，俺家好斩你。"秦先锋说："你要问爷之名么？洗耳恭听，吾乃大唐驸马，大元帅薛麾下，加封护国大将军、前部先锋，姓秦名怀玉，难道不闻秦驸马之名么？"黑连度哈哈大笑，说："原来就是秦琼之子，我也晓得中原有你之名，到西凉就无奇了。唐主尚要活捉，何祝你狗蛮。"秦怀玉说："休得多言，照秦爷的枪罢！"即挺枪照黑连度面门刺来。

不知后事如何，且看下回分解。

第九回 界牌关驸马立功 金霞关尉迟逞能

黑连度忙把手中大刀噶喇叮当还转几刀，战到二十个回合，怀玉这条提罗枪神出鬼没，阴手接来阳手发，阳手接来阴手发，不即不离，在连度两肋里刺进，左肋上，右肋下，一枪分做八八六十四枪。这黑连度舒动连环刀，迎开来，挡开来，抬开去，还转刀来，左插花，右插花，苏秦背剑，月里穿梭，双龙入海，二凤穿花，左上右落，却砍不着。他二人战到四十个回合，并无高下。黑连度大喊一声，诸将快与我上前擒捉秦怀玉。众将齐声赶到，花智鲁达不花等数十员将官，一齐上前，围住秦怀玉。唐将尉迟兄弟二马冲到阵前，叫声驸马休得着忙，兄弟来助战。秦怀玉见二人来到，方得放心。

黑连度提刀就砍宝林。宝林急来相迎，敌住黑连度。宝庆把数员番将尽皆杀散，番兵死了大半。单有黑连度一口大刀厉害，战住秦怀玉、尉迟宝林二人，不分雌雄，一场好杀。三将又战有四十回合，黑连度刀法渐渐松下来，回头看那自家兵将，多被宝庆杀死，好不慌张。此时却被秦怀玉一枪，兜咽喉刺进来。黑连度叫声："呵呀，我命休矣！"要招架已来不及了，只得把头一偏，但肩膊上已中了一枪，大叫一声，带马就走。宝林一纵坐马上前，叫声那里走，提起竹节钢鞭，夹背心儿一击。

黑连度大喊一声，口吐鲜血，马上坐身不稳，被秦怀玉兜心一枪，跌下马来，复一枪结果了性命。即分付军士取了首级，迅快抢关。秦怀玉一马先冲上吊桥，宝林、宝庆兄弟二人把枪一招，令诸将快抢吊桥。周青、薛贤徒、姜兴霸、李庆先、周文、周武、王心溪、王心鹤，八位总兵官，上马提刀，抢过了吊桥。

那些小番儿闭闪不及，被秦怀玉一枪一个刺死。宝林兄弟同众将把刀乱斩，斧劈的，枪挑的，杀死不计其数。杀进帅府，检查钱粮国课，粮食丰盈，仓廒充足。遂请关外大元帅同贞观天子，大小三军，陆续进关。

百姓香花灯烛挂灯结彩，迎接天子。又将粮草钱粮，开清在簿，送上元帅。怀玉、宝林兄弟上前奏道："小将们杀却番奴，已得关了，钱粮开写明白，献上元帅，奏请缴令。"薛仁贵说："三位贤弟取了界牌关，西辽丧胆，其功不小，果称英雄。"太宗大悦:"王儿御侄,真乃将门之子,比那秦王兄,尉迟王兄更狠。"传旨备办御筵,庆贺大功,过了一宵。次日清晨,把关上哈迷王旗号毁除了,升起大唐帅旗,驻扎三日,令发炮拔营。三军如猛虎,众将似天神,离了界牌关,一路往前,人马向金霞关进发。番兵探马听说失了界牌关,飞报进关去了。

行兵三日,地广人稀,青草不生。又行三日,来到关外,将人马扎住。后队大元帅人马已到,分付安营,放炮三声,安下营寨。

再说金霞关守将名忽尔迷,身长一丈,头如笆斗,面如蓝靛,发如朱砂,颔下黄须,力大无穷。这一日升堂,有小番报进,说:"界牌关被大唐打破,夺取关头,黑平章阵亡。现有败伤把都儿在外。"忽尔迷闻说界牌关失了,大惊说:"快宣进来。"把都儿走进跪下说:"大老爷,不好了!大唐兵将实在骁勇,界牌关已打破,不日兵到金霞关了。"忽尔迷一听此言,吓得胆战心惊说:"本镇知道,速去锁阳城报与苏元帅知道,早早发兵救护。"分付关头上多加石子灰瓶炮石,弓弩旗箭,小心保守。大唐兵将到来讨战,即报与本镇。再说关外元帅升帐,聚齐众将两旁听令,尉迟宝林披挂上帐,说:"启元帅,界牌关驸马立了头功,如今金霞关,待小将出马取此关头,以立微功。"仁贵说:"好,贤弟此言,真乃英雄,但要小心向前。"怀玉听了,说:"启上元帅,界牌关多亏二位贤弟助战,取这关头,今日原是我去枪挑番将。"元帅说:"将令已出,驸马可去压阵接应。"尉迟宝林顶盔擐甲,挂剑悬鞭,提枪上马,带领军士冲出营门。来到关前,大喝一声:"着关上的快报与关主知道,今南朝圣驾亲征破番,要杀尽你这班胡儿。界牌关已破,早早出来受死。"关上小番急忙报进:"启爷,关外大唐人马已到,有将讨战。"忽尔迷闻报,忙取盔甲,上马提刀,披挂结束,打扮停当,带过马跨上雕鞍,提刀出府来到关前,分付开关。轰隆一声炮响,大开关门,放下吊桥,一字摆开,豁喇喇一马冲出。宝林抬头一看,此将甚是凶恶,你看他怎生打扮?

头戴红缨亮铁盔,身披龙鳞铁甲,面如蓝靛,发如朱砂,眼似铜铃,两耳招风,一脸黄须,坐下一骑红鬃马,大刀一把,亮光闪烁,枪刀双起响叮当,喝声霹雳似雷鸣。

宝林大叫道:"来的胡儿羯狗,通下名来。"忽尔迷说:"你要问魔家的名么?俺乃红毛大刀大元帅苏麾下,加封镇守金霞关大元帅,忽尔迷便是。"宝林说:"看你尽是西辽羯狗。今日天兵已到,不迎接献关,反阻抗去路,分明活得不耐烦了!"忽尔迷大怒,也不问姓名,提起刀来,向宝林头上劈将下来。宝林叫声来得好,把枪呱哒一声,便一枭,忽尔迷喊声"不好",在马上一仰。宝林把手中枪紧一紧,一枪当心刺进来。忽尔迷避闪不及,枪中前心,将身一仰,跌下马来。宝林复一枪刺死,即分付诸将抢关。众人听得抢关,骑马争先冲上去了。秦怀玉在那里压阵,见宝林刺了番将,急把枪一招,说声:诸将军快去枪关。麾下尉迟宝庆、周青、王心溪、王心鹤、李庆先、姜兴霸，这六骑人马，带三军在后赶来。宝林赶上吊桥，小番扯起也来不及了，忙发狼牙箭乱射，被宝林枪拨开，从箭中赶进，刺了几个小番，一拥赶上，俱过了吊桥。

六骑人马杀进关中，鼓响如雷，叫杀喧天。这关内偏将、牙将、麾将们，顶盔擐甲，上马提刀，前来抵敌。宝林弟兄两条枪，好不了得，来一个刺一个，这番兵俱被杀伤。周青使一口铁剑，逢见兵将逃走不及的，尽皆杀死。尉迟宝庆、王心溪等，提大刀杀人如切菜。进入帅府，盘查钱粮，迎请唐朝大元帅，同天子及御军进关。

宝林上前启奏，说："小将缴令。"元帅说："贤弟取此关头，其功不小。"天子说："御侄少年扫北，本领还与秦驸马一样。"立即传旨：在帅府设宴贺功，称赏恩犒。次日清晨，把西辽旗号去了，竖了大唐旗号，养马三日，放炮起行。三军浩浩荡荡，行兵三日，望接天关进发。来到关外，人马扎住。

后队大元帅人马已到，分付离关十里安营。尉迟宝庆上前说道："驸马与哥哥取了二关，元帅且慢安营，待小将出马取关，先开一阵，倘胜了番将，就此冲进关去，马到成功，岂不为美。

若不能取胜，安营未迟。"秦怀玉说："此番将厉害，我自去罢！"尉迟宝庆说："驸马何轻视我，未曾与朝廷出力，此关决要让与小将去破。"元帅说："将军若果然要去，必须小心，待本帅与你压阵，靠着陛下洪福，将军胜了番将，本帅领人马冲进关中，这也是你之功。"宝庆领命，顶盔擐甲，挂剑悬鞭，上了乌骓，把马一催，来到关前，大喝一声："守关的快报进去，说天兵到了，速速献关。若有半言阻抗，本将军要攻关了。"

不知宝庆如何胜得番将，且看下回分解。

第十回 空城计君臣受困 宝同一围锁阳城

不讲外面宝庆攻关，且说小番报进来道："启总爷，大唐人马已到，有蛮子讨战。"总爷大惊道："中原人马几时到的？可曾安营？"小番启上道："平章爷，才到未曾扎营，走马抡枪讨战。"总爷说道："连取二关，又要取接天关。"分付带马过来，结束停当，挂剑悬鞭，手执琅琊棒，却带领众把都儿，一声炮响，大开关门，一马当先冲过吊桥。宝庆抬头一看，原来是一员恶将，十分凶险。怎生打扮：

头戴一顶四凤双龙亮铁盔，身穿锁子黄金甲，手执惯使琅琊棒，坐下一匹千里银驹马，好一位鞑子番将，黑脸黄须，直到阵前。

宝庆大喝一声道："来的胡儿住马，可通下名来。"总爷把棒一起，噶喇架定说："要问魔家名来，你听我说，我即镇守接天关总兵段九成便是。可晓得大将军厉害么？还不速退，休来纳命！"宝庆便把枪直刺过来。段九成把棒一架，回手就是一棒，喝声打来，当头向顶梁上打将下来，好厉害，果然泰山一般。宝庆把枪往上一挡，噶喇一声响，架开在旁，回手一枪，正中咽喉，跌下马来，即死于非命。小番儿见主将已死，晓得金霞关内杀得厉害，大喊一声，各自逃生，往锁阳城去了。元帅好不快意，领人马随宝庆进关去了。兵卒一齐到总府驻扎。宝庆进帐缴令，勇猛取关，朝廷大悦，说："其功非小，御侄英雄更胜父兄，果然将门之子。"宝庆见朝廷称赞，好不快活。即传旨改换大唐旗号，盘查官库钱粮，养兵三日。元帅与军师商议取锁阳城。

再言锁阳城，乃西辽地方人烟稠密之处。周围百里，三关十门，元帅苏宝同镇守，帐下有雄兵百万，战将千员。他是苏定方之孙，苏凤之子。罗通扫北将他父亲杀死，但逃走了苏凤。后来他投在西凉国，招为驸马，其姊纳为皇后。苏宝同幼年投师在金凤山李道符仙长处学法，炼就九口飞刀，飞镖三把，一纵长虹一千里。时时切齿，要报祖父之仇。差官下战书到中原，不料唐主斩了差使，苏宝同大怒。正欲兴兵夺取长安，不料唐主拜仁贵为帅，御驾亲征。失了三关，告急文书飞报锁阳城，苏宝同大慌，忙请二位军师商议。你道这两位军师是谁？一是扫北野马川李道人，名唤铁板道人。他用铁打成一尺长半寸阔铁板，共有十二块,块块有符,要与他交战,念动真言,起在空中,打将下来,要打为灰泥。他身长一丈,头如笆斗,眼似铜铃,尖嘴大鼻,颔下红须,根根如铁红,惯用古定剑。当年被尉迟恭杀败,在西凉投在苏宝同帐下,拜为军师。另一僧乃敖来国出身,名唤飞钹禅师,用两副金钹,与人交战,起在空中,打将下来,头儿打得粉碎,自称西天活佛。长不满四尺,阔有三尺,似石敢当。

这两位合契投机,都在元帅帐下。闻知元帅相请,二位来到帅府,见了宝同,主客坐定,铁板道人说:"不知帅爷唤吾二人到来何干?"宝同说:"二位军师,你还不知,本帅欲取中原报祖父之仇,不料唐王拜薛蛮子为帅,兴兵前来,征伐西凉。前日小番来报,已夺了三关,不日来攻锁阳城。吾与军师商议,今唐兵到来,必要一网而擒,拿住罗通,活捉薛蛮子,然后兴兵杀上长安,夺了中原国位,狼主为君,将罗家满门抄灭方休。吾实不知二位军师有何妙计,以为本帅雪恨。"飞钹禅师与铁板道人道:"只要我二人略施小计,总教唐兵百万一网兜尽,钱粮兵马尽归我邦,唐朝君臣尽将诛戮,直上长安,狼主身登龙位,帅爷十大功劳,可以报仇雪恨。"苏宝同一听此言,欢喜大悦,开言说:"二位军师有何妙计?早说与本帅知道。"铁板道人说:"一些也不难,若薛仁贵遣将讨战,不必与他交战打仗,现在元帅统领三军出城,退至寒江关,留此空城,这薛仁贵必赶进城来,只要一进城中,我们即将百万雄兵,将锁阳城团团围住,此时十门攻打,任教他外无救兵,内无粮草,插翅也难飞出去,不出三月,尽皆饥死。彼若出城交战,帅爷弄起飞刀,吾二人相助,杀他片甲不留,能人亦难出营,然后慢慢攻打,岂不是拿唐皇如反掌矣!"元帅说:"军师计算甚高。"众将无不欢欣,传令大小儿郎官员人等,尽搬到寒江关安营,把座城池调空。宝同同了二位军师及诸将,离却锁阳城,竟往寒江关居住,点齐数十万人马,暗中埋伏,专待合围城池,不许漏泄。

再说薛仁贵在接天关,传令发炮起行,进兵几日,乃陆续到了锁阳城。有探马报进,上前禀道:"启知元帅,前面就是锁阳城,但见城头上旌旗展荡,又无兵卒,大开城门,吊桥并不扯起,不知什么计策?故此禀上元帅。"仁贵哈哈大笑:"诸位将军,你们莫轻视,料此苏宝同无能,大开关门,兵卒全无,内中有计。今日圣驾征讨,谅无大事,你们大家须要小心进关,看他使何诡计?"那徐茂公开言声称:"元帅,那苏宝同不出关门交战,竟带三军去了,留此空城,吾军兵马休要乱动,不可进关。不然,又是征东三江越虎城故事。"程咬金叫声:"军师非也,我们的秦驸马并尉迟二位将军,英雄无敌,连夺三关,不用吹灰之力,锁阳城之将,难道不晓得么?决然是闻此威风,谅他不敢迎敌,所以弃城逃遁。即闻我老臣之名,他亦胆战心惊,那里有什么计?分明是怕我们,逃走去了。"薛仁贵说道:"老千岁之言不差,他这班都是犬羊之辈,何足虑哉!我大唐天兵一到,他便望风而走,此关又非建都之地,怕什么?且入锁阳城,然后进兵取西辽,吾皇洪福齐天，西辽必定该灭。”遂分付大小三军开进城去。元帅一声令下，众军齐望关内而走。

军师徐茂公屈指一算，却是圣上该有几年灾难，将官有此一劫，天机不可预泄。元帅命尉迟宝林四处查点明白，恐防暗算奸计，盘查钱粮，原实充足，意有数年之粮。百姓安顿如故。军师传令军士，先运粮草进关，然后请圣上进城。元帅及诸将远远出城，迎接天子，进入关中。天子身登银銮宝殿，众臣朝参已毕，大元帅传令，把三十万人马扎驻营头，把十门紧闭，商议取寒江关。

再言苏宝同暗点人马，探听飞报，今见唐王君臣已进城中，四面号炮一起，有百万番兵围绕，十门齐扎营盘，共有十层白帐，旗幡五色，霞光浩荡。吓得城上唐军急忙报入帅府，奏上万岁道：“不好了，城外有百万辽兵，围住十门，密不通风。”吓得天子魂不在身，众大臣冷汗淋漓，知是中了空城之计。天子道：“薛王兄，这便如何是好？中了他们诡计了，这一个城池有什么坚固，若他们攻打进来，岂不要丧性命？快快拨备人马出关，杀退辽兵，以见英雄。”薛仁贵说：“陛下宽心，且往城上看虚实，如果然厉害，再定主意。”圣上说：“是。”同了军师、元帅、程咬金及众将上西城一看，围得密密重重，枪刀威烈森森。唐主见了，心慌胆丧，诸大臣无不惊慌。忽听得三声炮响，营头一乱，都说大元帅到了。这苏宝同又来围住西门，九门有能将九员，数百万雄兵，截住去路，凭你三头六臂，双翅能上腾云，也难杀出辽营城，如何是好？

不知如何，且看下回分解。

第十一回 苏宝同大战唐将 秦怀玉还铜身亡

不表城上君臣害怕，单表苏宝同全身披挂，坐马持刀，号炮一声，来到西城。两旁骁将千员，随后旗幡招展，思量就要攻打城池。忽抬头一看，见龙凤旗底下，坐着唐天子。怎生打扮？但见：

头上嵌宝九龙珍珠冠，面如银盆，两道长眉，一双龙目，两耳垂肩，颔下五绺花须，长拖肚腹，身穿二龙戏水绛黄袍子，腰围金玉碧带。下面城墙遮蔽看不明白，坐在九曲黄罗伞下，果然好福相。南有徐茂公；北有程咬金；还有一个头戴白银盔，身穿白绫显龙袍，三绺长须。

苏宝同在城下高声大呼道："城上的可就是朝廷李世民么？可晓得在木阳城之时罗通将我祖父杀死，吾祖有功在朝，吾父苏凤被打百下，奔入西辽，生我兄妹二人，正欲兴兵到长安，不料天网恢恢，疏而不漏。今日已到此邦，我把尔等君臣，尽归一网。快把罗蛮子送下来，万事全休，放你君臣回去；若不放出，休想回国。"扬声喝叫，吓得圣天子毛骨悚然。

薛仁贵、秦怀玉奏道："万岁休要慌忙，待臣发兵出去，擒此苏贼。"圣上依然回帅府。元帅来教场，聚齐诸将，说："如今苏宝同在城下猖獗，本帅起兵到此未曾亲战，他口口声声要拿罗通，此情可恨。待本帅开关，与他交战，立斩番将，方消此恨。"闪过先锋秦怀玉，说："元帅未可，待小将出去开兵。"元帅说："驸马出城，待尉迟兄弟与你压阵。"顶盔擐甲，准备停当，分付放炮开城，金鼓一响，大开城门，一马争先，来至阵前。抬头一看，见一员大将十分厉害，他头戴凤翼盔，斗大红缨满天威，身穿铜龙甲，内衬绿绫袍，绣金龙凤腰，左有宝雕弓，右插琅琊箭，坐下乌龙驹，四蹄发炮声如雷，手持大砍刀，左手提刀，右手抚三绺长须，果然是中原人物。

苏宝同提刀，一声喝："蛮子，少催坐马，通下名来。"秦怀玉说："我乃唐天子驸马，世袭护国公，大元帅薛仁贵帐下前部先锋秦怀玉便是。你可知驸马枪法厉害么？还不速退，休来纳命！"苏宝同哈哈大笑，说："原来是秦琼之子，大唐有你的名，本帅只道三头六臂，原来是个狗蛮子，不要走，看本帅的刀罢！"把刀一刺，秦怀玉拈起提罗枪，串一串噶喇一声响挡住，说："且慢！我这支枪不刺无名之将，通下名来。"苏宝同说："本帅乃西辽国王驾下之舅，加封灭寇大元帅，苏宝同便是。你君臣快快投降。"秦怀玉说："原来是你这逆子，你的祖父受唐朝厚恩，却不忠反叛了。你休要走了。"穿梭一枪刺来，苏宝同手持大砍刀，噶喇一声挡过去，一连几枪，都被苏宝同架在一旁，怎肯让了一毫。还转几刀，前后隔架。好刀法，秦怀玉一架上手，彼此一场大战，鼓响如雷，炮响震天，二人战了五十回合，马交五十个照面，杀个平手。

宝同暗想：待我诈败下去，暗放飞刀伤了他。乃虚晃一刀，带转马就走。秦怀玉那肯放松，把杆提罗枪压住，不容他放出飞刀，大叫一声："苏宝同你乃堂堂好汉，不要暗器伤人，与你战几百回合，分个胜负。"宝同兜起缰，又把手中刀一架。喝声："秦蛮子，难道本帅怕你不成，暗器伤人，非为英雄，你是中原驸马，我是西辽国舅，你晓得我刀法，我尽知你的枪势，皆是英雄好汉，你后面所背的何兵器？且看毫光直透，耀日争光。"秦怀玉叫一声："胡儿，你还不晓得么？此乃露骨昆仑锏，是我父亲双锏打成唐朝天下，灭十八路诸侯，扫北征东，都是这二口宝锏，此锏重一百二十四斤，外裹赤金六斤，共一百三十斤。你闻知了应畏惧，卸甲倒戈，早降归唐。今不投降，却要送死？"宝同道："原来是金装锏放光。可借我一观，未知肯否？"怀玉说："宝同，你要借观么？也应承借与你看。"怀玉十分好心，向背后解下，把双锏拿在手中，叫一声："宝同，借你拿去看罢！"宝同接在手中，仔细看，连声称赞说："好锏，果然名不虚传，我父也曾说起，此锏曾挡李元霸双锤。"越看越好，说："秦蛮子，此锏送与我罢！"兜马就走，驸马看见，大叫："无信的番奴，本不过借与你看，你倒骗了去，难道不还我不成。"打呼雷豹一鞭，追上来了。

那宝同听见说无信二字，都是自己不是，哈哈冷笑说："秦怀玉，你好小器，本帅不过取笑，难道果然要你的不成。双锏在此，还了你。"便把双锏抛在半空，叫秦怀玉收锏。岂知怀玉命该归天，此时抬头一看，双锏跌将下来，刚刚打在面前，大叫一声，翻身跌下马来。宝同回马，正要取首级。尉迟兄弟在这里压阵，看见先锋落马，奋勇齐出，抢了他尸首回来。一双宝锏失落沙场，被宝同拾了去。

尉迟兄弟回城，分付军士闭关，来见元帅。元帅闻报，惊得魂飞魄散，叫苦连天，众将劝解，速报知天子，说："驸马与苏宝同大战，取去宝锏，还锏身亡。"天子闻报，失声哭倒龙床之上，叫声："王儿，你为国亡身，十大功劳，麒麟阁上图名，五凤楼上画影。必要活捉苏贼，以祭王儿。"龙目滔滔下泪。徐茂公闻言，说："驸马命数归天，望圣上不必悲伤，恐损龙体。"天子依言，传旨将驸马收殓御丧，文武挂孝三日，开丧祭吊。那孝子秦梦闻知父亡，哀号大哭。来向元帅说：

"我父亲死于苏贼之手，侄儿愿为先锋，亲提人马，杀死苏贼，以报父仇。"薛仁贵听了，说："贤侄虽然忠孝，武艺高强，但年轻少力，不是那叛贼敌手。待吾另点别将，为你父报仇。"元帅传令：点尉迟兄弟出城，杀那苏贼。二将顶盔擐甲，提枪上马，一声炮响，开了城门，放下吊桥，直到阵前。宝同抬头一看，见来两位大将，怎生打扮？

头戴双龙盔，双龙串珠，面如锅底，一脸黄须，身穿乌金甲，铁扫眉，内着玄色衮龙袍，左插弓，右挂剑，腰边悬竹节钢鞭，手执乌缨枪，坐下乌龙马。

这二位尉迟兄弟冲将过来。宝同喝声："住了，你两个蛮子留下名来！"尉迟兄弟道："你反贼要问俺家名么？吾乃大唐天子驾前，征西元帅帐下，左右先行，尉迟宝林、尉迟宝庆便是。你前日将我那秦驸马打死，今日奉元帅将令，特来取汝首级，与驸马报仇。"宝同说："前日秦蛮子何等厉害，尚死在本帅之手，何惧你两个狗蛮子。你在中原，有何本领？况在西辽，那有你的话说，看刀罢！"持大砍刀往头上砍来。宝林把手中枪一挑，宝庆手持长蛇矛枪来刺。宝同这把刀挡住两支枪，亦不在心上。二枪也是厉害，上一枪禽鸟飞奔，下一枪山犬惊走；左一枪英雄死，右一枪上将亡。宝同这把刀也厉害，架住了两枪，望着头顶面两肋胸膛分心就砍。正是三马冲风，各分上下，三人打仗，各显高强。大砍刀，刀光闪烁；二条枪，枪似蛟龙。

那宝同是个西辽掌兵权第一元帅，怎怕你两个小蛮子；我邦乃是天朝英雄盖世。二位将军，何惧辽蛮一个狗胡儿。大砍刀如猛虎，两条枪似双龙。

不知胜负如何，且看下回分解。

第十二回 尉迟弟兄遇飞刀 苏宝同大战仁贵

再言苏宝同这把刀,焉能挡得住二员大将的枪?战了四十余回合,实在来不得了。倘一时失措,会被他先伤了性命,不如先下手为强。即一手提刀在那里招架,一手掐定秘诀。背上插一个葫芦,他把葫芦盖开了,口内念动真言,飞出两口柳叶刀,长有三寸,阔如蒜叶,倒有一丈青光。尉迟兄弟见了,不知什么东西,只听得一声响亮,犹如霹雳,豁喇喇一响,那尉迟兄弟抬头一看,吓得魂不附体,只见两口飞刀,好似两条火龙。宝林、宝庆大叫一声:"我命休矣!"即把手中枪来挡,那里挡得住?但听得浩浩长声,向头顶上斩将下来。二人把头闪侧一偏,但左膊上已斩了一刀,忽然间右膊上又斩一刀,满天火气焰灭。番兵来取了首级。军中来抢尸骸,却被他用挠钩钩去,将头号令。宝同大胜,即来到关前大骂道说:"快快押出罗通来,万事全休,若然不放出来,本帅要杀进城中,踏为平地。"探子报进城中,道:"元帅爷不好了!尉迟二将被飞刀杀死,敌又来讨战,请元帅爷定夺。"元帅一听此言,深惜二位将军死于飞刀之下,传令本营将官,抬戟备马,要亲身出去杀此番贼。此时闪出尉迟号怀,放声大哭,说:"二位哥哥死得好惨。"轰隆一声,撞倒地下,晕死过去了,吓得众将魂飞魄散,连忙扶起,好言劝解。仁贵泪如雨下,说:"贤弟不必心伤,待本帅为你二兄报仇。"尉迟号怀道:"此仇不共戴天,乞令出城。"分付备马。元帅阻不住,尉迟号怀即上了雕鞍,把鞭一加,猛勇抢先,一马飞奔,冲将出城去了。元帅点起三千铁骑,一同出城。号炮三声,尉迟号怀奔到阵前,大骂:"狗鞑靼杀我二兄,今来报仇!"不问因由,劈面就是一枪,说道:"将我二兄飞刀斩死,我与你势不两立,将你西番踏为平地,方雪我胸中之恨!"用枪乱刺过来。苏宝同呵呵大笑说道:"这乳臭小儿也来送死。"把手中大刀噶喇一声,架住旁首,两马交锋,二人在战场上战到三十回合,难胜号怀。这宝同暗想,唐朝来的将官都是能人,这个年轻人本事如此厉害!待我诈败下去,用飞刀伤他。算计已定,兜回马,把刀虚晃一晃,叫声:"小蛮子果然骁勇,本帅不是你敌手,我去了,休要来追。"带马收缰,望营前就走。号怀喝声:"胡囚那里走?"即时要追,只听得城上鸣金乱响,号怀听得鸣金,知元帅要自己回军,心想:罢了!不与二兄报仇,要命何用?如今只得违令了。把马一加鞭,望前追上,这宝同又将柳叶飞刀要伤号怀。号怀一见,魂飞魄散,大叫:“二位哥哥,兄弟不能报仇了。”说罢放声大哭。

适韦驮菩萨在云端,看见宝同飞刀要伤号怀,知号怀后来要为唐天子代主出家,佛门弟子,不该死于飞刀之下。忙使法令,把降妖杵一指,那飞刀便不见了,依旧云开见日。宝同大惊,不知此飞刀那里去了?叫声:“小蛮子,本帅飞刀被你一阵哭往那里去了,还我的宝贝来。”那尉迟号怀抬头一看,果然不见了飞刀,心中暗暗称奇,开言叫一声:“狗蛮子,我本将军自有神通,那怕你飞刀,快快下马受死!”宝同道:“休得胡言。”听得一声响,又是一口飞刀下来。韦驮又把降妖杵一指,飞刀又不见了。一连三把,妖刀弄得无形无影。那苏宝同慌张,心中一想,我九口飞刀,连失三口,如若再放,依然失去,便怎么处?没有了飞刀,怎报得杀父之仇,倘有疏虞,前功尽弃。罢了,如今且自回营,另生别计杀退唐兵。主意已定,传令鸣金收军,兜回丝缰回马就走。尉迟号怀飞马追赶,只听得空中大叫一声:“尉迟将军,你快快收兵,不必恋战,若追性命难保。”尉迟号怀抬头一看,见空中有金甲尊神,手中执着降妖杵,立在云端内面。原来是天神相救,不免望空拜谢。只见天神冉冉向西而去。再说尉迟号怀收兵进城,来见元帅回令。贞观天子传令:将二位将军衣冠礼葬,必要灭杀西辽方雪朕恨。薛仁贵奏道:“龙心且宽,臣明日发兵出城,擒此番贼。”天子说:“王兄出城,须要小心,征西辽全靠你,切莫失着于他。”“臣领命小心。”不表君臣商议。

再说探子次日报进说:“元帅爷,苏宝同又在外讨战。”元帅闻报大怒,连忙打扮结束停当,同帐下八位总兵官,并程铁牛、秦梦、段林、王君一、尉迟号怀等,上帐启元帅出阵破贼,小将等同往。薛仁贵说:“众位将军要守城,本帅有八员总兵随阵,不劳诸位将军相随。”众将齐声道:“那里话来,元帅出阵,末将相随听调。”元帅上了赛风驹,放炮三声,大开城门,鼓响如雷,二十四面大红威勇旗左右分列,冲出城来。

你看他怎生打扮?但见头上戴亮银盔,双龙蟠顶,身穿一件银丝铠,中央护心镜,内衬暗龙袍,背插四杆白绞旗,左挂着宝雕弓,右插着狼牙箭,腰间挂上豹皮虎鞭,坐下一匹赛风驹,手执画杆方天戟。后面白旗,大书天朝招讨元帅旗号。那薛仁贵来到营前,抬头一看,但见这宝同怎生模样:头顶青铜盔,两边高挑雉鸡尾,粉白面,颔下微胡须,身穿一件青铜甲,衬着龙麟五色花,内衬一件绿柳袍,绣成二龙争珠,前后护心镜,背挂葫芦,暗藏飞刀,插箭飘旗,左边悬弓,右边插箭,足穿虎头靴,坐下一骑白龙驹,手持大砍刀,后面扯起一面大红灭寇大元帅旗,果然来得很有威风。薛仁贵把马扣住,喝声:“你这狗鞑靼,可就是苏宝同么?”宝同道:“然也,既晓得本帅之名,何不早早自刎!献首级过来。”仁贵大怒说："你乃无名小卒，擅伤我天朝大将，本帅不来罪你，汝怎又在关前逞武扬威。今本帅奉旨要为三将报仇，难道不闻本帅方天戟厉害么？曾破高丽国，有百万雄兵，盖苏文自割首级，不如卸甲投唐，见圣上方保首级。不然，捉住你时，将你斩尸万段，以祭驸马尉迟二位爵主。若有阻挠，半句不从，本帅就要灭尽了。"苏宝同回说："你口出大言，敢就是什么元帅薛仁贵么？"仁贵道："你既晓得本帅之名，就该下马请罪。"宝同说："薛蛮子，你不晓得，我与大唐有不共戴天杀父之仇，恨如切齿，我亦晓得你的本事骁勇，今日一刀两断，何等畅快。"手持大砍刀，往头上一挥，喊一声："薛仁贵照我的刀罢！"这一挥刀，向仁贵头上砍将下来。仁贵把画杆方天戟望刀上一枭，刀反向苏宝同头上砍转过来。宝同称赞，果然名不虚传，这薛蛮子好厉害，立时冲锋过去，圈转马还，把刀挥起，望着仁贵又砍将过来。仁贵把刀枭在一边，来持戟望着苏宝同的前心刺将过来。宝同说声来得好，把大砍刀望画戟抬一抬，仁贵两臂振一振，说："这狗蛮子抬得我戟，果有这本事。"转马交锋过去，二人交战有四十回合，不分胜负，又战了十合，杀得宝同吁吁喘气，马倦人乏，刀法甚乱，汗流浃背，浑身酸麻，口称厉害。这苏逆贼抵挡不住，带转马就走。薛仁贵喝声："那里走！"随后赶来，天子在城头看见元帅得胜，十分喜悦，乃对徐茂公道："军师你看王兄得胜，苏逆贼果然被他杀得大败。"遂分付三军擂鼓。只听得战鼓擂动，薛仁贵不得不追。

要知后事如何，且看下回分解。

第十三回 苏宝同九口飞刀 薛仁贵受害沙场

话说苏宝同回头看见薛仁贵追上来，心中大悦，把葫芦盖拿开，口中念起法语，飞出柳叶刀，青光万道，直望薛仁贵头上杀将下来！薛仁贵抬头一看，知是飞刀，连忙把戟按住判官头上，拔出震天弓，扯出穿云箭，搭在弦上，望飞刀上面飕的一箭射将过去。只听得括呖一声响，三寸青刀化作青光，散在四面去了。这番吓得苏宝同魂不附体，飕飕飕一连发出五口飞刀，阵上都是青光，薛仁贵手忙脚乱。当年九天玄女娘娘曾对他说，一口飞刀射一支箭，前年在摩天岭失了一支，于今只剩得四支，他今一连发五口飞刀，就得五支箭，且亦难一齐射上，所以浑身发抖，料此时命休矣！仁贵只得总把三支穿云箭拿起，望青光中一撒，只听见括呖括呖数声响，五口飞刀尽皆不见，四支箭仍在半空中不落下来。薛仁贵手一招，四支箭落手中，取来藏好。那边苏宝同见已破了飞刀，魂不在身，说道："罢了！罢了！本帅受李道符大仙炼就，你敢弄些邪术破我飞刀，与你势不两立。"只得扯腰间飞镖祭起，轰雷闪电，日色无光，不辨东西南北。薛仁贵十分慌张，抬头一看，影影绰绰，似那怪蟒一般飞奔前来，张牙舞爪要来吃人。薛仁贵忙将手中画戟照定飞镖舞跃，十分沉重，如泰山一般打将下来，抵敌不住，兜回丝缰，往城下逃避。那飞镖好不厉害，紧紧追赶，追至吊桥边打将下来了。薛仁贵把头一偏，正打在左边膊上，仁贵大叫一声，仰天一翻，跌下马来。周青等八员位兵看见元帅落马，一齐上前抢了元帅，抬入城中。苏宝同后面追来，城中发起乱箭，扯起吊桥。宝同看见城中箭发如林，只得带了三军回营。

再言天子在城上看见元帅落马，传旨鸣金收军，城上多加灰瓶炮石，弓弩矢箭，紧守城门。军士将元帅抬进帅府，安寝在床，衣甲卸下。此时薛仁贵昏迷不醒，只有一息。周青等忙到驾前奏知此事。天子大慌，同了徐茂公、程咬金来看视。只见仁贵闭眼合口，面无血色，膊上伤痕四围发黑。徐茂公说道："吾主有福，若是中了飞刀，尸首不能完全，此镖乃仙家之物，毒药炼成，凡人若遇此镖，性命不保。今日元帅受此镖还算上天有靠，不至伤命。"天子说："先生又来了，现在王兄这么疼痛，凶多吉少的，尚有什么可靠？岂不是荒唐之言。"龙泪滔滔。

徐茂公说："陛下不必悲伤，臣昨夜观天象，主帅该当有刀血之难，命是不绝的，少不得后来有救星目下凶星照耀，不能顷刻除根，只怕要三番死去，七次还魂，须待一年灾，自然病体脱了，救星到了。此乃毒气在心，必须割去皮肉，去此毒气，流出鲜血，方保无虞。"天子准奏，说："先生所见不差。"即对仁贵道："王兄养疾，徐先生为你医治，你须要忍其痛苦，莫要高声大叫，有伤原神。"薛仁贵说："蒙万岁厚赐，虽死不辞，又蒙国公费心。"徐茂公说："不敢，元帅且自宽心。"分付军士等人扶起中间，一人拿一把小刀在手，连忙将淤肉细细割去有二寸深，不见鲜血，都是淤黑的肉。圣上问为何不见血迹？徐茂公说："此镖用七股毒药炼就，一进皮肤，吃尽了血，变成黑淤。必须割去一层，以痛而止，见血方能保命。"圣上道："王兄如何当得起。"军师道："不妨，决无妨害。"天子准信，叮咛再三，又是细细割去三层皮肉，方见鲜血流出来了。元帅大叫好疼痛，三翻四转，好不痛心，八个军人都扶不住了。徐茂公说："元帅且定心忍痛，血不停的出来了。"薛仁贵就洋洋晕去，又醒转来，对徐茂公说："先生如此，再禁不起了，负了圣上龙恩，碎身难报，如今恐要死了。"大喊一声，两足一直，呜呼哀哉，一命归天。圣上看见薛仁贵身死，大哭，对诸将说："怎生解救？"徐茂公说："圣上且宽心，他疼痛难忍，故而死去，少时即醒来了。"分付军士将丹药敷好伤痕，不可喧哗，请圣上回营，待他静养几天，少不得还阳活命，分付八位总兵小心看守。那周青等异姓骨肉，轮流通班伺候。天子无奈，同了军士回到宫中，日夜忧闷。

再言薛仁贵阴魂，渺渺茫茫，出了锁阳城。身上觉得爽快，似骑了赛风驹，手中持了方天戟，把马一鞭，待去杀此苏贼，报此一镖之仇，大叫：蛮贼，快出来纳命！高声大骂，横冲直撞。杀到前边，抬头一看，见一座城池上写着阴阳界；只见牛头马面侍立两旁。望城中仔细一看，见城内阴风惨惨，怨雾腾腾，心中一想，此是阴间地府，我要杀苏贼，如何在这里，心中好不着急。带马忙寻旧路，只听得城中鼓震喧天，冲出一阵人马，为首一将大叫："薛仁贵，你走往那里去？还我命来！你当初征东，我在海中求你，你不肯放松，致我一命身亡。我已等久，各处寻你，屡遇不着，谁料今日在此相逢，你休想回去，决要报仇。"薛仁贵抬头一看，见此人青皮脸面，原来是盖苏文，说："我道是谁，原来是你，不要走，本帅要取你命！"回转马来，说："盖苏文你这狗蛮子，本领不堪，又犯天朝，自来送死，今日如何怨我，可晓得本帅厉害么？"盖苏文听了大怒，把铜刀一起，说声"照刀罢"，劈面砍来。薛仁贵把手中画戟，噶喇一声响，架在一旁，向前心刺将过去。盖苏文把赤铜刀一抬，砍将过去，两下交锋有二十回合不见胜负。

一连又战了十余合，盖苏文有些抵挡不住，刀渐渐松了。薛仁贵戟法甚高，紧紧刺将过来，盖苏文说声"不好"，把赤铜刀向戟上噶喇的略略一抬，险些跌下马来。薛仁贵抽出一条白虎鞭，喝声："看鞭罢！"三尺长鞭手中量一量，倒有二丈白光,这青龙星见白虎鞭来得厉害,说声:“不好!”连忙闪躲,只见白虎在首上,映照一影,痛彻前心,红血一喷,把赤铜刀拖落地下,一纵马,飞跑回城中走避了。薛仁贵说:“狗蛮子那里走!”随后追赶。盖苏文进了城,牛头马面把城门紧闭,军士也不见了。薛仁贵十分大怒,说道:“城上的人听了,快将盖苏文放出来,若不放出,本帅要攻城哩。”一声大叫,牛头马面忙下城来,开了城说:“将军,这里且不见什么盖苏文,不必在这里查察。”薛仁贵大怒,一戟刺死了牛头马面,进了那阴阳界,要寻盖苏文,却那里寻得着。

他追赶有数里,远远听得吆喝之声,只得走向前边,抬头一看,见一所巍巍大殿,上面匾额上写着森罗殿三个大字。薛仁贵心中一想,森罗殿是阎君所居。不用管问阎君,只寻盖苏文便了。忙来到殿下。只见阎君正坐在殿上判断人间善恶。那崔判官立在东边,下面是那夜叉小鬼牛头马面,阶墀底下,跪着许多人犯,披枷带锁,实是可怜,都是生前造孽,忤逆不孝,瞒天昧地,使用低银,奸盗邪淫,不公不法之徒。正在那里发落这些人犯,亦有打的夹的,只听得叫苦连天。薛仁贵在大殿上看见,暗想说:生前原要做好人,死后免得地狱之苦。见发落已定,正要上前去问,不知有盖苏文否,且看下回分解。

第十四回 薛仁贵魂游地府 孽镜台照出真形

诗曰：

梦魂杀死盖苏文，热血刚刚一路寻。
马面牛头忽见欺，青龙白虎比输赢。

闲言少叙，再讲阎罗君发落已定，抬头见了薛仁贵，说："将军那里人，因何到此，愿闻其详。"薛仁贵说："阎君你不知，本帅住在山西绛州龙门县，姓薛名礼，号仁贵。蒙贞观天子赐封，跨海征东，救驾有功，封平辽王之职。今奉旨征西凉，来到锁阳城，逆贼是苏宝同，用飞刀伤我邦三员大将，圣上大怒，命本帅擒拿苏贼，不料中了飞镖，故此追杀苏贼，不想错走了路途，谁知遇着盖苏文，方才与他大战，他败走退入阴阳界关，我随后追来，却无形无影无踪，所以来到宝殿。相烦与我拿那盖苏文，本帅好复旨。"阎王听了，开言说："薛大人不知端的，盖苏文是上天青龙星降下来的，该有这番杀戮，即今阴间，这阴阳簿上，没有他的名姓。得罪了。"薛仁贵大怒说："阎君不必瞒，他死故多年，转世投胎，岂有不知么？说什么簿上无名，不是阴司该管，这些胡说。快快放出，万事全休，若再藏瞒躲匿，本帅就要动手了。"阎君说："将军息怒。"分付判官，取阴阳簿过来，送与薛大人看。那判官领命，忙将簿子送薛大人，接来一看，从头到尾，果然没有姓盖的名字。

薛仁贵说："方才与他大战，追入至此，难道说不在这里？此话难信。"阎君说："将军但知其一，不知其二，本阴司这里铁面无私，判断人间善恶，岂能徇私将人藏匿，欺骗大人？委实其人不在这里，大人可速回。"薛仁贵说："他既然簿上无名，要此簿子何用？将火焚了罢！"阎君听说，遍身冷汗出透，上前拿住道："这使不得，本阴司奉玉帝敕旨，掌管阴阳簿子，一日一夜，万死万生，生前行善造恶，俱在此簿子上，将军若然毁了，世人善恶不能明白，上不能复旨天庭，下不能发落酆都地狱罪犯，由此皆判断不得，逆犯天条，罪该不赦。大人还要三思。"薛仁贵说："既然不容我毁阴阳簿子，请还我盖苏文，吾就不毁了。"阎君听了，呵呵笑道："大人，你既然要看这不难，同你到孽镜台前，一看就明白了。但是还有一说，只宜远观，不宜近观。大人阳寿来终，还要为朝廷建功立业，复还阳世。”薛仁贵说：“承命。”阎王出殿，上马同了仁贵来到孽镜台前。转轮大王分付鬼卒，把关门开了，请大人观看。

二位同上楼中，开了南窗，又是一个天地。分明是中原世界，桃红柳绿，锦绣江山，好看不过。阎王说：“你这边尊府见了么？”薛仁贵仔细一看，果然一些也不差，但见平辽王府里面二位夫人，愁容满面，坐在那里。旁边薛金莲，手内拈着一本兵书在那里。薛仁贵看这光景，放声大哭：“我想二位夫人，满心终日望我得胜班师，谁想受许多折磨，今落在阴司，你如何晓得？”阎君说：“再随我到这里来。”分付开了西窗，便请薛大人望西一观沙漠之地，说：“就是当今圣主了。”薛仁贵抬头一看，果然是锁阳城，见万岁愁容默默，军师徐茂公、鲁国公程咬金亦默默立在旁边。主帅营中寂寞无声，只见床上睡着一人，薛仁贵大惊，问阎君道：“本帅营中床上睡一死尸，究是什么人？”阎君说：“难道你忘了本来面目？睡的死尸，就是将军阳世。”薛仁贵道：“原来就是我，这般说起来，我身已脱凡尘，不能再回阳世了。我想，圣上如今休想朝会了。”乃号啕大哭。阎君说：“大人且免愁烦，方才本阴司说你阳寿未终，即送大人还归旧路。”薛仁贵忽然醒悟，说：“方才冒犯龙颜，请受薛礼一拜。”阎大王连忙扶起，说：“何出此言？大小不来责备就好了。”仁贵满面羞愧，开言相求：“望阎君放我还阳，保主征西，灭那苏贼，但不知秦驸马和尉迟二位将军如今在那里，待我会他一会，可使得么？”阎君说：“这不能，天数已定，寿命已终，如今已上天庭去了，待本阴司开了东窗你看。”薛仁贵抬头一看，见楼台有数丈高，中间悬一面大镜子，上面写着“孽镜台”三字，望着镜子里面看去，别有一天世界，龙楼凤阁，神鹤神鹿成群。内里亦有牛头马面判官小鬼在那里。看到半边，好作怪，囚车里内坐着一位将军，饿得犹如骷髅，脚镣手铐锁在那里。薛仁贵问道：“老大人，此人犯何罪，受此禁锁？”阎君说：“大人你今到本阴司寻人，就是他，今日此人当面，还来问我是何人。”薛仁贵道：“如此说来，这就是盖苏文。他为何这般光景？我明明与他交战，何等威势，如今弄得这样形容。”阎君说：“大人与他交战的，原非盖苏文，乃是大人被苏宝同飞镖所伤，疼痛难忍，真魂出现，梦游地府，转念死人，一霎时间即就来了，并非盖苏文来索命，这是大人的记心。”薛仁贵说：“原来如此。”又道：“老大人，这盖苏文犯丁何罪，在囚笼里受苦？”阎君说：“阴间判断，决无徇情。当初未遇大人之时，受奸臣张士贵之陷，探取地穴，金龙柱上用九条火链锁住的就是他。既大人怀恻隐之心，将他释放，来投阳世，他若改过自新，其罪即无了。不想他逆天行事，好杀生灵，伤害百姓，致死数十万人性命。虽蒙大人除却了他，他的罪过太重，虽是青龙下降，合当受此磨难，要等他罪孽完满，才放上天去归位。”薛仁贵想道：生前作恶，阴司察断明白，断断躲不过去。

如今为人,必要正直无私。又问阎君说:“但不知我后来结局如何?伏乞阎君指示。”阎君道:“大人你平生正直,三年天牢,不忘圣恩,并无怨心,扶助紫微圣主,打成唐朝天下,并无罪孽,你何必心慌。”薛仁贵说:“虽是如此,究竟后来如何?”阎君说:“既然如此,开了北窗与你看就明白了。”分付鬼役开了北窗。鬼役听令,忙开了北窗,对薛仁贵说:“一生结局,都在里面。”薛仁贵抬头一看,全然不解,只见一座关头,高有数丈,十分坚固,刀枪剑戟如林,关前三个大字,写着白虎关。只见关中冲出一骑马,为首一将,生得凶恶,身长丈二,青面獠牙,赤发红眉,眼如铜铃,坐下一匹金猊狮,手持铁戟,直冲到阵前来了。一员大将,白甲白盔,手持方天戟与他交战,那白将军被杀败。贞见顶上一只白额虎张牙舞爪,随着将军一路赶上来。旁边又赶出一位少年将军,浑身结束,年纪只有十六七岁光景,坐下一匹腾云马,手搭狼牙箭,扳满强弓,只听得飕的一声弓弦响,一箭正射中这猛虎,片刻不见了白虎。前面将军跌下马来,霎时飞沙走石,关前昏暗。少停一刻,天光明亮,只见仙童玉女,长幡皂盖,引了中箭穿白的将军上了马,送上天庭,冉冉而走。又见年少将军号啕大哭,一员女将,十分美貌,手舞双刀,接住恶将大战,不上十个回合,那恶将抵敌不住,被女将斩下马来,片时又不见了。薛仁贵看见,全然不知是何缘故,忙问阎君说:“老大人,这内中景界,全然不解,请详示。”阎君说:“此将名叫杨藩,有万夫不当之勇,乃是上界披头五鬼临凡。大人若遇此人,须要小心。”薛仁贵道:“关中赶出这一位青面獠牙使铁戟的,想是杨藩了。”阎君道:“然也。”

不知后面还有何景象,且看下回分解。

第十五回 薛仁贵死去还魂 宝同二困锁阳城

再说薛仁贵又问那边一员大将是那一个？阎君道："后面将军就是大人了。"薛仁贵问道："既是本帅，为什么头顶上放出一只白虎来？主何吉凶？"阎君道："这是你自已本命真魂出现。"薛仁贵道："这般想起来，本帅是白虎星临凡。"阎君说："然也。"仁贵又问："那边一员小将，我与他前世何仇？今生何冤？为何将我本星一箭射死。但不知他姓甚名谁，我与他宿世何仇？竟来伤害本帅。"阎君微微笑道："大人，这小将就是你的令郎，名叫丁山。"薛仁贵想道："生前尚未有儿子，此是龙门射雁的小厮。原来是丁山儿子，他为何伤我？"阎君说："你当初曾将他射死，今日他来还报，你无心害子，他有心救父，白虎出现，故而射死白虎，怪他不得，只教一报终然还一报。"薛仁贵说："我儿已被我射死，尸首又被猛虎衔去，本帅亲眼看见的。如何又得回生？竟来助战。"阎君道："你令郎原是枷相救还阳，目下应该父子相逢，夫妻完聚。"薛仁贵说："原来有这个缘故，我后将死于亲子之手了。"二位说毕，同下楼来。阎罗分付鬼役，送大人回阳世去，不可久留在此，恐忘归路。薛仁贵拜谢，同了鬼役离却森罗殿，来到前面。只见一个老年婆婆手拜香茶，请一声吃了。此时薛仁贵称言多谢，却不敢受领。阎君道："莫要辞却，此茶有缘故，倘后还阳漏泄天机，为罪不浅耳，请大人饮了这杯茶，忘了阴司事情，好回阳世，享受人间爵禄。"薛仁贵听了，把这茶吃了一杯，辞别阎君回阳路。看看相近锁阳城，鬼役称说："薛元帅，小鬼送到此间，阴阳阻隔，要去了。"薛仁贵说声还有话说，只听得一声大叫，元帅苏醒转来。那周青等八位日夜伏侍，听得元帅大叫，各人齐说："好了！元帅醒来，快报与万岁知道。"薛贤徒即忙来到驾前奏知。圣上大悦，同了徐茂公前来询问，叫声："王兄，你七日归阴，朕七日不曾安睡，今日王兄苏醒，朕不胜之喜，今要静养为主。"传旨煎茶汤。

薛仁贵只得翻身转来说："臣该万死，蒙圣主如此隆重，浩大天恩只得在席上叩谢天恩。"徐茂公道："只要安心保养为先。"薛仁贵说："军师，这几天苏贼来攻城否？"徐茂公说："自他失了九口飞刀，不来十分攻打。"薛仁贵对周青说：

"你等不要在这里伺候。分付军校巡值,你等带领人马,十门紧守,多加炮石便了,免被攻打,勿惊圣驾。"这八员总兵听令前往,俱向城上紧守去了。又对徐茂公说:"待本帅病好,然后再出战。如今不必点将出城,枉送了性命。"徐茂公说:"这个自然,元帅且宽心。"薛仁贵说:"万岁请回营。"圣上再三叮嘱,同了徐茂公回宫不表。

再说苏宝同为何不来攻打,因前日与尉迟号怀交兵,失去了三把飞刀,又与薛仁贵交兵,失去了六把飞刀。师父所赠九口飞刀都一齐失去;剩得飞镖三柄,那里敌得住唐兵。分付三军把城池围住,倘然放出一人,本帅回来军法处治。众将得令。

那苏宝同又往仙山炼飞刀去了。再言锁阳城中徐茂公,他善晓阴阳,晓得他营中飞钹和尚和铁板道人甚是厉害,不必出去枉送性命,惟日日到帅府看视仁贵。将药敷好,仁贵只日夜叫疼痛,亦无法可治。不觉耽搁了有三个月,君臣议论纷纷。

如今再讲到西辽元帅苏宝同,他上仙山求李道符大仙又炼九口飞刀,辞谢下山。到狼主那里,又起雄兵十万,猛将千员,带领人马来到锁阳城。料城中薛仁贵不能就好,其余将官亦不冲杀,定是胆寒心惊,传令在那十城门周围安下营盘,又号令三军发炮,分兵四面团团围住,扎下帐房有十层营盘,扎得密不通风,蛇蝎亦不能通过。又安四方五色旗号,排八卦营盘,每一门二员猛将把守。宝同同军士围守东城,恐唐将杀出东关,到中原讨救,所以绝住此门。此时二困锁阳城,比以前更加厉害。

再讲锁阳城中贞观天子正在银銮殿与大臣言谈,薛仁贵病体尚未全好。忽听得城外炮响三声,圣天子大惊。有一军士飞报进来,上殿启奏道:"如今这辽蛮苏宝同,又领兵十万,围住十门,营盘坚固,兵将众多。请圣上早为定夺。"天子闻知此报,吓得浑身汗流,诸大臣口呆目瞪。徐茂公奏道:"既有辽兵围城绕十门,请圣上到城观探光景如何,再图良策。"天子道:"先生之言甚是。"带了各将、各府公子,都往东城,望下一看,但见:

征云霭霭冲牛斗,杀气重重满十门。风吹旗幡分五色,日照刀枪白似银。
帐前马铃叮当响,兵卒营前番语清。东门青是三春柳,西接旗幡白如银。
南拥兵丁气炎炎,北边盔甲列层层。中央戊己黄金色,谁想今番又困城。
果然围得铁桶相似,老将军搔头摸耳,小英雄吐舌摇首。

天子皱眉道:"徐先生,你看辽兵浩勇厉害,如之奈何?薛王兄有病,不知何日得愈。倘一时失利,攻破城池,便怎么样?"徐茂公说:"陛下龙心且安。"遂领秦梦、尉迟号怀、段林、滕贤:"各带三千人马,同周青等八员总兵官保守十门,决要小心,城上多加强弓硬弩,火炮沙石,日夜留心守城,若遇苏宝同讨战,不许出战，彼有飞刀厉害。倘有十门攻城，只宜十门紧守，况城池坚固，必无失守，不宜造次乱动，四面受困，不可一门失利，汝四人一一齐心。”四将领命，各带人马，分十门用心紧守。圣上同老将军各退回银銮殿，高声大叫：“此事如何是好？”徐茂公道：“降一道旨意，到长安讨救兵来方好。”圣上说：“先生又来说混话了，城中多少英雄，尚不能冲杀番兵，即今殿前那一个好汉肯冲出番营，只恐怕不肯去。”徐茂公道：“内有一员将官，他若肯去，辽兵自退矣。”天子道：“那一位王兄去得？”徐茂公道：“圣上明白，讨救者扫北征东之人也。臣算定阴阳，此去万无一失。他是一员福将，病疾甚少，惟他可往，陛下只说不用，老臣自有办法，使将不如激将。”圣上知意，就叫：“程王兄，今军师保你冲出番营，回朝讨救，未知王兄肯为朕效力否？”程咬金跪奏道：“陛下在上，为臣子者，本应忠心效力，誓死以报国恩，但臣年有八旬，不比壮年扫北征东之时，如今疾病多端，况且到长安，必从东门而出，苏宝同飞刀厉害，若出去有死无生。军师借刀杀人，臣不去。”圣上说：“此话是真，程王兄年高，怎能敌得苏宝同。不如尉迟御侄走一遭罢！看他这枪法还可去得，况程王兄风中之烛，只好伴驾朝堂，可以安享富贵，若要他出去，分明送了一条性命，又被敌邦好笑。军师不要再说此混话，此事还要商议。”

不知程咬金肯去否，且看下回分解。

第十六回 徐茂公激将求救 程咬金骗出番营

却说徐茂公说:“陛下,臣算就阴阳,天子洪福,料这程王兄乃一员福将,苏宝同虽有飞刀,有福者不致受伤,故此程王兄出去万无一失。尉迟小将军武艺虽高,怎当得番将飞刀之患,况且他兄长已伤,此去兵不能退,又折一员大将。程王兄当年扫北时,也曾保你出去讨救,平安无事,得其功劳,前在三江时,越虎城亦保你到摩天岭讨救,俱太平无事,今日倒要推三阻四起来。”程咬金道:“这牛鼻子道人,前年扫北,左车轮本事,系用兵不精。营帐还扎得松,可以去得。向年征东,盖苏文说道:‘我决不放刀’,还可敌得过,可以去得。如今老了,况且这苏宝同更加厉害,营盘又坚固,且又以邪术伤人。若要此去,只不过尽其臣节,误了国事大事,我之罪也。”天子说:“程王兄之言不差,他若出去,被苏宝同见笑,说城中并无能人大将,遣一个老将废物出城,岂不笑也笑死了。”程咬金一听此言,心中不悦,言道:“陛下何以视人如草芥?当初黄忠老将,年已七十五岁,尚食斗米,能退曹兵百万。况臣未满八旬,尚有廉颇之勇,何为无能?待臣出去。”天子道:“既然王兄肯去,朕另有密旨一道,你带往长安开读,讨了救兵到来,退得番兵,皆王兄之功也!”程咬金领旨一道,就在殿上装束起来,按了头上盔,紧索腰中带,辞别了天子,手持大斧。开言对徐茂公说:“你们到城上去看我武艺,杀进番营。如营头大乱,乃杀出番营;若营头不乱,我就死在营中了,另点别将去讨救兵。”茂公说:“我知道你是福将,自有灵助。”程咬金说:“诸位将军,今日一别,再不能会了。”众公爷道:“说那里话来,赖陛下洪福,神明保佑老千岁,此去决不妨事。”程铁牛上前道:“爹爹,你是风中之烛,不该领了圣旨,到长安去。”程咬金说,“吾儿,自古道:食君之禄,担君之忧,国家有难,情愿舍身报国。生死由天命,即死亦不为夭寿,况为父的受了朝廷大恩,那有不去之理。”程铁牛纷纷流泪道:“孩儿保着父亲杀出番营,同回长安。”程咬金道:“这个使不得。你伴驾要紧,若一齐出去,倘有三长两短,就不妙了。”父子二人大哭,君臣见了均皆伤心,辞了天子,上了铁脚龙驹,不带一兵一卒,出了城门。

但见徐茂公来到东城,天子同公卿上马,都到城上观望。

程咬金叫道："徐二哥，你念当初结拜之情，可照管小儿些罢！"徐茂公道："这个自然，但愿我弟马到成功，归到长安，早讨救兵来，愚兄犒劳，切望切望！"程咬金说："徐二哥，我出城冲杀，辽营不乱，你们把城门紧闭，把吊桥高扯。营头大乱，你们不可闭城，吊伊不可高扯，我或者逃进城来。"徐茂公说："这不要分付，你且放胆前去，赠你三通鼓。"铁牛看了不忍，君命所使，无可如何？同徐茂公上城边头望着。一边放炮开城，吊桥落平。程咬金一马冲出城来，过得吊桥之时，徐茂公分付城门紧闭，吊桥扯去。程咬金回头一看，见城门已闭，吊桥已扯，心中慌张说："徐二哥，怎样向你讲的？"徐茂公道："程王兄放胆前去，我这里城门再不开了，休想进来，快往长安，我自下城去了。"程咬金心中大怒道："罢了！这牛鼻子道人，我与你前世无冤，今日无仇，何苦要害我。"在吊桥边探头探脑，却被营前小番看见，放出弓箭，犹如雨点，炮响连珠。程咬金好不着忙，向前又怕，退后无门，叫声："狗蛮子慢动手，借你口中言语，去报与胡囚鞑靼知道，说我兴唐鲁国公程咬金，有话面商。"小番听了报与营主："启上帅爷，今日有城中走出一名奸细，口称鲁国公程咬金，要与元帅打话。"苏宝同说："此人带多少兵马，用何兵器？""启上元帅，那人并无兵将，单人匹马，手提着一柄大斧，其外并无什么。"苏宝同分付军士拉马。苏宝同上了龙驹，来到营前，大喝一声道："老蛮子，你姓甚名谁，有何话说？"程咬金开言道："狗鞑靼，你要听真，只为你飞刀厉害，主帅命我程千岁到长安催取粮草，来杀你们。"苏宝同说："原来程老蛮子，本帅也尽知，我亦不杀你，回去罢！"程咬金大叫道："胡囚，我中原还有上天入地英雄好汉，我家老人家有孙子名叫程千忠，用十六个军人扛抬一柄板斧。一到西凉，你们一带犬羊，俱难逃生路了。叫一声苏宝同，你若怕杀，快把我程老爷爷杀了；你若是英雄好汉，不怕杀，放我过去讨取救兵，搬运粮草。"苏宝同听了此言，心中一想，那有上天入地的好汉英雄？那里有十六个军人扛抬的斧子？一派胡言。果然无粮草，一定运粮草去是真情了，我想这老头儿，杀他无益，不如放他去罢，倘然粮草取来，我就一网而收，乘机攻破城池，将仇人杀尽，捉住罗通，搜觅御印，杀入长安，功劳不浅，何等不美。主意决定，叫一声："老蛮子，本帅放你过去。"程咬金道："胡囚，你好奸诈，此回假意放我程爷爷过去，这前面关口俱被你胡囚移去，你差兵到关上，嘱咐他拿我，将程爷爷一刀两断，岂不是上了你的当，要杀就这里杀。"苏宝同道："爷那里话来！本帅乃堂堂好汉，岂是花言巧语。我不容你过去，一刀立斩你的头下来，不用一些气力，反将疏放，决无是理。你不用介怀，放心过去罢！"程咬金道："胡囚，你爷爷此去，救兵到来，杀你鞑靼了，但要你请我一请，我好分付孙子程千忠将斧子磨快些，把你这班胡囚狗鞑靼一刀一个，杀快些，少受些痛苦。"苏宝同问军士，那老蛮呵呵噪噪，说什么话？小番说："启帅爷，这蛮子要酒饭吃。"苏宝同道："这个老匹夫，不知饿了几天,本帅做个好事。”分付小番,赏他一饭。军士连忙取出鱼肉好酒,送老南蛮子吃。程咬金大悦,将吃了有些酒意时,开言道:“狗韃靼,快将令箭批文给与我,到关前做个执照。”苏宝同分付小番,将批文令箭与这南蛮前去。程咬金接令箭批文,出了营门,叫声多扰,打马加鞭,往前放起流星而去。

再说唐王君臣正在城头看望。少停,只见远远流星放起。

天子大悦,叫一声:“徐先生,看营后流星放起,程王兄想必无害了。”徐茂公道:“臣已算定,晓得不妨。”程铁牛在旁听了,不胜之喜,传旨回宫。

再言程咬金到了关头津口,有了那批文令箭执照,俱皆放行。不一日到了玉门关,是中原地方,闻知钦差,俱来迎接。

程咬金不敢耽搁,日夜赶行,一路上风餐雨宿,过了陕西,早来到长安地方。进了城内,来到午门,驾已退殿回宫去了。有黄门官抬头一看,说道:“恭喜老千岁,随侍天子御驾平征西辽,可是得胜班师了么?”程咬金说:“非也,快与我请驾临殿,今有圣上急旨到了。”黄门官听说天子急旨,钦差到来,忙传与值殿官。

不知圣旨如何,且看下回分解。

第十七回 赠宝薛丁山下山 柳夫人母子重逢

话说值殿官即忙鸣钟击鼓,宫监报进宫中。殿下李治穿着龙袍出宫升殿。宣进程咬金,俯伏金阶,口称:“殿下千岁爷在上,老臣程咬金见驾。愿殿下千岁、千千岁。”李治叫声:“王伯平身。请御椅上坐。”程咬金谢坐,坐在旁边。殿下开言道:“孤父王前去破虏平西,未知胜败如何?今差王伯回朝,未知降何旨意?”程咬金奏道:“圣上龙驾亲领人马,一路势如破竹,连夺三关,如入无人之境。不料他设个空城之计,入了锁阳城,苏宝同调百万兵马,将锁阳城团团围住,水泄不通,日日攻打。驸马出兵,在阵前骗去昆仑,被他还锏身亡。次日尉迟宝林、尉迟宝庆兄弟二人,被他飞刀所害,尸首不能完全。

元帅亲领六师自出,又被飞镖所伤,众将救回。死了七日,然后还阳,至今未好。折了兵马无数,大将数员,高挂免战牌。

城中粮草将尽,事在危急,有惊天子龙驾,所以单人匹马穿出辽营到此讨救。现旨意一道,请千岁观看。”李治殿下出位跪接父王旨意,展开龙案上,看了一遍,说:“原来我父王被困锁阳城内,命孤出榜文招取能人,到朝领兵,前去破番。”遂对程咬金道:“父皇旨意要出榜文,不知是何意?”程咬金说:“这牛鼻子道人善算阴阳,所以得知。”殿下说:“事宜早行,救兵如救火,老王伯与孤调齐三军,操演阵法,一面张挂榜文。”程咬金说道:“老臣知道。”就此辞驾,午门已出,回到自己府中,裴氏夫人早已亡故,有孙儿程千忠接见。千忠亦是青面獠牙,使一柄大斧,有八十余斤,两膊有千斤之力。程咬金无暇细谈,自去料理。秦、尉二家公主夫人闻此消息,苦恨不已,悲伤哭泣,但见从驾而去,不见随驾而回。乃设立灵帐,殿下亲临吊奠,文武百官皆来亲祭。

另言云梦山水帘洞王敖老祖,当年救了薛丁山留在洞门,收为门徒,教习兵法,不觉过了七年,晓得紫微星被困锁阳城,白虎星有难。目下应该父子重逢,是以唤徒弟丁山,前往西凉救驾,使他父子相会,而且又能建功立业,何等不美。叫声:“徒儿过来,有话要对你说。”薛丁山听师父呼唤,忙到蒲团前跪下,启问:“师父,有何分付?”王敖老祖道:“薛丁山,你今灾难已满,应该离我仙山。今有西凉苏宝同作乱，唐王有难，被困锁阳城；汝父为飞镖所伤，今命你下山，前往锁阳城救驾。你父子相会，平定西辽回朝，其功不小。”薛丁山听言启称：“师父，弟子承蒙师父相救，情愿在山上修道，学长生之法，不愿到尘世中走矣！”说着，泪流不止。老祖说：“徒儿呀！你命应享福禄也！焉能修道得成。”薛丁山说：“弟子练习兵法，才疏学浅，武艺低微，手段平常，如何能到西凉杀退番邦人马，倘一失手，岂不有坏师父仙名，又不能救驾，父子亦不能会面，如之奈何？”老祖点头说道：“果然不差，此去西凉，关关有猛将，寨寨有能人，焉能得到西凉，苏宝同又厉害不过。呀！有了。”分付仙童：“去取我十件宝贝出来，付与师兄。”仙童领法旨去取了法宝，送与薛丁山。老祖说：“此十件宝贝能破辽邦，你可收藏，后有用处。”十件宝贝：一顶太岁盔；一件锁子天王甲，刀枪不进；一双利水穿云鞋，穿上腾云驾雾；方天画戟；昆仑剑；玄武绣锦剑袍；一张宝雕弓；三支穿云箭；引出一匹驾雾行云龙驹马，给他坐骑。薛丁山受了十件宝贝，全身披挂。老祖道：“此十件宝贝，你带在身边，就能平定西凉。天机不可泄露。”薛丁山又问师父：“徒弟此去，不知何日再见师父。”老祖说：“我赠你四句偈言，日后富贵荣枯结局，都在其内，你须牢牢紧记。”偈曰：

一见杨藩冤孽根，红丝系足是前生；两世投胎重出见，自家人害自家人。

薛丁山说：“徒弟不知吉凶，乞师父指示。”老祖说：“不须问我，后自应验。”薛丁山谨承师命，辞拜师父，离了仙洞，上了龙驹。老祖又叫徒弟回来，我还有话说。薛丁山道：“不知师父还有何法旨。”老祖说：“今你父有难在西凉，被苏宝同飞镖所伤，我赠仙丹，你前去救父之命。”薛丁山道：“谨遵仙师法旨。”便将葫芦收了，辞别师父，问道：“弟子此去却往何地？”老祖说：“你往西南而行，原在龙门县，你父受职平辽王，镇守山西。你回去母子相逢，速往长安，去揭榜文，到西凉退贼。”薛丁山一听此言，心中明白，将弓箭挂在腰间，辞别仙师下山。这匹龙驹好不快便，但听风声，不消片刻，来到山西。

到龙门县，按落云头一看，早到平辽王府前，说道：“我几个年头不在世间，但不知母亲妹子如何？”正在此想，只见走出一个人来，名叫薛青，抬头一看，问起原由，薛丁山细说一遍。薛青叫声：“小主人，你自从龙门射雁身亡，夫人终日痛哭，难得今日回来，使小人喜出望外。待小人进去通报夫人。”薛青来到中堂双膝跪下说：“主母，当年小主人未死，特来禀知夫人，现在辕门外边。”夫人听了此言，心中大喜，分付薛青说道：“快快出去请大少爷进来。”薛丁山一进门，跪下拜道：“母亲，孩儿拜见。”夫人抬头一看，果然是丁山，乃抱头大哭，说：“七年不见，今日相逢。我儿细细道来。”薛丁山道：“母亲，孩儿那时射雁，误被父亲射死，王敖师父即差虎衔去，救活儿性命，在山修道。今日师命孩儿下山，与我十件宝贝，说圣上被围锁阳城，父亲被飞镖所伤，无人往救，目下长安挂榜求将，孩儿要往长安揭榜,领兵前年西凉,救父要紧,特先来拜见母亲,随后就要起程。”夫人听了,大喜道:“难得仙师相救,飞年恩养,又前去救父亲,这也难得。”金莲小姐在内闻说哥哥回来,大喜,连忙走出中堂,见了哥哥,满心大悦。兄妹二人也有言语,回身拜见樊氏二娘,摆设团圆酒,与孩儿接风。饮酒之间,夫人下泪说道:“孩儿呀!闻得西凉兵将凶狠,不卜你父死活存亡?叫做娘的怎么放心得下?”丁山听了,忙跪下说道:“母亲不必愁烦,待孩儿明日到长安揭榜,前去救父,母亲放心。”夫人道:“孩儿你要上长安去救父也罢了!生死愿同一处,为娘的同你前去,免得挂怀劳心。”金莲小姐上前道:“哥哥,小妹亦受仙母教习仙法,炼就六丁六甲,金甲神符,武艺精通,凭他番兵百万,那里在妹子心上。现与哥哥一同前去救父。”薛丁山说:“妹子果有仙法,一同前去更妙,但不知家事田园王府托与何人?”夫人道:“托樊氏二夫人便了。”母子兄妹三人谈了半夜,各自回房。未至天明,各自起身,将家事尽托与樊氏夫人。收拾齐备,兄妹结束停当,与母亲离了山西。百官相送,传令不必远送,放炮三声,径向长安大道而行。

不一日到了长安进城,果见操演兵马。丁山来到午门,看见榜文张挂,有圣谕招将领兵到西凉救回圣上,官封万户侯,妻封一品夫人。薛丁山大悦,忙上前揭了榜文。守榜官看见,忙来见鲁国公程千岁。咬金听说,忙上马来到榜前,见一少年将军。程咬金大喜道:“昨日张榜,今日就有人揭榜。待我问他姓名,有何本事可退得辽兵。”

要知后事如何,且看下回分解。

第十八回 薛丁山领兵救父 窦仙童擒捉丁山

却说程咬金留少年将军，来到自己府中，问小将军姓甚名谁，有何本领，来揭此榜文？薛丁山启言道："老千岁，我乃平辽王之子丁山，师父仙法救去，几年教习兵法，今命小将下山往西凉救君父，今连母亲妹子一齐至此，望老千岁奏明殿下，待我领兵征西辽。"程咬金听了大喜，说道："小将军原来是平辽王之子，恭喜，待一同去朝见殿下。"二人齐上马来至午门，当驾官奏明李治，殿下升殿。程咬金同丁山上了金銮殿，朝见已毕，殿下道："原来是薛王兄。卿家有何本领？受此重任去征辽。"丁山奏道："千岁在上，臣父蒙圣上洪恩，拜将征西随驾番邦，不料被困锁阳城。今闻千岁招纳贤士，臣遇仙师传授兵法，岂怕辽兵百万，苏宝同之厉害。此去必要杀死苏贼，平定西番。"殿下举目一看：果然相貌不凡，人才出众，必然大将之才，心中大悦，封丁山为二路元帅。就当殿挂帅，亲赐三杯御酒说："王兄领兵前去，一路上旗开得胜，马到成功，救了王父龙驾，得胜回朝，其功非小。"薛丁山谢了恩。程咬金说："千岁，救兵如救火，殿下速降旨意，命各府爵主明日教场点起大队人马，连日连夜往西番救龙驾，要紧要紧！"殿下说："老王伯，这个自然要紧的。"即降旨意，各府公爷回家，各自整理盔甲，殿下回宫不表。且说薛丁山威威武武，来到程府中，咬金设酒饯行，当夜不表。

到了五更天明，各府公爷俱戎装披挂，结束齐整，到教场中听令。薛丁山头上戴一顶闹龙束发太岁盔，身披一件锁子天王甲，外罩暗龙白花朱雀袍，背插四面描金显龙旗，足穿利水穿云鞋，上截装成描凤像战靴，手持画杆方天戟，腰间挂着玄武鞭，左边悬下宝雕弓，右边袋内放下三支穿云箭，座下一匹驾雾行云龙驹马，后面飘着一面大纛旗，上书着大唐征西二路大元帅薛，好不威武。来到教场，诸将上前打拱已毕。点清了三十万人马，薛丁山命尉迟青山解粮，点罗通为前部先锋，点程千忠为后队，逢山开路，遇水搭桥。后面薛丁山祭过了旗，放炮三声，摆开队伍，众将保住了元帅。程咬金亦是戎装甲胄在身，径往西番大路而行。夫人小姐亦结束打扮一同前往，只见龙旗分五色，剑戟密层层，军队分行伍，众将似天神，尽带乌金盔，都穿亮银甲，果然名不虚传。

出了陕西，过了宁夏，出了玉门关，前面有座棋盘山。山高险峻，只听山上一阵锣响，山上有数千喽啰下山来了，冲出一个大王，年纪还小，仪表堂堂，身长三尺，头戴亮银盔，身穿熟铁甲，手持黄金棍。他是王禅老祖的徒弟，武艺高强。他在上望见唐军营中薛金莲，不由神魂飘荡，妄想拿来成亲，持了黄金棍飞奔而来，挡住去路，大叫一声说："打我山前过，十头留九个，若然没有买路钱，去走你娘的尽头路。不肯拿来，你军中留下一个少女子，做个压寨夫人。"罗通听了大怒道："好大胆的狗强徒，天兵到此，你如此口出胡言乱语。"把枪一起，照胸一枪，向面门上刺将进来。那大王叫窦一虎，是步战，纵跳如飞，把黄金棍望枪上噶啷只一枭，亦来得厉害。罗通此条枪，抬转来了，又是一枪，如是窦一虎抬不起了。二将交锋三十余合，罗通果然本领高强，杀得窦一虎浑身是汗，险些儿被刺了，把身子一扭不见了。罗通抬头看，说："这就奇了，方才这矮子正要拿他，为何就不见了？"三军看见强徒好似玩戏法的，忽然不见。罗通心中想道："不如追上山去，捣其巢穴，除此草寇，好等通商来往。"算计已定，带领二千铁甲，杀上山来。小姐正坐忠义堂，喽啰报上山来。启："小姐，不好了！大王在山前打探，不料来了唐朝大队人马，大王要截住讨买路钱，那军中闪出一员先锋，十分凶勇，与大王交战，有三十余合，大王大败逃遁去了，这唐将追上山来了。"小姐大怒："唔！有此等事，待我拿他便了。"上了白花龙驹，带领三百女兵，冲下山来，刚刚正遇着罗通。罗通见一员女将冲下山来，抬头一看，真是绝色的女子！你看她怎生打扮，但见：

头上挽就螺丝黑狐尾，倒挂雉鸡翎高挑，眉似绿柳两弯青，面如傅粉红杏艳，一口银牙，两耳金环，十指尖尖如春笋，身穿锁子黄金甲，八幅护腿龙裙，足下小小金莲，果然倾城国色，好似月里嫦娥下降。

罗通哈哈大笑说："你这女子有何本领？口出狂言，快快跟我到营中，送与元帅做个夫人罢！"小姐说："狗南蛮不知俺窦小姐的刀法厉害么？你敢讨我的便宜，不要走，照刀罢！"把刀一起，望着罗通顶上砍来。罗通把枪逼在一旁，还转过来一枪，劈面上刺将进来。小姐把枪噶啷啷一挡，打马急战交锋过去。二人在山前战到二十回合，小姐虚晃一刀，带回马就走，叫一声："南蛮狗，咱不杀你了，好走呢。"罗通不知她有计，打马也追下来了。窦仙童回头一看，正中机谋，忙向怀中取出捆仙绳，抛在空中。罗通抬头一看，只见一道红光落下，被她捆住，昏迷不醒。翻身一跤，跌下马来，被喽啰拿上山去了。

那窦小姐收了仙索，又到阵前讨战。败残兵卒报进营中说："元帅，不好了！山上有一女子，能用妖法，把先锋罗千岁用绳索生擒活捉上山去了。"薛丁山听报大怒，分付军士备马抬戟，说："待本帅亲自捉贱婢。"装束停当，跨上龙驹，手持方天戟，带领三军，冲出阵来。来到阵前，一声大叫："贱婢，好好放我先锋出来。若不然,本帅要将你巢穴踹为平地。"窦小姐一见,心想:我一十六岁,从不见南朝有这等美貌郎君,面如傅粉,口若涂朱,两道秀眉,一双俊眼,好似潘安再世,宋玉还魂。窦小姐暗说:我枉生这样花容,如此才郎难逢。便说:"来的唐将少催坐骑,留下名来?"丁山说:"唔,你要问本帅之名么?我乃唐王驾下元帅薛丁山便是。你快快放罗千岁出来,我要去锁阳城救君父。"窦仙童听了,说:"奴家有言相告。"元帅说:"有话快说来。"小姐道:"奴家乃非俗人,是九龙山黄花圣母徒弟,仙师传授,武艺精通,虚度十六岁,父母早亡,只有哥哥窦一虎,有地行之术,奴家窦仙童欲与元帅成凤鸾之交,同往西凉救驾,不知将军心中如何?"薛丁山一听此言,心中不悦道:"不识羞的贱人,我乃堂堂世子,岂肯与你草莽匹配。快照本帅的戟罢!"一戟直向小姐面门上刺去。那小姐不慌不忙,举双刀一起,架在一边。二人战在一处,杀在一堆,一连二十个冲锋,战得窦小姐满面通红,两手酸软,那里是薛丁山对手。只得把双刀抬定方天戟,叫声:"郎君,且慢动手,看我的法宝。"就在怀中取出捆仙绳,望空一抛,将丁山捆住,大胜回山,将丁山解进银銮殿。

薛丁山醒来,见了窦仙童立而不跪,口中骂道:"贼泼贱,好妖婢,你用妖法捆我天朝元帅。"窦仙童说:"奴家惜你人才出众,饶你一死,今日就在山寨成亲。"薛丁山喊道:"要杀就杀,何必多言。"窦小姐听了,分付喽啰推出斩首示众。喽啰得令,即将丁山推出。

不知性命如何,且看下回分解。

第十九回 薛丁山山寨成亲 窦一虎归唐平西

却说女大王命喽啰将丁山推出斩首，正要开刀，只听有人叫刀下留人。你道是那一位？就是程咬金！他在大营听得军士报说："帅爷与女将交战，不上三十合，被她红绳捆住，把帅爷活捉上山去了。"程咬金听了，吓得魂不附体，开口便问道："怎么！"军士说："阵上女将要与帅爷成亲，帅爷不肯，被她拿去。"咬金问此女生得如何？军士回道："好一个绝色女子。"程咬金对柳氏夫人说："夫人，令郎今日捉去凶多吉少，待老夫为媒结成姻好，同去西凉救驾。"薛金莲听说哥哥被捉，柳叶眉边生杀气，说："待我前去为兄报仇。"夫人说："我儿不可，你哥哥尚然如此，何况你去。听老伯之言，前去说亲救驾要紧。"咬金听了，连忙上马来到寨前，大叫刀下留人。喽啰一见老将军，喝声："唔！你这老头儿是何等之人，听你呼刀下留人。"咬金道："速去报与女将知道，说兴唐鲁国公程千岁有话，要对女大王面讲。"喽啰听了，来到殿上说："大王，有位大唐程千岁要来进见。"窦仙童听了，心中暗喜。莫非此人来与我做媒？不可怠慢他，分付喽啰且慢开刀，请程千岁进来相见。喽啰得令，来到外边说："且慢开刀，请千岁进去相见。见过之后再定夺。"程咬金下了马，来到殿前，窦小姐连忙迎接，上了银銮殿。

小姐坐下，开言说道："老将军到小寨，有何见谕，乞道其详！"程咬金说："老夫到此非为别事，特与小姐作伐。就是这平辽王世子，官封二路元帅之印，今被所捉之人，他与小姐年纪相仿，才貌兼全，休要错过此段姻缘。"窦小姐听了，满面通红，暗想：先前私自对亲，拿到殿上强逼成亲，尚未成就，如何回答？程咬金道："此乃小姐终身大事，不必害羞。"那窦小姐听了，只得含羞开言叫声："老千岁，虽蒙光降作伐，然婚姻大事，父母虽然去世，还有长兄，自古长兄为父，敢烦老将军说知我兄，允不允就定了。"程咬金想道：这个丫头果然好做作，方才明明白白要成亲，今推在哥哥身上，推得干干净净。想了一会，说道："小姐既要令兄作主，请来相见。"那窦一虎在地中听得明白，想道：我有心要他妹子成亲，不想自己倒上了当，反把妹子嫁他，正是我算人，倒被人算了去，亦是天赐奇缘。遂从地中走上来。程咬金见了稀奇，说道："好似周朝土行孙，会地行之法。如投归唐朝,该是我主洪福。”对窦一虎道:“将军真神人也,世所罕见。”咬金上前见礼,说与他妹子作伐。窦一虎早知妹子心事,当即允诺。将丁山放了绑缚,亦到银銮殿上一齐见礼。咬金说:“元帅你就允了罢!老夫也有一杯喜酒吃。”丁山说:“奈父亲在西凉,被伤锁阳城,更兼国难未安,如何能私自成亲?这不忠不孝之罪,不能从命。”咬金说:“贤侄孙不妨,万事有我老人家在此。虽是令尊不在旁,令堂作主一样的,就是老夫为媒,令尊决不来责你的。允了罢!”薛丁山心中一想:前日下山时,师父曾言,前途有良缘,况此女有法宝,前往西凉救驾可做帮手,乃开言道:“承老柱国美情,晚生从命了。”程咬金大喜,向窦一虎道:“今日正是黄道吉日,即与令妹完姻。”

窦一虎道:“遵命。”分付喽啰下山,迎接亲家夫人到来,同观花烛。又放了罗通。当夜丁山与仙童成亲,摆了喜筵款待唐朝众将。

再言次日窦一虎放散金银,放火烧山,喽啰俱归唐。放炮三声,离了棋盘山。一路下来,行了三天,到了界牌关,分付放炮,立下营寨。

且说这界牌关的守将,姓王名不超,官封一等侯,年九十八岁,身长一丈,面如银盆,五绺长须,一条条好似银丝,斗米食肉方可一餐,使一支丈八蛇矛,重百二十斤,有万夫不当之勇,四海闻名。是日在关上操演兵马,说:“此关日前被南唐所破,今日魔家镇守,须要小心。”即有小番来报:“启知平章爷,南朝差二路元帅薛丁山,领兵三十万,勇将千员,已至关前。请爷定夺。”王不超一听此言,大怒道:“可恶南蛮这等无理,只怪我国元帅放这老蛮子程咬金过去,被他领兵取救。如今既有大队人马到来,我若放了一个过去,亦不为盖世英雄。”即分付备马抬枪,拿披挂过来,结束停当,挂剑悬鞭,上马提枪,来到关前,分付开关。大炮一响,开了关门,放下吊桥,带领三千人马冲出关来。来到阵前,高声大叫:“程老蛮子,俺元帅前时放你出关取救兵。俺今若不杀你这程咬金,也不算好汉。那怕你二帅薛小蛮,也要一鼓而擒。快快将那程老蛮子放出来见我。”探子报入营中,启上:“元帅,今有辽将王不超领兵讨战。”薛丁山闻报大怒说:“大胆胡囚,敢如此无礼,左右取披挂过来,待我亲去拿他。”千忠上前启道:“待小将去取罢。”元帅抬头一看,原来是后队先锋程千忠,恨不能要在程咬金面前说一句好话:你出去马到成功。程千忠领命,欣然提了大斧,带领三军。一声炮响,开了营门,冲出营来,到了阵前。王不超一看,说:“来将快快通下名来,待本将军挑你下马。”程千忠一听此言,气得三尸神暴跳,七孔内生烟,大喝道:“番狗休出胡言,只怕你闻我之名,就要吓死。我乃兴唐鲁国公长孙,官拜大将军二路元帅后队先锋程千忠便是。”不超道:“呀,你就是老蛮子程咬金的毛孙子,你来得正好,你祖父骗我元帅出关。俺今引兵在此,将你千刀万剐,方消我恨。看枪罢!”出马迎面一枪。程千忠把大斧噶唧唧一声劈去。打马交锋过去,忙转回坐骑。

程千忠把大斧当头劈下,王不超将手中枪一架,程千忠在马上一震,斧子挑回过来了。千忠叫声:"不好。"把斧子又起上,不超又架在一边。战到六十个回合,程千忠不是这番将对手,把斧虚晃一晃,勒回马,豁喇喇往营前走,来到营中道:"元帅,西凉番将甚是厉害,小将不能胜他,望元帅恕罪。"薛丁山说:"胜败兵家之常。谁人出马会他。"罗通说:"末将愿往。"元帅道:"须要小心。"罗通提枪挂剑,悬鞭上马,开了营门,冲至阵前。王不超持手中枪架住说:"方才有个蛮子,不够老将军几个回合,杀得他大败。你今又来送死!通下名来。"罗通大笑道:"你这狗鞑靼,要问我的名么?我乃太宗天子驾前越国公,罗千岁的爵主干殿下,前部先锋罗通是也。"王不超听了,说道:"呀!原来你就是什么扫北的罗通。本将军向闻你名,原有些手段,但是今日要与我西凉老将王不超老子比武,恐怕你不是俺的对手,劝你免来送死!"罗通大怒道:"老蛮奴休要夸口,在我马前战二十合,不斩下你的狗头来,不算好汉。"王不超呵呵笑道:"我的儿,口说无凭,看本领分高低。"

不知胜负如何,且看下回分解。

第二十回 勇罗通盘肠大战 锁阳城天子惊慌

却说罗通听了此言，说道："老蛮奴不必多言，照枪罢。"劈面一枪，王不超把手中枪一架，二人交锋，各显本领，一来一往，一冲一撞，战到三十个回合，不分胜负。杀得罗通汗流浃背，王不超也吁吁喘气，把手中枪抬住说："罗蛮子果然厉害。"罗通说："老狗胡囚，你怕战了么？"王不超说："谁怕战，今日本将军不取你命，誓不进关。"罗通说："本爵主不刺你下马，决不回营。"分付三军齐发，金鼓就如雷鸣，又战起来。又杀了五十回合，仍不分胜负。

这王不超老当益壮，使这一条丈八蛇矛，真正好枪，阳诈阴诈，虚诈实诈，点点杨花纷纷而刺。这罗通一条枪也厉害，使了八八六十四枪抵住。又战了二十个回合，看看枪法要乱。

元帅在前营见枪法不好，说道："罗将军枪法要乱了。"传令鸣金，只听得锣声一响，罗通回转头来。被王不超一枪直刺过来，罗通失了手，不及回避，把身子一闪，被那枪尖往左脐下一刺，好不厉害，登时刺进铁甲，直入皮肉五寸深，肉损骨伤，五肠刺穿，浑身疼痛，肠子出来，血流不止。主帅营前望见，分付大小三军星驰前去相救。只见罗通之马已到营前，叫声："元帅，不必惊慌。分付众将助鼓，我罗通若不杀此老番贼，死了也不甘心。"说罢，抽出腰刀，将旗割一幅扯下，就将坠出五肠六腑包好，拉来盘在腰中扎束停当，勒马又冲出阵前，开言大骂道："老番狗，我罗将军再来同你决一死战。"那王不超睁目一看，吓得魂不附体。不想罗通来得怪，把手中枪向前心一刺，这王不超大叫一声"不好"，仰面一跤跌下马来。

罗通跳下马割了首级，上马加鞭，复来营中献上首级，也一跤跌下马来。众将上前扶起，罗通大叫一声，痛杀我也！一命归阴去了。

元帅大哭，备棺入殓。其子罗章大恸。薛元帅差官护送棺木回长安去了。罗章愿为前部先锋，当先杀到界牌关。小番见主将已死，闭门不及，被这罗章带领众将杀入关中，如入无人之境。得了界牌关，盘查钱粮马匹三日，然后放炮起行，一路行到金霞关。分付安营，号令一下，安下营寨。

次日清晨元帅升帐，齐集众将两旁听令，罗章披挂上前道："启元帅，小将新在元帅麾下，不曾立功，今日这座金霞关，待小将走马取关，以立微功，方可立在帐前听令。"薛丁山说："有其父必有其子，贤弟乃当世英雄，亦须小心在意为是。"罗章接了令箭上马，手提梅花枪，带领大小三军杀到关前，大叫一声说："守关番奴快报主将知道，说小爵主乃在唐越国公罗先锋是也。今界牌关已破，奉元帅将令，来打此关，你若顺天命，快快献关，饶你一死。"小番忙报进关上："平章爷，关外大唐二路人马已到，有将讨战。"巴儿赤闻报大怒，说："苏元帅不该放程咬金出关。今提兵到此，这乳臭小儿竟出大言，欺吾太甚。不斩此匹夫，不算为西凉大将。小校取我披挂过来，传令各将，准备号令。"

一声炮响，大开关门。罗章抬头一看，见此将甚是凶恶。你看他怎生打扮：

头戴红缨亮银盔，身穿锁子黄金甲，目如铜铃，两耳兜风，一头红发，坐下一匹黑鬃马，手执大刀，冲出关来。

来到阵前，罗章大叫道："那胡狗鞑靼儿，快通下名来。"那番将道："你要问魔家姓名么？俺巴儿赤，乃是红袍大力子大元帅麾下，加封镇守金霞关大将军巴儿赤便是。"罗章说："那有什么巴儿赤，尽是些狗胡囚，今日二路元帅已到，要往锁阳城杀那苏宝同。不思让路开关，反阻我去路，分明活不耐烦了。"巴儿赤大怒，提起刀来说："照魔家的刀罢！"便向罗章头顶上劈下来。罗章喝声"来得好"，把枪呱罗罗一枭。巴儿赤喊声"不好"，身子在马上乱摇，这把刀倒挑转来了。先闪一圈，冲杀过去。兜得回刀来，罗章把手中枪当心刺进，巴儿赤躲闪不及，正中前心，跌下马来。罗章下马取了首级，回身上马，即分付诸将抢关，喊声大震，罗章这一骑马已先冲在吊桥上了。前营有程千忠、窦一虎等众将，见罗章刺了番将，把大斧一起，持刀执戟，如飞而上，奋勇争抢过了吊桥。众番辽兵闭关不及，却被罗章一枪一个，把那众番兵杀死大半，余军逃走。盘查钱粮，关外请太太元帅夫人小姐都到帅府。罗章上前缴令。薛丁山称道："走马取关，立功不小。"将西凉旗号去了，升起大唐旗号。少歇一日，放炮拔营，前往接天关进发。兵行三日，来到关外，分付安营，一声炮响，安了营盘。

且说接天关总兵黑成星闻报，失了界牌、金霞二关。王不超、巴儿赤两员大将阵亡。现大兵已近接天关。黑成星忙与胡腊花、智不花等商议说道："今两关已失，唐兵抵近接天关。

此关兵微将寡，不能抵敌。倘若他攻破城池，兵民遭害，不如献关为上，以免一城生灵之苦。众将以为如何？"两边众将说："平章爷之言甚是，况前时薛蛮子到来，番兵受其大害，今不如投降。"黑成星大喜，分付小番扯起降旗，开了关门，百姓香花蜡烛迎接二路元帅。探子报进营中，丁山大喜，传令百姓，秋毫无犯，排开队伍进城，重赏黑成星，扯起大唐旗号，歇兵三日，招安番兵次日放炮起行,又向锁阳城进发。

再讲番帅苏宝同,想程老蛮子回去长安,必有救兵到来,粮草定多,不如先打破城池,拿住唐王,然后杀尽后至人马,岂非一举两得。主意已定,即传下令来,一连架起二十门大炮,十门各带兵五千,围绕护城河边,连珠火炮,打得四处城楼摇动,远近天崩地裂,众军齐声喊杀。城中男女老少,携妻抱子,呼兄唤弟,觅子寻亲,哭声大震,街坊上纷纷大乱,众军士慌张不过。圣上在城上听得四处喧嚷哄天,毫无主张。徐茂公启奏:“陛下龙心且安,十处城门,六个城门俱枕山上,谅亦不妨事。有四处紧要,虽是厉害,但有八员总兵和秦、尉、程、段四将在城下抵敌,料不能破。决无大事。请陛下宽心。降旨差官招安黎民,料想过几日自有救兵来到,里应外合,好破番兵。”天子准奏,遣使差人往四路招安百姓。使臣领旨,各处招安,哭声略略少些。天子说:“徐先生,程王兄出去已久,应该救兵到了。”徐茂公说:“依臣算起阴阳来,救兵不日就到,原说过的。”天子半信半疑,日夜惊慌。

不知后来如何,且看下回分解。

第二十一回　薛丁山大破番营　苏宝同化虹逃走

再讲薛丁山行兵相近锁阳城，远望周围俱是番兵辽将，炮声不绝，剑戟如林，营头扎得坚固，想圣天子定是被困在里面。

此战不比别时，元帅全身披挂，扎住元帅营，薛丁山升帐，点窦一虎，副将王奎，带领人马二万，扯白旗为号，前往锁阳城西营一箭之地，扎住营盘，听号炮一起，杀进番营，不得有误。窦、王二将官扯起白旗，率兵马二万，往西城去了。又点程千忠、副将陆成，往南城冲杀；也听号炮，领兵扎营传令。他二人接了令箭，带红旗兵马二万，离了帅营，往南城。又点尉迟青山、副将王云带兵二万，往北城停扎，听号炮冲杀。二人接了令箭，带黑旗人马二万，往北而去。

再说薛丁山点将，接了城门三处传令，拔寨起程，三声炮响，元帅上了马。程咬金、薛金莲、窦仙童均各执了兵器，同了元帅带领大队人马，向东城而来。薛丁山坐在马上，望营前一看，但见一派绿绣旗幡，飘荡营前。小番扣定弓箭，列开阵势，长枪短刀，密密层层。里面苏宝同听小番报知大唐救兵已到，复夺三关，心中大惊。点将出营三声炮响，冲出阵前。正迎着薛丁山人马，大喝道："程咬金老匹夫，你果然引兵到此，救应唐王，本帅恨不能把你万剐千刀，尚还罪轻。且快快出来，吃我一刀！"程咬金大怒，一马冲出，喝道："苏宝同，你这狗鞑子，俺程千岁又不哄你，原说引取救兵，前来杀你这班胡囚。你自夸好汉，放我过去，与程爷爷什么相干。你如今反怨着我了。今日大兵到来，你该下马受死，怎么还要胡言乱语。"苏宝同听了大怒，把手中大砍刀劈面砍来。薛丁山把方天戟迎住说："苏贼休得无礼，照本帅的戟罢！"飕的一声，分心就刺。苏宝同大刀劈面砍来，二人战到十合，不分胜负。苏宝同左右飞龙将军赵良生、猛虎将军金守臣，冲出来助战，薛金莲、窦仙童上前敌住交战。

再说南门程千忠、陆成听得东城炮响，也放号炮，带领人马杀入辽营，舞动大斧，乱砍乱杀，杀进番营。忽一声炮响，来了辽将。斧劈枪挑，杀进营中，手起枪落，小番逃散不计其数。冲到第二个营盘，忽一声炮响，来了两员将官，大叫道："唐将有多大本领，敢冲我南营，前来送死！"二人抬头一看，两员辽将生得凶恶，便开口说："本爵主不斩无名之将，通下名来！"二将道："魔家乃大元帅麾下大将军孙德、徐仁便是。你不必多言，放马过来！"孙德舞动乌杆枪，向程千忠劈面便刺，程千忠把大斧一架，枭在一边；陆成挺枪上前，那边徐仁持棍飞奔前来，枪棍并击，双方大战，不分胜败。

且讲西门窦一虎、王奎听得南城号炮，即带领二万人马，杀进番营。里面炮声一响，冲出二员大将，乃是雄虎大将军葛天定、威武大将军杨方，持大刀直取窦一虎。一虎忙把一条金棍，敌定葛天定，往来冲杀。窦一虎本领原厉害，忽在刀前，忽在马后，将黄金棍乱打。葛天定将大刀砍过来，一扭不见了，忽又在马后穿将出来。杨方前来救应。这里王奎使金鞘刀，手起刀落，见一个杀一个，大杀一场。

再言北门，尉迟青山抡动竹节钢鞭，听得号炮一声，同了王云带了人马杀进辽营。杀到帐房，番兵四散逃走了。此时见二员番将冲杀出来，喝道："唐将休要冲我北营。"尉迟青山说："胡囚，本将军这条钢鞭，不打无名之将。快通下名来。"番将道："你要问我之名，我乃大元帅苏麾下，加封飞虎大将军赵元是也。""我乃猛虎大将军李先便是。快放马过来！"番将说罢，把大砍刀一击，直望尉迟青山劈面砍来。尉迟青山将手中钢鞭一迎，架在一边，冲风而去。转回马来，尉迟青山提起钢鞭，照顶打下。这赵元用大刀架住，二人大战，并无高下。那王云持枪来战，李先持大斧来迎，拼力厮杀，一往一来，四手相争，雌雄难见。

再说城中将官在城上见番营大乱，鼓炮不绝，杀声四起。

徐茂公晓得救兵已到，奏知天子。天子闻报大悦，众将军亦放下心怀。徐茂公当殿传令："汝等快快结束，整备马匹，排齐队伍，出城救应，两路夹攻，使番邦片甲不留。"即发令点尉迟号怀、秦梦领一万人马，开东门冲杀救应，共擒苏宝同，二将得令而去。又点姜兴霸、李庆先领兵一万出西门接应厮杀，二将得令，上马提枪，领了兵马，出南门冲杀。又点周文、周武整顿人马一万，出北城接应。

先说北门放炮一声，城门大开，放了吊桥，二将当先，杀至番营，冲进第一座营盘。一万军混杀，番兵势孤，不敢抵敌，弃寨而逃。二将杀入，无人敢当。见尉迟青山、王云大战二员番将，二十回合不分胜败，这恼了周武，纵马喝声休走，手起一枪，把赵元刺在地下。李先见唐兵英勇，心慌手乱，被尉迟青山一鞭打下马来。四人大杀番将，番兵逃亡不计其数。北门已退，营盘乱倒。

再说西城门开处，放下吊桥，杀出一路人马，直踹番营。

姜兴霸、李庆先各执一枪，散杀小番，冲进营盘，只见窦一虎、王云大战数十合，不分胜败。姜兴霸持枪拣个落空所在，一枪将葛天定挑下马来，窦一虎上前，一棍将其打死，四将乱杀，杀得小番尸骨堆积，旗幡满地，皮帐践踏如泥，西城也破了。

再讲周青、薛贤徒领兵冲出南门，杀进番营，见程千忠、陆成与番将战有三十个回合，未分胜败。那周青纵马上前，手起一锏，将徐仁打死。孙德见了，措手不及，被程千忠一斧砍死。即时乱杀，番兵多抛甲弃盔，四散而逃，唐朝兵马擂鼓追杀。

再说东门薛丁山与苏宝同大战。薛金莲将六个纸圈一抛，都变做二丈四尺金甲神来到。苏宝同兵将虽多，被金甲神将人乱砍，窦仙童祭起捆仙绳乱落绑人。苏宝同见势头不好，把葫芦盖揭开，放出柳叶飞刀，直向薛丁山头上落将下来。那薛丁山头上戴的太岁盔，毫光一冲，飞刀散在四方不见。苏宝同一连放起八口飞刀，只听叮哩当啷，尽化为飞灰。又放起飞镖。薛丁山放下戟，左手取弓，右手搭上穿云箭，扣在弓弦上，一箭向飞镖射去。飞镖无影无踪，将手一招，其箭自落，用手接住，插存袋内。

苏宝同大惊，回马要走，被薛丁山抽出玄武鞭，长有三尺，青光亦有三尺，将鞭一起，苏宝同回头一看，只见一道青光，在背上一落，叫声："不好了！"后心着鞭，口吐鲜血，大败而走。窦仙童祭起捆仙索，叫道："那里走？"苏宝同见仙索来得厉害，化作长虹而走。薛丁山见了，倒觉心惊。程咬金道："此非凡人，焉能擒得他。"后面秦梦、尉迟号怀领了人马，杀上前来帮助，追杀番兵三十里，杀得尸横遍地，血流成河，遗下刀枪剑戟、旗幡粮草不计其数。程咬金传令鸣金收兵。薛丁山说："老千岁为何就收兵？"程咬金说："天子困在锁阳城日久，待见过天子，然后发兵进取西凉，捉拿苏宝同未为晚也。"薛丁山说："老千岁言之有理。"聚齐三路人马，一同到锁阳城见驾。

不知众将朝见圣上有何言语，且看下回分解。

第二十二回 唐天子君臣朝贺 薛仁贵父子重逢

再言天子同徐茂公、程铁牛在城上观战，只见程咬金带领人马，飞奔来到城头边。天子看见，知已杀败番兵，即下城回到银銮殿传旨，令程铁牛去迎接他父亲。

铁牛领旨上马，来到城外，后面大队人马在城外扎营，城门大开。程咬金同二路元帅、众将来到殿上，朝见已毕。天子开言说："程王兄回长安，带领的二路元帅是谁？奏与朕知道。"程咬金奏道："殿下出榜招贤，挂榜一日，来了薛元帅之子，名唤丁山，是王敖老祖徒弟。有十件宝贝，武艺精通，殿下拜为二路元帅，领兵三十万来救圣驾。"天子大悦，闻言叫道："王兄，朕远远望见一员女将，遣出长大金甲神，将西辽兵砍死。又一员女将，抛起红索，有万道金光，将番兵捆住。又见一个矮将，在地中钻出钻入，手提黄金棍子，打死番将无数。这几人那里降下来的？辅助孤家破番，得能平复。不知其人是谁？快奏朕知道。"程咬金道："使戟的是平辽王世子，遣金甲神的乃仁贵之女。用捆仙索的，臣有罪，不敢启奏。"天子道："卿有何罪？奏来不妨。"程咬金道："薛丁山同护国夫人母女一同西进，来至棋盘山，山上有兄妹拦路。世子出战，被捆仙索绑去要处斩。老臣看她本领高，兄妹皆有仙术，并且女将才貌双全，便与护国夫人商议，为救圣驾，老臣为媒，成就婚姻。臣该万死。使双刀捆仙索的，乃二路元帅之妻窦仙童也！用金棍的地行者，窦一虎也。"天子闻奏，龙颜大悦，开言道："王兄无罪有功，成其美事，又来辅助孤家，天遇良缘。不知还有何将一同前来？"程咬金道："有罗通为先锋，程千忠、尉迟青山一同征战，但是那越国公来到界牌关，遇老将王不超，他年纪九十八岁，勇壮难当，罗通与他战了百十回合，误被其伤了肋下，腰下肠腑都穿出来了。罗通盘在腰间，一枪刺死老将，即忍痛而回，死在营中，棺木已上长安。其子罗章，愿代其父领先锋，连破二关，来到这里。"天子听奏罗通已死，龙目滔滔下泪。徐茂公说："龙体且安，越国公乃是天数。"天子问先生有何详论？茂公道："当年不记得，前经扫北时，罗殿下曾与屠炉公主立终身之誓。背誓即死在九十八岁鞑子手，今果应矣。"天子又传旨："命程王兄速带御侄，往帅府父子团圆。"程咬金同薛丁山母子来到帅府，有军士报进。薛仁贵有病在床，已一年有余，不能痊愈。军士报说："元帅爷，程千岁要见。"薛仁贵听报，身体翻醒，面朝向外说："程千岁，救兵到了么？可即传启，说本帅有病，不能远迎，多多有罪，请千岁进来面谢。"军士忙来到外面传宣。

程咬金听了，即同丁山到里面。见了薛仁贵，说："恭喜元帅，我别一载有余，你现今背上伤痕如何？幸亏我骗信番奴，走回长安，讨了救兵，复夺三关，来到锁阳城救驾，杀败苏宝同化虹逃走，特来会你。"薛仁贵听了，说："多谢老千岁，但不知朝中点了何人为帅？本领高强，胜于本帅，杀退番兵百万，来锁阳城救驾。"程咬金哈哈大笑说："平辽王，皇上是洪福齐天，二路元帅不是别人，就是元帅之令郎，名唤丁山，领兵前来救驾。"薛仁贵听了，说："老千岁休要哄我。我家儿子丁山，被我神箭误伤性命，亡过数年了，那里还有什么儿子。"程咬金道："元帅你还不知道么？你令郎幸得王敖老祖救去，收为徒弟，在山学法。今奉君命特来谒你。你看此位是何人？"丁山走上床前，跪在地下说："爹爹，孩儿不曾死，被师父救活了。"薛仁贵不觉希罕，人死那有复生之理，不免问他说："你果是丁山儿子，是王敖老祖救活的么？"丁山纷纷泪下说："父亲，儿子在山中学习了七年，师父分付速往西凉救驾，殿下封孩儿为二路元帅，杀退番邦人马，前来见父亲。"薛仁贵大喜道："这样，难得父子相逢。我今背上被他飞镖所伤，已一载有余，疼痛非常。你既是王敖老祖徒弟，可有什么灵药，救为父的性命。"丁山道："我师父曾言，父有灾殃，付我灵丹一粒，敷在患处，立刻就好。"薛仁贵听了，说："孩儿，如此，快拿灵药敷好。"丁山连忙立起身来，身边取小小金葫芦倒出一粒灵丹，含在口中嚼碎，敷在伤痕之处。猝然发痒，流出黄水，不消一刻，伤痕痊愈，痛苦俱无。薛仁贵好不畅快，翻起身，走下床来说："果然仙丹妙药，难得难得。"丁山又说："母亲、妹子俱在辕门外，是同孩儿来的，望父亲接之。"薛仁贵听了，分付："孩儿，你母亲同来，你即可去转致母亲，待为父的大开辕门谢圣恩之后，然后相见便了。"丁山应命，忙出外面，对母亲说："父亲伤痕已愈，开门谢了圣恩，然后接见。"夫人听说大悦。

程咬金亦要辞出回营，薛仁贵相谢送出不表。

再言元帅传令放炮开门，将令传到外面说："元帅爷有令，叫大开辕门。"忽又听得三吹三打，炮响三声。元帅升帐，排开香案二十四拜，叩谢圣恩。众将一齐打拱，立在两边，夫人小姐媳妇，三乘轿子抬进府门，来到帐前下轿，薛仁贵出令迎接夫人，分付掩门，来到后堂，夫妻见礼。金莲上前见父，叩拜已毕。薛仁贵不悦说："下官奉旨征西，乃奉王命，不敢违拗，所以大战沙场。你们妇女，乃深闺弱质，不该同孩儿一同到此，有伤千金之体，出乖露丑，甚为不便。"夫人道："相公不知，妾与女儿深达闺门女训，岂肯轻举妄动，只因在家闻说相公锁阳城身中飞镖，那时我母女二人闻知，吓得魂不附体。幸得孩儿仙师所教，学成仙法，先回家中说，有仙丹妙药能救父亲。便奏明殿下，领兵起行。妾舍不得孩儿远行，情愿相随，并问相公吉凶，故此同来。女儿亦放心不下，跟我一同来了。女儿虽是千金之体，其兵略战策，无一不晓的，是桃花圣母亲授法术，武艺精通，相帮助战，杀败番兵，女儿也有功劳。"薛仁贵说："夫人如今既来，亦不必说了，但不知此位是何人？"夫人道："媳妇过来，快拜见公公。"窦仙童听了，忙来见礼。仁皋道："何等之人，呼为媳妇，请道其详。"夫人道："相公，此女乃棋盘山夏明王窦建德之孙女，当初七十二路烟尘反乱，未能归服。与兄窦一虎屯兵数载，在棋盘山招兵买马，十分英勇。我儿奉命征西，到山下经过，那窦家兄妹下山讨战。我儿大怒，与她大战，谁知她兄妹俱有仙术，把我儿拿去，强逼成亲。为儿大骂。登时将我儿绑缚山前，要将其斩首。有军卒报知，吓昏了我母女。诉知程千岁，千岁慌张，情愿为媒，两边说合成亲。他兄妹二人改邪归正，拔寨烧山，同归唐朝，扶助圣主，杀退番兵，亦是一大功劳！今已为媳，理当拜见。"薛仁贵大怒："我生这样逆子，治家不正，焉能治国。难做主将。"夫人见薛仁贵大怒，说："相公今日父子团圆，为何发怒？"薛仁贵道："夫人有所不知，这小畜生做二路元帅，出兵救应既被不服王化的草寇窦家兄妹捉去，怎能被逼成亲？身为主帅，非同小可，王军司令，全在于你，应该请旨定夺，胆敢私自成亲？这畜生十恶不赦之罪难免。"分付军士，绑这畜生斩首辕门外。那军士们领命，将丁山绑起，拥出辕门。

不知丁山性命如何，且看下回分解。

第二十三回 唐天子驾回长安 宝同三困锁阳城

再说柳氏夫人大哭道："相公你身为大将，不晓得父子至亲。前日征东回来，把孩儿射死，若非王敖老祖相救，已做绝嗣之人。今日得见孩儿，就如枯木逢春，况且救驾救父，功劳极大，因此小过，就要斩孩儿。劝相公不要如此，放了绑罢！"薛仁贵道："这畜生年纪正少，尚不把君父看在眼内，自己做主成亲，倘外人知他是好色之徒，将美人诱之，岂非我君父性命也尽被他断送。军令已出，断不轻饶。夫人不必啰嗦，请退入后营。"喝令刀斧手过来，推出辕门斩首报来。

夫人大哭，叫道："住了，相公要做主。妾身是央程老千岁为媒，三军皆知，非是他贪其美色，自行做主，背逆君父。相公看妾之情，饶他免其一死。"薛仁贵听了，全然不恤，喝令快斩首报来。军士正要将丁山推出，只见程咬金大怒，抢步上前，大叫刀下留人，赶上帐前说道："元帅，自古道：狼虎尚知不食其儿，为人反不如禽兽。小将军英勇无敌，勇冠三军；令媳窦小姐仙传兵法，本领不凡。目下朝廷用武之际，况小将军本不肯成亲，乃是老夫请尊夫人做主，而成花烛。想将起来与令郎并无干系。你若固执一己之见，何不就杀老程。"将头项伸出叫道："快斩老程。"薛仁贵说："老柱国，这是那里话来。只因这个小畜生，既蒙东宫之命，拜二路元帅，为何不知兵法，路遇敌人对阵，知他好色，便将美色诱而杀之，岂非我百万之军，都被其害了。老千岁，别的事情从命，此事断然不从。明日我到府上负荆请罪。"程咬金见说，真正急煞。

忽报圣上驾到。薛仁贵出帐俯伏奏道："陛下何故到此？"天子道："闻元帅军令甚严，小将军虽有过犯，幸而破贼，救朕有功，可赦前罪。况用人之时，请王兄依旨赦罪。"仁贵跪伏说："谢恩，愿我王万岁万万岁。"天子即赐平身，驾退回宫。薛仁贵分付："带畜生过来。方才圣旨赦宥，死罪赦了，活罪难免。军士们，把这畜生拷打四十铜棍。"两边答应一声，正要将丁山捆打，只见程咬金走过，将身扑上，叫道："平辽公，休打小将军，老夫叩头了。"薛仁贵急忙扶起："既是老千岁再三用情，暂且免打。追还帅印，监禁三月，以赎前罪。窦仙童野合之女，不能算得我家媳妇，打发他兄妹回山。"窦家兄妹无奈，只得收拾要行。窦小姐纷纷下泪，上前拜别婆婆柳氏、姑娘金莲；婆媳姑嫂难舍难分，看薛仁贵执拗不过，铁面无情，不敢上前劝，只得放手。仙童兄妹二人营门上马。那程咬金上前留住，再见元帅道："窦小姐与令郎成亲，怎么不是你家媳妇，叫她回山。况且他兄妹二人英勇无敌，令郎尚且被擒，倘心中抱忿，若踞住棋盘山，兴兵杀上长安，其祸不小。纵然灭了西凉，他们反上中原，不是放虎归山吗？还该留他们随征调用。"薛仁贵听了，省悟说："老千岁既苦劝，就相留他兄妹二人军前效用。"程咬金听得，来到营前，叫声："窦将军，窦小姐，我再三相劝，元帅如今依允了。快进营相见。"窦家兄妹一听此言，来到帐前，参见元帅。薛仁贵认了媳妇，一虎称为大舅。窦仙童跟婆婆进了后营，窦一虎退出营外，安心效力。

再说天子向徐茂公道："寡人自离长安出兵以来，已有六载，幸而杀退辽兵，寡人意欲起驾回朝，命元帅督领进兵，灭此反贼，以雪朕恨。"徐茂公即领旨同文武退出朝门下令。天子起驾回朝。众大臣听了，不胜之喜，收拾行装，候驾起程。又有旨下：一应文武，文的同军师保驾回朝，武将从元帅进军伐叛。旨下，唐王起驾出了营门之外，众武臣送出锁阳城。天子传旨：将阵亡诸将士骸骨带回长安归葬。众将谢恩。

再说薛仁贵送出龙驾，回到帅府传令：本帅奉旨重托，即日征西。尔等各要尽忠，灭得西辽，得胜班师，论功升赏，众将不得有违。众将依令。

再说苏宝同杀得大败，回转头来，不见追兵，忙鸣金收军。百万人马，只剩得好兵二十万，余皆带伤。大将二百员星散人亡。九口飞刀，三支飞镖，皆作飞灰。心想不如且回西辽，再取兵复仇。主意已定，往前而行，只见前面一支人马下来，苏宝同吓得魂不附体，说："前有伏兵，后有追兵，我命休矣！"相近时睁眼一看，原来是飞钹和尚、铁板道人飞奔而来。两人一见苏元帅，连忙问道："元帅，俺闻南蛮大破锁阳城，故来与元帅共议报仇之事。请问元帅，莫非惧怕大唐，让了他么？"苏宝同二目流泪说："军师，只恨自家不是，放出程咬金，欺他老迈无用。谁知他回朝引取救兵，就是薛仁贵之子丁山，为二路元帅。手下兵多将广，又有一员大将十分骁勇，把我飞刀飞镖尽行灭去，被他里应外合，杀得我大败，夺去锁阳城。我欲回到西凉奏知我主，再整兵马，前来雪恨。"飞钹和尚、铁板道人听了哈哈大笑，启道："元帅，你枉为主将。自古说得好，兵来将挡，水来土掩。怎长他人锐气，灭自己威风。胜败兵家之常事，如何就要收兵？今日若回到西凉，却被唐朝兵将耻笑，说我西凉没有人物。幸得我二人提兵来到，天幸遇了元帅，如今同元帅再攻锁阳城，拿住薛蛮子父子，碎尸万段，以泄元帅之恨。"苏宝同听了大喜，就令大小三军共精兵三十万，连夜赶到锁阳城。炮响三声，苏宝同第三次调兵又将锁阳城团团围住，水泄不通，营盘扎得坚固，乌鹊飞不过，枪刀耀日明，人马更辉煌。

此次三困锁阳城，果然厉害。唐兵探子飞报，来到辕门击鼓，元帅升帐，问："中军官，半夜三更谁人击鼓？"中军官启上："帅爷，辕门外有探子飞报紧急军情，故此击鼓。"元帅道："既然如此，速唤探子进来。"中军官走出营前，唤探子入帐启报。探子来到帐下，即禀道："帅爷在上，探子叩头。"元帅道："有何军情，半夜三更击鼓，从头报来！"探子说："打听得苏宝同，今又同飞钹和尚、铁板道人，复领三十万大军，二更时分将锁阳城重重围住，锣鸣鼓响，人喊马嘶，好不惊人，故此忙来启报。"元帅听了大怒道："杀不尽的囚奴，我早料苏贼败去，必然再来猖獗，今幸圣驾回朝，少一惊慌。慢道三十万雄兵，再困锁阳城，就是三百万，本帅何足惧哉。左右赏探子银牌一面，再去打听。"探子谢赏出营而去。

再言元帅在帐中听得炮声连天，鼓声不绝，有攻城之势，忙传令紧守城门，城上多加炮石弓矢，小心保守，待明日出兵。

再言苏宝同同二位军师，次日到来讨战。那飞钹和尚全身披挂，结束停当，领了三千罗汉兵，一声炮响，冲出营门，来到西城，大叫一声："城上的快报与薛蛮子知道，今有苏元帅标下左军师飞钹禅师在此讨战，有本领的早早来战，不然打破城池，你这班蝼蚁俱要伤命的。"早有守城军士飞报帅府去了。

不知交战胜败如何，且看下回分解。

第二十四回 飞钹连伤唐大将 窦一虎揭榜求婚

却说军士奔入帅府，启报城外番兵讨战。元帅道："那位将军出去迎敌？"下面应道："小将愿往。"元帅抬头一看，见是龙骧将军王奎，便说："将军出去须要小心。"王奎接令出了帅府，上马来到教场，点了三千铁甲人马，来到城边，分付放炮开城。三声炮响，开了城门，放下吊桥，冲到阵前。抬头一看，见一番僧，头戴毗卢帽，身披烈火袈裟，内穿熟铜甲，坐一匹金狮马，手持浑铁禅杖，纸灰脸，两边排开三千罗汉兵。王奎大喝一声："狗秃贼，休来讨死！快叫苏贼出来会我。"飞钹和尚听了，大怒说："狗南蛮休要多言，放马过来！"王奎道："你这秃奴就是飞钹和尚么？"答曰："然也！既知我名，尚敢与我对敌。俺不斩无名之将，通下名来。"王奎道："你要问本将军之名吗？洗耳恭听，我乃大唐王驾前大元帅麾下龙骧将军王奎便是。"飞钹和尚听了，把马一纵，抡起禅杖就照顶门一下。王奎把手中大刀只一枭，架在一边，还了一刀。和尚也架在一边。一往一来，战有三十回合，和尚料不能胜，兜转马头就走。王奎那里肯饶，把马一鞭，追上来了。和尚回头来一看，知已中计，忙把禅杖放在判官头上，怀中取出飞钹一祭。王奎抬头一看，见亮光一道，劈面打来，躲闪不及，打得头脑迸出，死于马下。三千铁骑上前来救，被罗汉兵杀得大败。回进城中，折了一千三百兵马，乃紧闭城门。忙报进帅府道："启帅爷，不好了！王将军出战，被和尚打死了。"薛仁贵听了大怒，道："可恨妖僧，伤我一员大将。"即传令：陵云、主成上帐，带领三千人马出城，将妖僧斩首；又点马标带领人马出去压阵，若二人不胜，即前去救，这番人马倘有差失，即鸣金收军。那二人得令，出了帅府，全身披挂，结束停当，提枪上马，即来教场点了人马。来到城边，分付放炮开城，随着三声炮响，城门大开，放下吊桥，二将冲出阵前。

只闻战鼓如雷，向和尚就刺。飞钹和尚将铁禅杖挡住二人大战。

两柄长枪如长蛇一般，乱刺乱搠，或在前心，或在两肋，和尚那能抵挡得住，即将飞钹打了下来。可怜两位英雄，都丧在两扇飞钹之下。马标见了，魂不在身，连忙鸣金收军，紧闭城门，进营报知元帅。薛仁贵大怒说："这妖僧如此凶勇，一刻之间，连伤我两员大将，不知用何兵器，这等厉害？”马标禀道：“启元帅，他用飞钹祭在空中，有万道金光，遮人耳目，故此二将不曾提防，被他打死。”元帅大怒道：“马标，你既为压阵官，见有飞钹妖法，何不早说。探事不明，何能压阵？左右将马标绑出斩首。”众军士将马标推出辕门一刀杀讫，进营报元帅，呈上首级。

元帅见两边众将皆惧怕起来，不敢出战。单有窦一虎上前说道：“小将愿往。”元帅说：“窦将军，闻你有仙传之术，定能破这妖僧，与你令旗一面，步兵三千，作速出阵去。”窦一虎接令出了帅府。他不戴头盔不穿甲，头上扎就太保红，身穿绣龙墨战袍，脚踏粉底乌靴，大红裤子，拿了黄金棍，带三千步兵，开了城门，来到阵前。飞钹和尚抬头一看，见城中冲出一队兵，不见主帅。心中正在思疑，窦一虎即向和尚腿上打了二棍，好不疼痛。和尚往下一看，见一个矮子跳来跳去。和尚忙将禅杖来打，一虎用棍子相迎，杀了几个回合，和尚在马上终是不便，倒被窦一虎一棍打在马屁股上。那马跳起来，几乎颠和尚下马来。和尚忙打下飞钹。窦一虎看见，想来厉害，身子一扭，就不见了。和尚四下里看不见。窦一虎在地下叫道：“妖僧不要慌，我在地下。”和尚想道：唐朝有如此异人，怪不得元帅大败，怎能夺回锁阳城？忙将两手拈下两扇飞钹，向地下说：“你这矮子，你躲在地上，岂不要闷死了，少不得气闷不过。快伸出头来，待我把你活活打死，方消此恨。”那窦一虎听见和尚这样言语，在地中哈哈大笑：“妖和尚可奇怪，你要将飞钹打我，只怕还早些，我在地中行走，不怕闷死，我今回营去矣！”说罢，拍手大笑，只听笑声渐远，和尚气得满面通红。窦一虎回进营中，元帅一见，问道：“窦将军回来了，你方才出兵胜负如何？”窦一虎说道：“这个和尚果然厉害，若无地行之术，亦被他打得成了肉泥矣。”元帅听了，心中暗想：这妖僧飞钹如此厉害，今阻住在此，怎好进兵。开言说道：“窦将军且退，待本帅思一妙计，必要擒他。”传令城门高挂免战牌。

再言和尚看见城上挂出免战牌，哈哈大笑。明日又来讨战，又见免战牌挂出。和尚在城下百般大骂，至晚方回。一连三日，俱皆如此。薛仁贵聚了众将说：“那和尚如此厉害，诸将可有妙计，能退番兵？”尉迟青山说：“要破番兵，除非放出世子，他有仙师传授十样宝贝，是王敖老祖徒弟，出阵可擒妖僧。”众将一齐道：“尉迟将军之言不差，必须小将军，方可退得。”元帅说：“军令已出，再不挽回，众家将军不必多言。”众将无可奈何，各自回营。

看看又过了三日，元帅无计可施，就令挂榜营门，有人退得和尚，破了飞钹，奏明圣上官封万户侯，锦袍一件，玉带一条，黄金千两，决不食言。榜文一挂，那窦一虎见了，心中暗喜：那个薛金莲小姐稳稳到手了。便来到帐前说：“小将有计可以破飞钹，要求元帅恩赏。”元帅大喜道：“窦将军，你果有妙计破了飞钹，本帅赏你锦袍二件,玉带一条,还要请旨封官。”窦一虎笑道:“小将不愿请旨封官,不贪锦袍玉带,只有一句话儿不好说,若元帅见允,小将便能破得飞钹。”元帅道:“你俱不要,要本帅赏什么?快快说来。”窦一虎带笑说道:“小将乃夏明王之孙,当今天子之表侄。今见令爱小姐尚未定婚,要元帅将令爱小姐许配我,我有仙法,能破飞钹。然后进兵征西。未知元帅肯否。”薛仁贵一听此言,十分大怒,想道:夫人没见识,不该带女儿一同到此,被矮子看见,倒来开言。于是大怒说道:“你这蠢物,本帅虎女,焉能配你犬子。也罢!你若破了飞钹,本帅另眼看待。若说亲事,断断不能。”窦一虎道:“元帅不必发怒,上将仍回棋盘山去了。”军士正要来拿,见窦一虎将身子一扭,就不见了。

元帅亦无可奈何,心中暗想,目下正是用人之际,他若回去了,飞钹谁人能破?兵又不能进,不如骗他破了飞钹,允不允由我。乃向地下说道:“窦将军,我不杀你,且出来,你若破得飞钹,回朝之日将小女与你成亲。”窦一虎在地中听见元帅相允,便钻出来道:“既蒙允诺,如今便称岳父了。”薛仁贵心中敢怒而不敢言,只得说道:“但不知你有何计能破妖僧飞钹?”窦一虎说:“待小将今夜三更时候,往番营盗取飞钹,杀了妖僧,明日元帅就好进兵了。”元帅道:“既然如此,你今夜前去,依计而行便了。”

不知窦一虎能盗得飞钹否,且看下回分解。

第二十五回 窦一虎钹中受苦 秦汉奉命救师兄

却说窦一虎回到自己营中，结束停当，待到三更，钻入地中，竟向番营。

再说苏宝同见飞钹军师连日得胜，杀了唐朝三员大将，吓得他们闭门不出，高挂免战牌，心中大喜。便安排宴饮请飞钹和尚、铁板道人，大开营门，用长竿挂起飞钹庆贺，名为聚宝会。那窦一虎来到营门，将头伸出往上一看，却被苏宝同看见，向和尚说："军师方才说，唐营有一地行之将，今正来了。"和尚说："在那里?"苏宝同说："在这地中钻出来了，怎么不拿他。若被他走了，反为不美。"和尚说："这不难。"忙使指地金刚法，使地皮坚硬。窦一虎正钻出来，和尚忙将飞钹抛起。窦一虎见了大惊，欲要钻下地去，地皮坚硬，不好去了，被钹一合，合在飞钹内面了。心中想：为那婚姻，性命竟丧在钹内！忽忆师父有言：你有后难，付你一粒丹药，吃了可以免灾。即在衣缝内中取出来，吃在肚内，果然不见闷气，腹又不饿。安心住在钹内。

再言苏宝同说："军师拿住矮子，何不把他斩首，放在钹内何故?"和尚说："他是王禅老祖徒弟，有仙法道术，杀他不得。放在钹内，任你神仙道术，不出七日，化为脓血。"苏宝同听了大喜，称赞军师之功。

再说薛仁贵，自窦一虎往番营盗钹，候至天明不见回来，心中猜疑，既然盗不动，也该回来了。他满口应承欣然而去，想是被妖僧拿住，也未可定。即命程千忠前往城上看那营头，可有首级号令，速来报我。程千忠接令，忙出了帅府，上马来到城上，向番营观看，静悄悄不见什么首级。等了一会也不见动静，于是下城，来到帅府交令。元帅听了，心中好不烦闷，正要差探子出城打听，忽城上军士飞报："启上元帅，城下有铁板道人讨战。"元帅对众将说："前日一个和尚，今又来一个道士，想俱是左道旁门之人，不可与他交战，待三日之后，商议出兵。"众将说："元帅之言有理。"传令城上高挂免战牌。铁板道人看了免战牌，即大笑回营。

再言双龙山莲花洞王禅老祖驾坐蒲团，忽心血来潮，屈指一算，说："不好了！大徒弟窦一虎有飞钹之难，幸有仙丹相救，七灾难已满。不免唤二徒弟出来，去救师兄。"童子领命来到里面说："师兄，师父唤你。"那秦汉正在里面学习，听见师父呼唤,即忙来到座前,倒身下拜,道:“师父唤徒儿有何事体分付?”老祖说:“现今你师兄有飞钹之灾,命你相救,况你孽缘未满。我今给你二件宝贝,名曰钻天帽,入地鞋。你去往锁阳城,用灵符一道,救取师兄窦一虎。然后就在薛元帅帐下,助他征伐西凉,夫妇团圆便了。”那秦汉也是矮子,头上挽起空心髻,大红缨披两边,身穿绣绿袄子,手上带了一双赤色黄金镯,好似小孩儿一样。他闻听师父言语,心中大悦,说:“请问师父,二件宝贝怎么用法。”王禅老祖笑道:“秦汉,你要问两件宝贝么?我对你说,那钻天帽乃瑶池王母娘娘的宝贝,戴在头上便能腾云从风,可入天门朝拜诸天日月星宿;那入地鞋是南极仙翁的宝贝,着在足上能入地中,可到阎王殿,十殿阎王便来接迎。这两件宝贝付你,可助大唐。另还有一对狼牙棒,随手器械,灵符二道带去。”秦汉大喜,拿了狼牙棒,拜别师父,随即便下山,心中起了凡心,戴上钻天帽,那宝贝也是作怪,刚一戴在头上,忽听得耳边风声,一阵大风就将秦汉提到半空。秦汉哈哈一笑,按下云头一看,另有一个仙界,见一座山庄极其华美,内面走出一个女人,生得十分美貌,天姿国色。她见了秦汉,叫声:“郎君,因何到此?”秦汉见了,浑身酥麻,说:“小娘子下问,我乃王禅老祖徒弟秦汉,奉师父命往锁阳城去救师兄窦一虎,今由此经过。我遇小娘子,莫非三生有幸,敢求片刻之欢。”那女子半推半就,满面通红。秦汉欲火难禁,说:“敢问小娘子尊姓。”答云:“奴家姓松,爸爸出外去了,并无人在家。”又问小娘青春几何。答云:“虚度一十八年,尚未配人。”那秦汉色胆如天,将美人抱进房中,解带宽衣。秦汉赤了身子,抱住女子,正要欢喜,忽然一阵狂风,抬头一看,房子不见了,连那女子也不知那里去了,两手抱住一棵松树。忽见师父来了,秦汉满面羞惭,置身无地,两手又放不开,忙乞师父救命。老祖说:“畜生,你做的好事,还要怎么说?”秦汉说:“求师父饶过,弟子以后不敢大胆了。”老祖说:“看天子之面放你。”将拂尘一拂,秦汉两手松了,拜谢师父救命之恩。老祖说:“去罢!”原来是老祖试他之心。

秦汉别了师父,戴上钻天帽,不消一个时辰,就到了锁阳城。元帅正与众将商议,忽一个矮子从天上落下,大家都认作窦一虎,说:“非但地行,如今七日不见,连天上也会走了。”元帅也觉骇然。只见那矮子上帐,见了元帅,作揖不跪。众将仔细一看,方知不是窦一虎,是另一个矮子。身长一样,身子阔些。元帅问道:“你是那里来的怪物,从天上下来?快将情由细细说来。”那矮子笑道:“我乃秦叔宝嫡孙,秦怀玉之子,秦汉是也。三岁时被风刮去,王禅老祖收为徒弟,学道一十三年,今师父命我下山,一则救师兄窦一虎飞钹之灾,二则相助元帅一臂之力,共征哈迷国。”元帅听了,大喜道:“原来是王禅老祖徒弟,秦驸马之子。”心中暗笑,老祖俱收的小矮子。便说:“秦将军既来相助本帅,你师兄窦一虎去盗飞钹,今已七日不见回营。若来相救,快去走一遭。”秦汉道:“小将就去。”正要出营，只见左班中走出秦梦，听说兄长到此，忙出来相见，两下拜见，诉说衷情。秦汉说："兄弟，我往番营救了师兄，再来会你。"仍戴上钻天帽，轻轻飞出锁阳城，落下番营。正黄昏时候，只见旌旗不动，刀枪如林，战戟森森，杀气腾腾，好不怕人。正在营哨看，只见前面来了一个巡兵，秦汉将手中狼牙棒照头一打，把巡兵打死，脱了他的衣帽，解下他的腰牌。那巡兵名唤哈得强，秦汉就冒了他的名字，打听师兄消息。正走之间，只见又来一个小番，手中拿一枝令箭。秦汉问道："你向那里去？"这小兵说："我奉活佛爷之命，因南蛮矮子前来盗取飞钹，被军师捉住，合在飞钹之内，今已七日，必成脓血，故此军师发出令箭一支，差我到帅营中去取飞钹内矮子脓血，焙干祭钹。"秦汉听了，大吃一惊，心想师兄性命休矣！如今有此机会，打死番儿，用他令箭到苏宝同处，骗出飞钹，救了师兄再说。主意已定，上前用狼牙棒将番儿打死，拿了令箭，去到元帅营中。见了苏宝同，启上："元帅，小军奉军师之命，要取飞钹前去祭钹。"苏宝同见了令箭，不分真假，分付将飞钹交与小番。秦汉接了，戴上钻天帽，即出了番营。他想，不知师兄死活如何，且叫一声看："窦师兄！"窦一虎在钹中听了声音，似秦汉师弟，忙应声道："你为何在此？做什么？"秦汉道："不瞒师兄说，我在山中，师父说你有飞钹之灾，命我前来相救，我今盗了飞钹到城中，见了元帅请功。"窦一虎听了，心中好不着急，前日在元帅面前夸口要小姐薛金莲成亲，倒被那妖僧将我合在钹内七日，若在众将面前开看，不好意思，倒被元帅好笑，叫声："师弟，就在此间放了我罢！"秦汉道："师兄，你七日也过了，如今一刻就等不得？我奉师父之命，必要到元帅面前开的。"说罢飞上，早到大营前，按下云头，连忙传报。

元帅闻报，升帐问道："秦将军可能救得师兄么？"秦汉放下飞钹道："我师兄现在这钹内，请元帅开看。"元帅大喜，便唤军士快快开钹。众小兵忙将铁索解下，重有千斤，用尽力气，不能开得。众将上前一看，这飞钹合在一处生成，没有痕缝。要想拉开，任你刀砍斧劈，只是不动。元帅说："秦将军，如之奈何？"秦汉说："不难，师父有言，灵符贴上，其钹自开。"将符贴上，果然一分两半，窦一虎一个筋斗跳在地下，双手遮住面孔，好不羞煞。元帅同众将一见大笑，果然仙家妙用。窦将军饿了七日，就令回去休息，明日收了免战牌，众将各回营去。

再说番营和尚差小番取钹不见回报，早有小番报进，启上："军师，不好了！方才差去番儿，被南蛮杀死，盗了令箭。元帅不知底细，竟将飞钹交付，一霎时人也不见了。"和尚听了，吓得魂不附体说："枉费了我往日功夫，如今一旦休矣！救去那矮子倒也罢了，我这飞钹全仗了它，如今失去，怎么与唐兵交战？"铁板道人说："师兄失去飞钹，还有我铁板十二面，厉害不过，师兄放心。"

不知后事如何，且看下回分解。

第二十六回 监中放出小英雄 丁山大破铁板道

却说次日道人见去了免战牌，即到营前叫阵。唐阵军士报进："启上元帅，城外道人讨战。"元帅道："今有道人讨战，谁去出阵？"秦汉走将出来说道："小将愿往。"元帅道："既然如此，与他步兵三千出城破敌。"秦汉接令出了帅府，来到教场点步兵三千，双手持两条狼牙棒，来到城边。放炮开城，炮声一响，开了城门冲出城外，来到阵前。那道人抬头一看，原来又是一个矮子，哈哈大笑道："唐朝不用大将，俱用矮子。"话言未了，只见秦汉走至面前，将双棒照道人腿上便打。道人在马上不便相架相迎，忙下了马，手执古定剑劈面砍来，一来一往，战了三十回合。道人不能取胜，忙抽取铁板来。秦汉抬头一看，见铁板打下，把入地鞋一蹬，不见了。道人看见，心中大惊，原来唐营中多有异人，前日矮子有地行之术，今这矮子也会地行，必定仙传妙法，不如收兵再处。

再言秦汉到了城边，也收兵进城，回到帅府缴令。次日道人又来讨战，元帅问道："今日谁去？"秦汉应道："今日必要活捉妖道回营。"元帅道："既然如此，将军须小心。"秦汉得令，带了三千步兵，出城来到阵前。道人见了笑道："小矮奴，昨日被你逃去，今日又来，必要活捉，方见俺的手段。"秦汉道："休要夸口，吃我一棒。"举起狼牙棒，当头就是一下。道人持剑向上一迎，噶啷一声响，架在一边，回转马来一剑，望面上砍来。秦汉将棒一晃，亦跳在一边，杀得道人浑身是汗。道人念动真言，忽然天昏地暗，无数青面獠牙鬼怪杀来。

秦汉见了，幸有钻天帽戴在头上，如飞纵上云端。只听霹雳一声，霎时鬼怪化作无影无形，依然云开见日。道人看了心内慌张，昨日钻到地下，今日又会上天，决是异人。秦汉亦料道人邪法多端，不能降服，向道人哈哈笑道："你不要想，我收兵去了。"一声鸣金，收兵进城。道人亦收兵而回，千思万想，一夜未睡。

次日又领兵讨战，探子入报。元帅说："今日道人又来，谁去出阵？"两边走出八员总兵，周青、周武、姜兴霸、王心溪、王心鹤、李庆红、李庆先进营启禀："元帅，末将愿去阵前杀此妖道。"元帅说："众人出去，须要小心。"就令窦一虎、秦汉为左右军压阵。众人各领命离了帅府，持了兵器，出离城门，来至阵前。道人抬头一看，只见城中走来八员将官，把道人团团围住，刀砍棍打。道人把古定剑执在手中竭力接架。

八员将官忽在马前，忽在马后，杀得道人招架不定。那能还剑过去？心内一想，说："不好！寡不敌众，不可一时失意，有丧性命，不如先下手为强！"忙祭起铁板。众将见了魂飞魄散，叫声"不好"，俱被打中，跌下马来。窦一虎、秦汉上前抵敌。底下步兵救了八将，窦、秦二将无心恋战，鸣金收兵，回进城中，报入帐内。元帅听了，大惊说："铁板如此利害，伤我八个兄弟，如何是好？"程咬金说："前年元帅中了飞镖一年之灾，幸而小将军到来救活，如今八员总兵命在旦夕。乞元帅监中放出小将军，要他用仙丹救了八员总兵方好。"元帅听此言有理，传令即到监中放出小将军。丁山来到帅府，拜见父王。

薛仁贵道："我儿前日灵丹还有么？"丁山道："还有。"薛仁贵道："既有，你用仙丹到后营去救八位将军。"丁山领命，到后营取出葫芦，倒出仙丹，口中嚼碎，敷在八位背上。只听一声唔呀，俱立起身，道谢丁山。元帅闻知，心中大惊，果然仙丹妙用。即唤丁山进后堂叩见母亲，再见妻妹。分付后堂设宴，合家团圆。

再言铁板道人杀败了二将，连伤八员大将。苏宝同说："军师今日阵上全胜，那南蛮必定害怕，明日须要打破他城池，杀他个片甲不留，方称俺心。"道人说："这个自然。"当夜营中庆贺。次日苏宝同领了大队人马，分作三路攻打。铁板道人领二万人马攻打东门，飞钹和尚领人马攻打南门，苏元帅领大队人马攻打北门。单留西门不攻。摇旗呐喊，鼓炮连天，架上云梯三门攻打。探子忙报元帅。元帅升帐，点窦一虎、秦汉二将，领三千人马出了南门，听号炮一响，各自进兵。二将接令，忙出帅府，往教场点兵，出南门。又点丁山、窦仙童夫妇，领人马三千出东门。元帅自领兵三千，同女儿金莲出北门。其余众将守城。飞钹和尚正攻打南门，只见一声炮响，一千步兵冲出阵来，一对矮将冲到城外。和尚一见大怒，把手中铁禅杖打来。窦一虎将黄金棍架住，喝道："妖僧！你的本事平常。如今飞钹没了，如何杀得过我？不如快快受死！免得出丑！"和尚大怒道："杀不完的小南蛮，前日被你诡计骗去宝贝，今天决不饶你，照杖罢！"一禅杖当头打来。窦、秦二将奋勇争先，忙起棍棒上迎，杀了几个回合。和尚那里战得过二将，带转马大败而走。二将随后追赶。

再讲薛丁山夫妇领兵至东门，只听号炮一响，东门大开，冲出阵来。正迎着铁板道人。这道人一见窦仙童，心想，好一个美貌佳人，不免先打死了少年将军，抢这女子过来，还俗成亲。算计已定，回马过来就走。薛丁山拍马追上去。铁板道人回头一见追来，满心欢喜，忙将铁板祭起，当头打下。只见丁山头上一道红光射出，铁板见了红光，化为飞灰。道人一看，见打他不中，又祭起一块来，照前一样，连祭了十块铁板，都被那红光一齐烧得无影无踪。吓得道人魂不附体，无心恋战，带回马就走。薛丁山夫妻在后追赶。再言元帅同金莲小姐杀出北门，正迎着苏宝同。两下大战，杀得宝同大败，倒拖大砍刀回马而逃。金莲小姐在后追赶。苏宝同忙取腰间飞剑打来。谁知薛金莲有六丁六甲护身神，见宝剑飞来，被六甲神收去。此时苏宝同急得汗流浃背，心中慌张，又见女将追了上来，只得回来又战。不到三十个回合，后面元帅杀了上来，宝同那杀得出重围？只听元帅高声传令：休要放走了。金甲人上前来拿。

苏宝同一看大惊，只得化道长虹而逃。三军追赶三十里，杀得血流盈河，尸横遍野，喊叫之声连天，遗下刀枪剑戟旌旗不计其数。

元帅传令收兵，妖道妖僧大败而走，三路同归一处，点一点人马，三十万剩下不足一万，都是折手坏脚之人。三人抱头大哭，一同商议，只得再往仙山去炼宝贝，若是此仇不报，枉做西邦元帅。和尚说："元帅之言有理。"三人领了败兵，一路下来。相近寒江关，冲出一彪人马，回头一看，只见龙凤旗升起，上写着：征东皇后。苏宝同一见大喜，说："原来是我姐姐苏锦莲。"即行下马，进营中朝见千岁娘娘。朝见已毕。赐平身，说："贤弟，你奉旨出师，为何还在这里？"苏宝同大哭道："前日兄弟即欲报祖父大仇，奏知狼主，起兵伐唐朝。第一阵被我设计将唐朝君臣困在锁阳城，要把他粮绝饿死。他虽雄兵似虎，猛将如龙，与他大战几阵，即用飞刀杀他大将几十员，那大唐元帅被我飞镖打伤左肋，败回城中，便闭城不出。怎晓得他粮草带得充足，困住城池一年有余，不想被程咬金骗出营中，竟回中原，取了救兵。这第二路元帅就是薛蛮子之子，名唤丁山，他法术高强，本事厉害。我的九口飞刀，三支飞镖，俱被他破化了，内应外合，把我杀得大败。我即化道长虹而走，撞着两位军师。飞钹和尚说起此事，一同兴兵，三困锁阳城，交锋三个月，阵阵俱胜。可城中又出了两个矮子，法术精通，薛丁山出阵交兵，将飞钹、铁板化作飞灰，又是大败而散。如今各人正想再往仙山炼就法宝再来复仇，不想会着姐姐千岁。"苏锦莲听说前情，十分大怒说："贤弟，你既要再上仙山，去炼宝贝，以复大仇。我奉狼主之命，领精兵四十万，战将数千员，前来助你。不想你杀得大败，损兵折将，有何面目回见国王？你将帅印交付给我，我要杀尽南蛮，为祖父报仇便了。"苏宝同听了，心中大悦，知道姐姐仙丹妙法，英雄无敌，且有打将神鞭，厉害不过，急忙把帅印、兵符上前交割，付给皇后。然后同那和尚道人拜别娘娘，各自上山炼宝去了，此话不表。

未知苏锦莲可有本事破唐，且看下回分解。

第二十七回　皇后火鹊烧八将　薛元帅子媳团圆

却说苏锦莲皇后传令放炮起行。炮响三声，大队人马径向锁阳城进发，不一日早到锁阳城。分付安下营盘，将锁阳城四面围得水泄不通，鸟飞不过枪尖，蛇钻不进人马，好不厉害。

再言薛元帅大获全胜，三支人马一同进城。所得粮草器械旌旗，不计其数。即与众将商议起兵西征。

这一日升帐，只听得炮声连天，探子报入营中说："启上元帅，西凉国苏皇后领兵四十万，要来报仇，又将城池围住了。请元帅定夺。"元帅听了，大怒道："可恨苏宝同将帅印交他姐姐番后，复领兵到来，又将城池围住。你这小小番后有何本领，前来与本帅对敌。也罢，趁她安营未定，点兵出城，杀他个片甲不回。"即点周青等八员总兵出城，必要活捉番将。周青等接令出府上马，各人结束停当，手执兵器，往教场点了一万人马，来到城边，放炮开城。那八家兄弟都出城来到阵前，两边射住阵脚，营中鼓响如雷。抬头一看，只见苏锦莲带领三千番婆，一声炮响，冲出营来。但见她头戴闹龙金冠，狐狸尾倒挂，雉尾高挑，面如满月敷粉，装成两道秀眉，一双凤目，小口樱桃，红唇内细细银牙，身穿一件黄金砌就鱼鳞甲，腰系八幅绣龙白绫裙，小小金莲，踹定葵花镫腾云马，手持打神鞭，胜比昭君再世，犹如西子还魂。那周青纵马上前喝道："胡妃番后，本总兵看你手无缚鸡之力，竟敢领兵到此给我祭剑？"苏锦莲喝道："你这狗蛮子，将我兄弟杀得大败，因此娘娘来取你这蛮子性命。"周青冷笑道："你的狗弟尚且不胜，何况你一女流。贱婢放过马来！"这边战鼓擂动，苏锦莲把鞭一指，喝道："照打罢！"这里八员将官一齐上前，将番后围住。苏锦莲见唐将众多，虚晃一鞭，勒马败阵而走。八位兄弟随后追赶。苏锦莲把鞭一指，忙取出身边葫芦，念动真言，放出无数火鹊，望八员总兵烧将来了，十分厉害。周青等一见，魂惊魄散，都被烧得焦头烂额，败进城中。

一万唐兵被番后杀得大败，折了八千人马。元帅看见，心中慌张，不想兄弟们遭番后火鹊灼伤，谁去出阵？丁山上前说道："孩儿出阵擒此番后。"元帅道：

"我儿出去，须要小心。"传令秦、窦二将同去掠阵。三人同出了帅府，领了兵马，来至阵前，那苏锦莲抬头一看，只见薛丁山面如白玉，唇若涂朱，胜比宋玉，貌若潘安，不觉欲火难禁，浑身发痒。丁山喝声："番婆，不要呆呆看我，照戟罢！"一戟直望面门上刺将过去。

那番后吃了一惊，忙催坐马追上来，放出火鹊。薛丁山说声"来得好"，左手挽弓，右手拔出穿云箭，照火鹊一射，只听得一声响，那些火鹊无影无踪。番后见破了火鹊，十分大怒，忙祭起神鞭。薛丁山叫声不好，正中后心，口吐鲜血，大败而走。幸得身上穿天王甲，不致伤命。若是别将，便成肉饼矣！那番后叫声："那里走？"把二膝一磕，骑马紧紧追来。追过荒山，看看追上，薛丁山正在着急，只听山头上有虎啸之声，抬头一看，见一个打柴女子，生得奇形怪状，手持铁锤，在那里打虎。薛丁山叫一声："姐姐救我一救。"那女子望下一看，说道："小将军，你是那一个，为何一人一骑奔到此间，求救于我？"薛丁山说："女将军，我是平辽王薛元帅之子，因奉圣旨征西，方才阵上被番后打中后心，我负痛而逃，她在后面追上来了，我中伤甚痛，不能抵敌，万望姐姐救我一救，没齿不忘大恩。"那女子嘻嘻笑道："这个容易，请世子暂避树林之下，待他追来，我当敌住，杀他个有死无生。"说罢，只见苏锦莲追上山来。薛丁山心慌，躲在林内。后面番后见了女子，问道："方才有一少年将军，可曾到此？"女子说："他在林内。"番后听了，连忙追入林中，不提防女子抓起死虎照番后头上打将下来。那番后措手不及，叫声："哎呀！"跌下马来。薛丁山上前，取了首级，忙来叩谢救命之恩，说："请问姐姐姓甚名谁，回营告知父亲，前来相谢。"那女子道："奴姓陈，名金定。祖贯中原人氏，父亲陈云，昔为隋朝总兵，奉旨借兵，流落西番乌龙山居住，樵柴为生。母亲毛氏，乃番邦之女。上无兄，下无弟，我今年一十七岁，只因生长在西番，面黑又丑，诨号母夭篷。舍下不远，还有言语相问。"薛丁山道："多蒙姐姐盛情，但我有军令在身，不及细谈，我缴令之后，再来叩谢。"陈金定见他执意要去，忙将丹药与他装好说："我明日望你到来，不可失信。"薛丁山说："晓得。"，上马出了山林。走到半路，撞见了秦、窦二将，三人大喜，同到城中，入帐缴令。

元帅问道："方才秦、窦二将说，你被番后金鞭打伤，吐血而走，番后拍马追赶，为何反得她首级？"薛丁山道："爹爹呵！孩儿被她打伤落荒而走，被她赶到山林，正在危急，幸有那打柴女子，暗暗抓起死虎将番后打死，救了孩儿。打柴女子之父原是隋朝总兵，名唤陈云，流落西番。望父王送金帛，谢她救命之恩。"元帅道："既是我儿的大恩人，理当相谢。"问程咬金道："老千岁，他父是前朝总兵，你必然认得，就烦一行。"咬金应允。次日同丁山带了金银缎匹，望乌龙山而来。

陈云闻知，远远相迎，接入草堂，分宾主坐下，各通姓名。咬金说："昨蒙令爱相救世子,今日元帅备礼,差老夫同世子来叩谢救命之恩。”陈云说:“老千岁,下官流落西番数十余年,久闻中原已归大唐,每欲思归,恨无机遇。我家小女乃武当圣母徒儿,前日有言,与世子有姻缘之分,如不嫌小女丑陋,我就明日送到营中,与世子成亲。我家父母情愿执鞭随镫,报效微劳,相助征西。承蒙礼物,作为聘仪,望乞周旋。”程咬金说:“极是,老夫作伐,就此告别。”回到营中,说明因由,元帅依允。薛丁山说:“爹爹,这使不得的。”元帅说:“陈云既要将女儿送你成亲;理当应允,方不负救命之恩。陈金定小姐虽然貌丑,但她乃武当圣母门下,法力无边,将她带在军中,定能助一臂之力,我儿明日须备下礼物车马,前往迎接她父母来到帅府,为父的做主,与你成亲。”薛丁山不敢有违,即忙端正。

再说后营夫人小姐知道,心中喜悦;窦仙童闻知陈金定本事高强,亦是心中愿意,催促丁山早些端正。话言未了,只听炮声连响,陈云夫妇亲领女儿到了。薛元帅连忙接入帅府,安排筵宴,当夜成亲。陈金定敬重大娘,窦小姐感她救夫之恩,不分大小,姐妹相称。一夫二妻团圆,合营庆贺。再言那番兵四十万人马,见主将已丧,又都被唐兵杀得七零八落,便四散而逃。

不知后事如何,且看下回分解。

第二十八回 寒江关樊洪水战 樊梨花仙丹救兄

却说薛元帅杀死苏锦莲，薛丁山与陈金定成亲。再说苏宝同逃走锁阳城，太平无事，左近依附州县，俱皆纳款投降。一面打本进朝，差薛贤徒镇守界牌关，点兵一万，文武数员，一同保守。周文镇守金霞关，周武镇守接天关，俱有兵马，文官同守。一路直到玉门关，俱归中原所管，百姓安居如故。

这一日元帅升帐，商议西进。有陈云老将上帐说："此去四百里，有寒江隔阻，对江有一座寒江关，关上老将姓樊名洪，足智多谋，官封定国王。有两个儿子：长子樊龙，次子樊虎，皆有万夫不当之勇，一同保守。他知我兵西进，必然防备，此去非船不能征进，必须造下大船，方好过江。"元帅听了，说："陈亲翁之言有理。"就令程铁牛、尉迟号怀、王君一、姜兴霸四将，带领军士四千，上山伐木督造战船。一月时间，船已造完，停留江口，候元帅起兵。薛仁贵在教场点起大兵三十万，命罗章为前部先锋，秦梦押后队，尉迟青山解运粮草，程千忠督运解粮官，周青催赶各路粮草，留王心溪、王心鹤二将带兵五万，镇守锁阳城。老将陈云为向导官。点齐众将，放炮三声，往教场祭旗，然后起行，一路三军司命，浩浩荡荡离了锁阳城，望西而进。

不一日来到寒江渡口，放炮停行，驻扎营盘，候下船过江。

元帅到江口一看，果然白浪滔滔，又见大小战船无数，程铁牛等四将上前缴令。薛元帅传令，向罗章、秦梦、窦一虎三将说："本帅昔年跨海征东，进狮子口，箭射戴笠篷，鞭打独角兽，飞走金沙滩，也曾过河，何在这个小小江面。你们三位将军，须要小心，一齐向前，并力同心过了寒江，取了关头西进。本帅自在后督阵。"三将听了，说声："得令。"各执器械，下船去了。大小俱皆下船，一声炮响，开了炮船，俱望江中而行。

你看那船头上，旌旗布满，炮声连天。

再言寒江关主将樊洪，正与二子及左右偏将在衙中言及关内苏宝同要报祖父之仇，兴师东征，反失数座关头，苏娘娘阵亡，元帅不知去向。寒江以东，均属中原，今又造大小战船，要来取寒江关。别处还可，料想寒江难过。

忽有番儿报进,说:“爷,不好了!中原薛蛮子领兵过江来了。”樊洪一听此言,吓得魂不附体。说:“有这等事,再去打听。”命二子带领水军十万下江,等待唐兵半渡之时,号炮一发,众军拦腰冲出,使他首尾不能相救,杀他片甲不回。

樊洪领大兵在后接应。二人得令,领兵下江。随后,樊老将军带领大小众将,纷纷下江。

再言唐朝大兵行至半江之中,忽听炮声连珠响,只见各港中出来无数番船。船上番将,俱是红扎巾,身上穿的水手袄,手持长枪,摇旗呐喊,冲了出来,勇不可当,竟把大小战船冲做两处。后面元帅看见,急忙下令:水战不比岸战,须要向前,不可退后。众将得令。秦梦迎着樊龙,罗章接着樊虎,两下大战。后面老将樊洪看见二子大战,划动兵船,冲上前来,被窦一虎接住厮杀。秦梦与樊龙战到三十余合,秦梦放下提罗枪,抽出银装锏,照樊龙肩膊上一下,樊龙负痛,拿不起大刀。番兵见主将受伤,急忙划转番船,大败而行。樊虎被罗章腿上一枪。那番船上樊老将军见二子大败,弃了窦一虎,也把战船划回。

元帅见胜了番将大喜,传令擂鼓追赶。樊家父子连忙弃船登陆,竟望关中去了。剩下的番船,逃走得快的,俱逃走了;逃不走的,俱被杀死。元帅传令收兵,一齐登岸,杀到关前。

两边高山,中间一条关路,此关在半山之中,山上檑木炮石打将下来,众将只得退回。元帅见此山难破,就令安下营盘,商议攻打。

再言樊洪老将同二子败进关中,分付番儿,关头多加灰瓶石子,强弓硬弩,檑木炮石。夫人接见说道:“妾身久闻跨海征东薛仁贵,十分厉害,水战被他取胜,二子又被他打伤,幸喜女儿前日回家,或有仙丹妙药,可以医治。”樊洪道:“我却忘了。昔年黎山老母,收去八年传授法术,有移山倒海之法,撒豆成兵之术,又赠她诛仙剑、打神鞭、混天棋盘、分身云符、乾坤圈,五遁俱全。谅来必有妙药的。”分付丫环,请小姐出来。丫环领命到房内道:“小姐,老爷相请。”那樊梨花听了,来到中堂,见了父母。说道:“呼唤孩儿,有何分付?”夫人道:“女儿阿!唐朝差薛仁贵领兵屯征直杀到寒江,倘此关有失,西番不能保全。故此你父亲和二位哥哥截住寒江,俱被他打伤,败阵而回。今你父闷闷不乐,特地唤你出来商议,不知你可有仙丹,相救了二位哥哥,然后杀退唐兵,解得你父烦闷。”小姐听了,心中暗想,记得师父分付说,我与大唐小将薛丁山有姻缘之分,故此命我下山完聚姻缘,一同征西。如今果然他兵来到寒江关伤我兄长。也罢!只得开言说:“父亲,既是二位哥哥受伤,女儿自有妙药医治,不必父亲多虑。”樊洪听了大喜,连忙唤进二子说:“你妹有仙丹救你。”小姐把丹药敷在他伤处,不消一刻,其伤即愈。弟兄二人大喜,说:“难得妹子来救我。其中必有奇谋杀退唐兵,复回番邦。狼主必加封赠,我一门功劳不小。”小姐说:“这个何难!不是妹子夸口，且待妹子明日出阵，必要活捉唐将，以泄二兄之忿。”二兄听了，说：“既是妹子出阵，做哥哥的与你掠阵。”老将哈哈大笑道：“这个自然，女儿有主意的，不用父亲叮嘱。”当晚不表，各归房内。

小姐回到房中，心想姻缘分上要配薛世子，但不知他相貌才能如何？又闻得父母有言，将我许配白虎关总兵杨藩，打听得他生得丑陋不堪，面如青靛，目似铜铃，岂可配我？想我师父黎山老母能知过去未来，许我薛丁山是夫主，谅来杨藩决不是我夫君。待我明日出阵，看看薛丁山，就晓得了。主意已定。

再言次日樊老将军升帐，樊梨花披挂上前领兵，樊龙、樊虎结束停当，各执兵器，同妹子出阵。点齐本部人马来到关前，放炮三声，关门大开，冲下山来，来到平阳之地，排齐队伍，樊梨花一马冲出，高声大叫，坐名要薛丁山出阵。探子报进营中说：“启上元帅，今有樊老将军之女樊梨花，带领女兵出关讨战。”元帅说：“昨日他父子兄弟这般骁勇，尚且大败，何况他的女儿，值得什么？”探子说：“元帅不要看轻樊梨花，她英雄无敌，仙法多端。今她指名要小千岁出阵，不然要杀进营来。”元帅听了，大怒说：“这番女好夸口，我偏不点孩儿出阵去，另点别将出阵。”问谁人出去擒此番女。那窦一虎是好色之徒，听说樊梨花美貌超群，待我出阵活捉进营，元帅自然将来配我。想罢，上帐说：“小将窦一虎愿出去会她。”一边又走出先锋罗章，上前喊道：“元帅，待小将出阵，必要活捉番女。”元帅道：“既然你二人愿去，一同出阵便了。”二人接令出阵。

不知后事如何，且看下回分解。

第二十九回 神鞭打走陈金定 梨花仙法捉丁山

却说罗、窦二将领兵到阵前，樊梨花一看，不是薛丁山。

小姐骂道："南蛮果来与我对敌，免污我刀，快唤薛丁山出来，与我决一胜负。"二将听了，说："好一个娇滴滴声音。"二人各执兵器，笑吟吟指着樊梨花说道："难道我们不是男子？你指名要小千岁出来，你若胜我二人手中兵器，便请小千岁会你。你若被捉，伴我一宿，二人方得称心快意。"小姐听了大怒，骂道："匹夫少要胡言，放马过来，斩为肉泥！方泄我恨。"遂举起双刀，望罗章面上砍来。罗章把枪架住，窦一虎将黄金棍向马头上打来。樊梨花不慌不忙，将刀一指，只见四面喊声大起，二人抬头一看，俱是青面獠牙，长大汉子，金盔金甲，大刀阔斧砍来。吓得唐兵都逃散了。二将看来抵敌不住，鸣金收兵。报知元帅说："末将被番女用撒豆成兵之法，杀得大败而回。如今她又在营前讨战，指名要小千岁出阵。"元帅听了，大怒道："这小贱人如此无礼？她有妖术，况且男不可与女敌。"便点了窦仙童出阵迎敌。窦仙童全身披挂，手执双刀，跨上马，带领兵将，出营来到阵前，见樊梨花果然美貌，心想：我不及她。樊小姐见一员女将出阵，身边藏许多宝贝，又生得俊俏，暗想道：善者不来，别失手。便开口喝道："来的女将少催坐骑，通下名来。"仙童道："我乃薛元帅之媳，小千岁之妻，窦仙童是也。你这无耻贱人，坐名要我夫君，可不羞死人么？"樊梨花大怒，便把双刀砍来。窦仙童把双刀迎住，两下大战。正是棋逢敌手，将遇良才，战到四十回合，樊小姐料难取胜，忙祭起打神鞭。窦仙童躲闪不及，正中肩膊，负伤伏鞍逃入营中。

金定大怒，便上前讨令："待小将出去会他！"元帅说："须要小心。"陈金定领令，结束停当，上马提锤冲出营门，来到阵前。樊梨花抬头一看，倒也稀奇，方才女将，甚为齐整，今来此女，好似灶君夫人：面如黑漆，丑陋不堪，好笑唐朝元帅帐下，都用怪异之人。便喝道："黑蛮休来送死了，快唤薛丁山出来，方是我的对手。"陈金定大怒道："你这贱人，又非娼妇，为何指定要我丈夫出战？"樊梨花听了，倒也好笑，难道这般丑陋，亦收为妻，正是瞎猫偷鸡死不放。便说："你这黑脸儿，只好配挑柴运水火头军，怎可配小千岁？”金定听了大怒，便把五百斤的铁锤当头打来。梨花将双刀迎住，一来一往，战了三十回合，不分胜负。樊梨花忙祭起打神鞭，金定躲闪不及，正中左肋，大喊一声，败回营中。

元帅一见，大怒道：“可恶番女连伤我二将！”又令女儿金莲出阵，需要与二位嫂嫂出气。金莲接令，上马来到阵前，只见樊梨花千娇百媚，耀武扬威，莫若说她投唐，以便西进。主意已定，便说：“樊梨花，你既有如此本领，何不投降我国，择配才郎，夫荣妇贵，岂不美哉！”梨花见薛金莲貌美，听她婉言，便问：“女将何名？方才所说，奴岂不知。但奉师命下山，要会薛丁山，若然胜我兵法，与他成为夫妇。故此指名要会他一面。谁知连战数将，俱不合我之意。”薛金莲微微笑道：“女将听了，我乃唐朝大元帅之女，薛丁山之妹，名唤金莲，随父西征到此，既然要会我哥哥，待我告知父亲。今天色已晚，待明日出营会你。”说罢，二人各自收兵。那薛金莲回营上帐，对父亲细说番女之事。却说薛丁山回见二妻，说知此事。窦、陈同说：“今日这无耻番女，阵上将我二人打坏，幸有仙丹治好。她口口声声要会你，定要和你成亲。明日阵上切不可从她。若然与她成了亲，我二人决不肯甘休。”

薛丁山暗想道：未分黑白，先要吃醋。便说道：“二位夫人尽管放心，卑人不是这样人。”再说次日薛金莲说：“樊梨花又来讨战。”元帅传令丁山出兵。丁山得令，结束停当。挂剑悬鞭跨上腾云马，手执方天戟，带领兵将，放炮三声，出了营门，冲到阵前。樊梨花抬头一看，见一位少年将军出阵，但见他头戴太岁盔，身穿天王甲，坐下腾云马，手执方天戟，背插四支小角旗，写着二路元帅薛。果然美如宋玉，貌若潘安，心中十分之喜，心想师父之言不谬。

再说薛丁山看见樊梨花姿容，赞道：“我夫人仙童虽然美貌，不及她一二，妹子金莲亦不能比她。”虽然心中得意，家有二妻，此心休生。叫声：“番婆看戟！”刺将过来。梨花把手中刀架住说道：“你就是薛丁山么？奴奉师父之命下山，说与你有夙世良缘，应当配合。我父兄虽是番将，你若肯从议结婚，我当告知父母，一同归降西征。你意下如何？”薛丁山听了，骂道：“我正大光明，唐朝大将，岂肯配你番邦淫乱之人，不必妄想。放马过来！与你决一死战。”樊梨花被他羞辱，心中大怒，手持双刀，劈面砍来。薛丁山把方天戟架住，两下大战三十合。樊梨花念动真言，顷刻之间，将高山遮住。薛丁山见前面昏暗，即被樊小姐活捉过去，分付捆起。樊梨花问道：“薛丁山，你今被擒，若肯联姻，饶你一死。”薛丁山睁眼一看，身上被绑，料难脱身，待我骗她一骗，遂道：“既蒙见爱，回去告知父母，然后央媒说合。”樊梨花微微笑道：“世子这句话，果然真心许我，当赌个誓来，我才相信。”薛丁山心中一想，那个女子倒也老成，不若权且赌一个无着落的咒，有何不可。便说：“若放我回营，背负了你，我就半天吊挂，没有存身之处。”

樊梨花见他赌了咒,便解其缚,分付带马过来,放了薛丁山。丁山回马不及一箭之地,重又勒回马头,回过头来大骂:"樊梨花,你这不知羞耻的贱人,我方才中你鬼计,被你擒住。岂肯与你联姻,不要想错了念头,快快放马过来,与你决一胜负。"梨花大骂薛丁山:"你这无信义之人,看我刀罢!"又战不数合,樊梨花念动真言,便见前面一座山。樊梨花诈败上山,薛丁山在后追赶,赶到半山,忽听霹雳一声,回头不见了樊梨花,周围并无去路,见四面都是高山遮住,心中好不着急。只听山顶松林之中,有一樵夫在那里砍柴,薛丁山大叫:"樵哥,救我一救,出得此山,重重相谢。"那樵夫听得山坑内有人叫唤,忙向下一望,见了薛丁山,笑嘻嘻说道:"小将军何故在此山凹内!"薛丁山道:"不瞒你说,我因追赶番邦之女,迷路到此。"樵夫听说,便道:"小将军既要我救,待我丢下担绳,你系在腰间,扯你上来,就有路了。"薛丁山道:"樵哥既如此,快些丢下绳来,扯我上去。"樵夫回身,便把担绳丢将下去。薛丁山将绳系在腰间,说道:"樵哥,我系好了,快快扯我上去。"那樵夫答应道:"晓得。"

不知可能救得上来,且看下回分解。

第三十回　樊梨花移山倒海　三擒三放薛丁山

却说樵夫用力将绳扯动，扯到半山之间，将绳扣在松枝上，把薛丁山倒挂在虚空。薛丁山叫道："樵哥快扯我上去，因何将我吊在空中？"樵夫大笑道："小将军你罚了无着落之咒，善于骗人，我也骗你一骗。这就是半天倒挂，没有存身之处了。我去了。"丁山想道：方才赌的咒，如今应了，叫我怎处？正慌急间，只见两只老鼠，走近树枝，将绳乱咬，咬断两股，将要落下来，吓得丁山魂不附体，叫道："松鼠，你也欺我，此绳断了，跌了下来，碎骨粉身，万无生理。"竟大哭起来。只见山上有一女子，打扮犹如仙子一般，八个丫环跟随，说说笑笑道："底下有一个人，吊在那里，将要饿死了。"薛丁山在下听见，大声喊道："山头上姐姐救我一救。"小姐便叫丫环，你去问他姓甚名谁，家住何处？丫环奉命望下问道："我家小姐问你名姓住居，说明因何吊此，方好救你上山来。"薛丁山说："诸位姐姐，我姓薛名丁山，乃唐朝二路元帅，征西到此，因被女将樊梨花诱我上山，迷失归路；樵夫作弄，把我绳系腰间，扯至半空，吊在松枝，如今绳将断了。万望姐姐们向小姐帮衬一声，开恩救我上山，是万代鸿恩了。"丫环问明，回报小姐。小姐说："你们再去问他，他要相救，须要依我言语，方肯救他；他若不允，则不相救。"薛丁山只得满口应承。小姐说："既是他肯依我言，扯他上来相见。"小姐回进园中百花厅上坐下。

再言丫环向下说道："小将军，好了，如今你有命了，待我们扯你上来。"便把担绳扯上。丁山来到山上说："好了。"忙向腰中解下担绳，问："姐姐们，方才你家小姐那里去了？待我问一声，不知有何言分付我，好待本帅回营去。"丫环说："前面这座花园，就是我家住处。"薛丁山问："姐姐们，你家小姐姓甚名谁，何等人家之女？"丫环道："我家主人姓崔，官拜兵部尚书，单生这位小姐。"薛丁山道："原来如此，望姐姐们领我进去。"果然园中景致非常，过了石桥，来到百花厅上。只见小姐坐在湘妃椅上，薛丁山上前叩谢，小姐连忙还礼，宾主坐下，丫环进了香茗。薛丁山道："承蒙小姐救我上来，不知有何见教，乞道其详。"小姐笑道：

"樊梨花是奴中表，他是黎山老母徒弟，与将军有宿世姻缘，若不见弃，奴家为媒，结成秦晋，归顺唐朝。若还不从，休想回去。"薛丁山叫道："恩人，本帅已娶过拙荆二人，此事断难从命的了。"那小姐听了，大怒道："你这忘恩负义之人，我好意救你上来，这事又不肯依我。"分付丫环把他绑了，关锁在此。不由分说，齐上前来拿。

忽听得一声霹雳，抬头一看，花园不见，花厅变作囚车，原在战场上。樊梨花仗剑立在前面，说："今次依允否？再不依允，我便斩你了。"薛丁山说："今放我回去就说合。"小姐说："方才赌了咒，如今也立个誓来。"薛丁山道："若再反悔，身投大海而死。"樊梨花见他赌咒，又是不着落的，便卖弄手段，兵士打开囚车，放他回去。丁山出了囚车，上了马，便骂道："我被你这贱人两次羞辱，岂肯与你成亲，放马过来！"樊梨花原晓得他反悔，复又相战，不到十个回合，樊梨花念动真言，薛丁山面前昏暗，被那些军士将丁山活捉下马来绑住。薛丁山抬头一看，茫茫大海，口叫救命，只见海上来了一只大船，船上坐着一位太子，听见岸上喊救，船家将薛丁山救上船来。太子说："你是何人？丢在大海滩上。"薛丁山就将与樊梨花如何交战，及自己姓名细说了一番。太子说："今便怎么处？"薛丁山说："难得太子相救，伏望送我回国。"太子劝道："你原是唐朝大将，樊梨花既然招你成婚，应许了才是。不然将你一门杀尽，征辽又不能平，前功尽弃，不如从了她。"薛丁山说："太子，你不晓得么？我乃王禅老祖徒弟，说如有大难，必来相救。岂怕她神通广大，我定然不从。"太子听了大怒道："你既不从，寡人亦不救了。"分付取大石过来，把这个无义畜生绑于石上，置之海中，自然必死，看你师父救你不救。后艄走出四个金刚大气力的人，就把薛丁山捆住，放于大石之上，望海中叮当一声，薛丁山自道必死，忽见太子没有了，大海全无，船亦没了，原在山旁边，坐马依然立着，单单身上捆着大石，不能够起来。正在无法，只见樊梨花飞马过来，大叫一声："薛丁山，你今次被擒，还有何理说？"薛丁山道："如今再不敢了，望乞小姐放我回去，立刻央媒说合便了。"樊梨花道："你这薄情人，奴家一番待你，反来背我，你两番的空誓，俱已假应，若要放你，再赌咒来。"薛丁山道："我此去负心，合死于刀剑之下。"樊梨花见他赌了重咒，谅来没有更变，亲解其缚，千言叮嘱说："你回去即速央媒到来，我先去告知父母，劝令归唐，方能并力同心，平定西番。"薛丁山应诺，拜别上马，回到营中。

元帅说："我儿，那樊梨花十分厉害，你今日出阵，如何发付她，直到日落西方，方才回来见我。"薛丁山道："爹爹呀！那樊梨花是黎山老母弟子，法术精通，要与孩儿结婚。孩儿已有二妻，抵死不从，他百般打骂。"将梨花三擒三放作弄之言，细说一遍。最后说："只得又许了亲事，立了千金重誓，才放孩儿回见爹爹之面。”丁山又道：“若要与此女成婚，孩儿情愿与她决一死战，必定不从。”再言窦仙童遂向陈金定道：“可喜冤家还有情义。”说罢，只见程咬金哈哈大笑道：“吾主洪福齐天，西番可平矣！”薛元帅道：“老柱国为何说此二句？”程咬金说：“元帅你不听见么，此女有移山倒海之术，撒豆成兵之能。而唐营诸将，非她敌手。她既然要与世子成亲，父兄一齐投降，杀到西番，擒了番王，功劳岂不是元帅所得，吾皇洪福齐天么？”元帅听了大喜道：“就烦老柱国前往做媒。”程咬金道：“这个都在老夫身上，别样做不来，媒人做过两回，如今老在行了。”元帅道：“既然如此，烦驾明日就行。”程咬金说：“这个自然。”

不知后事如何，且看下回分解。

第三十一回　樊梨花无心杀父　小妹子有意诛兄

话说樊梨花见薛丁山收兵进关，来到内衙。樊洪说："女儿今日出兵，胜败如何？"樊梨花说："爹爹，孩儿今日开兵，会着薛丁山，被女儿连败他数阵，得胜而回。"老将听了大喜，说："幸得女儿法术精通，以泄吾忿。明日必要把薛丁山擒了。"小姐道："爹爹，儿奉师父之命，说我与薛丁山有宿世姻缘，女儿犹恐薛丁山亦如杨藩之丑，今阵上见薛丁山才貌出众，武艺超群，是以孩儿不忍加害，恐负师父所嘱。故此把终身相许，放他回营。明日必来说合，万望爹爹垂允，归顺唐朝。不知爹爹意下如何？"樊洪一听此言，圆睁怪眼，怒发冲冠，骂声："无耻贱人，那有此理？婚姻自有父母作主，岂有女儿阵上招亲，不顾廉耻。你这贱人留下何用。"遂拔出腰间宝剑，望女儿头上砍来。

樊梨花见父亲发怒，连忙躲避，不敢走近身前。因见势头不好，没法遮护，只得也拔出剑来招架。那老将一发大怒，连声大骂："小贱人，你敢杀父么？吃我一剑。"正要砍将过去，谁想脚上穿的皮靴一滑，将身一闪，一跤跌下去，刚撞着小姐剑尖上，正中咽喉，扑通一响，跌倒在地呜呼身亡。小姐见了，吓得魂不附体少忙抱住大哭道："非是女儿有心杀父，事出无心。"早有人报知樊龙、樊虎。弟兄闻知俱大怒，一同提了宝剑，赶进内衙，大骂道："你这小贱人，为何弑了父亲？忤逆不孝，饶你不得，吃我一刀。"小姐见来得凶猛，也把宝剑架住，哭诉道："二位哥哥且休动手，容白一言，天理昭彰，岂敢乱伦弑逆。因父亲要杀小妹，妹子把剑架住逃走，刚好父亲一跤跌倒，撞着小妹剑尖而亡。两旁有家人共见。望乞哥哥饶恕错误之罪。"樊龙、樊虎道："父亲虽则误死在你手，也饶你不得。"于是举刀乱砍。小姐无奈，把剑相迎。兄妹三人在内衙混战，战到三十回合，樊龙措手不及，被樊梨花斩了，樊虎也被一剑砍死。樊梨花暗想：杀死二兄，出于家门不幸，骨肉相残，如何是好。遂放声大哭。老夫人闻听，吓得魂飞天外，连忙赶来，见了三个尸骸，好不痛心，遂大哭道："樊门不幸，生出这个不孝女儿，弑父与兄，叫我如何了得？今日子死夫亡，靠着谁来？"叫一声老将军，与两个孩儿，枉是官高爵显，今日死在无明之地。大哭一番，晕倒在地。小姐见了，上前来救。半晌方醒。遂劝慰道："母亲，父亲与哥哥既死，不能复生，有女儿在此，决不教母亲受苦。须要收殓父兄，免得薛丁山知道。不然，姻事就不成了。"分付家人备办三副棺木，顷刻收殓，停在西厅。分付男女家人，不许声扬。夫人无可奈何，只得依允。

再言次日小姐披挂，升坐帐中，传令三军说："只为父兄遭其不测，我今立意降唐，关头旗号扯起降唐字号。"却好程咬金来到城外，见了投降字号，心中大喜，分付报进。樊梨花母女闻知，出关迎接，接入府中，分宾坐下。程咬金道："本官奉元帅之令，特来与小姐作伐，配对世子丁山。为何令尊令兄不见来相会，却令老夫人小姐会我？甚不可解。"樊梨花犹恐母亲说出前情，遂接口道："不瞒老将军说，只为家父与二兄有病，不及接待，多多得罪。况且投唐一言既出，决无更改，只消元帅择一吉日完了婚，一同西进。"程咬金听了，叫声："夫人，既然投顺，回去请元帅兵马进关。"夫人说："领教。"程咬金辞别而出，来到营中，对元帅说了，元帅大喜。只有薛丁山不乐，因父亲作主，迫不得已，传令大小三军进兵寒江关。

三声炮响进了关门，夫人、小姐接入。元帅和柳氏夫人见樊梨花十分美貌，夫妻二人大喜。

程咬金说："今日黄道吉日，正好与世子成亲。"元帅说："老千岁之言有理。"当晚就与世子成亲。乐人送入洞房，夫妻坐下，薛丁山问道："请问娘子，今日花烛之期，诸人俱在，为何你父兄不出来相见？"小姐回说有病。薛丁山道："我不信，必要讲个明白，方好做夫妻；不说明白，就要去了。"小姐见他盘问，满面通红，心中想道："此事久后要明，况今既已成花烛，不妨明言。"遂将劝降发怒，父亲跌死剑尖，二兄骨肉相残。薛丁山听了此言，大怒，骂道："贱人，你不忠不孝，父兄岂可杀得的么？留你必为后患，少不得我的性命也遭汝手。"遂拔出腰间宝剑，说道："要为你父兄报仇。"小姐说："我与你既成花烛，并胆同心，奴家纵有差池之处，伏望宽恕。"薛丁山道："要我饶恕，不能的了。"便一剑砍来。小姐也把宝剑迎住，说："奴家因为夫妻之情，不忍动手，为何这般气恼，我劝你须忍耐些。"薛丁山不听，复又一剑砍来。小姐道："小冤家呀！我让你砍了两剑，千求万求，你必要杀我么？"薛丁山骂道："这样不忠不孝的贱人，不杀你，留下何用。吃我一剑！"小姐大怒，连忙举起宝剑敌住。丫环见了，飞来报知元帅。元帅大惊，传令二位媳妇快去劝解。窦仙童、陈金定奉命一齐来到房中，陈金定一把扯住薛丁山往外就走。窦仙童拦住樊梨花，说道："妹妹，你才与官人第一夜夫妻，为何就恼起来了？将来怎好过日子？做丈夫的，也要忍耐；做妻子的，也该小心，岂可用刀相杀。我劝妹妹忍耐。"樊梨花道："姐姐呀！我正在此让他，谁想他越弄越真了。他道我弑父与兄，必要杀我，把我连砍三剑，你道气也不气。”窦仙童道：“这与妹妹什么相干！怪不得你动气，待我去埋怨他，必来赔罪。”樊梨花说：“多谢姐姐。”再言陈金定扯了薛丁山，来见元帅。元帅骂道：“畜生，樊小姐神通广大，营中谁是她对手，她奉师命与你联姻，归顺我邦。乃我主洪福齐天，第一夜与她大闹，倘若激变，如何是好？快快进房赔罪。若不依我言，军法处治。”丁山道：“只为这贱人弑父与兄，有逆天大罪，容她不得。若恕了她，将来弑父弑君，无所不为，宁可激变，难容这贱人。”元帅听了，喝声：“畜生，你果然不进房去么？”丁山道：“孩儿今日逆了父命，断然不要这贱人。”元帅分付将士，将他捆打三十荆条，监禁牢中。元帅对程咬金说：“烦老柱国相劝樊小姐，待畜生日后回心，便成百年大事。”程咬金奉了元帅之命，来对樊梨花说：“小姐，你公公命我来劝你，万事看公婆之面，方才已将世子打了三十，监进牢中。少不得磨难起来，自然回心。劝小姐忍耐几时罢！”樊梨花听了，满眼流泪道：“多谢千岁劝我，焉能不从。拜上公婆，我已立志守着薛门，请放心。”程咬金听了，说：“难得，难得。”即别了樊梨花，回复元帅，此话不表。

再言小姐哭见母亲，说起此事，今日暂往黎山，去问明师父，为甚姻缘如此阻隔？问个明白，方好回家。夫人泪流不止，叫声：“女儿，你当初八岁时节去了，有二位兄长在此；如今你去了，叫做娘的举目无亲，如何是好？”小姐道：“母亲放心，女儿此去，不过几天就回来的。”

不知日后来与不来，且看下回分解。

第三十二回　仁贵兵打青龙关　烈焰阵火陷丁山

话说樊梨花道姑打扮，借了土遁，来到黎山，见了师父，说："蒙师父分付，与薛丁山有夙世姻缘，谁想他薄幸，屡屡休婚，不知为甚因由？望乞指明。"黎山老母道："徒弟，我一向不曾对你说，你夫妻二人，原有缘故。当日蟠桃会上，有九天宿夙群仙都来赴会，玉帝驾前，金童打碎琼瑶，玉女失手打碎水晶屏，玉帝大怒，欲将金童、玉女问罪。时南极老人出班启奏说：'他二人戏耍，有思凡之心，望君皇赦罪，罚其下凡，结为夫妇，了此夙缘。'玉帝准奏，立刻降下凡尘，玉女走出凌霄宝殿，撞着敢头五鬼星，见他生得丑陋，格勒一笑，五鬼星只道玉女有意，妄起痴心，他走下凡，就是白虎关总兵杨藩，央媒错对了你。那金童看见玉女，逢人便笑，说她轻贱，开言就骂贱人。玉女回头向金童一连三啐。金童乃是薛丁山，玉女就是你，故此有几番休弃，少不得日后夫妻自有完聚，不必忧心。将来薛仁贵兵打青龙关，有妖仙摆下烈焰阵，仁贵难破，赠你金钱，好请仙人。快快回去，倘有急难，前来见我。"樊梨花问明，拜别师父，借土遁而回，母女相见。

再说薛仁贵已得寒江关，养兵五日，命李庆红镇守。起兵离了寒江关，到青龙关，传令十里安营，放炮一声，扎下营盘，交待明日开战。

再言青龙关总兵赵大鹏，一日升堂，小番报进，说："爷，不好了，大唐薛蛮子起兵前来，一路势如破竹，夺了许多关寨，我邦苏元帅大败，不知逃去那里？今寒江关樊老将军的女儿梨花杀了父兄，投降中国，不日兵到青龙关了。"赵大鹏听报，说："怎有这等事！再去打听。"赵大鹏想道：有我镇守此关，看薛蛮子过得否？传令众将趁他未到关门，今夜领兵劫寨，杀他措手不及，灭他锐气。分付饱餐战饭，三更时候杀入唐营。果然唐营未及防备。听得炮响连天，番兵扳倒鹿角，杀进营中。

薛仁贵梦中惊醒，连忙披挂上马，传令众将准备交战，幸而众将尚未卸甲，各执兵器，上马厮杀。赵大鹏杀进营中，早有数员唐将敌住。赵大鹏一看难胜，忙祭起化血金钟，可怜数员偏将遭其大难。这恼了窦一虎，提起金棍，照前打去。赵大鹏不能招架，又祭起金钟罩将下来。窦一虎见金钟厉害，将身一扭，往地下去了。秦汉见罩了窦一虎，前来相救，又被金钟罩来。秦汉看见不妙，借土遁而逃。黑夜交兵，一场大战，十分厉害，杀到天明，赵大鹏得胜收兵。

薛仁贵点齐兵将，折了兵马数千，偏将十员，幸得众将无事。秦汉、窦一虎逃回，俱说金钟厉害。元帅好不烦恼，正言未了，探子报说："赵大鹏又来讨战，请元帅定夺。"元帅闻报大怒，传令窦仙童、陈金定二将出阵。二员女将结束停当，手执兵器，上马出营，冲出阵前。赵大鹏抬头一看，见是两员女将，想是唐营男子被我昨夜杀尽，故点女将出来交战。且不要管他，待我再将宝贝祭起，见一个杀一个，见一双杀一双，将他杀得尽绝便了。便说："你两个女子也来送死么？"二人见赵大鹏生得凶恶，非良善之辈。说："不必多言，看刀罢！"四把刀如雪片飞来。赵大鹏那里招架得住，忙祭起化血金钟，当头罩来。二人看见，说："不好了！"幸宝驹一纵如飞，败回营中。元帅见了，心中气闷。赵大鹏又在营外讨战，众将都怕金钟，俱不敢出战。程咬金说："世子神通广大，老夫保他可破金钟。"元帅说："老柱国力保，本帅从命。"传令往寒江关牢中，放出小将军。

再言元帅分付高挂免战牌。赵大鹏见了，哈哈大笑，转回关去。次日薛丁山到了。赵大鹏营前讨战，元帅就传令世子出阵。世子领令，全身披挂，带了宝马，放炮出营，冲到阵前。

赵大鹏抬头一看，见来了一位年少将军，喝声："少催坐骑，通下名姓来！"薛丁山道："你要问小爵主之名么？洗耳恭听，我乃薛元帅世子薛丁山便是，你可是赵大鹏么？快快投降，免汝一死！"赵大鹏怒道："乳臭小子，休得夸口，吃我一刀！"便把刀向薛丁山顶头砍来。薛丁山把方天戟往刀口架住。赵大鹏看来不对，忙祭起金钟。谁想薛丁山身上穿着天王甲，头上戴的太岁盔，有万丈毫光托住。薛丁山把画戟当心刺来，赵大鹏躲闪不及，正中前心，仰面一跤跌下马来。薛丁由下马，取了首级。分付诸将抢关。元帅大队人马正要抢关，忽关上有一道人降下，乃蓬莱山朱顶仙，见徒弟赵大鹏被薛丁山所杀，欲来报仇，传令把灰瓶石子滚水火炮打下。元帅见有防备，鸣金收军。关外安下营盘，待明日开兵取关。

那朱顶仙连夜出关，摆下阵图，名曰烈焰阵，极其厉害，四面杀气腾空。次日出阵，手中仗剑，指名要薛丁山来会我，要为徒弟报仇。探子报入营中。薛丁山听了，大怒说："孩儿情愿出去，除此妖道。"元帅道："我儿出去，须要小心。"薛丁山领令，来到阵前。看见道人，红头绿眼，阔脸尖嘴，长颈短脚，看其人定是左道旁门之士，不如先下手为强："看戟！"道人把剑架住，说："你不过王敖门下，敢伤我徒弟，且不要走，看剑！"薛丁山把戟架开，交战了三十回合。道人那里敌得住，回马跑入阵中。薛丁山不舍，跟后追来。元帅见了，即点窦一虎、秦汉并十员副将，兵马三千，一齐冲入阵中。那道士将背上一个红葫芦，打开了盖，放出无数烈火，顷刻之间，满阵大火。唐兵马三千，偏将十员，俱皆烧死。窦一虎看势不好，把身子一扭地行去了。秦汉满面被烧坏，也借土遁而回。只有薛丁山陷在阵中，幸得身上穿着天王甲，纵有烈火，也不能上身。

再说秦、窦二将逃回，说明此事。元帅大惊。柳夫人、金莲小姑听了，俱皆大哭。窦、陈二人听得丈夫陷在烈焰阵中，皆上前讨令往救。元帅道："这使不得！你们此去，性命难保，不如请程千岁往寒江关请三媳妇到来，他有移山倒海之术，可能破灭烈火，方救得孩儿。那时不怕他不肯成亲。"夫人道："相公之言有理，待妾身书条去请。"书中极写情切。元帅接来一看，说："夫人真好才学。"连忙封好，送与程千岁。程咬金奉命，上马飞奔到寒江关，将书付与樊小姐。樊小姐一看，知薛丁山陷在阵中，婆婆书中致意，许多不安，若不去救，便违公婆之命了。只得出来相见。程咬金见小姐道姑打扮，手拿拂尘，俨然修仙学道的人，便上前施礼，宾主坐下。

程咬金道："书中之意，想已尽知，相请去破烈焰阵要紧，快请上马。"小姐说："老千岁，你还不知，只恨奴家听从师命，立心要嫁此人，谁想花烛之夜，便即弃我，自怨薄命，情愿出家学道。烦老千岁回去，多多拜上元帅、夫人，说我如今不染红尘。"

不知樊梨花肯去否，且看下回分解。

第三十三回 樊梨花登坛点将 谢应登破烈焰阵

再言程咬金说道："小姐，虽是薛丁山无情无义，须念公婆面上，休得记恨，要做宽宏大量之人，破了阵图，好待元帅进兵。小姐十大功劳，我都晓得，快些去罢。"那小姐十分做作。程咬金在旁苦苦相劝，小姐只得允诺前往。遂别了母亲上马。夜宿晓行，相近青龙关，程咬金报进。柳夫人同两个夫人，并金莲小姐，迎接樊梨花入营中。樊梨花对元帅夫人禀道："自从休弃之后，我已出家修道。今蒙夫人书召，并劳老千岁远行，我只得勉强前来面辞，伏望元帅夫人不要见怪，我出家人不管俗事了。"元帅、夫人流泪道："媳妇呀！这畜生虽则薄幸，当以国家为重。这畜生今陷在妖道阵中，不知死活。若能救得出来，自然夫妻团圆。"程咬金道："请小姐出兵打阵要紧。"小姐道："既然如此，待奴家同二位姐姐去救世子看一看，然后开兵打阵。"元帅说："小姐见识甚高，赛过张良，胜如诸葛。"即命女儿金莲同了三位姐姐，一同去看。三人领命，全身披挂。樊梨花仍是道装打扮，各跨上马，带了数千精兵，向番营东西南一看。

樊梨花对窦仙童、陈金定道："那个妖道果然仙机奥妙，要破此阵，非同小可，不识仙机，难破此阵。"金莲小姐问道："此阵何名？怎生破得，如何救得哥哥？"樊梨花道："此乃十绝阵中第九阵，名烈焰阵，凡人到阵中，立刻化为灰尘。幸得世子乃王敖老祖门下，身上有许多宝贝，不为大害。若要破此阵图，贫道权掌帅印，好号令众将召请仙人，破此恶阵。"薛金莲道："既能破此阵，待我禀知父亲，权交兵权将印嫂嫂掌管，救出哥哥，自然赔罪，重谐花烛。"樊梨花见说，好不欢然，说道："姑娘安慰我心极好，但不知你兄心中如何？我们且回营中打点破阵便了。"于是姑嫂带马回营。

且说番兵报知道人，说："有四员女将到来看阵。"朱顶仙听了，仗剑上马，赶出关来，大叫道："好大胆的蛮婆，偷看我阵。不要走，看剑！"飞马赶来，四人住了马，樊梨花喝道："妖道！慢来，看我法宝。"背上拔出诛仙剑，祭在空中。

道人抬头一看，说声"不好"，逃回阵中。樊梨花笑道："你也晓得宝贝厉害，逃回去了。明日破阵，取你狗命未迟。"遂收了宝剑，四人回到营中，见过元帅和夫人。

元帅、夫人问阵中如何？金莲禀道："爹娘，樊梨花深识仙机，熟谙阵图，他说是十绝阵中之第九阵，名自烈焰阵，凡人必死，幸兄有法宝护身，烈火不能侵害。要破此阵，必须全付帅印嫂嫂代管，发兵请仙破阵，救兄出来。爹爹意下如何？"元帅喜道："请你嫂嫂来破阵，自然悉听主张。"于是传令大小三军，明日三更点将开兵便了。樊梨花说："多谢元帅。"同了姑娘三人，一齐回营去了。次日众将披挂完备，都在帐前候令。樊梨花顶盔贯甲，升座帐中，只见元帅手捧兵符将印，在帐前等候。樊梨花连忙下阶赔罪，说："元帅在上，我贫道今日代为发兵破阵，僭妄威仪，先容见罪。"说罢，即便上礼。

夫人连忙扶起，说："今日全仗你出兵破阵，何消多礼。"樊梨花只得升帐。元帅送上兵符将印，樊梨花接下放在案前，诸将上前打拱，说："甲胄在身，不能全礼，望乞恕罪。"樊梨花道："不敢。列位将军，请立两旁，贫道权掌帅印，各宜肃静，听候发令，不遵者立行枭首。"众将齐声答应："是。"樊梨花道："秦将军过来听令。"秦汉听了，连忙上帐，说："有何将令？"樊梨花说："你有钻天帽，把手过来，待贫道书五雷符一道，飞上当空，上管天门，不得有违。""得令。"秦汉戴了钻天帽，飞在云端等候。

又说："窦将军过来听令。"窦一虎听了，走上帐前，说："帅爷有何将令？"樊梨花道："窦将军伸手过来，待贫道书符一道，你有地行之术，下管地府，倘朱顶仙到来，不可放走。""得令。"窦一虎走下帐来，把身子一扭，扭往地下去了。"又点窦仙童说："与你青龙旗一面，守住东方，不得有违""得令。"窦仙童即镇守东方去了。又点薛金莲过来听令，薛金莲走上帐中说："有何将令？"樊梨花说："姑娘，与你红云旗一面，守住南方。""得令。"薛金莲上马提兵，往南方不表。

又点陈金定过来听令。陈金定连忙走上说："主帅有何将令？"樊梨花说："姐姐，与你白虎旗一面，镇守西方，不得有违。""得令。"陈金定上马提兵，往西方不表。又点先锋罗章过来听令。罗章连忙上前说："元帅有何将令？"樊梨花说："罗将军，与你黑星旗一面，带领本部人马，守住北方，不得有违。""得令。"罗章带兵上马，往北方而去。

且说樊梨花自己即叫麾下人马小校，拿了黄龙旗，向中道而进。只见阵中烈火腾空，四面通红。樊梨花难进阵中，想起师父赠我金钱，何不祝告，请了上仙，好进此阵。口中念道："金钱一个，祖仙传下，特请仙人消灭烈火，焚香祷告，虔诚感求。"念毕，摆下金钱，忽见一朵红云，落下来一位仙人，手执宝剑，头戴一顶逍遥巾，白面五绺长须，布衣道服。樊梨花见了，连忙稽首道："太仙留名。"答道："小仙乃蓬莱山散仙谢应登，前来助你破此阵图。"樊梨花道："既蒙大仙下降，快请入阵，消灭烈火，速擒妖道。”大仙听了，解下背上葫芦，揭开水晶盖，放出雪白一道亮光，变成四条白龙，张牙舞爪，顿见满天乌云，落下倾盆大雨，立刻将烈火扑灭。朱顶仙见破了法，大怒冲天，出来抬头一看，见谢应登在云端里，吓得魂不附体。大仙喝道：“孽畜那里走，吃我一剑。”朱顶仙臂生两翼，往东方逃遁。只见东方撞着青龙旗堵住，上有灵符，不能逃出。又见窦仙童手舞双刀，忙来敌住。朱顶仙无心恋战，向西方而走，又被白虎幡守住。陈金定提起铁锤来打，只得逃往北方。又见黑星旗下，罗先锋飞马杀来。又往南方而逃，却撞着红云旗守住，薛金莲小姐手舞双刀杀出。朱仙顶无处可逃，难以脱身，说：“不好了！我乃逍遥自在神仙，为了徒弟，走入是非门，你看四面八方守住，叫我往那里走。也罢！不如借土遁而去。”那窦一虎却在地下看见，开手放出一声霹雳，把黄金棍打来。朱顶仙见了大惊，只得飞身往天上而去。

秦汉见了，把手一放，虚空一个霹雳，打将下来，朱顶仙半空跌下。秦汉亦落尘埃，手把狼牙棒正要打去，只见一个道人喝道：“秦汉小侄孙，且慢动手，他是南极老人坐骑，逃身下凡，不可伤他性命。”秦汉大怒道：“我与你不相识，讨人便宜，叫我侄孙。”举起狼牙棒正要打来，这个大仙把剑架住，只见樊梨花带同三员女将，一齐来到，说道：“秦将军，休得无礼，此乃上界大仙谢应登便是。”秦汉回说道：“他讨我便宜，叫我侄孙，故此气恼。”大仙笑道：“你祖父秦琼，与我是八拜之交，故叫你侄孙。”秦汉道：“原来如此，多多得罪。”便倒身下拜，请问：“叔祖，此道何物变形？现了真形看看。”大仙便念动真言，喝声孽畜，还不快现原形。朱顶仙无奈，就地一滚，变成仙鹤。大仙道：“樊梨花，你夫身陷阵中，我收回四海龙神，你进去救出丈夫，我将这坐骑送还南极老人。”只见道人跨上鹤背，腾空而去。众将骇然，望空拜谢，然后一同入阵。只见火光尽灭，又见薛丁山如醉如痴，醒将转来。一见妻子妹子，放声大哭道：“莫不是梦中相会么？”

不知后事如何，且看下回分解。

第三十四回 穿云箭射伤灵塔 薛丁山休弃梨花

话说薛金莲见兄长如梦初醒，便道："吾兄性命，幸樊氏嫂嫂救了，胜如重生再造。今且回营，再备花烛，夫妻和谐，休得异心了。"薛丁山见了樊梨花，拍马出阵，并无言语。樊梨花见他如此，不觉眼中泪落，遂收兵回营，缴回元帅印。乘便进了青龙关，杀得番兵无影无踪，遂扯起大唐旗号，查点仓库钱粮，一面差人回朝报捷。

再说薛丁山回见父亲。元帅道："今亏樊小姐破阵相救，趁此良辰吉日，整备花烛，与你成亲，以后夫妻和合，不得再逆父命。"薛丁山连说："不可，樊梨花既为唐将，应为朝廷出力，何恩于我？况她是不忠不孝之人，孩儿断不与那人为婚，望爹爹恕罪。"元帅大怒道："畜生，樊小姐真心为你，你偏偏不从，若不依从，重责不饶。"薛丁山道："孩儿情愿受责，亲事断不敢从。"元帅见他执意不肯，十分大怒，分付："将畜生吊起，捆打三十。"军士只得将薛丁山吊起。众将上前讨饶，劝世子道："小将军不要固执，一则违逆父命，难逃不孝之名，枉受痛楚；二则樊小姐有救命之恩，遵了元帅之命，岂不是恩孝两全？小将为何不三思？"薛丁山只是不依。元帅见众将劝他不听，分付重打三十皮鞭，上了刑具，下落监牢。樊梨花忍不住落泪，上帐禀道："元帅、夫人不必着恼，贫道就此告别。万望元帅、夫人保重。"夫人流泪道："这畜生无情无义，还看我公婆之面，耐心等候，就是破阵夺关的功劳，待奏过圣上，自然封赠，且慢慢降服畜生回心，定然团圆有日，决不使你独守。须听我言，随着公公西进为是。"窦仙童、陈金定也流泪劝道："妹妹，你是有志气的人，心上明白的。虽是冤家情义太薄，还有我公婆爱惜之心。那时早灭西番，奏凯回朝，圣上作主，他敢不从么？"薛金莲劝道："嫂嫂且自宽心，虽今未成花烛，亦是薛门媳妇。况我们三人，还求嫂嫂教习兵法，一路谈心西进，不可回去。"樊梨花说："婆婆姊姊姑娘留我，我岂不知，也不怨冤家薄幸，只怨自己命苦。母亲年老无人侍奉，故要辞别，日后自有会期。"元帅看留她不住，只得准备香车送行。于是姑嫂三人送出关前，挥泪而别。

且说元帅养马三日，留姜兴霸领兵镇守青龙关。大军放炮起行，罗先锋开路，过了多少风沙之地，方到朱雀关。分付放炮安营，候大兵一到，然后开兵。不数日，后队大兵到了，罗章接进营中。次日元帅问陈云道："老将军久住西番，此关主将如何？"陈云答道："那朱雀关守将姓邹名来泰。生得红面青须，蛾眉凤眼，如我邦镇守铜旗阵东方王一般，用宜花月斧，有万夫不当之勇。更有异人传授一件宝贝，名曰伤灵塔，每层内有火龙两条，七层共有火龙十四条，张牙舞爪，口吐烈火，上阵时十分厉害，须要防备。"罗章听了，笑道："老将军休要长他人志气，灭自己威风，前日烈焰阵尚破了，何况这个宝塔。待小将先取此关。"元帅说："先锋出去，须要小心。"罗章遂带了本部人马，出了营门，来到关前。一声大叫，只见关门大开，冲出一队人马，一字排开。罗章看见一个红面番将，头扎红巾，身穿龙鳞甲，手执宣花月斧，骑下一匹鬣马，把蜈蚣旗分开，来到阵前。看见罗章年少英雄，全不在意，喝道："看爷爷的斧。"把斧望面上砍过来。罗章把枪枭，那红面番将宜花斧几乎拿不住，在马上乱摇，叫声："看小蛮子好气力。"回转马来，又把斧一起，罗章又架在一旁。不几合，邹来泰回头一看，见他追来，忙祭起宝贝，喝声："唐将慢逞威风，看我宝贝下来了。"罗章见宝贝来得厉害，十四条火龙喷出火来，唐兵尽皆烧坏了。罗章烧得心慌，被番兵团团围住，不能脱身。

元帅在帐中与诸将商议，忽探子报道："罗先锋出阵，被番将祭起宝塔围住，十分危急，望元帅快发兵救应。"元帅大惊，即令窦一虎、秦汉领兵前去救应。一声炮响，窦、秦二将杀到关前。只见番兵围住罗章，二人提起棒棍杀散番兵，冲入阵中。

邹来泰看看不对，又祭起火龙塔。二将见势头不好，各借地行而走。罗章吓怕过的，预先逃走。元帅在旗门下看见，大惊道："前日遇了烈焰阵，如今又有火龙伤兵。"传令鸣金收兵，再议破火龙塔。邹来泰遂打得胜鼓回关。

再言元帅传令：营中多加强弓弩箭，提防番人劫寨。又对咬金说："征西多难，关关多有异人，怎好破得火龙塔？"程咬金道："待我再保世子出来，好破此塔。"元帅依言。程咬金上了马，不日来到青龙关，监中放出世子，说出此事，故此召你前去破火龙塔。薛丁山听了，同了老将，马不停蹄，来到朱雀关，忙入帐中，拜见父亲。元帅道："有劳老千岁鞍马奔驰。"程咬金道："皆为朝廷出力，何言多劳。"元帅见了世子，道："你这逆子，三番三次逆父之命，一见了你，心中不喜。但是番将宝塔厉害，若能破得，将功折罪，好进关门。"薛丁山说："爹爹放心，包在孩儿身上。"带了人马冲出关前，大叫道："杀不尽的狗鞑靼，今世子在此，快出关受死。"关内小番报进。邹来泰一闻此言，心中大怒，结束停当，上马提斧，一声炮响，大开关门，冲出阵前。正迎着薛丁山，不上数合，又祭起伤灵宝塔。薛丁山抬头一看，说："这些小技，何足为害。"向袋中取箭，壶中取弓，搭上穿云箭，望塔上一箭，火龙塔被箭射中了，跌在地下，打得粉碎。邹来泰见了，吓得魂不附体，即被薛丁山一戟刺于马下，枭下首级。正要抢关，忽听得云端里面高声大叫，说："薛丁山你这畜生，休要进关，吃我一鞭。"即腾空降下。薛丁山一看，只见一个凶恶道人，长得奇形怪状，像老龙精一般。头上挽起空心髻，面如噀血，两道板刷眉毛，眼如铜铃，两个獠牙，一部胡须，穿着仙鹤道服，手执双鞭，背上系着两个葫芦，来到面前，叫道："薛蛮子，我扭头祖师，与你同道，为何伤我徒弟？今特来为他报仇，且吃我一鞭。"举起双鞭，照薛丁山打来。薛丁山忙将画戟迎住，大战三十回合。道人祭起双鞭。薛丁山见势头不好，带转马大败回营。见了元帅，说知此事。元帅说："每到一关，就有妖人阻兵，皆是左道旁门之士，神通广大。"遂传令三军暂且安营，扎好营寨，待明日交战。

且说扭头祖师见薛丁山败退逃去，也不追赶，连夜摆成阵图，四面布列旗幡，摆得停当，回进关中。番兵送上酒肴，道人吃不合意，就道："小番，向日我祖师在龙洲山，吃惯活猪活羊，你们快去取来我吃。"番儿连忙抬过猪羊摆好。道人大喜，把刀向猪羊心中割开，将口吸了热血，然后割肉来吃，不多一回，吃得干干净净，说道："饱了。取一大缸水来我用。"小番听了，想道："不知要水何用？"只得依他。登时取了一缸清水，放在面前。只见道人和衣躺在缸内，呼呼睡熟。番儿见了好笑起来，不见有这么个睡法。且自由他，只要退得唐兵，就好了。

不知明日事体如何，且看下回分解。

第三十五回 丁山身陷洪水阵 咬金三请樊梨花

再言次日天明，大唐元帅同了诸将，走出营门上马，来到阵前。只见旗幡插满，杀气冲天。不知此阵何名？正在观看，阵中一个道人手舞双鞭杀出，高声叫道："薛仁贵，我闻你起初踏海征东，名闻天下，若能破得此阵，我教国王归顺唐朝；若是不能破我此阵，杀你片甲不回。"薛仁贵听了此言，气得三尸神直跳，七窍内生烟，心中大怒，问道："谁去杀此妖道。"闪过世子说道："孩儿愿去见阵。"元帅道："须要小心。"薛丁山应声得令，冲出旗门，迎住道人厮杀。不上十个回合，道人便走入阵，薛丁山也追入阵。

元帅看见，恐防有失，命秦、窦二将出去助战。二将得令，连忙也杀入阵中。三人围住道人厮杀，杀得道人手忙脚乱，即忙解出葫芦，倒出洪水，顷刻平地水深几丈，大小三军一齐淹在水中。秦、窦二将看势不好，借土遁而回，报知元帅夫人小姐。窦仙童、陈金定听了，大哭说："此番性命休矣！"薛金莲道："皆因哥哥不是，若得樊氏嫂嫂在此，决无今日之祸。"元帅听了，踌躇一番，遂向咬金道："今日敌人如此猖獗，纵淹死这畜生，不足为惜；但三军不能西进，莫若烦老柱国再到寒江关一走。"程咬金道："昔者破烈焰阵时，老夫去请她，已不肯来，我许她夫妻和合，今却依旧不从。看她恨恨之声而去，此番恐决不来。"元帅道："事在危急，全在老柱国鼎力善言，前去请她到来方好。"程咬金说："非是老夫惮劳，唯恐劳而无功耳！今元帅分付，只得老了面皮，再走一遭。"遂别了元帅，跨上马，加鞭上马而行。过了青龙关，不一日到了寒江关。心中想道："今番去请樊小姐，谅不肯来，只便怎么处？不免哄她一哄，说今薛世子回心转意，特请小姐前去做亲，她听得此言，或者肯来，也未可知。"算计停当，进了关，来到辕门，说道："门军，你去通报一声，说程老千岁要见。"那管门的认得程咬金，不敢怠慢，便笑嘻嘻问道："老千岁，薛元帅进兵到那里了？"程咬金道："大军已到朱雀关，今世子回心，情愿与你家小姐完姻。我特来相请。烦你快快通报。"门军听了欢喜，连忙报知夫人、小姐。

夫人说："女儿，昨夜灯花报喜，今朝喜鹊临门，果然你丈夫回心转意了，故遣千岁前来相请。”小姐道：“无情无义的人，岂肯回心？今日老将军复来，决然大兵阻住，不能进兵，又遣老将军到来，必定请我去破阵。”夫人道：“不要管他做亲不做亲，承他远来，岂有不见之理！且请他进来相会，听他说话就明白了。”小姐道：“谨依母命。”出来接进程咬金，分宾主坐定。夫人道：“承蒙老千岁到舍，有何见教？”程咬金听了，叫声：“夫人，老夫前来道喜，如今薛世子愿与令爱再成花烛，奉元帅之命，央我媒人到此，速请小姐前去完姻。”夫人听了，回头看看小姐，说道：“做娘的说得不错。如今难得贤婿回心转意，快快准备，同老千岁前往。愿你们夫妻和顺，做娘的有掌了。”小姐叫声：“母亲，你不知道薛丁山冤家，要他回心，万不能够。今老千岁到来，定是番兵阻住关门，前来求救。”咬金听了，心内钦服，暗道：“见识胜于男子，我那里及得她来？”只得开言大笑道：“小姐你不信么？难道老夫是个骗子？请收拾前去，自然夫妻百年和谐。方信我老夫是个好人，我从来不会说谎，若然此番不成花烛，我再也不上你的门了。”程咬金再三用情，小姐只是不依。程咬金道：“若小姐不肯前往，叫我如何回复，怎见你公公？”夫人见程老千岁这般言语，叫声：“女儿，看老千岁之面才好，今番走一遭，若然依旧无情无义，以后再也请你不动了。快些端正，万事吉利为主。”小姐见母亲这般说，顺水推舟说道：“老千岁，奴家本不欲去的，因是再三央求，只得前去。若还依旧，后来休想见我。老千岁请先回去，我领兵随后就来。”程咬金心想：“今番被骗肯了，应许我提兵前来。”便道：“既蒙小姐见允，老夫奉命先行，望乞速领人马，快些来罢！”小姐道：“这是自然。”程咬金拜别，母女送出厅堂，程咬金上马回去。

却说樊梨花脱去道服，戎装打扮，结束停当。带了女兵，拜别母亲，硬着头皮，跨上金鞍，出了关门，一路行来。忽天边一群鸿雁飞来，小姐对天暗祝道：“此去果然夫妻完聚，便射中第一只雁。”左手扳弓，右手搭箭，搭上弦，正好射中第一只鸿雁，两边女将看见，连声喝彩，拾了鸿雁送上。小姐心中暗喜，遂道：“苍天苍天，既是天从人愿，巴不得早到军前，好与良人配合，不负当初一片痴心。若从大路去，要行三十天。闻得人说，另有一条小路，只消十余日就到朱雀关，拣近些的好。”分付军士，由小路进发。军士说：“若走小路，必从玉翠山八角殿经过，但那座山中有一彪人马，不服王化的占住。若在他山前经过，必然要来寻事，反要耽搁，不如还从大路上走罢了。”小姐说：“不必多言，竟从小路走罢。”军士不敢违命，打从小路而行。

正行之间，只见山上一声炮响，冲出一队强人，为首一个少年将军，喝声：“留下买路钱。”樊梨花一见大怒，出马大喝一声：“我的乖孩子，你若杀我不过，须要认我为母。”那小将应声道：“娇娇，你果有手段，我拜你为母；若输了我，你要做我的妻子。”小姐也不回话，将手中刀乱砍。小将将手中枪相迎，怎当得她有仙传，被杀得大败而走。小姐伸手活擒过马来，分付绑了，传令上山。八角殿上坐定，登时推过，小姐说道："我的儿子，方才有言，如今被擒，应该拜我为母。"小将说："既蒙不杀之恩，愿拜为母。"命放了绑，小将忙跪下，拜了四拜，叫声："母亲，孩儿有言，请问母亲家住何方，姓甚名谁？爷爷是何人，因何独自行兵到此？要往何方？请道其详。"梨花说道："孩儿，你要问我姓名么？我父亲樊洪封王，镇守寒江关，我两个兄弟俱封做总兵。只为唐朝薛仁贵，奉旨征西，从寒江关经过，世子求亲，我父兄不允，在厅前要杀。你娘故此无心弑父，有意诛兄，相招世子成亲，归顺唐朝。你父薄幸，将婚退了，大闹销金帐，因此夫妻反目回转寒江。前番请我去破烈焰阵，今者请我去成亲。故此打从小路而来，得你拜认为母，但不知你姓甚名谁？因何流落如此，快说与为娘知道。"小将说："母亲，孩儿乃大唐薛举四代玄孙，名唤应龙，当初祖父兴兵伐西戎，与番将刘必大之女雨化娘子成亲，从来归宁母家，就在玉翠山居住，地名刘家庄，传流到我。我因父母双亡，自恃骁勇，占住八角殿，打劫为生。今年一十四岁，积草屯粮，招兵买马，处处闻名。久慕母亲武艺高强，孩儿要习学，今日相逢，正是三生之幸也！今娘既要往军中与父完婚，孩儿情愿同行。"樊梨花道："原来我儿姓薛，又是大唐人氏，既肯同行甚妙，着你做个先锋，就此起程前往。"应龙道："在此半日，后殿已备酒筵，请用三杯，然后起程。"樊梨花听了，说声有理。应龙接进到后殿。樊梨花坐下，应龙下面相陪，传令三军，多加犒赏。酒至数巡，分付拔寨起程。

离了玉翠山，一路前往，非止一日，来到唐营。探子报知元帅，夫妻喜之不胜，说："程千岁尚未回来，三媳因何先到？"忙令金莲姑嫂三人，出营迎接。樊梨花一见，下马就叫："姑娘姐姐，何劳远迎。"金莲说："嫂嫂说那里话来。"四人挽手同进。命应龙小将同我进去，拜见祖父、婆婆。应龙领命，一齐进去。

不知进来说出什么话，且看下回分解。

第三十六回　薛金莲劝兄认嫂　闹花烛丁山大怒

再言元帅、夫人一见梨花大喜，开口叫声："三媳，你一向都好？"梨花上前拜见。元帅说："不消多礼。"梨花道："我儿过来拜见了祖父祖母。"应龙听了，上前拜见；回身又拜见仙童、金定。金莲满心欢喜，叫声："嫂嫂，那里寻来这位侄儿？"梨花说："姑娘你不知，程老千岁到来，请我说冤家回心，到营中完姻。母亲听了，叫我还俗，不要出家。换了盔甲，奉母之命，领兵前来，大路又远，小路近些。故此先从小路行来，到玉翠山遇着了他，两个交战，被我擒了，拜认为母。他是唐朝薛举玄孙，名叫应龙，今年一十四岁，随我到此，一同征西，要拜见父亲，但不知冤家今在何处？定于何日成亲？待我见他一面，还要问他真假。"金莲道："嫂嫂，我哥哥陷在阵中，程老千岁请你来破阵。"就将此事细细说明。梨花听了，不言不语。

元帅、夫人见梨花不开口，就叫："媳妇，你是宽宏大量之人，看我夫妻面上，救了畜生，公婆做主，不怕他不依。"正在里面说话，只见探子报进："元帅爷，妖道又在阵前叫骂。"元帅听了大怒说："可恶这妖道欺人太甚。"又对梨花道："媳妇儿，你不听见探子报说，妖道十分无礼。明日仍望媳妇救了畜生，破了番阵，自然成婚，做公婆的决不哄你。"梨花见了，开口说道："公公大人，媳妇既与令郎订为终身，我不负他，宁可他负我。况且公婆待我如此，令郎既然有难，自然媳妇相救。且待看了阵图，再行计较。"即忙同三位女将探看番阵。

往里一看，只见白水滔天。梨花叫："姑娘、姐姐，此阵名曰洪水阵，并无兵马在内，借来北海之水，凡人进去不得性命，幸亏冤家身上穿了天王甲，不妨事的。"姑嫂三人听了，称赞梨花法力高强，看完番阵，回转营中，金莲对父亲说明。

次日众将披挂，候梨花发令，元帅亲自捧帅印，交与梨花升帐。先点窦仙童、陈金定、薛金莲，三人各带铁骑三千，分为三路打阵，休要放走妖道。如违军法处治！三人得令，各人上马出营。又点寒一虎、秦汉二将听令。二将走上帐前说："有何将令？"梨花说："与你各人五雷符一道，打东、西二门，不许放走妖道，不得有违将令。"二将带了精兵出营而去。又点小将薛应龙，与你水晶图一轴，冲入阵中，若洪水冲到就把地图张挂，自然立刻消灭，定要小心。应龙收拾上马，提枪出营直往番阵。梨花点将已完，走下将台，骑上宝驹，手执双刀，带领女兵径上番营。

再言仙童、金定、金莲三员女将，分兵三路，杀进阵中。只见一道寒光冲出，白水滔天，滚到面前。三人有避水诀避住，立在旗下。只见道人从空中飞下，见了三员女将，心中欢喜，待我擒她回去作乐。忙提起双鞭来战，但那里敌得过三员女将，就把葫芦揭开，飞出一队火鸦，奔上前来。三员女将见了，带转马头就走。妖道后面追赶，应龙小将提枪迎来，大唤道："妖道休得追赶，我来也。"挺枪接住。道人回身走入阵中，应龙赶进，只见白水滔天，就把水晶画挂起，忽见万丈水势，顷刻俱平。道人见了，说："敢来破我洪水么？"又把火鸦放出，迎面飞来。应龙吓得魂不附体，带转马正要走。却值梨花手舞双刀杀进来，看见火鸦厉害，祭起乾坤圈，火鸦立刻跌在地下。

那扭头祖师的这两个葫芦，一个藏北海之水，一个藏南山之火，名为水火葫芦。不想今日俱为梨花所破。道人大怒来战梨花，应龙接住，又被窦一虎、秦汉东西杀来。道人被杀得有路无门，正要土遁，樊梨花举起打仙鞭一鞭打中肩骨。道人叫一声阿呀，跌倒在地，现出原形，乃一条孽龙，摆尾摇头，钻入地中。一虎见了，一扭也入地中，提起金棍打来。孽龙疼痛难当，俯伏于地，被梨花斩为两段。那些番兵见道人已死，逃入关中。梨花把五雷符焚化，霹雳一声，丁山阵中惊醒，抬头一看，不见了大水，只见妻妹俱在面前。此时元帅大兵已到，即传令抢关。

那番兵百姓开了关门，香花灯烛，接入关中。元帅来到总兵府，梨花交还帅印，诸将都说樊小姐英雄，法力高强。元帅谢了梨花。丁山上前见父，元帅说："你被妖人水困阵中，若非贤媳救你，只怕你性命不保。这样大恩，杀身难报，快过去跪下请罪恩人。"丁山听了不开口。此时走过三位女将，金莲小姐为头，仙童、金定随后，不由丁山做主，竟扯到梨花面前，说道："三嫂嫂，如今哥哥来赔罪，要你宽恕他，不要记他薄幸。快些下礼。"仙童、金定一齐说："冤家，快些跪下请罪。"那丁山被姑嫂三人捉住，又见爹娘有不悦之色，勉强跪下。梨花见了，不记前恨，也慌忙跪下，一同拜见。然后丁山又拜了诸位，元帅见了大喜。只等大媒一到，完其花烛。

再言丁山此夜先到仙童房内安歇，仙童已有重身。仙童说："若非樊妹二次破阵，谁人救你？你须完其花烛顺礼方好。"丁山领命。次日又到金定房内，说起身怀六甲，丁山大喜，难得二妻有孕，须要保重。第三日程老千岁到了，见了元帅。元帅细说梨花之事，已经破阵进关，虽然三媳法力高强，还是老柱国智量高超骗到此。不然，谁人破阵斩妖？小姐不记前恨，畜生也心愿情伏，只等老千岁到,择日成亲。程咬金听了,满心大悦,说:“非老夫之力也,此乃万岁洪福,今樊小姐夫妻和合,那怕番兵百万西番指日可平。趁今日乃黄道吉日,就此完姻。”元帅听了老将之言,分付准备今夜完姻。丁山不敢违父之命,换了吉服金花,双插紫金冠,身穿大红袍。小姐带了凰冠霞帔,大红吉服,鼓乐喧天,待诏谒礼。请出新人一对,同完花烛,参拜天地,夫妻交拜,然后拜见了公婆。又与姑嫂见礼,谢了大媒。

应龙即上前叫声:“爹爹,孩儿拜见。”丁山一看,只见应龙面如满月,眉清目秀,相貌堂堂,身材强壮,心中疑惑,说:“住了,他同我薛丁山年纪相仿,那有这样大儿子?你是那里来的野种?擅敢冒认我为父,快快说来!若有支吾,立刻斩首。”应龙说,“爹爹息怒,容孩儿说明:前日母亲在玉翠山经过,我要讨她买路钱,不料被她擒住,拜认为母,学习兵法。今宵父母团圆,孩儿应该见礼。”丁山听了一想,她前番见我俊秀,就把父兄杀死,招我为夫,是一个爱风流的贱婢;目下见我几次将她休弃,她又别结私情,与应龙假称母子,前来骗我。今宵虽成花烛,且幸尚未同床,不如休了贱人,杀了应龙搭识私情。想罢,开言说:“你这小畜生,我薛丁山官居极品,拜将封侯,焉可认你无名野种,坏我名目。左右,绑这小畜生,辕门斩首。”两边军校一齐答应,竟将应龙捆绑。梨花见了,说道:“官人,今日吉期,如今好端端把孩儿斩起来,他无过犯,杀之无名,还要三思。”丁山道:“贱人还说没过犯,我问你,他年纪与你差不多,假称母子,我这样臭名,那里当得起?还要在我面前讨饶。这样无耻贱人快快回去罢了!休被人谈论。”梨花听他抢白一场,怨气冲天,晕倒在地。姑嫂三人连忙扶起。丁山分付将应龙斩讫回报。

不知后事如何,且看下回分解。

第三十七回 樊梨花怨命修行 玄武关刁爷出战

再说丁山将薛应龙，令军校正要推出斩首。元帅喝道："畜生，今日才与樊小姐和好，怎么又起了风波？"分付放了应龙，快把这畜生绑出枭首。众将得令，放了小将，将丁山绑出帐前。

众官将面面相觑，不敢相劝。姑嫂急得无法，老夫人看见仁贵大怒，暗暗垂泪。程咬金看见说："刀下留人，待我去见元帅。"气吼吼走上，见了元帅，说道："世子与樊小姐前世有甚冤仇？今生夫妇不得团圆。还望元帅念爷子之情，天伦为重，再饶一死。"元帅道："老柱国，这小畜生几次三番休妻，本帅心不安。如今又要把她休弃，反羞辱她，教我也无颜见三媳。还不斩此畜生，更待何时？左右与我速斩报来。"吓得咬金无法，只得跪下道："令郎乃皇家柱石，望乞刀下留人，看老夫之面，饶恕了他。若是元帅不依，我也撞死在阶下。"元帅见了，忙扶起道："老千岁，这样畜生，让他死了罢！何苦救他。看老千岁面上，死罪饶了，活罪难免。"分付放了捆绑，重打四十，下落监牢。

再言应龙，连夜带了本部人马，仍上玉翠山而去。此时梨花小姐已气得昏沉，亏了姑嫂三人扶进内营，悠悠复醒。梨花放声大哭说："姑娘阿！薄情无义犹可，反把污秽之言陷害于我，那里当得起，怎好做人，不如撞死朱雀关下，表我清白之心。"仙童、金定劝说："公公将冤家捆打四十棍子，仍发入监，也为贤妹出气了。况且令堂老夫人独守寒江，日后单靠贤妹，你若有差池，令堂依靠何人？须自作主要紧。"梨花只是痛哭。金莲小姐叫声："嫂嫂，哥哥虽是无情无义，还要看我们面上。我哥哥乱道之言，只当放屁，不要理他。"老夫人过来，叫了声："媳妇，你是大贤大德之人，有志气的，宽心为主。"梨花见众人苦苦劝住，哭说道："婆婆、姐姐、姑娘阿，多承你们再三劝我，我想前生孽大，今生夫星不透，命中所招，三番花烛，三次休弃，反被众将谈论，留为话柄。从今以后，再不愿与冤家成亲，如今回家剃了青丝，身入空门，无挂无碍，了却终身，落得个僧衣僧帽，修来身之事。"说罢，大哭拜别，就要登程。柳夫人听了，咽住喉咙，不能出声。姑嫂三个哭个不了。金莲带哭道："嫂嫂，谅你不肯同住，决意再去，惟万不可落发。”梨花大哭道：“姑娘，我恩怨俱绝，必要落发，独坐孤灯，以了终身。凭你们怎样劝我，我心如铁石，决难从命。”姑嫂三人见她执意，一齐跪下道：“求贤嫂再发慈悲，留了青丝。丁山虽有不是，还要看我姑嫂三人情面，定然要奏过君王，封赠忠义有功之人，少不得奉旨成亲。”梨花见三人义重，也大哭跪下说：“姐姐、姑娘请起，不要折杀奴家。”仙童、金定说：“要求妹妹应许回去不落发，我们才起来。”金莲说：“嫂嫂要答应一声，头发万落不得。只要应允，我们就起来；若是不从，即跪倒在此，不放你登程，愿听嫂嫂发放了我三人。”梨花说：“姐姐、姑娘，我今立意落发为尼。既蒙你们情义，怜我苦命之人，只得权且忍耐，带发修行，从你三位之情便了。快快请起。”金莲道：“嫂嫂只是口头之言，不过宽我们的意思，不是真心实意依从的。”又叫一声：“嫂嫂，非是不信，只是难舍你有恩有义，必要爹爹奏明圣上，你功劳第一。倘你回去落了发，后来皇封诰赠，怎能当得？岂不是欺君之罪。必要立下誓来，方好信你，不然，不起来了。”梨花无可奈何。又见老夫人悲伤，叫声：“媳妇儿，你若不立下誓言，做婆婆的也要跪下来了。”梨花听了，带泪说道：“婆婆，这个媳妇受当不起。待我对天立誓，安了婆婆之心。”又道：“我樊梨花回家带发修行，若负了诸亲，世守孤灯。”姑嫂见她立了誓，一同拜毕。梨花也拜别公公。元帅说：“畜生无礼，望媳回家休记恨于他，宽心忍耐。”梨花说：“多谢公公。”即忙传小将军。女兵说：“小将军昨夜就走了。”梨花听了大怒，说：“这小畜生不服王化，虽然继父不仁，被祖父放还，理当静候，怎么就去了？好，这倒也安静。”遂领了女兵，打从大路上回去。

再言元帅传令命周青带领兵马，镇守朱雀关，起兵上路，往西而进。山路崎岖，难以行兵，亏了先锋罗章，逢山开路，遇水搭桥。在路行了十余日，早到玄武关，传令放炮停行。一声炮响，扎下营盘，候大兵一到，即便开兵。

不一日，元帅大兵人马到了，罗章接进营中商议打关。再言玄武关总兵姓刁名应祥，妻亡过，只生一女，名唤月娥，年方十八，尚未成亲。文武双全，幼时拜金刀圣母为师，传授兵法，用双刀一对，又有摄魂铃一个，上阵之时此铃一摇，其人魂魄摄落，不杀自死。后来金刀圣母去了，金铃传与女徒，镇守关门。这日刁爷对女儿说：“大唐起兵前来，一路势如破竹，夺了许多关塞，如何是好？”此时有小番报道：“启爷，不好了，唐兵破了朱雀关，已到关前了，请爷早为定夺。”刁爷听了大惊，说：“有这等事，再去打听。”小番得令出去。刁爷立刻传令，分付大小三军，明日与唐兵交战，须要三更造饭，五更披甲，天明出战，违令者立刻斩首。众将得令。

再言次日天明，总兵升帐，点齐队伍，一声炮响，开了关门，冲到阵前抬头一看，唐营扎得坚固，旗分五色，号带飘扬。即传令先锋番将红里达出马讨战。红将军得令，手执大刀，飞奔营前，一声大叫：“快叫唐将有本事的前来会我！”元帅正要打关,忽尉迟青山解粮来到,参见元帅。忽听探子报说:“玄武关总兵令先锋红里达讨战。”元帅问:“谁出迎?”闪出尉迟青山,说:“小将初到,未曾立功,愿去见阵。”元帅见他骁勇,又是将门之子,闻之大喜,说:“将军出去,须要小心。”尉迟青山得令,出营上马,提鞭冲到阵前。红里达抬头一看,见营中出来一位将军,但见他头戴乌金盔,身穿黑铁甲,骑了乌龙马,黑脸无须,手执钢鞭冲到面前。红里达喝声:“来将少催坐骑,通个名来!”尉迟青山一看,番将红面青须,身穿红衣甲,坐下红鬃马,手执大刀,说道:“你要问我之名么?我乃鄂国公尉迟宝林长子,奉元帅爵主薛解粮官尉迟青山便是。我不斩无名之将,快通名来!”红里达说:“我乃玄武关总兵官刁帐下,前部先锋红里达是也。你原来是尉迟蛮子之孙,中原有你之名,今到西番,轮你不着。快放马过来。”拍马一催,提起大刀,劈面砍来。青山把手中鞭往刀上一架,二人冲锋。红里达回转马来,被青山将鞭照头打下。红里达叫声不好,回马就走。青山喝声那里走,抡起竹节钢鞭,照红里达背上一鞭,正中肩背。红里达口吐鲜血,伏鞍而走。刁应祥在旗门下看见大怒,抡动手中降魔棍,拍马飞来,到了阵前,喝道:“休得无礼,我今来也!”一声大叫,犹如半天里起个巨雷。

不知交战胜负如何,且看下回分解。

第三十八回 刁月娥擒拿唐将 师兄弟偷入香房

再言尉迟青山见刁总兵出阵，抬头一看，只见他头戴凤翅金盔，斗大红缨，穿着龙鳞金甲，手执降魔棍，骑了一匹花标马，面如银屏，三绺长须，威风凛凛，一马冲到，把棍一起，照面打来。青山把钢鞭接住，两下战了五十余合。元帅在旗门下同众将观看，见刁总兵本事高强，陡添精神。尉迟青山鞭法散乱，只有招架之势，并无还手之力。即令罗章出去助战。罗先锋听了，把马一拍，冲将出来，叫声："兄弟，为兄来取番将首级。"尉迟青山见了罗章，才得放心。刁应祥提棍就打罗章。罗章急架相迎，双战应祥。应祥抵住两个爵主，只见三将杀到四十回合后，刁应祥不能取胜，被罗章一枪刺来，正中左臂，带转马就走。

月娥见父受伤，忙出阵接住。罗、尉二将见月娥齐整，但见她头戴金凤冠，双雉尾高挑，分为左右，穿一件龙鳞软甲，胸前挂一个金铃，足下穿着小蛮鞋，坐下一匹玉狮驹，手舞双刀，果然生得闭月羞花之貌，天姿国色。刁月娥叫道："蛮子不得无礼，看刀！"罗章听了，好一个娇滴滴声音，待我活擒她回营。把手中枪往前敌住，战不到十合，月娥胸前解下金铃，对罗章一摇，罗章马上就坐不住了，撞下马来。月娥正要上前取首级，被窦一虎抢上敌住，罗章被尉迟青山救回。一虎见月娥花容，遍体酥麻，虚将棍子来打。月娥定睛往地下一看，原来是一个矮子，心中倒也好笑：这样人儿也来交战！忙将金铃摇动，只见一虎滚倒在地，被番兵捆住，拿进营中。小姐也不来讨战，打得胜鼓回关。总兵见了一虎，说："此贼拿来作甚，斩讫报来。"此铃只有一时三刻之力，一虎已经醒来，睁眼一看，满身被捆住了，见军士解绑要斩他，说："不劳费心，我去也。"将身子一扭，竟不见了。报知总兵，总兵父女闻报大惊，说："唐朝有这样异人，所以才夺了许多地方。且待明日开兵，拿了矮子提在空中斩首，怎怕他又去了！"再言青山救回罗章，元帅见他面如死人，四肢不动，于是大惊，说："尉迟将军，方才怎么战法？罗先锋昏迷，人事不知，窦将军又被捉去，不知死活存亡，如之奈何！"青山说："小将只见西番女将方才与先锋交战，她胸前取下金铃，连摇几摇，罗哥哥就跌下马，窦将军接住，小将即回。"秦汉听了，说："小将昔日在山中学法之时，听得师父说："金刀圣母有个金铃，叫摄魂铃？对人几摇，灵魂摄去，要一时三刻方还魂。莫非女将这金铃，就是摄魂铃？也未可知。"元帅听了，心中大悦，传令收兵。罗章才得醒转，一虎也回了营，细言其事。

再言次日女将又在营前讨战。秦汉是好色之徒，听了一虎之言，上帐请令，愿去拿来。元帅依言，秦汉提了狼牙棍出营，赶到阵前，见了女将，笑嘻嘻说道："小姐，你生得整齐，我秦将军爱你不过，随了我去做个夫人罢！"月娥听了大怒，仔细一看，不是昨日那矮子，今日是另一个，且不要与他开口，就把铃儿对他几摇，秦汉翻身栽倒，被番兵捉住。小姐得胜进关。刁总兵左臂敷好，见小姐捉了矮将，抬头一看，不是昨日的，就说拿去砍了。秦汉才得还魂，只见刀来斩他，因他有钻天帽，便腾空而去。刁家一见，吓得胆战心惊，如何唐营两个矮子，一个钻天，一个入地？大唐有此异人辅助，所以势如破竹，来到这里。我主误听苏宝同，起兵惹出祸来，幸亏我家有金铃宝贝；若无此宝，玄武关焉能保守？一面打发番兵往朝中求救，一面准备迎敌。

再言元帅在营，对众将说道："连日出阵不得，秦将军又被拿去，此关如何得进？"秦汉回营，说那铃儿厉害，我若没有钻天帽，性命休矣！程咬金说："这个不难，只消你二人今夜盗了金铃，就不怕她了。"元帅听了有理，命奏窦二将，三更时分把金铃盗来，其功不小。二将听了，满心欢喜。候到三更，一个上天，一个入地，潜进关中。秦汉飞在云端之内，心中想道，我见这番女花容月貌，师父前日曾说我姻缘该配此女。今宵不如且到房中，做个偷香窃玉，睡她一夜，就死也甘心。算计已定，轻轻落下地来，躲在黑暗之中，专等夜深闯进卧房。

不表秦汉痴心妄想，再言刁家父女连日得胜，商议军情，只见庭前一阵大风，吹落残灯。月娥屈指一算，对父说："今夜不要安睡，恐有刺客进营盗铃。"总兵说："女儿之言有理，交战全赖此铃，倘被盗去，有些不妙。"小姐说："父亲放心，女儿自有奇谋，吾父防他行刺，须要甲胄护身才好。"刁总兵传令，点了五百番兵，弓上弦，刀出鞘，明盔亮甲，灯球火把，照得如同白日，齐齐排列内堂之下，此话不表。

再言一虎到黄昏时候，在地下听得父女之言，说金铃挂在床上，竟往房中探出头来一看，见香房清雅，桌上红烛光明，果见天花板下挂着金铃，连忙取下，挂在衣内。小姐恐防行刺，回到内营，卧房无人。一虎想道："这样好床，不如睡在床上，天明回去。"不表一虎睡在床上，再言秦汉挨到三更时分，摸到小姐房中。为何孤灯一捶，静悄悄并无使女？走到床前，只听得鼻息之声，说："妙阿！原来小姐日间交战辛苦，早已睡了。且与她饮活一番。"揭开绣帐，叫声："小姐，我来陪你。"一虎梦中惊醒，见说小姐，连忙抱住道："小姐，你来了么？"秦汉见不是小姐，原来厂是师兄；一虎也看见是秦汉，二人满面羞惭。一虎道："金铃我盗在此了，回去罢。”秦汉说：“师兄不要哄我。”一虎说：“谁来哄你。”取金铃一看，秦汉欢喜，一个钻天，一个入地，出了关门，来到营中。天色明了，二将上前缴令。

再言刁家父女一夜未睡，乱到天明，忽侍女来报，床上不见金铃。总兵听了大惊，连忙问道：“女儿金铃失去，如何是好？”小姐笑道：“父亲，昨夜大风一起，孩儿就晓得这两个矮子要盗金铃，将真的藏过，假的就挂在床上。父亲昨夜问我真铃，不敢说出，恐怕他听见，他却把假铃盗去。”刁爷听了，说：“女儿，你志气胜过男儿，为父的不及你了。”再言秦、窦二将缴令已毕，元帅大喜道：“今你二人功劳第一，昨夜辛苦了，回营安歇。”二将正要回身，有探子报说：“女将又来讨战，指名要找盗金铃之人。”元帅即传令命秦汉、窦一虎二人快出营会她。二人得令，一齐出营来到阵前，笑嘻嘻地把住棍棒。月娥大骂道：“昨夜偷盗金铃，就是你二人？看你贼头贼脑，不是好人，今日捉你回去，碎尸万段，以泄我恨。”秦汉、一虎笑道：“我的活宝，你如今没有金铃出手，只怕难捉我，倒不如随了我罢！”月娥听了大怒，舞动双刀，杀将过来。二将连忙接住，战了数合，月娥又把金铃一摇。二将见了金铃，钻天入地去了。月娥又来讨战，众将惧怕金铃，不敢出战。元帅传令，高挂免战牌。月娥见了，大笑回去。

不知后事如何，且看下回分解。

第三十九回 仙翁开看姻缘簿 迷魂沙乱刁月娥

再言二将地中还魂，来到营前，见了元帅说："小将弟兄二人用尽心机，盗得铃儿，原来是假的，倒被她算计了，今日见阵交兵，几乎落了圈套，亏得地行，不致伤命。今被她阻住兵马，焉得征西！"元帅道："这便是如何处置？"秦汉道："小将下山之时，师父说我该与番女有姻缘。今见刁月娥容貌如花，不觉动了眷恋之心。她金铃厉害，小将欲回山中，去见师父问个明白，再来军前效用。"元帅道："秦将军既要前去，限你三日就回。"秦汉大喜退去，戴上钻天帽，腾空而去。

一虎在旁听见了，心想，我在棋盘山遇见薛小姐，也有了心。后来要盗钹，元帅曾把小姐许我，反被飞钹合住，亏师父救了，我自觉无颜，不好说起。我想师弟此去不远，待我上前叫他，替我问问师父，不知姻缘到底如何？算计已定，出营地行而去，却被挡路，将头伸出来一看，原来是一座大山。你看松柏耸天，翠竹成林，飞崖峭壁，瀑布泉声，好一派山景。一虎心中一想，我方才性急，望地下行来，不知到了什么地方？竟有这样去处，不是神仙所居，就是得道洞府。一虎正在自言自语，只听得空中叫一声："师兄，你为何也在这里？"一虎见了，大喜说："师弟，我对你说。"秦汉落地。一虎叫声："师弟，你为婚姻要往山中同明师父，愚兄也为婚姻，特地追来寻你，幸得此间相遇。现要拜烦你，千祈代问师父，不知我与薛小姐姻缘如何？"秦汉说："晓得了。"正要回身，只见一个白发老翁，打从出曲内走出，手持竹杖上前，问道："你二人在此做什么？"二人一看老翁，童颜鹤发，仙风道骨，知他不是凡人，忙叉手向前，深深一礼，说道："我二人是王禅老祖门下弟子，因奉师父之命，相助大唐薛元帅麾下征西。只因婚姻大事，要去求见师父问明，所以从此经过。还要请问老翁尊姓大名。"老翁笑道："我乃月下老人，在此乾坤山修炼长生，已得神仙不老之丹，蒙上帝命我掌管人间男女婚姻。你二人既为婚事访师，今日有缘，待我为你取姻缘簿子查查看。"二人听了大喜，便道："仙翁，既有姻缘簿在此处，快快与我二人查一查看。"仙翁道："你们随我进洞，到三生石上查看便了。"二人听了，同仙翁来到洞前，只见上面写着乾坤洞三字。进了洞中，面前有一石，写着三生石三字。仙翁说："你们在此等候，我取簿子来看。”二人应诺。仙翁取了簿子，放在三生石上，揭开一看，上写道：“窦一虎该配薛金莲，秦汉该配刁月娥，乃宿世姻缘。”看完，仙翁向二人说道：“你二个矮子，倒有这样大造化。如今不必耽搁，快去求师父做主为妙。”两人听了，拜谢老人，出了洞口分手，一虎大悦回营。秦汉再向前走，不觉来到山中，进洞见了师父。王禅老祖心早明白，说道：“徒弟，你此来莫非为玄武关刁月娥摄魂铃之事么？”秦汉说：“正为此事，故来见师父。”又将遇着老人之言说明，弟子念念不忘，请师父与弟子作主，成就婚姻。老祖说：“那刁月娥虽是与你有缘，应该配合，但她是竹隐山金刀圣母徒弟，我且与你同到竹隐山，求她做主，完了夫妻，好随元帅西下。”秦汉听了大喜，同了师父出门，驾起祥云，片时来到。仙童报进。圣母闻知，出洞接入，说：“承蒙光临，有何见教？望道友说个明白。”老祖说道：“贫道无事不敢亲造，只为尊徒刁月娥，把金铃挡住玄武关，元帅不能征西，要道友将金铃收回，并来作伐。”就叫秦汉过来，拜见师母。秦汉拜完，圣母说：“此位何人？”老祖说：“就是顽徒秦汉，他与月娥有姻缘之分，特来相求。”圣母听了，抬头一看，见他身矮体小，面貌不扬，怎好配我徒弟？便说道：“收取金铃容易，但亲事难成。”王禅老祖言道：“道友，贫道也只为小徒容貌丑陋，难配月娥，故来相恳，万望周全，成人之美，我小徒感恩不尽。”圣母暗想：若不允，道友面上不好意思；若允了，刁家父女不肯。正在踌躇，有仙女报道：“外面有一个三只眼金面孔道人求见。”老母听了，连忙出来迎接进洞，认得是氤氲使者。老母见了大喜，上前相见，分宾主坐下。老母说：“使者此来为何？”使者说：“蒙月下老人指引，说唐将窦一虎与薛金莲有宿世缘；秦汉与刁月娥为夫妇。恐二位美人不嫌丑汉，违逆天命，故此特往乾元山，借来迷魂沙、变俏符两件宝贝，特来见道友，撮合成亲，完一宗公案。”王禅老祖听了暗喜。圣母听了暗想：他奉了玉帝旨意，配合人间夫妇，违不得天命，乃开言说道：“道友，既蒙借得迷魂沙，此时可付与秦汉拿去，待他迷了她，自然允从亲事，贫道再来撮合便了。”秦汉接了迷魂沙，依计而行；又与变俏符一道，先对师兄说明，唐营成亲。氤氲使者见他允从，辞别回复老人，王禅也作别回山。

再说秦汉先到唐营，一虎在那里等，见了秦汉，便问事体如何？秦汉细细说明，交付变俏符，即飞到月娥营中。其时正打初更，将身钻在纱窗之外，只见月娥卸下装来，内衬桃红紧身，外罩淡黑背心，下着湘江浪裙。看她格外齐整，坐定身躯，手托香腮，昏沉睡着。秦汉就胆大了。喜得房中侍女尽皆安睡，就将迷魂沙身边取出，轻轻弹在月娥身上。只见月娥着了迷魂沙，乱了心，似梦非梦说道：“好笑，我家爹爹误我青春，一向过了，今夜好不耐烦，欲火不住。”只见来了一位郎君。唇如涂朱，却好十六七岁，走近前来，含情带笑，说：“小姐，我乃王禅老祖徒弟秦汉，与你有宿世姻缘，今夜前来会你，望小姐不要推却，成其好事。”

小姐被迷魂沙乱了心,并无主意,即依了。那迷魂沙一时三刻要醒的,睡到天明,吓得月娥魂不在身,身边一摸,睡着一个男子,被他搂住。便说:“不好了。”立刻穿好衣服,大呼小叫,又羞又愧。惊动了刁爷,赶进房中,说:“女儿,奸细在那里?”小姐含羞带泪,并不开口。秦汉在床上大笑道:“老丈人,你家女婿在床上,昨夜已经成亲,伏望岳父不要发怒!待我穿了衣裳,好来拜见。”刁爷大怒,揭开纱帐一看,说:“不好了,你是唐营矮将,睡在床上,分明女儿被你污了,教我怎好为人?”气冲牛斗,七窍生烟,将他一拧,传令捉得奸细在此,绑起来,推出辕门,碎剐凌迟示众。诸将得令,如狼似虎,将秦汉绑着。正要开刀,只见云端内来一仙女,身骑仙鹤,飞下月台,说:“刀下留人。”总兵认得是金刀圣母,忙出位迎接,见过了礼,立刻命小姐出来。

小姐闻知,出外拜见师父。圣母说:“刁将军,令爱与唐将秦汉乃宿世姻缘,应当配合,恐月娥嫌其貌丑,有违天命,连师父也不便,故烦氤氲使者借取乾元山迷魂沙一摄,前来迷乱月娥,实非秦汉之罪,伏乞将军放他。他是王禅弟子,祖父秦琼封国公,父亲怀玉当今驸马,三世公侯,不辱了令爱。看我面上,何不投唐,不失封侯之位。”小姐听了,身子已被所污,钝口无言。

刁总兵见女儿顺从,又有金刀圣母来劝,无可奈何,只得允了。命放下秦汉,穿了衣裳上帐,拜见圣母,又拜见刁家父女。

不知后事如何,且看下回分解。

第四十回 刁月娥失身秦汉 窦一虎变俏完姻

再言刁总兵对秦汉说:“你这小畜生,竟如此无礼。不看金刀圣母之面,立斩汝首。如今归唐,你去说与薛元帅知道,快整备花烛,今晚亲送小女过去完婚。”秦汉领命出关,回营见了元帅,说明此事。仁贵大悦,分付备办花烛,等他投降唐营。正在忙碌,忽报桃花圣母来到,金莲小姐连忙出来,迎进圣母。父女营中相见,分宾主坐下。

圣母细说前来作伐,令爱该配窦一虎。元帅当初应允,谁人不知,今日团圆之夜,与令爱完婚。元帅听了,心中不悦,金莲小姐闷闷不乐。圣母见他父女不开口,明知嫌一虎身矮。便说须一虎回去吃了仙丹,就能变化,如不信,唤他出来一看,就明白了。元帅爷只得传令,唤一虎上前参见。一虎知圣母说亲,把变俏符贴在胸前,将身一摇,变成一个七尺以上身材美貌郎君。元帅父女看见:“果然仙家妙术。”况是建德之后,又有地行之术,年前已经许过,只得允了。小姐见父亲允了,含笑应从。元帅说:“既蒙圣母作伐,管下就备花烛成亲便了。”一虎遂上前拜谢。桃花圣母辞别。当晚成亲,一虎仍变小了,金莲自知前生之事。况且月娥十分美貌,相配了秦汉,与我命一般的。月娥内心也这般想:金莲也配着矮子,同病相怜。

再言元帅次日升帐,传令拔寨进关,养马三日,商议征西。

刁总兵说:“元帅西进,左近下官手下有一十七路营寨,不出一月,先平了十七营寨,然后西进,不然惟恐他在后面,挡住粮道,为害不小。”元帅道:“刁将军之言有理。”命一虎、秦汉、尉迟号怀、尉迟青山、程铁牛、程千忠、罗章等,分兵十七路,同了刁总兵,不消一月得了西番营寨,番将逃的逃,降的降,杀的杀。秦汉同刁总兵等得胜回营。

再言西番败残兵将逃入西番,朝见哈米赤国王,奏明此事,说:“西番被大唐人马杀进,夺去了万里地方和许多关寨。今刁应祥献了玄武关,将女许配敌国,又夺了十七寨,大兵已进西番来了。请旨定夺。”番王听奏,大惊失色,跌倒龙床之上。

班中闪出一员大将，头戴金貂，身穿貂裘服，足下乌靴，出班奏道："臣西云王黑里达启奏狼主，自古道：'兵来将挡，水来土掩。'大唐薛仁贵虽然英雄，只怕难敌我邦杨藩。他十分骁勇，镇守白虎关，决能恢复。请狼主再发雄兵，前往白虎关相助。"哈米赤王回嗔作喜说："王叔之言有理。孤家传旨，即日发兵往白虎关相助。"众臣朝散，不表番王之事。

再言大唐元帅平了十七寨，命新降总兵刁应祥领兵谨守十七寨，莫被番兵侵夺。应祥得令，督令精兵各守关寨，自仍镇守玄武关。元帅领大队人马离了关头，滔滔一路前行，到了琅琊寨，传令扎营。次日正要打寨，只见寨门大开，番兵献册投降。元帅兵马进琅琊寨，停留寨中。其夜窦仙童生下一子，元帅夫人大悦，取名薛勇。过三朝出寨，又往前行，行了三月，来到豹尾寨。寨中番兵早已逃去，大兵进了豹尾寨，安下营盘。

军中陈金定也产下一子，元帅喜之不胜，对夫人说："前日孙儿，下官留下名字。今日请夫人取名。"夫人笑道："大孙取名薛勇，二孙取名薛猛。"元帅大喜，三朝之后，传令拔寨前行。命秦汉、窦一虎，带领本部精兵，攻打白虎关。二将领兵出寨，在关前叫骂，说："快报与关主知道，早早出来会我，若不献关，老爷打进关中，叫你一关蝼蚁半个不留。"早有番儿报进关中去了。那守关主将姓杨名藩，生得眉浓眼大，面如铁锈，有万夫不当之勇。这日正在私衙与左右偏将议论薛仁贵之事，忽有小番报进，说："平章爷，不好了，大唐兵将实在凶勇，一路势如破竹，兵马已到关前了，有将前来讨战。请平章爷定夺。"杨藩听了大怒，分付备马，取甲抬刀。左右听了，取过盔甲。那杨藩头戴虎头盔，身穿锁子黄金甲，坐下一匹乌骓马，手执金背大砍刀，领了兵将来到关门，传令放炮一声，关门大开，落下吊桥，冲出阵来。秦、窦二将敌住，交锋五十余合。这二将是步战，在左右跳来蹿去。杨藩在马上愈觉不好用力，不能胜他，忙向袋中取出棋子，喝了一声照打。二将抬头一看，正中面庞，负痛而逃，败进营中。元帅见了大怒，点偏将十二员出阵，又被金棋子打坏，头青鼻肿，大败而回。

元帅说："不知何物？杨藩敢败我十四员大将？"即带领秦梦、罗章亲自出阵，三人冲到阵前敌住杨藩。杨藩大怒，问："来者何人？通下名来，好取汝之首级！"元帅听了，大怒道："杀不尽的番奴，敢出大言，只怕闻我之名，吓破你的胆，我乃征西大元帅薛便是。"杨藩说："这老匹夫就是薛仁贵么？"元帅说："既知我名，何不早早献城。"杨藩说："你家儿子夺我妻，杀我岳父、二舅，今日相见，正好报仇。快放马过来！"元帅大怒，把手中画戟迎面刺去。秦梦、罗章见主将动手，两条枪如蛟龙一般挑来。这里杨藩焉能敌得住，倒拖大刀，败下阵来。元帅后面追赶，杨藩取出金棋子打来。元帅大惊，泥丸宫现出原形，乃是一只吊睛白额虎，抓住棋子，落下尘埃，才放下胆，举手中戟，喝声："那里走？"杨藩大惊："老匹夫,敢用妖物破我金棋!”元帅答道:“大唐名将,故有神虎相助,你今棋子已打完了,不能伤我,快快下马投降,免汝一死。”杨藩看来战他不过,把身子一摇,现出三头六臂,青面獠牙,举手中大刀,劈面砍来。元帅看见说:“原来是一个怪物,不要与他战。”即忙左手拈弓,右手拔出穿云箭,搭上弦,飕的一声,一箭射去。只听杨藩叫声:“不好了!”即被射中左边头上,几乎落马,负痛而逃。元帅也不追赶,鸣金收军。

杨藩败进关门,扯起吊桥,进了帐府。心中想道:“果然薛仁黄骁勇,又有神虎来助,不如今晚往观星台一看,就明白了。”候到天晚,走上星台,四面观看星象,只见唐营白虎星高照,心想:原来薛仁贵是白虚星临凡,故此今日阵上发出白虎,把我金棋子抓落。此处有一座白虎山,正犯他性命,不免明日出兵诈败诱上山中,用撒豆成兵之术,伤他性命便了。算计已定,即下观星台。

次日,杨藩全身披挂,出关讨战。探子报知元帅,元帅大怒,立刻传令分兵四队出营,排下一个阵图,名为一字长蛇阵。

元帅喝道:“昨日逃去,今日决个雌雄。”说罢,把手中方天画戟一紧,刺将过来。杨藩把大刀往戟上架住,冲锋过去,回转马头,把大刀往面上砍来。仁贵把戟架住旁首,两下交锋,战有三十余合。元帅把戟梢一指,四支兵马围将上来,把杨藩困在垓心。元帅传令:不许放走,必要活擒。杨藩看来没法,望西而逃,正逢着罗章。罗章喝声:“那里走!”把枪劈面刺来。杨藩叫声:“不好。”将金棋子打来,正中罗章面庞,手中枪一松,被杨藩闯出重围,落荒而走。元帅传令众将快追番将。追上二十里,程咬金说:“元帅,穷寇莫追,放他去罢。”元帅道:“老千岁,那番奴被本帅用长蛇阵围住,要活捉他。他仗金棋子厉害,打中先锋,冲阵而逃,不进关中,决无逃处。此时不擒,更待何时?大小三军,与我追上前去!”众将得令,一齐杀上追去。

不知如何,且看下回分解。

第四十一回 白虎关杨藩兴妖 薛仁贵中箭归天

且说薛仁贵看看追到山林地面，探子报道："杨藩逃上高山去了。"唐军便一齐追上山去。元帅当先追上高山。程咬金心中疑惑：阿呀不好了！众将且慢进去，不要中了番奴之计。即命秦梦快追元帅回兵。秦梦答应，飞马追赶。

再言元帅追上高处，抬头不见了杨藩，前有山石挡路，传令回兵，元帅正要退兵，忽听得四野鬼叫一声，抬头一看，只见杨藩立于高阜之上，手执葫芦，放出红豆无数，望空一撒，变成千百万鬼兵，多生得青面獠牙，其形可怕，手执钢刀，把山头围住，只听得鬼哭神号之声。元帅大怒，喝道："番奴，你把妖术惑我军心，且不要走，吃我一戟！"随即追到山阜上面。这杨藩一见，哈哈笑道："薛蛮子今番中俺之计，性命难保。"元帅听了，一戟刺去。只见杨藩身子一摇，就不见了，原来杨藩借土遁而回，元帅不觉心惊胆战，分付亲随军兵且退回去。那知四下阴兵布置，并无出路。只得再往前山，远看一座庙堂，走到庙前，元帅下马，抬头一看，上写着白虎山神庙。

不免进去，来到神前，撮土焚香，祝告一番，立起身来，上马前去。只见鬼卒比前番更多。元帅毫无主意，仰天长叹曰："我薛仁贵英雄无敌，不想今日却中了番奴之计，被困在此。且待天明再处。"再言窦一虎天晚不见元帅回营，只得领兵前来。山下程老将军见窦一虎来到，说："你家岳父不听我言，追赶杨藩，被他诱上高山，用阴兵围住，我军欲要相救，杀不上去，秦梦杀上几次空回，如何是好？"一虎听了，大怒说："老千岁，独有我窦一虎不怕阴兵，待我上山相救岳父。"说罢领兵杀上。

鬼兵挡住，只见磨盘大的石头打了下来，吓得三军不敢前进，只好回来。一虎见了程咬金说："老千岁，阴兵果然厉害，待小将去见岳母，再来相救。"就领三军回转，禀知岳母。夫人听了，吓得魂飞魄散。金莲小姐胆战心惊，叫声："母亲，爹爹兵困白虎山，此祸不小。女儿夜梦不祥，不如差秦汉释放哥哥前来，必能相救；不然爹爹性命难保。"夫人听了，传令秦汉往朱雀关放丁山出来救父。秦汉领命，即戴上钻天帽，不消片时，来到关中监牢，放出薛丁山，细说一番。丁山听了大怒，说："番奴如此无礼，困住爹爹，我不救谁人去救。"即同秦汉登程。秦汉钻天而回。丁山借了土遁，来到营中，拜见母亲，相见妻房妹子，方知生下了两个孩儿。夫人说："你父被困山林，快去相救。"丁山说："谨依母命。"连夜造饭，天明披甲，出营上马，一支兵马飞出杀到白虎山。

丁山见秦梦力战一员番将，即大喝一声："我来也。"把马一拍，冲入阵中。秦梦一看，原来是世子，满心欢喜。番将一见来将，大怒提刀挡住，喝道："来将通下名来。"丁山道："我乃征西二路元帅薛世子是也！番奴，本帅不斩无名之将，快通名来，我好记账。"杨藩听说丁山二字，心中大怒："我白虎关杨藩便是，你这畜生，强夺人妻，罪不容诛，把你碎尸万段，才泄我恨。"举起大刀砍来。丁山忙把画戟接住，山前大战，喊杀连天，战到三十余合，杨藩不能取胜，又把金棋子打过来。丁山身上穿的是天王甲，金棋子不能近身。一道金光冲出，杨藩双眼散乱，被丁山提起神鞭，亮一亮正中后背。杨藩叫声："不好了！"口吐鲜血，伏鞍而逃，飞奔进帐。丁山一心救父，不去追赶，同程老将军、窦一虎、秦梦、秦汉领兵杀上。五将只见飞沙走石，鬼兵挡住去路，磨盘大石打将下来，众将吓得魂不附体。丁山心中一想：我闻妖法有撒豆成兵之术，将猪羊狗血喷筒冲去，必然消灭。立刻传令三军，速取猪羊狗血来，军前应用。军士得令，即忙取到狗血喷筒等物，将血灌满，望着山上喷去，鬼兵鬼将影迹全无。乱了一日，天色已晚。

再言元帅困在山头一日一夜，腹中饥饿，不能行走，立望救兵，心中昏闷，天色已晚，坐在拜台上蒙眬睡去。泥丸宫透出原形，是一只白虎。丁山一见，忙左手取弓，右手搭箭，一声响，正中虎头。那白虎大吼一声，回进庙中。众人赶到庙前，下马一看，说："阿呀，不好了！白虎不见，倒射死了元帅。"丁山抱住父尸大哭。咬金说："你父是白虎星转世，现了原形，被你射死，朝廷知道，其罪不小。"一虎流泪，连忙回报进营，向岳母细述此事。夫人与小姐听了此言，魂飞魄散，哭倒在地。

仙童、金定闻之，吓得魂不附体，连忙来到，叫醒婆婆、姑娘说："此事如何是好？"婆媳四人，骑马哭上高山，来到庙中，见丁山抱住父尸，在拜台上大哭，夫人、小姐也来抱住，放声大哭。叫声："老将军你盖世英雄，死在西番地面，我和你今日分别，叫我好不伤心。今被畜生箭射误伤，真不孝之子。"老夫人哭丈夫，骂丁山。小姐叫声："父亲，望你早平西番，回家享荣华，再不料番国未平，父亲先丧。恨哥哥不孝，救父反来杀父。"仙童、金定也痛哭道："冤家你不孝，误射死公公，难免凌迟之罪。"丁山哭道："母亲妹子，二位妻房，不是我薛丁山忤逆不孝，有心救父，只因父亲梦现原形，变成白虎。我那里知道，以致一箭射去，误伤其命，罪不容诛。且请母亲备棺，收回父亲尸首，然后奏明圣上，把孩儿以正国法便了。"夫人哭住，传令：快将衣衾棺椁拉到山头，收殓元帅，停在白虎庙中，设其灵位，供在正殿。众将齐来祭奠，人人挂白，个个举哀。

再说王敖老祖，晓得前世冤孽，借了土遁，到了山林。丁山接见，拜见师父。老祖说："当初薛元帅射死丁山，亏贫道救活；今日元帅也被其射死，无人可救：一报还一报。元帅是白虎星下降，故现白虎，此关名白虎关，又有白虎山，合该命绝。今日丁山杀父，犯罪逆天，宝贝合当取来还我，你将功赎罪，命尚可有救。"丁山听了师父之言，不敢不遵，只得将宝贝拿出来交还师父。王敖老祖收了宝贝，驾云而去。咬金见元帅收殓完毕，也辞别夫人和众将，备马径往长安。

再言杨藩败入关口，紧守一月，想道：为何不来打关。有番儿报进说："平章爷，唐营不知为何皆穿白，莫非主将身亡，不来攻关？"杨藩听了大喜，晚上上星台一观，果然白虎星移位。想道："莫非被鬼杀了，也未可知。待我唤鬼兵来问便了。"正念真言，忽报有青脸道人要见。杨藩接了进来，原来是师父，即上前拜见。道人说："葫芦内鬼兵，被薛丁山狗血喷坏，已无用的了。我如今有一件宝贝在此，但是未曾炼好，教你方法，闭关一年，可用仙丹活火神炉烧炼，名曰飞龙镖，上阵能伤大将。汝当依法修炼，丹成之后，用之不穷。我因国舅苏宝同相求，从道友演说金光阵，没有工夫，即要回去。"将飞龙镖丹药付与杨藩，立刻驾云而去。杨藩望北拜谢，传令紧守关门，多加灰瓶炮石弓弩箭，以防唐兵攻打，自己却修炼飞龙镖去了。

不知后事如何，且看下回分解。

第四十二回 唐太宗世民归天 高宗帝御驾征西

再言长安城中贞观天子，在宫中想起元帅薛仁贵父子征西，屡有捷报，夺了许多关寨，惟处处有异人挡住，不能一旦平复，望他得胜班师，君臣相会，朕才放心。天子思想，身倚龙床，蒙眬睡去，梦中出了皇宫，只见文武上前接驾。天子一看，原来是秦叔宝、尉迟恭、罗成、马三保等，都说道："陛下乃紫薇星君降世，今将复位，臣等文武两班合当随侍，况左相星、右相星、白虎星俱已归原位，请陛下登殿设朝。"天子听了文武之言，随了秦叔宝等，来到云霞之内，见有一座宝殿。秦叔宝、尉迟恭奏说："此乃陛下北极紫薇殿。"只见左相星、右相星、白虎星，俯伏朝门接驾。太宗天子传旨平身，三人谢恩。

天子龙目一看，原来是左相魏征，右相军师徐茂公，白虎星乃是征西元帅薛仁贵。太宗进了宝殿，诸臣朝驾，分立两班。天子叫声："薛王兄，朕命你征伐西番，未曾班师，为何也在这里？"仁贵上前俯伏奏道："求王恕罪，臣兵到白虎关前，乃大数难逃，另差别将领兵去哈米国。谢恩万岁、万万岁。"太宗听到大数难逃四字，不觉大惊，忽听景阳钟响，猛然惊醒。天子睁开龙目一看，并不见两班文武，原来睡在龙床上，想起梦中之言，心想，难道寡人天命要绝了？梦中之事，不可深信，只听得五更三点，驾临早朝，文武朝见已毕。天子说："众卿有事启奏，无事退班。"降旨未了，班中闪出一位大臣，红袍金带，足蹬乌靴，头戴乌纱帽，抱笏当中奏道："臣钦天监监正李云开，有事启奏陛下。臣昨夜司天文台夜观星象，见西方一星，其大如斗，坠于番地，应在白虎位下。随后见北极垣中，二小一大，三颗明星落地，主朝中大臣归位。"太宗听奏，一发心惊。又有黄门官捧本进朝，俯伏金阶呈上。天官接了放在龙案之上。天子龙目观看，原来是左相魏征、军师徐茂公均已亡故，其子上本。

天子见了两本，龙目中滔滔泪下，他二臣许多功劳，正好享福，为何一齐归天，朕心好不伤感，传旨内监，钦赐御葬。王太监领旨前去。

黄门官奏说："臣启陛下，今有鲁国公程咬金由西番回国，入朝见驾，现在午门，未蒙宣召，不敢擅入。"天子想起三更之梦，魏征、徐茂公已应了，老将回朝，元帅肯定性命难保。

传旨上殿，咬金俯伏金阶，二十四拜。天子说："程王兄平身。"宣上金殿，赐坐问道："程王兄西番归国，可知薛元帅何日班师？"咬金听了，眼中泪下，奏道："征西薛仁贵，兵打白虎关，被番将杨藩使妖法用阴兵围住白虎山，其子丁山兴兵救父，同老臣一齐上山，谁想见一白虎，丁山放箭射死。阿呀万岁，原来这白虎就是元帅真形。望吾主速定丁山之罪，虽是无心，其罪不小。"天子听说仁贵身死，哭倒在龙床之上，说道："寡人亏你征东十大功劳，西番未平，良将先丧，叫寡人好不痛心也，如何是好？"哭得心伤，口吐鲜血，吓得两班文武内侍飞报太子李治。李治惊得魂不在身，来到龙廷，扶住父王，传旨退班回宫。交三更之后，太宗驾崩。传旨先将哀诏颁行，各官穿白开丧，三月二十七日行孝。

然后新君登位，文武尽穿大红吉服，分立两旁。只听得东边打起龙凤鼓，西边打起景阳钟，一派奏乐之声。前面三十二名太监，一声吆喝："新君临殿。"后拥二十四名宫娥彩女，随侍龙驾，两把龙凤宫扇分开，来到龙案，身登宝位，珠帘放下。只见底下文武朝见，山呼已毕。李治大喜说："诸卿平身。"众臣谢恩起身，分立两旁。即传旨：改元年号唐高宗皇帝，国号永徽。天子先颁喜诏，通行天下，立王氏娘娘为正宫，立李显太子为东宫。这忙非止一日，天子就把龙袖一甩，驾退回宫，珠帘高卷，群臣各散。

次日天子临朝，传旨百官，俱加一级。天下犯罪人等，已结与未结的，尽皆恩赦，内有十恶不赦。钦赐功臣筵宴已毕，就召魏旭见驾，山呼万岁。天子开言道："魏征乃先主辅弼，朕不负功臣之子，封卿大夫左丞相之职，恩赐蟒袍纱帽。"魏旭封了左丞相，驾前谢恩。又宣徐梁见驾，徐梁上殿朝见，天子道："卿父为国运筹，致一统江山，其功不小，封卿袭父军师之职，恩赐锦袍玉带。"文武恩封已毕，天子对咬金说："老王伯，元帅身丧西番，进退两难，朕今同王伯御驾征西，征讨叛逆。"传旨命东宫、魏旭监国，咬金为前队，兵马出了长安，一路滔滔，晓行夜宿，非止一日，出了玉门关，一路上俱有文武迎送，百姓香花灯烛，好不热闹，不觉来到寒江关。

再言樊梨花母子，孤孤凄凄苦度衙中，梨花早已晓得仁贵身死，程老将军出关经过，明日御驾亲来征讨，丁山难逃杀父之罪，待我做成御状告他。我善晓阴阳，丁山不该命绝，且惩治他一番，叫他情愿心服。且将杀父休妻两个罪写明，扮做村庄妇人，告他一状便了。

次日辰牌时候，只见旌旗耀日，前队藤牌兵，后队短刀兵。

步兵多带弓箭，马兵手执长枪，四队雄兵过去，全副銮驾，两班文武，都骑高马，队队分开，文官紫袍金带，武将金甲金盔；御林军保护着天子，朝廷身骑龙驹，马前许多太监。程千岁随了天子，看看相近关前。樊夫人同梨花抢出叫屈。

天子听得,便问两边军士,关前何人叫屈,即速捉来。军士领旨,将二人捉住,来到驾前。二人手执御状,俯伏在地,口称冤屈。天子想,此是西番外国之女,有甚冤枉,前来叫屈?如今要把西番化服,理当准状。传旨取状纸过来。太监领旨,就把状纸送上。

天子龙目一看,说:“原是西番才女告状。”阅过一遍,便将状纸交咬金,说道:“老王伯必知其情。”咬金接来一看,奏道:“樊梨花不但有才,而且有智,真是国家柱石。她献关招亲,果然丁山不是。老臣为媒,丁山三次休弃。望君主准状究明。”天子听了,说:“赐御平身。”龙目一看,樊梨花果然容貌超群,忙开金口道:“你母子情节,程王伯父已一一奏明,朕已深悉其情,准你状纸泄恨便了。”樊梨花同母谢恩已毕,朝廷进关,一直西行。

樊家母子回转衙门。夫人说:“儿阿,难得大唐天子准了状纸,又亏老千岁在旁,代我母子说明冤屈。此番圣驾到了白虎关,定把丁山问罪,令他请罪,你可放心,夫妻得以完聚。”小姐听了,叫声:“母亲,冤亲把我三次羞辱,要报他三次之仇,磨难他一番,方泄昔日仇根。”老夫人说:“女儿,你们后生家,偏有许多委屈。据我做娘的看起来,还要三思。”小姐说:“母亲,若不将他磨难一番,焉肯服我。”夫人说:“女儿言之有理。”再言天子行到白虎关前,薛夫人率领众将接驾,自陈一本。本上不过说射死因由,求王判断。天子看了,分付将丁山绑来见驾。军士领旨,将丁山捆住,俯伏阶前。天子见了丁山,心中大怒,传旨午时三刻,碎剐凌迟。军士领旨,专等午时三刻开刀,这把丁山魂灵吓散。

不知生死如何,且看下回分解。

第四十三回 樊梨花诰封极品 薛丁山拜上寒江

天子降旨,将薛丁山绑上法场,专等午时三刻开刀。这边仙童、金定各抱一子,营前活祭,抱头大哭,各诉前情。丁山哭道:“二位妻阿,我薛丁山前世做了昧心事,罚我今生颠倒,事出无心杀父,凌迟之罪难逃。我死之后,妻须要孝敬婆婆,抚养孩儿,长大成人,为祖宗争气。”二人哭道:“樊家妹妹二次救你,你倒三次休弃,所以有这样大祸。”丁山说:“二位妻,我今悔之已晚,不要埋怨我了。”二妻将一杯酒送上说:“你吃一杯,以尽夫妻之情。”丁山含泪饮了。金莲也来祭兄,同窦一虎营前活祭,也有一番言语。

众文武见龙颜大怒,不敢驾前保奏,呆呆相视。内中闪出程咬金,俯伏驾前奏道:“老臣想,西番未平,逆谋未除,倘斩丁山,苏宝同复起兵来,谁能敌之?丁山虽不孝,罪不容诛,目下用人之际,臣保他将功折罪。若破番兵,非寒江关樊梨花不可。此人足智多谋,更有仙术,伏望吾主权赦丁山杀罪,贬为庶人,令他步行,青衣小帽,到寒江关请樊梨花到来出兵,万事皆休;若不能请到,再行治罪。望乞圣裁。”天子听奏,说:“老王伯所见不差。”咬金领旨出来说:“奉朝廷旨意,权赦了丁山,贬为庶人,青衣小帽,不许骑马,步行到寒江关,请到樊小姐出兵,赦汝的死罪。”刀斧手放了绑。丁山呼万岁,谢皇恩,合家老小欢喜,都来拜谢,说:“若无老千岁保奏,则性命不保。”丁山死中得活,更换了青衣小帽,别了众人,一路步行,直往寒江关。

再言程咬金复旨,详细奏明梨花二次功绩,愿王封赠,重起威风。天子准奏,御笔封赠,旨下:樊梨花有功于国,封威弼大将军之职,钦赐凤冠一顶,蟒袍一件,玉带一条,打发天使龙马前去。天使领旨而去。

再言寒江关樊梨花,她善知阴阳,早已知道。等候诏至。

这日探子报进说:“圣旨到,快设香案。”天使开读已毕,梨花在香案前谢恩,方知官封侯爵,满心大悦,送天使回转。众将来恭驾,重起威风,日日教场操演,以备西征。

再言丁山在路，渴饮饥餐，凄风冷雨，艰苦异常，走得脚酸腿痛，叫声："天阿，我薛丁山命好苦。樊梨花这贱人，犯了许多恶迹，誓不与她成亲，把她三次休弃，她怀恨在心，此去请她，谅必不从，虽然怪我，已经奉旨请她，不敢违旨。"算计已定，不一日早到关前，身上穿了青衣小帽，无颜问人，伸伸缩缩，看天色要晚，说不得丑媳妇要见公婆之面，只得含着羞耻，把头上罗帕一整，身上布衫一理。他官职虽然削去，官体犹存，摇摇摆摆，进了关门，大模大样，叫道："门官，与我通报夫人、小姐，说世子要见。"那门官听得，走过来一看，说："你是什么人？在此大呼小叫？"丁山说："我是薛世子，要见夫人、小姐。"门官说："那薛世子如今在那里？吾好去报。"丁山说："在下便是。"门官说："放你娘的屁，薛世子同元帅前来征西，好不威风，看你这狗头狗脑，假冒来的，禀了中军，打了你才好。"丁山听了，满面羞惭，也怪不得门官，人情看冷暖，人面逐高低。只得忙赔笑脸上前说道："门官，我真是薛世子，假不来的。因犯罪朝廷，削去官职，除了兵权，贬为庶民。现前来求见。"门官说："你原就是薛世子，犯法削职，令人快活，你可是忘恩负义之人，小姐救你两次性命，你三次休她。今来求见，有何话说？"丁山叫声："大哥，不瞒你说，只为我犯了剐罪，亏得程千岁保奏，奉旨前来请樊小姐破番邦，将功折罪。相烦为我通报一声。"门官听了奉旨二字，不敢耽搁，禀知外中军。中军连忙传令。里面走出女中军，问道："何人传报？"外中军说："薛世子奉旨前来，请千岁爷出兵，故此传报。"女中军道："且站着，待我通报。"进了内衙禀知梨花。梨花听了，恨声不绝："你传出话对他说：千岁亲奉旨，官封侯爵，永镇寒江，要操演人马，不得工夫接见。既然圣旨要我出兵，拿凭据来看。"女中军领命，出了私衙，叫一声外中军过来："千岁说，既然如此，可有凭据？"外中军门官说了。丁山听见，呆了：前日性急，不曾奏过，凭据全无，如何请得动她？今番空回，性命难保。只得破了脸皮，又要开口。只听三声炮响，就封了门。门军说："薛世子，门封了，外面去，明日再禀。"丁山听了，只得回饭店安宿一宵。夜中想，樊梨花当日十分爱我，故此弑父杀兄，献关招亲。待我明日细告前情，她必然怀念。

次日天明起来，丁山梳洗已毕，穿好衣服，来到辕门。见大小三军明盔亮甲，排齐队伍，伺候辕门。只听三吹三打，三声炮响，大开辕门。内中传令，大小三军起马，往教场中操演。

那外面答应如雷，人人上马，一队一队向前而行。后面许多执事，半朝銮驾，前呼后拥。樊梨花坐了花鬃马，头戴御赐凤冠，身穿蟒袍，腰束玉带，足登小乌靴，威风凛凛。丁山不敢上前去禀，掩掩缩缩，满面无颜。却被小姐看见，叫中军过来，说："那着青衣小帽的什么人？闯我道子，莫非奸细？与我绑入教场究问。”八个牌官一齐答应,将丁山捆绑,带往教场。梨花来到教场,三声炮响,大小三军分立两旁,一齐跪下。小姐下了马,升了演武厅,坐在金交椅上。众将打躬分立两旁。樊梨花传令带奸细过来。牌官答应,即将丁山带在案前。丁山吓得魂不附体,爬起身来,立而不跪。梨花大怒,喝道:“你这奸细,见本侯仍倔强不跪。”丁山说:“男儿膝下有黄金,怎肖低头拜妇人?我奉旨前来,你反面无情,不认得我么?”梨花说:“原来你就是忘恩负义的畜生。既说奉旨前来,圣旨在那里?好设香案开读。”丁山无言可答。梨花说:“一派胡言。女兵们,把这畜生打皮鞭一百。”两旁女兵一齐动手,将丁山吊在旗杆之上,皮鞭抽打,打得丁山叫苦连天,道:“请小姐饶命,虽是我忘恩负义,须看父母之面,饶了我薄情之人。从今以后,再不敢了。”小姐铁面不睬。丁山被打了五十,死去还魂。小姐分付住手,旗杆放落丁山,说:“旗牌过来,你将薛世子背负回家,调养好了,着他回见圣上,说千岁爷不奉诏书,断不开兵。”旗牌领命,背世子回到家中。丁山疼痛难当,恨恨之声不绝:今日把我毒打,全没夫妻之情。哭个不了。旗牌说:“世子,我劝你且免愁烦,不要悲痛。方才千岁爷叫我打发你回去,讨了圣旨,方许起兵,看你遍身打坏,如何行走?且在舍下调养好了回去。”每日以红花酒肉相敬。丁山身子好了,拜谢旗牌,作别起程。一路思想,怎生见得圣上?也罢,少不得一死,硬了头皮,一路回走,晓行夜宿,不日到了白虎关。丁山营前俯伏,值殿官启奏,天子宣召进营。丁山俯伏驾前奏道:“臣薛丁山前往寒江关请樊梨花出兵,她道我假称圣旨,并无凭据,将臣痛打五十皮鞭,不肯出兵。现前来复旨,望王赦罪。”天子听奏,龙颜大怒:“朕前分付,若请不到樊氏,即正国法。”传旨推出营前斩首。御林侍卫将丁山绑了,推出营前。这吓坏了两旁文武。闪出军师徐梁奏道:“世子薛丁山英雄无敌,国法该斩,臣保他七步一拜,拜到寒江,求得樊梨花回心,前来见驾出兵,以赎前罪。伏乞圣裁。”天子准奏,传旨放了丁山。丁山遂进营谢恩,出营又谢了徐梁。徐梁道:“贤弟,我和你同是功臣之后,为国求贤,何谢之有!我在驾前保奏你七步一拜,拜上寒江关,求恳樊小姐出兵,圣上方赦你死罪。若请不到此,其罪难免。”丁山流泪道:“徐恩兄!可怪樊梨花必要圣旨为凭,若无诏书,只怕恳求不动。”徐梁说:“贤弟,这件情由,怪你自己不是,不该三次休弃,怪不得她作难。圣上旨意无非要你拜樊小姐回心,岂有圣旨给你?依我的主见,照七步一拜拜去,樊梨花起了怜念之心,前来见驾,也未可知。”徐梁说罢,别了回去。丁山好不沉闷,不敢回去见母,备了一只香几凳,七步一拜。一路想起好不伤心,拜得腰酸足痛,饥餐渴饮,吃了多少辛苦。

再言梨花打了丁山,后调养好了,便放了他,并差人打听。

这一日探子禀了小姐。小姐说:“你到白虎关打听世子消息如何?”探子立起身,将此事细说明白。小姐说:"如此再去打听。"探子领命。小姐打发探子出去,心中不胜欢喜:你前三次休弃我,我今日三次难你。小姐来到后堂,夫人说:"我问你,丁山挨皮鞭回去,差人回来,说唐王把他怎么样了?"梨花将言说了一遍,夫人大喜:"难得唐王为你出气,他七步一拜,前来请你,你必须念公婆之情,依他恳求出兵便了。"小姐听了,把手一摇,叫声:"母亲,冤家做得薄情,使我怀恨在心。还要弄他颠颠倒倒,他才心服。"

不知弄出什么事来,且看下回分解。

第四十四回 难丁山梨花佯死 薛世子拜活梨花

再言梨花说道："母亲，孩儿有起死回生之术，且戏弄他一番。"夫人说："人死焉有回生之理。"梨花道："母亲，孩儿学庄子仙术，待儿诈死，传令三军，俱穿白衣，备具棺木，将儿成殓正堂，设具灵座，人人大哭，个个悲伤。候冤家到来，母亲还要假哭，痛骂他一番，埋怨他忘恩负义，好叫他心服情愿。"夫人听了，深信女儿神通变化，满口允承。小姐登时诈病，三日之后死了。三军闻知，均皆痛哭，挂白开丧，件件端正。

再言薛丁山吃尽千辛万苦，登山涉水，七步一拜，拜得脚虚腿肿，若还不拜，其罪非轻，打起精神，一路拜来。看看来到，只见辕门挂白，心中大惊，不知死了谁人，不免闯进去，问个明白。那军士是认得的，开言叫声："大哥，那千岁衙门，死了那一个，挂白在此？"门军听了，双眼流泪，叫声："世子，不幸千岁得了急病，三朝前亡故了。"丁山听了，吃惊非小，跌倒在地，半晌方醒，叫声："天阿！我薛丁山何等命苦，吃辛受苦，拜到这里，只求小姐回心出兵，不料急病而亡，怎好回复圣上？也罢，小姐虽然身死了，待我拜到灵前，诉明心迹，回去死也甘心。"门军听说，报知夫人。夫人分付开门。

丁山哭拜进堂，见了小姐灵座，放声大哭，叫声："妻阿！我原是自己不是，二次救我，三番休你，所以有此大祸。虽然小姐身死，怎好回旨！"又说："妻阿！你可有遗言？"夫人在内听见，走出厅来，带泪骂道："无义畜生，害她身亡，还要在此假哭，与我打出去罢。"一班女将手执皮鞭，打将过来。

丁山见她们打来，转身就走。女将闭上内堂门，丁山即啼啼哭哭，又被夫人数落一番，不敢讨遗表，只得再回白虎关。

再言小姐重又开棺，对夫人道："孩儿诈死，难这冤家，只恐朝廷知道，有欺君之罪，不如先上表章，陈情说明，先去奏闻，朝廷决不加罪。"夫人道："我儿之言有理，神机妙算，胜过男子，快修表章。"小姐将表章写得情词恳切，甚是分明。

差人连夜起程，不分日夜，赶到白虎关，下马走入内衙。接本天官奏上。皇上见樊氏表章，龙心大悦，想西番有这等才女，要三难丁山，朕今用人之际，焉有不准？对程咬金称赞樊梨花能干。

再言丁山一路辛苦，回到御营，哭诉天子。天子假意大怒："朕差你去请樊梨花，说没有凭据，不肯出兵；今次着你拜上寒江关，为何说梨花身死？明明一派胡言！既然病死，岂没有遗表。只怪你三番休她，怪你忘恩负义。前日徐军师保奏，若请不到梨花，立行斩首。现在你还有何说？"传旨将欺君杀父之人，乱箭射死。御林军一声领旨，将丁山吊在旗杆之上，专等行刑旨下。丁山吓得魂飞天外，魄散九霄。这惊动了薛老夫人同两位媳妇、金莲小姐。她们见丁山吊在旗杆之上，四十弓箭手，扣弓搭箭，等候时辰到来。夫人叫声："亲儿，你犯上逆天大罪，两次有人保奏，今番性命难保，叫为娘好不伤心！你不该三弃梨花，冤仇不解。她今权在手，自然要报仇。我指望养儿防老，谁知反送你终。"说罢大哭。姑嫂三人见了，如乱箭穿心，营前大哭。程咬金在旁暗笑，连忙在御前保奏道："愿吾王准老臣之奏，再赦丁山三步一拜，拜到寒江关，拜活樊小姐，方免其罪。此番若再请不到，老臣与他同罪。"天子闻言，说："老王伯保奏当准。"程咬金谢王万岁，传旨立刻放绑。军士领旨，放了丁山。丁山又死中得活，进营面谢君恩，奏道："臣谢不斩之罪，望王付臣恩诏前行。"丁山谢恩退出，辞别众将，如今三步一拜了。程咬金道："世子，老夫马行走得快，你步行，况且又要拜，是慢的了。你先动身，待老夫稍停一二日赶来正好。"丁山道："多谢老千岁。"依然营前拜起。

再言樊梨花正在府中，差官回来说明此事。梨花大悦道："三难冤家，也不怕他不死心塌地，自然惧怕我，要他叩头拜回灵魂。"再言这丁山三步一拜，正是六月炎天，拜得汗流如雨，看看又到寒江，只见后面来了一支人马，相近到来，抬头一看，原来正是程老千岁赍诏到此。薛丁山上前拜见。咬金道："亏你后生家有此精神，三步一拜，拜得到此。若是我老人家，一拜也不能的。待老夫开读诏书，你慢慢来，哭活樊小姐便好。"说了这二句，飞马即去。丁山听了，满腹疑心，想道："方才老千岁之言有因，难道小姐不曾死，我丁山仍有性命？"一路疑疑惑惑拜去。

咬金到了关前，探子报进，说："圣旨到了。"老夫人冠带出来迎接，说明此事，且待负义丁山拜活，然后开读。咬金听说，言之有理，就在公馆住下。再言丁山三步一拜，来到辕门，开言叫道："门军，快与我通报夫人。"夫人分付开门。

丁山拜进内衙，对了灵座，双膝跪下，哀哀啼哭诉说情由，均皆承认自己不是："望小姐前仇莫记，与你夫妻和好，以后再不敢得罪你。你阴魂必然晓得，早早还魂，回去朝见天子，救我一命。倘若再有差池，灵前立刻丧命。"说罢大哭，叩头不止。小姐棺中听得，只是不睬。丫环使女见世子这般悲伤，尽皆下泪，看小姐怎样还魂。

听得鼓打一更，丁山依然哭拜，但见灵幢肃静，并无人声。

俄而二更，丁山哭叫不止。鼓打三更已交半夜，丫环侍女俱皆睡去，独留世子在此，起来拜倒，哭得疲倦，就在拜垫之上，矇眬睡去。只见一阵阴风，鬼哭神号，丁山惊醒，立起身来道："小姐，你阴魂出现了么？待我走到灵帏里面相会。"只见众侍女沉沉睡去，见了棺木，将身抱住，叫声："小姐，你阴魂来会我，我在此等你还魂。"忽见棺材盖悠悠掀了起来。丁山本胆大，把棺盖揭开，只见樊梨花坐起来，大叫一声："我好恨。"开眼一看，见了丁山，恨恨之声不绝。丁山大哭，连忙扶小姐跨出棺材。那侍女丫环惊醒，见了小姐，大家欢喜。忙请夫人，夫人假作啼哭，叫声："女儿，难得你还魂，叫娘好不欢喜。"丁山大悦，轻轻跪下，说："恭喜小姐还魂了。"小姐全然不理。夫人说："女儿，丁山虽然忘恩负义，幸亏朝廷伸你仇恨，如今消去前仇了。"小姐听了夫人之言，说道："既是母亲分付，孩儿从命便了。"只见丁山跪在地下，小姐大喝道："负心人，若不念圣上求贤之心，把你这个冤家，万剐千刀，方泄我恨。快起来通报公馆，明日宣读旨意，就此起兵。"丁山大悦，叩谢立起身来，正好天明。夫人分付去了灵位，以便迎接圣旨。

丁山走出，报与老将军："那樊小姐被我拜活了，请前去开诏。"咬金听了，哈哈大笑说道："贤侄孙，你信服我么？你要真心诚意，自然拜活。"丁山道："多谢老千岁。"同老将军来到官厅，梨花接旨，开读诏书谢恩。然后与咬金相见说："老千岁，前日玉翠山薛应龙，不服王化的草寇，被我用计擒他，认我为母，世子将他激变，反上山中去了。今起兵西征，正在用人之际，我同老千岁起兵复旨，着丁山领兵一千，前去收服薛应龙，同来见驾。"程咬金说："小姐之言有理。"丁山不敢违令，领兵往玉翠山而行。

不知后事如何，且看下回分解。

第四十五回 樊梨花登台拜帅 薛丁山奉旨完婚

再说梨花来别夫人，夫人流泪，说道："儿呀！你要记着白虎关守将杨藩，他父杨虎，与你父亲相好，将你自幼许配给他。后闻他貌丑，虽央求媒妁，而为娘作主，终不允承。今匹配薛世子，杨藩必不甘休，他有左道旁门之术，此去定要小心。"梨花道："谨依母命。"遂叩别了夫人，同老将点齐大兵，出了寒江关，往白虎关进发。

再言丁山，到了玉翠山，放炮鸣金，惊动了山中巡哨，报进寨中，启道："大王，不好了，有官兵杀进来了。"应龙听了大怒，结束披挂上马，带领喽啰杀下山来，大喝道："那里来的官军？敢来送死么？"丁山听了，把马一拍，提枪喝道："应龙，为父在此，招你入军，同往征西。"应龙猛听此言，满心疑惑，遂道："休讨便宜，我家继父薛世子，官封二路元帅，正是堂堂将帅，领百万雄兵，好不威风凛凛。你是何等人，敢来假冒，讨我便宜？且吃我一枪，放马过来！"将长矛挺起来。

丁山把戟架住，喝道："休得无礼，为父便是薛丁山，因在白虎关误伤汝祖，朝廷遂将为父官职削去，重用你樊氏母亲，封侯挂帅，统兵征西，罚我在帐前效用。今令我前来，招你一同征西。快随为父回营缴令。"应龙听了，即忙倒戈下马，跪在地下，叫声："父亲，孩儿见你打扮不同，望爹爹恕罪。"丁山喜道："快随为父的前去。"应龙禀说："孩儿前被爹爹绑出辕门，惧怕而回，今后不敢去了。"丁山说："前事休提，今日不必惧怕，快随我去缴令。"应龙听了大悦，立刻传令，带领喽啰同丁山离了玉翠山，一路下来。

再言程咬金同樊梨花，入营朝见天子，谢了恩，山呼已毕，加封梨花，谢恩退出。梨花进营拜见了夫人，夫人遂将前情细述。梨花也诉明因由。仙童姑嫂三人前来拜礼，叙了阔别之情。

薛勇、薛猛兄弟也来拜见，梨花大喜，各赠黄金手镯，二人拜领，遂备酒筵欢饮。

再言丁山同了应龙，不一日来到营中，朝见天子，复旨谢恩。然后回到营内见过母亲，一门尽皆欢喜。次日程咬金奉旨到营，合家见旨，皆跪下恭听宣读，诏曰："梨花英雄无敌，智勇兼全，封征西大元帅，威灵侯；薛丁山暂赦前罪，封帅府参将，帐前听用，就此完姻。"圣旨读罢，谢恩已毕，咬金说："今奉旨完姻。大媒为主，趁今黄道吉日，当晚成亲。"梨花欢容满面，合卺后，一夜欢娱。次日咬金对丁山道："此后小心，听候元帅呼唤，切勿倔强。"丁山道："这个自然。"再言梨花戎装上殿，当驾前挂了帅印，御手钦赐三杯御酒。

梨花谢了恩，退出御营。来到将台，只见将参谋，都司守备，济济一堂。这班武职，都是顶盔贯甲，一齐跪下，请帅爷登帐。

梨花分付站立两旁，秦梦、罗章、尉迟号怀一班公爷，俱到帐前说："元帅在上，末将甲胄在身，不能行礼，就此打躬。"梨花道："列主王侯请了，本帅蒙圣恩拜为征西元帅，请众将各宜禀遵，听我号令：一不许奸淫放火；二不许纵兵掳掠；三不许畏刀避箭。违令者军法治罪。"当即点罗章为前部先锋，领兵一万，去到白虎关。命秦汉、窦一虎领兵为左右翼，一同前去。后军点了丁山，又点小将应龙，为军前护卫。点尉迟号怀为头运解粮，二运点秦梦，三运点尉迟青山。诸将一声得令，出营上马，多是金盔金甲，领兵而去。

梨花下了将台，令月娥、金莲、仙童、金定四员女将，领了大队人马，放炮起程。朝廷旨下，遂令程铁牛、程千忠父子二人将薛元帅灵柩，同夫人护送至界牌关安顿，候平定西番班师回朝归葬。二将领旨，到营中告知薛老夫人。夫人流泪谢恩。随后一同到白虎山山神庙，将仁贵棺柩移往界牌关。

再言罗章先锋，同秦、窦二将来到关前，一声大叫："快报与关主知道，早早出来会我。"小番报进。那关主杨藩炼宝已成，伤痕平复，正要出关破敌。番儿报道："启上平章爷，不好了！唐王拜樊梨花为帅，有将在关外讨战。"杨藩听了大怒道："可恨这贱人，弑父杀兄，献关降敌，弃旧喜新，另嫁敌国，倒来攻关。"传令抬刀备马。

杨藩披甲停当，上马提马，带领三军来到关前，分付放炮开关。一声炮响，关门大开，放下吊桥，冲到阵前。只见罗章头戴紫金冠，身穿白银甲，外罩白罗袍，坐下小白龙驹，手执梅花枪，面如冠玉，双尾高挑，见了杨藩，喝声："丑鬼，快下马受死，免得小爷爷动手。"杨藩听了大怒："你乃无名小卒，快叫梨花贱人前来会我。"罗章听了，说："休得多言，看枪。"一枪刺将过去。杨藩把手中刀望上一架，冲锋过去，回转过来，望罗章头上砍来。罗章把枪往上一抬，二人战了三十余合。杨藩见不能取胜，忙祭起飞镖。罗章抬头一看，见红光一道，直望面门上冲来，躲避不及，一镖正中肩膊上，坐不住马，迎面一跤，跌下马来。杨藩正待来取首级，却被秦、窦二将敌住，有军士救回。梨花看见，忙取灵丹敷好，不一日痊愈。

那杨藩见了二将，喝声："杀不尽的矮子，你今又来交战。"秦汉道："今番来取你性命。"棍棒交加，杀得杨藩招架不住，又祭起飞镖。二将看势不好，一个钻天，一个入地，逃走了。杨藩收了飞镖，骑马杀到营前，大叫道："背夫另嫁的樊梨花，快快出来，与原配丈夫答话。"探子报进，恼了丁山、应龙，父子二人上帐，禀说："元帅，末将愿出去活擒杨藩。"梨花说："番将杨藩指名要我出去，你父子二人与我掠阵，我当亲自去会他。"随即披甲上马，手执双刀，冲出营来。杨藩抬头一见，见冲出一员女将，但见头戴金凤冠，雉尾高挑，面如西子，貌若昭君，有闭月羞花之貌，胜如月殿嫦娥，身穿锁子黄金甲，外罩绣龙袍，足穿小缎靴，坐下腾云马，手执双刀。两旁四员女将，后面大旗上，写着大元帅樊。杨藩先是大怒，恨不得一刀将梨花砍为两段，及见了梨花容貌，倒觉满口流涎，说："好一块羊肉，却被薛蛮子夺去。今日必要活擒她回关，成就姻缘，方雪此恨。"

不知擒得来擒不来，且看下回分解。

第四十六回 梨花大破白虎关 应龙飞马斩杨藩

且说杨藩见了樊梨花，便道："我乃白虎关总兵杨藩。吾父杨虎与你父是同朝之臣，将你许配与我已十有余载，因两地远隔，未曾花烛。你我今已长成，正要央媒完娶，因国舅苏宝同惹得唐兵西进，两个相争，蹉跎至今。你怎么弃了前夫，另嫁敌国？西番虽是夷虏之地，你也晓得孔孟之书，曾达周公之礼，一女何能配二夫？纲常廉耻，休得乖乱。莫若随我回关，狼主决不治你弑父杀兄之罪。你且想一想。"樊梨花满面通红，喝道："丑鬼对亲有何凭据？休得胡言，放马过来！"杨藩耐了性子道："梨花，你与我交战，旁观不雅，我是男子汉，倒惧内不成？见你花容月貌，不忍加害，劝你还复原配，免得后悔迟了。"梨花说："不要多言，放马过来，吃我一刀！"举起双刀，劈面砍来。杨藩将大刀架住，骂道："贱人，不识抬举，我好意劝你，你反生恶意。我既不罪你弑父杀兄，你怎又来背夫乱性，真是妇人最毒。今日不斩你这贱人，誓不收兵。"忙隔开双刀，将大刀当头砍来。梨花在旁首，回转马来，将双刀如雪片舞来。杨藩急架相迎。两人大战，一来一往，战到三十余合，杨藩抵敌不住，带马就走。梨花拍马追来。杨藩回头一看，见梨花追赶，忙祭起飞龙镖。梨花一看，见一道红光，直射下来，忙取出乾坤帕，往上一迎，只见万道毫光，把飞镖收去。大喝："丑鬼，还有尽数放来。"杨藩又祭起十二支飞镖，在空中飞舞，烈火腾腾，直奔梨花。梨花又将乾坤帕抛起，顷刻万道毫光，把十二支金飞镖化为乌有。

杨藩叫声："不好！"可惜炼就一年工夫，一日尽灭了，忙将身子一摇，现出三头六膊，身高万丈，手端六件兵器，复使阴兵杀上。只见鬼哭神号，都是蓬头赤脚，青面獠牙怪鬼，杀奔前来。梨花笑道："这些小技，可骗别人，我却不惧你。"把手一指，数万鬼兵反杀回本阵。杨藩这一惊不小，番兵如飞而逃。杨藩见破了法，带转马头就走。梨花祭起斩妖剑，将杨藩左手指头斩了下来。杨藩大叫一声，负痛而走，收了法术，退入关中，将关门紧闭。敷好伤痕，打点明日出战。

再言梨花手下，月娥、金莲、仙童、金定四员女将，杀得番兵七零八落，得胜回营，众将上帐称贺不表。

次日天明，探子报进，杨藩又在营前讨战。元帅闻报大怒，率领众将出营，来到阵前喝道："昨日饶你一死，今日又来讨战，只怕性命难逃。快放马过来！"杨藩也不答语，抡动大刀砍来。梨花拍马相迎，战至三十回合，杨藩不能取胜，回马大败。梨花在后追赶。杨藩祭起金棋子，毫光万道打来。梨花向身边取出金棋盘祭起，也有万道金光，棋子落在盘内，犹如铸成一般。杨藩那里晓得？又把金棋子打来，仍然被收去。一连发了三十六个金棋子，都在盘中贴定，拿移不动。梨花收完了棋子，重又杀出，说道："你的棋子都被我收了。还有什么宝贝？再放出来。"杨藩听了，魂飞天外，叹道："把我两件宝贝俱皆收去，如何是好！"又把身子一摇，现出三头六膊，阴兵依旧杀来。梨花将一个葫芦揭开盖子，放出无数火鸦，把阴兵烧得无影无形。杨藩叫苦连天，正要逃走。梨花祭起飞刀，将杨藩右手指砍下来，一连几刀，连臂膊也砍下来了。杨藩跌下马来，痛倒在地。梨花双刀正要斩他，忽听后面鼓声如雷，回头看见丁山督阵，擂鼓助战。梨花暗思，杨藩虽未成亲，幼时却被爹爹误许姻事，今日见了，心中倒觉不忍。早被应龙赶上，手起刀落，将杨藩杀死。忽见杨藩头上一道黑气冲出，直奔梨花。梨花一阵头晕，跌下马来。四员女将直冲出去，将梨花救回营中。只见元帅面上失色，众将上前问安。杨藩阴魂投胎在梨花腹中，后来生下薛刚闯祸，害薛氏满门三百余口，死在武则天手内不表。

梨花传令抢关，众将得令，一齐上前，杀奔关来。番兵见无主将，闭门不出，俱往沙江关去了。番民香花灯烛出迎，元帅入马进了关，接了圣驾，在帅府驻扎，百官朝贺，出榜安民，遂传令招抚，所管地方官，尽皆投降。停留半月，辞王别驾，起了大队兵马，离了白虎关，望西进发。有一个多月，尽是黄沙扑面，好不辛苦。不觉来到沙江渡口，有探子报说："沙江有百里之遥，并无船只，请元帅定夺。"梨花闻报，遂传令扎下营盘，不许乱动，便令秦汉飞过沙江，骗番兵放船过来，渡唐兵过江，好打头关。秦汉领令，戴了钻天帽，片刻飞过沙江，落下地来。只见那番兵辏集，买卖生意，与中国一样。那些船上插了红旗，十支一队，共有四百余号，停泊江口。秦汉一想：我奉将令前来诱骗，看他怎样办法圣如何说得他们过去？正在踌躇，忽见一个番官，手拿令箭，对众船军说，大老爷分付，大唐兵马已到江边，船只不许私开，违令者斩。众船军得令。

秦汉心生一计，扮做番军。见番兵皆喂马料，三个成群，四个一队，或斗牌或闹酒，营房不见一人。遂将一副衣帽穿好，到一酒店门首，问道："店家，将爷果在这里吃酒么？"店家说："拿令箭的官儿在楼上吃酒。要寻他，请进去。"秦汉听了，来到里面，走上楼，只见番官吃得半醉，衣帽脱在旁边。

那番官见了秦汉，说："你是那个帐下来的？"秦汉哄说："我是大老爷手下的长随，奉将令扮作小军，探听军情。爷是那一处的把都儿官？"番官说："我是大爷的亲随,不认得你。”秦汉说:“不可是新充的,不曾拜会。我同你共饮三杯,叙个相识,小可做东。”番官说:“那里话,自然俺家作东。”二人畅饮,秦汉道:“小可新到,所以不知。”番官说:“我关主将是白虎关杨藩的父亲,因樊梨花降唐,为了打破白虎关,将小将军杨藩杀死,主将要为儿子报仇,差人征白狼山请红毛道人并黑脸仙将。二位仙友神通广大,早晚必到。犹恐唐兵渡江,差我各船去分付,不许开船。”秦汉说:“原来如此。把都爷请用酒。”番官竟吃得大醉,伏在桌上睡了。

秦汉即换了他的衣服,拿了令箭,走下楼来,对店家说:“我一锭银子在此,你收着,我有伙伴醉在楼上,我有公干去了。”酒家见了银子,说:“请便。”秦汉出了店门,到江边,对众船军说:“大老爷有意降唐,分付四百号江船,连夜渡载唐兵过江。违令者斩。”众船军说:“稀奇,一日之间,两样分付,早上说不许开船,如今又要连夜过江。”秦汉说:“你们休管闲事,快些开船。”众船军依令,立刻开船,扯起风帆,滔滔去了。秦汉大喜,脱下衣帽,撇下令箭,过得江来。

再言番官醒来,立起身来,不见了衣帽令箭,忙问酒家。

酒家说:“方才那位爷留下了一锭银子在此,穿了衣服,到江边去了。”番官听说,魂不附体,说:“不好了!中了唐人奸计了。”说罢,急忙赶到江边一看,大惊失色,说道:“该死了,船只一只都没有了。为何衣帽令箭在江滩上?幸喜无人拿去。”忙穿好衣帽,手执令箭进关,蒙混缴令。

不知后事如何,且看下回分解。

第四十七回 梨花破关除二怪 秦汉借旗收双将

却说沙江关主将杨虎，深恨梨花不忠不孝，且杀子之仇尤深，又闻兵临江边，恨不得活擒梨花，取出心肝，以祭其儿，方消此恨。忽报红毛道人、黑脸仙长请到。杨虎大悦，出关迎接，接到官厅见礼，分宾主坐下。二位仙师说："今蒙见召，有何话讲？"杨虎长叹道："奈因小弟单生一子，被恶妇梨花所杀，特请道友来此，共擒此贱人，为儿报仇。方泄我恨。"二人听了，恨道："不消道友烦心。要报此仇，有何难处，都在我二人身上。"杨虎大喜，设筵相待。

秦汉见各船俱已渡江，飞向营中缴令，细说此事。梨花大喜，即令三军连夜备候。江船一到，即要开船。众将得令，各预备停当。将及半夜，船只已到江边，一字排开。元帅传令趁此明月，即速下船。众将得令，一齐下船，来到西岸。令先锋罗章打道，金鼓连天，炮响不绝。番儿报进，杨虎大惊说："这事奇怪，我已传令西船不许过江，唐兵从何而来？"即出关迎敌。二位道人说："且免出兵，待贫道先上关去，略施小计，杀他片甲不回。"杨虎说："既然道友有计，相烦立刻开兵。"那道人来到关前，披发仗剑，扬尘舞蹈不表。

且说罗章杀到关下，只见一阵狂风，飞沙走石，天昏地暗，吓得罗章胆丧魂消，三军自相践踏。只见两道人，骑了白鹤，落将下来，大喝道："唐将休走，吃我一剑！"罗章招架不住，拍马而逃。两个道人在后追赶。后军飞报元帅。元帅大怒，率领四员女将，上前迎住。梨花念动真言，喝散飞沙走石。道人大怒，喝道："你是何人？敢破我术，吃我一剑！"梨花见两个道人，一个面如茄子，红须红发；一个面如黑漆，青须青发，眼睛也是青的，仗剑杀来。月娥飞马迎住，仙童上前助战，杀得二道汗流浃背。金莲、金定，也上前围住。两个那里招架得住，大败而走。四人在后追赶，那红毛道人现出一条火龙，用烈火烧来，烧得四人败阵逃回。梨花看见，把手一指，万丈水流冲出，将烈火烧灭，火龙大败要逃。梨花喝住："那里走！"拍马追来。黑脸仙长抢出，说："休伤我道友！"仗剑拦住。

梨花手舞双刀来战，杀得他尿屎直流，摇身一变，现出四手八脚，原是一只螃蟹，口中喷出涎沫，顷刻大雾迷天。梨花倒吃一惊，拍马如飞，回转营中。黑脸道人收了法术，与红毛道人一同进关。杨虎迎住，说："有劳二位道友，今日出阵，胜负如何？"红毛道人说："樊梨花果然神通广大，我将烈火烧她，她将倒海之水浇灭，幸道友用雾迷她，不然怎得收兵。"老将听了，叹口气道："久闻樊氏厉害。不能报仇，誓不两立。"即令家人护送夫人回国，家将领命，遂与夫人洒泪而别。杨虎全身披挂，同了二位道人，放炮出关，赶到唐营大骂。梨花倒觉羞惭。应龙上前说："母亲，老匹夫如此无礼，辱骂母亲，孩儿出去斩此匹夫。"梨花说道："我儿出去，须要小心。"应龙得令，上马提枪，冲出阵前喝道："老匹夫，你骂那一个？吃我一枪！"杨虎把大刀迎住，一场大战。秦汉、窦一虎二将见应龙枪法散乱，拍马来迎。两个道人敌住，祭起火球，打中秦汉面门，仰身跌倒。道人仗剑要砍，被一虎救回。复出阵来，道人又祭起火球，一虎地行走了。梨花出阵，对杨虎说道："老将军，天命归唐，劝你归顺天朝，免得生灵涂炭。"杨虎骂道："小贱人，恨不得把你千刀万剐，你反来要我投降，且吃我一刀。"把大刀望面门砍来。梨花双刀来迎，战了三十余合，旁边恼了金定，提起五百斤大锤，照杨虎头上一锤，打得脑浆迸出，死于马下。两个道人赶出，怒道："敢伤我道友！"仗剑砍来。二员女将迎住。红毛道人祭起火球，被梨花乾坤帕收去，道人现出原形，乃是一条火龙，大火烧来，那金定回身逃走。梨花念动真言，顷刻大水冲到，四海龙王将火龙围住，不能脱逃，被梨花飞刀斩成两段。那黑脸道人见了，骂道："贱人，连伤我二道友，与你势不两立。"仗剑砍来，梨花又放飞刀，道人慌了，口吐雾沫，将天遮掩，伸手不见五指。梨花无法，退兵十里，才渐见天日。众将逃回缴令。梨花道："大雾迷人，怎得抢关？"月娥道："我师父有五灵旗，能破雾沫，差将前去借得旗来，可除妖道。"梨花大喜，即令秦汉往金刀圣母处，求取五灵旗。

秦汉得令，戴上钻天帽，如飞而去。经过一高山，见有两员小将，各带兵马，旗分红白，在山上大战。秦汉飞下说："二位将军不必相斗，有话问你，这样年少英雄，不去建功立业，野战何益？"二将住手问道："你从空中飞下，是神，还是鬼怪？说个明白。"秦汉道："我不是神仙，也不是鬼怪，乃是王禅老祖弟子，姓秦名汉，随驾征西，路阻沙江关，有妖道喷雾迷人，奉大唐元帅将令，往金刀圣母处借旗，走此经过。今见二位英雄，何不随我同去征西，建功立业，岂不为美。"二人听了，下马便拜，我姓刘名仁，他姓刘名瑞，均是大汉之后，伐匈奴到此。此间有东、西二山，各人把守，他要占我东山，故此相斗。天幸相遇，愿拜为师。秦汉大喜，收为徒弟，说："待我借了旗回来，同去见唐王便了。"二将依言，各自回山，收拾人马等候。

秦汉仍飞上云头，片时来至竹隐山仙人洞，只见洞中走出两位仙姑，手提花篮。秦汉上前说："烦二位仙姑通报圣母，说王禅老祖弟子秦汉，要见圣母。"仙姑听了,说道:“原来是刁家妹子之夫秦汉。请说明来意,方可通报。”秦汉说:“因奉樊元帅将令,为蟹雾迷阻沙江关,不能进去,我家月娥说圣母有五灵旗能灭雾沫,特来求取,除了妖道,即当奉还。”仙姑听了,说道:“待我前去禀知师父。”即入洞来到蒲团前,说:“师父,外面有王禅老祖徒弟,奉樊元帅命,来借五灵旗,去破雾沫。现在洞外伺候。”圣母道:“命他进来。”仙姑出来,遂引秦汉来到蒲团之下。秦汉见了圣母,跪下说:“弟子秦汉拜见,愿师父圣寿无疆。”圣母道:“你之来意我已深知。”取出五灵旗,付与秦汉说:“要破雾沫,将旗一展,他性命难逃。”秦汉拜谢出洞,飞上云端,望着高山飞下。刘仁、刘瑞接着,秦汉说:“我先去缴令,你们随后就来。”秦汉飞向营中,说知前事,元帅大喜,传令打关。黑脸道人仍喷雾来,元帅将旗一展,只听得霹雳一声,雾散云开,忽见簸箕大一只死蟹。

元帅大喜,分付抢关。番兵倒戈投降,元帅进了关,一面上本报捷,一面出榜安民;又望空拜谢圣母,招降安抚番民。

在关停留半月,有探子报说:“关外有二员小将,领部卒一千,说是秦将军新收的徒弟,要来投见。未奉军令,不敢放入。”元帅道:“命他进来。”刘仁、刘瑞进了帅府,参见元帅。元帅见二人一表人才,遂对秦汉说:“他二人是你新收的徒弟,带领本部人马,到你营中学习,立功之日,奏王加封。”秦汉得令,同二人一齐拜谢,众将称贺。次日二人拜见了刁月娥,于是二人尽心学习兵法。

不知后事如何,且看下回分解。

第四十八回 捆仙绳阵前擒怪 救龟蛇二将腾空

话说樊元帅得了沙江关，秦汉收了刘仁、刘瑞为徒，养马三日，查明国库钱粮，起兵西进。仍点罗章为先锋，秦、窦二将为左右翼，统大兵五十万，放炮三声，离了沙江关，望西进发。一路上旌旗浩荡，兵将威风，行来尽是沙漠之地。走了半个多月，来到麒麟山，遂传令扎下营盘，待明日开兵。

且说麒麟山守将苏文通，乃苏宝同族弟，闻小番报道："沙江关已失，唐兵到此。"忙令山上多加灰瓶石子，小心保守。若有人来讨战，速即报我。众将得令不表。

次日元帅升帐，点齐兵将，说："今日那一位将军前去讨战？"早有一虎应道："小将愿去取关。"元帅说："将军此去须要小心。"一虎得令，遂率兵出营，上山讨战，喊道："山上番狗，快报与主将知道，说大唐兵马来至，快快献关，若言不肯，打进关来，鸡犬不留。"骂声不绝。早有番奴报入帐府禀道："国舅爷，不好了！关外唐将讨战，骂不绝口。"文通听了大怒，分付备马抬斧，立刻披甲上马，放炮开关，带领兵卒亲下山来，冲到阵前。一虎见来的番将生得尖嘴鬼脸，青面黑须，眼如铜铃，声如破锣，头戴虎头盔，身穿黑金甲，手执宣花斧，坐下花兔豹，拍马前来。竟不答话，将斧望一虎劈面砍来，一虎将棍抵住，战有三十余合，忙取一柄扇子，名曰羽翎扇，照一虎头上一扬。一虎叫声："热杀我也！"往地下一钻去了。一连几扇，连地皮都扬热红起来了。一虎在地中走了数十步，始无热气。回到营中，上帐禀知元帅，说："此扇厉害，幸亏小将去探阵，被他一扇，我就逃到地中，尚且几乎热死，若别人去，恐化为飞灰。元帅能除此扇才好。"梨花听说："谅众将不能除此火扇，待我亲出以破之。"传令众将一同出阵。文通看见，连声喝彩，好一个美貌佳人，叫一声："女将军，留下名来！"梨花喝道："本帅乃大唐征西大元帅威灵侯樊。"文通喝道："反贼，你果然美不虚传，你枉有这般美貌，何不送进国王做了妃子，岂不富贵，反降敌人，今日须听我言，早早改邪归正。"梨花听了大怒，喝声："匹夫，休得胡言，放马过来！"将双刀砍去，文通气力不佳，架不住了，即忙向身边取出羽翎扇扬起，顷刻烈火焚来。

梨花念动真言，忽然北海水到了，护了唐营。文通见面前多是大水，吓得魂不在身，拍马便走。即被梨花祭起飞刀，斩为两段。

梨花收了羽翎扇，退了北海水，点齐人马正要上山破寨，只见山头上飞下一个道人，身穿八卦衣，绿豆眼，尖嘴青脸，手执一支宝剑，大怒喝道："梨花小贱人，我和你皆是道家弟子，怎敢连伤我两个徒弟！今日我要替他报仇。"梨花笑道："我何曾认得你两个徒弟？你是何方妖物，敢出此言？"道人道："我乃八卦道人，当初在武当山，你随师父梨山老母也曾见过。我家徒弟，正是你在沙江关遇上的两个道人，俱被你杀了，全不念道中情面。快偿他命来！"梨花道："他二人自取灭亡，与本帅无干。况天命归唐，如仍执迷不悟，连你也狗命难逃。"道人大怒，仗剑砍来，梨花用刀架住，两下交锋，剑去刀迎，刀来剑架，战到数十合，道人虚晃一剑，把口一张，飞出无数火鸦，迎面飞来。梨花又将北海水浇灭。道人见破了火鸦，就在水里杀来，滔滔大水，全然不惧，仍仗剑奔来。梨花道："这妖物却有本事。"忙祭起飞刀。道人慌了，借水遁而走。梨花收了法术，鸣金收军，众将接进，俱皆赞服。梨花道："正要上山破寨，被妖道阻住。他虽借水遁逃去，决然还要来，明日姐姐用捆仙绳捉他。"仙童得令。

次日道人又来讨战，仙童拍马出迎，并不打话。一场交战，到数合，道人口喷出火鸦。仙童取出金瓶，倒出金龙无数，破了火鸦，诈败而逃。道人不知是计，在后追来。仙童祭起捆仙绳，将道人捆了。军士不敢怠慢，上前拿住，解回营中。元帅大喜道："不要被他遁去。"遂把仙符镇压，吊在旗杆之上。

道人现了原形，却是武当龟将逃在此间。元帅道："待破了关寨，送还武当山，候教主发落。"正言间，探子报进说："又有一道人，口称长寿大仙，与八卦仙是好友，闻知吊在旗杆上，特来报仇，在营前大骂。"元帅道："既如此，应龙孩子出去擒他。"应龙得令，上马提戟，冲出阵前，大叫："妖道，快来会我！"那道人仗剑来迎。二人战有十个回合，道人把口一张，吐出数条火龙，直奔应龙。

应龙吓得魂不附体，大败而走。小军报知元帅，元帅令仙童去救应龙。仙童得令，上马出营，正遇应龙。应龙大叫："母亲救我。"仙童说："不妨事。"放过了应龙。仙童笑道："些须小技，在我面前弄巧。"随把小金瓶，倒出数条水龙，浇灭火龙。祭起捆仙绳，又将道人捆住，解回营中。元帅分付将道人吊在旗杆上，长寿大仙现了原形，乃系一条大蛇，盘在龟背之上。梨花见了好笑，说西番多用这班人。

捷书飞报唐王，一面传令抢关，军士忽报进，说："外面有一黑脸道人，要见元帅。"梨花分付请进。道人走进营中，梨花起身相迎，问道："仙友何处洞府？那座名山，乞道其详。"道人道："贫道乃北极真君座下张大帝便是。"梨花听了，倒身下拜，迎入帐中坐下，说："大帝此来为何？"道人说："因龟、蛇二将私逃下山，今被元帅擒住，特来讨个人情，放了他。”元帅听了，顷刻令军士放下，解去捆仙绳，二物复变人形，上前拜见大帝。大帝说：“你两个孽障私逃下山，吊在这里吃苦。吾不来救你，不知吊到几时，快过来拜谢元帅。”梨花也来赔礼毕，便问大帝说：“此次到西番，不知还有险处么？乞明指示。”大帝说：“有两句诗赠人，你谨记着，后有应验。”诗曰：

此去芦花有险惊，金光阵上产麒麟。

却说元帅分付三军抢关，番军投顺，得了麒麟山。养马三日，查明府库钱粮，传令起兵西进。众军出了关门，望西进发。行了数月，来到芦花河，有关挡路，传令扎营不表。

再言苏宝同向日被二路元帅薛丁山杀得大败，同铁板道人、飞钹禅师一齐逃走。飞钹禅师炼了十六面金飞钹，铁板道人炼了二十四面铁板。三人怀恨，想要报仇，到各处名山请了许多道友，禀知国王，差人往鞑靼国，借兵十万，金宜王叔领兵；波斯国差大将宝树起兵十万；乌孙国差驸马洛阳起兵十万；鬼空国差山桃起兵十万，彭空国差红榴起兵十万；天竺国公主银杏起兵十万；宝童国公主金桃起兵十万；苏求国太子扶桑起兵十万，齐来助战。八国共有兵八十万，连本国兵五十万，共一百三十万，皆在关外驻扎。宝同迎八将进关，设筵接风，次日升帐，传齐八位将军听令道：“深恨唐将夺了我国许多地方，十去其八，今欲摆下一个金光阵，复回西番，杀他片甲不回，方消此恨。闻唐兵已到芦花河，烦众将军等各带本部人马，按乾坎艮震巽离坤兑八方镇守，闻鼓进，闻金退，不得有违。”八将齐声得令，各带本部兵马，按八门镇守而去。有诗为证，诗曰：

一百卅万雄兵到，那怕唐朝会用兵。

未知破阵如何，且看下回分解。

第四十九回　苏宝同布金光阵　樊元帅连夜抢关

却说苏宝同又请五位大仙到帐，说："烦李大仙领青旗一面，守东方甲乙木，必要活擒唐将，不可放走。"李若虚仙师接令，向东方镇守去了。宝同又请仙师赵通明，付红旗一面，镇守南方丙丁火，摆阵活捉唐将，休得放走。赵仙师领命，接旗往南方去了。又请周去命仙师，付白旗一面，镇守西方庚辛金，挡住唐兵。周仙师领兵向西方去了。又请钱龙宾仙师，付黑旗一面，镇守北方壬癸水，休要放走唐将。钱仙师接了黑旗，往北而去。又请仙师文光斗，付黄旗一面，往镇中央戊己土，唐将到此，一鼓而擒。文仙师接令去了。苏宝同分派毕，对二位军师说："想梨花虽英雄无敌，只怕难破此金光阵也。"铁板道人、飞钹仙师二人笑道："国舅演此八门金光阵，更有我们一十六面飞钹，二十四面铁板，安挂在阵门上，梨花纵有本事，若进我阵，顷刻将她打为肉泥，定叫唐兵片甲不回，西番一带，仍归原主，趁势杀到中原，夺他花花世界，何难之有！"宝同听了大喜，差人下战书到唐营，明日开兵，关内设筵款待二位军师。

再言梨花扎营在芦花关外二十里，商议打关。正与诸将计议，忽见番儿打来战书说：金光阵摆完，明日交兵。元帅见了批允，打发小番回去。元帅即对仙童说："我昔日在师父门下时，听得诸仙讲论阵法，城金光阵灵妙莫测，任凭天仙也解破不来。今宝同请诸仙摆了此阵，又借各国雄兵，若要破阵交战，须要仔细计议。"仙童笑道："主帅放心，我主洪福齐天，征西以来，势如破竹，何怕什么金光阵，先打破关头，然后破阵，更兼有许多法术之将，何惧番兵百万。况苏宝同败兵之将，何足道哉！"次日即令秦、窦二将打关。二将领命，带了人马出营，来到关前大骂。早有小番报进："启上元帅，有矮将前来攻关，口中大骂。"宝同听了大怒，对二位军师说："昨已约来破金光阵，今反先来攻关。"铁板道人说："他既先来攻关，我们出去对一阵如何？"宝同大喜，遂同二位军师，一齐上马，放炮开关，到了阵前，见秦、窦二人耀武扬威。铁板道人遂对飞钹禅师说："我们曾受他气，如今须要着实防备。"飞钹禅师说："师兄所见甚是。我们先下手为强，不要上他当。"说罢冲将过来。秦汉看见，叫道："师兄，这和尚道士不是在锁阳城用飞钹、铁板，败阵逃去的么？”一虎道：“一些也不差，今日仇人相见，分外眼红，我和你先下手为强。”秦汉道：“是极。”将棍棒敌住僧道，喝道：“屡败之将，今日又来送死！”僧道听了大怒，将刀砍来，四人关前大战，战有数十合，道人祭起铁板打下。一虎身子一扭，往地中去了。和尚祭起飞钹，秦汉往天上去了。僧道各收回宝贝，杀至唐营，早有探子报知元帅。

梨花忙点了金定、仙童、金莲、月娥四员女将，说：“你们出战，须防铁板、飞钹，小心为主。”四位女将领令出营，正撞着僧道，两边接住，六人大战。四女将杀得僧道满身冷汗。

僧道抵敌不住，兜转丝缰，大败而走。金莲、金定不敢追赶，勒马督阵。仙童、月娥二人拍马追去，叫声：“妖僧妖道往那里走？快快下马受缚！”僧道闻言大怒，回头见她二人追来，放下胆，转马接住交战。战有数合，仙童想道：他飞钹厉害，我哥哥尚被他擒住，不如先下手捉住此僧。遂虚晃双刀，回马诈败而走。和尚叫声：“往那里走！”随后追来，仙童祭起捆仙绳。和尚见了，叫声不好，化道红光去了。仙童吃了一惊，收了捆仙绳。

再言月娥与道人大战，月娥摇起摄魂铃，那道人跌下马来，被唐兵捆住，鸣金收军。进营禀见，元帅大喜，分付将妖道推过来，喝道：“你出家之人，为何不守清规，修炼妖法，前来助战？今日被擒，有何话说？”道人被摄去魂魄，似死人一般。元帅大怒，令刀斧手推出辕门，斩讫报来。左右将道人推出。

谁知妖道还魂，定睛一看，始知被人拿住，又见刀斧将砍下，即借土遁逃走。刀斧手正欲砍下，不见了道人，大惊。禀知元帅，元帅听了惊道：“他也知法，有此左道旁门之术，焉能夺得此关？破得金光阵？”秦、窦二将回营禀道：“元帅不必心焦，我二人今夜进关，里应外合，得了此关，就好破金光阵了。”元帅回嗔作喜，说：“二位将军仙术高强，今夜前去，须要小心。见机行事，事成回报我，我起兵接应。”二将得令出营，等到晚来，饱餐夜饭，全身结束，一个上天，一个入地，不片刻即进了关门。一虎从地中钻将出来，秦汉亦从云端走下，说道：“师兄，我们探听军情，要弄两件番衣腰牌方可出入。”一虎道：“不难。待到黑夜时分，可钻入营中，先盗了衣服腰牌，然后行事。”一虎地行进营，只见四个番军提了灯火，敲锣击柝，走近前来。一虎地中听见四人说道：“哥哥，我想国舅爷，今夜往芦花河演阵去了，只有两位军师在内，今日战败回来，已定息了，叫我们小心巡察关门，莫使唐人窥探，中军等皆不敢睡，须要把锣敲得响亮，闹他们一夜便了。”一虎听得明白，心中暗想，等巡军去远了，再钻出来。但因寻秦汉不见，又入地中去了。那秦汉飞到关前，想要盗取番衣，奈防备甚严，遂提脚缓步。见有两个军士睡倒，心中大喜，待我剥他衣服，解下腰牌，寻着师兄行事。遂轻轻动手，剥下番衣，解下腰牌，上写着金龙、金虎两个名字，心中大喜。拿了衣服、腰牌,但营前不见一虎。又往营后来寻,遇见一虎。一虎将四个巡军之言,对秦汉说了。秦汉道:“说得是,虽然妖僧妖道睡熟,但守关军士甚严,我们焉能成事?待我回去报知元帅,连夜起兵打关,那时我穿番衣,开了关门,接他进来,反手而得。”一虎说:“好计,快些去报,我在此打听候你。”秦汉飞回营中,报知前项之事,元帅可速起兵打关。梨花一听大喜,遂令秦汉仍到番营,会了一虎。此时正打三更,看守番军多已睡热。秦、窦二将欢喜,遂杂在守关人队内安睡,番军无数,那里来查究。

再言梨花点了丁山、应龙,带领人马,偃旗息鼓,悄悄而进,前去打关。二人得令,领兵前行。元帅同了四员女将,及刘仁、刘瑞,随后而来。到四更时分,前军已到关前。一虎遂对秦汉道:“关外大兵谅皆已到,可趁番人睡熟,先烧他粮草,然后开关,便能成功。”于是将引火之物,置在粮草里面,烧将起来。关外唐兵见了,喊杀连天,攻打关门。番将梦中惊醒,昏头涨脑,不辨东西南北,喊声:“不好了!”但见火光四起,都去救火,却被秦、窦二将斩落关锁,放进丁山父子,众军一拥而进。二将乱砍乱杀,番军弃了芦花关。僧道梦中惊醒,但见四下火光冲天,好不慌张,带了宝贝,见前后皆火,只得土遁而走。番军烧死无数。元帅兵马进关救灭了火,只道僧道被烧死,满心欢喜,次日安民。再言宝同在金光阵内,听报关内火起大惊,走到阵外一看,叫声:“不好!”即刻领兵来救,正值二军师逃来。

欲知后事如何,且看下回分解。

第五十回 薛应龙劫阵丧命 二刘将公主招亲

却苏宝同见二位军师狼狈而至，惊问何故如此？僧道："因昨日我们出战，被唐营女将杀败逃回，多吃了几杯酒，正在熟睡，不想被他放火烧营，打进关中，望乞恕罪。"宝同道："何干二位军师之事，多是本帅未曾预先算定，故有此变，反累二位军师受惊。今关寨虽失，谅难破此金光阵。仍烦二位军师严守阵门，务必杀尽唐兵，方消此恨。"再言樊元帅在关中，打捷书报与唐王。一面同众出城，往番阵上一看，见他摆得十分厉害，旌旗招展，剑戟重重，焰焰红光冲天，必有宝贝在内，说："日间不好去看，待晚上去看便了。"仙童说："言之有理。"遂下了城头，直回帅府。等到黄昏，带了四员女将，悄悄出城，来到番阵前。其夜月暗星稀，五人偷看，只见灯球照耀，四面八方杀气腾腾，八个阵门俱有红光万道，令人可畏。正在看阵，只听得阵内喊声道："阵外有马铃响，莫非有奸细？快出去捉来。"五员将听得分明，遂道："我五人在此，倘他阵内杀出，如何抵敌？不如回关去罢。"遂勒转马头，回关去了。阵内番将杀出，五人早已回关。

元帅回到关中，众将俱来问阵如何？元帅说："不知宝同何处学来，摆得这金光阵。这阵十分厉害，内分八门，按乾坎艮震巽离坤兑，五方分青黄黑白红，分为五营。各有番兵把守，阵中红光现出，必有宝贝在内。若探此阵，须要去请我师父，方可破得。但我掌帅印，不能亲去，谁去走一遭？"丁山上帐说："这金光阵，我师父王敖老祖也晓得，夫人身为元帅，不要擅离军伍；如差别将去，黎山老母决不肯来。不如小将前往师父处，问个明白。"梨花道："相公能去更好，如取得十件宝贝来，那怕苏宝同的十二把飞刀、和尚飞钹、道士铁板！"丁山得令，带了梨花手书，星夜前往云梦山。

再言应龙见母亲这般说，心中不服，管他什么金光阵？不如瞒了母亲，私去打阵，乘其无备，杀入阵内，破了他阵，是我大功。待至黄昏时候，与刘仁、刘瑞说知同去。二刘说："这个使不得，想元帅神机莫测，尚未敢去破，你我等凡胎肉质，且未奉将令，倘有不测，如何是好？"应龙变色道："你二人果是小子之见。有我在此，怕甚将令？你们胆小，我为前驱，你们为后应。"二人不敢违拗。是夜天色昏暗，悄悄来到阵前。

应龙抬头一看，见阵内扯起三十二盏红灯，照得旌旗闪烁，剑煌戟辉，毫光万道，直透天门。心中欲待退后，又恐刘家兄弟耻笑，只得硬了头皮传令手下军士发喊，打入阵门。那辨东西南北，只听得一声炮响，一员番将杀出，生得红脸獠牙，手执狼牙棒，大喝道："乳臭小儿，敢来打阵！"应龙竟不答话，将手中画戟刺去。战未数合，四面番将围来，喊杀连天，应龙手下兵士被杀得七零八乱，四面番将似铁桶一般围来。后面刘家兄弟杀人，坎门冲出二员女将，乃是金桃、银杏二位公主，四马交兵，战无数合，后面杀出五位大仙，身穿绯衣，坐临白鹤，飞扑前来。刘家兄弟心慌，回马要逃，被绊马索绊住跌下马来。二员女将抢过来，活捉回营。五位仙人乘胜杀来，应龙无心恋战，要走无路。被道人铁板打下马来，可怜身为肉酱，那应龙阴魂不散，飘飘荡荡到凤凰山与神女成亲。

再言刘仁、刘瑞被两个公主活捉回营，银杏私谓金桃曰："我们生长番邦，未曾婚配才郎，今擒来二员小将，这般才貌，且兼有勇，何不劝他归降，许以婚姻如何？"金桃笑应曰："妹也有此意，难得姊妹同心。"分付将捉来二将，解至营中发落。

小番得令，将二人推来。二人立而不跪。两公主假意喝道："你两个蛮子，死在我手，还有何言！还不下跪么？"二将怒道："我乃堂堂男子，焉肯跪你。要杀就杀，何必多言孙。"两公主又道："你两个孩子，倒有烈性胆量，我有话对你说，我二人意欲归附唐朝，奈无人引入。今幸二位将军到此，愿订终身之好。如若不肯，难逃性命。请二位将军三思而行。"于是银杏向刘仁、金桃向刘瑞，亲释其缚。刘仁见番女声姣貌美，遂对刘瑞曰："她既然降唐，亦不妨许配。"刘瑞曰："今正用人之际，从之以图后举。"遂对两公主曰："你等真心降唐，万事俱允，若图赚婚，万死不从。"两公主皆满口应承，决不荒唐，以图配合，郎君且请放心。于是四人玉手相携，一同坐下。分付小番，准备花烛成亲。刘仁配了银杏，刘瑞配了金桃。四人拜过天地，当夜各自成亲。

再说樊元帅心中烦闷，一夜未睡，忽听番营喊杀连天，金鼓齐鸣，连忙披挂上帐。众位齐在，独不见应龙并刘仁、刘瑞。梨花心内大惊，料此三人私自出兵，凶多吉少。正要起兵去救，忽见探子来报道："方才三更时分，小将军同刘家二位将军分为前后，打进番阵，小将军被铁板打为肉酱，全军皆没。刘家二位将军，被二员女将用绊马索活捉回营，未知生死。特来告知元帅。"梨花听了，流泪道："孩儿未受皇恩，身丧黄泉，反累刘家兄弟，叫娘怎不痛心。"大哭起来。众将劝道："小将军既死，不能复生，但刘家兄弟死活未定，元帅不必伤怀。况敌军当前，保重为主。"一虎又对秦汉说："你两个徒弟虽被擒住，决不丧命，少不得打听个着落，何必烦躁。"元帅听了，说："承得众将相劝，秦将军也不必忧愁，但候世子取宝贝回来破阵,刘家兄弟就有消息了。”众将俱言:“说得是。”再言丁山离了关门,上了腾云马,不多日到了云梦山水帘洞,正值王敖老祖驾坐蒲团。有童子报进说:“师父,丁山师兄在外,有事来求见。”老祖已知其意,说:“令他进来。”童子领命唤进丁山,丁山叩见师尊。老祖说:“你与樊梨花夫妇和谐,领兵西进,来此何为?”丁山跪下说:“师父,弟子同梨花西进,得了许多关头。但来到芦花关,苏宝同摆下金光阵十分厉害,我妻难破,有求救书呈上。”老祖看了,大笑道:“那飞刀、铁板、飞钹虽然厉害,但天意归唐,何用假宝。金光阵内,按五方三才八门,要遇青龙黄道日东南从生门杀人,你妻子怀中自有宝贝,此阵自破,又有贤人来助。大事不妨,你去罢,少不得后会有期。”丁山不敢再言,拜谢而去,仍回旧路。

丁山来到关前,进营上帐参见,将师父之言说了一遍。梨花听了,道:“我的宝贝虽有,难破阵门。但老祖指点,焉能不从。”来朝乃是青龙吉日,即点众将,命秦汉、一虎为前队,去打东方第一门;点金莲、月娥、金定、仙童同元帅前去打南门;丁山为后队,两边接应。又来了解粮官尉迟兄弟上帐参见。

元帅大悦,就点他兄弟二人领人马为游骑,各路接应。分拨已定。明日五更,众将饱餐战饭,披挂上帐,各将领兵分头而进。

不知用何宝破阵,且看下回分解。

第五十一回　梨花大破金光阵　产麒麟冲破飞刀

却说秦、窦二将来至东门，摇旗呐喊。早惊动了苏宝同。

宝同对两位军师说："樊梨花无谋之人，焉能为帅，前日差小将打阵，全军陷没，数日无人来探。今日呐喊而来，须要计较，把她一网而擒，方算我们手段。"两位军师说："我想她连日不敢出战，必定请得救兵到了。我们三人宝贝厉害，就是她师父黎山老母来也无益，难破我阵。"宝同听了，连忙传令，点齐众将，必要杀尽唐兵，不得有违。众将得令，提枪上马，等唐兵到来。只有金桃、银杏二位公主，与刘家兄弟成亲之后，心中各有投唐之意，便对夫君说："我等全身披挂，等候唐兵杀来，并胆同心，破他阵法。"刘仁、刘瑞大悦，准备交战。

且说秦、窦二将打入东方阵内，惊动大将宝树，提起双锤杀人。又有仙师李若虚跨鹤而来，将双戟抵敌。四人混战，杀得天昏地暗，金鼓齐鸣，喊杀连天。来了铁板道人，祭起铁板打来，秦、窦二将双双钻入地中。宝树、若虚二人见了大惊，连声称赞说："唐将真有法术，名不虚传。"道人收了铁板，地中二将又钻出来，大喝道："你的铁板只好打别人，我秦、窦二位爷爷不怕的。"接住又战。铁板道人大怒，又祭起铁板打来，秦、窦二将双双又钻去了。东方阵内大乱。

再讲南方阵内赵通明，同了王叔金宣守住阵图，只见杀来二员女将月娥、金莲。两人各舞双刀，杀入阵来。道人王叔接住大战。又来了苏宝同，祭起飞刀，来斩二员女将。樊梨花即来，将手接住。宝同见了大怒，抡动钢刀，迎住樊梨花。金莲祭起红锦索，月娥摇动摄魂铃，梨花祭起斩仙剑。宝同看见，喊声："不好！"先已逃去。赵通明仙师中了摄魂铃，翻身跌下仙鹤，借土遁而去。只有王叔没有法术，被锦索绊住，唐兵将其捆了。三员女将破了南门，奋力杀入阵中，只见一道红光，扶桑太子手执画戟抵住月娥，洛阳驸马双刀迎住金莲，番将红焰冲到，又有丑将山桃，手执开山月斧；二将迎住樊元帅，七人大战。又来了仙长文光斗，跨鹤来到助战。梨花大怒，祭起打神鞭，将番将红焰打死。文光斗仙长一看不好，借土遁而走。

丑将山桃吓得魂不附体，倒拖大斧而逃。飞钹禅师大怒道："休得无礼，贱婢慢走!”祭起飞钹打来。梨花说声:“不好!”忙将混元棋盘祭起,架住飞钹不下来,重又交锋,一场大战。宝同、铁板道人、五鹤仙师,一齐杀来,山桃见了,复又勒转马头杀回。九人将梨花困在垓心,杀得梨花香汗直流,冲动胎气,腰中疼痛不止,想是要生产了,左冲右撞,杀不出来。

再表仙童、金定,同丁山三人冲到,闻知元帅被围,三人杀开一条血路,冲入重围。梨花见三人杀来,心中稍安,但外面番兵围得铁桶相似,四人再杀不出来。将至黄昏时候,梨花腹中更觉疼痛,不禁两泪交流,叫声:“陈、窦二位姐姐,我今打阵,大战一日,冲动胎气,若非你们杀到,性命难存。”说罢,捧定肚子,大叫:“痛杀我也。”吓得丁山等人没法,叫声:“元帅,天近黄昏,救兵未至,倘或元帅生产,如何是好?你两个一面拥护元帅上马,待吾冲杀回去,回到营中生产,就无妨了。”仙童道:“元帅生产在此刻了,怎能上马回营?趁此番将未来交战,且守住阵中,等候分娩之后,再计较出阵。”正言之间,忽听四下炮声大震,金鼓连天,苏宝同从南边杀来;铁板道人从东边杀来;飞钹和尚从西边杀来;五鹤仙师跨鹤从北边杀来;还有各国番将,四面八方一齐杀来。吓得夫妻四人魂不附体,只得上马,手执器械一一招架,保护梨花。

丁山敌住各国番将,仙童敌住铁板道人,金定敌住飞钹和尚,梨花一手捧腹一手提刀,正逢宝同,忍痛迎敌。那里敌得住,一个筋斗跌下马来。宝同祭起飞刀,来斩梨花。只见一道红光冲上,将飞刀化作灰尘。宝同大吃一惊,难道梨花跌下马来,暗使神通破我飞刀,要将飞镖打下?只见阵中一声喊,冲出金桃、银杏、刘仁、刘瑞,带领人马杀来。因见梨花跌下马来,夫妻四人拼命敌住宝同。宝同大怒,对金桃、银杏道:“你两个贱婢反助大唐,却是为何?”两位公主道:“奴二人招大唐两员小将做了夫妻,一心降唐,正要捉你去献功。”宝同一听此言,急得暴跳如雷,大喝道:“贱婢不识羞耻,吃我一刀!”刘仁、刘瑞敌住混战。因梨花跌下马来,产下一子,故有血光冲出,将飞刀、铁板、飞钹冲作灰尘。三人大惊,有法难行。仙童祭起捆仙绳,将道人捆住,转身来助陈金定。又祭起捆仙绳将和尚捉住,复来助两位公主。

宝同被众人围住,也被捆仙绳拿住。五鹤仙人见元帅和二位军师被捉,想要驾鹤飞逃,谁知五只仙鹤被血光冲坏,有翅难飞,跌下尘埃。来了月娥、金莲和秦、窦二将,赶来捉拿。

五仙看势不好,各借土遁而逃,于是乘势破了阵门,杀得各国的番兵,逃的逃,走的走,百余万番兵,十去其八。姑嫂四人连忙扶起元帅,只听呱呱之声,有一小儿。金莲、金定扶助元帅,仙童抱起小儿,撕下一块战袍,将小儿包好。丁山见了大喜,始悟师父之言,怀中有宝,就是此子,所以冲破金光阵。

梨花定了定神,说:“列位将军,方才可吓杀了我,一个筋斗跌下马来,昏晕产下孩儿，尚不知不觉。若非刘仁、刘瑞同两个番女救应，不能保全性命。这要算四人之功。”遂问二刘曰：“前日你们同小将军去劫阵，怎能逃脱？又得二员女将？”二刘拱手曰：“前日世子令小将同去打阵，谁知世子被铁板打死，小将被两位公主所擒。这位是天竺国公主，那位是宝童国御妹，都有意归唐，故招我等成亲，特在阵中等候元帅到此，里应外合，搭救来迟。望乞恕罪。”元帅见两位公主花容月貌，正是两对夫妻，说道：“你二人虽不遵号令，私自出兵，今日救了本帅，将功折罪。”传令招降番兵，带了兵马回营，打捷书飞报唐王。

梨花说：“本帅十分狼狈，快将宝同、僧道一齐推来。”左右将三人推过。元帅见了大怒，指定骂道：“你逮孽畜生，唐王有甚亏你，你必欲起兵造反，伤残西番数百万生灵？今日把你碎尸万段，难消此恨。”宝同大怒道：“你这贱婢，生长西番，不思报国，反弑父杀兄，投唐叛逆，种种罪恶，不可胜诛，岂不自省，反来罪我，恨不得剥你的皮，抽你的筋，代杨藩父子出气，方雪我胸中之恨。不幸天绝于我，被你所擒。要杀就杀，何必多言。”樊梨花被宝同羞辱，不觉大怒，喝令推出斩讫报来，左右将三人推出，解下捆仙绳，换了麻绳捆好。

正要开刀，只见三人哈哈大笑道：“我去了！”说罢，吹口仙气，化作三道长虹，飞空而去。梨花坐在帐上看见，顿觉心惊，心想：今日逃去，只怕又起风波，前来阻我前进。嗟叹一声，计点将士，单单损去应龙一人。因见兵马连日劳苦，休息半月，再行西进。众将连声答应，开关扎营，卸甲安顿。

再言应龙魂到凤凰山，神女相逢，归芦花河为神。来到河中，却被孽龙占住与他大战，反将神女摄去。斗了数月，不分胜负。再言先锋罗章提兵来到芦花河边，只见水波泛涌，兴风作浪，日夜不息，把行桥冲断，难渡此河。回营禀知元帅。元帅听了，说道：“奇了，河水阻我西进，莫非冲犯河神，故此龙王作闹？”分付左右备办祭品，元帅亲到河边拜祭，进酒三杯，虔诚祝告，焚化金钱，仍见河中波浪不息。是夜独宿帐中，正交三鼓，蒙眬睡去，忽见应龙戎装打扮，进前叫声：“母亲。”

不知说什么话，且看下回分解。

第五十二回 丁山神箭射妖龙 应龙芦花为水神

却说樊梨花看见应龙到来，大喜，叫声："孩儿，你一向在那里？叫为娘的何日不思，何时不想，直到今日才来见我。"应龙听了，流泪叫声："母亲，孩儿凭血气之勇，私自打阵，身丧铁板，阴灵不散，来到凤凰山，会得我妻神女，对我说：'你前世是芦花水神，合当归位。'发文前去，谁知有一孽龙，先已占据水府，将文书扯碎。我妻大怒，同我点起神兵，与他交战。神女被捉去，未知生死，孩儿逃阵，风飘到一山，遇到轩辕老祖说：孩儿前世是北海小金龙，蒙上帝敕旨，封芦花河龙神，只因蟠桃会调戏神女，谪下凡尘二十年，与神女成亲，有七宿姻缘，今当配合。不想孽龙勇猛。孩儿蒙老祖赐夜明珠一颗，降龙竹杖一条，拜别了老祖，到河内与他大战，三日三夜不分胜败，望母亲助孩儿一臂之力，使儿复归水位。"樊梨花说："我儿既死，今又为神，这妖龙作祟，不肯让位，为娘与你仙凡远隔，怎好去水中助你？"应龙道："这不难，母亲明日带兵到河边，孩儿引他出来，母亲安排将箭射他。"樊梨花道："你们都是龙形，认辨不清。"应龙道："孩儿是条小金龙，胸前挂一颗夜明珠，爪钩竹杖，那条妖龙，生有独角牛头，满身赤黑，两眼铜铃，爪捧蛇矛枪。母亲留心。"说罢，变作龙形去了。樊梨花惊醒，大叫一声，说："应龙我的儿，怎么就去了？"睁眼一看，原来是梦。

不觉天明，元帅升帐，点齐众将，将梦中之语说明，叫诸将谨记在心。众将一声答应，立刻起马，来到河边。果然河边兴风作浪。众将看见，拈弓在手。只听水中一声响亮，现出一条小小金龙，胸有明珠，在水中翻波逐浪。又听一声响，涌起一条乌鳞龙，独角牛头，眼似红灯，爪捧金枪，腾空追小金龙。众将万弩齐发，却被薛丁山神箭，照定妖龙咽喉射去，登时跌落波心，几个盘旋翻身，竟直死水面。那小金龙复下水去了，顷刻风平浪静。元帅大喜，下令抓妖龙上岸，见头上戴着神箭，满身腥臭。即分付把妖龙头砍下，悬在营前，身体化为灰尘。命先锋罗章速搭河桥，建成之日，即起兵西进。罗章得令。

再言小金龙来到水府，有巡海夜叉报知，黑鱼左丞相，鲤鱼右丞相，虾兵蟹将，齐说："妖龙已斩死，快迎新君复位。"左右二相撞钟击鼓，传齐众将，笙箫细乐,开了龙门,接入应龙。仍变为人登了龙位。众将朝参拜毕,新龙君说:“快请神女相见。”黑鱼丞相奏道:“那神女被妖龙擒来,监在牢内。”龙君下旨,立刻放出神女,分付掩门,然后相见。应龙说:“斩了妖龙,与妻相会,摆酒庆贺团圆。”再言元帅斩了妖龙之后,停留三日,传令起兵西进。过了芦花河,到了西岸,一路前去,有一座高山挡住。传令扎下营盘,明日出兵打关。众将答应,扎下营盘。再言这座山,名曰金牛山,山上有一关,关中守将姓木,名崖,号太保。国王封为总兵,镇守此关,生得头如笆斗,眼以铜铃,青脸獠牙,身长二丈,有番兵十万,十分骁勇,且有异术,正在帅府与头名副将青狮、马虎说:“前日国舅同二位军师到此说,叫我紧守,休放唐兵过关,他往白云洞,求父李道符仙长前来,要报此仇,杀尽唐兵。”二将说:“主帅有这样本事,何惧唐兵!”忽有番儿报进,启上:“帅爷,唐兵已到关下。”朱崖道:“有这等事。”下令城上多设炮石弓弩,若唐兵讨战,速来报知。番卒听了,即忙出关去探。

再言大唐元帅升帐,命先锋罗章带了人马去取关。罗章领令,带了人马,上马提枪,顶盔贯甲,一声炮响,出了营门,杀到关下。抬头一看,只见金牛山双山并立,高接青云,中间有一座关门,在半山之中,大书金牛关三字。旌旗插满,号令分明,无数番兵守住。罗章赶到半山,令军士大骂。番兵报上关去:“启帅爷知道,关外有唐兵讨战,口中大骂。”朱崖听了大怒,分付备马抬斧,结束停当,带了番兵,放炮开关,冲到关外。罗章抬头,见关内冲出一员番将,生得十分凶恶,忙提枪直刺过来。朱崖把手中宣花斧迎住,两下交战,战有一百个回合,不分胜负。朱崖诈败,回马就走。罗章不知是计,把马一拍随后赶来。朱崖将身一扭,现出三头六臂。罗章一见大惊,回马要走,被朱崖伸出一双神手,轻轻将罗章捉去,即收了法,带了人马,杀回阵中,直奔番营。

唐兵见先锋被捉去,忙逃回营,报知元帅。元帅大怒,说:“朱崖是何妖物?敢捉我先锋。”令刘仁、刘瑞出兵迎敌,快捉番奴。二将得令,带了人马,双骑出营,杀将过去,正撞着朱崖。朱崖背后冲出青狮,提起狼牙棒,迎住刘仁;马虎举降龙杆,接住刘瑞,两边大战。四骑交锋,并无高下。马虎喝声:“休走!”慢慢摇身一变,是一只黑虎,扑面抓来,将刘瑞拿去。刘仁大惊,正欲回马,青狮大叫:“往那里走!”变成一个青狮,直奔前来,又将刘仁拿去。青狮、马虎复现人形,朱崖大喜,打得胜鼓回关。

唐军探子报营中说:“两位将军又被他拿去了。”元帅大惊道:“他用何术捉去三将?”掠阵官禀道:“第一阵先锋被朱崖太保现出三头六臂,伸手拿去;第二阵二刘将军出战,遇他副将青狮、马虎,现出青狮、黑虎拿去。”元帅听了,好不烦闷。秦汉听说徒弟被拿,上帐讨令出战。金桃、银杏二位公主也哭上帐,要出兵为丈夫报仇。元帅掐指一算,三将被拿,大事无妨,说:“三位将军不必多虑,今日天色已晚,明日出兵。”三人不敢违令,各回本阵。

次日元帅升帐,点齐众将,亲自出兵。令秦汉、窦一虎压阵,窦仙童、薛金莲为左,陈金定、刁月娥为右;薛丁山在后监军;自在中军,直奔关前大喝道:“快放唐将出来,万事全休;若有差延,打破城池,鸡犬不留。”说犹未了,只听关中炮响,朱崖引兵杀出。来到平川之地,两边射住阵脚,摆开阵势。朱崖出马,樊梨花同四员女将亦到阵前,说道:“谁出阵擒这番奴?”后面闯出秦汉、窦一虎、薛丁山三将,冲出阵去。马虎敌住窦一虎,青狮迎着秦汉,朱崖接着薛丁山,分头而战。马虎、青狮被二将杀得汗流背湿,不能取胜,变出怪相各现原形,要来擒捉矮将。秦汉飞入云霄,一虎入地去了。青狮、马虎着了急,回身收法,来战薛丁山。

元帅看见,令窦仙童、陈金定出去助战。二将领命,俱来帮助。薛丁山一发逞威,朱崖谅敌不住,回身就走。薛丁山不舍,在后追赶。朱崖又现出三头六臂,伸手来拿,吓得薛丁山魂不在身,一跤跌下马来。元帅见了,同着薛金莲、刁月娥三骑并出,赶来相救。朱崖正欲下手,却被薛金莲救去。樊梨花双刀敌住,不怕三头六臂,祭起诛妖剑砍去朱崖神手。朱崖大喊一声,神手中又冲出一道红光,复又伸出手来,要捉樊梨花。樊梨花大吃一惊,又祭起诛妖剑砍去,反被神手接住。樊梨花看势不好,同刁月娥回马便走。朱崖在后赶来,刁月娥慌忙取出摄魂铃一摇,朱崖在马上翻身跌下,复了原形,借土遁而逃。

再言窦仙章、陈金定大战青狮、马虎,不分胜负。青狮、马虎变了原形,来拿窦仙童。仙童慌忙祭起捆仙绳,将狮虎捆住,唐兵便来拿下。二人复变为人。

元帅收兵回营,解进二人。那青狮、马虎跪下求道:“我们万年修炼,望元帅饶恕。”元帅怒道:“你二人是何妖物,敢来助恶,阻我天兵。”马虎道:“我是财神面前黑虎将军。”青狮道:“我是文殊菩萨弟子青狮童子。私走下凡,要阻唐三藏取经之路,乘兴来投朱崖,焉敢抗拒天兵。望元帅放我,再不敢在此阻挡。”元帅说道:“若不看财神菩萨之面,定斩汝首。”分付解去捆仙绳,说声:“去罢。”二人拜谢而去。

不知后事如何,且看下回分解。

第五十三回 一虎盗剑囚铁笼 梨花放金丸夫人

再说樊梨花失去诛妖剑，闷闷不乐。秦、窦二将说：“元帅不必心烦，我们去盗来。”元帅说：“你二人去，须要小心。”二人得令。不觉又是红日西沉，黄昏已到，吃饱夜饭，一个钻天，一个入地，进入关中，潜入营内。

再言朱崖败进关中，闷闷不乐，刘氏夫人接着，问起因由。朱崖道：“夫人，不要说起，唐将都是神通广大，几乎被摄魂铃摄去魂魄。若非我有九转玄功，性命难保。如今西番全仗五山，今已被唐将夺奉凤凰、麒麟二山，只有我金牛、铜马、玉龙三山矣。若再被夺去三山，我国王性命难保。此事如何是好？”夫人道：“将军你休要长他人之志气，灭自己的威风，虽然副将失了，尚有千军万马，何足惧哉！目下紧守关门，待国中大兵一到，出兵便了。”分付梅香摆酒，与将军解闷，朱崖道：“多谢夫人。”正在此饮宴，忽听得一阵狂风，吹下瓦片。朱崖屈指一算，说：“夫人，今晚唐营有刺客来此，须要防备。”夫人听了，亦觉心疑，说：“秦、窦二将有此技能，今晚将笼悬挂营前，若有刺客到来，将他擒住，锁在里面。使他上不能钻天，下不能入地，就无法可走了。”又附耳低言，说：“如此如此，任他二人钻天入地，矮将必擒。”朱崖听了大喜，传令三军戎装披挂，前后守护，齐心捉贼，等待刺客。

再言一虎钻入番营，在地下抬头一看，见防备甚严，灯烛辉煌，怎能盗得宝剑？待到三更时候，更加严紧，敲梆鸣锣，难以下手。性急之际，等得不耐烦了，在地中钻将出来，见诛妖剑挂在帐前，一虎是认得的，满心欢喜，只是不能下手。番将看见，大喝一声：“快拿奸细。”窦一虎吃了一惊，复又钻入地中。只听得众将慌乱，原来是秦汉飞落帐帘，解下诛妖剑，却触动了铃儿。番将看见，即来擒拿，秦汉跌落尘埃，被众将拿住。一虎在地中看见，心儿慌张，将身钻出，提棍来救。夫人看见，将一个金丸劈面打来，正中面门，一跤跌倒，方要入地，被朱崖抢过，伸手拿住，说道：“这个矮子放不得的。”把窦一虎提在手中，开了铁笼，将窦一虎装在里面，高高挂起。

复来将秦汉在地上拖来。秦汉脚下有入地鞋，用力一顿说：“我去了！”那秦汉却已钻地中。朱崖见了，吓了一跳，防了他钻天，不想又会入地，昏闷不了，心中不悦。夫人说："将军，方才地中钻出来的矮子，被我用金丸打坏面门，所以拿住。这个在天上落下来的，也会地行，真是异人了。"朱崖说："今晚走去，只怕明晚又来，必须再想一个妙计，把他一齐拿住了，方得安宁。"秦汉回营缴令，送上诛妖剑。元帅见了大喜，说道："窦将军为何不回？"秦汉将盗剑被拿，锁在铁笼里面说明。元帅听了，大惊说："窦将军性命难保。"薛金莲闻知，上帐禀启元帅，知道夫君被番奴捉住，要提兵打关，相救夫主，望嫂嫂发令。元帅听了，说道："朱崖厉害，姑娘未可出战。待本帅算计去救窦将军。"秦汉上帐说："昨日盗剑，未曾访得先锋的下落，小将今日情愿同窦夫人同去。"元帅许之。金莲小姐得令，同女将刁月娥，带了兵马出营，杀到关下讨战。元帅放心不下，带了窦仙童、陈金定左后压阵。

番卒报入关中，朱崖大怒，带兵杀出。金丸夫人说："将军且慢，待妾出去擒来。"朱崖依允。夫人手舞双刀，一声炮响，关门打开，杀将出来。来到阵前抬头一看，见是刁月娥、薛金莲二员女将，后面大旗上书着薛金莲、刁月娥的名姓。夫人正看之间，不防秦汉步行赶来，提起狼牙棒喝道："还我两个徒弟。"照马头打来。金丸夫人大吃一惊，开眼一看，认得是行刺的矮将，说道："昨宵被你逃去，今日拿住，决不轻饶。且吃我一刀！"二人步马交战。金丸夫人原是将门之女，杀得秦汉招架不住。薛金莲、刁月娥看见，说道："你看这个番邦女将，生得千娇百媚，万种风流，秦将军是好色之徒，不要中了她计。"双骑冲出，叫声："番女看刀！"金丸夫人见又来了二员女将，全然不惧，将手中刀敌住三般兵器，灯影儿厮杀。又战到四十个回合，不分胜负。夫人连发三个金丸，秦汉额角打中，翻身跌下，唐兵救回。薛金莲打中护心镜，刁月娥打中肩膊，均行败走。金丸夫人不舍，随后赶来。元帅在旗门下看见大怒，手舞双刀，杀到阵前挡住，大喝道："休赶。"金丸夫人举目一看，见是樊梨花督阵，后面又来了二位女将，背后有绣旗书明元帅樊和窦仙童、陈金定姓名。金丸夫人敌住三人。窦仁童想道：倘金丸打来，不能招架，先下手为强。即祭起捆仙绳，将金丸夫人捆住，即被唐兵拿去，番卒飞报进关。

朱崖大惊，忙杀出关门，来到阵前，举宣花斧大声喝道："还我夫人，万事全休，若不送出，都要活捉的。"三员女将大怒，手执双刀大战。朱崖把身一摇，又现出三头六臂，伸手拿人。樊梨花使隐身法躲过，窦仙童、陈金定被朱崖活捉而去。

正走之间，只见前面一座高山挡住，不见了金牛关。便走入山林，见一座寺院，琼楼玉宇，画栋雕梁，想道：今日走错了路，在马上又夹着两个女将，好不吃力，且下了马把女将绑在树上，进内去看一看，不知什么所在。走到里面，殿宇高大，只听得一声响亮，闯出十几个青面獠牙鬼将，捉拿朱崖。朱崖大怒，手举大斧来战，被鬼将叉伤左膊。朱崖大喊一声说：“好疼痛！”即欲借土遁而逃，谁知樊梨花使的移山之术，焉能逃脱。被鬼将拿住，绑进琼楼玉宇。樊梨花打扮如仙，坐在蒲团上，喝道：“朱崖，抬起头来，认得本帅么？”朱崖如梦方醒，始知使的移山之计。只见外面走进两员女将，一个执刀，一个拿锤，说道：“元帅不必问他，待我打死这个番奴。”朱崖仔细一看，原来就是被擒的两员女将。樊梨花说：“二位姐姐，且饶他一死。番狗果肯放还唐将，献关归顺否？”朱崖心中想道：我用脱身之计，且哄她一哄。说道：“承蒙元帅不杀之恩，如今回关，愿送还唐将，献关投唐。求元帅连我夫人一并放还，感恩不浅。”樊梨花说：“可放你夫妻回去，为防改变，须赌下誓来。”朱崖道：“若背了元帅释放之恩，如有负心，死在乱刀之下。”樊梨花说：“放你二人回去。”顷刻收了移山之法，仍在战场。朱崖夫妻得放，带了兵马回关。

樊梨花鸣金收兵回营，薛丁山道：“既捉了朱崖夫妻，正好破关，救取唐将，何故放回？”元帅道：“世子，我岂不知，但是他气数未尽，命不该绝，我学诸葛孔明七擒七纵，移山之法收伏他。他立誓而去，不要虑他。”薛丁山听了，不敢多言，等候献关，等了三日，朱崖全然不到。樊元帅大怒，传令众将一齐起兵打关，捉拿失信番贼。秦汉说：“且慢打关，待末将先进关中探听二刘、先锋、师兄的信息，再行计议。”元帅点头。

再说金丸夫人，对朱崖说：“将军，我夫妻二人被梨花捉去，蒙她不杀之恩，快放那擒来之将，献关投唐。”朱崖大怒，说：“夫人，我恨梨花用移山之法，捉我到营中，羞辱一番。况我世代受国王隆恩，杀身难报，岂肯降唐，作叛逆之臣。”夫人听了点头，遂道：“将军忠心报国，理所当然，暂且守住关头，待苏国舅兵到便了。”

不知后事如何，看下回分解。

第五十四回 铁笼火烧窦一虎 野熊摄去二多姣

再说朱崖夫妇正在此言,有番儿报进,说:“营外有一红面孔三只眼的道人,口称孔介山连环洞野熊仙要见。”朱崖听了,知是师父来到,忙开大门,接进营中拜见,说道:“弟子王命在身,久违师尊,到此何干?”仙师道:“徒弟,我在山中炼就两条钢鞭,能打仙凡,前日遇着国舅同那僧道,到各处仙山借宝,要杀唐朝人马,请我来此助战。”朱崖听了大喜,说道:“难得师父到此。明日交兵。”野熊仙抬头一看,说:“营前挂着何人?”朱崖道:“师父,就是唐营矮将,他有地行之术,来行刺被拿,要饿死他。”野熊仙笑道:“他颇有法术,焉能饿得死他。不如将他连笼烧化为灰。”秦汉听了,二刘还不打紧,听得说是要烧死师兄,连忙飞回营中,报知元帅,说:“番狗背弃前约,他的师父野熊仙要将师兄烧死。”薛金莲听了,大哭上帐请救。元帅道:“事不宜迟,速将倒海符拿去,贴在笼上救你师兄。”秦汉拿了符,飞身进关。

见笼子放在平阳之地,四面堆起干柴,正要举火。窦一虎笼内啼哭,秦汉低声说道:“师兄不要怕,有符在此。”拿去贴好,飞身立在云端,见远远有金光一道飞来,彩云里有一道人。秦汉一看,说道:“原来是我师父。”即上前叩见,细说因由。王禅老祖说:“徒弟,我在山中打坐,心血来潮,屈指一算,晓得大徒弟有难,故亲自赶来,那倒海符只救得一时三刻,长久就不灵了。现今我借了北海水来,又有珊瑚瓶,我和你立在云端里面,见机行事。”秦汉才放了心。

只见下面野熊仙与朱崖,令军士将笼烧得正猛。只听得人声说:“好大火!”那番奴忙加火攻,窦将军也不怕,只是拍手大笑。朱崖叫声:“师父,大火烧他,他在里面大笑,如此怎了?”野熊仙说道:“不难,他有倒海符,不过一时三刻,再加柴火长烧,不怕他不死。”果然烧了一日一夜,火光直透重霄。野熊仙说:“不见动静,必定烧死了。”朱崖说:“非但人烧死了,连铁笼也化为灰。”正说之间,又听里面窦一虎喊道:“蛮狗呀蛮狗,你烧我一月,亦无害于我,枉将这些柴草烧完。”朱崖听了,大惊道:“师父,烧了他一日一夜,还不曾死,尚在里面骂人,真是妖怪。”野熊仙说:“我不信,再取干柴烧他。”朱崖分付再取柴来。军士禀道:

"积下数年的柴草，都烧完了。"朱崖听说数年积草都烧完，倒吃一惊，即差能事小番，往铜龙、玉马两地借贷柴草，小番领命而去。烧到天明，烟火尽灭，铁笼里面全然无效，悔恨不及，枉将积柴烧完。便与师父商议说："此事如何？"野熊仙说："既烧他不死，明日去交兵。"再说王禅老祖用北海水救了窦一虎，对秦汉说："大徒弟有百日灾难，会有高明相救。我去也。"驾云而走。秦汉拜别师父，回转营中。薛金莲、窦仙童见关内火光冲天，心中大惊，两眼下泪，不知秦将军此去，符灵不灵。元帅说："大事无妨，二位姐姐不必伤心。"忽见秦汉回来，众将都来探问。秦汉上帐说："遇见师父救了师兄。师父道师兄灾星未满，大命不妨。"说了一遍，众将军方得放心。金莲听了欢喜，望空拜谢老祖。元帅传令，朱崖背信，起兵取关。只见帐下走出金桃、银杏两员女将，上帐说："我俩的丈夫刘仁、刘瑞被他捉去，生死未保，今愿去见阵。"元帅说道："二位公主那里敌得朱崖。他仙法多端，去不得的。"二女将说："我俩的丈夫被他捉去，今日必要报仇，那怕番奴妖法。"元帅见她二人执意要去，令秦汉夫妻帮助二徒媳出阵，四将奉令出营，来到阵前大骂。小番报知，朱崖大怒，披挂上马。野熊仙说："徒弟，我同你出阵杀尽唐将，为苏国舅报仇。"遂一同出关。举头一看，见两员女将，十分美貌，起了凡心，口中念动真言，飞沙走石，一阵狂风，将二位公主摄去，藏入山中。秦汉夫妻回营，报知元帅："小将夫妻相助二位公主打关，不想关中突出野熊仙，手舞双鞭，十分厉害，与公主交战。小将正欲冲锋相助，他口中念词，顷刻飞沙走石，把二位公主擒去，特来报知。"樊梨花大怒道："可恨妖道擒我二位公主，今日必要报仇。"立刻传令，亲同窦仙童、陈金定、薛金莲、丁山出营杀到阵前。

再说野熊仙把两位公主摄入山中，藏于野洞中。复又驾云到了战场，举头一看，又见四员女将，贪心不已，开口说道："四位佳人，同我回山，到洞中轮流取乐。"四将听了大怒，一齐出阵。薛丁山也向前助阵，将野熊仙围在中间，杀得野熊仙浑身是汗，忙祭起打仙鞭来打，正中薛丁山肩膀之上。丁山说声"不好"，伏鞍败阵。野熊仙又祭一鞭，打中陈金定的背上，金定吐血而逃。野熊仙好不欢喜，雌雄鞭祭起，一上一下，来打唐将。又使神道，飞沙走石，杀出无数披头散发鬼将。窦仙童、薛金莲十分慌张。樊梨花大怒，把手一指，沙石鬼卒无影无踪。野熊仙大惊，回舞双鞭去战，窦仙童祭起捆仙绳，野熊仙知道仙家至宝，化道长虹而去。樊梨花心中不乐，传令收军回营。秦汉说道："世子与陈夫人被鞭打中，昏晕不省人事，乞元帅处治。"樊梨花、薛金莲、窦仙童三人听了，吓得魂不附体，忙来观看，三人眼泪交流。樊梨花说道："仙鞭如此万害，定是八卦炉中之物。"忙将丹药敷了，方得苏醒，疼痛不止。樊梨花说："须要往黎山求得师父丹药，方可止痛。谁替我走一遭？"窦仙童说："我师父黄花圣母，亦有此丹药，待我前往。"樊梨花说："事不宜迟，就此起程。"窦仙童道姑打扮，骑上腾云马，别了元帅众将,起程而去。

再言元帅说:“我看妖道一道黑气在头上出现,定是妖魔鬼怪,化作虹光而去,必是有巢穴,所以不进关门。两位公主不知在那里?谁敢前去打听下落才好。”秦汉说:“两个徒弟已被拿去,小将愿往。”元帅说道:“秦将军肯去,我放心了。”秦汉奉命出营,飞上云端,只见西方一道黑气冲天。秦汉想道,是了。按下云头一看,见一座高山,走进山去,见一石洞,两扇门半开,走出数个妖魔。秦汉见了避开,听得两个小妖说:“我家大王有兴,前日到金牛关去,捉得两位美貌佳人,叫我买办,今夜成亲,连我们也有酒吃。”秦汉听了,晓得公主有着落了,让过小妖,闪入洞中,桌上酒席完备。秦汉见了大怒,提起狼牙棒乱打。众妖一齐上前敌住,被秦汉打得落花流水,将台凳尽皆打碎。小妖报入里面说:“大王,不好了!外面有一矮将,十分凶勇,要还公主,洞中打得雪片相似,众徒打死一半,如今要进来了。”野熊仙听了大怒,手舞双鞭,杀将出来道:“这矮子好生无礼,吃我一鞭!”秦汉举棒相迎,在洞中大战。野熊仙吐口毒气,直喷秦汉。秦汉见了,且战且走,被野熊仙追出石洞,秦汉飞身而去。野熊仙进洞,见众妖都是头破脑裂,心中不快,把守洞口,恐防再来。秦汉在云中一看,不见野熊仙追去,不如去见师父,来救两位公主。

算计已定,不消片刻,早到仙山。只见洞门开着,有两个童子出来,见了秦汉说:“师兄,你不去征西,到此何干?”秦汉将遇野熊仙之事,说了一遍,特来叩见师父。童子说道:“师父今日请客,不便通报。”秦汉听了,心中烦恼,我师父法规甚严,不能进去,如何是好?又问道:“师父今日请什么客?”童子说道:“师父请二郎神杨戬老爷。”秦汉听了大喜,道:“我师父曾说过,那二郎神有七十二变化,孙行者大闹天宫,被他降住,若是求得他去,野熊仙就好除了。”只是不能见面。只听得师父笑声,手挽杨戬,一齐出洞来了。

不知后事如何,且看下回分解。

第五十五回 二郎神大战野熊 圣母收伏二牛精

再说秦汉连忙跪下，伏在路旁，口称师父救命。王禅老祖一看，认得是徒弟，说道："前番在金牛关，用北海水救了窦一虎，今日何事又来求救于我？你且起来，说与我知道。"秦汉听了。立起身来说道："金牛关交兵，来了个野熊仙，将金桃、银杏两位公主摄去。元帅命我前往追寻，寻到一山，有一石洞，乃野熊仙巢穴，正在强逼成亲，被弟子打破筵席，在洞中大战。野熊仙妖法多端，被他杀败，特来求师父搭救公主。"王禅老祖说道："我的徒弟，那野熊仙千年修道，变化多端，神通广大，在八卦炉中炼成双鞭，曾偷王母仙桃，我也斗他不过。莫要惹他，快快回营去罢！"秦汉听了，说道："师父若不救，两位公主性命休矣。"流泪不止。

二郎神听了老祖之言，神目一睁，大怒道："何由说此话来。我和你同是道门弟子，岂可长妖精志气，灭自己威风，那野熊仙虽盗灵气，究是畜类；今令徒有难，我当代汝去救。"王禅老祖大喜，叫声："道友发慈悲之心，你同顽徒去收野熊精。"二郎神别了王禅老祖，变一喜鹊，望西去了。秦汉飞上要去，老祖道："徒弟，我晓得这野熊精厉害，知你必来求我，故各酒请杨戬老爷到此，将言语激他，他大怒而去，必然收服，好待樊梨花进金牛关。你回去罢。"秦汉拜别师父，飞身也望西而来。到了孔介山野熊仙洞口。喜鹊先在树上，叫声："秦汉，你也到了。"秦汉说："弟子驾云来，望神君恕罪。但是洞口紧闭，怎好进去。"杨戬说："不难。"飞下树来变为二郎神，手执金枪立着。洞门闭得密不通风。秦汉把狼牙棒来打洞门，打得手酸，洞门不开。杨戬看见，说道："不要打了，待我来细看一看。"只见洞门旁边有条细缝，杨戬变作苍蝇，钻将进去说："倘有妖精逃出，你就打死他。"秦汉应诺。杨戬钻进里面，洞中宽大，只见这些小妖安排筵席，野熊仙当中坐着，分付小妖道："去请两位美人出来成亲。她若不从，剥去衣服绑来见我，取她心肝下酒。"小妖听了，便向里面去了。

二郎神闻见，仍变为人，手提枪照野熊仙刺来。喝声："妖怪休得无礼，杨老爷来了！"野熊仙吓了一跳，抬头一看，识得是二郎神，吓得魂不附体。连忙走到里面，取出双鞭，迎住二郎神君，说道："你到洞来，破我亲事，吃我一鞭！"二人大战，野熊仙分付小妖，一齐上前围住。那二郎神吹口气，变出无数神君来打野熊仙。野熊仙看自己料非敌手，拖了双鞭，往外就走。二郎神随后赶来，小妖开了洞门，野熊仙逃出洞口。

秦汉见了，抡起手中狼牙棒，照头打去，野熊仙就化作一道红光而去，秦汉吃了一惊。杨戬走将出来，说道："妖精往那里去了？"秦汉说："弟子看见妖精败出洞来，便一棒打去，他却化一道红光逃去了，直望西南走的。"杨戬说："他气数未尽，造化了他。你进洞去，救出二位公主，放火烧洞，将众小妖尽行烧死，灭其巢穴，使他无处栖身，他就不敢来阻你西进。"秦汉奉命，打死小妖，救出两位公主，回身放火烧洞。

那二位公主到外面，拜谢二郎神说："如今回去有千里之遥，焉能得见元帅。"杨戬说道："容易，一阵大风送你回去。"那二郎神念动真言，忽然一阵大风，将二位公主送去。又对秦汉说道："如今妖精已驱逐，我去见你师父。你速往关中，请元帅快快进兵取关。"秦汉叩谢。杨戬化阵清风而去，秦汉转身飞回营中。

再说樊元帅同众将在军中忧闷，说："世子、陈夫人俱遭鞭打，不时昏晕。窦夫人此去，不知可求得丹药。两位公主被野熊仙摄去，秦汉追寻未有回音。"忽听得帐外从空中落下二人，元帅同家将去看，原来是二位公主，即令女兵扶入帐中。

众将大喜。元帅问起因由，二位公主细说秦将军能干，求得二郎神，逐去妖精，说了一遍。秦汉也回营缴令。元帅称赞："多劳将军莫大之功，但仙童姐姐上仙山求药，至今未回，要烦秦将军再走一遭，催她速回，用丹药救了世子和陈夫人，然后进兵。"秦汉领令，飞身往黄花山而去。

再说窦仙童那一日行到一座高山，忽然听得山中喊杀连天，有金鼓之声。窦仙童心中想道：深山旷野，那有人厮杀？走上山头一看，只见山凹内有两支人马，东边一员将，红脸乌须，手执宣花斧；西边那员将，黑脸红须，手执大刀。各人带领人马，两边交战。窦仙童在山上喝彩说道："好武艺，可惜埋没在山中。"二将听了，各自住手，抬头一看，见是窦仙童，红脸将叫声："贤弟，不要比武了，你看山上有一位道姑，单身独马，在那里看望，我和你赶过去抢到手，做个压寨夫人。"黑脸将听了大喜。二人拍马赶来，大叫道："那里来的女将，擅敢观我山寨？快随我同去，做个压寨夫人。"窦仙童听了大怒，手舞双刀敌住。二男一女，杀得天昏地暗，红脸将看来难胜，摇身一变，变一大牛，衔了窦仙童飞走上山，进了独角殿，现了人形，放下窦仙童，即送房中，要明日成亲。殿中摆酒，黑脸将说道："大哥，我看此女决非凡人，不要逼她，待弟与你为媒，劝她顺从。"红脸将说："多谢贤弟。"此话不表。

再说秦汉奉了将令，飞到黄花山，来到洞口，只见两个道姑出来，见了秦汉，叫声："师兄，何处来的？"秦汉道："我乃王禅老祖门下弟子，今日特来仙山，求见圣母，望乞通报。"两道姑听了，连忙入洞禀知圣母，说："外边有王禅老祖弟子秦汉，有事求见。"圣母着他进来。仙姑奉命唤进秦汉。秦汉见了圣母，倒身叩拜，圣母道："秦汉，闻得你下山相助薛丁山征西。今来此见我何事？"秦汉听了，倒吃一惊，难道窦仙童尚未到此？只得上前察道："弟子因薛世子、陈金定被打伤，夫妻发晕，前日元帅令仙童到此，求取丹药，不知何故尚未回去？元帅放心不下，特令弟子前来相求，望圣母速赐丹药，打发仙童一同回去。"圣母听了秦汉之言，说："我徒弟窦仙童何曾到此？仙童路上有阻隔，你快去寻了仙童回来，与你丹药，相救世子、陈金定。"秦汉想道：海角天涯，那里去寻？这可是个难题目了。

秦汉只得回身出洞，仍往旧路飞寻，来到一座高山，忽听得喊声。这是为何？原来是黑脸将劝仙童与红脸将成亲。仙童大骂，杀将起来。黑脸将变了一只水牛，拿了仙童去山后捆住。秦汉看见，认得是仙童，提起狼牙棒，喝声："休得无礼！"劈头打来，黑脸将抬头一看，见了秦汉，全不介意，喝道："那里来的矮子，吃我一刀！"大战一场，杀得黑脸妖招架不住。小妖报入寨中，说："大王，不好了，二大王被一矮子杀得抵敌不住，大王快去相救。"红脸将即忙上马出寨杀来，迎着秦汉，张开大口放出火来，直喷秦汉面门。秦汉心慌而走。红脸将变了一只火牛赶来，要捉秦汉。秦汉直飞上云端。红脸大王看见秦汉飞去，倒觉心惊，正要进寨。秦汉又飞下来，举起狼牙棒又打，打伤红脸大王左膊，跌倒在地。秦汉又要打去，黑脸大王大叫道："休伤我大哥。"将大刀架住。一场交战，黑脸将又杀不过，将身一变，变了一只水牛，来拿秦汉。秦汉又直飞上云端。水牛收了法，用药敷好了火牛，紧守寨门。秦汉寻到后山，只见窦仙童被锁着，十个小妖守住。秦汉说道："窦夫人，不必烦恼，特来救你。"小妖报知大王。两个妖精大怒，赶到后面一个喷火，一个喷水，来拿秦汉。秦汉正要飞上云端，来了黄花圣母，大喝道："两个孽畜休得无礼！"红、黑二妖，抬头一看，见一道婆，即弃了秦汉，来见仙母。仙母念动真言，云头落下一位天神，头戴金盔凤翅，身穿金甲，手执降龙杆，口称："仙母有何法旨？"仙母道："今有水、火二牛作怪，速与我收回去。"那神将大喝一声，将杆打下，红脸将变了火牛，神将骑在背上，把红绳穿了鼻孔，驾火牛飞空而去。那黑脸将见了大怒，喝声："妖道，为何拿我哥哥？"手舞大刀杀来。

仙母将金如意迎住。黑脸将张开口喷出大水来。仙母笑道："孽畜，你在世间害人，收你回山去罢！"口念真言。又见空中来了一位天神，头戴金箍，红须披耳，身穿绣龙短袄，足踏乌靴，面如锅底，双手打拱，口称："仙母，有何法旨？"仙母道："银洞水将，速将水牛收回去。"那水将跳入水中，将仙牛连打三下，骑在牛背上，穿了鼻孔，随水而去。山中大小众妖，见主将收去，各自逃散。秦汉大喜，放了窦仙童。仙童叩见师父，拜谢救命之恩。仙母道："徒弟的来意，我尽知道，该有二牛之难，幸亏秦汉寻到此救了你。我有金丹二粒，速拿回去，救世子、陈金定。后来诸仙阵内再会。"说罢驾云而去，二人望空拜谢。

窦仙童骑上腾云马，秦汉戴上钻天帽，一起回营。元帅正在营中等候，秦汉先到，说了此事。元帅听了，说："亏了秦将军寻到，收伏牛精，不然我姐姐性命休矣。"望空拜谢仙母。

不日窦仙童到了，元帅出营迎接，接进营中，细说一遍，取出丹药，毫光万道，说："师父命我救世子，陈金定。"便将丹药调好，来到后营一看，二人只有一息之气，把药敷在患处，不消片刻，二人苏醒，在床上坐起。元帅说明此事，二人走下床来，谢了秦汉。营中摆设酒筵，与秦汉贺功。金桃、银杏二位公主，亦来拜谢秦汉。秦汉欢喜，饮得大醉，说："明日还要入关，访先锋、师兄及两个徒弟。"

不知后事如何，且看下回分解。

第五十六回 芙蓉设计杀朱崖 梨花兵打铜马关

话说秦汉饮到三更，飞到关中番营前一看，见铁笼悬挂着。想着：不要饿坏了。叫一声："窦师兄。"窦一虎应道："师弟你来了么？事体如何，快来救我。"秦汉说道："师兄，你且安心耐性，待我刺死了朱崖，便来救你。"说罢飞入番营，见后营防备甚严，难以下手。又到里面伏在后帘，听得下面有人言语。乃刘仁、刘瑞对罗章说："我想元帅怎不打关，听得二公主被野熊仙摄去，性命决然难保。"罗章说道："二位兄弟，我和你喜得监军心好，不致饿死，深感他恩，若无沃利照管，我等性命决然难保。"二刘道："昨日闻得监军沃利说，那朱崖是个好色之徒，抢了民间有夫之女，名唤赵芙蓉，十分美貌。此女不从，夫人苦劝，只是不允。倘能在她身上刺死了朱崖，此关就好破了。"忽听得外面落下一人，说道："你们三人做事，要行刺朱崖，我要出首了。"三人大惊，罗章抬头一看，原来是秦汉，放下心说道："将军到此，可知二位公主消息如何？"秦汉将二郎神救公主之事，细说了一遍，二刘大喜。望空拜谢二郎神，又拜秦汉。秦汉道："我方才在屋上听你们说话，此计大妙，须要通知赵芙蓉，叫她设计，我在外面打关，两路夹攻，金牛关立刻可破。"三人听了大喜，秦汉飞出关外，报知元帅，说明此事。樊梨花听了大喜，令秦汉先进关中，帮同行事，传令众将整备打关。

再说监军沃利待三将甚好，不甚吃苦。这夜沃利送夜膳进来，看见三将流泪，沃利开言说道："我看你们往常虽然愁烦，情绪尚好，今夜为何这般悲苦？说我知道。"三将说："恩人，我们被擒到此，难以脱身，倘得恩人相救，自当图报。"沃利说："我久有心降唐放你，但是本官厉害，若能除了他，就好解救献关了。"三人听了，双膝跪下，说道："恩人，你果真救我们，现已有计在此只要通知赵芙蓉，她若依允，就可除得朱崖了。"沃利说："这个容易，待我对妻子讲，再来报告你们。"三人吃完夜膳，沃利收拾回去，与妻子连氏说知。那连氏笑道："我又不是貂蝉，如何做得美人计？"沃利云："娘子，又不是要你行计，只要引他们进去见赵芙蓉，此计必成了。"连氏说道："这个容易。"沃利大喜，来到监中，报知三将说：如此如此。罗章与二刘打扮成番女模样，同了沃利来到他家见了连氏。连氏挽了二刘，手提灯亮引进后营。连氏向赵芙蓉说明：只要假意允肯，灌醉朱崖，刺死了她，自可夫妻完聚，不致失节。赵芙蓉说道："我胆小，只怕做不来。"连氏说道："我三个小妹子，十分有力，你大胆去做，决不妨事。"遂对唐将说："你们过来见见大娘。"这三个假番女上前拜见赵芙蓉，算计停当。

沃利报与朱崖说道："赵芙蓉我已劝她心转，今晚点具花烛，成其好事。"朱崖说："难得你劝得佳人心转，其功不小。"命左右快备筵席，今晚与芙蓉成亲。金丸夫人晓得，走出外面，见了朱崖，夫妻坐下。朱崖说："夫人今日出堂，有何事故？"夫人道："将军，妾思唐兵驻扎关外，野熊仙一去杳无音信，须备退兵之计为妙！如何不思忠心报国，反做贪心好色之人？快快放回赵芙蓉，商议破唐要紧。"朱崖说道："不劳夫人费心，若说敌兵临境，已杀得他魂胆消亡，料他不敢再来。况且赵芙蓉生得美貌，下官见了十分得意。夫人休得多言，进内去罢。"夫人见劝他不从，流泪回房。果然赵芙蓉假做欢喜。朱崖十分大喜，饮得十分大醉，说："美人扶我入房中睡觉。"朱崖醉入房中，和衣而睡，鼾声如雷。赵芙蓉想："此时不下手，等待何时？"即将彩衣脱下，床头取出青锋宝剑，正要下手，心中惊慌，浑身发抖，说道："不得不如此了。"遂放起胆量，掀开锦帐，将宝剑砍去，正中左膊。朱崖大叫一声："不好了，疼死我也！"跳下床来，就将赵芙蓉拖到外面。

罗、刘三人用力打开了门，各拔出腰刀，忙将朱崖乱斩乱砍，杀死朱崖。即忙扶着赵芙蓉，正要杀出，只听外面喊声大震，元帅大兵攻关。秦汉将铁笼内窦一虎放出，二人在内杀出，斩落关锁，引进大兵。番兵被杀死一半，未死的逃往铜马关去了。

金丸夫人闻报，吓得魂不附体，连忙披挂，赶进洞房里面杀来。三员小将大喝道："蛮婆往那里走！"金丸夫人见了，喝道："你三个什么人？擅敢无礼！"三人喝道："你丈夫被我们砍成数段。你若不信，进去看来，应了前日赌咒之罪。"夫人大惊，走进见了朱崖尸首，大哭一场。番女报进道："大唐人马已杀入府中来了。"三人正要下手，夫人道："你们不必如此，我夫已死，难道我独生？"望空遥拜，拜毕，拔出宝剑，自刎而亡。

三将迎接元帅，入帐升座。请出赵芙蓉，说："小娘子一计斩了朱崖，待奏闻圣上，赏赐大功。"命送赵芙蓉回府，芙蓉叩谢而去。又称金丸夫人尽节，命衣衾棺椁埋葬关内。窦一虎、刘仁、刘瑞进营，拜谢元帅。元帅令三对夫妻相见，均来拜谢秦汉。元帅报捷唐王。唐天子大悦，差使臣钦赐锦袍，犒赏将士，不一日送到金牛关。元帅接旨谢恩。再停半月，商议西进，放炮起行。先锋罗章上帐禀道："小将同刘家二将，若无监军沃利看待，三命难保，乞元帅奏主报恩。"元帅大喜，说："罗先锋之言有理。"遂命沃利镇守金牛关，沃利叩谢。

大兵离了金牛关，望西而进，大雪飘飘，寒风凛凛，传令驻扎平阳之地，待雪晴起行。众将得令，一声炮响，扎下营盘。营中摆筵赏雪，顷刻雪高三尺。梨花同三个孩儿——薛猛、薛勇年长六岁；元帅所生薛刚，年才三岁，生得赤黑，像烟熏太岁，水磨金刚，一同饮酒。薛丁山道："我奉命征西，原望早平西番，不想一路破关守寨，耽延日久，父亲骸骨未曾埋葬，母亲又不能侍奉，心中好不烦闷。"樊梨花说："相公，今西番已十去其九，只有铜马关、玉龙二关，有何难处？待擒了番王，回朝有日，不必介意，且请饮酒。"窦仙童、陈金定亦来相劝，不觉守了一月，天气晴和，传令起兵。又行了半月，来到铜马关，传令安营，俟明日攻关。众将一声答应，放炮安营，此话不表。

再言铜马守将，乃兄弟二人，把守东、西两座关头，俱封王位。长名花伯赖，次名花叔赖，皆有万夫不当之勇。闻报金牛关已失，不日兵到铜马关，忙请兄弟出衙斟酌，说："我闻樊梨花用兵如神，有许多法术，勇将甚多。现与你商议，怎生拒敌？"花叔赖叫声："哥哥不要着忙，关内有雄兵十万，何足惧哉！弟前年通好各番，偶到五龙山经过，那山中有五位仙女，分青黑白赤黄，乃龙王之女，俱有仙术，神通广大，正在演阵。见了兄弟，收我为徒，赠我神鞭；还有火眼金莺，十分厉害，上阵交战，啄人眼睛。有这两件法宝，何惧唐兵百万！"花伯赖听了大喜，说："兄弟，你既有神鞭、金莺，还要到五龙山，请她姐妹五人到此，共破唐兵。"花叔赖说："哥哥之言有理。"一面修书往五龙山，一面整顿交战。

不知后事如何，且看下回分解。

第五十七回 盗金莺秦宴逞能 摄魂铃擒花伯赖

再说次日天明，元帅升帐，令先锋罗章领兵一万攻关。罗章领命，结束停当，顶盔贯甲，上马提枪出营，领人马来到关前，抬头一看，见高山环绕，关城立在中间。即令军士大骂。

小卒报入关中。花家兄弟听报，全身披挂，带领番兵，放炮开关，冲出两支人马，来到阵前。罗章抬头一看，见为首二将，俱是红帽扎巾，狐尾当头，雉尾高挑，身穿金甲，一人拿枪，一人拿鞭，脸分黑白，都骑高马，一样打扮。罗章知是花氏兄弟，便挺枪出马，直刺花伯赖。伯赖大怒，执枪相迎，战有二十个回合，花叔赖见兄不胜，提鞭出马双战罗章。罗章全不在心上，一支枪敌住两般军器，大战五十余合，不分胜负。

花叔赖放出金莺飞空扑面冲来，罗章大慌，回马就走，被花叔赖一鞭打来，正中肩上，伏鞍大败而走。花氏兄弟跟后赶来。

探子报入营中，说："罗先锋被番兵鞭打肩上，大败而走，请元帅发令接应。"樊梨花听了大怒，令薛丁山出阵接战，刘仁、刘瑞为左右接应。三将得令，邻兵冲出营来，让过罗章，接住花氏兄弟交战。刘仁、刘瑞亦皆上前，杀得花家兄弟汗流浃背，花伯赖拖枪回马就走，薛丁山随后追来。花叔赖放出金莺扑面飞来，刘仁、刘瑞见了，回马就走。花叔赖又持鞭打来，正中二将背上，几乎落马，众将救回。薛丁山听得二将被打，正欲回身来救，花叔赖神鞭已到面前，打中肩上，丁山伏鞍大败回走。花氏兄弟大喜，驱兵掩杀，杀死唐兵不少。探子报入营中，元帅大惊，令秦汉、刁月娥、窦一虎、薛金莲四将，速挡花家人马，救回三将。四人得令，带兵出营。那花氏兄弟杀到红日西沉，又见大唐人马冲出，遂鸣金收军进关，摆筵庆贺。

再言唐营救回四员大将，俱皆被番将打伤，忙将丹药敷好，即刻痊愈。元帅说："罗将军，番奴用何法术将四将打伤，连输二阵？"罗章说："小将今日出兵攻关，见关上扯起绣旗，番将名字叫花伯赖、花叔赖，东西两座高山镇守，那花叔赖身边有只火眼金莺。放出要吃人眼目，小将招架不住，被神鞭打中。"元帅说：

"他有金莺厉害，明日出战，众将须要防备。"再言秦汉对窦一虎说："元帅惧怕金莺，待我与你今晚进关盗取金莺。明日出战，必然大胜。"窦一虎依允。当夜瞒了元帅，窦一虎地行入关，秦汉耸入云中，落在东房。见房中只一妇人，名欢娘，正在怨恨。秦汉遂走进。欢娘道："你是那里来的？"秦汉说："我是唐将，从云中飞来。"欢娘说："真是神人，怪不得杀得西番势如破竹，此关指日可破。你此来何事？奴愿托以终身。"秦汉说："我为盗取金莺而来。"欢娘道："此系冤家用惯的，今同淫妇在西房中。"叫声："二大王阿！原非是奴家负你，你偏向于我，我打点归唐，等候胜负如何再说？"秦汉忙又飞到西房，见房中灯烛辉煌，亦有一个女娘，坐在床前，生得绝色，她亦出口怨言，对了锦帐，叫声："冤家，为何像死人一般睡着，不念奴家春心乱动，醉得如此。快快醒来，脱了衣服好睡。"叫了几声，仍旧鼾声如雷，只是不应。那爱娘无奈，脱了衣裙，露出粉嫩肌肤，斜露酥胸，钻入帐内，唉声叹气。秦汉在窗前见了这个情景，好不动火。已是三更时分，此时正好下手，但不知金莺放在何处？立在栏杆边，团团寻取。只见地下窦一虎钻出来，对秦汉说道："你不见床头前挂的，不是金莺么？"秦汉一看果然。窦一虎忙走到床边，取了笼子。谁想金莺叫了起来，床上花叔赖醒觉，翻身坐起。秦汉接了窦一虎的金莺，飞在云端。花叔赖下床一见矮子大怒，取过神鞭打来。窦一虎把身子一扭不见了。花叔赖见了大惊，说："此人倒有地行之术。"抬头一看，不见了金莺，吓得魂不附体，说："这矮子又没拿去，为何不见了？岂不是奇？"只听得半空中金莺叫声，忙出外抬头一看，见云端又有一个矮子，提了笼儿，说道："花叔赖，你靠此金莺儿，昨日阵上伤我四员大将。这金莺我秦将军盗取了。"说罢飞去。花叔赖道："可惜这只金莺，蒙师父所赠，上阵至宝，不料唐营有钻天入地之能人。"遂传令各营军士，严加谨守，乱到天明。

再言秦、窦二将回归营中，秦汉说："师兄盗莺，不奉军令，倘元帅知道，治罪不便。"窦一虎说："师弟，快将金莺踹死了，埋其形迹。"秦汉点头，果将金莺连踹数踹，登时而死。二人不睡，候到天明，元帅升帐，众将分立两旁。元帅说："昨日伤我四将，今日谁去攻关？"闪出黑脸将母夭蓬陈金定上帐说："末将愿去攻关。"元帅说："姐姐虽然勇猛，不可独往，且与刁月娥同去。"二员女将得令，陈金定提锤，刁月娥使双刀，全身披挂，上了马，带了人马出营，杀到关下。

再言那花叔赖不见了金莺，正与花伯赖商议，番儿报说："二员女将正要攻关。"二人大怒，开关出阵，花叔赖迎住陈金定，花伯赖迎住刁月娥，二女两男，一场大战。花伯赖与刁月娥战到数十个回合，花伯赖实难取胜，回马诈败而走。刁月娥喝声："那里走！"随后追去，取出摄魂铃一摇，花伯赖霎时仰面一跤，跌下马来。番兵正要来救，被刁月娥轻舒猿臂，捉过马来，回马飞奔进营献功。这花叔赖实战不过陈金定，又见兄被捉，回马大败而走。陈金定随后追赶，花叔赖不进关中，落荒而走。金定一路追去，追到山曲内，花叔赖说："好厉害的蛮婆，叫我前无去路，后有追兵，我命休矣！"正慌之间，只见一仙女骑鹤落下，说："陈金定休得无礼，俺公主在此。"手持雌雄双剑，敌住陈金定。金定昔日在武当圣母处认得的，喝道："赤龙公主，你是出家修仙学道之人，休要来管闲事，待我擒这番将献功。"公主大怒道："陈金定，那花叔赖是吾姊妹的徒弟，焉有不救。你若赢得我中手宝剑，我便还你。"陈金定听得此语，大怒道："休得夸口。"举起铁锤打来，公主将双剑交迎，二人大战。花叔赖见了，大喜说："救兵到了。"飞马走入关中。

二人正在厮杀，听得空中鹤叫，又来了四位仙女。陈金定看见，回马就走，五位公主也不追赶。花叔赖接入营中，细说金莺被矮子盗去，哥哥又被拿捉，方才若无师父相救，弟子性命难保。五位公主说："徒弟不须烦恼。梨花仗黎山门下，伤我同道之中甚多，故我等姊妹发书相请，同下山来。待我摆列一阵，与他分个高下，比一比手段，若破五龙阵，方算樊梨花本事，若不能破，任他唐兵百万，尽为飞灰。待我们复回西番地方，中原也可以得，只少上将雄兵，若有此二件，就容易了。"花叔赖说："不难，待徒弟修本求救，自有雄兵猛将。"五公主说："事不宜迟，快些拜本。"

不知如何，且看下回分解。

第五十八回 哈迷王坐朝议敌 梨花观看五龙阵

再说哈迷国王，驾坐早朝，文武朝见已毕，分立两班。王问朝臣说："寡人因国舅苏宝同起兵伐唐，反被薛仁贵父子领兵西进，夺取我国许多地方，杀死无数大将。可恨樊梨花贱婢，杀父诛兄降唐，前年闻报白虎关杨藩父子身丧，薛仁贵身亡于此关，唐王反拜樊梨花为帅，征我地方。她法术厉害，金牛关朱崖夫妻尽节，目下兵犯铜马关，花家兄弟未知胜负，诸卿有何主见？"班中闪出一位大臣，头戴乌纱，上插雉尾，身穿蟒服，足踏乌靴，俯伏奏道："臣雅里丞相，有事启奏。臣因国舅苏宝同被樊梨花大破金光阵，血光冲散而逃。今有本章具奏，他往各处名山仙洞，求取法术宝贝，要除灭大唐，复回我邦土地，以报此仇。一去之后，并无音信，使唐兵打到铜马关。今有花叔赖表章送上，奏我王龙目观看。"奏毕，将本呈上，接本官接了，放在龙案之上，国王一看，方知五龙公主在铜马关摆五龙阵，缺少上将，特来请命。狼主问："两班文武谁去救铜马关？"正言未了，武班中闪出驸马苏定国，执笏当胸奏道："臣愿领兵，保举四将同往。"国王问道："卿保举何人？"苏定国道："臣保殿前云必显，指挥方万春，大平章忽突，黄毛洞主郝麒麟，立破大唐兵，奏凯回朝，望我主免忧。"国王听了，龙心大悦，传旨一齐朝见，山呼谢恩，当殿插花赐酒，封五将为神武大将军，到铜马关听五龙公主调用。五将谢恩出朝，国王驾退回宫，文武朝散。次日，驸马苏定国到教场点齐人马，大兵十万，带同四将，离了建都。

到十里长亭，各官设酒饯行。苏定国等下马立饮三杯，辞了百官望东而进。你看旌旗浩荡，号令严明，三军司令一路行来。

再言陈金定进营，参见元帅，说起追花叔赖，遇见五龙公主，如今倒有一番厮杀。元帅传令把兵马退下十里，且慢打关。众将依令。只有秦汉、窦一虎不依，上帐说道："元帅休长他人的志气，灭自己威风，且慢退兵，虽然五龙公主厉害，小将二人明日再去攻关，试其法术，然后计议未迟。"元帅听了，说："二位将军之言有理。"传令聚守营盘。

再言次日元帅升帐，点秦、窦二将出营打关。二将一齐接令，领兵到关前大骂。番兵报入关中，花叔赖闻报，忙来参见师父，说："前日盗莺钻天入地二个矮子来打关，如何退得？"白龙公主说："徒弟不必忧心，待我们前去拿进关来，斩首号令，出你的气。"花叔赖大喜，点兵开关。白龙公主骑鹤来到阵前，见了秦汉、窦一虎，喝道："你二个无名小卒，快叫樊梨花出来会我。"秦、窦二将抬头，看见一位道姑，头戴鱼鹤金冠，身穿鹤氅，手舞双刀，骑了白鹤。便大喝说道："妖妇，我元帅岂可见你的么？吃我兄弟一棍！"便照白龙公主打来。

公主大怒，将双刀敌住。三人大战一场，战到数十回合，不分胜负。白龙公主取下乾坤宝伞，说道："矮将看宝贝。"便把伞撑开，放出五色祥云，把二人眼目罩住，一个跟斗，跌入伞中去了。白龙公主收兵进关。吓得唐兵魂消胆落，回营报知元帅道："番营一位骑鹤道姑撑开伞，秦、窦二将即不见，那道姑收兵进关去了，特来报知元帅。"元帅大惊道："我原晓得五龙公主法术多端，昨日要退兵十里，计议与她厮杀，这二将恃勇不从，要去打关，致被擒去，如何是好？"刁月娥、薛金莲二人说："元帅之言不差。"再言白龙公主进关，花叔赖接入帐中，叫声："师父，两个矮将怎么样了？"公主说道："已拿在伞中，此时定化为血水。"花叔赖大喜，分付摆酒庆贺。五位公主朝南坐着，花叔赖下面相陪，酒方三杯，忽听得伞内开声说道："我九转玄功，乃王禅老祖门下秘授，你今虽然吃酒，少不得斩你五条妖龙。"花叔赖听得大惊。黄龙公主叫声："五妹，你的宝伞有灵，拿人就死，今日为何不灵？"白龙公主说："这就奇了。"忙将宝伞放将开来，只见两个矮子一个跟斗跳出来，秦汉飞上天去，窦一虎将身入地。五位公主看得呆了，倒觉心惊。花叔赖道："先前说道，他有钻天入地之能，谁想又被他逃去了。"黄龙公主道："方才不听他说么，他说是王禅老祖门下，炼就真身，不化血水。待我明日出阵，激起火珠，烧死唐兵百万，方见五龙山手段。"花叔赖甚喜。

再言秦、窦二将回营参见元帅，元帅大喜，说："二位将军被乾坤伞拿去，我心甚忧，幸得主上洪福。你等回来，可将情由说我知道。"二将说道："番奴的宝伞果然厉害，见他撑开，有万道毫光把我二人眼目遮蔽，跌入伞中，若是凡人，定然化为血水，幸我们师父传授金丹防身之宝，遇有急难，吞入腹中，不能坏身。放开伞来，逃走回营，得见元帅。"元帅大喜说："今日刁月娥、薛金莲二将要去攻关，你们去助阵，须要小心。"秦、窦二将道："愿去帮助。"夫妻四人喜欢，准备攻关。有番营差官，将战书送来，说停数日，待五龙阵摆完，见个雌雄。元帅批允，差官回到关中，报与花叔赖说："唐元帅批允。"花叔赖与五位公主摆阵，缺少兵将，正议此阵，番卒进报说："狼主差驸马苏定国，领兵十万，大将四员，已到十里之外。请二大王出关迎接。"花叔赖大喜，出西门接进营中见礼，设酒洗尘。

次日，五位公主操演人马，出关摆下五个阵势，分东南西北中央。第一阵，名曰黑龙阵，黑龙公主守住将台，点大将郝麒麟把守阵门，内中黑气冲天，变化多端，凭你神仙入阵，性命难逃。第二阵，名曰白龙阵，白龙公主督阵，令大将忽突把守阵门，内中白雾漫天。第三阵，名曰赤龙阵，赤龙公主镇守中军，令大将云必显把守阵门，内中红光滔滔。第四阵，名曰青龙阵，青龙公主督阵，令大将方万春守住阵门，内中青云片片。第五阵，名曰黄龙阵，黄龙公主镇守将台，督理阵中，驸马苏定国守住阵门。十万雄兵，按分五路，又分金木水火土五行，操演五日，各归队伍。五位公主见阵图已完，第六日各驾仙鹤到唐营讨战。

樊梨花闻报，摆开五队出营，旗分五色，一队一队而出。

樊梨花头戴金冠，身穿锦袍，内着金甲，左男右女，一字排开，众将戎装，兵卒英勇，军威雄壮。五位公主见了，说道："果然行军有法，纪律严明。"便道："樊梨花出来会我。"梨花听了，欣然来到阵前说："五龙公主，我与你风马牛不相及，你摆下阵图，阻我西进，倘不收兵，杀你片甲不留，悔之晚矣。"五位公主说："樊梨花，你仗黎山门下，欺我教门，我等姊妹们不服，摆下一阵，你若破得，我姊妹让你西进，若不能破，休怪我等。"樊梨花说："我一路征西，破了多少阵图，何惧你等妖术？你且闪开，待本帅看明好破。"五位公主说："你们看阵，随我来，不要害怕。"骑鹤先去。樊梨花同刁月娥、薛金莲三骑马来到阵前，喝道："五龙公主，本师既来看阵，休放冷箭。"公主说："若放冷箭，非为好汉。"说罢入阵去了。樊梨花一看，果然阵图厉害，前呼后应，变化无穷，左冲右击，宝光腾腾，顶上五云结盖，看了颇觉心惊。正在踌躇，不好进阵。五龙公主从阵内冲出说："樊梨花，如今可晓得厉害么？"樊梨花说道："这些小技，何能称为厉害？"说罢，三人自回营中。

不知如何破法，且看下回分解。

第五十九回 梨花一打五龙阵 窦一虎借芭蕉扇

再说樊梨花在马上想道："方才说了破阵，若不去，被他们笑无能。但是五龙阵，无非五行生克，况阵中毫光万道，宝贝不少，凡人不可进去，须有道术之士、仙门弟子，方可去得。"即点刁月娥、薛金莲二将，付灵符一道，保护其身，去打青龙阵，须要小心。二将得令而去。又点秦汉、一虎，你二人有金丹保命，去打赤龙阵。二人得令而去。又点窦仙童、陈金定二员女将，各带灵符保身，防他宝贝伤害，去打白龙阵。

二将领命而去。樊梨花想道："军中知仙法者，只有八人，今已差去六人，我与世子去打黄龙阵，这黑龙阵令谁去？"正在商议，只见尉迟青山解粮到，参见元帅。元帅大喜，说："你这竹节钢鞭，乃仙传之宝，可以去得，况又黑脸黄甲，正应黑虎，命你与先锋罗章同行，付灵符一道护身，去打黑龙阵。"二将欣然领令而行，又命刘仁、刘瑞、金桃、银杏同众将守住营盘，不可轻动，众将领命。梨花自与薛丁山去打中央黄龙阵。

再说刁月娥、薛金莲打入青龙阵，只见冲出一员番将，青盔青甲青脸，座下青鬃马，手执开山斧，旗上书"大将方万春"，出马拦住阵门，大喝道："二位佳人休来送命！"二员女将双刀劈面砍去，方万春使斧相迎。战有数十回合，刁月娥将摄魂铃摇动，方万春倒撞下马，薛金莲上前正欲枭首，只见青龙公主驾鹤而来，喝声："休伤我将。"即用剑砍来，刁月娥、薛金莲二人将双刀架住，三人大战。青龙公主把百铃旗摇动，阵中一声响亮，走出无数怪兽，张开血盆大口，奔来吃人。

二将吓得魂不在身，飞马出阵，败归营中。那秦汉、窦一虎打入赤龙阵，见红光里面冲出一员番将，脸如红枣，身穿红甲，坐下胭脂马，手执大刀，旗上书"云必显"，举刀拦住，道："你两个矮东西，也来打阵，吃我一刀！"二人棍棒相迎，杀得番将招架不住，回马就走。二将正要追赶，赤龙公主驾鹤而出，敌住二将，祭起雌雄剑，当头砍来。秦汉、窦一虎看见不好，俱入地走了。

再说窦仙童、陈金定二将杀入白龙阵，见白气满天，冲出番将忽突，白盔白甲、座下白马，手执银枪截住厮杀。战未数合，番将大败而走。白龙公主撑开宝伞，二将见了，叫声“不好”，大败而回。白龙公主收了宝伞回阵。那尉迟青山、罗章杀入黑龙阵，内中黑气冲天，冲出番将郝麒麟接住厮杀。这郝麒麟岂是尉迟青山对手？战了数合，回马就走。里面冲出黑龙公主，把百叶幡摇动，二将幸有灵符在身，不至化为血水，跌落马下，陷在阵内。樊梨花同薛丁山杀入黄龙阵，见黄沙漠漠，冲出番将苏定国，金脸金盔金甲，座下黄鬃马，像秦琼转世，手执黄金剑，拦住道：“通下名来。”薛丁山道：“我乃平辽王之子薛丁山，同妻樊梨花到来。快快下马受死，免污我戟。”苏定国听了大怒，说道：“我国王正要拿你二人，碎尸万段。”丁山大怒喝道：“务要斩了苏定国。”苏定国忙把双剑迎住，黄龙公主亦大喊一声，冲出阵中助战，祭起火珠，火光焰焰，樊梨花借火遁而走，薛丁山陷在阵中，幸有灵符在身，不致损命。樊梨花回营，众将皆言宝贝利害，所以不能破得，特回缴令。尉迟青山、罗先锋同世子陷在阵中，不知性命如何？樊梨花听了，闷闷不乐，传令紧守营门，三日之后计议救取三人。

忽听朝廷差军师徐梁赐锦袍到，元帅开营接旨宣读，三呼已毕，叩头谢恩。各将皆与见礼，军师道：“为何不见世子及尉迟青山、罗章等三人？均要请来领锦袍。”元帅把破五龙阵、三人被困之事细说一回。军师道：“原来如此，你且不必烦恼，你师父有大神通，速差人去请来，好破此阵，可救三将！”樊梨花听了，如梦初醒，说：“承军师指示。”徐梁即别了元帅，回去复旨。元帅同众将送出营门。

樊梨花回帐，忙修下书信，差秦汉、窦一虎速往黎山老母处投下。二将领命，钻天入地而去。不一日早到黎山，秦汉落下云头，来寻洞府。窦一虎亦在地中钻出，二人相见，说道：“仙洞在于何处，师弟可知否？”秦汉说：“师兄，那边苍松成径，翠柏成林，可是洞府么？”二人走到洞口，叩门三声，洞门开了，走出二位女道童，见了二人，说：“莫非王禅老祖门下秦汉、窦一虎么？”二人惊讶说：“师兄那里晓得？”女仙童道：“我师父着你进去。”秦、窦两人同入洞中，见仙花仙草，仙鹤成群，白鹿衔花，两人来到殿中，只见老母坐在禅床，急忙跪下，呈上书信。老母说：“你们来意我尽知了，薛丁山与尉迟青山三将有五十日灾难，你二人可一往南海洛伽山观音菩萨座下，央求善才童子下凡，可破此阵；一往西方火陷山牛魔王那里，借铁扇公主借芭蕉扇，可破火珠。”二人叩谢出洞。窦一虎说：“师弟你往南海，可以飞过去，我地行往火焰山借扇。”话完，二人分头而去。

窦一虎在地中行了半日，钻出头来一看，只见一所乡庄，鸡犬相闻，田园秀茂，有一老翁在溪边看云，说：“快要下雨。”窦一虎忙上前施礼，口称老丈。老翁听得，回转身来，连忙还礼，笑道：“你身材短小，想必是矮人国中来的么？”窦一虎答道：“我是大唐中国来的。”老翁又笑道：“小哥欺我了，大唐到此地有九万余里，经过许多险路，除非是齐天大圣。”窦一虎惊疑一定，说：“是那一个？”老翁说："小哥小哥，你还不晓得么？那齐天大圣，亦是大唐的人，唐三藏和尚大徒弟孙悟空，唐僧往西天取经，在此经过，西北上有座火焰山，一向这里热不过，孙行者往铁扇公主处，借了芭蕉扇将火焰山扇灭了，所以近日温凉。"窦一虎闻言，喜之不胜，说道："孙行者是佛教，我是仙教，所以同在大唐，难道你不认得么？"老翁说："小哥小哥，想你大唐到这里，是有意思的，到此何干？"窦一虎说："老丈你不知道，那西凉国兴兵造反，大唐起兵西进，到铜马关，有五龙公主摆阵阻兵。我奉元帅将令，要到火焰山借扇，经过此地。请问老丈，到火焰山有多少路？"老翁说："原来又是借扇。如今这火焰山被孙行者扇灭了，连火也不见。若要借扇，须到翠云山仙洞铁扇公主处，她今也皈依佛教，不管闲事。此去西边一百里，就是翠云山了。"窦一虎问明，连忙拜谢辞别起身，往地中去了。老翁说："唐朝多是异人，此人身材短小，倒会地行遁法。"窦一虎又行百里，钻出头来一看，原来一座土山，但见一派青松翠柏，半山之中清磬卢传，白云缭绕，走近面前，有一所洞府，上写着翠云洞三字。将洞门连敲三声，里面走出女姑说道："这里是修行之地，那个叩门？"开门来看，窦一虎见是女姑，连忙下礼叫声："道姑，我是大唐樊元帅差来，要见公主娘娘借芭蕉扇破阵，相烦通报一声。"道姑说："你这矮子亦是大唐来的。前番我家公主受了大唐和尚之气，从此发愿修行，不管闲事。不敢去报。"窦一虎说："道姑，我是王禅老祖门下弟子，千山万水，方得到此。求你方便，对公主说一声。"道姑说："你师父王禅老祖，我家公主常常言起，你既是他徒弟，与你禀上一声罢了。"窦一虎说："如此，多烦道姑了。"道姑走入殿中，公主正在打坐，道姑禀上："娘娘，外边来了一个大唐人，说是王禅门下弟子，来借宝扇去破五龙阵。现在洞外，不敢擅入。"公主听了，说："既是王禅门下，必有神通，前番受了猴子之气，今日此人不同，可唤他进来。"道姑奉命出来相请。说："娘娘唤你进去。"窦一虎急忙进去，来到殿上，叩见公主，将借扇破阵的因由说了一回。

不知肯借与否，且看下回分解。

第六十回 善才途中战秦汉 五公主阵上收宝

再言公主娘娘问道:“你既是老祖门下,姓甚名谁,有何本事,敢来借扇?”一虎回禀道:“弟子有地行之术,日行千里。”公主说道:“宝扇当时有火焰山,断然不借,如今此山被孙行者扇灭了,留在洞中亦无用处,今日借便借了。但破阵后,就要还的。”一虎说:“自当如命。”道姑即将宝扇取出,一虎接在手中一看,是一柄蒲扇,能大能小,叩谢出洞,仍从地行而回。

那秦汉上天行了数日,早到南海,一看海面汪洋,不能地行,只得又带帽子飞上云端,双眼紧闭,听得耳边风声,片时落在山上。秦汉开眼一看,已在大土山门,上写着慈航禅院。

只见两个和尚笑着走出,说道:“你是王禅门下弟子秦汉么?”秦汉大惊,想道:菩萨早已知道。忙上前施礼,说:“法弟便是。”两个和尚回礼。两个乃是菩萨门前二位弟子,法名都罗、吉谛便是。因菩萨朝天去了,曾有法旨分付:今日有大唐差来王禅弟子秦汉到此,求善才去破五龙阵。可着他先回。菩萨不日朝天回殿?遣善才就来。和尚将菩萨分付转告秦汉,秦汉不敢久留,即拜别二位帅兄,飞上云端,耳听风声,不消一刻,来到东土,落下云端,心中大喜。仍然飞上云端,一路行来,到西凉国落下云头一看,见一村庄,有山有水,树木成林,有茅屋草舍,桑麻遍地,犬吠鸡鸣,好一所村居。秦汉正在观看,见村中走出一位婆婆,说道:“这位客人也是东土来的。”秦汉大惊道:“这婆子倒有仙气。请问因何晓得我是东土来的?”婆子道:“昨夜有一位矮子,同你一样身材,在此借宿,肩上一柄芭蕉扇,说是翠云山借的,今日早上出门,忽遇见一个孩子,头上梳着丫髻,两手带镯,脚踏火轮,手拿齐眉短枪,身穿绣龙锦袄,大红襟子,赤了双足,不知什么缘故,见了扇子大怒起来,与矮子交战。矮子那里杀得过他,大败而走,孩子赶去,不知死活。”秦汉听了,是师兄一虎,即谢过婆婆,飞上云端,向西而去。前面喊杀连天。秦汉落下云头,见一虎战孩童不过,且战且走,好不着力。秦汉叫一声,:“小童,不得无礼,我来也!”童子回头见秦汉又是一个矮子,并不回言,举火尖枪就刺。二人大战未数合,秦汉那里杀得过,棒法乱了。一虎见师弟相助,回身双战孩童,好个大战。秦汉架住枪说:“童子通下名来。”孩童道:“俺行不改名,坐不改姓,我乃牛魔王之子,铁扇公主所生,吃人无数,火云洞红孩儿便是。只为要吃唐僧肉,遇了齐天大圣孙行者,往灵山求观世音菩萨收服为止。

五十三年参拜佛爷,方成正果,在南海紫竹林中菩萨座下,蒙法旨前往征西助战破阵,路过村庄,遇见这矮子,偷走我母亲芭蕉扇。快快还我,饶你二人性命,若强抗不还,将你二人活吃。”秦汉听了笑道:“我道是谁,原是善才童子,你是菩萨弟子,我两人乃是王禅老祖门下,释道一般,我奉黎山老母法旨,着师兄往令娘娘处借此芭蕉扇要破阵,我往洛伽山求取菩萨座下善才,相助破五龙阵收宝,相遇都罗、吉谛二位和尚,说:菩萨朝天,同善才、龙女去了。叫我先回,朝天后即着善才来西方破阵。我驾云而来,见你们杀得高兴,下山看你。这柄扇是借来的,不是偷来的。”善才听了,心中才明白,说:“事既如此,何不早说。若秦师兄不来,一虎师兄必被我刺死了。”一虎笑曰:“你须吃人肉的人,若要打死我尚早,若杀不过,我钻入地中,你那里寻得见?你们二人慢慢驾云而来,我入地先回唐营。”说完将身一扭,直往地中去了。善才童子说:“一虎师兄有地行之术。秦师兄有何仙术?”秦汉说:“我有钻天之术,一日能行千里。请问师兄有什么仙术?”善才说:“我有风火二轮,日行万里,比你二人更快。”秦汉说:“事不宜迟,快快起程。”二人双双驾云而来。

再言五龙公主,忙请花弟子到来,说:“观见唐营未来打阵,花叔赖明日领支人马,杀到唐营剿灭樊氏,好夺唐朝。”叔赖听了大喜,传令三军明日出兵。众将一声答应,准备交战。

再言樊梨花对众将说道:“秦、窦二将前往黎山,一去四十余日,尚未回来,三将陷在阵中,生死未知。”众将答言:“二人去了日久未回,我们明日前去破阵。”正在此言,番儿打下战书约明日交锋。梨花批允,即对金定、仙童说:“驸马与二将陷阵,秦、窦二人未回怎处?番将花叔赖已下了战书,我亦批允明日交锋,听天由命而已。”仙童、金定说:“既称上将,何惧番奴,明日各人务要努力,倘若为国亡身,亦无怨恨。”众将皆忿忿不平,待明日交战。

次日元帅升帐,点月娥为头阵,金莲为二阵,陈金定为三阵,仙童为四阵,元帅亲领大兵为五阵。刘仁、刘瑞为左右翼。

正要出兵,秦梦解粮回阵,参见元帅说:“今日出兵,不点男将,全点女将,却是为何?”元帅说明此事。秦梦听了,大怒道:“可恶番奴,岂敢放肆,我今日出战,必要活擒番奴献功。”元帅道:“将军解粮刚回,一路辛苦,鞍马劳顿,不敢相烦,后营安歇。”秦梦必欲出战。元帅发令,五龙阵厉害,众将出战,务要小心。众将得令。

秦梦久未临敌，得意洋洋，全身披挂，手执金锏，骑下呼雷豹，带领本部人马出营。那番将花叔赖领兵出阵，五龙公主守住阵脚，冲到唐营。唐营炮响，冲出一员大将，飞到阵前喝道："俺乃大将军秦叔宝之孙秦梦是也，番奴到此，快来决一死战。"花叔赖大怒，飞马冲出，提鞭就打。秦梦双锏迎住，大战有五十个回合，杀得叔赖汗流浃背，回马大败而走。秦梦喝声："番奴那里走！"拍马随后赶上。五龙公主大惊，即驾鹤出迎，大喝道："樊梨花，你前日打阵杀败，今尚敢出战投死。"五员女将大怒，一齐杀出，喝道："休得胡言。"各杀将来。

五龙公主舞起双剑迎敌。窦仙童祭起捆仙绳，被五龙公主撑开宝伞，收去仙绳；月娥亦摇动摄魂铃，又被宝伞收去。梨花大怒，祭起乾坤圈及混元棋盘，来打五龙公主，均被宝伞收去。五员女将大惊，各带转马头大败而走。五龙公主在后追赶。

黑龙公主祭起雌雄剑，来斩梨花。忽见云端落下一童子，大喝道："黑龙公主休得无礼，我来了！"梨花抬头一看，见云端飞下一童子，脚踏双轮，十分威武，手持火尖枪，望黑龙公主就刺。黑龙公主认得是善才童子，大声叫道："红孩儿，你亦来管闲事么？"收了双剑，五位公主一齐围住，大战一场。

五员女将回马复来助战。秦汉正在云头上赶路，听得下面杀声，往云中一看，认得是哥哥秦梦追赶花叔赖，看看追近，叔赖祭起神鞭，秦梦不曾防备，被打下马来。叔赖正要上前取首级，秦汉飞下大喝道："休得伤我兄长，俺来也！"举棒就打。叔赖一看，认得是盗莺的，大怒，提鞭相迎，二人大战。唐兵上前将秦梦救回，叔赖难以取胜，又祭起神鞭打来。秦汉飞上云端，叔赖收鞭回关。众位公主不能取胜，五龙公主对樊梨花、红孩儿道："今日天色已晚，明日再战罢！"二人各自收兵，元帅回营。见伤了秦梦，用药敷好。请善才童子相见，众将拜谢。秦汉回营缴令，细说老母差使之事，故此请得这位小英雄来破此阵。

梨花听了大悦，上前叩见善才，说："今日若非师兄相救，几乎又输一阵矣。礼当拜谢。"善才说："俺亦有一拜。"一虎回营缴令，也将借扇之事说一回。元帅大喜，设筵庆贺。善才童子乃系佛教，除荤戒酒，另备素筵。众将席中皆称宝伞厉害，收去许多宝贝，怎能得回？善才童子笑道："他伞虽妙，不及我灵山太极图。待至明日，定将你们的宝贝取回。"众将听了大悦，梨花道："全仗师兄法力。"宴罢各回营安歇。

不知善才破阵法力如何，且看下回分解。

第六十一回 元帅营中产薛强 善才大破五龙阵

却说次日天明，元帅升帐，善才上前请令破阵。元帅道："今日破阵全仗师兄，须要小心。"令秦汉、一虎为左右翼打阵。善才同秦、窦二将点兵出营。又命仙童、金定为救应，令金莲、月娥为后队。元帅同刘仁、刘瑞、金桃、银杏居中军。三声炮响，众将俱到阵后助战。

再言黄龙公主收兵回关，闷闷不乐，对四位公主道："我们姊妹五人，心厌龙宫，在山修道有数千年，得长生不老之法，今因小忿下山，扶助花叔赖阻住唐兵西进，指望成功，谁知他请了善才童子到此。我一向闻他原在枯骨山火云洞吃人，积骨如山，乃是一个万恶魔王，今皈依菩萨座下，神通广大，我等焉能敌他？不如回山，休管闲事。"白龙公主叫声："姐姐说那里话来，我等五龙公主之名，岂甘为人下，何惧善才童子。明日不要与他交战，待他进阵，自然一网而擒。"三位公主皆道："五妹之言有理，只要引他进阵，童子必定遭擒，那时知我五龙公主手段。"黄龙公主无奈，只得依允。

次日五位公主乘鹤而出，只见唐营大开，冲出三员男将，四员女将，杀到阵前，大叫道："五龙公主快快投降，免汝等一死！"五龙公主亦大喝道："红孩儿，公主今日不与你交战，敢来打阵否？"善才道："这个何难，俺来也！"五龙公主听了，一齐飞入阵中，等候善才。善才灵巧不过，对秦、窦二位道："师兄，他五龙阵五行相生相克，生门惊龙，和你打进青龙阵。"二将称说："师兄言之极是。"杀进阵中，只见一道青烟冲开。二员番将喝道："三个孩子快来，俺大将方万春在此。"二将并不答话，举棒就打。青龙公主将灵旗摇动，见一群怪兽，张开血盆大口，奔来吃人。二员矮将心慌。善才笑道："此系小技，敢来逞演妖术。"除下项圈，将先天太极图祭在空中，灵旗打折，百兽化为乌有。青龙公主喝道："你这孩子敢伤我宝贝。"飞鹤冲将出来，举剑就砍善才。善才持枪相迎，青龙公主那里敌得过？番将被秦汉一棍打死。四员女将见阵已破，也杀进阵中。青龙公主此时无处逃走，只得把口一张，喷出万道青泉，即在水中一滚，变一条青龙，随水逃去。

红孩儿道:“她既逃去,不必追赶。再打赤龙阵。”阵中冲出一道红光,声如雷鸣,来了一员番将,大声喝道:“大将云必显在此。”随即举起大刀,直奔三将。三人各着兵器相迎,不一合,赤龙公主乘鹤而来,祭起雌雄剑,却被善才童子用太极图打下。公主把口一张,放出万道金光,把身子一摇,现了原形,乃一条赤龙,直滚而去。

赤龙阵已破,又打黑龙阵,见阵中一道黑气冲出,番将郝麒麟手执金锤迎住,被一虎打中马头。黑龙公主跨鹤而来,手执百叶幡,念动真言,好不怕人,两员矮将跌落马下。善才笑道:“这妖幡只骗凡人,俺乃九炼成钢,真身不坏,奈何我不得的。”将太极图打去,把幡打为两段。两员矮将在地用棍乱打,公主把口一张,吐出黑水,腥臭难闻,化一条黑龙而去。

黑龙阵又破。

四员女将杀入阵中,救出尉迟青山、罗章,令小卒背了回营。又同杀到白龙阵。只见白雾布满阵内,来了番将忽突,两手执枪直刺善才。善才闪过,回转一枪挑下马来,被四员女将活捉而去。白龙公主驾鹤而来,把伞撑开,冲出万道亮光。二员矮将、四员女将立马不住,跌倒在地。惟有善才童子直立不动,大笑曰:“白龙,任你这柄伞多大神通,今日亦该灭了。”说完,祭起太极图,将宝伞打碎,一个霹雳,众将死而复生,各皆上前,收回法宝。白龙公主见打碎宝伞,破了阵势,无奈把口一张,吐出白气,乃万道寒光,水中一滚,现一条白龙逃去。

众将返身又打黄龙阵,只见黄沙漠漠,阵中炮响一声,只见驸马苏定国,用黄金锏来打善才。善才的火尖枪十分厉害,那里敌得住,苏定国杀一条血路逃生。众将正在追赶,黄龙公主持剑出阵,喝道:“休追吾将。”举剑相迎,战不十合,激起火珠,霹雳一声,火光烈烈焰焰,烧将起来,众将吓得魂不附体,各兵俱烧得焦头烂额。红孩儿大笑道:“黄龙你这妖怪,不晓得我生在火焰山,住在火云洞,怎怕你之火。待俺飞入火内,与你战一个高下便了。”黄龙料非对手,念动真言,火珠愈炎。元帅大叫道:“火珠厉害,急取芭蕉扇救助众将。”一虎听了,将芭蕉扇连扇几扇,火珠跌下,顷刻风火并息,众将安然。黄龙公主大怒:“你们借铁扇公主的芭蕉扇,破我的宝贝,定与你决不甘休。”返身杀到梨花马前。忽现出三头六臂,像那吒三太子一般。众兵看见大惊。独善才童子大笑不止,说道:“黄龙,你的法术不足为奇。”把手一放,吹口仙气,阵中杀出无数小红孩儿,手中皆执火尖枪,将黄龙公主围住。众将见了,各称奇异,皆云神通广大,杀得黄龙公主招架不住。

善才用起太极图,黄龙知事不利,现了原形,乃一条黄龙,涌起万丈波涛,口含火珠,借水中遁去,一时大水洋洋,随波而去。

善才童子破了五龙阵,众将救起丁山,见他失了魂魄,人事不知,妻妹见了,俱皆伤心。安排暖车送回营。元帅大喜道:“今日破了五龙阵,皆赖善才童子之大功。”元帅分付收兵回营,即用仙丹救了三将,设宴庆功。元帅谢了善才童子破阵之功,传令各将歇息,明日攻打他关便了。是夜元帅营中产下一子,取名薛强,军中暂留三日。

再言苏定国阵中逃回,叔赖接进关中,问及唐兵攻阵,胜败如何?定国将红孩儿破阵,五龙公主各现原形逃走,伤了三员大将,忽突被他擒去,幸我得脱,一一告知。叔赖闻言大惊,下令各处严加防守,多设灰石弓弩;与驸马分兵,各守东、西二关口。即修告急本章进朝,候救兵到关再战。

再言樊元帅养兵三日升帐,一虎上帐禀道:“小将借扇,圣母分付,但破阵后,即要送还,不可失信。”元帅称是。忽座中闪出善才童子道:“俺奉菩萨法旨,破阵成功,就可回去。但我久不拜见母亲,这柄扇待我带去,免劳师兄来往。”元帅大喜,将扇付与善才童子。善才吹口气,变成小钱大扇子,含在口中,别了众将,登风火枪冉冉而去。元帅随即下令攻关。

秦梦要报一鞭之恨,请令打关,元帅依允。秦梦领了人马到了关前,大骂番营,番营中只作听不见。秦梦立令军士攀城而上,只见上面箭如飞蝗射住,唐兵不能上城,反伤了无数兵卒。元帅大兵已到,把人马驻扎关下。秦梦道:“关门坚固,兵不能上,请令定夺。”秦汉上前说:“前次一虎同小将进关盗莺,会见番女欢娘,二人有约,不若待末将今日入关,通知欢娘,里应外合,正好破关。”元帅道:“你前次私进关中,应当有罪。今日若破此关,将功折罪。”秦汉依令,当晚飞进关中,来到后房从窗外一看,见欢娘手托香腮,眼放秋波。秦汉想道:他既终身许我,今晚到此一定遂心,即上前施礼。欢娘一见,转悲为喜,乃笑道:“冤家因何不来看我?令人我时刻盼望。”秦汉道:“美人,小将自从那日别去,怎有功夫脱身。”便将事细说一回,又道:“夜来与你刺死了花叔赖,做长久夫妻,然后一同去降唐。”欢娘大喜,商议停当,秦汉道:“倘若苏定国提兵到来,如之奈何?”欢娘一想,有了计策,对秦汉道:“只消如此如此,使他们首尾不能相顾,然后将军在暗中相助,岂非万全之计?”

不知如何刺他,且看下回分解。

第六十二回 欢娘刺死花叔赖 梨花兵打玉龙关

且说秦汉听了此计,道:“美人此计甚高,待我回营禀知元帅,即同师兄进关相你。”说罢飞出关外,回营中对元帅说明原委。元帅听了,暗道:“矮子好色,但愿他成功,则大事定矣。”即令二矮将进关助欢娘行事,又令诸将当夜攻关,里应外合。二人大悦,各自出营,上天入地去了。

再言花叔赖闻欢娘相请,欣然来到东房。欢娘接进,双双见礼。二人坐下,欢娘说:“今日端阳佳节,妾身备有水酒,请大王庆贺,但是大王恋于西房,情意洽好。”叔赖笑道:“美人你且宽心,二人无分厚薄,本爵我有调匀的法度,一向阔别,今日补情,即与美人畅饮一番。”叔赖上坐,欢娘下陪,丫环斟酒,将叔赖灌了又灌,一连几觥,灌得大醉。叔赖立起身来,一手搭在欢娘肩上,一手调情。欢娘又劝他几番,他便立脚不住。丫环扶到床上,人事不知,竟自睡了。欢娘即分付丫环将酒席收去说:“你们吃个尽醉罢了。”丫环叩谢,各在外厢吃酒。时正三更,欢娘持剑欲砍,却心慌意乱。忽见秦汉从天而下,走入房门内,将欢娘手中剑接了,把叔赖刺了。又传令,假称大王请驸马商议大事,并伏刀斧手三百于帐下,他来时将其斩首,开关降唐。欢娘打扮戎装,带了令箭。只见地下钻出一虎说:“师兄,这女子传言,我和你开关迎接大兵。”秦汉依允,又对欢娘道:“你不必心慌,我暗中自然助你行事。”说罢,各司其事去了。欢娘手提亮灯,走出营门,传令旗牌官分立两旁,今大帅令:传驸马前来商议军国大事,不得迟延。

旗牌军接了令箭,上马往西营相请。且言爱娘正在房中,丫环报进说:“东房欢娘执令箭传驸马议事,帐中埋伏刀斧手,不知因何事情。”爱娘听了,心想,这贱人传驸马,必要杀我;不如赶入东房,求大王做主,救我性命。点灯来至东房,只见众丫环皆醉倒。走入房内,四顾无人,惟床上大王未起,近床前一看,只见鲜血满身,大王已死,便大哭一场,拭泪道:“这贱人如此凶恶,待我为大王报仇。”结束停当,手执双刀杀出。

再言苏定国闻叔赖相请,心中猜疑,带了亲随三百名,各持火把刀枪来到东宫,不见叔赖出迎,便走到帐前开言道:“花将军夜深唤下官何事?”忽听云板一响，来了一员女将，说道："俺家大王计穷力竭，三位爷爷被捉，不知死活，竟欲开关降唐，故此请驸马到来商议。"定国听了此言，说："罢了！罢了！叔赖如此反叛，待我杀此逆贼。"欢娘大怒，正欲令刀斧手下手，只听里面有人杀出，爱娘手执双刀。这定国大怒道："逆贼使贱人杀我么？"拔出宝剑，将二人杀死。这惊动帐下刀斧手出来救助，却被三百亲随兵尽行杀死。回身见床上叔赖早已呜呼，定国更觉心慌，惑疑不定，便回到营门外。

忽探子飞报说："大唐二员矮将潜入关内，杀死守将，军士开了关门，大唐兵马一拥而入。"定国一听大惊，带领亲随兵，逃出西门投玉龙关去了。

唐兵进关，元帅下令休伤百姓。元帅来到帅府，见杀死军士不可胜数，方知欢、爱二娘俱被定国杀死。秦汉道："二位佳人有功于唐，未受其封，可怜一命身亡。"备礼安葬欢、爱二娘，余尸尽行焚化，出示安民，在牢中放出伯赖、忽突二人。

元帅分付道："你二人乃无名小将，杀之无益，放你回去，叫玉龙关主将早早投降，免动干戈。哈迷国王解上长安定罪，或者我主上好生，将君臣大赦，使他年年纳贡称臣，亦是你番奴等之造化。且速去罢！"二将叩谢不杀之恩，出城而去。元帅即令设宴庆功，三军欣悦。次日上本回朝奏捷，养息三日，再起兵攻打玉龙关，令罗章为先锋，丁山为护卫军，分兵三路而进。

不三日，罗章兵到玉龙关下，即令众将攻城。早有番卒报入关内。那守关主帅乃国王长子罕鬼粘坐守。前日闻苏定国前来报说，他已心中慌乱，又见花伯赖、忽突二将被放回，道唐兵之事。又有番兵奔报，唐将讨战甚急，吓得心中大惊，即唤众商议，问谁人敢出关拒守。连问数声，无人答应。太子无法，正在纳闷，左右报苏国舅到，太子分付请入。宝同朝拜太子，太子道："国舅少礼，前闻金光阵内走脱，今日回来，必有神通可以退得唐兵。"宝同奏道："臣前在金光阵大败后，欲起兵复仇，因往各处仙山，蒙教主金壁风祖师借我一匹神兽，名曰黑狮子，驾云而来。闻得唐兵杀来，故来议战。"太子又道："目今兵临城下，将卒心寒，无人领兵出战。今日国舅到此，必有妙计以破唐兵。"宝同道："若得人马，杀他片甲不回。"太子大悦，即点精兵十万，战将十员，放炮开关，杀到阵前。

罗章抬头一看，乃是苏宝同，便挺枪直刺。宝同用刀架住，战有三四回合，不能取胜，把黑狮子一拍，那狮子双蹄起在空中，鼻内吐出烟火。罗章两目难开，回马就走。此火遇风更烈，大如车轮，小如炭火，飞来粘在身上，烧着军士，焦头烂额，自相践踏，一万人马，折其大半。宝同大喜，回兵入关，太子令设筵庆功。

且言罗章大败，收了残兵，见元帅大兵扎营山下，罗章进军中告罪。元帅道："你既为先锋，必见机行事，因何不察，被他杀得如此大败。"罗章叫声："元帅，小将正在打关，冲出番奴苏宝同，坐下神兽，鼻内出烟，口中吐火，四足生风，小将抵敌不住，因此三军烧死，小将幸得脱此火厄，乞元帅恕罪。"梨花听宝同复战于城下，料有神通，便说："你且回营安歇，待本帅明日商议出兵。"元帅不悦，即时退入后营。金定、仙童接问："元帅为何不悦？且自从容破他。"梨花说："今日罗章攻打玉龙关，被宝同借得黑狮子，将我兵烧得大败。想他逃去日久，今日回来，必纠合左道之徒，阻我西进。又不知耽搁几时，才得班师，好不烦闷。"仙童道："败兵之将有甚本事？明日出兵除此恶兽，就好西进。"元帅点首称是。

次日元帅升帐，与仙童设计，破宝同的黑狮子。即令秦汉、一虎二将，带领本部人马前去攻关。二将领命而去。杀到关下，只见关中炮响，城门大开，冲出苏宝同。二人见了，喝道："屡败之将，来送死么！"棍棒交迎。宝同笑道："又会着你两个人，且吃我一刀！"三人大战，宝同把狮子一拍，鼻中吐出烟火，秦、窦二将张眼不开，一个上天，一个入地，其烟直冲至二里之外，唐兵大败。元帅看见，速令仙童、金定杀出敌住。宝同见了梨花，心中大怒，把狮子一拍，四足生风，鼻内出烟，冲上霄汉，口中吐火，火如大车轮，直奔三人。仙童、金定见了，回马就走。梨花念动真言，顷刻间大水冲来，烟消火灭。宝同吓得魂不附体，当即逃回，至一座高山，自思逃生，可怜这些番兵淹死，怎好回关见太子？如今日已西沉，青山四面，钟声频闻。忽见半山中有一座寺院，上写比丘禅院。宝同自思道：目今天色已晚，不免就此庵借宿一宵，明日去求师父帮助。即下了宝驹，直入山门。见琉璃隐隐，二门尚未关，仍钟声不绝。有几个尼徒在那里做夜课，正欲诵完，出来关门，见了宝同，问道："将军黑夜到此，有何公干？"宝同将阵上之事细说了一遍。女尼笑道："原来是败兵之将，要求借宿的。但是我们系女尼，不便留你，请往别处借宿罢。"宝同回言道："目今天色昏暗，欲投别处，又不知路途，乞师父行个方便，就在庵下借宿一宵，明日早行。"有一小尼对众尼说道："师父既哀求，里面有一囚老虎的铁笼，不若将他放进，锁在里面，大家放心。"众女尼皆说有理，乃上前对宝同说："我们出家人以慈悲为本，方便为门，因我等皆是女尼，不便留男客，将军若要借宿，有一囚虎之笼在此，亦甚宽大，可以容身，你在笼内住一夜，明日放你出来，两得其便。"宝同连声依允。

不知宝同明日如何，且看下回分解。

第六十三回 梨花仙法捉宝同 神光扇软窦仙童

却说宝同当即依从，道："若得如此，感恩不尽。"女尼命侍者扛出铁笼，放在殿内。宝同身不由主，走入笼内，女尼将锁锁好。顷刻间一众女尼俱不见了。忽听外面有吆喝之声，如官长一般进来，随后许多将士进了中殿，坐在中央大喝道："苏贼认得本帅么？"宝同抬头一看，说："不好了，被樊梨花用移山倒海法困住，我性命休矣！"乃上前哀求道："女元帅，你是光明正大的英雄，饶了我命，以后再不冒犯了。"梨花大怒道："你这反贼，无事生端，敢动干戈，残害生灵，几次被捉，不能斩你，必有八九玄功炼成红铅，是以刀剑不能砍伤，不免用灵符贴在上面。"令左右扛出，抛在北海之中。宝同再三哀求，梨花不允，即时扛出沉于江底。

巡海夜叉看见，飞报龙王。金钟三响，龙王升殿，赤鱼精门官启奏道："有巡海报说，探有铁笼内一将军沉于海中，特来奏知。"龙王传旨，令龟、鳖二将扛来一看。龟、鳖二将领旨，同了夜叉，将笼扛进。龙王问："笼内何人，被何仙捉住？从头实说。"宝同闻唤，开眼一看，方知是龙宫，乃开言道："我是西国番王之舅苏宝同，被樊梨花用移山倒海法捉住，因此囚了，沉于海底。望乞救我。"龙王道："久慕将军大名，怎么放得你出？"宝同道："只要将囚笼上灵符去了，我就得出。"龙王依言，将符揭去，宝同大喜，化道长虹而去。龙王大怒道："此人这般无礼。"令各将前去追他。鲤鱼丞相上前奏道："去了即罢，何必追他成仇。"龙王准奏。

再言苏宝同化虹逃走，寻师父帮助，欲再兴兵灭大唐。路遇铁板道人、飞钹禅师二位驾云而来，见了宝同大喜。三人用过礼，宝同说起情由。二位道长怒道："国舅失了黑狮子，怎么好去见教主，不如寻李道符师尊到来擒了樊梨花，报了此仇。"宝同道："既如此，你们可先到关中帮助太子，我不日就来。"三人作别分头而去。

再言那樊梨花收了法术进营，次日刘仁、刘瑞去打关，架起云梯，攻城甚急。吓得太子无计可施，乃叹道："国舅昨日出战，一去不回，今日唐兵又来打关，如何是好?"忽见小卒奔报,二位军师到了关外?太子大悦,传令快请来相见。二人进营参见太子,行礼赐座。本子道:"目下唐兵临城,二位军师有何高见退得唐兵?"二人道:"太子但请放心,我二人驾云而来,路逢国舅,命我等前来固守此关。既唐将如此逞强,待我二人出战,杀他一个片甲不回。"太子大喜,兴兵三千,开关出迎。

刘仁、刘瑞正紧张打关,听得关内炮响连天,知必有兵来临敌。敌兵退回平阳之地,排开阵势。只见关门大开,冲出一支人马,来到阵前,并不答话,四人大战。二刘难敌道僧,回马就走。元帅在将台上看见,认得妖僧妖道,叫声:"不好了!逃去日久,今又复来,必有异术。我将二刘不懂妖术,若是久战,必送性命。"急令秦汉、一虎快去帮助。二人得令,飞身出营,见二刘败北,大叫:"将军休慌,俺来助战。"二刘听得有救兵到,心中大喜,一同回马叫道:"你两个妖道,今日与你决一胜负。"即提枪直刺妖僧,战有十合,妖僧举起玲珑宝塔打将下来,闪避不及,二人打死马下。番僧回身,正欲枭首,秦、窦二将上前敌住,唐兵救得二将尸首而回。番将认得秦汉、一虎,知他二人手段高强,即将宝塔打来。秦汉上天,一虎入地。番僧大怒,穿过阵来,丁山接住厮杀。元帅令仙童、金定、月娥、金莲四员女将围住。妖僧、妖道焉能敌得住五员大将?于是又祭起塔来,打中丁山,金定。仙童大怒,念动真言,祭起捆仙绳。番僧一看,恐失利势,化一道长虹而去。

道人用起神光扇,念动法语,在阵上扇上几扇。仙童忍不住,手足运动不得,遍身麻木,如醉如痴。月娥、金莲见了,双马杀出,救了仙童。月娥摇动摄魂铃。道人晓得此宝厉害,亦化长虹而去。番兵败进关中,将关紧闭。

唐兵亦收军回营,计点将卒,打死了丁山、金定、仙童、刘仁、刘瑞。梨花大哭道:"妖僧打死了我亲夫并姊妹,吾与二人誓不两立。"金桃、银杏亦上帐大哭,乞元帅发兵,为夫君报仇。营中俱各无主。忽见云中落下二位仙翁,一虎看见,说道:"师父、师叔到来。"即入中军报知元帅。元帅同金莲、月娥及众将出营,接王禅、王敖二位老祖。二位老祖落下仙鹤,步入帐中。众弟子参见已毕,问道:"丁山、仙童、金定为何不见?"梨花哭诉被塔打死之事。二位老祖一看,说道:"这个不妨。"二位老祖见仙童如醒如痴,笑道:"他是被神光扇扇坏的。"口中念念有词,用手上拂尘拂了几拂,仙童手足活动,叫声:"好妖法。"再三叩谢二位师尊。二位老祖分付梨花道:"我有灵幡一面,可破得神光扇;明珠一粒,可破玲珑塔。他二件宝贝系从教主金壁风那里借来的。他教尽是一般妖魔,神通不少,我二人虽有仙行,力难制他,各人须要谨慎,待众仙聚会共破诸仙阵。"梨花接了二件宝贝,二位老祖即驾云而去。

众弟子望空叩谢,传令明日攻关。次日太子升殿,妖道上帐参见。太子赐座两旁，说："今日出关，必须先斩梨花，再立大功。"太子点兵出关，到唐营讨战。探子报入营说："妖僧、妖道在外讨战。"元帅大怒道："不斩二妖，如何破关。谁人出去除此二贼？"仙童、金定深恨二妖，上帐领命。元帅分付小心，又命世子丁山同去会战，并随身带上老祖留的二件宝贝，以破妖僧、妖道的法宝。丁山得令出营。且表仙童、金定来到阵前，僧道一见大惊，说："这两个女将昨日被塔打死，又被扇子扇呆，怎么今日复又出阵，难道唐营有起死回生之术。今日定要捉将她们进关中献功。"举剑抡鞭来战，不能取胜，便拍马回身，又祭起塔来。

丁山将明珠祭起，显出万道金光。塔内莽龙见了明珠，张牙舞爪直抢。丁山把手一招，塔随珠落。丁山收了宝贝，女将回马交战。妖僧心惊，取出神光扇，扇了几扇。两员女将定了身子，丁山将灵幡摇动，仙童祭起捆妖绳。僧、道二人见状，双双化虹而去。唐兵追至关前，城上炮石弓箭打下，三人只得回去，待明日打关。

再言番僧道化虹逃回关，来见太子，太子问道："孤闻二位师尊二件宝贝皆被所破，尚有何妙术，为孤分忧？"僧、道二人回禀："殿下休慌，国舅现在借兵去了，不日定有高人相助。目下须将关门紧闭，待我二人去寻国舅，请了众仙，共灭大唐。"说完辞别了太子，化虹而去。太子惊疑，果然二人法力高强。即令关上多加灰瓶炮石，日夜严防。

且言苏宝同到蓬莱仙岛金山莲花洞，拜见李道符师尊，两泪交流，两膝跪下："前蒙师父赐我法宝，为报父仇，初次被薛仁贵杀得大败；后又被樊梨花大败阵图，化虹而走。西凉国地方，俱被夺去，现只有玉龙山一关，此关若破，国家休矣！望老祖下山，收灭樊梨花，复回地方，与弟子报仇。"仙师听了，大怒道："梨花倚黎山门下，欺毁我教，待我同你去见教主，请齐群仙，好退梨花。"宝同说："弟子前日在教主处借得黑狮子，被她夺去，故此无面再见教主。"仙师道："就将此事激怒师尊，诸仙聚会，一网打尽梨花等人，出你的气。"宝同甚喜，同了师父出洞，驾云来到金山逍遥宫。忽然宫内走出两位散仙，见了二人说："李仙长同令徒到此何干？"道符说："有事要见仙师。"二仙进报教主。金壁风道："李道符仙师与我不同教，急请进来。"二仙领了法旨出洞，传进师徒二人。入到头门，只见琼楼玉宇，碧瓦辉煌，雕梁画栋，宝殿放光，上面教主坐在蒲团，八名仙童手捧宝贝分立两旁。道符参见。宝同朝拜说：愿师尊圣寿无疆。拜毕立起。金壁风教主问道："李仙长今日同令徒到此，还我黑狮子。"李道符说："禀告师尊得知其事，昨日小徒到山中"即将说所借宝驹被夺之事禀后。

不知教主如何动怒，且看下回分解。

第六十四回 仙翁触动截教主 妖仙大战樊梨花

且说当下李仙师道："小徒蒙师尊借驹，去破大唐，樊梨花用倒海移山之术夺去，又将小徒笼囚沉海。小徒哀怜再三，说系教主处借来的。他们不还，倒也罢了，尚且出口不逊，道及教主若来，亦皆要捉住，后小徒化虹逃脱。今见我师，乞恩赦宥。"金壁风又问宝同："果有此说否？"宝同回言："句句皆真，他还说我教皆非人类。"教主听了，半信半疑。阶下恼了野熊仙、金鲤仙、神龟仙、黑鱼仙、老牛仙、花马仙、神犬仙、野狐仙、鸡冠仙、凤凰仙等众，上殿朝拜，说道："樊梨花欺侮我教，辱我等太甚，不若我等同到玉龙关，决一雌雄。"教主回道："众弟子不可造次，樊梨花助大唐圣主，黎山老母门下门徒众多，神通广大，与我教相敌，各为其主。至于欺侮二字，不可深信。修道之人，不可管闲事。"野熊仙道："弟子在金牛关，被他请来二郎神，烧我洞府，伤了弟子甚多，此番若不管，再无修道学术之人了。"教主被众言激动，就道："你们先到玉龙关，摆诸仙群会阵，若还黑狮子便罢；她他若不还，我即亲临比试高下。"令道符师徒先到关中，搭起芦棚，迎接诸仙。道符大喜，同宝同先驾虹到玉龙关。众仙辞别了教主，各驾妖云而去。路上逢着僧道二人，说起失了两件宝贝，犬仙、马仙大怒道："教主命我带领弟子来到西番，任他唐兵百万，尽为飞灰。事不宜迟，一同上玉龙关。"且言宝同先到关中，请太子摆香案迎接诸仙，以破大唐。

不消片刻，诸仙均落下云头。太子接进，一一见礼，各依次序而坐。太子道："孤有何德，敢劳大仙下降，来助吾邦。"众仙大笑道："要破唐兵何难，待我明日出关，捉住唐将，看他樊梨花有甚厉害本领。"次日众仙上马，出了辕门，带领妖兵，如吃人模样。城中男女见了，个个心慌，宝同领兵响炮开关。

这丁山同秦汉、一虎正在攻关，只见关内冲出一支人马，尽是奇形怪兽，如同畜类一般，大笑道："番邦用了这些人，国家该灭了。"正在观看，旗门下杀出二人，叫道："来将，快回去唤樊梨花出来纳命。"丁山喝道："你两个狗头马面的妖道，不必多言，看枪罢！"照咽喉刺去。妖道双马来迎，一场交战，二妖看来难胜，口中吹出妖雾，腥气连天。丁山伸手不见，被他拖下马来，秦汉迎住，一虎救回。

又冲出四个妖仙，将秦汉围住大杀。是时天朗气清，一虎放了丁山，复冲出阵。

这金鲤仙顶上放出亮光，黑鱼仙口吐青烟，神龟仙眼中放出红光，鸡冠仙冠上放出五彩，飞在天空中，结成磨盘大的东西，照定二人头上打来。那秦汉见势不好，叫道："师兄，我们去罢！"二人双双入地去了。四妖精遂收了妖法。

唐兵收了军，急报元帅知道。元帅见丁山毒气太重，吃药才醒。听得二将败回，说明此事，梨花闷闷不乐，心想：因何关内全是异人，如何破得？仙童道，"前日二位师尊说：'玉龙关群仙斗法。'想一定是这班妖道。待明日出战，见机行事。"梨花传令紧守营门，以防妖仙劫营。众将依令。

再言李仙翁恐众仙扰民，就关外安营。次日唐兵杀出三员女将，野熊仙性不能忘，听见女将出阵，舞剑而来。见梨花骑了黑狮子，左右仙童、金定各骑宝马。樊梨花一见野熊仙，大怒道："你这妖道，前日在金牛关进去，今日相见，决不饶你。"抡刀直杀野熊仙，野熊仙难敌三将。众妖上前欲战，梨花手拍驹胸，吐出烟火，野熊仙吓得魂不在身，借火遁去。宝同见兽伤人，不敢出战，坚守各营门，对众仙道："黑狮子厉害，现为她所得，若盗得回来，送还教主，可算吾等之功。"只见花凤仙道："这个何难，今夜包管盗来。"宝同道："全仗师兄大力。"且言花凤仙是夜驾云往唐营。营中秦汉巡夜，见来了一位女仙，要盗黑狮子，便飞上云端，与她厮杀，惊动众将，照定女仙乱射。花凤仙心慌，弃驹而逃。秦汉牵着黑狮子，来禀元帅。那花凤仙逃回营，将遇矮将驾云厮杀之事，说了一遍。宝同好不烦闷，无计可施。次日唐兵又来关前讨战。众仙开关迎敌，各显神通。只见乌云密布，现出无数怪物，尽是豺狼虎豹。仙童见了，颇觉心慌。梨花笑道："些小之技，三岁孩童亦知。"口中念动真言，把红绿豆撒在空中，一时间云收雨散。

神龟仙大怒，冲出阵来，喝道："樊梨花，你用撒豆成兵之术，我自有法破。"梨花一见此怪，尖头绿眼，黑脸红腹，嘴上微须，身穿八卦道袍，手执羽翎扇，扇了一扇，涌出万丈波涛，来淹唐兵。又拔出红光剑来斩梨花。梨花念动真言，波涛尽退，将手接住宝剑，飞起斩妖剑，神龟仙闪避不及，打在背上，现了原形，乃系一只大乌龟。将绳索穿了琵琶骨，贴上灵符，吊在旗杆之上。众仙见了，不战而退。梨花见天色已晚，亦收兵回营。众仙同僧道宝同等来见师父，说起神龟仙被捉，我教扫尽脸面，望师父救回。李道符仙师道："神龟被符锁住，待教主亲去，方可解得。但是众仙犯了杀戒，我当亲临阵上，斩了梨花，以泄忿气。"宝同等叩拜。

再言梨花对众将说："今日出战，须要大破番兵，活擒众将，好夺关头。"众将依令，秦汉、一虎攻头阵，刘家兄弟攻二阵，月娥、金莲攻三阵，金桃、银杏攻四阵，仙童、金定攻五阵，元帅自领中军攻后阵，丁山、罗章为左右应。分派已定，三声炮响，大开营门，各依队伍而去。秦汉、一虎来到阵前，大喝："妖道，快来受死。"众仙大怒，犬、马二仙出阵，拒住二将。刘仁、刘瑞杀到阵前，花凤仙、野狐仙出阵相迎，持刀砍来，二刘把枪相迎。第三阵月娥、金莲杀到旗门，番营野熊仙、老牛仙迎战，思想要活捉二员女将。老牛仙敌住月娥，野熊仙迎住金莲。老牛仙口吐青烟，五色霞光喷出。月娥即摇动摄魂铃，老牛仙撞下马来，现了原形，是一只白牛，分付军士穿了鼻孔，带回本阵。月娥又上前帮助金莲。野熊仙见老牛仙被捉，越发心慌，摇身变了飞熊，眼如铜铃，口似血盆，来捉金莲。那月娥冲到，大叫："郡主不要慌，我来助你。"取出摄魂铃摇动，野熊仙摔下马，被唐兵捆捉回营。二员女将见一双公主与金鲤仙、黑鱼仙大战，二仙口中吐出蜃楼海市，金桃、银杏眼花缭乱，如醉如痴。二妖正欲下手，金莲、月娥上前大喝道："休伤我将！"手舞双刀架二仙。妖仙大怒，思量一网打尽，谁知月娥摄魂铃厉害，对妖道一摇，俱跌于马下，现出双鱼，涌了清泉，借水遁而去。

四员女将一同杀出。对阵冲出飞钹禅师、铁板道、苏宝同、鸡冠道人，敌住四员女将。元帅冲上前。李道符大怒，喝声："樊梨花，你妄自尊大，不看仙翁在眼内，今日相逢，断不饶你。"梨花抬头一看，见道符仙风道骨，相貌不凡，五绺长须飘拂胸前，头戴纶巾，身披鹤氅，手执仙剑，不像邪教之人，乃问道："本帅素与仙师无识。"李仙长道："樊梨花，你不认得贫道么？我与你师同列仙班，兄弟相称，宝同是我弟子，虽兴兵构怨大唐，各为其主，你不看师叔之面，竟处他个绝情，今日相见，怎肯与你甘休？"说罢举剑砍来。

不知梨花如何迎战，且看下回分解。

第六十五回 摆列诸仙群会阵 二教斗法有高低

再表梨花双刀架住，开言说："原来是李师叔。且听弟子一言告诉。自古神仙该知天命，何必助纣为虐。即尔众弟子，亦当改邪归正，劝番王降书纳贡，唐王自然收兵，何劳师叔驾到关前，与弟子争其强弱？"李仙师大怒道："梨花，你说那里话来，天下非一人之天下，有德者居之。唐王坐镇中华，贪心不足，夺去西番土地。好好把我国之地退回便罢，并传知唐王，年年进贡，岁岁称臣，我便饶你。"梨花听此一番言语，回道："师叔太过了，岂有唐朝大邦之天子，反称臣于小邦？你天命不识，如何做得大罗仙人？可速回山，保你体面；若再抗拒，休怪弟子无情。"道符听了，怒容满面，大喝道："贱人休得多言。"双剑劈来。梨花又架住说道："师叔，我看黎山之面，让你两剑；若再三次，决不肯轻饶。"仙翁听了，又举剑砍来。梨花把刀相迎，战有三十回合，不分胜负。梨花忖道：他法术高强，先下手为妙。即祭起打仙鞭来打仙翁。仙翁哈哈大笑，把袖一拂，鞭落袖中，身子一摇，背后五道金光现出，罩住梨花眼目。仙翁提剑赶来，吓得梨花魂不附体。忽然霹雳一声，打破金光，只见黎山老母，骑了一匹金鳌，飞下大叫道："休伤我弟子。"李道符正欲与黎山老母交战，忽听半天音乐之声，想是教主到了，大叫道："我不与你计较。西方彩云冉冉，我且去迎接教主，然后同你决一胜负未迟。"说罢，弃了老母及梨花，驾祥云接教主去了。花凤仙、野狐仙正与二刘交战，忽听教主到了，无心交锋，弃了二刘，也接驾去了。

再说那梨花在金光中，五遁亦不能逃脱，忽然师父光临，破了金光，退去道符，满心欢悦，收兵回营。迎接师父进帐，众弟子上前叩谢救命之恩，起在两旁。黎山老母开言道："目下金壁风教主，炼就四口宝剑，要摆诸仙群会阵，与我等斗法，你们速去营外搭起芦棚，迎接诸仙下降。"梨花承命准备，中央请黎山老母端坐，分立两旁坐位，上设香火，中有鼓乐八音。

再言金壁风教主，带了十代弟子，捧了宝剑。那剑现五色红光。不料弥勒佛往西天朝如来佛，座下黄眉童子私下山，见了五色毫光，想定有宝物，即驾云而来，见教主宝贝放光，说："老道士，这剑送我罢！"教主一看，原来是个童子，乃开言说道："宝贝要到玉龙关摆阵斗法，你要他何用？"童子道："我爱他五色毫光。"教主道："不必多言，快快回去，免阻我行程。"那童子看教主不送，即将布袋用力抛起，收了此剑，抽身要走。教主晓得布袋是佛藏天表，乃法门至宝，所以好言对童子说道："这口剑我有用处。我有一言相告，你在佛门中，未见干戈战斗，不若同我前去，待斩了樊梨花，将此剑送你，岂不是好？"童子道："既如此，同去看看。这剑要送与我了。"教主答道："这个自然。"二人驾云来到玉龙关。那李道符分付宝同搭起高台，香花灯烛，同众仙候驾，忽听得半空音乐之声，道符同二弟子及九位大仙，一齐迎接。教主落下云头，坐在高台，众仙参见。李仙师旁边坐下，众弟子侍立两旁。

道符将捉去神龟仙，高吊旗杆，又捉去老牛仙、野熊仙，今日亲自出阵，用五道金光罩住梨花，正欲下手捉她，被黎山老母救去，故此等候教主法旨等等，说了一遍。然后说："请教主大展神通，以灭唐将。"教主听了，说："黑狮子盗不回，反将三人捉去。我全仗此匹神驹，以建奇功。"即命弟子飞云、飞翠女仙，听法旨："我有两道灵符，你二人速往唐营盗回神兽。"二位女仙领了法旨，接了灵符，驾云来到唐营一看，只见黑狮子拴在帐前，三仙高吊旗杆上，有人严守，不能盗得。

即等到三更时候，见军士安睡，二仙大喜，飞云道："师兄你去盗兽，我上旗杆救了三仙。"说罢，各自分头而去。且言飞翠来至帐前，取出灵符一照，老牛仙、野熊仙见了，脱身逃去，独有神龟仙不能解脱，眼泪汪汪。飞云道："他二人见了灵符脱身而去，你这乌龟还不快走。"神龟仙道："师兄你不知道，他们铁链容易脱身，我是细麻绳所绑，必须窦仙童亲自念咒，方能得脱。"飞云听罢，奈何不得，只得同了二仙回营，禀见教主，说："弟子奉法旨前去解救众友，老牛仙、野熊仙俱已回来，惟独神龟仙被捆仙绳所绑，不能脱身，特来缴旨。"教主坐蒲团上屈指一算，方知神龟仙灾难未除。老牛仙、野熊仙来叩谢。飞翠亦盗了神兽回营缴旨，教主见了神兽大悦，分付牵至后营，待明天乘至阵前，好会唐兵。

且言唐营元帅升帐，管黑狮子小卒禀道："昨晚三更，只见半天毫光一闪，那匹黑狮子大吼一声，驾云而去。"梨花大惊道："定是金壁风使法力摄去狮子，这又有一番周折。"忽小军又报道："高杆上二妖逃去，只留乌龟。"梨花愈觉胆裂心惊，即上芦棚叩见师父，说明缘由。老母道："昨夜音乐响彻，教主必定到了。待他布成阵图，候众仙一到，然后同你破阵。"梨花听了师父之言，抬头一看，番营顶上现出五色祥云，如同华盖。即下芦棚，传令出阵。后面老母驾鹤而来。那番营教主，带了众弟子，骑了黑狮子，齐到阵前，说："唐营军士，快请黎山老母来答话。"话犹未完，老母来到阵前，说声："道友请了，我和你乃上古神仙，万劫修身，上朝金阙，何故来惹红尘？"金壁风叫道："道友，你令徒樊梨花背后恶言毁骂我教，今亲自下山，只要樊梨花出来，待我拿至营中，问个明白，方可罢兵。”老母道：“你门下弟子妄动干戈，亦不可尽信。”教主道：“我今既下红尘，待明日摆一阵图，可分二教高下。”老母道：“既如此。且摆了阵，再作道理。”两下一拱，各自回营。梨花听了，闷闷不乐。教主回营分付国舅请出太子，祭祀山神海岳，天地神灵。拜毕，然后教主摆起诸仙大会阵，按四方悬宝剑四口。宝同一一奉命，依法预备。

次日教主登台，令金鲤、黑鱼二仙，共守南方丙丁火，暗伏三百甲士，各藏刀戟，若有神仙进阵，祭起宝剑，斩了首级。

二仙领了法旨，同甲士守南方去了。教主又点犬、马二仙，带军士三百，镇守西方庚辛金。犬、马二仙领了法旨，领甲士守住西方。教主又点花凤仙、野狐仙按位而去。教主对黄眉童子道：“你随贫道到此，相烦前去一走。”童子道：“我乃佛门中人，常施慈悲之心，不谙武艺，叫我如何上阵？”教主道：“不劳你用武，只要将布袋抛起，将所有宝贝一概收了，其功不小，非但宝剑送你，国中尚有许多宝贝相谢。”童子贪财，应允道：“同你守中央戊己土。”教主又令宝同、铁板道人、飞钹禅师、鸡冠仙四人分为四路，左右救应。自骑黑狮子，手执令旗，指挥众仙。摆阵已完，严守不表。

且言唐营元帅见番营毫光直吐，询知摆阵已完，即见师父禀道：“此阵十分厉害，师父一人焉能成其大事；若众弟子跑进阵中，岂不枉送性命？”老母叫一声：“徒弟不必心慌，你看天上彩云冉冉，诸仙来了，快去迎接。”梨花下落芦棚，领众弟子跪迎，只见骑龙、骑凤、骑鹤、骑狮、骑象、骑牛、骑虎诸仙下了云端，步入棚内，与老母相见。第一位轩辕老祖，其次王敖老祖、王禅老祖、张果老、李靖、谢应登、张仙、孙膑共八位，依次坐在东首蒲团之上。西首坐着女仙，第一位乃五元仙母、金刀圣母、武当圣母、桃花圣母、黎山老母，又有随来的仙女，齐捧八音，奏动仙乐。梨花同众弟子上前叩见。今日师徒大会，各皆大喜，分付列摆素筵，款待众仙，说及破阵之事。

不知后事如何，且看下回分解。

第六十六回 老祖大破诸仙阵 教主群妖全逃遁

且说黎山老母道："金壁风听了一面之词，妄动干戈，摆下恶阵，与我教相斗。今推轩辕老祖掌握帅印，以便发兵破阵。"众仙皆称有理。梨花即将兵符帅印，呈与老祖。老祖接了印信，望下一看，说："众弟子不必进阵，恐伤性命。"又对众仙拱手道："蒙诸位道友推贫道执掌帅印，各皆犯了杀戒，以应劫数。"即令黎山老母、五元仙母二位道友，可带梨花弟子，领兵杀入南阵，取了宝剑，砍倒朱雀旗，其阵自破，即可到中央会兵。二位仙母领法旨去了。又令王禅、王敖二位道友，可同弟子丁山、秦汉、一虎去打东阵，取宝剑砍倒青龙旗，杀到中央会兵。二仙领法旨去了。又令张果老、李靖、谢应登、孙膑、张仙五位道友，带同刘仁、刘瑞攻入西阵，取了宝剑，砍倒白虎旗，杀入中央会兵。五仙得令，各驾鹤乘云而去。又令武当圣母、金刀圣母、桃花圣母三位道友，带陈金定、刁月娥、窦仙童三位弟子，去打北阵，取了宝剑，砍倒玄武旗，杀入中央会兵。三位仙母得令，各自驾云而去。轩辕上圣自执黄旗，座下青狮，到中央会合。

再言二位老母杀到南阵，见阵内火光焰焰，那宝剑滚滚而来。二位仙母恐防有失，顶上现出两朵金花，托住宝剑。五元圣母用手一指，摘取宝剑，黎山老母砍倒朱雀旗，阵内杀出金鲤、黑鱼二妖仙，二位圣母提刀斩首，持了两个鱼头，杀入中央。王敖、王禅二位老祖杀入东阵，只见一道青烟，随着宝剑如龙舞而来，二老祖一见，即时顶上现出彩云，托住宝剑，那王禅收了宝剑，王敖将青龙旗砍倒，同弟子杀入阵中。只听得连珠炮响，杀出老牛、野熊二妖仙。二位老祖一见敌住，秦汉一棒打去，二怪正欲逃脱，被二位老祖用手一指，二妖不能走脱，一虎上前绑丁，杀入中央。五位仙翁杀到西阵，见白光万道，夹住宝剑，杀将出来。五仙一见，各现顶上金花托住，孙膑取了宝剑，张仙砍倒玄武旗，阵内杀出犬、马二妖。众仙把手一指点，二怪不能转动，被二刘上前刺死，现了犬、马原形。

众仙大笑，复入中央会兵。

三位圣母来到北阵，见一道黑气，迷天遍地，宝剑如虹而来。三位圣母每位的头上放出金光，托住宝剑。武当圣母取了剑，桃花圣母将黑旗砍倒。听得一声锣响,阵内花凤仙、野狐仙杀出。仙童将捆仙绳祭起,二妖仙被捉。三位仙母复同弟子杀入中央大会诸仙。

轩辕上圣正与道符相斗。道符祭起神光珠来罩上圣,上圣大笑道:“顽仙,你的明珠敢来弄我!”即取钵盂托在手中,金光内现出一条金龙,将明珠抓住。道符知非敌手,又见众仙杀到中央,料此阵已破,思想脱身。

金壁风见势不好,分付童子祭起宝贝。童子大笑道:“诸位善男信女,大家看我的宝贝来了。”将布袋祭起,把诸仙弟子等人,一齐收入袋内。单走了轩辕上圣、李靖、孙膑、谢应登、黎山圣母五位仙人,其余皆被收去。

谁知唐僧师徒往西天求取真经回东土,正在云端经过,听得下面有战斗之声,唐僧道:“众徒弟,我和你等离却西天,已归东土,此是什么地方?有杀气冲天。”行者道,“师父前在西天取经的时候,那如来佛前殿弥勒佛笑对你说:‘唐三藏你回东土,到西凉国地方,有群仙斗法,擒妖捉怪,你千万不要管闲事,恐其惹祸。’想必此是西凉地方。任他下界有事,理亦无益。”话犹未尽,只见黑气漫天,伸手五指不见,师父及八戒、沙僧俱被罩住了。行者大惊道:“师父在那里?”唐僧应道:“行者,为何黑气漫天?想是晚了,莫非是沙漠之地,似落沙天了,怎的一时眼睛皆张不开?”急得行者无法,乃算道:“莫非师父尚有灾难临身?前日弥勒佛已晓得下方必有妖孽阻困我师父。待我往西方问个明白。”主意已定,东张西望,没缝可出,正在着急,忽见一线之光,行者大喜,遂变成了一个虱子,从毛孔处钻出,一个跟斗,早到西天,走进山门。四大天王大菩萨见了,拱手说道:“大圣你同唐僧已回东土,为何又到此处?”行者道:“因师父在西凉国经过,突被妖魔把我等师徒一齐罩住,天昏地暗,无处脱逃。幸我变花飞出,特来叩问师尊,讨个明白,怎除此怪。”金刚菩萨不敢阻拦,引见世尊。行者上前叩见如来佛祖。世尊问道:“悟空为何去而又来,得毋中途有阻乎!”行者将来意说了一回。世尊即分付诸天菩萨细查是何妖氛在西凉作乱。弥勒佛越班而出,奏道:“并非妖魔,乃我座下黄眉童子,私自下凡三刻,藏中失去如意乾坤袋,想必在此戏弄唐僧。”世尊听罢,即令弥勒佛收回宝贝,放了唐僧,以完众仙正果。弥勒佛领法旨,同行者驾云来到西凉,在云头之上望下一看,见了黄眉童子。弥勒佛丢下念珠,收了布袋,放出众仙与师徒三人。

黄眉童子一见主人,叩头礼拜。那番邦宝同、僧道见收了布袋,各皆大惊。金壁风、李道符二人大怒,驾云仗剑上前,大喝弥勒佛道:“看这胖和尚,乃出家之人,管人闲事,吃我一剑!”恼了行者,手持金箍棒,大喝一声:“认得我齐天大圣否?吃我一棒!”金壁风李道符听说齐天大圣四字,吃了一惊,即化一道金光而逃。行者大笑道:“我老孙之棒尚未打人,这野道就不见了。”弥勒佛即分付悟空,可速同师父回东土,自己即带黄眉童子回西天。

唐僧师徒四人落下云端，众仙接见，动问何方活佛，能收此袋以放我等，请上受吾一拜。三藏亦再三回谢，说道："贫僧乃唐三藏，奉旨往西天取经，过此西凉，被如意袋所困。大徒弟孙悟空复回西天，求如来世尊，请得弥勒佛下凡，收了此袋，故放得众家仙翁。"圣母等众仙道："原来师父就是西天取经的圣僧，失敬了。"三藏道："诸位大仙因何到此？"众仙说："唐王征西，自今驻扎白虎关，师父何不前去复旨见驾。"三藏师徒大悦，辞别各仙而去。一霎时唐三藏师徒下落云端，正遇天子坐朝，即将真经呈上。天子大悦，即封爵土。

三藏奏道："贫僧乃出家之人，发愿西天取经，幸得回来见驾，再不惹红尘了。乞王准奏。"天子三次苦留不得，即赐袈裟宝杖。三藏师徒谢恩出朝，驾祥云往西去了。

再言众仙对谢应登道："如今阵已破了，金壁风、李道符二人又走，只有苏宝同、铁板道人、飞钹和尚三人未曾除灭，恐有后患，不如道友长留于此，以便剪除，我等权且告别。"应登领命，众仙各驾祥云而去，众弟子亲送。

再表元帅分付诸将，杀往玉龙关而去。番卒报进，太子吓得魂不在身，两泪交流。忽见宝同及僧道三人逃回，太子忙问道："国舅，今唐兵猛勇，破诸仙阵，教主大败而去，计将安在。"宝同奏道："殿下不必心慌，分付严守关门，再作道理。"忽探子报道："唐兵攻打甚急，请太子发令。"太子大惊。宝同上前奏道："太子不要着急，待我三人到关上把守，然后设奇谋以破之，未为晚也！"太子道："孤亦同去。"四人来到关上望下一看，见唐兵如潮涌相似，把玉龙关围得水泄不通。太子着忙，分付多设强弓硬弩，檑木炮石，以防唐兵攻关。

不知后事如何，且看下回分解。

第六十七回 番王纳款朝金阙 圣主班师得胜回

且说唐营元帅请师叔谢应登发落众妖邪。白牛精被秦汉打死，犬、马二精被二刘刺死，金鲤精、黑鱼精被金棋子打死，鸡冠仙被乱军所杀，尚有野熊、神龟、花凤、野狐四个妖仙未曾处置，现被捆仙绳所缚。四妖仙跪在尘埃，苦苦哀求说："我等虽是妖精，已修炼数千年，方得同归仙教，误被宝同所惑，阻抗天兵。大仙乃好生之德，乞求释放，从今改邪归正，再不敢妄为。"谢仙师笑道："你们虽归仙教，人面兽心，欲待放你，后又害人。"秦汉上前说道："师父切不要放他，那野熊精曾在金牛关，助朱崖捉金桃、银杏二位公主，幸得二郎神相助，救回二人。今日被我等捉了，决不可轻放。"仙翁点头，取出葫芦，供在桌上，请宝贝转身。只见一道红光，从葫芦中飞出，变成剪刀，双翅奔来。野熊一见大惊，转瞬头已落地。又一刻间，野狐也被斩了。神龟无害于人，放他去罢，解开捆仙绳，乌龟洋洋而去。花凤仙原是仙禽，无害人之心，即放回山，以存好生之德。花凤仙得放，一声鸣叫，飞向岐山安逸过活去了。

且说谢仙发落众妖，元帅即令秦汉、一虎二人连夜进关，以为内应。二将得令，飞到关上，等至三更时分，各军士困倦，太子安歇。二人在关上见众番卒分头巡逻，二人即时取出绳索，将太子捆了，用长索吊下城边。唐兵将其接入元帅中军帐内。

元帅分付暂时囚禁，待破关发落。即下令用力攻关。二将在内斩关落锁，唐兵一拥而入。宝同闻知，与僧道三人杀下城来，遇见三员女将，铁板道人敌住金定，宝同遇着仙童，飞钹禅师遇着金莲，一场大战。番邦三将无心恋战，即化长虹而走。谢应登在云头见三人欲逃，即将定光珠打下，三道红光跌在尘埃，被仙童捆仙绳绑住。此时正是天明，元帅出榜安民。秦、窦二将缴令，三员女将将宝同等解进。梨花请仙翁到营，说："宝同、飞钹妖僧、铁板道人俱已拿到，候仙翁发落。"大仙听罢，即分付摆香案，将葫芦供在桌上，朝上一拱手，请宝贝诛妖。

只听得一声响，飞出一道白光，向三人头上一晃，三个妖道已分六段！大仙说道："三害除了，不若把太子捆在军前，提军杀入西番。这回绝无抗阻天兵之人。务使他君臣降伏，即可班师，不必伤残百姓了。”即驾云冉冉而去，诸弟子拜送。元帅见仙翁已去，即将太子绑在军前，杀入西凉。

且说哈迷国王正坐早朝，忽流星一连三次飞报：大唐兵马攻破玉龙关，将宝同等三人诛却，拿了太子绑在前军，大兵直入西凉，请狼主定夺。国王听了，吓得魂不附体，惊倒龙床之上。近侍救了半晌方醒。国王大怒骂道：“万事皆是宝同惹祸，致令大唐兵临城下，太子受苦。目下有谁提兵出阵退敌，为孤分忧？”连叫三次，无人敢应。只见左班闪出雅里丞相奏道：“臣启上主公，不必着急，何不写一降表，待臣去到唐营，纳款投降，将造反之罪推在宝同身上，然后年年进贡。大唐天子乃仁德之君，必定依允。从此王子又得回朝，亦可保国长久。

未知主公意旨如何？”国王听了雅里之言，亦似有理，只得修成一本，命取金珠美玉束帛载上数车，同文武离了银銮殿，直至中途迎接。先着雅里到唐营，报知元帅道：“我邦狼主误听宝同之言，触犯天朝。今日天兵到此，我主追悔无及，今特领文武众臣出郊迎接，情愿纳款投降，年年进贡，岁岁来朝。乞元帅奏知天子，降一道旨意。”元帅听了大喜，即取降表一看，扎下营盘。令先锋罗章走马报天子。不数日到了白虎关。罗章直至殿下拜毕，呈上元帅表文及番邦降表。唐天子一看，圣心大悦，传旨着征西元帅班师之日，带同番邦君臣复旨，即日赐宴。罗章拜辞天子，一路回到营中，禀知元帅，将旨意宣读一回。元帅着番邦君臣进见，喜慰道：“这非尔等之过，乃苏宝同修下战书，侵吾中国土地，致有今日之征斗。尔等知天时，降服我主，本帅岂不保汝等！”即令丁山引路，直至番城。番邦百姓皆设香花灯烛，迎接唐朝元帅。元帅驻扎人马，同了众将及丁山等，到了银銮殿。番王叩见，分付备酒，款待元帅将士安歇一宵。

次日元帅下令班师，士卒离本国日久，欢庆载道。不一日到了玉龙关，经金马、铜牛二关，芦花河祭过应龙。到沙江头驻扎，远望白虎关约有七百里。早有流星奏捷，天子大悦，命程王伯中途迎接元帅，正遇征西大兵。咬金着先行官到樊元帅营中示知，天子命他中途迎接。元帅即引众将出营伺候程千岁。

咬金接见，各家大喜，并马入关，众功臣均在关外迎候。元帅下马，一一相见，即进御营，早有唐天子同文武等官，在十里接见。元帅同众将叩伏道旁，天子御手相扶，诸卿平身，后即起驾回营。元帅及大小等将，俱召见山呼毕，天子开言：“卿家夫妇征服西凉，功劳浩大。”梨花奏道：“西番平服，上赖天子之洪福，下得众将之大功。今有哈迷国王，同来见驾，无旨不敢擅进。”天子即命中军官宣召，哈迷国王随同中军官，同文武进关朝见，天子大喜。番王等山呼奏道：“外邦小臣，误听奸臣之惑，兵犯天朝，今苏宝同伏诛，臣等罪该万死，故愿献出西凉地方万里，乞全百姓微命，望大皇帝准奏。”天子大喜，开言道：“尔等既知罪纳贡，朕亦有好生之德，今与尔等约，沙江以东册籍，是大唐所管，沙江以西，仍归于尔。此后若有侵犯,天兵一到,尽杀无悔。”哈迷王谢恩出朝,同了文武及太子回守本国去了。

且说丁山想起父亲白虎关归天,夫妻往山祭奠一番,重修庙宇。

次日天子封窦一虎为镇国侯;其妻薛金莲,封一品夫人,镇守白虎关。夫妻谢恩。封秦汉为定西侯;其妻刁月娥,封一品夫人,镇守青龙关。二人谢恩受职,夫妻四人,齐到元帅营中拜别,各人洒泪而行。

天子即命发兵起驾,一路旌旗招展,已至玄武关,不日至青龙山,丁山设祭,祭奠岳父,梨花十分哀痛。丁山又延僧超度二舅,劝慰梨花不必悲伤。又劝梨花将母亲同行上长安,去共享荣华,老人依允。丁山传令备军,梨花请母亲到营,即放炮起马。至界牌关,天子召见丁山,传旨:朕要先行。你同母亲妻子扶生父之棺回京后,到山西安葬。丁山谢恩。

圣驾回朝。太子同文武出城迎接。天子进入长安城,坐了金銮殿,百官朝贺,山呼毕,丞相乃张士贵之孙志豹之子。天子朝罢进去,后宫后嫔妃娥均来朝贺。

次日天子行香庵中,纳了武氏回宫,荒淫尤甚。不三月,废了皇后,立武氏,改名则天。武后为尼之时,丑声外扬,今做皇后,越发无忌。天子十日不朝,常往后宫宴乐,听见文武撞钟击鼓,只得临朝。忽有丞相魏旭抱本奏道:“主上征西初回,耽于酒色,倘外国闻知,其祸不小。”高宗听罢,传旨封秦梦为护国公,袭父之职;罗章为越国公;陈云、刁应祥已经亡故,立庙祭祀;刘仁、刘瑞俱封都督,出守河南,二人谢恩赴任。所有随征将士,均加恩荫。其子孙阵亡者,封恤倍重。

文武受天子洪恩,山呼万岁,天子回宫。

再表丁山夫妻,见了柳氏老夫人,悲喜交集。柳氏老夫人道:“怎不见你的妹子回来?”丁山说起天子封妹丈镇守白虎关,妹子亦封一品,相随任内。老夫人暗中流泪,未知何日能得相逢?丁山劝解。老夫人无奈,只得同儿媳在棺前哭拜一番,然后奉旨扶柩回长安,大小三军尽皆挂白,一路旌旗,白如霜雪,不一日到了玉门关。回到长安,将柩停在寺中,入朝见驾。程咬主亦回都缴旨。

欲知后事如何,且看下回分解。

第六十八回 丁山奉旨葬仁贵 应举投亲遇不良

且说大唐皇帝高宗征西回京，西番来贡七十余国，天子大悦。一日坐朝，鲁国公程咬金上朝将薛氏征西之功启奏。高宗听了，即加封薛丁山为两辽王，命工部督造王府，开销钱粮。

工部领旨。又封丁山长子薛勇汉州总兵；次子薛猛红罗总兵；三子薛刚登州总兵；四子薛强雁门总兵。大夫人窦仙童为定国夫人；二夫人陈金定为保国夫人；三夫人樊氏功劳最大，封威宁侯，一品夫人。其父薛仁贵，身丧西凉，追谥文侯，立庙四时享祭。柳氏、樊氏，俱封一品太夫人。其余部伍各官，俱恩赐一级。丁山父子谢恩出朝，向鲁国公王府叩谢。所有各家功臣，俱至薛府拜贺，丁山一一回拜。

且表工部建造王府，三月完工。丁山卜吉进了王府，长子勇，次子猛，辞了祖母、父亲和三位母亲，拜别上任而去。各府爵主相送饯行在十里长亭之上。且表丁山在府，对四子薛强道："我儿，你二兄俱已上任去了，为父心中有一事，为儿年轻不能差你。"薛强上前欢膝跪下，说道："爹爹有事示知，孩儿可以任用。"丁山道："吾儿，你父在西凉时，曾许下上房州还愿，欲差你三兄前往，但他暴躁好酒，又恐中途生事，故此留在京中。你往雁门，正是顺路，所以着你前去。"薛强答应，拜别父亲并母亲三位夫人，二位祖母太夫人。窦氏及两辽王和陈、樊二位夫人叮嘱儿子路上小心。薛强领命，带了数员家将，竟往四川而去。丁山思念父亲骸骨尚未安葬，即与太夫人及三位夫人商议。窦夫人道："这是正大之事，相公就告假辞主，速往山西安葬，不可怠忽。"丁山又道："目下朝廷十分隆重，倘不准告假，如之奈何？"梨花道："这不难，若主上有阻，相烦程先生一保，再无不准之理。"丁山夫妇商议已定，即写奏章，次日上朝。一面到鲁国公程咬金处，说："欲往山西安葬先人，求上柱国在圣主驾前力保。"咬金听了，呵呵大笑道："你夫妻有此孝心，万事俱在老夫身上力保。"丁山拜谢回府，准备明日上朝。

次日五更三点，高宗驾坐早朝，传旨众官有事奏上，无事退朝。只见左班中闪出一员大臣，象笏紫袍乌靴，俯伏金阶奏道："臣两辽王薛丁山，有本上奏。为臣父平辽王薛仁贵，随驾平西，现停在报恩寺中，尚未安葬，非人子之本心。乞恩赐臣葬父于山西，事毕回京供职。”高宗将表细看，说道：“王兄，朕欲留你在朝，同享富贵，以报卿平西大功。卿既思葬父，亦人子之分，权依所奏，朕仍撤宫前鼎炉，以王礼安葬，委部御祭，留威宁侯樊夫人在朝辅政。”丁山谢恩。天子进入后宫，文武各散。丁山回到府中，与二位太夫人，三位夫人说知，次日别了诸公爷，同了太夫人、少夫人，合家大小抚柩出京，只留樊梨花及三公子薛刚在京。天子即差人到山西御葬，有左相徐敬业，右相魏旭，各家公爷文武百官，送至十里之外，另备礼物助葬。天子又赐黄金一千两，白银万两，金瓜月斧，上方宝剑。倘山西有不肖官员，任先斩后奏，准告假三年，葬事完了，即回京供职。丁山望阙谢恩，百官俱在午门相候。丁山一见咬金，上前施礼：“下官有一事相托。”咬金道：“何事？”丁山说：“晚生三子薛刚在京，他性浮好酒，倘不守礼法，烦请上柱国匡正。”咬金说：“这个自然，无劳挂心。”丁山即唤樊梨花，同薛刚出堂叮嘱一番，然后放炮起马，一路官员迎接。

且说薛刚见父亲去了，更无拘束，结交秦梦之子阔面虎秦红，尉迟景诨名白面虎，罗昌诨名笑面虎，王宗立诨名金毛虎，太岁程月虎等，互相意气相投，长安城中，人人惧怕，皆云五虎一太岁。或到教场走马射箭，或到酒店中吃醉生事，城中文武官员俱不敢惹，就是鲁国公程咬金亦奈何他们不得。忽一日有一人乃山西人氏，姓薛名应举，前至京中求名，二则探亲。

其妻王氏亦随同相伴，正遇着张君左之子张保同了许多家丁在街上走过。张保在马上看见王氏生得十分美貌，满心欢喜，令家丁唤他夫妇回话。家丁领命，来到薛应举面前说道：“我家公子唤你夫妇到府中问话。”应举道：“吾与你家公子素不相识，有何话问？”众家丁道：“见了自然相识，且有好处。”说着扯住就走。王氏哀告，那里肯听。王氏夫人大叫道：“清平世界，又不犯法，白日拿人何故？”街上人见张府势大，谁敢上前相劝。拿到府中，禀告公子道：“一双夫妇已唤到了。”张保见了，满面笑容道：“兄长尊姓大名？何方人氏？因何到此？”应举见他问得有礼，甚是放心，乃回道：“小生系山西人氏，同妻王氏到京，一则求名，二则探亲。今经唤来，两不相识，求公子发放，我夫妇二人感恩不浅。”张保道：“你既投亲不遇，在京无靠，尔妻王氏，我十分中意，今已留在府中，不若多把些银子与你，回去另娶如何？”应举听了，大怒道：“我堂堂男子，满腹经纶，岂是卖妻子的？快放我等，如其不允，不肯甘休。”张保道：“你妻子来得去不得。”分付将王氏锁在后堂，将应举提出府前，王氏看见，扯住丈夫，大骂张保：“你这狗男子，倚父奸雄，强逼良民妻子为妾。倘得诉于天子，处治你一门，方消我恨。”张保听了大怒：“你如此可恶。”分付左右将这奴才解到西安府去，说他盗取张府金银。

左右领命,将应举捆住,解往西安而去。那西安知府见是张府发来的盗犯,屈打成招,问成死罪,次日处决。

且言那王氏被张保叫众侍女捉入后堂去,吓得魂不附体,两手被捆,无可奈何,只是大哭,泪如雨下。张保笑道:“娘子不必悲伤,且从我罢!日后少不得有个小夫人之位。若阻抗不从,亦难得回乡。你丈夫做了强盗,西安知府问成死罪,更不能活的了。”王氏听得丈夫被屈,问成大辟,越发心如刀刺,把头向张保乱撞。张保性急,正要用强,忽家人报知相爷回府,唤公子问话。张保无奈,即将王氏交老妈看守在后花园内,夜里再与她成亲,即出中堂而去。老妈同王氏到后花园中,老妈问其根由,王氏将丈夫被诬,并己之苦,诉了一番。老妈道:“我听娘子之哭,已有哀怜之心。你且坐息片刻,待晚上人静放你走。那公子害怕相爷知道,必不追究。”王氏听了老妈之言,转悲为喜,双膝跪下道:“老妈若救了贱妾,我夫妇来生犬马相报。”老妈道:“娘子请起。”待至二更,老妈开了园门,王氏逃去。王氏再三致谢活命之恩。

且言公子被相爷唤去,骂道:“有书不读,终日在后花园顽耍,今后若不在书房攻书,家法处治。”张保被禁一月有余。

及至偷闲问起,老妈回说王氏投池身死。且言王氏逃出,无亲可投,暂在尼庵宿了一夜。次日走到街坊上,打听丈夫下落,忽闻人说,明日午时监斩大盗。王氏一闻此言,即问道:“长安城中要斩何人?”街坊道:“斩的是盗张府金银的外方人,姓薛名应举。”王氏听了丈夫名字,大叫一声,晕倒在地。街邻救醒,王氏骂道:“张保,与你前生无冤,今世无仇,何故将我夫妻害得如此?真痛杀我也。”又大哭起来。街上人尽皆怜之,奈无力可救。且言是日薛刚同一班小英雄,在酒店内吃得大醉,经过状元坊游玩,来到金字牌坊,见一妇人哭倒在地。众小英雄喝开众人,着家丁上前问道:“这妇人因何痛哭?何方人氏,从头直说。”王氏止哭,说道:“妾身王氏,丈夫薛应举,同系山西人氏,丈夫求名,顺道探亲,两不相遇,被张君左之子张保抢至府中,强逼丈夫卖奴与他做妾。丈夫不从,争论几句,一时触怒,叫家丁将丈夫诬为强盗,捆送西安知府,问成大辟,明日午时斩首。故此小妇人在此,求仁人君子化口棺材,收殓丈夫,聊尽夫妻情分。”说完又哭。薛刚等听了,大怒道:“你既如此贞节,明日我等救他回去。你不可在此痛哭,恐张贼闻知,你丈夫就活不成了。”王氏叩谢回庵而去。众小英雄各回府中。街上人道:“此是他造化,遇了三爵主,谅亦救得。”

不知后来如何解救,且看下回分解。

第六十九回 劫法场御赐金锤 鞭张保深结仇冤

且言次日薛刚同了秦红等,结束停当,暗藏军器,都来到状元桥。只见西安府监斩应举,将绳索捆好,斩条一道,锣鼓齐鸣,迎将来了。薛刚一看,拔出身边短刀,大喊一声,将西安知府惊跑。众人一齐动手,杀了刽子手,劫了法场,救了薛应举。众百姓走散,众兄弟叫声:各自回去,不可连累。

自古说,好汉做事一人当。众人皆各分散,唯有薛刚一人,率同应举夫妻,说道:“只说你是我兄嫂,被张保所害。圣上问起,要说明白了。”商量已定,来至朝门,天子升殿,上前奏道:“臣有堂兄嫂,来京投亲,不料被张保相害,绑去法场,今臣救了。奏闻圣上,请究奸佞。”天子龙颜大怒,即问君左。

君左回奏:“臣实不知,或有冒了臣姓,亦未可知。”圣上亦不甚究,罚俸一年。封薛刚为通城虎,赐金锤一柄,朝中打奸臣,民间打恶豪。

薛刚谢恩出朝,同应举夫妻回家,见母亲樊梨花,假言兄嫂。樊夫人以礼相待。薛刚对母亲说:“孩儿不愿做官,登州总兵哥哥去做,孩儿在京侍奉母亲。”夫人大喜,次日设酒送行。应举夫妻感恩不浅,拜谢毕,即去登州上任。薛刚有了钦赐金锤,朝中大臣,那个不怕?一日同小英雄,到教场玩耍比武。薛刚所用铁棍,系异人传授,有三十六棍,天下英雄闻名,称为黑三爷,犹如水磨金刚,烟熏太岁。秦红使金锏;罗昌使梅花枪;尉迟景用水磨铁枪;王宗立用长枪;程月虎太岁用抱月金斧。不料张保带了家丁,亦来观看。巡官看见,报知薛刚。

众人竟将张保拿进。薛刚明晓得是张保,只做不认得,说:“你是何人,竟敢偷看?”分付左右拿下,重打四十。张保大叫:“我是丞相之子张保,吾父现在朝中为相,不要认错了。”众小英雄说:“张君左焉有此子,分明是偷贼,打他二十。”不由分说,竟将张保打了二十大板,打得皮开肉绽,鲜血直流,一跌一拐回去。众人大笑而回。张保见了父亲,说明此事,说薛刚甚是猖狂。君左大怒,父子上朝哭奏。天子言道:“该打,你父子生事教场,先帝分与二十四家国公,你是文官,不教你子读书,反去争斗惹祸,朕亦不究。”君左父子仇恨回家,父子商议,另寻别事算计他。

再言宫中武后，这日君左父子进朝，看见张保生得美貌，奏知圣上，将张保承继为子。天子耽于酒色，听依武后，竟将张保作为殿下，从此丑声外播。

再言丁山到山西祭葬父骨，安享了三年，奉旨钦召回京，文武相送，离了山西，径上长安。到了自己府中，三夫人梨花、薛刚迎接。次早上朝，左相徐敬业、魏旭等相见，各叙寒温，金鞭三声，驾坐早朝。丁山上前朝见，天子大悦："久不见王兄，朕思想之甚。"丁山谢恩，天子赐宴。次日又去拜会各公爷。及至鲁国公府，咬金请酒，说起薛刚生事惹祸劫法场，天子宽恩不究，望公爷回府，必须教训一番。丁山领诺，回府埋怨夫人，唤薛刚要痛责。梨花不好面前回护，分付将薛刚关进书房，不许出外生事。

再言高宗不理天下，宠幸武后，朝中大臣谏表，天子不准。

武后知帝昏庸，易以煽惑，即垂帘预政，时计依违，并肆意荒淫，竟将王怀义和尚、张保、张宗昌等，留在后宫。魏相、徐相觉其不雅，将张保等禁止于外，不许妄入，武后无可奈何，遂使心复奏帝，调敬业外任，魏相告老，从此朝廷大政全归武后，内外为之一变。

再言丁山见朝廷颠倒，且又思念母亲柳太夫人，上本回家养亲。天子准奏。遂分付家丁，各自看守王府，同夫人梨花、薛刚，出了长安，各官送行。鲁国公程咬金说："两辽王，你回山西安享，想这唐朝天下，亏我们汗马功劳，不久尽归武氏，甚为可惜。"丁山说："老叔祖，为臣子当尽忠而已，不必虑他，须要在朝力谏，自应太平，谅圣上明白。"各公家亦有一番言语。丁山辞别，竟往山西，到王府一家完聚，拜见二位母亲，设家宴。次日去拜客，忙了一日。

再言柳氏老太太，思念女儿下泪，丁山上前双膝跪下，说："孩儿上叨父母福荫，做了二朝蕃王，不能报答亲恩，今正享受荣华，因何不悦？莫非孩儿不孝之罪？"太夫人说："非为别事，你妹妹同你妹丈镇守西辽白虎关，久无音信，意欲差人探问。"薛刚说："孩儿愿去问候姑丈姑母。"太夫人大悦，说："孩儿肯去，吾愿足矣！"丁山说："不肖三孩儿不可去，他吃酒生事，恐防起祸。"梨花说："孩儿勇猛，万无一失。"夫人窦仙童也想兄妹，亦有一言劝去。丁山说："要去必得戒酒。"薛刚依从父命，今日就戒。丁山说："要立个誓来！"薛刚说："从今后若开了酒戒，杀吾全家。"丁山大怒说："畜生胡言乱语。"薛刚说："不要慌，杀尽了，还有我报仇。"丁山气得目定口呆。梨花道："相公不要听，他是呆子，颠倒说的。"陈金定也来劝解。丁山见母亲要他去，三位夫人又来说，只得允从，端整礼物，派了家丁数名。次日薛刚拜别，离了山西，往西辽而去。

一路上果然真不饮酒，又不生事。一日从天雄山经过，只听得锣声响，跳出数百喽啰，拦住要讨买路钱。薛刚大怒，打死头目。喽啰报上山中说："大王，方才小的们出去巡山，路逢数人，内中一个黑面的使棍，十分勇猛，将头目打死，特来报知。”大王大怒，带马抬枪冲下山来，见了薛刚，大叫一声说：“不要逞强，俺来了！”薛刚见大王白面银牙，相貌堂堂，就是一棍。大王说声：“来得好！”把手中长枪，望棍上噶喇一声响，架在旁边，冲锋过去。回得马转来，薛刚又是一棍。大王又架在旁边去了。一连数棍，打得大王满身是汗，两膊酸麻，大叫一声：“好棍！”到后棍也轻了一半，被大王一连数枪，薛刚只有招架之功，没有还棍之力，拼命将棍抬住说：“这大王认得俺黑三爷么？”大王说道：“那个黑三爷？”薛刚道：“我乃两辽王三公子便是。”大王听了，忙下马说：“得罪莫怪，俺不晓得是三爷。你却为何在此经过？乞道其详。”薛刚亦下了马，说道：“壮士下问，吾家父亲差我往西辽探亲，走此经过，不期遇着壮士，三生有幸。”大王邀薛刚同到山林。

薛刚问姓名，说：“吾姓伍名雄，祖名云召，父伍登，均已去世，弟故在此落草。”薛刚道：“久慕大名，相见恨晚！”即叫家人先到西凉，我就来，家人领命而去。伍雄拜薛刚为兄，留在山中，当日设席饮酒，薛刚辞谢，说：“我在家中，家父面前立誓戒酒。”伍雄说：“伯父恐于道路之中生事，所以戒酒，今日山中，只有吾二人饮酒，何妨。”薛刚说：“兄弟只是要少吃些。”当夜饮酒，次日到前后山玩耍。

再言长安高宗天子在宫中贪于酒色，二目昏花，不理朝政。

武后奏道：“圣上二目不明，明春上元佳节，大放花灯，主人看灯，二目就明亮。”天子大喜，旨下明春大放花灯，与民同乐。正月十三上灯，十八落灯，朝中大小衙门，俱端整花灯，外省行台节度，俱送名灯进京。

再言薛刚、伍雄在山，情投意合，走马射箭，比较武艺。

正南上相离数十里，有一山名曰双雄山，山上有一大王，姓雄名霸，雄阔海之孙，在山落草，与伍雄往来，最相友爱。喽啰报说：“伍大王那边，有甚么黑三爷在山较武，客人不敢过往。”雄霸听了，备马带了喽啰，报说伍大王。伍雄闻知，下山往迎，接进独角殿，说起薛刚一事。雄霸大喜，三人结拜为兄弟。薛刚见雄霸仪表非凡，豹头珠眼，燕颔虎须，声如铜钟，身长一丈，两膀有千斤之力。想道：“不枉西辽走一遭。若在家中，怎能会得二位弟兄？”心中大悦，当夜弟兄饮酒，吃得大醉，各去安歇。

次日雄霸接薛刚、伍雄到双雄山饮酒。不觉年尽，有儿郎来报，拿得灯匠十余名，求大王发落。伍雄说：“拿进来。”喽啰将人拿到独角殿，问是什么人？朱健上前说：“小人奉南唐萧大王之命，明春大放花灯，圣上解灯进京，并无财物，乞大王发放。”薛刚见朱健身材长大，也是个好汉，说：“兄弟，他说解灯，拿灯上来看。”朱健即将十余盏名灯拿上来，说：“大鳌山灯进于天子；小鳌山灯送与忠山王武三思；凤凰灯送张太师。”伍雄、雄霸叫喽啰将灯俱留下，打发他回去。薛刚说：“不可，不可。”

不知说什么话来，且看下回分解。

第七十回 众英雄大闹花灯 通城虎打死内监

且说薛刚见武雄要全部留下花灯，便说："二位兄弟，不可将灯一齐留下，大鳌山灯送天子的，教他取去；小鳌山、凤凰灯，他送与奸臣，我们留下。"朱健说："大王留下二灯俱可，小人回去难见本官，伏乞大王留下凤凰灯，还小人小鳌山灯。"伍雄说："若再琐屑，一齐留下。"朱健无奈，拜谢而去。武雄当晚就将二灯挂上，弟兄三人赏灯。薛刚对伍雄说道："我要到长安走走，看看灯。"雄霸说："既然哥哥要去看灯，吾弟兄二人相陪。"薛刚说："不可，山寨乃是根本，离不得的。况且长安城中许多公人衙役，看弟兄相貌不凡，恐防惹祸。待兄弟一人前往，枪马留在此山。"过了年，正月初八日，薛刚别了伍雄、雄霸，一人下山而走。走至玉童山，见一伙人推一辆囚车，认得是朱健。薛刚手无寸铁，怎生相救？见路上有一枣树，扳枝拆断做了兵器，打死众人，救了朱健，问："得何罪？打入囚车，解往那里去？"朱健说："解灯进京，张保道我大王不送与他，因此大怒，要将我斩首。吾说明此事，即将我解到南唐本大王发落。不料幸遇壮士救了小人。如今打死了众人，叫小的有家难归，乞壮士救我。"薛刚道："不难，你往天雄山落草。"朱健说："设若不肯，怎办？"薛刚道："我有鸾带，你便带去，伍雄自然收用。"朱健拜谢，接了带子，径赴天雄山。伍雄问明，叫他搬家小前来。

薛刚来到长安，到秦红府第。家人报知，秦红接进，叙起久阔，分付家丁即去请这班小英雄到来相见。大家欢喜，准备看灯。到了十五夜，众人多去看灯，只见那六街三市，家家户户结彩张灯，务要通宵长烛，如有灯火昏暗不明者，俱以军法处治。就是相府门首，也有紫阁楼灯穿街。小英雄看到那些走马耍戏、舞械弄棍、做鬼装神，热闹喧哗，填满街市。不一时，已到忠山王门首。那楼与兵部衙门一样，灯却不是一样的，挂的是一种凤凰灯，上面牌匾四个金字："天朝仪凤"。旁边一副金字对联："凤翅展丹山，天下咸欣兆。"薛刚等看了回来，又在天汉桥酒店中吃了酒，都有醉意，一同要往凤城内。凤楼台前人烟稠密，楼前有两个内监，见了大怒，叫拿下。军兵听了，一齐举棍上前来拿。这班小英雄大怒，夺了棍子，反将军兵打得东倒西歪。薛刚赶上，将内监打死，内官有人认得是通城虎,报知天子。丞相张君左正在五凤楼观看,认得果然是薛刚,奏知圣上说:“通城虎大闹花灯,打死内监。”天子大惊,二目不明,下五凤楼台,失足跌下楼,文武俱散。天子进宫,张君左叫拿薛刚。天子说:“非关他事,只怕不是薛刚,他回家已久,面貌相同,亦未可知。”张君左见圣上不准,只得回家。这班小英雄都到秦红家中,程月虎说我回家去走走。众人说:“你去就来饮酒。”月虎回来,咬金说:“你们这班出去闯祸,大闹花灯,打死内监。叫三哥快走,明日祸即随身,说私进长安。打死内监,连累薛叔父,也不得了。”薛刚一听大惊,拜别弟兄,出了长安,至天雄山见了伍雄,说起闹花灯一事,伍雄说:“不妨,在此住下,老伯父若晓,必然说未进京,谅然无事。”朱健过来拜谢救命之恩。

再说天子闷在宫中。张君左说:“果是薛刚,主上差官往山西拿丁山来究问,便知明白。”天子不准。武后奏说:“丞相所奏不差,速召丁山回京。”天子说:“今日各处查缉,并无薛刚,反要举动,功臣面上不好看了。”张君左又奏。天子无奈,命钦差王会,到山西问两辽王,薛刚到否?王会领旨,直到山西,来到王府。丁山接了天使,天使宣读完圣旨,分付首案供着。旨上不过说:薛王兄,你子在家中否。丁山谢过恩,说:“天使大人,小儿上年往西辽探姑丈姑母,系奉母命前去,怎得有这一件事?望天使说明。”王会说:“今年正月十五元宵,大闹花灯,打死内监,丞相张君左奏主拿问。主上原不相信,旨上但问有无。两辽王表本上须写明白缴旨。下官告别了。”丁山送出天使,连夜修成表本,差薛贵星夜抱本进京。

天子将本章看了大悦,宣召张君左:“薛丁山上年奉母命派薛刚早往西辽去探亲。倘若依你,反害忠良。以后不必多奏。”张君左无颜,谢恩退班。天子赐黄金千两,彩缎十匹,差官出京,钦赐丁山。

再言武后请旨盖造御花园。天子准奏,传旨谕各处如有好花,都要进上。命张保监工开池,造御书楼,砌假山,百姓劳苦,万民嗟怨。命张六郎昌宗,同太监把守后宰门,不许闲杂人等出入。

再言薛刚在天雄山,同伍雄、雄霸在山饮酒,报说:“拿得一班解花木的十余人,求大王发落。”伍雄问众人:“你们一班解花木往那里去?”众人跪下道:“小人奉南唐萧大王命,送花木上长安,主上要修造御花园,进上供用的。乞大王分付发放。”喽啰拿上花木,各爷欢看,留下牡丹花,余花发还。

伍雄说:“我今全要留下。”薛刚说:“不可,前次留下二灯,教朱健吃苦。如今还他去罢!”又过了几日,薛刚说:“我今别了二弟,要上长安走走。”伍雄说:“不可,前次去闹花灯,几乎连累父亲,如今更不可去。”薛刚说:“不妨,我今去会会弟兄,打听朝中之事,早早回来。况今敕赐金锤,怕他做甚?”雄霸亦劝,薛刚只是要去。伍雄阻挡不住,内中选数名喽啰,扮作家人,跟随三爷,去就回来,劝他不要生事。薛刚依言下山,带了喽啰径往长安,分付喽啰城外住着,自己进城,说去了就来。喽啰说:“三爷去就回来,小人们在此守候。”薛刚进城,去到秦红家,小英雄俱到,说起花灯一事打得爽快,三哥不在此,我等无兴。目下天子昏聩,宠用一班奸党,张君左弟兄父子,内有武后劝主上盖造御花园,劳民伤财,程千岁亦不进朝。薛刚听了大恼,说:“今日同众兄弟御花园走走。”当时就在秦府饮酒。

次日,五虎一太岁一路来至园首,见一班人扛抬一块假山石,吃尽气力,口口声声说:“工钱扣减,我们受苦。”薛刚看见,问道:“你们讲什么话?”众工人说:“张爷要百姓做工,工钱又少,又受鞭笞,累死人无数。这一块大石,叫我们那里扛抬得动?又有限期,迟了就受责。”薛刚说:“不妨,待我等与你扛进去。”众人说:“你们进出不得,我们都有字号认识,所以进得去。”秦红说:“既有认识就好了,快拿记号来。”众人说:“身边都有腰牌。”六人忙将一块大石轻轻抬起,不甚用力,竟抬送御花园。守门的见有腰牌挂着,不来查究。众人来至里面,将石放下。果然好大一个花园,但见许多人在那里挑泥种花,不计其数。只见上面坐着张保,许多红绿人侍立两旁。又见送酒饭鱼肉上来,薛刚叫:“留下,待吾来吃。”有人见了,报知张保。薛刚不知利害,吃得大醉。众英雄劝他不要进去,他不依,竟走进去。泰红等俱已外出,恐受连累,到家计议救薛刚。谁知薛刚乘酒兴,闯了进去。

不知后事如何,且看下回分解。

第七十一回 御花园打死张保 劫法场惊死高宗

再言薛刚走到牡丹台,将牡丹花插在须边。张保大怒,叫手下拿薛刚。薛刚酒醉大怒,两于一推,跌倒数人,夺了一条棍子,赶上前将张保一棍打死。众人大喊说:"不好了,千岁被薛刚打死。"即报知与张君左。薛刚在御书楼大醉,睡在龙床。

张君左知儿子被薛刚打死,大哭一会,使人到御书楼捉拿薛刚。张君左奏上,今夜即刻开刀。天子说:"君子避酒客,传旨将薛刚监入天牢,明日处刑。"四虎一太岁打听详细,忙至程府,告诉程老千岁。咬金听了,说:"你们这班小畜生做出好事。如主身家不保,我已一百多岁的人,我亦救不得薛刚,况朝中徐、魏二人,今又去了,张氏兄弟当朝,天子虽然明白,武后因他打死心上人,决不甘休,断不能挽回。"罗昌说:"要救得三哥便好,况吾等结同生死之交,若明日斩了三哥,侄孙们都有些不便。"程月虎上前说:"要太祖出个主意。"咬金说:"不得不如此,你等各家家小搬出长安,明日打点劫法场。"次日天子想道:"亏薛家父子平东平西二路,今日要斩他,心中不忍。但是法上实不得已,朕只斩薛刚,免他父母之。"传旨监斩官,待午时处斩。这日五凤楼前开刀,余犯不究。监斩官领圣旨,将薛刚绑出午朝门去了。咬金在南门等候这一班小英雄结束停当,身藏暗器,带了家将,来至午门,假做活祭,杀死监斩官王独,尉迟景杀死刽子手。薛刚看见这班小兄弟,挣断绳索,夺过腰刀,杀散众人。三军见杀了监斩官,报与张君左。君左听报,一惊非小,传令五城兵马司,带领马兵步兵,要活捉这班小强盗,不许放走一人,违令者斩。小英雄那里放在心上,杀散兵马,出了长安。咬金说:"你们快走,有我在此不妨。"内官来报天子说:"有一班人劫了法场,杀死监斩官、刽子手、三军不计其数。"天子闻言大惊,大叫一声而死,在位二十四年。

张君左与武后商议,命武三思带兵三千追赶,一路而来。

至南门见咬金坐着。三思下马,问:"老千岁因何在此?"咬金说:"我往南海烧香。"三思说:"可见薛刚否?"咬金说:"未见,想是他未出南门,出西门去了。"

三思上马往西门而去。咬金大笑，出南门会见众人。薛刚说："太祖先去，我要到天雄山取枪马。"两家作别，薛刚到天雄山住下，咬金同众人往西辽。

再言三思追不着薛刚，回见昭仪武后，立太子季王为君，称中宗，葬先帝于皇陵，大赦天下。中宗在位五月，贬往湖广房州，封为庐陵王。张君左等请武后登位，号大周则天皇帝。

张君左、张君右为丞相，武三思为忠山王，怀义和尚为御禅师，张昌宗封为驸马，各文武俱加升一级。则天皇帝思念张保被薛刚杀了，深恨心中，与张君左计议，必要杀尽薛家，方雪此恨，须差铁骑捉拿。君左奏道："臣想已久，此仇必报，但是薛丁山勇冠三军，三妻多有法术，万岁即差官往山西钦召进京，说新君初立，武后赏有功之臣。若去捉拿，必令反也。"武则天依奏，传旨一道，差官到山西，召两辽王进京就职。钦差领旨，径往山西而去。

有人向丁山报说，三爷大闹御花园，打死王殿下，众小英雄劫了法场，惊死天子，程千岁已反了。武娘娘自立为王，称为大周，差官钦召千岁入京就职。丁山听了，大叫一声："畜生闯了大祸！"仰面一跤，跌倒在地，左右救醒，扶进后堂。三位夫人问起为甚事，相公这样大恼？丁山将如此长短说了一遍。梨花说："钦召一事是假，将相公召进京中，性命难保。"陈金定说："我们反了罢！"丁山说落千丈："胡说，我薛氏父子忠良，这祸是畜生闯下来的，粉身碎骨，料应分了。今朝廷不来捉拿，是为幸也。今来钦召，国恩难报，君要臣死，不死不忠。"梨花掐指把阴阳一算，应该金牛星归位。三儿是白虎关杨藩后生，杨藩死于丁山之手，冤冤相报；张君左系士贵之孙，仁贵杀了士贵，薛刚又打死他儿子，前数已定，亦该如此。

再说钦差来到王府，开读已毕，丁山谢过恩，同三位夫人离开山西，到了长安。则天命三思将丁山夫妻拿下，发落天牢。

又差铁骑五百到山西王府，一门三百余口，全行拿下，解去京都，监入天牢。张君左奏道："薛丁山虽入天牢，还有长子薛猛，次子薛勇，四子薛强，俱有万夫之勇，倘闻父母被捕，必兴兵杀上长安，无人抵敌。须速差兵分头捉拿，命邻近州府，须要并力擒获，如纵放去，与本犯一体同罪。"武则天依奏，命大刀王殿，带兵三千，去云南捉薛猛；又命阔斧陈先，带兵三千，至红罗关捉拿薛勇；命姜通带兵三千，走雁门关捉拿薛强。如敢卖放走漏一人，本官处斩。众将分头而去。

再言阔斧陈先领兵来到红罗，将薛勇一家尽皆拿捉，起解进京。再言朝中徐贤，是徐茂公侄孙，原任户部尚书，见朝中不正，告老在家。闻得拿薛勇进京，对夫人王氏说："薛氏一门受害，薛勇有子名蛟儿，年正三岁。我亦有子徐青，也是三岁，小夫人莫氏所生，吾欲将儿子抱去，竟换薛蛟，存了薛氏血脉。"王氏夫人一听此言，不悦道："我虽有子徐青，一点骨血，叫他枉受一刀，于心何忍！"徐贤说："夫人有所不知，蛟儿受害，绝了薛氏宗嗣。"夫人一想，吾与薛勇之妻是姑舅姊妹，就允了。只说烧香上轿，一路来至临潼山，见薛勇夫妻解来，徐氏夫人在大路上，报与薛勇之妻相见。薛夫人命众人退后，表姊妹相见徐夫人说，特来与你换子，留你一脉。二人将子对换。徐夫人即乘轿而去。陈先解押上长安，旨下将薛勇夫妻下在天牢。丁山见子伤心。薛勇将徐夫人换子说了，大家哭了一场。狱官徐元看见薛氏一家受枉，来对妻子说："薛丁山父子有功于朝，不幸一门受害，想薛氏后代绝矣！吾子徐荣亦是三岁，此子算命平常，欲将其换下薛蛟，后来有靠。"杜氏夫人听了，想自己年轻，薛蛟相貌端庄，换了此子，后来必有好处，说："相公所见不差。"忙对众人说明。丁山想此乃徐贤之子转换奉的，既然狱官美意，只得允从，开言道："既承美意，有恩难报。"杜氏抱了假薛蛟到后园玩耍。八宝山香莲洞蓬头老祖在云端经过，看见假薛蛟，一阵风带回山去。杜氏夫人说："此子命该如此。"夫人嗟叹一番。

回言云南总兵薛猛，对王氏夫人说："下官夜梦不祥，心惊眼跳，莫非我家有甚么祸事么？"夫人说："相公日有所思，夜有所梦，思念公婆，所以如此。"忽有家丁报说："启老爷，不好了！长安朝中三爷闯祸事，害了千岁。如今差大刀王殿来拿老爷，相近云南了，老爷速作预备。"薛猛听报，胆战心惊，手足失措，昏晕跌倒在地。夫人闻知，快来扶起，只见老爷面如白纸。

不知性命如何，且看下回分解。

第七十二回 武后下旨捉丁山 三百余名尽遭灾

再言薛猛听了家丁之言,跌倒在地。夫人大惊,快扶起来,半晌方醒。夫人说:“好了,相公为何如此?”薛猛说:“三爷闯祸,连累父兄,如今来云南拿我,我去是不去?”夫人说:“公公一家俱下天牢,只有相公,若到京中,性命难保。依妻之言,尽起云南兵马,杀上长安,救了公婆叔叔,除了昏后,更立新君。此计如何?”薛猛说:“夫人此言差矣,我上不能报故主之恩,下不能报父母,吾薛氏二世忠良,有功于国,今日那奸细张君左在朝,各家国公俱已退位,倘无人接应,薛氏受其圈套,遗臭万年。这断乎不可。”夫人流泪,大叫一声:“薛蚪正交三岁,何忍他受难。”薛猛说:“我有家将薛兴忠义,我与他结为兄弟,将子过继与他,方存薛门一脉。”薛兴说:“老爷在上,小人不敢当。”薛猛说:“如今托孤与你,休要推辞。”蚪儿过来拜叔叔为父。薛兴辞别,带公子离了云南,逃往别处去了。

忽报钦差到了。薛猛自刎而亡,夫人大哭一场,撞阶而死。

大刀王殿进内,看见已死,分付埋了。带兵回长安,奏知武后,说:“薛猛自刎,夫人撞阶而死。”旨下既死不究。

再言姜通到了雁门关,人说两月前就未见薛强。原来这薛强去太行山进香,闻知此事,不回雁门关,落荒而走。姜通只得回朝缴旨。张君左因薛刚被人劫去,并无下落。故这晚四更,即欲将丁山满门斩首,以除大患,倘迟延走漏消息,为害不小。

旨下,即命何先去斩首。何爷奉旨,打扫法场,唤齐了刽子手,到牢中将两辽王薛氏一家绑赴法场,四面兵马围住,四更开刀。

旨意又下,命武三思、张君左监斩。是夜灯球火把照耀如同白日,那刽子手即来至狱中,见了禁卒说:“薛家父子有万夫之勇,那里绑得他住?不如用个苦肉计。”众人齐说好计。来至里面,见了丁山,一齐跪下,开口说道:“小人们蒙千岁看顾,小人家中多有父母妻子。”丁山大笑道:“是了,今夜朝廷要斩我么?”众人道:“然也。”薛勇听得此言,叫声:“爹爹,不好了!今日要斩我一家,孩儿有话告禀。”丁山说:“我儿有话禀来。”薛勇道:“爹爹在此,三位母亲也在此,依孩儿之言，反出牢中，杀上金銮，除了武后，更立新君。不可守此待死。”丁山一听此言，大怒道：“畜生讲这些话来，今日父死为忠，你死为孝，母亲为节，仆死为义，出我一门。”分付刽子手：“将我绑起来！”薛勇无奈，也叫绑了。共有三百多人，一齐绑了。家人们大哭，出了监门，来至法场你看阴风飒飒，杀气腾腾，今夜屈斩忠良，天怒民怨。樊梨花抬头一看，我不救他，等待何时？口中念念有词，但见云暗天低，一阵狂风，飞砂走石，千年老树连根拔起，法场上都立脚不住。吓得那武三思、张君左魂不在身，灯火都吹灭了。樊氏将身一扭，绳索都落了，起在空中，驾住云头，望下一看，正欲救出薛家。

再言黎山老母驾坐蒲团，心血来潮，屈指一算，说：“不好了！徒弟樊梨花要救薛家，违犯天条。”忙驾云来至长安，按落云头。见梨花作法，即叫一声：“徒弟，金牛星合当归位。犹恐你救他，违犯天条。”樊梨花见师父说此言，不敢逆天，即同了师父回山。明凤山莲花洞欧兜老祖在云端上经过，见一道杀气冲天，望下一看，原来是周天子斩薛氏一家，数该如此。但内有孤儿不该绝命，待我救他。将手一指，带回山去。片时风息，张君左清点人犯，独不见樊梨花、薛蛟。恐事延有变，即传令开刀，将丁山等一齐斩首回旨。周天子亦就罢了。

张君左又奏说：“薛强走避，终有后患，画影图形，到处张挂，捉拿薛刚、薛强，将威宁侯王府拆去，改为铁丘坟。”旨意下：“依卿所奏。”君左领旨，将王府毁为平地，把丁山一门尸骸埋在下面。上面将生铁铸成馒首一样压住，永世不得翻身。有薛家家丁五六人，充作工匠，暗暗把尸首个个排好，一对一对，其余家丁都是乱葬的。

张君左传令各处文武官员，如能拿住薛刚、薛强，出首者官封万户侯；藏匿不报者，与本犯一体治罪。旨意下来，各处关津要害，盘查严密，画影图形，到处张挂。铁丘坟四面，武三思命大刀王殿，带三千人把守左边，又命阔斧陈先，带三千人马把守右边，再命儿郎日夜巡察。如薛刚这厮来上坟，必要拿住，碎尸万段。

再言薛强不到雁门关，欲往西辽。这一日走到八观山，一锣响，走出无数喽啰，拦住去路，要讨买路钱。被薛强杀败。

喽啰报上山中，说：“山下一人经过，小人要讨买路钱，此人十分英雄，头目被他杀得大败，特来报知。”那大王姓朱名林，有女叫金标公主，守住八观山，官军不敢迎战。朱林一闻此言，大怒，一声分付，备马持枪，带了儿郎冲下山来。朱林逞武扬威，大叫说：“小子不得逞强，俺来了。”薛强看见此人，面红须长，手执大刀，身骑高马。薛强将手中银枪，劈面一枪，刀枪并举搭上手，连战三十回合，不分胜负。后来朱林究竟招架不住，欲待回马，后面金标公主大叫说：“爹爹，孩儿来了。”薛强见这员女将十分美貌，弃了朱林，来战女将。不上数合，公主将红锦套抛起，薛强措手不及，被她拿住，带往山中，分付绑了，问起姓名。薛强说："我乃两辽王第四子，出任雁门关总兵的薛强便是。"朱林大惊，下阶亲解绳索，扶上聚义厅叩拜："不知是爵主，误犯有有罪。"薛强回礼。

再说金标公主乃黎山老母徒弟，师父分付，与薛强有姻缘之分。当夜与薛强成亲。薛强即在内招兵买马，积屯粮草，待日后报父母之仇。

再言薛刚在天雄山，报说雄霸到。二人上前迎接，雄霸见了薛刚，大骂说道："一身闯祸一身当，你遭了弥天的大祸，贻害父母兄嫂，一门斩首。如今各处拿你，你还不知。天下不孝之人就是你。"薛刚一听此言，昏倒在地，半日方醒，大哭不止。伍雄说："破斧沉船，哭也无益，商议一个计策，报仇要紧。"薛刚那里等得："吾先要到长安祭奠父母。"伍雄阻挡不住。薛刚即拜别二人，往长安而行。在路果见关津村坊张挂榜文。薛刚日间不敢行走，只是夜行，来到潼关，关尚未开，走到相国寺下马，来见当家和尚。和尚法名梁乘，和尚说："三爷好大胆，你看到处张挂要拿你，长安怎能去得？且在寺中住下，俟有机会方好进关。"薛刚心焦，害起病来。这日小和尚来报魏相到寺烧香。主持和尚出来迎接，和尚设斋说起丁山受屈而死，魏相下泪。又说三爷在此。魏相唤来相看。薛刚来见魏相，魏相即说："你好，做出这种大事，还来上坟。"和尚说："三爷在此，奈不得进长安。"薛刚说："晚生无计进长安。进了长安，就不怕他。"魏相低头一想，果然进不得长安。

忽又想起一计，开言说："贤侄，你要进长安，躲在我轿中进城。"薛刚拜谢，魏相回到府中下轿，唤出薛刚，收拾各物祭品，一条铁棍子做扁担挑好，天晚出门。魏相分付说："你祭过了父母，不许到我家来，快出城去，恐防有人知觉，性命就难保了。"薛刚挑了物件，来至墓前，十分悲苦。

不知后事如何，且看下回分解。

第七十三回 薛刚一祭铁丘坟 武则天借春天顺

再说薛刚坟前大哭，正在悲伤。内有更夫，看见坟上有灯，即来报与王殿、陈先。王殿、陈先又飞马报知张君左、武三思。

二人闻报，传令各处添兵把守，小心捉拿，多加关锁，分付不许放走，点起灯球火把，不计其数。薛刚在内听见外边有人把守，收拾祭礼，一条铁棍，杀将出来，无人能抵挡。只是寡不敌众，越杀人越多，三军四面围住，喊声连天，口口声声要捉拿薛刚。薛刚恨说："今番我命休矣！"当有秦汉、刁月娥夫妻二人奉香山李靖之命，在此相救。二人杀来，放出宝贝，无人阻挡，杀到城边，斩落关锁，救出城外。秦汉夫妻借土遁回西辽去了。

薛刚出城天色已明，放天大步而行。只听得后面喊杀连天，尘头起处，有无数人马赶来，为首一将，声如巨雷，金吾大将军武安国手执大铁锤，大呼："薛刚那里走！"薛刚回头一看不好，我是战了一夜困乏的，那里战得过他？只得拼命而战。只见三军纷纷将箭射来。薛刚身中三箭，正在危急。薛刚乃上方三头五鬼星转世，所以头上透出原形，变了五头，身高数丈，反杀上来，即将武安国一棍打死。三军见这般情形，竟大败而去，将城门闭了。薛刚安定心神，睁目一看，只见尸横遍野，尚属茫然，不知什么意思。慢慢行至相国寺，别过和尚，取了枪马，要到天雄山。却错走了路，来至李龙山。一声锣响，大王李龙走下来大战，问出姓名，原来是黑三爷，即请上山饮酒。李龙有女名鸾英，与薛刚成亲，在山招兵买马，要报父母之仇。

再言周天子在朝，日与怀义和尚、张昌宗在宫淫乱，百官阻谏不听。一日宣文武百官在万花楼说："朕贵为天子，万民之尊，今十月小春，万花凋零，朕欲借春三日，百花尽放，未知天心顺不。"众官回言奏说："万岁，今日御言，花神怎敢违旨。"武氏甚悦，百官皆散。次日果然天气温和，御花园百花尽放，惟牡丹未开。周天子大怒，贬在冷宫。武则天果然真命帝王，普天下之百花尽放，十月应小春，天子请男妇赴鸳鸯大会，百官赐宴万花楼，各夫人赐后宴，众夫人谢恩不尽。

再言薛刚在李龙山招兵，要杀进长安，报父母之仇。探子报上长安，张君左奏知武则天：薛刚造反，须速行征伐，恐养成贼势，贻害不小。武则天依奏，命忠山王武三思为元帅，姜通为前路先锋，武状元郭靖为后队，张君左总管粮草，起兵十万，择日兴师。正行之间，探子启上说："李龙山在山西，近此有三条路，东至河南，西至山东，正中至山西。"传令兵过河南，走山西一路。三军司命，浩浩荡荡，不一日兵至李龙山前，分付前军哨探，后军慢行，放炮停行，安营下寨不表。

再说李龙同薛刚夫妻正在言谈，忽喽啰报上山来说："不好了！朝廷命武三思带兵十万，大将千员，已将前山后山团团围住，水泄不通，要杀上山来，擒拿大王。"李龙听报大怒，带领喽啰下山冲来。当先姜通使开枪，撞着李龙，两马相交，不上三四个回合，马有六七个照面，姜通挑开李龙的枪，大喝一声："好个狠贼！"一枪刺进来，李龙招架不及，被姜通一枪刺死。喽啰见大王已死，大喊一声，四散逃命。薛刚夫妇闻知李龙身死大哭，飞马下山，大战数合败走。三思传令毋得放走反贼，众卒奋战。三军遂团团围住，姜通、郭靖同各将官又杀上山来。薛刚夫妻在内大战，约有三日三夜。武三思命副将冲上山，杀尽喽啰，放火烧山，连山寨都烧了。薛刚抬头一看，见满山通红，自思不能取胜，虚晃一枪，跳出圈子，落荒而走。

李鸾英见丈夫走了，想起苦楚，向密林自尽。香山李靖在天叫声："鸾英，不必寻短见，后来自有夫妻相会，母子团圆。我给你随身布袄，前途自有安身之处。"鸾英听了，拜谢救命之恩，抬起头一看，一道红光不见了。鸾英望空拜谢，即打扮停当，往前而行。走了数日，见一庄院，即叩门借宿。里面老夫妻二人，并无男女，家室充足，见了鸾英，问起姓名，家住何方？鸾英说："公公，妾河南归德府人氏，姓陈名鸾英，因武三思征讨李龙山，避难到此，望公公收留奴家，借宿一宵，明日早行。"员外说："原来是逃难的，老汉夫妇年近六十，并无儿女，我家亦姓陈，过继于我，拜我二人为父母，在我家中住下，日后会见亲戚，然后回去。"鸾英大喜，上前拜陈老夫妇为父母，只因大战受苦，腹中疼痛，即生下一子，雷公嘴，黄毛头发，后取名薛葵。

再表武三思大获全胜，班师回京，上表奏知天子说："李龙山征平复旨。"圣上大悦。钦赐三思红袍玉带，将官俱升赏，赐宴金銮殿。

再言薛刚走到天雄山借兵报仇，不料伍雄有病，雄霸又不在此。思想妻子不知存亡，度日如年，想起当初曾救过薛应举，他今在登州，此去不远，不如去找他。便别过伍雄，来至登州，进了城门，直至总兵署前。有人报知应举，应举一听大惊，只得出来迎接进门。夫妻见礼，谢救命之恩，设宴款待。薛刚说："吾一家受害，今见兄嫂，欲借兵与我报仇，不忘大德。"应举闻言，叫声恩兄："你不知我登州地方甚小，兵马又少，待我差人往莱、青两处借兵，并我处兵马，三处一起兴兵与恩公前去报仇。”薛刚拜谢。夫妻进房商议说：“我亦在武三思门下，投拜为师。目今武后势力，天下同心，薛刚一人做得何事？现今奉旨拿到薛刚者，官封万户侯，妻封一品夫人；收留者，全家处斩。我今将薛刚出首，圣上必然加封。”夫人道：“言虽如此，却是大负人心。他前年在长安救你性命，今正该恩将恩报。如反把恩人出首，忘恩之人，身家难保。”心想，不如寻个自尽，竟自缢而亡。应举知道，叹说：“他没福做一品夫人。”次日应举备棺成殓夫人。是晚将薛刚灌醉，命家丁捆绑，发在监中。应举有一家人薛安，本是丁山旧时的人，只因奉主母之命，同到登州，服侍应举。见他不仁，夫人又死，心中大恨，送饭到监，见薛刚说此因由，并说：“应举害主之事，小人无法可救。”薛刚说：“你不可泄消息，与我速往天雄山，请伍雄前来救我。”薛刚说：“恐喽啰不肯放我上山。”薛刚说：“不妨，我有鸾带一条，你带去，他认得，自然放你上山。”薛安领命而去。

再说应举命差官带本人朝，叫先见忠山王，若要活的，点兵来护送；若要死的，即就地正法。差官对三思说明。忠山王听说大喜，说此贼该当恶贯满盈。次日五更上朝，三思奏知武后，说登州总兵捉住薛刚，已监在天牢。武后一看表章大悦，旨意下，命应举带兵五千，将薛刚解送到都，朕亲自发落。三思谢恩退朝。

不知薛刚性命如何，且看下回分解。

第七十四回　骆宾王移檄起义　薛刚二扫铁丘坟

再说应举送礼到青州，知会拿住薛刚。薛安上前讨差，要往青州。应举分付路上小心。薛安领命，带了家丁，取了礼物，离了登州。不往青州，竟往天雄山大路而行。再说程咬金，同这班小英雄，在路耽搁。香山李靖指点薛刚有难，须往天雄山相救。咬金一行在路上走了多日，来到三岔路口撞见薛安，说薛刚被拿住之事。程咬金问其原因，薛安说明此事。咬金遂同薛安到天雄山。伍雄下山迎接进去，聚义厅拜见程千岁，设宴款待。席间说起薛刚监在牢中，叫薛安前来讨救。伍雄说："三哥有难，合当往救。目下多少英雄在此！点兵杀进登州，救了三哥如何？"咬金说："不可，登州城池坚固，又有青州、莱州为助，弄不好反害了薛刚性命；必要里应外合，劫牢为上。"咬金即令伍雄扮做和尚，雄霸扮做道士，尉迟景扮做卖膏药的，罗昌扮作书生测字算命，在城中府前打听，听城外炮响，一齐动手打入牢中救出薛刚，随即打入府中，在城中知会带路。

点秦红带喽啰三百人，十四晚攻打东、南二门；王宗立、金毛太岁程月虎带喽啰三百名，攻打西、北二门；咬金自守山寨。众将得令，分头下山。

伍雄来到登州府门首左右，坐下念佛，雄霸念三官经。城外炮响，有探子报说："响马攻城。"应举闻报，点兵出府。

伍雄、雄霸二人双棍并举，将应举绑住带往天雄山发落。尉迟景打入牢中，救出薛刚。薛刚即打出牢来，将应举家老少尽行杀了，同伍雄、雄霸杀得三军大败，往北门而逃。尉迟景杀至城下，大开城门，放进英雄，打开府库，抢劫钱粮装在车内，运往山上，将登州劫掠一空。众英雄然后放炮出城，回天雄山而去。来至山中，薛刚拜谢众位兄弟救命之恩。然后咬金出来，薛刚连忙跪下，说："侄孙儿非祖公相救，怎能再生。"咬金说："侄孙，你父兄之事，都是你闯出大祸，你众兄弟一个公位都不做了，为帮扶你报父母之仇，连老夫一位国公都送去了。"秦红说："祖太爷不要说了，今日与三哥贺喜。快将应举带来，听三哥如何发落？"

即将应举绑至。薛刚骂道："你这负义贼，当日我薛刚有眼无珠，把你当个好人，认你为兄弟，又将总兵让你做，今日不想你恩将仇报。汝有何言？众喽啰将他捆绑，待我取他心肝看看。"一刀刺入五脏，鲜血直流满地，呜呼哀哉！当晚众英雄尽欢而散。

再言登州官府，查点杀死百姓，不计其数，总督薛应举一门受害，具报入朝。差官带本上长安，至途中遇一队人马，乃是薛须，上前说起，一同回到京中，来见忠山王，说：响马贼劫牢，总兵薛应举一门受害，杀死官兵四千，烧毁平房，不计其数。武三思听了大惊，抱本上奏。天子武则天大怒，旨下命青州莱州，先起兵征讨天雄山，擒拿薛刚。然后命武三思操演三军，征讨天雄山。三思领旨出朝，对张君左说："薛刚一人尚未成擒，况有助纣多雄，必须起大兵征讨。"再言咬金在天雄山，喽啰报上山来，莱、青两处兵来到山前，声称要拿大王。咬金一听此言，说："兵来将挡，水来土掩。今有兵有将，何足惧哉！"分付伍雄、雄霸带喽啰下山，杀退莱州兵马；秦红、尉迟景带人马下山，杀退青州人马。自带薛刚、罗昌、程月虎、王宗立等为中路，助杀二处。莱州总兵郭大忠，同家将齐在山下讨战，见山上冲下一队人马，内有二将，勇不可当。这郭大忠那里挡得住？被杀得大败。青州总兵又战不过秦红、尉迟景，听得莱州人马大败，无心交战，虚打一鞭，败下阵来。山上冲下三将，杀得二处人马七零八落。

莱州总兵郭大忠、青州总兵雷鹏均败下去有三十里路，见后面不来追赶，才收拾败残人马回到本州。上表进朝，贼寇势大，不能抵敌，请兵添将。差官星夜进京。

再言咬金对薛刚说："今虽退去二处人马，昏后必然大怒，起大兵前来，如何迎敌？必须你去房州，奏明小主，吾等扶助庐陵王，兴兵伐周，名正言顺。"薛刚领命，拜别下山，竟往房州。不一日从登云山经过，那山上大王，一名吴琦，一名马瓒，都有万夫之勇，守住山寨。喽啰数人，用绊马索把薛刚绊倒，捉上山来。儿郎报上说："小的们拿得牛子，求大王发落。"吴琦说："拿去杀来。"薛刚大叹道："可惜，我薛刚死在此处，不能一见小主，有负诸弟之情。"马瓒听得，喊声住着，亲自下阶，问谁是薛刚。薛刚忙说："我乃通城虎薛刚。"马瓒听了，亲解其缚，扶入厅中，下礼便拜。薛刚扶起，问起二人姓名，那吴琦说："小人姓吴名琦，此位结义兄弟名马瓒。今日误犯三爷，得罪了。如今要往何处去？"薛刚说明此事，要往房州见小主。吴、马二人说："三爷既要往房州，吾弟兄同去。"薛刚大喜，当夜三人拜为生死之交，在山饮酒。

次日，弟兄二人分付头目看守山寨，同三哥到房州，不数日就回来。头目领命。吴马二人同薛刚往房州。这一日元帅王荆周在教场演武,看试射箭,有人射中红心者赏,不中者罚;有大刀一张,重一百二十斤,有人舞动者赏,无人动者罚。有铁香炉一个,约重百斤,有人举起者赏,举不起者罚;薛刚三人看见,这些官将有中一箭,也有一箭不中的;这大刀亦有将官举起,只使得四门,就气喘吁吁;香炉无人举得起。马瓒走进教场,一时高兴,连射三箭,俱中红心。众军喝彩。吴琦见了,亦入场中,将大刀把起如飞。薛刚左手撩衣,右手举炉,走出场外,又进来放在原处,面色不改,气也不喘。元帅一见大惊,开言说:"壮士何人?"薛刚等下拜。元帅扶起,传令散操,一同至彩山殿见驾,奏道:"臣往教场操演,遇着三位英雄,俱是万人之敌,千岁得三位大将,江山可复也!"庐陵王闻言,传旨宣上殿来。薛刚等闻言,到彩山殿山呼万岁。小主问起姓名,吴、马二人上前俯伏,奏:臣吴琦、马瓒。又问薛刚。奏:"不敢说名姓,臣有大罪,望小主钦赐免死金牌,方说名姓。"小主说:"赦卿无罪。"薛刚谢恩奏道:"臣祖薛仁贵,父名叫丁山,平定东辽,有功于国家。薛刚罪该万死,打死张保,武后将臣父母一门残害,倒埋铁丘坟。现有程咬金太祖,在天雄山请王登位,杀进长安,以接天子位。"小主闻言,下泪说:"卿无罪。你祖与父有大功于国。孤家尽知之矣!方才所奏,接天子到长安,焉有子伐母之理?封卿为忠孝王,吴、马二卿为左右都督,在房州起造王府住下。秦、罗等卿不日钦召,母后天年之日定夺。"薛刚谢恩,住下王府,日日同元帅众将军议论军情不表。

再说朝中武三思,看见青、莱二州表章一本,起兵征讨天雄山。探子报到朝中,说:"扬州都督英国公徐敬业,勾通南唐萧大王,用骆宾王谋,以匡复庐陵王为词,移檄各州,起大兵三十万,打破城池,甚是厉害,声言要去武后,更立新君庐陵王。故不得不报。"武三思大惊,奏明天子。武后看檄文,问谁所作?曰:"骆宾王。"后曰:"此人不用,宰相过也。今者天雄山小事且缓,江南徐敬业系腹心之患。"命大将军李孝逸,封为元帅,魏元忠为参谋,武训为后队,起大兵三十万,并有良将百员,择日兴师,征伐江南。

再言徐敬业起兵,天下摇动,朝中只顾江南不表。另言薛刚在房州,到秋后,小主同文武在教场,望空祭祖,见此伤心,想起父母,上前奏道:"臣父母在长安铁丘坟,今臣奏知主公,要去上坟。"小主说:"卿家要去,须要小心。"薛刚谢恩,同了吴、马二人一路下来,逢州过府,无人盘问。因已过三年之久,官府亦不在心。三人来到长安城外饭店中吃酒,收拾祭礼入城上坟。至坟前天色已晚。薛刚上前将锁打落,往里而行,将石块顶住栅门,到里面摆下三牲祭物,薛刚哭拜。巡官见了,说声:"不好!想必薛刚又来偷祭。"忙报知忠山王武三思:"薛刚偷祭上坟。”武三思传令，将襄阳大炮打死他。大刀王殿、阔斧陈先领兵四面围住，开放大炮；城门紧闭，点十万大兵，处处把守，巡城官鸣锣传声，小心拿捉薛刚。百姓家家闭户。武三思在铁丘坟前把守，喊声连天。薛刚同吴、马二人在里面祭过父母，三人饮酒，名曰二扫铁丘坟。

未知后事如何，且看下回分解。

第七十五回 薛刚三扫铁丘坟 西唐借兵招驸马

再说这铁丘坟为何武三思不杀进来？大概虎怕人，人怕虎，故只在外面围住。吴琦说：“哥，外面人马守住，我等慢慢吃饱了，夜深出去。”薛刚说：“不可，外边有大炮，恐防人进来，我等早早出去。”二人闻言，结束停当，手执兵器，带马开了栅门。外面大刀王殿叫人开门放炮。因有丁山灵魂保护，炮倒转来，把王殿打为灰土，伤死军人兵马万千。薛刚三人一冲，上前大战。只见家家百姓，在楼上将瓦砖掷下，塞满街头，又听四处声声不许放走薛刚。薛刚等三人正在危急，窦一虎、薛金莲奉李靖之命，上来相救。金莲将纸团六个，口中念咒，喝声：“起！”变成六丁六甲神人，有一丈五尺长短，将街上这些东西搬去，上前开路。三人乘势杀到城边。城门紧闭。一虎一口气吹开城门。三人一拥而去，薛刚拜谢姑父姑母，说起丁山，金莲下泪。一虎夫妻地行回西辽。

薛刚同吴、马三人回到登云山，儿郎报说：“大王去后，有九炼山两个贼人杀来，将粮草抢去。”三人大怒，即往九炼山。那九炼山贼姓南名见，弟柏青，说：“香山李靖命我来请三哥，闻知不在山，故我先把粮草金银收存在此，料三哥必来寻粮，是以我二人在此。请上山去。”薛刚大喜，一同上山饮酒。二人对薛刚说：“此山宽大，方圆四十里，左接真定，右接幽州，好招兵买马，积聚粮草，以报父母之仇。”五人说得投机，结拜为兄弟。次日薛刚对吴琦、马瓒说：“烦二位贤弟，到天雄山接程千岁众兄弟到九炼山驻扎。”二人奉命来至天雄山，见了咬金，倒身便拜。即将三哥到房州，遇着晚生，同去比武，封忠孝王，我二人为左右都督；后上长安祭铁丘坟，最后到九炼山，如此长短，叙述了一遍。最后说：“今吾二人来请老千岁往九炼山驻扎，好招兵买马，杀上长安，除了伪周，立小主为君。”咬金闻言大悦，同众英雄下山。伍雄、雄霸在此山寨，送别下山，来至九炼山。薛刚、南见、柏青三人过来拜见。程咬金见九炼山果然雄伟，底下有山门，四面高山围住，上有忠义堂聚义厅，有河有水，房有数百余间，又有战场，比天雄山好数倍，立起招军旗，投军不计其数，有兵数万。咬金着吴、马二人到房州奏小主，说兵已招了不少，独乏粮草，请立为帝。吴、马二将领命，竟往房州，见元帅王荆周。

次日上朝见驾，小主问起薛刚为何不来见孤？吴、马二将奏说："忠孝王在九炼山招兵买马，奉咬金之命，请殿下到长安为君。兴复唐朝，要借粮草五万石，救众军之食。"小主开言说："兴唐且慢，先发粮草二万石，付与二卿回去。"吴、马谢恩，领粮米回至九炼山。咬金说："兵少成不得大事，如何是好？"想到西唐国，先前与唐天子交好，他听元帅丁天钦之言，攻打雁门关，被吾家元帅薛仁贵擒拿，以礼相待，国王投降，元帅送他归国，有恩于他，命薛刚到那里借兵十万，就好动手。薛刚领命，带了吴、马二将，至雁门关。守将总兵朱魁，原是丁山手下副将，闻报三爷来见，朱魁一见，认识薛刚。只做不认得，问起姓名，薛刚更改名姓，到关外走走。朱魁放过关，对薛刚说："三爷，我是认得你的。因耳目众多，只做不认得。你须小心，早早回来。明年我不在此为官，要升任去了。"薛刚拜谢，出了雁门关，来至西唐。国府前冰冷，问两边人为何静僻如此？那人说："国王同了公主，在教场中招驸马，所以兵将不在这里。"薛刚说："原来公主招亲，明日去看看。"三人在饭店中住下。

次日来至教场，很多英雄在此。那张山保座下彩山殿，有女披麻公主要比武，一连三日，并无敌手。吴琦上去败走，马瓒上去又败。薛刚上去与公主战了数十回，薛刚虚晃一枪，假败下来。公主不知是计，追上来，被薛刚活捉过马。彩山殿鸣锣请驸马下骑。薛刚拜见，张山保问起姓名，原来是通城虎，即与公主成亲。命吴、马二将回九炼山见老千岁说："我粮草一足，即行起兵。"咬金大喜，一面即差官抱本到房州见千岁报喜。说薛刚到西唐国借兵，明春准到，到即开兵。小主甚喜，留二将住在房州。

再说长安魏相先打发家眷至房州，自己来别徐贤，二人谈论，魏相说："要到房州去见小主，特先来作别。"徐贤说："小弟随后即来。"魏相见一少年立在旁边，问是何人？徐贤说："是舍侄徐青。"魏相见了伤心，竟与薛勇相似，流泪而去。徐贤有一幅画图，乃征东故事，叫蛟儿前来观看。蛟儿不知，请爷爷讲明。徐贤说："这白袍是你曾祖父薛仁贵，穿红袍是你祖父薛丁山，这一位是你父亲薛勇，汉川总兵。"将此事说知，蛟儿听了大哭，要去祭奠祖坟。徐贤把阴阳一算，说："你不妨出去祭了，作速就回。"蛟儿收拾祭礼，当夜出门到铁丘坟来，无人把守，蛟儿打掉了锁，来到里面，摆下牲仪礼物，大哭祖父祖母，孙儿来此拜奠，望阴灵保佑孙儿，报复此仇。有巡城官看见，报知张君左。张君左对武三思说："薛刚又来祭扫铁丘坟。"武三思带兵十万，四门大炮围住铁丘坟，分付城门多加铁锁，到处摆兵把守城池，喊声喧天，心想莫要又被一虎救去。蛟儿在这里边看见，欲正自尽，见丁山阴魂，头戴三山帽，身穿日月袍，叫声："蛟儿闭了眼，救你出去。"即将蛟儿提出铁丘坟，在三岔路口放下。蛟儿如在梦中，开眼抬头一看，却是秦驸马府中后园。蛟儿跳入园中，在百花亭住下。有侍女看见，报知公主。公主宣入问道："你是何人？到后园中何故？"蛟儿跪说："我乃两辽王薛丁山之孙，今来上坟，虚空中有人提我到此，望娘娘救命。"公主说："不妨。"即将蛟儿换去男衣，扮做女子，说："明日奸臣来搜，定处治他。"丫头小翠有病要死，即改换衣服，藏在里房。

再言武三思同君左弟兄见里面并无动静，想是被窦一虎土遁救去了。忽见半空中有人落在此路口，往秦府花园内去了，有人报知三思及张氏弟兄。武三思说："这是太宗的公主，秦怀玉之妻的住所，查禁不得。"张君左说："千岁，他是朝廷恶犯，怕甚么银瓶公主？"次日上朝奏明圣上，旨下，命张氏弟兄到秦府捉拿薛刚。张君左、张君右领了圣旨，带了众将，将秦府围住。有人报说："娘娘，外面张氏弟兄围住府门，不知为何？"公主一听此言大怒，分付开了府门，放他们进来。

家丁一声答应，大开府门。张氏兄弟看见，公然进去。

不知后事如何，且看下回分解。

第七十六回 张君左秦府出丑 九炼山薛刚团圆

再言君左弟兄来到银銮殿，银瓶接旨，开读已毕，公主谢恩。张君左弟兄朝见公主，立在两旁，开言说："臣奉天子命说：'薛刚走到娘娘家处。'望乞放出。"公主说："各位先生差矣！自驸马去世之后，朝中大政俱不理问，你谎奏朝廷，说甚么薛刚？你可速去回旨圣上。"张君左说："难回圣旨，容臣搜明。"公主说："二位先生不信，任凭搜来。"张君左分付仔细检搜，那些军士一齐到处搜寻。前房后户，高楼后园台阁及各处，俱打开来，回复不见薛刚。这张君左好不着急，分付再搜。军士说："尚有卧房，小人们实不敢搜。"君左说："管什么卧房，速去搜来。"军士奉令赶到卧房，卧房是关的，军士冲将进去，忽听叫声："不好了！郡主惊死床上。"宫娥出来报知公主。公主大怒，分付家人，将这个奸贼带着，待哀家见圣上发落。张君左弟兄大惊，吓得魂不附体，只得哀求。那里睬他，被这班侍女将二人剥下衣带，除去纱帽红袍，用木锁锁住。公主乘辇出来，将二人带到辇前，来至金銮殿，见了武后，朝参已毕。

公主奏道："哀家公公秦叔宝，打成唐朝天下，驸马秦怀玉征东平西，战死沙场，有大功于国。今日张君左兄弟谎奏圣上，来搜薛刚，哀家怎敢收藏？驸马亡过之后，不管朝中之事，今明明来抢哀家先王钦赐金银，被君左叫狼奴抢得一空，惊死郡主，前后楼房全行拆毁。乞圣上速拿二贼，以正国法。"天子听奏说："皇姑息怒，旨下罚张君左兄弟修理秦府，偿还金银。御妹惊死，弟兄做孝子，奉旨开丧，百官吊奠，送上坟茔。命忠山王武三思，代朕到皇姑府请罪求恩。"银瓶公主谢恩出朝。张氏虽吃一场大亏，小翠倒有福气，受百官吊奠。另言公主诈了张氏许多金银。将小翠送上坟茔已过，满心大悦。但久留这蛟儿无益，且又恐有人知觉，欺君之罪不小。只说烧香，将蛟儿带出城外，换了衣裳，叫他走往房州。蛟儿拜谢，径往大路而行。公主往泰安烧香回府。

再说蛟儿在路凄凄惨惨，不曾经过风霜，前面猿啼虎啸，好不害怕，欲投涧而死。旁有香山李靖，叫一声："薛蛟，你不必慌张，闭了眼睛，我送你去。"李大仙同了薛蛟，驾起云头，飞在空中，不消一个时辰，来到香山，落下云头。蛟儿拜谢大仙，说："弟子今拜仙为师，传授枪法。"李大仙分付童儿取枣与他吃。蛟儿吃了枣，力长千斤。蛟儿拜大仙为师，教习枪法，此话不表。再言徐贤叫蛟儿出去祭坟，即打发家小往房州，自己在府中，闻得张君左弟兄被秦公主算计，心中大悦。诚恐泄露，连夜往房州而去。

再说江南徐敬业，即在扬州，以匡扶庐陵王为名，起兵征伐。但朝廷差李孝逸相杀数年，被李孝逸为风纵火，敬业大败，落海而去。报捷到长安，天子大悦，百官送表章上贺，旨下命李孝逸镇守江南，以防边患。

再说蛟儿在香山习练枪法已熟，气力充足，欲要下山寻叔父，再见师长。李大仙说："徒弟既要下山寻叔父，我教你道情百首，穿了道服，渔鼓简板下山，弟兄相会，后去会你父。我日后送枪马来。"是日蛟儿辞别下山，一路行来，见一庄房，腹中饥饿，上前去唱道情化斋。有一妇人出来，见蛟儿相貌堂堂，何以吃斋？送白米五斗，钱三千文。这庄客说："少爷回来。"大骂蛟儿，喝声："野道童。"举拳就打。妇人喝住，问起姓名，说是薛蛟。妇人道："原来是侄儿薛蛟，这是你兄弟薛葵。"惊讶上前相见，诉说起衷肠。蛟儿说："婶母放心，我同兄弟去房州，访问叔父。"庄客说："有人送兵器马匹在外。"原来是李靖差仙童送来的。二人一看，说："好枪马！"薛葵说："这枪马何人送的？"薛蛟说："师父李大仙送的。"又说起传授枪法，问薛葵："你兵器马匹有么？"薛葵说："弟那年在山上玩耍，遇见二虎相对，愚弟去拿这二虎，见它逃入洞中，被弟拿住虎尾，拖将出来，却不见虎，竟变了两柄铁锤，重四百斤，有巴斗大。后山中有一老道教习，锤法亦精通了。有一匹马是牛头马身，待弟牵出来与哥看。"果然到后槽牵了马，一边拿了锤。薛蛟大悦，说："兄弟本事高强，好与祖父报仇。即日到房州，访寻叔父，再作计议。"次日，兄弟拜别鸾英，鸾英说："你兄弟路上要小心。"薛葵说："母亲放心。"二人飞马来至房州，访问薛刚，并无下落。在城外饭店中楼上饮酒，兄弟说得投机，大笑起来。楼板是旧的，把那些灰尘落将下来。下面亦有人吃酒，灰尘都落在饭碗内。柏青大怒，喝道："楼上的狗骨头，何等放肆，什么杂种？"薛葵听见，心头火发，跳起身来，飞奔下楼。柏青、南见亦立起身来。薛葵性急走得快，不料立足未稳，青石一滑，仰面一跤，跌倒在地。二人上前顶住，将拳打下。吴琦喝住："不可，他失足跌倒，你要打他，不为好汉。"薛蛟亦下楼来喝打，听得说这里不动手，薛葵立起身来要打。薛蛟说："兄弟不可，恐伤了人。"吴琦说："二位爷不是此地人的口气。"薛蛟说："我乃山西绛州龙门县人氏，姓薛名蛟。这是我兄弟薛葵，来房州访叔父薛刚。"吴、马二人听了，说："原来是忠孝王之后，得罪了。我四人曾与你叔父结拜为兄弟，我是吴琦，那三位乃马瓒、南见、柏青。"薛蛟大悦。说："原来是四位叔叔。"同薛葵上前拜见，重行吃酒。

次日同薛氏弟兄至王府门首，问黄门官要见驾。黄门官说："大王在御花园搭彩楼招驸马。”薛氏兄弟来到御花园，彩球打中薛蛟，庐陵王传旨宣驸马进朝。问起姓名，薛蛟奏明。小主大悦，说：“原来是忠孝王之侄子。”乃招薛蛟为驸马，与公主成亲。薛葵封为大都督。小主说：“上年你父往西唐借兵，至今未见回来，闻得招为驸马，耽搁在那里。你二人回家，接你母亲同到房州安享。”薛蛟弟兄谢恩，二人回府。次日薛蛟弟兄，转至陈庄，接了母亲鸾英下来。这日天晚，寓在庙中，道士接见，说是薛蛟驸马。道士大惊，留薛蛟歇宿。八宝真人见生人到庙，即上前查问。道士说是薛驸马，薛刚之侄，并其子薛葵，同夫人寓内。儿郎报知朱林、薛强、薛孝叔侄，二人大喜。即到庙中相会，次日差官先送母亲到九炼山，兄弟二人要出雁门关寻父。

再言薛刚与披麻公主点兵十万，又到西辽请十弟兄。十兄弟的祖上乃征东结拜的周青、姜兴霸、李庆先、李庆红、薛贤徒等，有功于国，封守西边为总兵，世袭镇守。闻薛三爷相请，各助兵一万，李大元、江兴、江霸、薛飞、周龙等共有十人，与薛刚拜兄弟，一同来至雁门关上。总兵吴中不肯开关，分兵把守。薛葵大怒，手执双锤，加鞭纵马，飞奔关上，一锤打死吴忠。众军见主将已死，四散奔逃，薛蛟斩关落锁，大开关门。

薛刚同公主进关到九炼山，咬金大喜，夫妻相会。吴琦、马瓒拜本上房州，见小主说明此事。小主大悦，即封薛刚为兵马大元帅，咬金为军师，诏下九炼山。咬金等谢恩。命薛蛟、薛葵弟兄二人解粮，附近州府，如山东、山西、湖、广，均归顾房州，要立小主为帝，灭伪周武氏。

探子报入长安。武三思闻报大惊，忙上本见驾。旨下，命武三思为大元帅，姜通为先锋，马立为后队，带兵五十万，出了长安，旗帜浩荡，杀奔九炼山。

后来不知如何，且看下回分解。

第七十七回 武三思四打九炼 程咬金夜劫周营

再言九炼山大兵相近，有探子报上山来说："朝廷点武三思为元帅，良将千员，起大兵五十万，前部先锋姜通，好不厉害。特报与元帅知道。"薛刚说："知道了！"赏探子银牌一面，美酒一坛，探子谢赏。咬金差人到天雄山，请伍雄、雄霸到九炼山，元帅命众将四边把守关门，摆下擂台，以备厮杀。

再言武三思来至山前，摆开阵势。先锋姜通在山下，差军士大骂，薛刚带领众将下山迎敌，两边射住阵脚。姜通说："岛薛刚且住着，听我一言。你三次偷祭铁丘坟，亦是英雄。何不归顺大周，散去诸寇，保汝为将。"薛刚大怒说："你这贼子，我乃大唐臣子，今奉小主之命，提兵讨伐，汝食唐朝之禄，不思报恩，尚助无耻之徒，羞也不羞。"说罢，一马冲出阵来。

姜通大怒，将手中大刀砍来，薛刚将棍挡住，一来一往，战有三十合。薛刚棍法散乱，众将看见助战。姜通手下大将俱各纷纷出战。两边混杀，秦红使双锏来助薛刚，杀退了姜通。天色已晚，各自收兵。

次日武三思摆下一个五虎把山阵，旗分五色，有五员虎将守住阵门，五门有兵五千。姜通讨战，薛刚同众将下山，伍雄出马大战姜通，有数十余合。雄霸见伍雄战不过姜通，出马双战，被五虎将围将过来。二人抵敌不住，大败而走。众英雄纷纷出马接战，那里挡得住？薛刚迎住姜通，亦不能取胜。薛刚大败而走，姜通在后追来，正在危急，只见薛葵弟兄解粮到此，见姜通追赶薛刚，薛葵大喝一声："逆贼住了，休伤吾父。"此一声如同惊雷，姜通大惊，抬头一看，不认得薛葵，抛了薛刚，来战薛葵，把手中大刀一举，照头顶打来。薛葵不慌不忙，持锤往上一击，叮当一声，竟把大刀打断了。姜通大叫不好，展开两手，虎口震开，带鞍马没命的跑了。薛葵加鞭牛头马，赶来喝道："那里走！"一锤打来，打得人马变为肉泥。三军见主将已亡，秦红打死许奇，尉迟景鞭打王超下马而死，五虎将俱被罗昌、王宗立二人杀得大败。金毛太将皆亡，传令安营。

薛葵双锤打进来，人撞锤就死，马撞锤亦亡，杀开一条血路，众军士均遭其劫。武三思率败兵逃往临阳关，计点军士，损其大半，受伤兵卒不计其数。乃吩咐把关门紧闭,多备炮石檑木,与总兵程飞虎拜本进朝求救。

朝廷见本大惊说:“忠山王丧师辱国,败奔临阳,那位爱卿出班与朕分忧?”班中闪出张君左奏道:“今有武状元马青,金吾大将军徐荣,此二人有文武全才,去到临阳,同武三思一同征讨。”天子大喜,宣二人上殿,钦赐金花御酒,封为左右副元帅,带三二十万,副将二百员,起身下教场祭旗,出了长安,来到临阳,参见元帅,来攻九炼山。此乃四征九炼山。离山十里放炮安营,一声炮响,三军扎下营盘。儿郎报上山去说:“朝廷命武状元马青、金吾大将军徐荣,同武三思起兵四十万,又来攻打九炼山。”咬金说:“马青、徐荣乃是名将,元帅不可轻战,须要小心。”西辽大将李大元、江兴、周龙、薛飞等数人,上前说:“元帅,小弟到此,未曾出战,今我兄弟出战。”薛刚说:“既诸公出阵,请各小心为要。”再言武三思来至九炼山,列左右二营,中立一座大营,摆一个四牛斗底阵,两边密伏弓弩手,以防敌人冲营。他以力为强,追来即放炮为号,两边一齐出射,他便回马,决然奔逃;我这里分兵追杀,又截断各处水道,山上无水,不战而自乱。

传令已毕,即令马青讨战。忽山上冲下一队人马,喊杀连天,来至山前。马青大叫一声:“那个纳命的出来会我?”江兴、周龙冲出。大将马青说:“无名小卒看枪!”向江兴面上一枪刺来。江兴不慌不忙,手中大刀抵住,刀枪并举,战有二十合,马青虚挑一枪,往左营而走。江兴不舍,追马前来。马青见他将近,即按住钢鞭,取弓搭箭,照定射来。江兴听得弓弦响,但闪躲不及,正中咽喉,撞倒下马而死。江霸见兄被射,使动双鞭,杀出救兄,被徐荣挡住,大战三十回合,被徐荣一刀砍下马来。李大元见二将阵亡,大哭。周龙一齐杀出,两下混战。

薛飞步战出阵,使五百斤大锤,身长二丈四尺,貌似金刚,杀入中营。听得号炮一声,万弩齐发,薛飞身中七箭,大败而逃。

李、周又抵敌不住,三军围来,正在危急,急见山上冲下无数人马,伍雄、雄霸、秦红等杀入周阵,救出了李、周二将。分头迎战,一场大战,天色已晚,两家收兵。

薛刚闻江氏兄弟已亡,伤感不已,计点军士,折去大半。

咬金说:“胜败兵家常事,今晚去劫寨,必然全胜。”薛刚说:“此计甚妙。”分付秦红、尉迟景带领人马,往左边下山,打入左营。罗昌、王宗立带领人马,从右边下山,打入右营。薛飞、李大元、周龙、伍雄、雄霸领大队人马,下山直冲周营,杀武三思。果然周营不防备,被秦红、尉迟景扳开鹿角,杀入右营。马青正在梦中,听得有人劫营,大惊,披衣起来,见满寨通红,便急忙上马,忽见尉迟景钢鞭打来。马青正欲迎敌,头晕眼花,被尉迟景一鞭打死。秦红用双锏打得三军乱逃。儿郎一齐动手,杀得横尸遍野,号哭之声不绝。左营一样如此。

薛飞打入中营,军士昏睡,要射箭来不及,半夜之中,随便杀出。武三思往后营而走，薛飞等追赶百三十里。鸣金收军，大获全胜。劫得军器无数，粮草不少。天色大明，收兵回山，设宴庆贺不表。

再说武三思见不来追，计点三军，折去七八万，又损马青、徐荣，上将数十员。即走入临阳关安身，意图报复。连夜差人持本进京求救。使者到京，奉上表章。天子一看大惊，亲问使者曰："忠山王大兵四十万，何故又遭大败？"使者将初斩贼将二员，不料后中贼计，当夜冲营劫寨，丧将二员，折兵八万，走入临阳关，说了一遍。武则天问丞相张君左，薛刚反乱山东，十分猖狂，何以灭之？张君左奏道："忠山王被贼偷营，非战之罪。再差御营总兵赵仁为先锋，成国公上官义为将，庆信侯姚元为副将，成魁钱通为左右使，武探花屈松彭为后队，齐国公冯贞护送粮草，起大兵十万，去到临阳关，与忠山王会合，一同征讨，薛刚可擒矣！"武则天大喜，准奏。旨下，上官义奉旨教场点兵出长安，到临阳关与忠山王合兵，商议攻九炼山之事。教场操演人马，习练阵图，以备征讨。

再言薛刚得胜，差薛蛟、薛葵抱本到房州报捷，借粮米五万石，接济兵饷。小主得报，先拨粮米五万石，命薛氏弟兄护送回山。再言武则天朝廷点上官义、姚元、成魁、钱通、屈松彭、赵仁等，兵扎临阳关，操演三军，准备攻九炼山。薛刚大惊，忙与咬金商议说："老千岁，如今伪周又点兵到来，如何迎敌？"咬金道："上官义文武全才，甚是为患。赵仁有太阳枪，十分厉害，枪使开能在花光中见你，你不能见他，取上将之头，如探囊取物。屈松彭青面獠牙，使金顶锏，重一百六十斤，甚是凶勇。余不足介怀。"

不知薛刚闻言如何迎敌，且看下回分解。

第七十八回 尉迟鞭打太阳枪 道人圈伤众英雄

再言武三思到了山前，三声大炮，扎住阵脚。先锋赵仁同副将成魁、钱通顶盔擐甲，挂剑悬鞭，命军士在山下大骂。山卒报上山去，启："元帅，不得了！今有周营先锋讨战。"薛刚闻报，问那位哥哥出去会他？旁边闪出四员大将，吴琦、马瓒、南见、柏青上前说："待兄弟们出去会他。"薛刚说："周将厉害，兄弟此去须要小心。"接令冲下山去。咬金说："周将骁勇，四将不能胜他，传令尉迟景、秦红带三万人马，下山掠阵。"二将得令，领兵下山。吴琦四将来到山前，摆开阵势，射住阵脚。只见周阵闪出三员大将。南见抬头一看，赵仁面容恶相，黑脸，铜铃豹眼，腮下桃红竹棍须，身长九尺，使一把太阳枪。成魁、钱通，又生得恶相，喝声叫道："狗贼，快下马受死！"柏青见了大怒："休要猖狂，放马过来！"劈面一刀砍下。赵仁过来把手中枪一架，战有三十回合，柏青招架不住。

南见看柏青战不过赵仁，一马冲出，双战赵仁。吴琦、马瓒纷纷出马，那边钱通、成魁两人出马大战，那赵仁使这条枪，枪花中只见日光闪闪，罩定南见、柏青开眼不得，被赵仁一枪挑死柏青，回首一枪，结果了南见。尉迟景大怒，一马冲出，照日光二鞭。赵仁叫声："不好了！"肩上着了一鞭，散了日光，大败而回。吴琦战住钱通，听见柏青、南见落马，回头一看，被钱通刺死，马瓒被成魁枪挑而亡。秦红见二将已死，大叫一声："我来也！"即用双锏敌住成魁。尉迟景战住钱通，一场大战。薛刚闻报失了四将，恐防又失，鸣金收军。秦红、尉迟景听得鸣金，弃了成魁、钱通，走马上山。成、钱二将亦不追赶，各自收军。薛刚点兵，折了一万人马，死去四将，伤感不已。传令紧闭关门，预备檑木炮石，以防攻打。

再说赵仁全胜，但伤了肩骨。钱通、成魁来问安，赵仁说："不妨。"葫芦取出丹药调治，立时即愈。来至中营，参见武三思，说："杀了贼将四员，大败上山。"三思大喜，重赏三军，呈表到西京报捷。次日赵仁等又到山前讨战。山上众将说太阳枪厉害，不敢出战。

再言薛蛟兄弟解粮到中途，遇着师父李靖，上前下拜。李大仙说："徒弟，赵仁枪厉害，诸将不能抵敌，赠你太阳针，插在头上，好捉赵仁。"薛蛟拜谢。忽一阵清风，李靖顿时不见。薛蛟来到山前，见赵仁耀武扬威，薛葵把粮草推过，薛蛟上前大叫一声："赵仁休得无礼，小爷来了！"赵仁看见薛蛟，却不在心，说："这个那里来的狗头，快来纳命！"劈面一枪。

薛蛟急还一枪，战有二十回合，赵仁用太阳枪围住本身；薛蛟将太阳针头上插了，不见什么，太阳枪被薛蛟破了。赵仁心慌，成魁、钱通看见，上前双马齐出来攻。薛葵大怒，摆开双锏，一马冲出，敌住成魁、钱通。山上得报，薛刚命诸将分头下山，薛飞用大锤打进周阵，众将纷纷落马。薛葵与钱通、成魁战到三个回合，都被薛葵打死。赵仁与薛蛟大战，不防备被薛葵冲上来，大叫一声说："哥，待兄弟打死这贼。"赵仁心慌，被薛蛟一枪挑于马下。诸将见薛氏兄弟成功，勇增百倍，各皆冲入中营，连斩副将四员。上官义看见，横刀而出，正遇秦红，约战数合，尉迟景来夹攻上官义。罗昌往后面杀来，三将战住上官义，被罗昌从背后一枪刺死马下。薛飞用大锤打入三军，薛蛟弟兄大杀周营。武三思往后营便走，于是三军尽皆奔走。

众英雄并力前进，杀死不计其数。咬金传令收军，诸将把马勒转，大小三军俱次第回山。所得粮草衣甲，不可胜数，设宴庆贺，犒赏三军欢饮。

再言武三思败下去有百里，见无追兵，才得放心，即收拾败军人马，点一点，不见了一大半，杀死大将无数。武三思说："孤家起兵以来，遇薛刚大战三次，折将损兵，无颜再请救兵。"副元帅姚元说："千岁在上，今日这场大败，都伤在小蛮子这手，不料他如此凶勇，先锋太阳枪尚被他所杀，目下屈将军至此，再整兵马，调各路总兵与他再战，除去小蛮，余者不足介怀。"三思听了，安下营盘调兵。有卒报进说："辕门外有一道人求见。"武三思令他进来。道人走入营中，说："千岁在上，道人稽首。"三思见道人仙风道骨，行步不凡，说："仙长少礼，住何座名山，何处洞府，到此有何见教？"道人说："贫道乃清卢山无心洞净山道人，我因徒弟赵仁被小蛮薛蛟所害，因此贫道动了杀戒，擅入红尘，灭了薛氏，大事定矣。"三思大悦，设筵款待道人。

次日兵进九炼山，扎下营盘。净山道人持剑，排开队伍，上马出营。屈松彭坐马举金锏在顶，营前督阵。道人加鞭打马，相近山前，大怒叫道："山上人快报与薛蛮子知道，叫他速速下山，与贫道答话。"那薛刚立起身来，说："各位兄弟，前日周兵被我家杀得大败，今日为何又有野道人来讨战？待我亲自出去，杀这野道人，除了武三思，杀进长安城，灭去伪周，立小主为君。"咬金说："元帅不可轻出，三军司令，全在于你，命薛蛟兄弟下山，擒此妖道。"薛刚应命，即令薛蛟出战。当即换了盔甲，全身结束停当下山。众英雄齐声要去杀武三思。

薛刚说："要小心。"均已结束上马，带了军士冲下山来。秦红说："看这道人身体细弱，有何能耐？前日长大英雄亦被俺们杀得大败。待我出去取他。"大喝一声:“妖道,俺来了!”一马冲出。道人哈哈大笑说:“你可知贫道本事厉害么?薛蛟伤我徒弟,故来取他的命。你不是薛蛟,你去罢!”秦红听了,好不自在的话儿,看得这样容易!把锏一摆,喝声:“看我一锏!”说毕,举锏当头打来。这道人将手迎住,不数合,用起连环圈,照头打来。秦红叫声:“不好!”正要逃走,被一圈打落虾。道敌人欲前来取首级,却被尉迟景同众军救回。道人一连打伤柘雄、雄霸、罗昌数人。薛葵飞马用锏打来,向道人当头就是一锏。道人把剑向前敌住,震得两膀酥麻,看来敌不住,回马就走,用起圈来,将薛葵打落牛头马。道人仗剑出马,要伤薛葵。薛蛟大叫:“妖道,休伤我弟。”飞马舞枪抵住。

薛蛟上前救回薛葵,道人与薛蛟战不数合,薛蛟恐防道人放圈,勒转马就走。道人赶来,两边众军一齐放箭。道人被逼回马,遂各自回营。众将扶带伤将官上山,安顿在床。秦红等昏迷不醒,只有一息气。薛蛟等着急,到忠义堂说明此事。薛刚大惊,同咬金前来看视。只见众人闭眼合口,面无血色,伤处四边发紫。咬金说:“此必是妖圈所伤,毒气入内,无药可救。不知阵上还有何人,与他交战必定受伤,凶多吉少,只可高挂免战牌保守山寨。寻了医家,救了众人性命,然后出兵。”

不知访得什么医家?后事如何,且看下回分解。

第七十九回 余荣丹药救诸将 武三思月下遇妖

众英雄俱被妖圈打坏，次日道人又来讨战，见山上高挂免战牌，道人哈哈大笑，回进帅营。武三思屈膝，接入里面坐定说："师父今日出兵辛苦了。"分付摆酒上来。道人说："千岁屡次失利，起兵四次，未闻一阵成功。今贫道下山与徒弟报仇，正在此日交战，伤他数员将官，杀得他高挂免战牌，紧闭寨门。贫道这连环圈，乃毒药炼成，受日月之精华，打在身上，不消七日必死。"武三思大喜，乞大仙早捉薛刚，班师回朝，朝廷自有升赏。道人道："不消元帅费心，都在贫道身上，待我捉了薛刚，贫道自上山修炼，不再染红尘。"当夜饮酒。

再言八宝山香莲洞彭头老祖正坐蒲团。徒弟余荣，前年在长安救来，假作薛蛟，老祖教习枪法，两膀有千斤之力，年长十六岁，身长八尺，貌若灵官。这日立在师父身边，老祖叫声："徒弟，你叔父薛刚，被净山道人困在九炼山，逆天行事，打伤数员大将。我今有丹药一葫芦在此，你拿起救众将性命。"余荣跪在地下说："徒弟从师父到山，历来已久，从未说起。今日师父要我去救叔父，乞师父指示明白。"老祖遂将从前之事说明："你姓余名荣，你父在房州，不少得后会有期。"余荣含泪拜别师父，骑了草龙，不一时即至九炼山，按落云头。

金毛太岁正在山前，见空中落下一道童来，吃了一惊，大喝："妖道何来，快拿去见三哥。"余荣说："休要捉我，我乃八宝山香莲洞彭头老祖之徒弟余荣便是。今见你们诸将有难，奉师父之命，特来相救，快报进去。"程月虎听了，叫声："得罪！三弟在堂上，正与祖太爷商议，无计可施，请快些进去。"余荣随月虎来至堂上，拜见咬金。余荣随即将前事细说一遍，蒙师父救出，今奉师父之命，来救诸将。薛刚大悦，说："原来是我家大恩人。"当殿拜为弟兄，即看视诸将。余荣见了伤痕，忙向葫芦中取出丹药，放在伤处，又取丹丸冲汤，灌于口中，登时散落肚中，响了三声，各将悠悠醒来。众人欢喜，两眼睁开，身上觉得爽快，起身坐在床上。薛刚、咬金望空拜谢老祖，叫声："哥哥们，今有余荣弟在此救你。"众人见余荣立在堂上，即下床拜谢："蒙贤弟救我等性命，有恩难报。"薛刚分付大开筵席款待。众人说起妖道连环圈厉害，各将难敌。

余荣说："不妨，师父曾分付说，净山道人若用连环圈打来，须用一件宝贝，名曰紫金尺，可破连环圈。"薛刚大悦。

再言次日遣人来到山前，去了免战牌。武三思传令屈松彭排大队人马，来至山前。道人上马持剑，阵前挂旗擂鼓，冲将出来。令军士大骂，说叫这死不尽的下山纳命！小卒报知山上。

薛刚即同众将下山，炮响一声，领了三军冲下山来，弓箭手射住阵脚，余荣顶盔披甲，上马提枪，冲出战场。薛强摇旗，薛蛟掠阵，下面王宗立、程月虎等在内面督阵，战鼓喧天。这边道人正撞着余荣，两下交锋，战有数合，道人回马便走。余荣追赶，道人用连环圈打来。余荣不慌不忙，袋中取出紫金尺，飞起往上一迎，只见这连环圈套在紫金尺上，一阵红光，竟不见了。道人见破了法宝，大怒，回转马来，与余荣交战。诸将见了道人，恨深切齿，见妖圈已为余荣所破，俱皆胆大，冲上前来。尉迟景执鞭前来，向头上就打。秦红双锏乱打肩膀，薛葵用双锤打去，一场大杀。那净山道人经不起众人围攻，恐防有失，借土遁走脱了。薛葵一锤打去，金花散乱，不见道人。

众皆惊讶。屈松彭在后压阵，见薛葵战住道人，大喝一声，一马冲上阵来，举起金钢锏，好不骁勇。向余荣喝道："小蛮子，看我本事！"直望顶梁上打下来。余荣挑枪架开，两个杀在一堆，战有数十合，余荣亦不能取胜。诸将因不见了道人，见余荣与屈松彭大战，都围上来。屈松彭那放在心上？用金钢锏架住，又战了数合，仍不能取胜。薛飞用五百斤大锤大步出阵，喝道："三位兄弟少住，待我来活捉这厮。"屈松彭正与三将大战，抬头见一大汉来到，心中防备。薛飞抡动大锤，向屈松彭打来。屈松彭顿觉心慌，似难招架，被余荣一枪刺中咽喉，跌下马来。尉迟景下马取了首级，得胜回山。武三思在后面帅营听报，说道人不知去向，屈松彭阵亡，大惊，传令拔寨往后而退，离山百里安营下寨，安排鹿角、弓箭火炮枪兵，严守防备。

三思闷坐帐中。其夜月明当空，三思出外玩月，在后帐上马，不带军士，悄悄独行。行了数里，见一所庄房屋内幽雅，见一少年女子立在月下。三思一看果然美丽，倾城倾国，好似月里嫦娥。三思看之，神魂不定，心中忍耐不住，开言道："小娘子，为何黄昏夜行出门，为了何事？"女子听得，抬转头来，见三思戎装打扮，决非下贱之人，开言说："将军不知，妾因独坐无聊，出来玩月，不料遇着将军，三生有幸，不弃贱妾，同入草庄，奉敬香茗。"三思大悦，同女子走进庄房，屋虽小，倒亦精致。走出几个丫环，亦生得清秀。吃过香茗，三思大悦。

女子道："妾名白玉，父亲乃唐朝白太玄，早已阵亡，母亲陈氏亦死过三年，上无兄，下无弟，只有妾一人而已，年近十九，婚姻未就，颇有庄田，尽可度日。不知将军何故到此？"武三思就将失机之事，说了一遍。女子说："原来是忠山王，贱妾不知，得罪官家。妾生将门，晓得武艺，又遇异人传授兵法，可与将军报仇前去。”三思大悦，同女子出了草庄，来至帅营。

大小三军因当夜不见三思，向各处访寻，忽闻千岁回营，众将大喜，问安已毕。次日封为白玉夫人，调河南河北人马，前来征剿。河南总兵方天定，带领勇将十数员，人马二万，前日旨下调兵，准备正要起程。今闻忠山王令箭来，催同河北总兵桑十鹏，一齐来到帅营。军士报知，方天定带领勇将及桑十鹏，进营参见三思。三思命白玉夫人操演三军，然后征剿九炼山。

再言阴风山莲花洞欧兜祖师，救了徐青回至山中，教练枪法，传授兵法，力有千斤。近日在山无事，同了仙童玩要。忽一阵大风吹来，徐青见一只斑花豹，跑出擒住，被徐青打了几下，那豹立着不动，徐青骑在豹上，竟走入洞中。老祖说：“徒弟，尔如今有脚力了，快往九炼山见你叔父薛刚，帮助小主杀进长安，灭伪周，立大唐。你功行完满，再度你上山修成正果。你到半路，如遇着穿鼠色衣，尖嘴微须黑面的道人，即枭了首级，前去请功。”将斑花豹一催，念了咒，徐青拜别。骑上豹，只见那豹四足腾空即起，不一时来到中路。跨下豹来，果见一道人喘息方定，在那里坐着。徐青便问：“仙长那座名山？住何处洞府？往何处去？”净山道人抬头一看，原来是一个道童，身不满四尺，面色不雅，开言说：“道童，你不知我乃清虚山无心洞净山道人，因薛葵伤我徒弟，我下落红尘，与薛家交兵，不料他收我法宝，我意欲回山，合同各洞仙长，再炼宝贝，再来复仇。”徐青一听此言，把手中枪往他背心一刺，透心而过。道人不防备，大叫一声，跌倒在地。徐青取了首级，将尸埋了，上了豹径往九炼山。

不知后事如何，且看下回分解。

第八十回 莲花洞徐青下山 三思五打九炼山

再言徐青来至山前，兵卒报知山上。薛刚连忙问说："仙童从何处来此？"徐青道："小侄乃阴风山莲花洞欧兜祖师徒弟，向年斩两辽王时被师父救出，已十有六年。今命下山见叔父，路上遇见净山道人，被我杀了，特作进见之功。"薛刚大喜，即命坐下，满心疑惑道："我侄儿现在此处？怎得又有薛蛟？待我问程千岁，便知端的。"就开言说道："老柱国，这些事情，谅必晓得。"咬金大笑："我久在长安，怎不晓得？前日破圈的余荣，乃是狱官之子掉换的；这位小将军，乃徐贤之子所调换的，不知以后何如？"徐青说："果然师父所言，与老千岁之言相合。"薛刚欢悦不过，设酒庆贺，同了这班小弟兄，在堂饮酒。

再言武三思见白玉夫人操演兵马已熟，点起大队人马，一声炮响，起兵来至九炼山，离山半里扎下营盘，排队出营。白夫人身骑高马，手执两口绣凤鸾刀，后面跟了二十四名女将，均是狐狸精。两旁方天定并桑十鹏，带同众将，从随五百名钩镰枪，准备拿人，恐防日前一样，又被救去。安排停当，令军士叫骂。山上闻报，薛刚众将下山，分列阵势。薛葵出阵一看，原来是一员女将，绝色标致，不觉大喜，说："公子爷会你。"白玉夫人一见，说："这病鬼，也要与你娘娘打仗么？叫薛刚出来。"薛葵说："俺家父亲不合来会你这贱婢。你不晓得公子爷双锤厉害。且罢，我看你千娇百媚，这般美色，走遍天涯千金难买。我没有妻子，待我活捉过来，与你结为夫妻。"白玉夫人听言，满面通红，大怒道："你这匹夫乱说胡言，照刀罢！"说罢，一刀望薛葵面上砍来。薛葵叫声："不好。"把手中双锤往刀上一声响，架在一边。双锤又向马前一击，打将过去。白玉夫人看势不好，把双刀用力一架，一声响，火星迸溅，几乎跌下马来。自想这匹夫虽小，力气还大，不如放出宝珠，伤了他命。口中一喷，吐出圆果大一粒红珠，望薛葵迎面打来，光华眩目。薛葵眼前昏乱，看不明白，头一低，正打在额角包巾上，喊声："痛杀我也！"忽然跌落马下。白玉夫人把口一张，将红珠仍收在口内。这里薛强、薛孝、伍雄、雄霸上前去救，被那边钩镰枪搭住，一齐拿了去。方、桑二将大悦，得胜回营，分付弓箭射住。薛蛟等大哭回山。薛刚闻知大哭，对咬金说："老千岁，向年为吾，父兄受害。今要兴兵报仇，不料又将吾薛家兄弟捉去。复仇之事休矣！要此性命何用。”拔剑欲自刎。咬金劝住说：“元帅不可如此！尚有救护。”徐青说：“师父有言，诸将各有小灾，不会伤命，必有人相救，叔父不必忧虑。”余荣亦相劝。薛刚无奈，半信半疑。

再言武三思见白玉夫人本事高强，心中大悦，拿下诸将，打入囚车，差副将孔大金，带兵五百，押解长安，候朝廷发落。分付摆酒庆贺。

再言薛兴同主薛猛拜为兄弟，薛猛之子薛蚪拜薛兴为父，逃奔定军山。闻薛猛已死，就在定军山落草，有十六年。薛蚪长成十九岁，力大无比，身长九尺，使一把开山斧，重一百六十斤，左近草寇俱皆归伏，喽啰数千。这日闻知薛刚在九炼山复仇，来见薛兴说：“叔父在九炼山招兵，孩儿意欲前去，但不知爹爹意下若何？”薛兴听了，说：“一向因你年少，不好对你说。今年纪长成，不妨对你说明。”就将往事一一说来。

薛蚪听了大哭，决意要去报仇。薛兴就分散了众喽啰，放火烧山，带了数十名妥当小卒，离了汉中府，一路下来。来到临阳关相近，见一队人马，有数十辆囚车上来。薛兴上前，打死孔大金。薛蚪杀散众军，救出薛葵及诸将。众人上前拜谢救命之恩，说起来原是弟兄，各皆大悦。薛强说：“侄儿如此英雄，不若先取临阳关，然后到九炼山杀武三思，请小主起兵取长安，灭去张氏弟兄，而父母之仇亦报矣。”诸将皆悦。伍雄说：“四哥之言有理。”薛葵一马当先，诸将随后到临阳关。守将程飞虎战不过，被薛葵打死，即占了临阳关，差人去报九炼山。

再言武三思在营，忽闻报：“有草寇杀死孔大金，劫去囚犯。”三思大惊，命白玉夫人出马，捉拿薛刚。山上闻报，薛蛟要下山去。咬金说：“薛氏一门只有你，不可出阵，恐伤性命。”薛蛟说：“叔父弟兄俱被这婆子捉去，难道我薛蛟不去报仇，岂不枉在世间为人了。”即上马飞奔下山来，薛刚阻挡不住，分付众将下山压阵。

薛蛟来到阵前，白玉夫人抬头一看，只见当前来了一人，甚是整齐，两道秀眉，一双凤眼，鼻正口方，似潘安再世，如宋玉还魂。白玉夫人自己暗暗说：千年修炼成精，变成人体，到处戏迷，从未见这等人品貌，不如且来迷他。薛蛟见白玉夫人，大骂喝声：“你这贱奴淫妇，放俺家之叔父弟兄出来，吾亦不来捉你；若不肯放俺家之叔父弟兄出来，吾乃与你誓不两立。”即出马一枪，由面门挑进来。白玉夫人把刀架住，冲杀过来，大战数十合，竟不分胜负。众将恐其有失，鸣金收兵。

薛蛟仍奋勇杀过去，不肯收军，左冲右突。白玉夫人把刀一起，向薛蛟头上砍来。薛蛟把枪撇在一旁，二人在战场上又战十余合。这夫人心中暗想：这人貌又美，枪法厉害，不要当面错过，不若引他到荒僻之所，与他苟合。算计已定，把刀虚晃一晃，叫声："儿郎，娘娘不是你对手，我去也，勿得追来！"带转马望野地走去。薛蛟说："贱妇不要走！"把枪一抖，快马赶上，紧迫有十余里。白玉夫人躲在庙中，薛蛟便下马，被白玉夫人戏弄。薛蛟色胆如天，精被白玉夫人收去而回，四肢无力，不能起身，奄奄死去。李靖在云头经过，见徒弟被狐狸缠死，按住云头，来至庙中，用金丹救醒薛蛟，传他法术，教他明日如此。薛蛟即吃了丹药，精神胜常，拜谢师父回山。

再言薛飞、徐青、余荣、李大元，见薛蛟与白玉夫人相杀，夫人败去，薛蛟赶去，不知去向。诸将上前杀进周阵，方天定、桑十鹏挡住大战。那余荣杀死方天定，徐青枪挑桑十鹏，忽见白玉夫人飞马来到，众将大惊。薛刚即鸣金收军。白玉夫人看见伤了二将，料不能胜，分付收军。武三思见伤了二将不悦，白玉夫人说："虽然今日伤了二将，薛蛟被我杀死荒郊，除其大害。"再说薛蛟当夜回山，对薛刚说明此事。师父说狐狸精明日必死。薛刚大悦。次日闻报白玉夫人讨战，薛蛟仍下山与白玉夫人交战，两下相与过的，旧情复发，又追到庙，重又戏弄。夫人口中吐出珠来，被薛蛟一口吞下肚中去了。白玉夫人大惊，大叫一声说："罢了，罢了！可怜千年修炼，一旦被你收去，若要此珠，再不能够了。"只得起身含泪而别，来到营中。武三思一见大惊，说："为何夫人神色俱失，想必沙场辛苦，快到后营歇息。"夫人无心无绪，来到后营，全身困倦，伏几而卧。当夜三思看完兵书来到后营，见几上卧着一只狐狸，心中大怒，拔出宝剑，一剑砍了。众女兵见斩了老狐，现出原形，大叫一声，俱出后营奔走去了。

再言薛蛟吃了红珠，满心大悦，闻报薛强等在临阳关，已夺了关寨，请哥哥攻前，兄弟攻后，杀进长安，先杀武三思。薛刚听报大喜，次日点兵下山，点齐众将，冲下山来。不几日，夺了临潼关，随即养马三日，查盘仓库，次日起大兵六十万，三声炮响，向长安而来。离城十里，放炮停营，又一声炮响，扎营已毕，传令明日起兵攻长安。守城军士忙报入午门，当驾官奏道："临潼关已失。今薛兵六十万，战将千员，锐不可当，请陛下定夺。"武则天听奏，吓得魂不附体，跌下龙床，半晌方醒，问道："那位爱卿与朕分忧？"闪出一位大臣，娄师德上前奏道："不若遣一善辩能言之士，陈说君臣之义，令其回兵，庶可保其无事。"武则天道："卿举何人前去？"娄师德道："臣保举谏议大夫狄仁杰前往，可解此危。"即依所奏，宣狄仁杰上殿领旨。武则天开言道："今有兵部尚书娄师德，保举卿前往薛营，大义说他讲和，退军回朝，朕当加封。"狄仁杰奏道："陛下春秋鼎盛，宾天之后，并无后嗣，今庐陵王乃先帝之子，去周复唐，天下太平也。武三思丧师辱国，张君左兄弟按本不奏，一并拿下，送入刑部天牢，候新君发落。若不依臣，臣不敢往。"武则天想道：料我八十多岁的人，久后天下必归庐陵王。如不依奏，危在旦夕，薛刚打入长安，自立为帝，周朝绝矣！便开言道："依卿所奏。"传旨将武三思、张君左、张君右三人俱发下天牢。

狄仁杰退朝，出了长安，来到营中。见薛营四方遍处刀枪，千军万马。狄仁杰命军士通报："朝廷差官谏议大夫狄仁杰求见。"军士报进说："营外有一员朝臣狄仁杰求见。"薛刚说："请进来。"狄仁杰传入，只见两旁刀斧手排列辕门，两边列坐大小军士，正中坐着薛刚，咬金旁坐。狄仁杰上帐说："薛将军，小官皇命在身，不能全礼。"薛刚忙起身迎曰："狄大夫此来有何见谕？"狄仁杰即说："特来奉谒。今有一言奉告，但不知将军肯容纳否？"薛刚说："大夫何事见教，但有可听者，无不如命；如不可行者，大夫谅之。"咬金见狄仁杰气宇不凡，即连忙出位让座。狄仁杰居然高坐，开言说："将军起兵，为何旗上扯起忠孝王，还要请教。"薛刚说："大人不知，我父母为奸臣所害，今起兵代父母报仇，尽忠于国，小主封为忠孝王。今日兵到都城，破在旦夕，捉住奸臣，碎尸万段，方泄此恨。不必在此饶舌，去吧！"狄仁杰说："将军不必发怒，且待下官一言。你的祖父受朝廷大恩，封为王位，封你为登州总兵，圣恩极矣！不去为官，劫法场，打死西安府。张君左所奏，先帝不准，赐金锤一柄，上打奸臣，下打恶棍，君爱臣不过如此矣！后回到山西，你私进长安，大闹花灯，打死张保，惊死天子，你之罪不小。周主将你父捉拿，你该挺身而出，公然远避他方，你父母兄嫂尽忠而死，你不忠不孝。勾连草寇，劫夺关口，后世落叛盗之名。请将军三思。"薛刚一听此言，立起身来说："狄大夫上坐，但本帅不明，愿大夫教之。"狄仁杰说："将军你不知，目今小主在房州，迎接到长安为帝，张君左弟兄和武三思，圣上今已拿下天牢，候新主一到，奏明施行。奸臣已除，仇恨已泄，岂不是忠孝两全。上匡君以报效先帝，下可以救万民而安社稷。不知将军意下如何？"薛刚听了大喜，传令去了忠孝王旗号，扯起大唐新主旗来，差官到房州接驾。狄仁杰说："将军前去接小主，待下官回朝同文武大臣，打扫金銮殿迎圣驾。"薛刚领命，送出辕门。仁杰回长安不表。

再言薛刚传令军士，不许乱离队伍，候小主一到，一同进城。如有妄取民间一物者斩，照军法枭首示众。

再言庐陵王闻报薛刚大胜甚悦。今差官来接，即同了徐贤、魏相、驸马薛蛟，一路下来，径上长安。薛刚闻报，同咬金、四虎一太岁以及诸将出寨跪伏迎接。小主安慰一番，一同进城。百姓皆灯花香烛，挂红结彩，满朝文武出城远迎。咬金传令，祷告天地社稷，然后请小主上金銮殿登位，百官齐呼万岁。改国号中宗。圣天子传旨赐宴，百官群臣共贺。众官酒过数巡，俱皆谢恩而出。

次日出诏，天下文武百官各加升二级，立韦氏娘娘为正宫，在朝文武各皆升赏。狄仁杰加少保，娄师德为吏部尚书；徐贤封为英国公；魏相为太保；薛刚为忠孝王大元帅；薛强袭父职为两辽王；薛孝封红罗都督；薛蛟驸马封为都尉；薛蚪封为青州总兵；薛葵封为无敌将军；秦红、尉迟景、王宗立、程月虎世袭国公；程咬金年高爵重，无可封加，命家居安享，赐黄金万两，彩缎千端，荣归山东。子铁牛、孙千忠俱封侯爵；伍雄封南阳侯，雄霸封西平侯；借来西辽大将阵亡者，子孙世袭，生者各加爵还乡。余外各路总兵，俱皆加级。旨意一出，众皆谢恩。次日又出赦文，通行天下，除犯十恶大罪不赦，其余流徙斩绞，不论已结未结，已发觉未发觉，均一概赦免。中宗以前，周朝钱粮尽赦除。颁行天下，欢呼载道，万民乐业。

薛刚上殿哭奏说："臣祖仁贵征东，臣先父丁山扫清西番，被奸臣张君左、张君右屈陷，将臣父一门三百余口，尽行杀害，颠倒葬铁丘坟；臣兄子薛蛟，幸徐青、余荣掉换，救臣兄子，被仙人救出，俱皆下山帮扶，徐青、余荣大恩未报。武三思助恶不仁，伏望圣上许臣恩仇报明，特此上奏。武三思和张氏兄弟，应该何罪？"天子听言，大怒说："朕早晓得三人罪恶。听王兄之言，把三人拿下处治，为你父兄报仇，待朕定罪便了。"薛刚谢恩出朝回府。

再言有旨意下来，命徐青、余荣认父封节度侯，命光禄寺备筵，又命程老伯代朕御祭，打开铁丘坟两辽王夫妇及薛勇夫妻骸骨，归葬山西，金顶御祭御葬，地方官春秋致祭。两辽王王府重新起造，将三贼斩首，在坟前活祭。薛刚在京半月，次日上朝辞王别驾，往山西葬父，满朝大臣送出城百里，天子差官到山西御葬。一路下来，逢州过府，俱皆设祭焚香。非止一日，来到绛州平辽王府开丧。山西一省文武俱来祭奠。薛刚守制三年，回朝复职，自不必说。直到唐明皇，薛家子孙还在朝中。